Arkadij und Boris Strugatzkij

Stadt der Verdammten

ARKADIJ UND BORIS
STRUGATZKIJ

Stadt der Verdammten

Roman

ULLSTEIN

Titel der russischen Originalausgabe:
»GRAD OBRETSCHONNYCH«
Aus dem Russischen übertragen von Reinhold Fischer

Satz: Utesch Satztechnik, Hamburg
Druck und Verarbeitung: Wiener Verlag, Himberg bei Wien
Printed in Austria 1993
ISBN 3 550 06042 4

Gedruckt auf Papier mit chlorfrei gebleichtem Zellstoff

Die Deutsche Bibliothek – CIP-Einheitsaufnahme

Strugatzkij, Arkadij N.:
Stadt der Verdammten: Roman / Arkadij und Boris Strugatzkij.
– Frankfurt/M.; Berlin: Ullstein, 1993
ISBN 3-550-06042-4

INHALT

Wie lebt ihr, Karauschen?
Leidlich, danke . . .
(Valentin Katajew, Die Radiogiraffe)

Ich kenne euer Tun. Ich weiß, wieviel Mühe ihr euch gegeben habt und wie geduldig ihr gewesen seid. Ich weiß, daß ihr keine schlechten Menschen duldet. Die, die sich als Apostel ausgeben, aber keine sind, habt ihr geprüft und ihre Lügen aufgedeckt.
(Die Offenbarung des Johannes)

ERSTER TEIL

ERSTER TEIL

Der Müllfahrer

ERSTES KAPITEL

Die verrosteten, verbeulten Mülltonnen quollen über. Unter den Deckeln lugten Zeitungen hervor, hingen Kartoffelschalen heraus. Schnäbel unordentlicher, nicht wählerischer Pelikane. Die Last wirkte sehr schwer, es kostete Wan jedoch keine Mühe, mit einem Ruck eine Mülltonne zu Donalds ausgestreckten Armen zu rollen und sie gemeinsam mit Andrej auf den Wagen zu hieven. Er mußte nur auf seine Finger achten. Dann konnte er die Handschuhe zurechtrücken und Luft schöpfen, während Donald die Mülltonne drehte, um sie auf der Ladefläche zu plazieren.

Aus dem weitgeöffneten Tor wehte feuchte Nachtluft herüber, unter der gewölbten Decke des Hausflurs schaukelte an einer schmutzbewachsenen Schnur eine Glühbirne. Wan sah in ihrem Licht aus, als leide er an Gelbsucht, Donalds Gesicht war im Schatten des breitkrempigen Texanerhuts nicht zu erkennen. Graue, abgeblätterte Wände, von horizontalen Furchen durchzogen, staubige Spinnweben im Hausflur, obszöne Zeichnungen, neben der Tür zur Hauswartswohnung leere Flaschen und Konservengläser, die Wan sammelte und regelmäßig beim Altstoffhändler ablieferte.

Als nur noch eine Mülltonne übrig war, kehrte Wan mit Schaufel und Besen die Abfallreste zusammen.

»Mär nicht rum, Wan«, sagte Donald gereizt. »Immer hältst du uns auf. Das wird dadurch auch nicht sauberer.«

»Kehren gehört zu den Pflichten des Hauswarts«, belehrte ihn Andrej. Ihm schien es, als hätte er sich die Sehnen des rechten Arms gezerrt.

»Die machen sowieso alles wieder voll. Kaum sind wir weg, ist alles dreckiger als vorher.«

Wan schüttete den Müll in die letzte Tonne, drückte ihn mit der Schaufel fest und schlug den Deckel zu.

»Kann sein«, sagte er und schaute zum Hauseingang. Davor war es jetzt sauber. Wan lächelte Andrej an. Dann hob er den Blick zu Donald und sagte: »Ich möchte euch nur daran erinnern . . .«

»Mach schon, komm!« schrie Donald ungeduldig.

Ruck-zuck. Andrej und Wan hoben mit einer heftigen Bewegung die Mülltonne hoch. Donald konnte die Tonne nicht halten, sie krachte auf den Asphalt. Der Inhalt flog bis zu zehn Metern weit, wie aus einer Kanone geschossen, die Tonne rollte auf den Hof. Das dumpfe Echo stieg spiralförmig zum schwarzen Himmel zwischen den Mauern.

»Verdammter Mist«, fluchte Andrej, der nur im letzten Moment hatte beiseite springen können, »paß doch auf!«

»Ich möchte nur bemerken«, sagte Wan sanft, »daß ein Henkel abgebrochen ist.«

Er nahm Besen und Schaufel und machte sich ans Werk. Donald hockte sich auf dem Wagenrand hin, ließ die Arme zwischen die Knie sinken und murmelte Verwünschungen.

Mit ihm stimmt in den letzten Tagen etwas nicht, und ganz besonders nicht in dieser Nacht, dachte Andrej. Er verkniff sich, ihm zu sagen, was er von Professoren und ihrer Fähigkeit zu richtiger Arbeit hielt. Andrej holte die Tonne, und als er zum Wagen zurückgekehrt war, zog er die Handschuhe aus und holte sein Paket Zigaretten hervor. Es stank entsetzlich, er zündete sich hastig eine Zigarette an, dann erst reichte er Donald die Schachtel. Donald schüttelte schweigend den Kopf, Andrej warf das brennende Streichholz in die Tonne und sagte:

»Bei uns in Kansk haben zwei Latrinenreiniger gearbeitet – Vater und Sohn. Kanalisation gab es nicht, bloß Gruben mit dieser Jauche. Sie schöpften die Jauche mit Eimern aus und gossen sie in ein Faß, der Vater als erfahrener Spezialist stieg in die Grube runter, und der Sohn reichte ihm den Eimer. Einmal konnte der Sohn den Eimer nicht halten und kippte alles auf seinen Erzeuger. Der Herr Papa wischte das ab, schaute seinen Sprößling an und sagte voller Bitterkeit: Ach, sagte er, du Tolpatsch, du Depp! Aus dir wird nie was! Du wirst dein ganzes Leben lang oben bleiben.«

Andrej hatte wenigstens ein Lächeln erwartet – Donald war ein lustiger, geselliger Mensch, er erinnerte manchmal an einen Studenten an der Front. Er hüstelte jedoch nur und sagte: »Alle Gruben kannst du nie leeren!«

Wan, der sich mit der Tonne zu schaffen machte, fragte interessiert: »Wieviel kostet sie bei euch?«

Andrej verstand ihn nicht. »Was meinst du?«

»Die Scheiße. Ist sie teuer?«

Andrej lachte ungläubig. »Wie soll ich das sagen... Kommt darauf an, was für welche.«

»Ist das bei euch unterschiedlich?« wunderte sich Wan. »Bei uns nicht. Welche ist am teuersten?«

»Professorenscheiße«, antwortete Andrej unverzüglich. Er konnte kaum das Lachen unterdrücken.

»Ach!« Wan schüttete wieder eine Schaufel in die Tonne und nickte. »Verständlich. Bei uns im Dorf gab es keine Professoren, deshalb war der Preis gleich – fünf Hüan der Eimer. Das heißt, in Szechwan, woanders stiegen die Preise bis auf sieben und acht Hüan.«

Andrej begriff endlich. Er wollte fragen, ob es stimme, daß sich in China ein Besucher im Gemüsegarten des Gastgebers entleeren müsse, aber die Frage war ihm peinlich.

»Wie das jetzt ist, weiß ich nicht«, fuhr Wan fort, »die letzte Zeit habe ich nicht auf dem Lande gelebt. Warum ist eigentlich Professorenscheiße bei euch teurer?«

»Das sollte ein Witz sein«, sagte Andrej schuldbewußt. »Bei uns wird damit gar nicht gehandelt.«

»Klar wird damit gehandelt«, sagte Donald. »Sie wissen selbst das nicht, Andrej.«

»Und Sie wissen sogar das!« entgegnete Andrej.

Noch vor einem Monat hätte er sich mit Donald gestritten. Ihn reizte schrecklich, daß der Amerikaner fortwährend über Rußland Sachen erzählte, von denen er, Andrej, keine Ahnung hatte. In der Tiefe seiner Seele war Andrej überzeugt, daß ihn Donald einfach auf den Arm nahm oder gehässiges Geschwätz der Presse wiederholte. »Hören Sie auf mit Ihren Zeitungsenten!« wehrte er sich. Aber dann erschien diese Frühgeburt Isja Katzman, und Andrej hörte auf zu streiten, er ließ nur bissige Bemerkungen fallen. Der Teufel weiß, woher sie das alles haben. Seine Hilflosigkeit erklärte er damit, daß er im Jahre einundfünfzig hierher gekommen war, und die beiden im Jahre siebenundsechzig.

»Sie sind ein glücklicher Mensch«, sagte plötzlich Donald. Er erhob sich und ging zu den Mülltonnen beim Fahrerhaus.

Andrej versuchte, sich von dem unangenehmen Gefühl zu befreien, das durch dieses Gespräch entstanden war, zog die Fäustlinge an und half Wan beim Aufkehren des stinkenden Mülls. Gut, ich weiß es nicht, dachte er. Sieh mal an, Scheiße also. Und was weißt du von Integralen? Oder sagen wir von Supernovas? Wer weiß denn viel?

Wan stopfte den letzten Müll in die Tonne, als im Flur der tadellos gekleidete Polizist Kensi Ubukata auftauchte.

»Hierher, bitte«, sagte er zu jemandem über die Schulter und grüßte Andrej, indem er zwei Finger an den Mützenschirm legte. »Guten Morgen, Müllmänner!«

Aus der dunklen Straße trat in den gelben Lichtkreis ein Mädchen und blieb neben Kensi stehen. Die Fremde war sehr jung, höchstens zwanzig Jahre, und ziemlich klein, dem Polizisten reichte sie kaum bis zur Schulter. Sie trug einen dicken Rollkragenpullover und einen engen Rock, auf dem blassen Jungengesicht hoben sich die dick geschminkten Lippen ab, das lange blonde Haar fiel auf die Schulter.

»Keine Angst«, sagte Kensi mit höflichem Lächeln zu ihr. »Das sind bloß unsere Müllmänner. In nüchternem Zustand völlig ungefährlich. Wan, das ist Selma Nagel, eine Neue. Sie soll hier in Nummer achtzehn wohnen. Ist die Wohnung frei?«

Wan, der beim Laufen die Fäustlinge auszog, trat zu ihnen. »Schon lange. Guten Tag, Selma Nagel. Ich bin der Hauswart und heiße Wan. Wenn Sie etwas brauchen, dort wohne ich.«

»Hol den Schlüssel«, sagte Kensi, und zu Selma gewandt: »Ich bringe Sie rauf.«

»Nicht nötig«, erwiderte sie träge. »Ich finde sie selber.«

»Wie Sie wünschen!« Kensi hob wieder die Finger zum Mützenschirm. »Hier ist Ihr Koffer.«

Selma nahm Wan den Koffer ab und warf den Kopf zurück, da ihr das Haar in die Augen gefallen war. »Welcher Aufgang?«

»Geradeaus«, sagte Wan. »Dort unter dem Fenster, wo Licht brennt. Vierter Stock. Möchten Sie etwas essen? Oder Tee?«

»Nein, danke.« Selma warf wieder den Kopf zurück und ging direkt auf Andrej zu, mit den Absätzen klappernd. Er trat beiseite. Im Vorbeigehen roch er ihr kräftiges Parfüm. Er beobachtete sie, als sie durch den erhellten Kreis schritt – ihr Rock war sehr kurz, kaum länger als der Pullover, und die nackten Beine schienen im dunklen Hof zu leuchten, in der Dunkelheit waren nur ihr weißer Pullover und ihre leuchtenden Beine zu sehen. Dann quietschte und krachte die Tür, Andrej nahm automatisch eine Zigarette und begann zu rauchen, wobei er sich vorstellte, wie diese zarten weißen Beine die Treppe hinaufgehen, Stufe für Stufe, schöne Waden, die Grübchen in den Kniekehlen . . . Wie das Mädchen höher und höher steigt, Stockwerk um Stockwerk, und vor der Wohnungstür achtzehn stehenbleibt, direkt gegenüber der Sechzehn . . . zum Teufel, er muß wenigstens die Bettwäsche wechseln, drei Wochen hat er es nicht getan, der Bezug ist schon grau wie ein Fußlappen... Was hat sie eigentlich für ein Gesicht? Er erinnerte sich nicht daran. Nur die Beine hätte er genau beschreiben können.

Plötzlich bemerkte, er, daß alle schwiegen, sogar der verheiratete Wan.

Kensi unterbrach die Stille. »Ich habe einen Onkel, einen Cousin meiner Mutter, Oberst Maki. Ehemaliger Oberst der ehemaligen kaiserlichen Armee. Erst war er Adjutant von Oberst Ossim und verbrachte zwei Jahre in Berlin. Dann wurde er Militärattaché in der Tschechoslowakei und war beim Einmarsch der Deutschen in Prag...«

Wan nickte Andrej zu, sie packten ruckartig die Tonne und beförderten sie wohlbehalten auf die Ladefläche.

»... Dann«, fuhr Kensi bedächtig fort, »hat er ein bißchen in China gekämpft, ich glaube irgendwo im Süden, bei Kanton. Dann hat er eine Division befehligt, die auf den Philippinen gelandet ist, und er war einer von den Organisatoren des berühmten Todesmarsches von fünftausend amerikanischen Kriegsgefangenen – entschuldigen Sie, Donald... Dann kam er in die Mandschurei und wurde Chef des Militärdistrikts Sachalin, wo er unter anderem fünftausend chinesische Arbeiter in einen Schacht getrieben und in die Luft gesprengt hat, wegen Geheimhaltung... entschuldige, Wan... Dann kam er zu den Russen in Gefangenschaft, und statt ihn aufzuhängen, oder was dasselbe gewesen wäre, ihn an China auszuliefern, haben sie ihn bloß für zehn Jahre in ein Konzentrationslager gesteckt...«

Während Kensi all das erzählte, stieg Andrej auf den Wagen und half Donald, die Tonnen ordentlich hinzustellen. Er hakte die Seitenwand ein, gab Donald eine Zigarette, nun standen alle drei vor Kensi und hörten ihm zu – Donald Cooper, ein langer Kerl in einem ausgeblichenen Overall, Falten um den Mund, spitzes Kinn, spärliche graue Barthaare, und der stämmige Wan mit kurzem Hals, in einem alten, akkurat geflickten Watteanzug, breites braunes Gesicht, Stupsnase, wohlwollendes Lächeln, dunkle Schlitzaugen. Andrej überkam überschäumende Freude bei dem Gedanken, daß alle diese Menschen aus verschiedenen Ländern und Zeiten hier beisammen waren und ein äußerst notwendiges Werk verrichteten, jeder auf seinem Posten.

»Er hat behauptet«, endete Kensi, »die besten Weiber, die er kennengelernt hat, waren die russischen Emigrantinnen in Harbin.«

Kensi ließ die Zigarettenkippe fallen und zertrat sie sorgfältig mit seinen blitzenden Stiefeln.

Andrej sagte: »Ist sie denn eine Russin? Selma, und noch Nagel . . .«

»Sie ist Schwedin«, erklärte Kensi, »aber ganz egal.«

Donald stieg ins Fahrerhaus. »Los, wir fahren weiter.«

»Hör mal, Kensi«, sagte Andrej, die Hand an der Wagentür, »was warst du früher?«

»Gütekontrolleur in einer Eisengießerei, und davor Minister für kommunale . . .«

»Ich meine nicht hier, sondern dort . . .«

»Dort? Dort war ich Lektor in einem Buchverlag.«

Donald ließ den Motor an, der alte Lkw knatterte und erbebte, während er blaue Qualmwolken ausstieß.

»Das rechte Begrenzungslicht brennt nicht!« schrie Kensi.

»Das hat noch nie gebrannt«, erwiderte Andrej.

»Dann repariert es! Beim nächsten Mal gibt's eine Strafe.«

»Als ob du nichts Besseres zu tun hättest«, seufzte Andrej.

»Was denn?«

»Banditen sollst du fangen, aber keine Müllfahrer!« schrie Andrej, der das Rattern zu übertönen versuchte. »Was kümmert dich unser Scheinwerfer! Davonjagen müßte man euch Schmarotzer!«

»Bald!« erwiderte Kensi. »Schon bald – das dauert keine hundert Jahre mehr!«

Andrej drohte ihm mit der Faust, winkte Wan zu und plumpste auf den Beifahrersitz. Der Wagen fuhr los, streifte die Hauswand an der Einfahrt, begab sich auf die Hauptstraße und bog scharf nach rechts ab. Während sich Andrej bequemer hinsetzte, damit ihn die Stahlfeder, die aus dem Sitz ragte, nicht in den Hintern stach, betrachtete er Donald von der Seite. Donald saß aufrecht da, die linke Hand am Lenkrad, die rechte am Steuerknüppel, den Hut in die Stirn gezogen, das spitze Kinn vorgestreckt, und gab Vollgas. Sie rasten immer so, ohne vor den vielen Schlaglöchern zu bremsen, die Mülltonnen auf der Ladefläche klapperten, die durchgerostete Motorhaube klirrte, und Andrej, der sich vergeblich mit den Beinen zu stützen versuchte, wurde hochgeworfen und fiel direkt auf die Spitze der Feder. Früher wurde das alles von lustigem Schimpfen begleitet, jetzt schwieg Donald, seine schmalen Lippen waren zusammengekniffen, er sah Andrej nicht an, deshalb schien hinter diesem üblichen Geschüttele eine böse Absicht zu stecken.

»Was ist mit Ihnen, Don?« fragte Andrej schließlich. »Zahnschmerzen?«

Donald antwortete nicht.

»Sie sind in den letzten Tagen irgendwie verändert. Das sehe ich doch. Habe ich Sie etwa ungewollt beleidigt?«

»Lassen Sie das, Andrej«, zischte Donald. »Was geht Sie das an?«

Wieder vermutete Andrej hinter diesen Worten feindseliges Verhalten, sogar etwas Kränkendes: Du Grünschnabel kannst mich, einen Professor, gar nicht beleidigen ...

Donald fuhr fort: »Ich habe Ihnen nicht ohne Grund gesagt, daß Sie glücklich sind. Ich kann Sie nur beneiden. Alles prallt an Ihnen ab. Oder geht spurlos an Ihnen vorüber. Ich empfinde das so, als ob mich eine Dampfwalze überrollt. Kein Knochen bleibt heil.«

»Was meinen Sie? Ich verstehe nichts.«

Donald schwieg mit verzerrten Lippen. Andrej schaute ihn an, blickte konzentriert auf den Weg, schielte wieder zu Donald hin, kratzte sich hinter dem Ohr und sagte verstimmt:

»Mein Gott, ich begreife nichts. Es läuft doch alles gut.«

»Deshalb beneide ich Sie ja«, sagte Donald hart. »Genug davon. Achten Sie nicht darauf.«

»Was heißt hier ›Achten Sie nicht darauf?‹ «, erwiderte Andrej. »Wie kann ich das? Wir sind die ganze Zeit zusammen. Sie, ich, die Jungs. Nun ja, Freundschaft – das ist ein großes Wort, viel zu groß. Gut, dann sind wir eben Kumpel. Ich zum Beispiel würde erzählen, wenn mir etwas . . . Jeder hilft doch dem anderen! Wenn mir etwas zustieße und ich Sie um Hilfe bäte, würden Sie das ablehnen? Bestimmt nicht, habe ich recht?«

Donald ließ mit der rechten Hand den Steuerknüppel los und klopfte Andrej leicht auf die Schulter. Andrej schwieg jetzt gerührt. Wieder war alles gut, war alles in Ordnung. Donald war in Ordnung. Einfach Schwermut. Darf ein Mensch schwermütig sein? Er darf, bei Donald ist das vielleicht nichts als verletzter Stolz. Immerhin Professor für Soziologie, ist er jetzt Müllfahrer, und zuvor hat er als Verkäufer in einem Gemüseladen gearbeitet. Das bedrückt ihn natürlich, um so mehr, als er mit niemandem darüber reden kann – es wäre peinlich, sich zu beklagen, niemand hat ihn gezwungen, hierher zu kommen. So einfach ist das eben nicht. Erfülle gut jede Aufgabe, die man dir stellt. Das genügt. Jeder muß selber damit fertigwerden.

Der Lkw ratterte bereits über die vom nächtlichen Nebel glitschigen Pflastersteine, die Gebäude an den Straßenrändern wurden niedriger, altersschwächer, die Straßenlaternen wurden trüber und standen in weiteren Abständen. Die Laternen verschwammen in der Ferne zu einem nebligen Fleck, auf der Straße und auf den Bürgersteigen war keine

Menschenseele, selbst Hauswarte fehlten aus irgendeinem unerfindlichen Grund, nur an der Ecke der Siebzehnten Gasse, vor einem eingeschossigen plumpen Hotel, bekannt unter dem Namen »Wanzenbude«, stand ein Leiterwagen mit einem traurigen Pferd; auf dem Wagen schlief ein Mann, den Kopf in eine Zeltplane gehüllt. Es war vier Uhr nachts – die Zeit des festesten Schlafs, kein einziges Fenster in den schwarzen Stockwerken war erhellt. Da tauchte von links ein Lkw auf, Donald blinkte mit den Scheinwerfern zum Gruß, und der Lkw, ebenfalls ein Müllwagen, versuchte sie einzuholen, aber bei Donald war er an den Falschen geraten, mit ihm konnte er sich nicht messen. Erst strahlten die Scheinwerfer durch das Rückfenster, dann blieb der Wagen zurück. Sie überholten einen weiteren Müllwagen in den Ausgebrannten Vierteln – noch rechtzeitig, weil gleich hinter diesem Stadtteil die Pflastersteine anfingen und Donald langsamer fahren mußte, damit die Klapperkiste nicht zusammenkrachte.

Ihnen begegneten auch bereits leere Wagen, die von der Müllkippe kamen und jetzt ganz langsam fuhren. Auf der Straße zeichnete sich eine undeutliche Gestalt ab, Andrej griff schon unter den Sitz nach dem großen Schraubenschlüssel, es war jedoch ein Polizist, der sie bat, ihn zur Krautgasse mitzunehmen. Weder Andrej noch Donald kannten diese Gasse, aber der Polizist, ein derber Bursche mit hellen Haarsträhnen, die unordentlich unter der Uniformmütze hervorguckten, wollte ihnen den Weg zeigen.

Er stand auf dem Trittbrett neben Andrej und hielt sich am Rahmen fest, unterwegs rümpfte er ständig die Nase, als würde er sich vor dem Geruch ekeln, obwohl er selber nach altem Schweiß stank, und Andrej erinnerte sich, daß dieser Stadtteil schon von der Wasserversorgung abgeschnitten war.

Eine Zeitlang sagte niemand etwas, der Polizist pfiff vor sich hin, dann erzählte er, daß man an der Ecke Krautgasse und Zweiter Linken nachts einen Mann totgeschlagen und ihm alle Goldzähne ausgebrochen hatte.

»Sie arbeiten schlecht«, sagte Andrej böse.

Solche Fälle brachten ihn außer sich, und der Polizist sprach so, daß Andrej ihn am liebsten verprügelt hätte. Offenbar waren ihm der Mord, der Ermordete und die Mörder völlig gleichgültig.

Der Polizist wandte Andrej sein breites Gesicht zu: »Was, du willst mir beibringen, wie ich arbeiten soll?«

»Kann sein, sogar ich«, erwiderte Andrej.

Der Polizist schüttelte sich, pfiff einmal kurz und sagte: »Lehrer, überall Lehrer! Wo man hinspuckt – Besserwisser. Müllfahrer ist er heute und will immer noch anderen was beibringen ...«

»Ich belehre dich nicht ...«, sagte Andrej mit erhobener Stimme, aber der Polizist ließ ihn nicht weiterreden.

»Jetzt fahr ich aufs Revier«, sagte er gelassen, »und rufe deine Garage an, daß die rechte Begrenzungsleuchte nicht brennt. Sein Scheinwerfer ist kaputt, und er will einen Polizisten belehren, wie er arbeiten soll? Rotznase!«

Donald lachte plötzlich knarrend. Der Polizist wieherte ebenfalls und erklärte nun ganz versöhnlich:

»Ich bin ganz alleine für vierzig Häuser, verstehst du? Und sie haben uns verboten, Waffen zu tragen. Was erwartest du da von uns? Bald werden sie dich auch in der Wohnung kaltmachen, nicht bloß auf der Straße.«

»Und was tut ihr dagegen?« fragte Andrej schockiert. »Ihr müßtet protestieren, Forderungen stellen!«

»Protestieren ... Forderungen stellen ... Du bist hier wohl neu, was? He, Chef!« rief er Donald zu. »Halt an, ich bin da.«

Er sprang vom Trittbrett und lief watschelnd in eine dunkle Gasse zwischen schiefen Holzhäusern, wo in der Ferne eine einzige Laterne brannte, darunter hatte sich ein Häuflein Menschen versammelt.

»Sind die denn ganz verblödet, oder was?« ereiferte sich Andrej, als der Wagen wieder losfuhr. »In der Stadt wimmelt es von Gesindel, und die Polizei ist ohne Waffen! Da stimmt etwas nicht... Kensi hat eine Pistolentasche am Gürtel, aber was ist da drin – Zigaretten?«

»Stullen«, antwortete Donald.

»Ich begreif gar nichts.«

»Da gab's eine Anordnung. Im Zusammenhang mit den sich häufenden Überfällen von Gangstern auf Polizisten zum Zwecke der Waffenerbeutung... und so weiter.«

Eine Zeitlang überlegte Andrej, der sich so gut es ging mit den Füßen feststemmte, um nicht vom Sitz geschleudert zu werden – die Straße war nicht mehr gepflastert. »Meiner Meinung nach ist das schrecklich dumm«, sagte er schließlich. »Was meinen Sie?«

»Dasselbe«, sagte Donald, der mit einer Hand mühsam versuchte, eine Zigarette anzuzünden.

»Und Sie sprechen so ruhig darüber?«

»Ich rege mich über gar nichts mehr auf. Das ist eine sehr alte Anordnung, da waren Sie noch nicht hier.«

Andrej kratzte sich hinter dem Ohr und legte seine Stirn in Falten. Der Teufel weiß, vielleicht hatte diese Anordnung einen Sinn? Schließlich ist ein einzelner Polizist ein verlockender Köder für dieses Pack. Wenn man Waffen abschafft, muß man sie allen abnehmen. Letztlich geht es nicht um diese dumme Anordnung, sondern darum, daß es zu wenig Polizisten und Razzien gibt, man müßte mit einer einzigen richtigen Razzia all diesen Unrat auskehren. Die Bevölkerung hinzuziehen. Ich würde mitmachen, natürlich. Donald auch. Man müßte an den Bürgermeister schreiben... Dann nahmen seine Gedanken plötzlich eine andere Richtung.

»Hören Sie, Don«, sagte er. »Sie sind doch Soziologe. Ich meine allerdings, daß die Soziologie gar keine Wissenschaft ist, das habe ich Ihnen schon gesagt... Aber Sie wissen natürlich viel mehr als ich. Erklären Sie mir: Woher kommt dieser Abschaum in unsere Stadt? Wie sind sie hierhergelangt – Mörder, Gewalttäter, Diebe ... Haben die Mentoren nicht gewußt, wen sie da rufen?«

»Sie haben das gewußt, bestimmt«, erwiderte Donald gleichgültig, während der Lkw eine kleine, mit schwarzem Wasser gefüllte Grube übersprang.

»Also warum?«

»Niemand wird als Dieb geboren, zum Dieb wird man. Und außerdem: Woher sollen wir wissen, was für das Experiment notwendig ist? Das Experiment ist das Experiment. Fußball ist Fußball, der Ball ist rund, das Spielfeld rechteckig, der Bessere soll siegen.«

Die Straßenlaternen endeten, die bewohnten Stadtviertel lagen hinter ihnen. Jetzt fuhren sie durch eine Ruinenlandschaft – Reste unförmiger Kolonnaden, in häßliche Fundamente gesteckt, Wände mit gähnenden Löchern anstelle von Fenstern, Stapel faulender Balken, Nesseln und Kletten in großen Büschen, sieche, von Lianen halberstickte Bäumchen inmitten geschwärzter Ziegelhaufen – und dann war wieder vor ihnen ein nebelhaftes Leuchten zu sehen, Donald bog nach rechts, wich entgegenkommenden leeren Lastwagen aus, bugsierte die Räder in die tiefen, morastigen Fahrrinnen und bremste schließlich scharf vor den roten Rücklichtern eines Müllwagens. Er stellte den Motor ab und schaute auf die Uhr. Es war halb fünf.

»Ein Stündchen werden wir etwa stehen«, sagte Andrej munter. »Kommen Sie, wir sehen mal nach, wer da vor uns ist.«

Hinter ihnen hielt ein weiterer Wagen.

»Gehen Sie allein«, sagte Donald, der sich auf dem Sitz zurückgelehnt und die Hutkrempe ins Gesicht gezogen hatte.

Und da lehnte sich Andrej ebenfalls zurück, bog die Feder zurecht und rauchte. Vorn wurde mit allen Kräften entladen: Tonnendeckel klapperten, der Registrator schrie mit hoher Stimme: »... acht .. neun ..«, an einem Mast schaukelte eine Tausend-Watt-Birne unter einem flachen Blechschirm. Da schrie es aus mehreren Kehlen: »Wohin, wohin?« »Verdammt!« »Gib das her!« »Willst du was in die Fresse?« Rechts und links türmten sich Berge von Müll, der zu einer festen Masse zusammengebacken war, der Nachtwind trug fauligen Gestank herüber.

Plötzlich vernahm Andrej direkt vor sich eine bekannte Stimme. »Seid gegrüßt, ihr Scheißefahrer! Wie läuft das große Experiment?«

Es war Isja Katzman, wie immer unordentlich gekleidet und ungepflegt, und wie immer aufdringlich heiter.

»Habt ihr gehört? Es gibt ein Projekt zur endgültigen Lösung des Kriminalitätsproblems. Die Polizei wird verabschiedet, dafür läßt man nachts nur die Verrückten auf die Straßen. Das ist das Ende aller Banditen und Vagabunden – jetzt dürfen nur Verrückte nachts aus dem Haus gehen.«

»Nicht besonders witzig«, sagte Andrej trocken.

»Nein?« Isja stand auf dem Trittbrett und steckte den Kopf in die Fahrerkabine. »Im Gegenteil! Sehr witzig! Keine zusätzlichen Kosten! Die Hauswarte erhalten die Aufgabe, die Irren morgens in ihre Wohnungen zurückzubringen.«

»Dafür kriegen die Hausmeister eine zusätzliche Ration Wodka«, sagte Andrej, womit er Isja in unerklärliche Begeisterung versetzte: Isja kicherte, gluckste und rieb sich die Hände.

Donald jedoch begann plötzlich laut zu fluchen, riß die Tür auf und verschwand in der Finsternis.

Isja hörte sogleich zu kichern auf und fragte besorgt: »Was hat er denn?«

»Weiß ich nicht«, erwiderte Andrej mißmutig. »Vielleicht ist ihm von dir übel geworden. Übrigens geht das schon ein paar Tage so.«

»Wirklich?« Isja sah über die Fahrerkabine hinweg in die

Richtung, wo Donald verschwunden war. »Schade. Er ist ein guter Mensch. Nur unangepaßt.«

»Und wer ist angepaßt?«

»Ich zum Beispiel bin angepaßt. Du bist angepaßt. Wan ist angepaßt. Neulich hat sich Donald tüchtig aufgeregt: Warum muß er anstehen und warten, um den Müll abzuladen? Wozu braucht man hier einen Registrator? Was registriert er?«

»Da hat er recht«, sagte Andrej. »Das ist wirklich Schwachsinn.«

»Aber dich regt das nicht auf. Du begreifst, daß das ein Mann ist, der diese Arbeit nicht freiwillig tut. Man hat ihn dazu herbeordert, also registriert er. Weil er das nicht schafft, bildet sich eine Schlange. Und eine Schlange ist eben eine Schlange.« Isja gluckste und kicherte wieder. »Natürlich, hätte Donald etwas zu sagen, würde er eine gute Straße zur Müllhalde bauen, mit Einfahrten fürs Abladen, und den Registrator, einen gesunden Kerl mit Grips, würde er zur Polizei schicken, damit er endlich mit den Banditen fertig wird, oder an die Frontlinie, zu den Farmen.«

»Und?« fragte Andrej ungeduldig.

»Was – und? Donald hat doch nichts zu sagen.«

»Und warum machen die da oben das nicht?«

»Warum sollten Sie?« fragte Isja feixend. »Warum? Wird der Müll weggeschafft? Er wird. Wird der Transport registriert? Auch das. Am Monatsende liegt die Abrechnung vor: Es wurden soundsoviel Tonnen mehr Dreck weggeschafft als im Vormonat. Der Minister ist zufrieden, der Bürgermeister ist zufrieden, alle sind zufrieden, und wenn Donald unzufrieden ist? Niemand hat ihn gezwungen, hierher zu kommen.«

Der Lkw vor ihnen stieß graue Qualmwolken aus und fuhr fünfzehn Meter weiter. Andrej setzte sich eilig ans Steuer; blickte um sich. Donald war nirgendwo zu sehen. Da schaltete er vorsichtig den Motor an und rückte ebenfalls die fünfzehn Meter vor, wobei der Motor unterwegs dreimal absoff. Isja begleitete ihn zu Fuß und sprang erschrocken beiseite, wenn der Wagen schlingerte. Dann begann er etwas von der Bibel zu erzählen, aber Andrej hörte kaum zu – er war schweißnaß vor Anstrengung.

Unter einer grellen Lampe klapperten wie üblich die Mülltonnen. Auf das Kabinendach schlug etwas auf und sprang weg, Andrej achtete nicht darauf, denn von hinten war mit seinem Beifahrer, einem Schwarzen aus Haiti, der kräftige Oskar Heidemann gekommen und bat um eine Zigarette. Der Schwarze namens Silva war fast unsichtbar in der Dunkelheit, nur seine weißen Zähne blinkten.

Isja unterhielt sich mit ihnen, wobei er Silva aus irgendeinem unerfindlichen Grund »Tonton-Macoute« nannte; bei Oskar dagegen erkundigte er sich nach Thor Heyerdahl. Silva gab mit furchterregender Miene vor, aus einer Maschinenpistole zu feuern, Isja faßte sich an den Bauch und tat so, als sei er auf der Stelle niedergestreckt worden – Andrej begriff nichts, Oskar offenbar ebensowenig. Sehr bald stellte sich heraus, daß er Haiti mit Tahiti verwechselt hatte.

Über das Dach rollte wieder etwas, und plötzlich schlug ein Dreckklumpen auf die Kühlerhaube und zerspritzte.

»He!« schrie Oskar in die Finsternis hinein. »Hört auf damit!«

Vorn brüllte es wieder aus zwanzig Kehlen, die Flüche waren nicht mehr zu steigern. Isja ächzte, faßte sich an den Leib und sackte zusammen – diesmal nicht mehr zum Scherz. Andrej öffnete die Tür, da flog ihm eine leere Konservendose an den Kopf – es tat nicht weh, war aber beleidigend. Silva schlüpfte geduckt in die Dunkelheit. Andrej schützte Kopf und Gesicht und schaute sich um.

Er konnte nichts sehen. Von den Müllhaufen zur Linken hagelte es verrostete Dosen, verfaulte Holzstücke, alte Knochen, ja sogar Ziegelsteine. Glas zersplitterte klirrend. Wildes Gebrüll stieg über der Kolonne auf. Die Motoren heulten, die Scheinwerfer entflammten. Mehrere Lastwagen bewegten sich plump – die Fahrer versuchten, sie zu wenden, um die Müllhaufen anzuleuchten, von denen schon Ziegelsteine und Flaschen geflogen kamen. Einige Männer rannten wie Silva in die Finsternis.

Andrej bemerkte, daß sich Isja mit schmerzverzerrtem Gesicht neben der Hinterachse krümmte und seinen Bauch betastete. Da ergriff er unter dem Sitz den großen Schraubenschlüssel und sprang hinaus. Den Schuften auf den Schädel, auf den Schädel! Ungefähr zehn Müllmänner krochen auf allen vieren wütend den Hang hinauf. Einem Fahrer war es gelungen, seinen Wagen querzustellen, und das Scheinwerferlicht erhellte den unebenen Kamm, der mit Gerümpel, Lumpen und Papierfetzen bespickt war, darüber ragte ein Bagger in den schwarzen Himmel. Etwas bewegte sich auf dem Förderband, etwas Großes, Graues, silbrig Schimmerndes. Andrej erstarrte, als er das sah, und in dem Moment übertönte ein entsetzter Aufschrei alle Stimmen.

»Teufel! Teufel! Rettet euch!«

Jetzt stürzten in panischer Angst Menschen den Hang herunter, in einem Wirbel von Staub, Lumpen und Altpapier. Ein Mann, der seinen Kopf mit den Händen schützte, rannte kreischend an Andrej vorbei, fiel hin, sprang wieder auf und stürzte davon in Richtung Stadt. Ein anderer zwängte sich keuchend zwischen dem Kühler von Andrejs Lkw und der Rückwand des nächsten Wagens hindurch und schrie ebenfalls aus voller Kehle. Plötzlich wurde es still, nur die Motoren brummten. Laute Schüsse peitschten durch die Nacht. Andrej sah im bläulichen Scheinwerferlicht auf der Müllhalde einen hageren Mann, der mit dem Rücken zu den Lastwagen stand, mit beiden Händen eine Pistole hielt und in die Dunkelheit schoß.

Er schoß sechsmal in völliger Stille, dann drang aus der Dunkelheit tausendstimmiges Gebrüll, böse, miauend, wimmernd, als würden zwanzigtausend Märzkater gleichzeitig in Lautsprecher schreien, und der hagere Mann wich zurück, breitete ungelenk die Arme aus und glitt rücklings den Hang hinab. Andrej trat im Vorgefühl von etwas unerträglich Grauenhaftem ebenfalls zurück. Der Kamm der Müllhalde bewegte sich.

Dort wimmelte es von silbergrauen Gespenstern, die Augen funkelten, die Mäuler waren gefletscht, zottige lange Arme fuchtelten in der Luft herum. Staub wirbelte als dichte Wand im Scheinwerferlicht auf, und Steine, Flaschen und Dreckstücke prasselten auf die Wagenkolonne.

Andrej hielt das nicht aus. Er stieg in die Kabine, preßte sich in eine Ecke und erstarrte vor Angst wie in einem Alptraum, als ein dunkler Körper auf die offene Tür zukroch. Andrej fing an, mit dem Eisen auf den Körper einzuschlagen, bis ihn Isjas klägliches Geschrei »Idiot, das bin doch ich« zu sich brachte. Isja kroch in die Kabine, schlug die Tür hinter sich zu und erklärte mit gelassener Stimme:

»Weißt du, was das ist? Das sind Affen. Diese Mistviecher!«

Zunächst verstand ihn Andrej nicht; dann begriff er, wollte es aber nicht glauben.

»Na und?« Er stellte sich aufs Trittbrett und schaute über die Kabine. Richtig: Es waren Affen. Kräftige, langhaarige, offenbar sehr ergrimmte Affen, keine Teufel und keine Gespenster. Andrej wurde heiß vor Scham und Erleichterung, aber in diesem Augenblick streifte ihn ein Stein am Ohr, etwas Schweres schlug aufs Dach.

»Alle in die Fahrzeuge!« brüllte vorn jemand mit Kommandostimme. »Schluß mit der Panik! Das sind Paviane! In die Fahrzeuge und Rückwärtsgang!«

Auspuffe knatterten, Scheinwerfer leuchteten auf und erloschen, Qualm vernebelte die Sicht. Zwei Hände packten Andrej an der Schulter, schüttelten ihn wie einen jungen Hund, stießen ihn in die Kabine, der vordere Lkw fraß sich im Rückwärtsgang knirschend in den Kühler, der hintere

Lkw schnellte vor und schlug auf die Karosserie wie auf eine Trommel, so daß die Mülltonnen klapperten. Isja packte Andrej an der Schulter, drängte: »Kannst du einen Lkw fahren oder nicht? Andrej! Kannst du?« Im grauen Qualm schrie jemand durchdringend: »Sie haben ihn umgebracht! Hilfe!« Die Kommandostimme brüllte unablässig: »Schluß mit der Panik! Letzte Maschine, Rückwärtsgang! Los!« Die Wurfgeschosse prasselten auf die Motorhauben, krachten auf die Mülltonnen, schlugen klirrend in die Scheiben, das scheußliche miauende Gebrüll schwoll ungeheuerlich an, die Wagen hupten.

Isja sagte: »Nun, ich gehe . . .« Er stieg aus, den Kopf mit den Armen schützend, und endete beinahe unter einem Wagen, der in Richtung Stadt raste – zwischen den hüpfenden Mülltonnen tauchte das verzerrte Gesicht des Registrators auf. Da erschien Donald – ohne Hut, völlig verdreckt –, schleuderte die Pistole auf den Sitz, setzte sich ans Lenkrad, warf den Motor an und schaltete den Rückwärtsgang ein, nachdem er sich aus dem Fenster gebeugt hatte.

Offenbar existierte doch noch irgendeine Ordnung: Das Geschrei verstummte, nur die Motoren heulten, die Kolonne fuhr ein Stück zurück. Sogar der Hagel aus Steinen und Flaschen schien nachgelassen zu haben. Die Paviane sprangen auf der Müllhalde herum, kamen aber nicht herunter – sie schrien, rissen ihr Hundemaul auf und wandten den Wagen spöttisch ihre im Scheinwerferlicht rötlich glänzenden Gesäße zu.

Der Lkw rollte immer schneller, erreichte die Straße und wendete, Donald schaltete zähneknirschend, gab Gas, schlug die Tür zu und ließ sich auf den Sitz fallen. Im Dunkel hüpften die roten Rücklichter der ausreißenden Wagen.

Wir sind freigekommen, dachte Andrej mit Erleichterung und betastete vorsichtig sein Ohr. Es war geschwollen und pulsierte. Nicht zu glauben – Paviane! Paviane – woher eigentlich? Und so kräftige, und in solcher Menge! Hier hat es nie Paviane gegeben, wenn man Isja Katzman nicht rechnet. Warum ausgerechnet Paviane? Warum keine Tiger?... Er rutschte auf dem Sitz herum, da wurde der Wagen heftig geschüttelt, Andrej flog hoch und fiel auf etwas Hartes. Er zog unter dem Hintern die Pistole hervor. Eine Minute lang betrachtete er sie verständnislos. Die kleine schwarze Pistole hatte einen kurzen Lauf und einen geriffelten Griff.

»Vorsicht! Gibt her!« sagte Donald. Er steckte die Waffe in die Gesäßtasche.

Plötzlich begann Andrej zu schwitzen. »Also, Sie haben dort... geschossen?« fragte er krächzend.

Donald antwortete nicht. Er blinkte mit dem heilgebliebenen Scheinwerfer, während er einen Lkw überholte. Über die Kreuzung schlichen mehrere Paviane mit eingezogenen Schwänzen, aber Andrej kümmerten sie bereits nicht mehr.

»Woher haben Sie die Waffe, Don?«

Donald antwortete wieder nicht, sondern machte nur eine seltsame Geste – er versuchte, den nicht vorhandenen Hut in die Stirn zu ziehen.

»Also, Don!« sagte Andrej nun mit Entschiedenheit. »Wir fahren sofort zur Stadtverwaltung. Sie geben dort die Waffe ab und erklären, wie Sie dazu gekommen sind.«

»Hören Sie auf, dämlich zu quatschen«, erwiderte Donald. »Geben Sie mir lieber eine Zigarette.«

Andrej nahm automatisch das Päckchen heraus.

»Das ist kein Quatsch«, sagte er. »Ich will nichts wissen. Sie haben geschwiegen – gut, das ist Ihre Sache. Und überhaupt vertraue ich Ihnen. In der Stadt haben nur die Banditen Waffen. Damit will ich nichts andeuten, trotzdem verstehe ich Sie nicht. Die Waffe müssen Sie abgeben und alles erklären. Tun Sie nicht so, als wäre das Quatsch. Ich merke doch, wie Sie sich in letzter Zeit verändert haben. Lieber hingehen und alles gestehen.«

Donald wandte eine Sekunde den Kopf und blickte Andrej ins Gesicht. Andrej vermochte nicht zu erkennen, was seine Augen ausdrückten – Spott oder Leiden –, Donald wirkte sehr alt in diesem Moment, ganz gebrechlich und irgendwie gehetzt. Andrej war verwirrt und verlegen, er wiederholte jedoch beharrlich:

»Abgeben und alles gestehen. Alles!«

»Begreifen Sie, daß die Affen in die Stadt kommen?«

»Ja und?«

»Ja und?« wiederholte Donald spöttisch.

ZWEITES KAPITEL

Die Affen waren schon in der Stadt. Sie hockten auf Häusersimsen, hingen wie Trauben an Laternenpfählen, tanzten auf Kreuzungen, klebten an Fenstern, warfen mit Pflastersteinen, jagten verwirrte Menschen, die in Nachtwäsche auf die Straße gerannt waren.

Mehrere Male hielt Donald an, um Flüchtlinge aufzuladen. Die Mülltonnen hatten sie längst abgeworfen. Eine Zeitlang galoppierte vor dem Lkw ein scheuendes Pferd, das vor einen Leiterwagen gespannt war – auf diesem Wagen saß ein kräftiger Pavian, der mit seinen langen haarigen Armen herumfuchtelte und durchdringend schrie. Der Wagen prallte krachend an einen Laternenpfahl, das Pferd lief mit dem abgerissenen Geschirr weiter, der Pavian landete auf einer Dachrinne und verschwand.

Auf dem Rathausplatz herrschte Panik. Automobile fuhren vor und wieder weg, Polizisten rannten ins Gebäude, Männer in Schlafanzügen schlichen umher, an der Auffahrt wurde ein Beamter an die Wand gepreßt, man schrie fordernd auf ihn ein, er wehrte sich mit seinem Spazierstock und seiner Aktentasche.

Donald sprang aus der Kabine, Andrej folgte ihm. Sie

liefen ins Rathaus und verloren einander sofort in der Menschenmenge. Es herrschte ein Stimmengewirr, vom Tabakqualm tränten Andrej die Augen.

»Verstehen Sie doch! Ich kann nicht so – nur in Unterhosen!«

»Sofort das Arsenal öffnen, die Waffen austeilen! Zum Teufel, wenigstens den Polizisten die Waffen geben!«

»Wo ist der Polizeichef? Eben war er noch da.«

»Meine Frau ist dort, können Sie das verstehen? Meine Frau!«

»Hören Sie, es ist nichts Schlimmes. Affen – es sind nur Affen!«

»Verstehen Sie, ich wache auf, und auf dem Fensterbrett sitzt jemand . . .«

»Wo ist der Polizeichef? Pennt er, der Fettarsch?«

»Bei uns an der Ecke stand eine Laterne. Die haben sie umgerissen.«

»Kowalewski! Auf Zimmer zwölf, schnell!«

»Das werden Sie doch einsehen, daß in Unterhosen . . .«

»Wer kann autofahren? Einen Schofför! Alle auf den Platz! Zum Denkmal!«

»Wo zum Teufel ist der Polizeichef? Geflüchtet, der Hund?«

»Ein paar Männer in die Gießerei. Dort nimmst du diese . . . nun, die Stangen, für die Parkzäune. Nimm alle! Und komm gleich wieder her!«

»Eignen sich Luftgewehre?«

»Ich schlage nach einem haarigen Maul, und er brüllt: Mann, Dicky, das bin ich, Fred! Verdammt!«

»In den zweiundsiebzigsten Sektor – drei Wagen! In den dreiundsiebzigsten – fünf . . .«

»Geben Sie Uniformen aus! Nur gegen Quittung, damit wir sie danach wiederkriegen!«

Andrej wurde gestoßen, geschubst, an die Korridorwände gedrückt, auf die Füße getreten, und auch er drängelte und schubste. Erst suchte er Donald, um als Zeuge der Verteidigung bei der reuigen Waffenabgabe dabeizusein, dann begriff er, daß die Invasion der Paviane offenbar eine sehr ernste Sache war, wenn hier solch ein Durcheinander herrschte, und er bedauerte sogleich, daß er keinen Lkw dorthin fahren konnte, wo sich die Gießereien mit den geheimnisvollen Stangen befanden, er konnte auch niemanden mit Uniformen ausstatten – eigentlich wurde er hier nicht gebraucht. Er wollte wenigstens das mitteilen, was er mit eigenen Augen gesehen hatte, vielleicht könnten sich diese Angaben als nützlich erweisen, aber die einen wollten nicht zuhören, andere unterbrachen ihn und berichteten selber.

Er überzeugte sich voller Bitterkeit davon, daß er kein bekanntes Gesicht in diesem Gewirr aus Uniformen und Pyjamas entdecken konnte – er gewahrte nur flüchtig den schwarzen Silva, den Kopf mit einem blutigen Lappen verbunden – inzwischen wurde offensichtlich etwas unternommen, jemand schickte Leute hinaus, die Stimmen wurden immer lauter, immer selbstsicherer, die Schlafanzüge verschwanden allmählich, während die Zahl der Uniformen zunahm, einen Augenblick lang glaubte Andrej, gleichmäßige Stiefelschritte und ein Marschlied zu vernehmen, man hatte jedoch nur einen tragbaren Safe fallengelassen, der nun die Treppe hinunterpolterte und in der Tür der Verpflegungsabteilung steckenblieb.

Hier erblickte Andrej ein bekanntes Gesicht – einen Beamten, einen ehemaligen Kollegen aus der Buchhaltung des Eichamtes. Andrej zwängte sich durch die Menge, preßte den Mann an die Wand und erklärte in einem Atemzug, daß er, Andrej Woronin – erinnern Sie sich, wir waren doch Kollegen? – heute Müllfahrer sei, niemanden finden könne, bringen Sie mich irgendwohin, sicherlich seien Leute nötig . . . Der Beamte hörte eine Zeitlang zu, wobei er verwirrt zwinkerte und schwache Versuche machte, sich loszureißen, schließlich stieß er Andrej fort und schrie: »Sehen Sie denn nicht – ich bringe Akten zur Unterschrift!« Er flüchtete fast den Korridor entlang.

Andrej unternahm noch einige Versuche, bei der Organisation mitzuwirken, wurde aber stets zurückgewiesen, alle hatten es schrecklich eilig, es gab niemanden, der zum Beispiel Listen von Freiwilligen zusammengestellt hätte. Andrej war darüber sehr aufgebracht. Er riß alle Türen auf, in der Hoffnung, wenigstens eine verantwortliche Person zu finden, die nicht rannte, nicht schrie und nicht mit den Armen fuchtelte – irgendwo mußte sich doch der Stab befinden, der dieses ganze Treiben lenkte.

Das erste Zimmer war leer. Im zweiten brüllte ein Mann im Schlafanzug in den Telefonhörer, und ein zweiter zog fluchend einen Bürokittel über. Unter dem Kittel sahen Polizeihosen und reparaturbedürftige Polizeischuhe ohne Schnürsenkel hervor. Als Andrej in den dritten Raum schaute, schlug ihm irgend etwas Rosafarbenes mit Knöpfen ins Gesicht, er zuckte zurück, nachdem er einige recht ansehnliche weibliche Körper registriert hatte. Im vierten Raum befand sich der Mentor.

Er saß auf dem Fensterbrett, hielt seine Knie umfaßt und schaute in die Finsternis hinaus, wo hin und wieder Scheinwerfer aufleuchteten. Als Andrej eintrat, wandte er ihm sein gutmütiges Gesicht zu, zog wie immer ein wenig die Brauen hoch und lächelte. Dieses Lächeln besänftigte Andrej sogleich, all seine Wut und Erbitterung verflogen, er wußte, daß nun alles glücklich enden würde.

»Da sehen Sie's«, sagte Andrej und breitete die Arme aus. »Ich bin gänzlich überflüssig. Autofahren kann ich nicht, wo sich die Gießerei befindet, weiß ich auch nicht. Ein totales Durcheinander, man versteht rein gar nichts.«

»Ja«, stimmte ihm der Mentor voller Mitgefühl zu. »Ein schreckliches Durcheinander.« Er nahm die Füße vom Fensterbrett, setzte sich auf die Handflächen und ließ die Beine baumeln wie ein Kind. »Es überschreitet alle Grenzen. Man muß sich schämen. Fast alles erwachsene Menschen mit Berufserfahrung! Also stimmt die Organisation nicht. Habe ich recht, Andrej? Also wurden wichtige Fragen dem Selbstlauf überlassen. Ungenügende Vorbereitung, mangelnde Disziplin. Und die Bürokratie natürlich.«

»Ja!« sagte Andrej. »Natürlich! Wissen Sie, was ich beschlossen habe? Ich werde jetzt niemanden mehr suchen, nichts mehr erklären, ich nehme einen Stock und ziehe los. Ich reihe mich irgendwo in eine Abteilung ein. Und wenn die mich nicht aufnehmen – dann geh ich eben allein. Dort sind doch schutzlose Frauen und Kinder.«

Bei jedem Wort nickte der Mentor, er lächelte nicht mehr, seine Miene war jetzt ernst und mitfühlend.

»Nur eines noch«, sagte Andrej stirnrunzelnd. »Was ist mit Donald?«

»Mit Donald? Ach, mit Donald Cooper!« Er lachte. »Sie denken natürlich, Donald Cooper sei schon verhaftet und bereue seine Verbrechen. Nichts dergleichen. Donald Cooper organisiert gerade eine Freiwilligenabteilung, um die Paviane zu bekämpfen, er ist natürlich kein Bandit und hat auch keine Verbrechen begangen, die Pistole hat er auf dem Schwarzmarkt gegen eine goldene Taschenuhr eingetauscht, ein Erbstück. Er ist sein Leben lang mit einer Waffe herumgelaufen – daran ist er gewöhnt!«

Andrej war sehr erleichtert. »Alles klar! Ich habe das selber nicht geglaubt, ich habe nur gemeint, daß . . . schon gut!« Er drehte sich um, hielt dann jedoch inne. »Sagen Sie mal . . . wenn das kein Geheimnis ist, dann sagen Sie, wozu das alles? Affen? Woher kommen sie? Was sollen sie uns beweisen?«

Der Mentor seufzte und sprang vom Fensterbrett.

»Sie stellen wieder Fragen, Andrej, auf die . . .«

»Nein! Ich verstehe alles!« erwiderte Andrej hastig, und er preßte die Hände an die Brust. »Ich wollte nur . . .«

»Warten Sie! Sie stellen Fragen, auf die ich einfach nicht zu antworten vermag. Begreifen Sie das doch endlich. *Ich kann es nicht*! Erosion der Gebäude . . . Verwandlung von Wasser in Galle . . . übrigens, das war noch vor Ihnen . . . Und jetzt – die Paviane. Erinnern Sie sich, Sie alle wollten wissen, wie das zu erklären ist: Menschen unterschiedlicher Nationalitäten, und alle sprechen eine Sprache. Erinnern Sie sich, wie Sie das verblüfft hat, wie Sie dem mißtrauten, sich sogar fürchteten, wie Sie Kensi zu beweisen suchten, daß er Russisch spreche, und Kensi Ihnen beweisen wollte, daß Sie Japanisch sprechen, erinnern Sie sich? Inzwischen haben Sie sich daran gewöhnt, jetzt kommen Ihnen solche Fragen nicht mehr in den Sinn. Eine Bedingung des Experiments. Das Experiment ist das Experiment, was ist hier noch zu sagen? Nun, gehen Sie, gehen Sie, Andrej. Ihr Platz ist dort. Handeln ist das Wichtigste. Jeder an seinem Platz, und jeder tut, was er kann!«

Andrej ging hinaus, rannte auf den Flur, der jetzt völlig menschenleer war, stürzte die Paradetreppe hinunter auf den Platz und erblickte eine geschäftige Menge um einen Lastwagen. Ohne zu zögern, gesellte er sich zu diesen Männern, drängte sich vorwärts, man drückte ihm einen schweren Metallspeer in die Hand, nun war er bewaffnet und bereit zum entscheidenden Kampf.

Eine allzu vertraute Stimme in nächster Nähe kommandierte, alle sollten eine Kolonne zu drei Mann bilden, und Andrej, den Speer geschultert, fand einen Platz zwischen einem schwergewichtigen Lateinamerikaner mit Hosenträgern über dem Nachthemd und einem weißblonden Intellektuellen, der schrecklich aufgeregt war; ständig nahm er seine Brille ab, behauchte die Gläser, putzte sie mit dem Taschentuch und setzte sie wieder auf die Nase, um sie mit zwei Fingern zurechtzurücken.

Die Abteilung bestand aus dreißig Mann. Sie wurden offenbar von Fritz Geiger befehligt, was für Andrej einerseits recht kränkend war, andererseits mußte er gestehen, daß in dieser Situation Fritz Geiger, ein ehemaliger Faschist, hier sozusagen am rechten Platz war.

Wie es sich für einen einstigen Unteroffizier der Wehrmacht gehörte, drückte er sich nicht gerade fein aus. »Stillgestanden!« schrie er über den Platz, als kommandiere er ein Regiment beim Exerzieren. »He, ihr da, in den Hauslatschen! Ja, ihr! Rührt den Arsch! Was steht ihr breitbeinig da wie die Kuh beim Bullen! Ihr da auch! Lanzen bei Fuß! Nicht auf die Schultern, sondern bei Fuß, habe ich gesagt. Der Opa da mit den Hosenträgern! Stillgestanden! Im Gleichschritt – halt! Im Gleichschritt – marsch!« Sie liefen los. Andrej wurde von hinten getreten, er stolperte, berührte mit der Schulter den Intellektuellen, der die Brille beim Putzen fallen ließ. »Alter Schwachkopf!« sagte Andrej, der nicht an sich halten konnte. »Vorsicht«, schrie der Intellektuelle mit hoher Stimme. »Um Himmelswillen!« Andrej half ihm, die Brille zu suchen, und als Geiger auf sie zustürmte, außer sich vor Wut, schickte ihn Andrej zum Teufel.

Zusammen mit dem ständig stolpernden Intellektuellen holten sie die Kolonne ein, und nach zwanzig Metern erhielten sie den Befehl »Aufsitzen«. Es gab übrigens nur einen großen Lkw, auf dem man unlängst noch Mörtel transportiert hatte. Als sie aufstiegen, quatschte es unter den Füßen. Der Mann in Pantoffeln stieg schwerfällig wieder ab und erklärte, daß er auf diesem Wagen nirgendwohin fahre. Geiger befahl ihm, auf die Ladefläche zurückzukehren. Der Mann wandte ein, daß er in Pantoffeln sei und nasse Füße habe. Geiger nannte ihn ein trächtiges Schwein. Der Mann erwiderte furchtlos, daß er eben kein Schwein sei, denn das würde gewiß nichts gegen solchen Dreck einzuwenden haben, aber ... Da stieg ein Mexikaner vom Wagen, spuckte Geiger verächtlich vor die Füße, steckte die plumpen Finger unter die Hosenträger und schritt bedächtig von dannen.

Andrej empfand Schadenfreude. Er billigte keineswegs das Verhalten des Mannes in Pantoffeln und das des Mexikaners schon gar nicht – sie verhielten sich unkameradschaftlich und führten sich wie Spießbürger auf –, er war aber äußerst neugierig darauf, was der Möchtegernfeldherr tun würde.

Andrej mußte bekennen, daß Geiger die Lage ehrenvoll meisterte. Er drehte sich wortlos auf dem Absatz um, sprang aufs Trittbrett neben den Schofför und kommandierte laut: »Abfahren!« In dem Moment wurde die Sonne eingeschaltet.

Andrej hielt sich nur mühsam auf den Beinen, er klammerte sich an die Nachbarn und beobachtete mit gerecktem Hals, wie der himbeerfarbene Diskus langsam entflammte. Erst zitterte die Scheibe, als pulsiere sie, dann wurde sie immer klarer, orangefarben, gelb, weiß, dann erlosch sie eine Weile, um sogleich in voller Kraft aufs neue zu erstrahlen, so daß es fast unerträglich wurde, in sie hineinzuschauen.

Ein neuer Tag hatte begonnen. Der pechschwarze sternenlose Himmel wurde trübblau, glühendheiß, die Luft war schwül, die Stadt entstand wie aus dem Nichts – klar, bunt, riesig, von bläulichen Schatten gestreift, Stockwerke türmten sich übereinander, kein Gebäude glich dem anderen, und man erblickte zur Rechten die Gelbe Mauer, die bis in den Himmel reichte, links jedoch in den Öffnungen über den Dächern gähnte blaue Leere, als breitete sich dort ein Meer aus. Viele blickten aus Gewohnheit auf die Uhr. Es war genau acht.

Sie fuhren nicht lange. Offenbar waren die Affenhorden noch nicht bis hierher vorgedrungen – die Straßen wirkten still und verlassen wie immer um diese morgendliche Stunde. Fenster wurden aufgerissen, verschlafene Menschen reckten sich, betrachteten gleichgültig den Lastwagen. Frauen in Nachthauben lüfteten auf den Fensterbrettern die Betten, auf einem Balkon betrieb ein sehniger Greis mit wehendem Bart verbissen seine Frühgymnastik. Hier war alles ruhig, aber in der Nähe des Sechzehnten Sektors begegneten ihnen die ersten Flüchtlinge, weniger verängstigt als wütend, einige mit Bündeln auf dem Rücken. Als die Menschen den Lastwagen erblickten, blieben sie stehen, winkten und schrien etwas. Der Lkw bog mit Getöse in die Vierte Linke ein, wobei er beinahe ein greisenhaftes Paar überfuhr, das eine Karre vor sich herschob, und hielt. Alle sahen gleich die Paviane.

Die Paviane benahmen sich hier wie im Urwald. Die Schwänze zu Haken gebogen, schlenderten sie faul von Bürgersteig zu Bürgersteig, sprangen fröhlich auf den Simsen, schaukelten an Laternen, flohten sich hingebungsvoll, riefen einander schallend etwas zu, zogen Grimassen, balgten und paarten sich ungeniert. Eine Bande silbriger Einbrecher raubte einen Lebensmittelkiosk aus, zwei langschwänzige Halbstarke belästigten eine schreckensbleiche Frau, die starr in einem Hauseingang stand, und eine dickpelzige Schönheit, die es sich in der Bude des Verkehrspolizisten bequem machte, streckte Andrej kokett die Zunge heraus. Der warme Wind wehte mit den Staubwolken auch Bettfedern, ausgerissene Buchseiten, Fellflocken und Kotgerüche herüber.

Andrej schaute verstört auf Geiger, der mit zusammengekniffenen Augen wie ein Heerführer das künftige Schlachtfeld betrachtete. Der Fahrer stellte den Motor ab, die eingetretene Stille füllte sich mit wilden, durchaus nicht städtischen Lauten – mit Brüllen und Miauen, mit Gurren, Rülpsen, Schmatzen, Grunzen ... Plötzlich kreischte die belästigte Frau mit aller Kraft, und Geiger schritt zur Tat.

»Absteigen!« kommandierte er. »Los, los! Eine Kette bilden ... Kette habe ich gesagt, nicht Haufen! Vorwärts! Schlagt sie, jagt sie! Kein Vieh darf hier bleiben! Auf den Kopf und den Rücken schlagen! Nicht stechen, sondern schlagen! Vorwärts, los! Nicht zögern, ihr da!«

Andrej sprang als einer der ersten ab. In die Kette reihte er sich nicht ein, vielmehr faßte er seine Eisenstange besser an und eilte auf die Frau zu, um sie zu befreien. Als ihn die langschwänzigen Burschen erblickten, kicherten sie und flüchteten blitzschnell die Straße hinauf, wobei sie spöttisch ihr glänzendes Gesäß in Falten zogen. Die Frau hörte nicht auf zu kreischen, sie hatte die Augen fest zusammengekniffen und die Fäuste geballt, aber da ihr keine Gefahr mehr drohte, begab sich Andrej zu den Banditen, die den Kiosk plünderten.

Es waren prächtige Exemplare, besonders einer mit einem kohlschwarzen Schwanz. Er saß auf einem Faß, fischte Salzgurken mit seinem langen behaarten Arm und kaute sie genüßlich, von Zeit zu Zeit auf seine Kumpane spuckend, die wie besessen die Furnierwand des Kioskes abrissen. Als sich Andrej näherte, hörte der Schwarzschwänzige auf zu kauen und griente. Andrej gefiel dieses Grienen gar nicht, aber Zurückweichen war unmöglich. Er holte mit der Eisenstange aus, schrie »Hau ab!« und stürzte vorwärts.

Der Schwarzschwänzige fletschte seine Zähne – er hatte ein Gebiß wie ein Killerhai –, sprang lässig vom Faß, ging einige Schritte beiseite und machte sich daran, seine Achselhöhle zu belecken. »Hau ab, du Scheusal!« schrie Andrej und schlug mit der Stange ans Faß. Da sprang der Schwarzschwänzige mit einem Satz auf den Sims des ersten Stocks. Von der Feigheit des Gegners ermutigt, donnerte Andrej mit seiner Stange an die Kioskwand. Die Wand krachte, die Freunde des Schwarzschwänzigen stoben nach allen Seiten auseinander. Das Schlachtfeld war gesäubert, Andrej blickte sich um.

Geigers Kampfordnung hatte sich aufgelöst. Die Kämpfer schlichen verstört durch die leere Straße, schauten in die Hausflure und hinauf zu den Pavianen, die auf den Häusersimsen saßen. Die Stange schwingend, rannte der Intellektuelle über das Pflaster. Er verfolgte eine lahme Äffin, die sich lässig zwei Schritte vor ihm hielt. Kämpfen konnte man gegen niemanden, sogar Geiger war ratlos. Er stand mit düsterer Miene neben dem Lkw und kaute am Daumen.

Die eben noch stillen Paviane, die sich nun in Sicherheit fühlten, riefen einander etwas zu, putzten sich und beschäftigten sich mit Liebe. Die frechsten ließen sich tiefer herab, zogen Grimassen und zeigten beleidigend das Gesäß. Andrej erblickte wieder den Schwarzschwänzigen: Er saß auf einer Laterne und lachte schallend. Der Laterne näherte sich nun mit drohender Miene ein kleiner Mann, der wie ein Grieche aussah. Er holte aus und warf mit aller Kraft etwas nach dem Schwarzschwänzigen. Es klirrte, Glas zersplitterte, der Schwarzschwänzige sprang überrascht einen Meter hoch, stürzte beinahe ab, hielt sich jedoch geschickt mit dem Schwanz fest, nahm die frühere Pose ein, und plötzlich, mit gebeugtem Rücken, bedachte er den Griechen mit einem Strahl flüssigen Kots. Andrej spürte Übelkeit, er wandte sich ab. Die Niederlage war vollständig, sich etwas Neues auszudenken erschien unmöglich. Da trat Andrej auf Geiger zu und fragte leise:

»Was wollen wir tun?«

»Weiß der Henker«, sagte Geiger wütend. »Wir bräuchten Flammenwerfer.«

»Vielleicht sollten wir Ziegelsteine holen?« schlug ein pickliger Jüngling vor. »Ich arbeite in der Ziegelei. Einen Wagen haben wir, in einer halben Stunde sind wir zurück.«

»Nein«, erklärte Geiger autoritär. »Ziegelsteine eignen sich nicht. Wir zerschlagen alle Fenster, und dann schmeißen die Biester mit den Ziegeln zurück. Nein. Hier bräuchten wir Pyrotechnik. Raketen, Petarden . . . Ach, hätten wir bloß ein Dutzend Ballons Phosgen!«

»Woher nehmen wir hier Pyrotechnik?« fragte verächtlich ein Mann mit tiefer Baßstimme. »Und was das Phosgen betrifft, da ist es meiner Meinung nach besser, die Paviane . . .«

Alle versammelten sich um den Befehlshaber. Nur der Grieche blieb abseits, er wusch sich an einer Pumpe, wobei er grobe Flüche ausspie.

Währenddessen beobachtete Andrej, wie der Schwarzschwänzige und seine Freunde wieder an den Kiosk heranschlichen. Hier und dort erschienen in den Fenstern erregte Menschen, vornehmlich Frauen. »He, was steht ihr da rum?« schrien sie aufgebracht. »Verjagt sie doch, ihr Männer! Seht mal, sie plündern den Kiosk! Männer, tut was! He, du Blonder! Kommandieren, was? Was steht ihr rum wie Ölgötzen? Mein Gott, die Kinder weinen! Macht doch was, damit wir rauskönnen! Das nennt sich Männer! Haben Angst vor Affen!« Die Männer wußten wenig zu erwidern. Die Stimmung war gedrückt.

»Die Feuerwehr! Die Feuerwehr muß her!« erklärte der Baß. »Mit Leitern und Spritzen!«

»Das nutzt nichts – die armseligen zwanzig Mann.«

»Oder Fackeln anzünden? Vielleicht haben sie Angst vorm Feuer?«

»Warum zum Teufel haben sie den Polizisten die Waffen weggenommen? Die sollten sie wieder austeilen!«

»Wollen wir nicht lieber nach Hause? Meine Frau ist dort allein.«

»Hören Sie auf damit! Wir alle haben Frauen. Die da sind auch Frauen von jemandem.«

»Vielleicht auf die Dächer steigen? Von dort mit irgendwas ...«

»Womit willst du sie kriegen, du Dämlack! Mit deinem Stock?«

»Ach, diese Biester!« schrie plötzlich haßerfüllt der Baß. Er lief los und warf seine Stange mit aller Kraft in den schwergeprüften Kiosk. Die Stange durchschlug die Furnierwand, die Bande des Schwarzschwänzigen guckte verwundert und tat sich weiter an Gurken und Kartoffeln gütlich. Die Frauen in den Fenstern lachten höhnisch.

»Jedenfalls halten wir sie hier auf. Solange wir hier sind, haben sie Angst, weiter in die Stadt vorzudringen.«

Alle begannen nun laut zu reden. Erstens war klar, daß die Paviane in die Stadt vordringen würden, niemand konnte sie daran hindern, und zweitens, wenn doch, wer mochte hier übernachten? Hier bleiben?

Da klapperten Pferdehufe und ratterten Räder, alle schauten die Straße hinauf. Langsam näherte sich ein zweispänniger Pferdewagen. Auf dem Wagen döste ein kräftiger Mann in einer ausgeblichenen russischen Militärbluse und in ebenso ausgeblichenen Reithosen friedlich vor sich hin. Sein Kopf war völlig mit wirrem rotem Haar bedeckt, in den sonnengebräunten Händen hingen schlaff die Zügel, die Beine, die in groben Stiefeln aus wasserdichtem Stoff steckten, baumelten lässig seitwärts herab. Die Pferde – ein Brauner und ein Apfelschimmel – trabten träge dahin und schienen ebenfalls im Laufen zu dösen.

»Er fährt auf den Markt«, sagte jemand neidisch. »Ein Farmer.«

»Ja, Kumpel, als ob die Farmer nicht genug Sorgen hätten – wenn nun noch diese Biester kommen.«

»Paviane auf Getreidefeldern!«

Andrej schaute neugierig hin. Einen Farmer sah er zum ersten Mal während seines Aufenthalts in der Stadt, obwohl er von diesen Menschen oft gehört hatte – sie lebten weit im Norden inmitten von Sümpfen und Dschungeln, in die Stadt kamen sie nur, um dort ihre Produkte abzusetzen, und im Unterschied zu den Städtern wechselten sie niemals den Beruf.

Der Wagen näherte sich langsam, der Kutscher nickte und schnalzte manchmal, ohne aufzuwachen. Plötzlich gerieten die Affen, die bisher recht friedlich gestimmt waren, in ungewöhnliche Erregung. Entweder reizten sie die Pferde, oder es verdroß sie endlich die Anwesenheit der Männer auf ihrer Straße, sie wurden laut, fletschten die

Zähne, die Energischsten kletterten an Abflußrohren auf die Dächer und brachen Ziegel ab.

Ein Brocken traf den Farmer an der Schulter. Er zuckte zusammen, richtete sich auf und betrachtete mit weit aufgerissenen Augen die Straße. Als erstes bemerkte er den bebrillten Intellektuellen, der, erschöpft von seiner ergebnislosen Verfolgung zurückgekehrt, allein hinter dem Wagen einherlief. Der Farmer ließ die Zügel los, die Pferde blieben sogleich stehen. Er sprang vom Wagen, um sich auf den Frechling zu stürzen, da traf ein anderes Ziegelstück den Intellektuellen direkt auf den Scheitel. Der Intellektuelle ächzte, ließ die Stange fallen und ging in die Knie, wobei er mit den Händen den Kopf umfaßte. Der Farmer blieb verblüfft stehen. Um ihn herum krachten Ziegelbrocken aufs Pflaster und zerfielen zu orangefarbenem Staub.

»Abteilung, in Deckung!« kommandierte Geiger tapfer und rannte in den nächsten Hauseingang. Alle stürzten davon, Andrej preßte sich an eine Hauswand in der toten Zone und beobachtete den Farmer, der sich völlig benommen umschaute und offensichtlich nichts begriff. Sein verschlafener Blick glitt über die Simse und Dachrinnen, die mit Pavianen besetzt waren. Die Miene des Farmers verdüsterte sich; er schüttelte den Kopf, dann riß er die Augen weit auf und sagte laut:

»Euch werd' ich!«

»In Deckung!« rief man ihm von allen Seiten zu. »He, Rauschebart! Komm hierher! Du kriegst eins auf die Birne, Blödmann!«

»Was ist denn das?« fragte der Farmer den Intellektuellen, der auf allen vieren seine Brille suchte. »Was ist das hier, wissen Sie's?«

»Affen natürlich!« antwortete erbost der Intellektuelle. »Sehen Sie das nicht, mein Herr?«

»Eine Wirtschaft ist das bei euch!« erklärte der Farmer. »Immer denkt ihr euch was Neues aus!«

Der Sohn der Sümpfe war nun philosophisch und gutmütig gestimmt. Er hatte sich davon überzeugt, daß ihm keine Beleidigung angetan wurde, und geriet etwas aus der Fassung angesichts der Affenhorden. Der Intellektuelle fand endlich seine Brille, ergriff die Stange und rannte in Dekkung, so daß der Farmer mutterseelenallein auf der Straße zurückblieb – als einzige Zielscheibe für die haarigen Schützen. Sie erkannten sogleich ihre vorteilhafte Position. Große Steine landeten krachend zu seinen Füßen. Splitter trafen seinen zottigen Kopf und die Schultern.

»Jetzt reicht's aber!« brüllte der Farmer. Ein Brocken hatte ihn an der Stirn verletzt.

Der Farmer stürzte zu seinem Wagen. Andrej meinte anfangs, daß der Mann schleunigst heim in die Sümpfe fliehen würde, fort aus dieser gefährlichen Stadt. Der bärtige Farmer dachte jedoch nicht daran. Er brummte »Pack, gemeines! Mistviecher!«, während er auf seinem Wagen herumkramte. Die Frauen im gegenüberliegenden Haus kreischten plötzlich auf und schlugen die Fenster zu. Andrej konnte nichts erkennen. Der Farmer hockte sich hin, und auf die Dächer wurde ein ölig spiegelnder Gewehrlauf gerichtet.

»Aufhören!« schrie Geiger und eilte mit großen Sätzen auf den Panjewagen zu.

»Ihr Biester, ihr Mistviecher . . .« brummte der Farmer, während er überlegt und sehr flink hantierte. Andrej beobachtete den Farmer voller Spannung, auch die Affen witterten etwas. Sie hörten auf zu werfen, setzten sich auf die Schwänze und riefen einander aufgeregt etwas zu.

Geiger war inzwischen beim Wagen angelangt. Er packte den Farmer an der Schulter und wiederholte gebieterisch: »Aufhören!«

»Wart's nur ab!« erwiderte ärgerlich der Farmer. »Wart's ab, ich hole sie runter, dieses Pack.«

»Ich habe aufhören befohlen!« schrie Geiger.

Der Farmer richtete den Blick auf ihn und erhob sich langsam. »Was willst du?« fragte er, voller Verachtung die Worte dehnend. Er war so groß wie Geiger, hatte jedoch breitere Schultern.

»Woher haben Sie die Waffe?« fragte Geiger scharf. »Zeigen Sie Ihre Dokumente!«

»Du Grünschnabel! Dokumente willst du sehen? Und das möchtest du nicht, du blonde Laus?«

Geiger achtete nicht auf die unanständige Geste. Er schaute dem Farmer weiterhin direkt in die Augen und brüllte nun: »Rummer! Woronin! Frisch! Hierher!«

Als Andrej seinen Namen hörte, wunderte er sich, ging jedoch ohne Eile zum Wagen. Von der anderen Seite näherte sich in leichtem Trab der stämmige Rummer, einst Berufsboxer, und es kam auch Geigers Freund, der schmächtige Otto Frisch, ein junger Mann mit Segelohren, eiligst angerannt.

»Dann los!« Der Farmer lächelte böse, als er die Kriegsvorbereitungen beobachtete.

»Ich bitte Sie nochmals, Ihre Dokumente vorzuweisen«, sagte Geiger mit eisiger Höflichkeit.

»Du kannst mich mal«, antwortete gelassen der Farmer. Er schaute jetzt auf Rummer, und scheinbar unabsichtlich ergriff er eine neben ihm liegende Peitsche aus kunstvoll geflochtenem Leder.

»Laß das!« sagte Andrej warnend. »Hör zu, keinen Streit, wir sind von der Stadtverwaltung.«

»Die Stadtverwaltung kann mich auch«, antwortete der Farmer, wobei er Rummer von Kopf bis Fuß musterte.

»Was soll ich tun?« erkundigte sich Rummer leise.

»Sie wissen sehr gut«, sagte Geiger, »daß Waffen im Stadtgebiet verboten sind. Ein Maschinengewehr erst recht. Wenn Sie eine Genehmigung haben, bitte ich, sie vorzuweisen.«

»Wer sind Sie denn? Polizei? Gestapo?«

»Wir sind vom Freiwilligen Selbstschutz.«

Der bärtige Farmer lächelte. »Dann schützt euch doch, wer hindert euch?«

Die Männer versammelten sich allmählich um den Wagen. Neugierig betrachteten sie den bärtigen Farmer, das unheilverkündende Maschinengewehr, das aufrecht auf dem Leiterwagen stand, und etwas Rundes, Gläsernes, das unter der Plane hervorlugte. Der Farmer strömte einen eigenartigen Geruch aus, eine Mischung aus Schweiß, Knoblauch und Schnaps. Andrej schaute gerührt auf das ausgeblichene, in den Achseln durchgeschwitzte Hemd, den einzigen Bronzeknopf auf dem Kragen, die rechts in die Stirn gezogene Soldatenmütze mit der Spur eines fünfzackigen Sterns und die riesigen Knobelbecher – nur der Vollbart paßte nicht zu dem Bild. Da kam Andrej in den Sinn, daß das alles bei Fritz Geiger ganz andere Assoziationen und Empfindungen hervorrufen mußte. Geiger stand steif da, die Lippen zu einem Strich zusammengepreßt, die Nase verächtlich gerümpft, und fixierte den Farmer mit seinen stahlgrauen Augen.

»Wir brauchen keine Genehmigung«, sagte der Farmer, während er mit der Peitsche spielte. »Wir brauchen überhaupt nichts zu tun, bloß euch Schmarotzer ernähren, das ist alles.«

»Woher hast du das MG?« dröhnte aus der hinteren Reihe der Baß.

»Das MG? Bündnis von Stadt und Land, so heißt es doch. Ich gebe dir erstklassige Ware, du gibst mir ein MG, alles ehrlich und anständig.«

»Nicht doch«, erklärte der Baß. »Ein MG ist kein Spielzeug, das ist keine Melkmaschine.«

»Ich glaube«, mischte sich ein Vernünftiger ein, »daß die Farmer Waffen besitzen dürfen.«

»Niemand darf das«, sagte Rummer heiser.

»Das ist aber dumm!« wandte der Vernünftige ein.

»Klar ist das dumm«, sagte der Farmer. »Sitz du mal bei uns in den Sümpfen, und nachts, wenn die Jagd losgeht.«

»Wer hat eine Jagdberechtigung?« erkundigte sich lebhaft der Intellektuelle, der sich in die erste Reihe vorgedrängt hatte.

»Wer jagen will, der tut's eben«, antwortete der Farmer.

Der Intellektuelle erregte sich immer mehr. »Nicht doch, erlauben Sie. Ich bin Biologe, aber bisher ist es mir nicht gelungen . . .«

»Schweigen Sie!« bellte ihn Geiger an. »Und Ihnen«, fuhr er fort, an den Farmer gewandt, »schlage ich vor, mir zu folgen. Um unnötiges Blutvergießen zu vermeiden.«

Ihre Blicke kreuzten sich. Der bärtige Farmer schien zu erkennen, wen er vor sich hatte. Er lächelte boshaft und schrie:

»Milch, Eier? Hitler kaputt!«

Dieser Mann fürchtete kein Blutvergießen.

Geiger schien einen Kinnhaken abbekommen zu haben. Er warf den Kopf zurück, das blasse Gesicht lief rot an, an den Backenknochen traten Beulen hervor. Einen Moment meinte Andrej, Geiger würde sich auf den Farmer stürzen, und er trat sogar vor, um sich zwischen sie zu stellen, aber Geiger beherrschte sich. Das Blut schwand wieder aus seinem Gesicht, und er erklärte sachlich:

»Das gehört nicht zur Sache. Folgen Sie mir bitte.«

»Lassen Sie ihn doch, Geiger!« sagte der Baß. »Das ist ein Farmer. Hat man das schon gesehen – Farmer belästigen!«

Alle stimmten ihm zu. Ein Farmer sei kein Gangster.

»Wir müssen die Paviane in die Flucht schlagen, und Sie spielen hier Polizei!« sagte der Vernünftige.

Die Spannung hatte sich gelegt. Alle erinnerten sich wieder an die Paviane. Sie spazierten schon wieder herum, wo es ihnen beliebte. Die Bevölkerung erwartete offenbar keine entscheidenden Taten vom Selbstschutz und hatte beschlossen, selber irgendwie zurechtzukommen. Schon eilten Frauen mit Einkaufstaschen in die Geschäfte, viele hielten Bastbesen oder Stöcke in der Hand, um die aufdringlichen Affen abzuwehren. Bei einem Verkaufsstand wurden die Rolläden hochgezogen, und ein Mann betrachtete seufzend seinen halb ausgeraubten Kiosk, kratzte sich im Nacken und dachte über etwas nach. An der Bushaltestelle wuchs die Schlange, und schon tauchte der erste Autobus auf. Die Anordnung der Stadtverwaltung mißachtend, hupte er laut, um die Paviane zu verscheuchen, die nicht mit den Regeln des Straßenverkehrs vertraut waren.

»Ja, meine Herren«, sagte jemand in der hinteren Reihe. »Wir werden uns auch daran gewöhnen müssen. Nach Hause, nicht wahr, Kommandeur?«

Geiger betrachtete mit finsterer Miene die Straße. »Na ja . . .«, erklärte er resigniert. »Dann eben nach Hause.«

Er drehte sich um, die Hände in den Taschen, und begab sich als erster zum Lkw. Die Abteilung folgte ihm, Streichhölzer und Feuerzeuge flammten auf, jemand fragte nach einer Bescheinigung, weil er zu spät komme. Der Vernünftige wußte auch hier Rat: Heute würden sich alle zur Arbeit verspäten, wozu also Bescheinigungen. Beim Pferdewagen blieben nur Andrej und der bebrillte Biologe zurück, der unbedingt wissen wollte, wie man in den Sümpfen jagen könne.

Der bärtige Farmer, der das MG auseinandernahm und wieder einpackte, erklärte herablassend, daß man Wasserhyänen jage. »Die haben große Ähnlichkeit mit Krokodilen. Hast du schon mal ein Krokodil gesehen? Nur mit Fell. Ein rotes, dichtes Fell. Und in der Brunft, Mann, sieh dich vor. Die sind stark wie Bullen und in dieser Zeit wie rasend – Häuser, Scheunen, alles geht zu Bruch . . .«

Die Augen des Intellektuellen glühten, er hörte begierig zu, immer wieder rückte er mit gespreizten Fingern die Brille zurecht.

Geiger rief vom Lkw: »He, kommt ihr nun mit oder nicht?«

Der Intellektuelle schaute auf die Uhr, seufzte und flüsterte entschuldigende Worte. Dann ergriff er die Hand des Farmers, schüttelte sie mit aller Kraft und lief zum Lkw.

Andrej blieb, er wußte selber nicht, warum. Es war wie ein Anfall von Nostalgie. Das überkam ihn nicht, weil er sich nach russischen Worten sehnte – schließlich sprachen alle hier Russisch – oder weil der bärtige Farmer so etwas wie die Verkörperung seiner Heimat darstellte. Aber da war etwas an ihm, wonach sich Andrej sehnte, etwas, was er nicht vom harten, bissigen Donald, nicht vom fröhlichen warmherzigen und trotzdem fremden Kensi erhalten konnte, auch nicht von Wan, der stets gutmütig, stets wohlwollend war, aber schon viel zu abgestumpft ... Er hatte nicht einmal geahnt, daß er sich so sehr nach diesem »Irgend etwas« sehnte.

Der Farmer blickte ihn von der Seite an und fragte: »Landsmann, nicht wahr?«

»Leningrader«, antwortete Andrej. Er empfand das als peinlich. Um dieses Peinliche zu kaschieren, bot er dem Farmer eine Zigarette an.

»Ach so«, sagte der Farmer, der eine Zigarette aus dem Päckchen zog. »Landsleute, sieh mal an. Ich bin aus Wologda. Aus Tscherepowez, hast du das gehört?«

»Was du nicht sagst!« Andrej freute sich. »Dort wurde doch ein Metallurgisches Kombinat gebaut, ein riesiges Werk!«

»Ja«, sagte der Farmer gleichgültig. »Es ist schon lange in Betrieb. Na, gut. Und was machst du hier?«

Andrej sagte es ihm.

»Ich bin Farmer, wie sie uns hier nennen. Jurij Konstantinowitsch Dawydow. Möchtest du einen Schluck?«

Andrej zögerte. »Noch ein bißchen früh.«

»Ja, vielleicht noch ein bißchen zu früh«, pflichtete ihm

Dawydow bei. »Ich muß auf den Markt. Weißt du, gestern abend bin ich gleich in die Werkstatt, sie hatten mir das MG versprochen. Wir haben das Ding ausprobiert, ich habe ihnen einen Schinken gegeben, ein Fäßchen Selbstgebrannten, und wir haben gefeiert, bis die Sonne abgeschaltet wurde.« Während er erzählte, beendete er das Packen seiner Ladung. Er ergriff die Zügel, setzte sich seitwärts auf den Wagen und trieb die Pferde an. Andrej lief nebenher.

»Ja . . .«, erzählte Dawydow. »Sie haben also die Sonne abgeschaltet. Und er sagt: Gehen wir, sagt er, ich kenne hier ein Haus. Wir sind hingegangen, haben getrunken, gegessen. Du weißt ja selber, wie das mit Wodka in der Stadt ist, und ich habe Selbstgebrannten. Sie geben das Essen, und ich den Schnaps. Auch Weiber, natürlich . . .« Dawydow strich über seinen Bart, dann fuhr er mit gesenkter Stimme fort: »Bei uns in den Sümpfen ist es mit Weibern sehr schlecht bestellt. Da ist eine Witwe, wir gehen zu ihr, ihr Mann ist vor zwei Jahren ertrunken. Du weißt ja, wie das ist – du gehst zu ihr, woanders gibt's keine Weiber, und dann mußt du die Dreschmaschine reparieren, bei der Ernte helfen. Und . . . Miststück!« – Er schlug mit der Peitsche nach einem Pavian, der sich an den Leiterwagen geklammert hatte. »Sonst leben wir dort so wie im Krieg. Ohne Waffe ist nichts zu machen. Wer ist der Blonde da? Ein Deutscher?«

»Ja, ein ehemaliger Unteroffizier; er ist bei Königsberg in Kriegsgefangenschaft geraten, und von dort hierher.«

»Das habe ich gleich gemerkt, diese widerliche Fresse«, sagte Dawydow. »Die Fritzen haben mich bis vor Moskau gejagt, ins Lazarett gebracht, eine Arschbacke einfach weggeschossen. Dann habe ich's ihnen auch gegeben. Ich war Panzersoldat, verstehst du? Das letzte Mal habe ich bei Prag gebrannt.« Er strich wieder über den Bart. »Was für ein Schicksal! Daß wir uns hier begegnen müssen!«

»Nicht doch, Geiger ist ein anständiger Kerl«, sagte Andrej. »Er spielt sich gern auf, ist aber tüchtig, energisch. Für das Experiment meiner Meinung nach ein sehr nützlicher Mann. Ein Organisator.«

Dawydow schwieg eine Zeitlang, schnalzte nur den Pferden zu. »Kommt da einer zu uns in die Sümpfe vorige Woche. Wir trafen uns bei Kowalski – der ist auch Farmer, ein Pole, zehn Kilometer von mir weg, ein hübsches Haus, ein großes. Ja... Wir haben uns dort getroffen. Nun, und da fängt dieser Mensch aus der Stadt an, uns was vorzuspinnen: Ob wir die richtige Einstellung zu den Aufgaben des Experiments haben. Selber ist er in der Stadtverwaltung, in der Landwirtschaftsabteilung. Wir sehen natürlich gleich, wo der Hase langläuft. Wenn wir sagen, wir haben die richtige Einstellung, dann erhöhen sie uns die Steuern... Bist du verheiratet?« fragte er unvermittelt.

»Nein«, sagte Andrej.

»Ich frage, weil ich heute irgendwo übernachten müßte. Morgen habe ich noch was zu erledigen.«

»Alles klar! Kommen Sie, bleiben Sie, solange Sie wollen. Ich freue mich.«

»Ich auch«, sagte Dawydow lächelnd. »Irgendwie sind wir doch Landsleute, immerhin.«

»Notieren Sie sich die Adresse. Haben Sie was zum Schreiben?«

»Ich behalte sie im Kopf.«

»Die Adresse ist einfach: Hauptstraße hundertfünf, Wohnung sechzehn. Vom Hof aus. Wenn ich nicht da bin, gehen Sie zum Hauswart, das ist ein Chinese, Wan, ich hinterlege den Schlüssel bei ihm.«

Der Farmer gefiel Andrej sehr, obwohl offensichtlich ihre Ansichten nicht völlig übereinstimmten.

»Welcher Jahrgang bist du?« fragte Dawydow.

»Achtundzwanzig.«

»Und weg aus Rußland wann?«

»Einundfünfzig.«

»Ich bin siebenundvierzig aus Rußland hierher gekommen. Sag mal, wie es dort auf dem Lande aussieht, ist es besser geworden?«

»Natürlich. Alles ist aufgebaut, die Preise sinken jedes Jahr. Selber war ich nach dem Krieg nicht auf dem Lande, aber ich habe Filme gesehen und Bücher gelesen. Den Leuten auf dem Lande geht es gut.«

»Hm, Filme«, sagte Dawydow zweifelnd. »Filme, weißt du, das ist so eine Sache.«

»Das stimmt wirklich. In der Stadt gibt es alles zu kaufen. Die Karten sind längst abgeschafft. Woher kommen die Waren? Aus den Dörfern natürlich.«

»Richtig«, sagte Dawydow. »Aus den Dörfern. Und ich, weißt du, komme von der Front heim – die Frau gestorben, der Sohn irgendwo verschollen, ich hab ihn nie mehr gesehen. Auf dem Dorf alles öde. Gut, denke ich, das schaffen wir. Wer hat den Krieg gewonnen? Wir! Sie schlagen mich zum Vorsitzenden vor. Ich bin einverstanden. Auf dem Dorf lauter Weiber, da brauchte ich nicht wieder heiraten. Das Jahr sechsundvierzig haben wir uns durchgeschlagen, jetzt, denke ich, jetzt wird's leichter ...« Er verstummte und schwieg lange, als hätte er Andrej vergessen. »Glück für die ganze Menschheit«, fuhr er plötzlich fort. »Und du, glaubst du denn dran?«

»Natürlich.«

»Ich habe auch dran geglaubt. Nein, denke ich, das Dorf – das ist hoffnungslos. Das ist ein Fehler, denke ich. Vor dem Krieg stand uns das Wasser bis zur Brust, nach dem Krieg bis zum Hals. Nein, denke ich, die machen uns fertig. Das Leben, weißt du, so finster wie kohlschwarze Nacht. Ich hatte mir schon das Saufen angewöhnt – und dann – das Experiment.« Er seufzte tief. »Denkst du, daß bei denen das Experiment gelingt?«

»Warum bei denen? Bei uns!«

»Dann eben bei uns. Gelingt es oder nicht?«

»Es muß gelingen«, sagte Andrej mit fester Stimme. »Alles hängt nur von uns ab.«

»Was von uns abhängt, das tun wir. Dort haben wir's getan, hier tun wir's. Überhaupt, klagen wäre Sünde. Das Leben ist zwar schwer, aber viel besser als dort. Die Hauptsache – du bist selbständig, allein, verstehst du? Und wenn jemand aus der Stadt kommt – den ersäufen wir im Nachttopf, und Klappe zu! Bist du in der Partei?«

»Komsomolze. Sie, Jurij Konstantinowitsch, sind sehr düster gestimmt. Das Experiment ist das Experiment. Schwierig, viele Fehler, aber anders ist es nicht möglich. Jeder auf seinem Posten, jeder tut, was er kann.«

»Und auf welchem Posten bist du?«

»Müllfahrer«, erwiderte Andrej stolz.

»Ein verantwortungsvoller Posten. Hast du einen Beruf?«

»Mein Beruf ist sehr speziell – ich bin Astronom.«

Andrej sagte das mit verlegener Miene und schielte zu Dawydow hin, da er ein spöttisches Lächeln erwartete, aber Dawydow horchte auf.

»Wirklich, Astronom? Hör mal, Bruder, dann mußt du wissen, wohin wir geraten sind. Das ist doch ein Planet, irgendein Planet, ein Stern? Bei uns in den Sümpfen streiten sie sich jeden Abend deswegen – sogar prügeln tun sie sich, mein Gott! Sie picheln Schnaps, und dann geht's los. Da gibt's welche, die meinen: Wir sitzen wie in einem Aquarium – hier, auf der Erde. Ein riesiges Aquarium, doch anstelle von Fischen sind wir drin – Menschen. Mein Gott! Und was meinst du – vom wissenschaftlichen Standpunkt aus?«

Andrej kratzte sich im Nacken und lächelte. In seiner Wohnung war es deshalb ebenfalls beinahe zu einer Schlägerei gekommen, und das ohne Selbstgebrannten. Das Aquarium hatte Isja Katzman mehrmals mit denselben Worten erwähnt.

»Wie soll ich dir das erklären? Das ist alles kompliziert,

unverständlich. Als Wissenschaftler kann ich dir nur eines sagen: Das hier ist wahrscheinlich gar kein Planet. Meiner Meinung nach ist alles künstlich, und mit Astronomie hat es überhaupt nichts zu tun.«

Dawydow nickte. »Ein Aquarium. Die Sonne ist wie eine Glühlampe, und die Mauer reicht bis in den Himmel. Hör mal, komme ich durch diese Straße zum Markt?«

»Ja«, sagte Andrej. »Hast du meine Adresse behalten?«

»Habe ich, erwarte mich am Abend!«

Dawydow schlug auf die Pferde ein, und der Wagen verschwand ratternd in der Straße. Andrej begab sich nach Hause. Ein tüchtiger Bauer, dachte er gerührt. Ein Soldat! Zum Experiment hat er sich natürlich nicht gemeldet, sondern ist vor Schwierigkeiten geflüchtet, doch ich bin nicht sein Richter. Verwundet, das Dorf zerstört. Konnte er dem Druck nicht standhalten? Hier ist das Leben auch kein Zuckerschlecken. Er ist nicht der einzige, der hierhergeflüchtet ist, solche gibt es viele.

Die Hauptstraße war schon von den Pavianen erobert. Entweder hatte sich Andrej an sie gewöhnt, oder sie hatten sich verändert, jedenfalls erschienen sie ihm nicht mehr so frech und vor allem schrecklich wie wenige Stunden zuvor. Sie machten es sich in der Sonne bequem, plapperten pausenlos, putzten sich, und wenn Menschen vorüberkamen, streckten sie die Arme aus und bettelten mit tränenden Augen. In der Stadt war sozusagen plötzlich eine große Menge Bettler aufgetaucht.

Als Andrej durch den Hauseingang schritt, erblickte er Wan. Er saß auf einem Stein, traurig gebeugt, die abgearbeiteten Hände zwischen den Knien.

»Habt ihr die Mülltonnen verloren?« fragte er, ohne den Kopf zu heben. »Sieh mal dort . . .« Andrej schaute um sich und erstarrte vor Schreck.

Auf dem Vorhof häufte sich der Müll bis zur Lampe, nur zur Tür der Hausmeisterwohnung führte ein schmaler Pfad.

»Mein Gott«, sagte Andrej. »Gleich werde ich... warte... gleich hole ich...« Er versuchte krampfhaft, sich zu erinnern, durch welche Straßen sie nachts gefahren waren und an welcher Stelle die Flüchtenden die Mülltonnen hinuntergeworfen hatten.

»Nicht nötig«, sagte Wan mit hoffnungsloser Stimme. »Es war schon eine Kommission hier. Sie haben die Nummern der Mülltonnen notiert und versprochen, alle bis zum Abend zurückzubringen. Bis zum Abend passiert natürlich bestimmt nichts, aber vielleicht bis morgen früh.«

»Du mußt das verstehen, Wan«, sagte Andrej. »Das war die wahre Hölle, man schämt sich, daran zu denken.«

»Ich weiß. Donald hat mir alles erzählt.«

»Ist Donald schon zu Hause?«

»Ja. Ich soll keinen zu ihm lassen. Er hat Zahnschmerzen. Ich habe ihm eine Flasche Wodka gegeben, und er ist damit verschwunden.«

»Ach, so ist das«, sagte Andrej und blickte wieder auf die Müllhaufen.

Plötzlich spürte er ein unbezähmbares Bedürfnis, sich zu waschen, die stinkenden Sachen auszuziehen, zu vergessen, daß er morgen mit der Schaufel diesen Mist aufladen mußte. Alles ringsumher war klebrig und übelriechend, Andrej rannte über den Hof, die Treppe hinauf, drei Stufen auf einmal nehmend, vor Ungeduld zitternd, gelangte bis zur Wohnungstür, holte unter dem Gummiabtreter den Schlüssel hervor, riß die Tür auf, und angenehm duftende Kühle umfing ihn.

DRITTES KAPITEL

Zuerst zog er sich nackt aus und steckte die Sachen zusammengeknüllt in den Abfalleimer. Dreck zu Dreck. Als er nackt mitten in der Küche stand, zuckte er angewidert zusammen. Die Küche war voller schmutzigen Geschirrs. In den Ecken türmten sich Teller, mit bläulichem Schimmel überzogen. Der Tisch war mit schmutzigen Gläsern und leeren Konservendosen bedeckt. Die Spüle mit Tassen und Untertassen gefüllt. Auf Schemeln stanken Töpfe und fettige Pfannen vor sich hin. Andrej drehte den Hahn auf. Das Wasser war heiß. Er machte sich ans Werk.

Nachdem er das Geschirr abgewaschen hatte – die schmutzige Wäsche im Eimer war unter einer Schicht fauligen Abfalls verborgen –, nahm er den Wischlappen. Er arbeitete so eifrig, als wüsche er den Schmutz vom eigenen Körper. Alle fünf Zimmer schaffte er jedoch nicht. Er beschränkte sich auf Küche, Wohn- und Schlafzimmer. In die anderen Zimmer schaute er nur mit Unverständnis – er konnte sich nicht daran gewöhnen, daß ein einzelner Mann so viele Zimmer hatte. Vor die Türen stellte er Stühle, damit niemand die verwahrlosten Räume betrat.

Jetzt müßte er etwas zum Abendbrot kaufen. Dawydow kommt, und auch von der Bande wird bestimmt jemand aufkreuzen. Zuerst wollte er sich waschen. Das Wasser war inzwischen fast kalt, trotzdem genoß er es. Dann bezog er die Betten. Als er die gestärkten Bezüge sah, den Geruch der Frische spürte, wollte er unbedingt mit dem sauberen Körper in dieser längst vergessenen Sauberkeit liegen, und er warf sich so temperamentvoll hinein, daß die Federn quietschten und das alte Holzgestell krachte. Er fühlte sich wie auf weichen Wolken. Mit den Händen greifbar, lagen Zigaretten und Streichhölzer auf dem Nachttisch, und links befand sich das Regal mit ausgewählten Krimis. Ein bißchen verdroß ihn, daß der Aschenbecher nicht in Reichweite war, und auf dem Regal hatte er das Staubwischen vergessen, aber das waren Kleinigkeiten. Er wählte »Zehn kleine Negerlein« von Agatha Christie aus und las.

Als er aufwachte, war es noch hell. Er lauschte. In der Wohnung und im Hause herrschte Stille, nur das Wasser, das aus undichten Hähnen tropfte, schuf ein seltsames Lautmuster. Zudem war es rings um ihn überall sauber, das wirkte ebenfalls seltsam, aber gleichzeitig angenehm. Plötzlich klopfte es an die Tür. Er dachte, der braungebrannte, nach Schweiß und Alkohol riechende Dawydow stehe auf dem Treppenabsatz, die Pferde am Zügel haltend, eine Flasche Selbstgebrannten in der Hand. Es klopfte nochmals, und er erwachte endgültig.

»Komme!« Er sprang auf und suchte die Turnhose, fand aber nur eine gestreifte Pyjamahose, die der frühere Wohnungsinhaber vergessen hatte. Der Gummi war schlaff, er mußte die Hose an der Seite festhalten.

Entgegen seiner Erwartung vernahm er kein gutmütiges Fluchen, es wieherten keine Pferde, und es gluckerte keine Flüssigkeit. Andrej riß lächelnd die Tür auf und wich einen Schritt zurück, weil er auch mit der anderen Hand den Gummi festhalten mußte. Vor ihm stand Selma Nagel, die Neue aus Nummer achtzehn.

»Haben Sie Zigaretten?« fragte sie mit ernster Miene.

»Ja . . . Bitte . . . Kommen Sie rein«, brummte Andrej und trat beiseite.

Selma Nagel verströmte exotische Düfte. Sie ging ins Eßzimmer, er schlug die Tür zu, zog die Hosen hoch und stürzte mit den Worten »Einen Moment, warten Sie, bin gleich da!« ins Schlafzimmer. Tatsächlich schämte er sich keineswegs, er war sogar froh, daß das Mädchen seinen frischgewaschenen muskulösen Körper sah, und bedauerte, sich anziehen zu müssen. Das hielt er jedoch für notwendig, er fand Trainingshosen und eine blaue, verblichene Sportjacke. In diesem Aufzug erschien er vor der hübschen Selma Nagel – mit wiegendem Gang, die Brust herausgestreckt, in der Hand ein Päckchen Zigaretten.

Selma Nagel nahm eine Zigarette, knipste mit dem Feuerzeug und rauchte. Den Gastgeber beachtete sie gar nicht, ihre Miene drückte absolute Gleichgültigkeit aus. Bei Tageslicht wirkte sie nicht mehr so hübsch. Das Gesicht war unregelmäßig und hatte sogar grobe Züge – eine kleine Sattelnase, breite Backenknochen, die Lippen zu dick bemalt. Die Beine waren jedoch über alles Lob erhaben. Sie waren lang, glatt und fest. Andrej konnte seinen Blick nicht von diesen Beinen losreißen. Den Körper konnte er leider nicht begutachten – der Teufel weiß, wer ihr beigebracht hat, solche sackartige Kleidung zu tragen. Ein Pullover. Und mit einem solchen Rollkragen. Wie ein Taucheranzug.

Sie saß in einem tiefen Sessel, ein schönes Bein über das andere schöne Bein geschlagen, die Zigarette wie ein Soldat haltend, und betrachtete gleichgültig die Glut innerhalb der Handfläche. Andrej hatte sich locker, aber elegant auf die Tischkante gesetzt und rauchte ebenfalls.

»Ich heiße Andrej.«

Sie richtete ihren gleichgültigen Blick auf ihn. Auch ihre Augen waren nicht so, wie sie ihm nachts erschienen waren. Die Augen waren groß, aber nicht schwarz, sondern hellblau, fast farblos.

»Andrej«, wiederholte sie. »Pole?«

»Nein, Russe. Und Sie heißen Selma Nagel, Sie sind aus Schweden.«

»Ja, aus Schweden. Hat man Sie damals auf dem Revier geschlagen?«

Andrej war verdutzt. »Auf welchem Revier? Niemand hat mich geschlagen.«

»Hör mal, Andrej. Warum geht hier mein Apparat nicht?« Sie reichte ihm ein lackiertes Kästchen, kaum größer als eine Streichholzschachtel. »Auf allen Wellen bloß Geknatter und Gebrumme, keine Musik.«

Andrej erkannte erstaunt, daß es ein Rundfunkempfänger war. »Sieh mal an. Ist das einer mit Detektor?«

»Woher soll ich das wissen?« Sie nahm den Apparat, man hörte Rauschen, Knattern und Summen. »Er geht nicht, basta. Hast du nie so einen gesehen?«

Andrej schüttelte den Kopf. »Der kann nicht funktionieren. Hier gibt's bloß einen Sender, und zwar Drahtfunk.«

»Mein Gott«, sagte Selma. »Und was soll ich hier machen? Auch keine Glotze!«

»Was für eine Glotze?«

»Na Fernsehen!«

»Das ist vorläufig nicht geplant.«

»Langweilig!«

»Ich habe ein Grammophon«, schlug Andrej verlegen vor. Er fühlte sich unbehaglich. In der Tat – er besaß kein Radio, kein Fernsehen . . .

»Grammophon? Was ist das?«

»Weißt du nicht, was ein Grammophon ist?« wunderte sich Andrej. »Man legt eine Platte auf . . .«

»Ach, ein Plattenspieler!« sagte Selma ohne jede Begeisterung. »Einen Recorder hast du wohl auch nicht, was?«

»Was denn noch? Bin ich ein Kaufhaus?«

»Du bist irgendwie primitiv«, erklärte Selma Nagel. »Mit einem Wort – ein Russe. Du spielst dein Grammophon, trinkst bestimmt Wodka, und was machst du noch? Rast du auf einem Motorrad durch die Gegend? Oder hast du nicht mal ein Motorrad?«

Andrej wurde wütend. »Ich bin nicht hergekommen, um mit einem Motorrad herumzurasen. Ich bin hier, um zu arbeiten. Und du, was willst du hier tun?«

»Zum Arbeiten ist er hergekommen! Sag doch, wofür man dich auf dem Revier verdroschen hat.«

»Mich hat keiner auf dem Revier geschlagen! Woher hast du das? Überhaupt wird bei uns auf der Polizei niemand geschlagen, hier ist nicht Schweden.«

Selma pfiff durch die Zähne. »Nana«, sagte sie spöttisch. »Dann habe ich das wohl geträumt.«

Sie steckte die Kippe in den Aschenbecher, rauchte eine neue Zigarette an, erhob sich und ging durchs Zimmer, als ob sie amüsiert tanze.

»Wer hat denn vorher hier gewohnt?« fragte sie, als sie vor einem riesigen ovalen Porträt einer Dame in fliederfarbenem Kleid und mit Schoßhündchen stehengeblieben war. »Bei mir ein perverser Fetischist. Überall pornographische Fotos, an den Wänden benutzte Präservative, und im Schrank eine ganze Kollektion Strumpfhalter.«

»Du lügst«, sagte Andrej verdutzt. »Das lügst du mir alles vor, Selma Nagel.«

»Warum sollte ich lügen? Wer hat denn dort gewohnt? Weißt du das?«

»Der Bürgermeister! Der jetzige Bürgermeister hat dort gewohnt, klar?«

»Ja gut«, sagte sie gleichgültig. »Alles klar.«

»Was – alles klar? Was ist dir alles klar?« schrie er, vor Wut rot anlaufend. »Was kannst du überhaupt hier begreifen?«

»Der ist bestimmt um die fünfzig«, erklärte Selma. »In dem Alter dreht ein Mann durch. Die Wechseljahre!« Sie lächelte und starrte wieder auf das Porträt mit dem Bologneserhündchen.

Andrej dachte mit zusammengepreßten Lippen an den Bürgermeister. Es war ein stattlicher Mann mit einem äußerst sympathischen Gesicht, das Haar fast vornehm ergraut. Der Bürgermeister hielt auf den Versammlungen des Stadtaktivs großartige Reden über Enthaltsamkeit, Geistesstärke, Standhaftigkeit und Moral. Wenn sie einander auf der Treppe begegnet waren, hatte er ihm stets die große, warme Hand entgegengestreckt und sich rücksichtsvoll erkundigt, ob das Klappern der Schreibmaschine nicht nachts störe.

»Er glaubt mir nicht!« sagte Selma plötzlich. Sie starrte nicht mehr auf das Porträt, sondern musterte Andrej mit zorniger Neugier. »Du glaubst mir nicht, macht nichts. Ich ekle mich bloß, das alles sauberzumachen. Gibt es hier keine Putzfrau?«

»Putzfrau«, wiederholte Andrej dumpf. »Du spinnst wohl! Das wirst du schön selber machen. Hier haben Arbeitsscheue nichts zu suchen.«

Eine Zeitlang schauten sie einander mit offensichtlicher Feindseligkeit an. Dann flüsterte Selma mit abgewandtem Blick:

»Der Teufel hat mich hierher gelockt! Was soll ich hier machen?«

»Nichts Besonderes«, sagte Andrej. Er verdrängte sein Unbehagen. Dem Mädchen mußte geholfen werden. Hier hatte er schon viele Neulinge gesehen. »Was alle machen. Du gehst aufs Arbeitsamt, füllst dein Arbeitsbuch aus und wirfst es in den Verteiler. Was warst du denn in der anderen Welt?«

»Callgirl.«

»Was?«

»Wie soll ich dir das erklären? Prostituierte.«

Andrej erstarrte. Sie lügt, ging ihm durch den Sinn. Die spinnt mir doch alles vor, die Mieze. Die will einen Idioten aus mir machen.

»Hast du gut verdient?« fragte er sarkastisch.

»Dussel«, sagte sie fast zärtlich. »Ich hab's doch nicht für Geld getan. Es war einfach interessant. Ich tat's aus Langeweile.«

»Wo haben denn deine Eltern ihre Augen gehabt? Du bist doch jung, du mußt lernen und nochmals lernen.«

»Wozu?« fragte Selma.

»Wozu? Du könntest Ingenieur werden oder Lehrerin. Du könntest in die Kommunistische Partei eintreten, für den Sozialismus kämpfen.«

»Mein Gott, mein Gott«, flüsterte Selma heiser. Sie ließ sich in den Sessel fallen und barg das Gesicht in den Händen.

Andrej erschrak, gleichzeitig spürte er auch Stolz und Verantwortung. »Was hast du?« sagte er, ungeschickt nähertretend. »Was war, ist gewesen. Schluß. Ärgere dich nicht. Vielleicht ist es sogar gut, daß alles so gekommen ist: Hier wirst du alles nachholen. Ich habe viele Freunde, großartige Menschen.« Er dachte an Isja und verfinsterte sich. »Wir werden dir helfen. Gemeinsam werden wir uns durchschlagen. Hier sieht es nämlich schlimm aus! Unordnung, Chaos, überall Taugenichtse – jeder ehrliche Mensch zählt. Du kannst dir nicht vorstellen, wieviel Abschaum hergekommen ist! Man fragt keinen, aber manchmal möchte ich doch wissen: Weshalb hat es dich hergetrieben, wer braucht dich hier?«

Er hatte sich beinahe entschlossen, Selma freundschaftlich, ja brüderlich auf die Schulter zu klopfen, da fragte sie, ohne die Hände vom Gesicht zu nehmen:

»Heißt das, hier sind nicht alle so?«

»Wie?«

»Wie du. Idioten.«

»Na hör mal!«

Andrej sprang vom Tisch und kreiste durchs Zimmer. Sie ist doch eine Bourgeoise. Eine Prostituierte, und jetzt hier. Das findet sie interessant, sieh mal einer an. Ihm imponierte Selmas Offenheit sogar. Offenheit ist immer gut. Von Angesicht zu Angesicht, über die Barrikade. Sie ist nicht so wie Isja, weder Fisch noch Fleisch, schlüpfrig wie ein Aal, sich überall durchlavieren . . .

Selma kicherte hinter seinem Rücken. »Warum rennst du so rum? Ich kann doch nichts dafür, daß du ein solcher Idiot bist. Entschuldige.«

Andrej fuhr entschlossen mit der Hand durch die Luft. »Selma, du bist ein moralisch sehr vernachlässigter Mensch, und es wird lange dauern, bis du das überwunden hast. Doch du darfst nicht denken, daß ich wegen deiner Worte beleidigt bin. Auf diejenigen, die dich so weit gebracht haben, auf die bin ich wütend, mit denen habe ich persönliche Rechnungen zu begleichen. Aber mit dir – keine. Du bist hier, also bist du unser Kamerad. Wenn du gut arbeitest, werden wir Freunde. Und gut arbeiten muß man hier. Bei uns, weißt du, ist es wie bei den Soldaten: Kannst du's nicht – bringen wir's dir bei, willst du nicht – zwingen wir dich!« Ihm gefiel sehr, wie er sprach – es erinnerte ihn an die Auftritte von Ljoscha Baldajew, dem Komsomolsekretär an der Universität. Jetzt bemerkte er, daß Selma endlich die Hände vom Gesicht nahm und ihn mit erschrockener Neugier anschaute. Er zwinkerte ihr ermunternd zu. »Ja, ja, den zwingen wir, was hast du denn gedacht? Hier sind manchmal solche Jüngelchen auf den Bau gekommen – anfangs wollten sie bloß rumgammeln. Und heute! Wie brav und fügsam sie heute sind! Die Arbeit, weißt du, kann sogar Affen zu Menschen machen.«

»Laufen hier immer Affen auf den Straßen rum?«

»Nein, erst ab heute. Zu Ehren deiner Ankunft.«

»Werdet ihr sie zu Menschen machen?«

Andrej mußte wider Willen lächeln. »Vielleicht ist das in der Tat möglich. Das Experiment ist das Experiment.«

Bei aller Absurdität hatte dieser Gedanke einen rationalen Kern. Wir werden abends diese Frage aufgreifen, dachte er. Sogleich meldete sich ein neuer Gedanke.

»Was gedenkst du denn abends zu tun?«

»Weiß ich nicht. Was macht man denn hier so?«

Es klopfte an die Tür. Andrej blickte auf die Uhr. Es war schon sieben, die ersten Gäste begannen einzutreffen.

»Heute abend bist du mein Gast.« Mit diesem undisziplinierten Wesen konnte er nur rigoros verfahren. »Besonderes Vergnügen verspreche ich dir nicht, aber du lernst interessante Leute kennen. Einverstanden?«

Selma zuckte die Achseln und begann ihr Haar zu ordnen. Andrej ging öffnen. Jemand trat schon mit dem Absatz gegen die Tür. Es war Isja Katzman.

»Wer ist dort – eine Frau?« fragte er auf der Schwelle. »Wann schaffst du dir endlich eine Klingel an?«

Wie immer war Isja bei seinem Erscheinen akkurat gekämmt, hatte einen gestärkten Kragen und blitzende Manschettenknöpfe. Eine schmale, gebügelte Krawatte zeigte mit großer Genauigkeit die Linie Nase–Nabel an.

Andrej hätte es vorgezogen, jetzt Donald oder Kensi zu sehen. »Komm rein, komm rein. Was ist los, daß du als erster erscheinst?«

»Ich wußte doch, daß eine Frau bei dir ist.« Isja rieb sich kichernd die Hände und stürmte ins Wohnzimmer. Mit samtenem Baß stellte er sich Selma vor. »Isja Katzman, Müllfahrer.«

»Selma Nagel«, erwiderte Selma träge. »Prostituierte.«

Isja stöhnte genüßlich und küßte behutsam die ausgestreckte Hand. »Übrigens!« sagte er, erst an Andrej und gleich wieder an Selma gewandt. »Habt ihr gehört? Der Rat der Gebietsbevollmächtigten prüft ein Projekt zur Lösung der Lage, die im Zusammenhang mit der Anwesenheit großer Ansammlungen von menschenähnlichen Affen im Stadtgebiet entstanden ist. Uff! Man schlägt vor, alle Affen zu registrieren, ihnen metallene Halsbänder mit Namenschildchen umzubinden und sie Ämtern und Privatpersonen zuzuteilen, die dann für sie verantwortlich sein sollen!« Er kicherte, grunzte und schlug mit der rechten Faust auf die flache linke Hand. »Grandios! Alle anderen Arbeiten werden gestoppt, in den Fabriken stellt man eilig Halsbänder und Blechmarken her. Der Bürgermeister nimmt drei halbwüchsige Paviane in persönliche Pflege und ruft die Bevölkerung auf, seinem Beispiel zu folgen. Nimmst du dir ein Weibchen, Andrej? Selma dürfte dagegen sein, aber das Experiment erfordert das! Bekanntlich ist das Experiment das Experiment. Ich hoffe, Sie bezweifeln nicht, Selma, daß das Experiment ganz bestimmt das Experiment ist – nicht Exkrement, nicht Exponent, nicht Pergament, sondern Experiment?«

Andrej sagte, sich mühsam Gehör verschaffend: »Hör doch auf, solchen Quatsch daherzureden!«

Das hatte er am meisten befürchtet. Auf einen neu hinzugekommenen Menschen mußte dieser Nihilismus und Zynismus zersetzend wirken. Isja giftet immer und zieht alles in den Dreck, statt die Zähne zusammenzubeißen.

Isja hörte auf zu kichern und lief aufgeregt im Zimmer umher. »Vielleicht ist das dämliches Gequatsche. Aber du, Andrej, verstehst wie immer kein bißchen von der Psychologie der Führung. Was soll deiner Meinung nach die Führung tun?«

»Führen!« antwortete Andrej, der die Herausforderung annahm. »Führen und nicht dämlich quatschen. Das Handeln der Bürger koordinieren.«

»Stop! Handeln koordinieren – mit welchem Ziel? Was ist das Endziel dieser Koordination?«

»Das ist doch einfach. Allgemeiner Wohlstand, Ordnung, Schaffung der optimalen Bedingungen für die Vorwärtsbewegung.«

»Oh!« Isja reckte wieder den Zeigefinger hoch. Sein Mund war halb geöffnet, die Augäpfel traten hervor. »Oh!« wiederholte er. Selma sah ihn voller Entzücken an. »Ordnung!« erklärte er. »Ordnung! Jetzt stell dir vor, daß in der dir anvertrauten Stadt zahllose Paviane erscheinen. Vertreiben kannst du sie nicht – dazu bist du zu schwach. Sie zentral füttern kannst du auch nicht – das Fressen reicht nicht aus. Die Paviane betteln auf den Straßen – himmelschreiende Unordnung: Bei uns gibt es keine Bettler und kann es keine geben! Die Paviane machen Dreck, und niemand gedenkt, das wegzuräumen. Was für ein Schluß drängt sich hier auf?«

»Auf jeden Fall nicht Halsbänder anlegen«, sagte Andrej.

»Richtig! Nicht Halsbänder anlegen. Der erste Ausweg: Die Existenz der Paviane ableugnen. So tun, als gäbe es sie nicht. Das ist leider auch unmöglich. Es sind zu viele, und unsere Regierung ist vorläufig noch zum Kotzen demokratisch. Da taucht eine in ihrer Einfachheit glänzende Idee auf: Die Anwesenheit der Paviane regeln, in Ordnung bringen! Dem Chaos gesetzliche Kraft verleihen und sie zum Element der festen Ordnung machen, die unser guter Bürgermeister so preist! Anstelle von bettelnden, streunenden Banden – liebe Haustiere. Wir alle lieben doch Tiere! Königin Viktoria liebte Tiere. Darwin liebte Tiere. Sogar Berija, sagte man, liebte manche Tiere, von Hitler ganz zu schweigen.«

»Unser König Gustav liebt auch Tiere«, fügte Selma hinzu. »Er hat Katzen.«

»Prächtig!« schrie Isja, mit der Faust auf die Handfläche schlagend. »König Gustav hat eine Katze, und Andrej Woronin einen personengebundenen Pavian. Und wenn er Tiere sehr liebt, dann sogar zwei.«

Andrej begab sich in die Küche, um die Vorräte zu überprüfen. Während er in den Fächern wühlte, verstaubte Päckchen auspackte und beschnupperte, tönte Isjas Stimme im Wohnzimmer ununterbrochen, und er hörte Selmas helles Lachen.

Andrej fand an Eßbarem nur Kartoffeln, die schon keimten, eine zweifelhafte Dose Ölsardinen und ein hartes Brot. Er schaute in den Schub des Küchentischs und zählte sein Bargeld. Es reicht bis zum Zahltag, wenn ich sparsam wirtschafte und keine Gäste empfange, sondern selber Besuche mache, dachte Andrej düster. Sie bringen mich ins Grab. Zum Teufel, es reicht. Sie müssen was dazugeben. Bin ich für sie eine Küchenmagd?

Es klopfte wieder an die Tür, Andrej ging mit ahnungsvollem Lächeln öffnen. Unterwegs bemerkte er, daß Selma auf dem Tisch saß, die Hände unter dem Hintern, den geschminkten Mund zu einem breiten Lachen verzogen. Hure bleibt Hure! Isja produzierte sich vor ihr mit seinen großen Reden, wild mit den Affenarmen fuchtelnd. Der Schlipsknoten war ihm unter das rechte Ohr gerutscht, das Haar war zerzaust, und die Manschetten wirkten angeschmutzt.

Erschienen waren der Ex-Unteroffizier der Wehrmacht Fritz Geiger und sein Freund, der Gefreite Otto Frisch.

»Ihr habt mir noch gefehlt«, begrüßte sie Andrej mit anzüglichem Lächeln.

Geiger faßte das sogleich als Beleidigung eines deutschen Unteroffiziers auf und machte ein versteinertes Gesicht, während Otto, ein weicher Mensch von unbestimmten seelischen Konturen, die Hacken zusammenschlug und einschmeichelnd lächelte.

»Was für eine Art, uns zu empfangen!« sagte Geiger kühl. »Sollen wir vielleicht wieder gehen?«

»Hast du was zu saufen mitgebracht?«

Geiger klappte tiefsinnig die Kinnlade herunter und blickte Otto fragend an. Otto holte sogleich mit verlegenem Lächeln eine flache Flasche aus der Jackentasche und reichte sie Andrej. Wie einen Ausweis – das Etikett sichtbar.

»Das ist gut«, sagte Andrej besänftigt. »Aber denkt dran, Jungs, zu essen ist absolut nichts da. Habt ihr ein bißchen Geld?«

»Vielleicht läßt du uns erst mal rein,« sagte Geiger. Sein Kopf war leicht zur Seite gedreht, man vernahm Selmas Lachen im Wohnzimmer.

Andrej ließ sie in den Flur und forderte: »Geld! Geld auf den Tisch!«

»Selbst hier müssen wir Reparationen zahlen, Otto«, sagte Geiger, seine Taschen umkrempelnd. »Da!« Er streckte Andrej einige zerknüllte Scheine entgegen. »Gib Otto eine Tasche und sag, was er holen soll.«

»Wart's ab, nicht so schnell.« Andrej führte sie ins Wohnzimmer. Während Absätze knallten, Köpfe mit gelackten Frisuren sich vor Selma verneigten und soldatische Komplimente erklangen, betastete Andrej alle Taschen Isjas, der sich nur schwach wehrte, denn er wollte einen Witz zu Ende erzählen. Andrej konfiszierte alle Funde und zählte die

Reparationen. Es war nicht gerade viel, aber auch nicht wenig. Er blickte sich um. Selma saß auf dem Tisch und ließ die Beine baumeln. Sie wirkte lustig, ihre Melancholie war verflogen. Geiger zündete ihr eine Zigarette an, Isja nahm schnaufend Anlauf zu einem neuen Witz, und Otto, rot vor Verlegenheit, wackelte merklich mit seinen großen Ohren, während er in Habachtstellung mitten im Zimmer stand.

Andrej zerrte ihn in die Küche. »Sie kommen ohne dich aus!«

Otto wandte nichts ein, er war offenbar sogar zufrieden. In der Küche machte er sich sogleich ans Werk. Er leerte einen Tragekorb, indem er den Abfall in einen Eimer schüttete, worauf Andrej nie gekommen wäre, legte den Boden säuberlich mit alten Zeitungen aus, fand sofort die Einkaufstasche, die Andrej seit einem Monat vermißte, und stellte mit den Worten: »Vielleicht kriege ich Tomatensoße« ein leeres Kompottglas, das er vorsorglich ausgespült hatte, in den Korb, steckte noch einige Zeitungen zur Reserve ein, »falls sie kein Einwickelpapier haben«, so daß sich Andrejs Beitrag auf die Geldübergabe, das ungeduldige Treten von einem Bein aufs andere und die Worte »Es wäre gut, wenn du . . .« beschränkte.

»Kommst du mit?« fragte Otto ehrfurchtsvoll, als er die Vorbereitungen beendet hatte.

»Soll ich?«

»Ich kann auch allein gehen.«

»Ach was, zu zweit geht's schneller. Du stellst dich am Ladentisch an und ich an der Kasse.«

Sie stiegen die dunkle Treppe hinunter. Dort erschreckten sie einen Pavian – der arme Kerl flog wie eine Rakete durchs Fenster, so daß sie um sein Leben fürchteten, es war jedoch nichts passiert, er hing an der Feuerleiter und fletschte die Zähne.

»Man sollte ihm was zu fressen geben«, sagte Andrej nachdenklich. »Ich habe Abfälle für eine ganze Horde.«

»Weitergehen?« fragte Otto beflissen.

Andrej kommandierte »Abteilung, marsch!« Auf der Treppe stank es. Zwar hatte es hier immer übel gerochen, aber jetzt kam eine neue Nuance hinzu, und als sie unten angelangt waren, entdeckten sie die Duftquellen.

»Wan kriegt mehr zu tun«, sagte Andrej. »Gott behüte, jetzt bloß nicht Hauswart werden! Als was arbeitest du zur Zeit?«

»Als persönlicher Referent des Ministers«, antwortete Otto klagend. »Schon den dritten Tag.«

»Welchen Ministers?«

»Für Berufsbildung.«

»Schwer?«

»Ich verstehe gar nichts. Papiere, Anordnungen, Berichte, Haushaltspläne ... Keiner versteht was. Alle laufen rum, jeder fragt den anderen ... Warte, wo willst du hin?«

»In den Laden.«

»Wir gehen lieber zu Hofstatter. Bei ihm ist alles billiger, und er ist Deutscher.«

Hofstatter betrieb an der Ecke Hauptstraße und Altpersische Straße einen Gemischtwarenladen. Andrej war mehrmals dort gewesen und stets fluchend hinausgegangen: Hofstatter hatte wenig Ware und suchte sich seine Kunden aus.

Der Laden war leer, auf den Regalen standen reihenweise Gläser mit rosa Meerrettich. Andrej trat als erster ein, und Hofstatter, der an der Kasse saß, sagte sofort: »Ich schließe.« Da folgte ihm Otto, dessen Korb sich an der Türklinke festgehakt hatte, und Hofstatters bleiches gedunsenes Gesicht zerfloß zu einem Lächeln. Der Ladenschluß wurde aufgeschoben. Otto und Hofstatter begaben sich ins Lager, und Andrej hörte, wie Schübe und Kästen geöffnet und Kartoffeln umgeschüttet wurden.

Da Andrej nichts zu tun hatte, schaute er sich um. Hofstatters Laden bot einen kläglichen, verwahrlosten Anblick.

Die Waage natürlich nicht geeicht. Mich geht das nichts an, dachte Andrej. Bald werden diese Hofstatters einfach hinweggefegt. Eigentlich sind sie das schon jetzt. Sie können nicht mehr die gesamte Bevölkerung versorgen. Sieh an, er hat sich maskiert, überall Meerrettich hingestellt. Man müßte Kensi auf ihn loslassen – er betreibt hier Schwarzhandel, der schäbige Nationalist. »Nur für Deutsche.«

Otto steckte den Kopf durch die Tür und flüsterte: »Das Geld, schnell.« Andrej reichte ihm die zusammengeknüllten Scheine. Otto zählte hastig einige ab, gab Andrej den Rest zurück und verschwand wieder im Lager. Eine Minute später erschien er mit der vollen Einkaufstasche und dem vollen Korb. Hinter ihm strahlte das Mondgesicht Hofstatters. Otto schwitzte und lächelte verlegen, während Hofstatter unermüdlich auf ihn einredete: »Kommen Sie, kommen Sie, ich stehe immer gern zu Diensten, ich sehe immer gern echte Deutsche. Und an Herrn Geiger einen besonderen Gruß. Für nächste Woche hat man mir etwas Schweinefleisch versprochen. Sagen Sie Herrn Geiger, daß ich ihm drei Kilo zurücklege.« »Zu Befehl, Herr Hofstatter«, sagte Otto. »Ich werde es ausrichten, Sie können beruhigt sein, Herr Hofstatter . . . Und vergessen Sie bitte nicht, Elsa herzlich zu grüßen, und speziell von Herrn Geiger.« Sie gaben das im Duett von sich, bis sie die Ladentür erreicht hatten, wo Andrej die schwere Tasche nahm, die mit frischen Mohrrüben, roten Rüben und saftigen Zwiebeln gefüllt war, dazwischen lugte ein mit Siegellack verschlossener Flaschenhals hervor; alles war bedeckt mit Sellerieblättern, Dill und Petersilie.

Als sie um die Ecke gebogen waren, stellte Otto den Korb auf den Gehsteig, zog ein riesiges kariertes Taschentuch hervor und wischte sich keuchend das Gesicht ab. »Warte! Ich muß verschnaufen.«

Andrej zündete sich eine Zigarette an und reichte Otto die Schachtel.

»Wo gibt's denn Mohrrüben?« erkundigte sich eine Frau in einem Herrenledermantel.

»Die sind alle«, antwortete Otto eilig. »Wir haben die letzten gekriegt. Dort ist schon geschlossen ... Zum Teufel, bin ich geschafft«, sagte er zu Andrej. »Fritz reißt mir den Kopf ab, wenn er erfährt, was ich alles versprochen habe.«

Andrej verstand nichts, Otto erklärte ihm kurz die Situation.

Herr Hofstatter, ein Gemüsehändler aus Erfurt, hatte sein Leben lang große Hoffnungen gehegt und sein Leben lang Pech gehabt. Als er 1932 durch einen Juden ruiniert wurde, weil dieser ihm gegenüber einen großen modernen Gemüseladen eröffnet hatte, erkannte Hofstatter, daß er ein echter Deutscher sei, und trat in die SA ein. In der SA machte er Karriere, im Jahre 1934 schlug er schon eigenhändig dem Juden ins Gesicht und wollte sein Geschäft übernehmen, da kam die Röhmaffäre, und seine Karriere war beendet. Zu jener Zeit war Hofstatter schon verheiratet, und die blonde Elsa wurde überall als hübsches Kind bewundert. Mehrere Jahre lang kämpfte er sich durch, dann wurde er eingezogen und half bei der Eroberung Europas, bei Dünkirchen traf ihn jedoch während eines Bombenangriffs der deutschen Luftwaffe ein großer Splitter in die Lunge, so daß er die nächsten Jahre nicht in Paris, sondern in Dresden verbrachte, wo er bis 1945 in einem Lazarett lag. Er war beinahe entlassen, als bei dem berüchtigten Luftangriff die Stadt Dresden in einer Nacht zerstört wurde. Von dem entsetzlichen Erlebnis fielen ihm alle Haare aus, und er drehte ein bißchen durch, wie er das selber ausdrückte. Wieder im heimatlichen Erfurt, konnte er sich nicht entschließen, nach dem Westen zu flüchten. In der sowjetischen Besatzungszone durfte er zwar seinen Gemüseladen wieder eröffnen, von Vergrößerung konnte jedoch keine Rede sein. Im Jahre 1946 starb seine Frau, und Hofstatter ließ sich in seiner Verzweiflung vom Mentor überreden, mit seiner Tochter hierher zu ziehen. Hier fing er sich wieder, allerdings vermutete er, in ein großes sibirisches Konzentrationslager geraten zu sein, wohin man alle Deutschen aus Ostdeutschland gebracht habe. Ganz richtig im Kopf war er immer noch nicht. Er vergötterte echte Deutsche, überzeugt davon, für sie ein besonderes Gespür zu besitzen, haßte Chinesen, Araber und Neger, deren Anwesenheit er sich nicht zu erklären vermochte. Am meisten von allen verehrte er Fritz Geiger. Während Otto bei einem ihrer ersten Besuche die Einkaufstasche füllte, hatte der schneidige Fritz Geiger der blonden Elsa, die ohne Aussicht auf eine anständige Heirat dahinvegetierte, den Hof gemacht. Seitdem wohnte in der Seele des glatzköpfigen Hofstatter die Hoffnung, daß dieser großartige Arier die Familie Hofstatter aus den stürmischen Gewässern des Lebens in eine stille Bucht lenken würde.

»Und was macht Fritz?« klagte Otto, der jede Minute den Korb in die andere Hand nahm. »Er geht ein-, zweimal im Monat zu Hofstatter, wenn wir nichts zu essen haben – betatscht die dumme Gans, und so weiter. Und ich muß jede Woche hin, manchmal auch zwei- oder dreimal. Hofstatter tickt zwar nicht richtig, ist aber ein tüchtiger Geschäftsmann, er hat Verbindungen zu Farmern geknüpft – seine Waren sind erstklassig und nicht teuer. Ich muß mich vielleicht anstrengen! Muß ihm ständig Fritzens ewige Zuneigung zu Elsa versichern! Das unvermeidliche Ende des internationalen Judentums versichere ich ihm auch. Und daß die Truppen des Großdeutschen Reiches schon bald auf seinen Gemüseladen zumarschieren. Ich bin selber schon ganz wirr im Kopf, und ihn habe ich bestimmt vollends in den Wahnsinn getrieben. Es ist mir peinlich. Und jetzt fragt er mich: Was haben diese Paviane zu bedeuten? Und ich sage, ohne lange zu überlegen: Landung der amerikanischen Truppen, eine Kriegslist. Du wirst es nicht glauben – er hat mich umarmt und mir die Flasche zugesteckt.«

»Und Elsa?« fragte Andrej neugierig. »Ist sie auch verrückt?«

Otto lief purpurrot an und wackelte mit den Ohren. »Elsa ... Ihr ist doch alles egal: Fritz, Otto, Iwan, Abraham ... Das Mädchen ist dreißig Jahre alt, und Hofstatter läßt nur Geiger und mich zu ihr.«

»Ihr beide seid mir vielleicht Schufte!«

»Hör auf!« erwiderte Otto traurig. »Das ist doch das Schlimmste: Ich kann mir nicht vorstellen, wie wir aus der Geschichte wieder rauskommen. Ich bin schwach, charakterschwach.«

Sie liefen schweigend weiter, Otto keuchte nur und nahm ständig den Korb von einer Hand in die andere. Als sie ankamen, wollte er nicht hinaufgehen.

»Bring das hoch und setz Wasser auf«, sagte er. »Und gib mir Geld, ich laufe in den Laden, vielleicht kriege ich Konserven.« Er zögerte, den Blick abgewandt. »Aber zu Geiger – kein Wort. Sonst schlägt er mir die Seele aus dem Leib. Du weißt doch, wie Fritz ist – niemand darf was erfahren.«

Andrej schleppte Korb und Tasche die dunkle Treppe hinauf. Der Korb war so schwer, als hätte ihn Hofstatter mit Eisenstücken gefüllt. Was ist das für ein Experiment, dachte Andrej voller Erbitterung, wenn solche Dinge geschehen? Mit diesem Otto, mit diesem Fritz kann man ewig experimentieren. Das sind doch Schufte – keine Ehre, kein Gewissen. Nein, ich rede mit Fritz. Hier darf ich nicht einfach zusehen – der Mann verfault moralisch vor unseren Augen. Dabei kann man einen Menschen aus ihm machen! Muß! Schließlich hat er mir das Leben gerettet. Sie hätten mir ein Messer in den Rücken gestoßen – und basta. Alle haben sich in die Hosen gemacht, alle haben die Flossen hochgehoben, bloß Fritz ... Nein, Fritz ist ein Mensch. Um ihn muß man kämpfen.

Er glitt auf den Spuren der Paviane aus und fluchte.

Kaum befand er sich in der Küche, da merkte er, daß

sich in der Wohnung alles verändert hatte. Im Wohnzimmer dröhnte und kreischte das Grammophon. Man hörte Geschirrklappern. Es wurde getanzt. Alle diese Laute übertönte der Baß Dawydows: »Also, Bruder, Ökonomie und Soziologie – laß das, nicht nötig. Aber Freiheit, das ist was anderes. Für die Freiheit kann man auch sein Leben opfern . . .«

Auf dem Gasherd siedete Wasser im großen Topf, auf dem Küchentisch lag ein geschliffenes Messer, und aus der Röhre duftete es betörend nach Braten. In einer Ecke standen, einander stützend, zwei riesige Lindenbastsäcke, und auf ihnen lagen eine ölgetränkte, abgewetzte Wattejacke, die bekannte Peitsche und das Pferdegeschirr. Das MG stand ebenfalls dort, bereit zum Gebrauch, mit einer flachen Patronentasche. Unter dem Tisch blinkte eine große Korbflasche.

»Ihr Faulpelze!« schrie Andrej. »Das Wasser kocht!«

Dawydows Baß verstummte, in der Tür erschien Selma mit gerötetem Gesicht und strahlenden Augen. Hinter ihr tauchte Fritz Geiger auf, der sie um einen Kopf überragte. Offenbar hatten beide eben getanzt, und der Arier dachte vorläufig nicht daran, seine kräftigen Hände von Selmas Taille zu nehmen.

»Einen Gruß von Hofstatter!« sagte Andrej. »Elsa ist beunruhigt, weil du so lange ausbleibst. Euer Baby ist fast einen Monat alt!«

»Dumme Scherze!« erklärte Geiger und ließ Selma los. »Wo ist Otto?«

»Tatsächlich, das Wasser kocht!« sagte Selma verwundert. »Was sollen wir jetzt damit machen?«

»Nimm das Messer und schäl Kartoffeln. Du, Fritz, liebst doch Kartoffelsalat. Also tu auch was, ich übernehme die Rolle des Gastgebers.«

Er wollte sich ins Wohnzimmer begeben, wurde aber in der Tür von Isja Katzman zurückgehalten.

»Hör mal!« flüsterte Isja. »Wo hast du einen solchen tollen Typ her? Bei den Farmern ist echter Wilder Westen! Wie in Amerika!«

»Die russischen Kosaken waren auch nicht schlechter«, entgegnete Andrej. »Fritz, ich überlasse dir Selma und Isja als Untergebene, macht aber schnell, mir knurrt der Magen. Und schreit hier nicht rum – wir hören sonst Otto nicht, wenn er klopft, er ist Konserven holen.«

Als er alles geordnet hatte, eilte Andrej ins Wohnzimmer, um vor allem einen kräftigen Händedruck mit Dawydow zu wechseln. Der Farmer, immer noch stark riechend, stand breitbeinig mitten im Zimmer, die Hände unter den Gürtel gesteckt. Seine Augen waren lustig und leicht erregt – solche Augen hatte Andrej oft bei unbekümmerten Menschen gesehen, die gern fleißig arbeiten und fleißig trinken und die nichts auf der Welt erschüttern kann.

»Siehst du!« sagte Dawydow. »Ich bin gekommen, wie versprochen. Hast du die Korbflasche gesehen? Für dich. Die Kartoffeln auch, zwei Sack. Sie wollten mir dafür so ein Ding geben. Nein, denke ich, was brauche ich den Mist. Die Kartoffeln bringe ich lieber einem guten Menschen. Sie leben hier in ihren dunklen Häusern, sehen den hellen Tag nicht. Hör mal, Andrej, ich sage hier zu Kensi, dem Japaner, pfeift drauf, sage ich, Junge! Was habt ihr hier verloren? Nehmt eure Kinder und Weiber, und auf zu uns.«

Kensi, nach dem Dienst noch immer in Uniform, die aber aufgeknöpft war, ruderte ungeschickt mit einem Arm und deckte den Tisch. Seine rechte Hand war verbunden. Er lächelte Dawydow zu.

»So wird das auch noch kommen«, sagte er. »Statt Pavianen werden Krokodile einfallen, und dann flüchten wir alle zu euch in die Sümpfe.«

»Morgen früh fahre ich heim, der Wagen ist leer, drei Familien kann ich gut aufladen. Hast du eine Familie?« wandte er sich an Andrej.

»Gott bewahre.«

»Und wer ist die Kleine? Gehört sie nicht zu dir?«

»Sie ist neu hier. Heute nacht angekommen.«

»Um so besser. Ein liebes Mädel, freundlich, umgänglich. Nimm sie mit und los, ja? Bei uns haben wir frische Luft. Bei uns gibt's Milch. Du hast bestimmt schon ein Jahr lang keine frische Milch getrunken. Hier frage ich dauernd, warum es in euren Läden keine Milch gibt. Ich habe bloß drei Kühe, aber ich liefere auch Milch an den Staat ab und verbrauche selber welche und füttere zudem die Schweine und gieße noch Milch weg ... Du ziehst zu uns, verstehst du, und bevor du morgens aufs Feld gehst, bringt sie dir, die Kleine, einen irdenen Topf mit dampfender Milch, frisch von der Kuh, ja?« Er zwinkerte mit beiden Augen hintereinander, lachte laut, schlug Andrej auf die Schulter und ging mit schweren Schritten durchs Zimmer, um das Grammophon abzustellen. »Und erst die Luft! Ihr habt nicht mal saubere Luft, ein stinkender Affenstall ist das hier. Kensi, was mühst du dich ab? Ruf die Kleine, sie soll den Tisch decken.«

»Sie schält Kartoffeln«, sagte Andrej. Dann besann er sich und half Kensi. Dawydow war wirklich ein eigenartiger Mensch; Andrej hatte das Gefühl, als würden sie sich schon jahrelang kennen. Wäre es richtig, in die Sümpfe zu flüchten? Milch hin, Milch her, das Leben ist dort bestimmt gesünder. Wie er so dasteht, wie ein Monument!

»Es klopft«, sagte Dawydow. »Soll ich aufmachen oder gehst du selber?«

»Ich gehe«, sagte Andrej. Draußen stand Wan in einem knielangen blauen Seidenhemd, um den Kopf ein Tuch.

»Sie haben die Mülltonnen gebracht!« sagte er erfreut.

»Die soll der Teufel holen!« antwortete Andrej nicht minder erfreut. »Die Mülltonnen können warten. Warum kommst du allein? Wo ist Meilin?«

»Sie ist zu müde und hat sich hingelegt. Der Junge ist krank.«

»Komm rein, was stehst du hier rum ... Komm, ich mache dich mit einem sympathischen Menschen bekannt.«

»Wir kennen uns schon«, sagte Wan, als er ins Wohnzimmer trat.

»Ach, Wanja«, rief Dawydow. »Du bist auch hier! Ja«, sagte er, zu Kensi gewandt. »Ich wußte, daß Andrej ein feiner Kerl ist. Bei ihm treffen sich lauter gute Menschen. Du zum Beispiel, oder der kleine Jude dort ... Aber jetzt wird gefeiert! Ich geh mal gucken, was sie in der Küche machen.«

Wan verdrängte Kensi vom Tisch und rückte flink das Geschirr zurecht. Kensi versuchte, mit der freien Hand und mit den Zähnen den Verband zu befestigen. Andrej eilte zu Hilfe.

»Warum kommt denn Donald nicht?« fragte er besorgt.

»Er hat sich eingeschlossen«, erklärte Wan. »Und will nicht gestört werden.«

»Er ist in letzter Zeit irgendwie merkwürdig. Na gut, dann lassen wir ihn eben in Ruhe. Kensi, was ist mit deiner Hand?«

Kensi antwortete mit leicht verzerrter Miene: »Ein Pavian hat zugebissen, bis auf den Knochen. Dieses widerliche Pack!«

»Wirklich?« wunderte sich Andrej. »Mir kamen sie so friedlich vor.«

»Friedlich! Wenn dich jemand fangen und dir ein Halsband anlegen will ...«

»Was für ein Halsband?«

»Befehl fünfhundertsieben. Alle Paviane registrieren und mit einem numerierten Halsband versehen. Morgen werden wir die Halsbänder an die Bevölkerung ausgeben. Wir haben etwa dreißig Paviane gefangen und die anderen ins Nachbarrevier gejagt, mögen sie sich dort abplagen. Was staunst du da Bauklötzer? Hole lieber Schnapsgläser, die reichen nicht.«

VIERTES KAPITEL

Als die Sonne abgeschaltet wurde, waren alle schon tüchtig betrunken. In der Dunkelheit schlich Andrej hinter dem Tisch hervor, und während er mit den Füßen an irgendwelche Töpfe stieß, die auf dem Fußboden standen, erreichte er den Schalter.

»Keine Bange, liebes Fräulein«, tönte Geiger hinter seinem Rücken. »Das ist hier immer so.«

»Es werde Licht!« verkündete Andrej, die Worte sorgfältig aussprechend.

An der Decke leuchtete eine verstaubte Lampe auf. Das Licht war matt wie im Hausflur. Andrej drehte sich um und betrachtete seine Gäste.

Alles lief bestens. An der Stirnseite des Tisches thronte auf einem Küchenhocker Jurij Konstantinowitsch Dawydow, der vor einer halben Stunde für Andrej zu Onkel Jura geworden war. Zwischen seinen fest zusammengepreßten Lippen qualmte eine lange selbstgedrehte Zigarette, in der rechten Hand hielt er ein Kristallglas voller edlem erstklassigen Schnaps, und mit dem schwieligen Zeigefinger der Linken fuchtelte er unter der Nase des neben ihm sitzenden Isja Katzman herum, der Krawatte und Jacke abgelegt hatte. Auf seinem Hemd zeichneten sich deutlich fette Soßenflecke ab.

Rechts neben Dawydow saß bescheiden Wan – vor ihm der kleinste Teller und eine verbogene Gabel, auch das Schnapsglas war angeschlagen. Wan lächelte selig. Der Kopf war zwischen die Schultern gesunken. Die geschlossenen Augen waren nach oben gerichtet.

Kensi kaute genüßlich Sauerkraut und redete auf Otto ein, der heroisch gegen die Müdigkeit ankämpfte und in den Momenten, wenn er den Sieg errungen hatte, laut rief: »Ja! Natürlich! Ja! O ja!«

Selma Nagel, die schwedische Prostituierte, war zu einer

Schönheit erblüht. Sie saß im Sessel, die Beine über die weiche Armlehne gelegt, und diese erstklassigen Beine befanden sich in Brusthöhe des schneidigen Unteroffiziers Fritz Geiger, so daß seine Augen brannten und sein Gesicht vor lauter Erregung mit roten Flecken übersät war. Er stand mit einem vollen Glas neben Selma und wollte unbedingt mit ihr Brüderschaft trinken. Sie stieß ihn mit ihrem Glas zurück, lachte laut, plapperte und schob von Zeit zu Zeit Geigers behaarte Hand von ihren Oberschenkeln.

Nur Andrejs Stuhl an Selmas anderer Seite war leer, und traurig leer blieb auch der Stuhl, den man für Donald hingestellt hatte. »Schade, daß Donald nicht da ist«, dachte Andrej. Aber das ertragen wir auch noch! Wir sind schon mit ganz anderen Dingen fertiggeworden! Andrejs Gedanken verwirrten sich etwas, aber seine Grundstimmung war optimistisch, nur mit einem leichten Anflug von Tragik. Er kehrte auf seinen Platz zurück, nahm das Glas und schrie:

»Prost!«

Niemand achtete auf ihn, nur Otto zuckte mit dem Kopf wie ein von einer Bremse gebissenes Pferd und erwiderte »Ja! O ja!«

»Ich bin hierher gekommen, weil ich geglaubt habe!« sagte Dawydow laut. »Und ich habe deshalb geglaubt, weil es nichts mehr gab, woran man glauben konnte. Ein russischer Mensch muß an etwas glauben, verstanden? Wenn er an nichts glaubt, bleibt ihm bloß der Wodka. Selbst um Weiber zu lieben, muß man glauben. An sich muß man glauben, ohne Glauben kriegst du nicht mal einen richtigen Steifen.«

»Nun ja, nun ja!« meldete sich Isja. »Wenn man einem Juden den Glauben an Gott nimmt, und einem Russen den Glauben an den guten Zaren, dann werden sie der Teufel weiß wozu fähig . . .«

»Warte! Die Juden – das ist was anderes . . .«

»Übernimm dich nicht, Otto. Du darfst deinen Geist nicht überanstrengen, Otto«, sagte gleichzeitig Kensi, der Sauerkraut mampfte. »Trotzdem gibt es keine Ausbildung und es kann einfach keine geben. Du verstehst doch, warum eine Berufsausbildung in einer Stadt nötig ist, wo jeder ständig den Beruf wechselt?«

»O ja!« antwortete Otto, der für eine Sekunde erwachte. »Dasselbe habe ich dem Herrn Minister gesagt.«

»Und der Minister?« Kensi trank aus dem Schnapsglas, als schlürfe er Tee.

»Der Herr Minister hat gesagt, das sei ein äußerst interessanter Gedanke, und er hat mir vorgeschlagen, ihn auszuarbeiten.« Otto schnaufte, seine Augen füllten sich mit Tränen. »Statt dessen bin ich zu Elsa gegangen . . .«

»Und als der Panzer zwei Meter vor mir stand«, tönte Geiger, wobei er Schnaps über Selmas weiße Beine vergoß, »habe ich mich an alles erinnert! Sie werden es nicht glauben, Fräulein, mein ganzes Leben lief vor mir ab. Aber ich war Soldat! Für Führer und Vaterland!«

»Euren Führer gibt es längst nicht mehr!« unterbrach ihn Selma, der vor Lachen die Tränen kamen. »Sie haben ihn verbrannt, euren Führer!«

»Fräulein!« erklärte Geiger, das Kinn vorreckend. »Im Herzen jedes wahren Deutschen lebt der Führer! Der Führer wird ewig leben! Sie sind Arierin, Fräulein, Sie werden mich verstehen: Als der russische Panzer . . . drei Meter . . . habe ich im Namen des Führers!«

»Hör endlich auf mit deinem Führer!« schrie ihn Andrej an. »Jungs! Ihr Bande, wir trinken auf was!«

»Worauf?« besann sich Dawydow. »Los! Leg los, Andrej!«

»Auf alle anwesenden Damen!« schmetterte Otto, der Kensi von sich wegstieß.

»Halts Maul!« krächzte Andrej. »Isja, hör auf zu grinsen!

Ich rede im Ernst! Kensi, der Teufel soll dich! Ich meine, Jungs, daß wir trinken sollten ... wir haben schon getrunken, aber irgendwie nebenbei, und wir sollten vernünftig, ernsthaft auf unser Experiment trinken, auf unsere edle Sache und besonders ...«

»Auf den Inspirator aller unserer Siege, den Genossen Stalin!« schrie Isja.

Andrej war aus dem Konzept geraten. »Nein .. hör zu ...«, brummte er. »Was unterbrichst du mich? Auch auf Stalin, natürlich ... Zum Teufel, er hat mich völlig durcheinandergebracht! Ich wollte, daß wir auf unsere Freundschaft trinken, du Blödmann!«

»Macht nichts, macht nichts, Andrej!« sagte Dawydow. »Der Trinkspruch ist gut, auf das Experiment muß man trinken, auf Freundschaft muß man auch trinken. Jungs, nehmt die Gläser, wir trinken auf die Freundschaft und daß alles gut wird.«

»Ich trinke auf Stalin!« erklärte Selma starrköpfig. »Und auf Mao Tse-tung. He, Mao! Hörst du? Ich trinke auf dich!« rief sie Wan zu.

Wan zuckte zusammen, lächelte gequält und nippte an seinem Glas.

»Tsetung?« fragte Geiger drohend. »Wer ist denn das?«

Andrej leerte sein Glas mit einem Zug und stieß leicht betäubt die Gabel in ein Fleischstück. Die Gespräche drangen jetzt wie aus einem anderen Zimmer zu ihm. Stalin ... Ja, natürlich. Eine gewisse Beziehung muß es geben. Warum ist mir das früher nicht in den Sinn gekommen? Erscheinungen kosmischen Maßstabs. Es muß eine wechselseitige Verbindung geben. Zum Beispiel die Frage: Wählen zwischen dem Erfolg des Experiments und der Gesundheit des Genossen Stalin ... Was ist mir persönlich als Bürger, als Kämpfer ... Zwar sagt Katzman, daß Stalin nicht mehr lebt, aber das ist unwesentlich. Nehmen wir an, er lebt. Und nehmen wir an, daß ich vor der Wahl stehe. Das Experiment oder die Sache Stalins ... Nein, Unsinn, nicht so. Stalins Werk unter Stalinscher Leitung fortführen oder Stalins Werk unter völlig anderen Bedingungen fortführen, unter ungewöhnlichen, die in keiner Theorie vorgesehen sind – so stellt sich die Frage ...

»Woher weißt du, daß die Mentoren das Werk Stalins fortführen?« drang plötzlich Isjas Stimme zu ihm, und er begriff, daß er laut gedacht hatte.

»Was können sie denn noch tun?« wunderte er sich. »Es gibt nur eines auf der Erde, was alle Mühe lohnt – der Aufbau des Kommunismus! Und das ist Stalins Werk.«

»Du hättest in der Schule besser aufpassen sollen«, erwiderte Isja. »Stalins Werk ist der Aufbau des Kommunismus in einem einzelnen Land, der konsequente Kampf gegen den Imperialismus und für die Ausweitung des sozialistischen Lagers in der ganzen Welt. Ich sehe nicht, wie du diese Aufgaben hier verwirklichen willst.«

»Langweilig«, maulte Selma. »Macht Musik! Ich will tanzen!«

Andrej sah und hörte nichts mehr. »Du Dogmatiker! Du Talmudist! Du Buchstabengelehrter! Du Metaphysiker! Du siehst nichts außer der Form. Ist es nicht gleichgültig, welche Form das Experiment annimmt? Aber der Inhalt kann nur einer sein, und auch das Endergebnis läuft auf eins hinaus: die Diktatur des Proletariats in Verbindung mit den werktätigen Farmern.«

»Und was ist mit der werktätigen Intelligenz?« fügte Isja hinzu.

»Mit welcher Intelligenz? Die ist mir scheißegal, die Intelligenz!«

»Ja, stimmt«, sagte Isja. »Das ist aus einer anderen Epoche.«

»Die Intelligenz ist impotent!« erklärte Andrej verbissen. »Eine Lakaienschicht. Sie dient denen, die an der Macht sind.«

»Eine Bande von Schleimscheißern!« schrie Geiger laut. »Schleimscheißer und Klugscheißer, nur sie sind immer schuld an Disziplinlosigkeit und Desorganisation!«

»Stimmt!« Andrej wäre es lieber gewesen, wenn ihn Dawydow unterstützt hätte, aber auch Fritz Geigers Beistand nützte ihm. »Nimm, bitte, Geiger. Eigentlich ein Klassenfeind, aber seine Position stimmt völlig mit der unseren überein. Also ergibt sich, daß vom Standpunkt jeder Klasse die Intelligenz nichts taugt. Ich hasse ... Ich kann diese kraftlosen Brillenträger, diese Schwätzer, diese Schmarotzer nicht ausstehen. Sie haben keine innere Kraft, keinen Glauben, keine Moral ...«

»Wenn ich das Wort Kultur höre, greife ich zur Pistole!« verkündete Fritz Geiger mit metallischer Stimme.

»Nein!« erwiderte Andrej. »Hier sind wir anderer Meinung. Kultur ist eine große Errungenschaft des befreiten Volkes. Hier muß man dialektisch ...«

Das Grammophon dröhnte, der betrunkene Otto tanzte stolpernd mit der betrunkenen Selma, aber Andrej interessierte das nicht. Begonnen hatte das Beste, das Wesentliche, dessentwegen er diese Zusammenkünfte über alles liebte. Der Streit.

»Nieder mit der Kultur!« schrie Isja, der von einem freien Stuhl auf den anderen sprang, um näher zu Andrej zu gelangen. »Mit unserem Experiment hat Kultur nichts zu tun. Worin besteht die Aufgabe des Experiments? Das ist die Frage! Das sag mir mal!«

»Ich habe es schon gesagt: Ein Modell der kommunistischen Gesellschaft zu schaffen!«

»Wozu brauchen die Mentoren ein Modell der kommunistischen Gesellschaft, überleg mal, du Dussel!«

»Und warum nicht?«

»Ich glaube«, sagte Dawydow, »die Mentoren sind keine echten Menschen. Wie soll ich's ausdrücken, sie sind von einer anderen Art wie ... Sie haben uns in ein Aquarium gesetzt ... oder in einen Zoo ... und gucken, was da rauskommt.«

»Haben Sie sich das selber ausgedacht, Jurij Konstantinowitsch?« wandte sich Isja mit großem Interesse an ihn.

Dawydow kratzte sich die rechte Wange. »Das ist im Streit entstanden.«

Isja haute mit der Faust auf den Tisch. »Bemerkenswert! Warum? Woher? Bei unterschiedlichen Menschen, die im übrigen sonst ganz konformistisch denken, entsteht die Vorstellung von der außerirdischen Herkunft der Mentoren. Warum? Die Vorstellung, das Experiment werde von höheren Kräften gelenkt.«

»Ich zum Beispiel habe ihn direkt gefragt«, mischte sich Kensi ein. »Seid ihr Außerirdische? Er hat ausweichend geantwortet, aber faktisch hat er es nicht verneint.«

»Mir wurde gesagt, sie sind Menschen einer anderen Dimension«, sagte Andrej. Über den Mentor zu reden war ihm so peinlich, als ob er vor Fremden über familiäre Angelegenheiten spräche. »Ich bin aber nicht davon überzeugt, daß ich das richtig begriffen habe. Vielleicht war alles nur symbolisch gemeint.«

»Ich will das nicht!« erklärte Geiger. »Ich bin kein Insekt. Ich bin ich selber. Ohne die Gefangenschaft wäre ich wahrscheinlich nie hierhergekommen!«

»Wozu das alles«, fragte Isja. »Auch ich spüre die ganze Zeit so etwas wie einen inneren Protest und begreife nicht, was hier vor sich geht. Vielleicht gleichen ihre Aufgaben am Ende den unseren.«

»Was sage ich doch die ganze Zeit!« rief Andrej erfreut.

Isja winkte ungeduldig ab. »Nicht in diesem Sinne, nicht so einfach, wie du denkst. Sie versuchen, die Menschheit zu erkennen. Folglich ist jetzt auch für uns Problem Nummer ein: die Menschheit, uns selber zu erkennen. Vielleicht helft ihr uns dabei.«

»Nicht doch!« äußerte Kensi. »Laßt euch nicht verführen.

Sie planen die Kolonisation der Erde und erforschen an uns das Verhalten der künftigen Sklaven.«

»Wozu das alles, Kensi?« fragte Andrej enttäuscht. »Wozu solch schreckliche Vermutungen? Ich halte es einfach für unzulässig, so von ihnen zu denken.«

»Ich denke ja auch nicht so«, erwiderte Kensi. »Ich habe da so ein seltsames Gefühl. Diese Paviane, die Verwandlung von Wasser, dieses Chaos . . . Eines schönen Tages wird da noch eine babylonische Sprachverwirrung entstehen. Man bereitet uns systematisch auf eine unheimliche, bedrükkende Welt vor, in der wir künftig zu leben haben. Es ist wie auf Okinawa. Ich war damals ein kleiner Junge, es war Krieg, und in der Schule war uns Kindern verboten, unseren Dialekt zu gebrauchen. Wenn sie einen Jungen erwischten, hängten sie ihm ein Schild um den Hals: Ich kann nicht richtig sprechen. Und er mußte dann den ganzen Tag mit diesem Schild rumlaufen.«

»Ja, ich verstehe«, sagte Isja, mit stupidem Lächeln an seiner Warze herumfummelnd.

»Ich dagegen verstehe gar nichts«, rief Andrej. »Das alles ist eine verzerrte Darstellung der Tatsachen, eine falsche Interpretation. Das Experiment ist das Experiment! Gut, man begreift überhaupt nichts, aber wir sollen ja auch nichts begreifen! Das ist doch die Grundbedingung! Sobald wir zu begreifen beginnen, weshalb hier bei uns plötzlich Paviane auftauchen, wird dies sogleich auch unser moralisches Verhalten beeinflussen. Das Experiment büßt an Klarheit und Integrität ein und mißlingt. Aber das alles stimmt doch, nicht wahr, Fritz?«

Geiger schüttelte den blonden Kopf. »Weiß ich nicht. Mich interessiert nicht, was SIE da wollen. Mich interessiert, was ICH will. Und ich will Ordnung schaffen in diesem Stall. Überhaupt, einer von euch hat mal gesagt, daß vielleicht die ganze Aufgabe darin besteht, die Energischsten, Tüchtigsten, Härtesten auszuwählen. Die nicht bloß die

Zunge wetzen und spinnen, sondern handeln. Solche wählen sie aus – solche wie mich oder dich, Andrej, und schicken sie zurück auf die Erde. Denn wenn wir hier unseren Mann stehen, dann wohl auch dort.«

»Das ist durchaus wahrscheinlich!« erklärte Andrej tiefsinnig. »Ich nehme das auch stark an.«

»Donald meint«, sagte Wan leise, »das Experiment sei schon längst gescheitert.«

Alle wandten ihm sogleich ihre Blicke zu. Wan saß ebenso ruhig wie vorher da, er hatte den Kopf eingezogen und das Gesicht zur Decke gerichtet, seine Augen waren geschlossen.

»Er hat gesagt, daß die Mentoren längst an der eigenen Idee irre geworden sind, daß sie alles Mögliche ausprobiert haben, aber jetzt nicht mehr weiter wissen. Er hat gesagt: Sie sind völlig bankrott. Und jetzt läuft alles einfach aus Gewohnheit so weiter.«

Andrej kraulte sich in völliger Verwirrung den Nacken. Also Donald! Er benimmt sich so merkwürdig . . . Die anderen schwiegen ebenfalls. Dawydow drehte sich langsam eine Zigarette, Isja zupfte an seiner Warze, Kensi tat sich am Sauerkohl gütlich, und Geiger schaute unverwandt auf Wan, wobei er den Unterkiefer vorstreckte und wieder in die richtige Stellung brachte. So beginnt der Zerfall, ging es Andrej durch den Sinn. Genau mit solchen Gesprächen. Unverständnis gebiert Unglauben. Unglauben den Tod. Sehr, sehr gefährlich. Der Mentor hat mir geradeheraus gesagt: Das Wesentliche ist – bis ans Ende, ohne sich umzuschauen, an die Idee glauben. Begreifen, daß Nichtverstehen die notwendige Bedingung des Experiments ist. Natürlich ist das die schwierigste Bedingung. Die meisten hier besitzen keine echte ideologische Standfestigkeit, keine echte Überzeugung. Heute kann es uns schlechtgehen, vielleicht auch morgen – aber übermorgen strahlt die Sonne, und unsere Zukunft sieht herrlich aus.

»Ich bin ein ungebildeter Mensch«, erklärte plötzlich Dawydow, der genüßlich mit der Zunge seine Selbstgedrehte zuklebte. »Ich hab bloß vier Klassen hinter mich gebracht, und ich hab schon Isja gesagt, daß ich, um die Wahrheit zu sagen, einfach geflüchtet bin. Du zum Beispiel ...« Er deutete mit seiner Zigarette auf Geiger. »Aus der Gefangenschaft hattest auch du nur einen Ausweg, und ich genauso, nämlich aus dem Dorf. Wenn ich den Krieg nicht rechne, habe ich mein ganzes Leben auf dem Dorf zugebracht und die Welt nicht gesehen. Aber hier – hier habe ich sie gesehen! Was sie sich da mit ihrem Experiment ausgedacht haben – ich sage es ganz offen heraus –, das faßt mein Verstand nicht, und es ist mir auch gleichgültig. Aber hier bin ich ein freier Mensch, bisher hat niemand meine Freiheit angetastet, und ich tue auch niemandem was zuleide. Wenn hier irgendwer was ändern will, dann garantiere ich euch: Wir Farmer lassen in eurer Stadt keinen Stein auf dem anderen. Wir sind für euch keine Paviane. Wir lassen uns von euch keine Halsbänder anlegen! So sieht das aus!«

Isja kicherte, und wieder herrschte peinliches Schweigen. Andrej war über Dawydows Worte leicht verwundert, entschuldigte sie jedoch mit dessen schwerem Schicksal. Deshalb sagte er nur:

»Wir diskutieren solche Fragen bestimmt zu früh. Das Experiment dauert ja noch nicht allzulange, zu tun gibt's dagegen genug, wir müssen arbeiten und an das Experiment glauben.«

»Woher weißt du, daß das Experiment noch nicht lange dauert?« unterbrach ihn Isja spöttisch. »Das Experiment dauert mindestens hundert Jahre. Wahrscheinlich viel länger, aber hundert Jahre ganz bestimmt.«

»Woher weißt du das?«

»Bist du mal im Norden gewesen?«

Andrej stutzte. Er wußte gar nicht, daß es hier irgendwo einen Norden gab.

»Ja, der Norden!« sagte Isja. »Üblicherweise ist Süden dort, wo die Sonne steht, wo die Sümpfe und Felder sind, und die entgegengesetzte Richtung ist Norden. Du warst doch nie weiter als bis zu deiner Müllkippe! Im Norden findest du eine Stadt nach der anderen, mit Palästen und Hütten. Jetzt lebt dort natürlich niemand, weil es kein Wasser gibt, aber früher war alles bewohnt, das ist ziemlich lange her. Ich habe dort Dokumente in leeren Häusern entdeckt! Hast du mal von König Weliar dem Zweiten gehört? Er hat unter anderem dort geherrscht. Bloß zu seiner Zeit waren hier Sümpfe, und man mußte Bauern oder Sklaven dorthin verstoßen. Das ist mindestens hundert Jahre her.«

Dawydow fragte: »Und noch weiter nördlich?«

»Weiter bin ich nicht gekommen«, sagte Isja. »Aber ich kenne Leute, die viel weiter gegangen sind – hundert, hundertfünfzig Kilometer. Viele sind nie zurückgekehrt.«

»Und was ist dort?«

»Eine Stadt.« Isja machte eine Pause. »Allerdings wird auch über diese Orte unverschämt gelogen. Deshalb berichte ich nur, was ich selber gesehen habe. Es ist hundert Jahre her. Begreifst du das, mein Freund Andrej? Hundert Jahre. In hundert Jahren kann man auf jedes Experiment pfeifen.«

»Na gut, warte mal ...« erwiderte Andrej verwirrt. Dann wurde er lebhaft. »Aber sie haben doch nicht darauf gepfiffen! Wenn sie immer wieder neue Menschen nehmen, heißt das, sie haben nicht aufgegeben, sie sind nicht enttäuscht! Sie haben sich einfach eine sehr schwierige Aufgabe gestellt.« Ein neuer Gedanke kam ihm in den Sinn, er wurde noch lebhafter. »Und überhaupt: Woher weißt du, was sie für einen Zeitmaßstab haben? Vielleicht ist ein Jahr für sie eine Sekunde?«

»Ich weiß gar nichts«, sagte Isja achselzuckend. »Ich versuche dir zu erklären, in welcher Welt du lebst – das ist alles.«

»Schluß!« unterbrach ihn energisch Dawydow. »Genug leeres Stroh gedroschen! He, Kleiner! Wie heißt du? Otto! Laß das Mädel und hol ... Nein, der ist blau. Der zerhaut mir noch die Flasche, ich gehe lieber selber.«

Er nahm die leere Karaffe vom Tisch und begab sich in die Küche. Selma plumpste auf ihren Platz, sie hielt wieder die Beine höher als den Kopf und stieß Andrej scherzhaft an die Schulter.

»Wie lange soll das Gequatsche noch dauern? Ist ja stinklangweilig! Experiment, Experiment ... Gib mir 'ne Lulle!«

Andrej gab ihr eine Zigarette. Das Streitgespräch hatte in ihm ein unangenehmes Gefühl aufgewühlt – etwas blieb unausgesprochen, etwas war nicht verständlich, man hatte ihn nicht ausreden lassen, es ergab sich keine Einheit ... Kensi sitzt so traurig da, das kommt bei ihm selten vor ... Wir denken zu viel über uns nach, das ist es! Experiment hin, Experiment her, jeder denkt immer nur an dasselbe, will unbedingt recht haben, dabei müßte man gemeinsam, ja gemeinsam ...!

Da stellte Dawydow die volle Karaffe auf den Tisch. Sie tranken, aßen, Isja servierte dazu Witze – alle brüllten. Dawydow erzählte ebenfalls einen Witz, schrecklich unanständig, aber sehr komisch. Sogar Wan lachte, und Selma hielt sich den Bauch. »In den Tontopf kriecht er nicht«, wiederholte sie, vor Lachen fast erstickend, und wischte sich die Augen. Andrej donnerte mit der Faust auf den Tisch und stimmte sein Lieblingslied an, ein Lied auf alle Säufer und auf die alte Amme, die allen beigebracht hatte, den Schnaps langsam zu trinken.

Alle fielen ein, dann grölte Fritz gemeinsam mit Otto »Es zittern die morschen Knochen«, ein großartiges Soldatenlied. Als Isja sah, daß Andrej begeistert mitzusingen versuchte, kicherte er und rieb sich die Hände. Da sang Dawydow mit Bärenstimme, wobei er unablässig auf Selmas Waden starrte:

Ihr geht durchs Dorf,
Spielt und singt.
Erregt mein Herz,
und laßt mich nicht schlafen . . .

Es war ein voller Erfolg, und Dawydow fuhr fort:

Mädchen, ihr wißt selber, womit ihr uns lockt.
ihr verheißt soviel und gebt dann nichts,
betrügt uns bloß alle . . .«

Selma nahm die Beine von der Sessellehne, stieß Geiger fort und sagte gekränkt: »Nichts verspreche ich, ihr habt mir vielleicht gerade noch zu meinem Glück gefehlt.«

»Du bist doch nicht gemeint«, sagte Dawydow äußerst verlegen. »Das ist nur ein Lied.«

Um von dem Zwischenfall abzulenken, tranken sie noch ein Glas. Andrej drehte sich der Kopf. Er erkannte traurig, daß er sich am Grammophon zu schaffen machte und daß er es gleich fallenlassen würde. Das Grammophon fiel tatsächlich zu Boden, litt jedoch keineswegs, im Gegenteil, es spielte sogar noch lauter. Dann tanzte er mit Selma, ihre Hüften waren warm und weich, und die Brüste unvermutet fest und groß, was er als äußerst angenehme Überraschung empfand: etwas so prächtig Geformtes unter diesem formlosen Wollsack zu entdecken. Sie tanzten, er faßte sie um die Hüften, und Selma hielt die Handfläche an seine Wangen und sagte, daß er ein toller Kerl sei und ihr sehr gefalle, und aus Dankbarkeit erklärte er, daß er sie liebe und immer geliebt habe und daß er sie nie mehr gehen lassen würde . . . Dawydow verkündete: »Es ist kühl geworden, Zeit zum Schlafen!« Er umarmte den vor Müdigkeit zusammengesunkenen Wan und küßte ihn dreimal nach russischer Sitte. Dann befand sich Andrej mitten im Zimmer, Selma saß wieder am Tisch, warf Brotkügelchen nach dem erschöpften Wan und nannte ihn Mao Tse-tung. Das brachte Andrej auf die Idee, »Moskau-Peking« anzustimmen, er sang dieses herrliche Lied mit ungewohntem Elan, plötzlich stand er Isja Katzman gegenüber, der schrecklich glotzte und seine Stimme zu einem unheilvollen Flüstern senkte, beide streckten sie den Zeigefinger hoch und riefen: »Man hört uns! Man hört uns!« Dann wurde er mit Isja Katzman in einen Sessel gestoßen, und vor ihnen auf dem Tisch, mit den Beinen baumelnd, saß Kensi. Andrej erklärte ihm eifrig, daß er bereit zu jeder Arbeit sei, hier bringe jede Arbeit persönliche Befriedigung, daß er sich als Müllfahrer ausgezeichnet fühle.

»Ich bin... Müllfahrer!« brachte er mühsam hervor. »Müll ... fahrer!«

Isja, der ihm ins Ohr spuckte, faselte etwas Unangenehmes, Beleidigendes, als ob er, Andrej, tatsächlich Lustgefühle aus der Erniedrigung beziehe, Müllfahrer zu sein, daß ein so kluger, gebildeter, zu Höherem befähigter Mann dennoch geduldig und mit Würde, allen anderen mit seinem Beispiel vorangehend, ein solches Kreuz ... Dann erschien Selma und tröstete ihn sofort. Sie war weich und zärtlich, tat alles, was er wollte, widersprach ihm nicht, er versank in einem Meer aus Glückseligkeit, und als er wieder daraus auftauchte, waren seine Lippen geschwollen und trocken. Selma schlief auf seinem Bett, er zog mit väterlicher Geste ihren Rock zurecht, deckte sie zu und brachte seine eigene Kleidung in Ordnung. Im Wohnzimmer stolperte er über ausgestreckte Beine. Otto schlief auf einem Stuhl in der unbequemen Pose eines Mannes, den man mit einem Genickschuß ermordet hat.

Auf dem Tisch stand die vierte Karaffe, die noch munteren Gäste sangen gedehnt mit halber Stimme das russische Lied vom Postkutscher in der Steppe. Aus Fritz Geigers hellen Augen rannen dicke Tränen. Andrej wollte sich dem Chor anschließen, da klopfte es an die Tür. Eine Frau im Unterrock und mit nackten Füßen in Halbschuhen fragte nach dem Hauswart. Andrej rüttelte Wan wach und erklärte ihm, wo er sich befinde und was man von ihm erwarte. »Danke, Andrej«, sagte Wan und schlurfte hinaus. Die anderen sangen das Lied vom Postkutscher zu Ende, Dawydow schlug vor, die Karaffe auszutrinken, damit man zu Hause nicht gescholten werde, da merkten sie, daß Geiger eingeschlafen war und nicht mit ihnen anstoßen konnte. »Na, gut«, sagte Dawydow. »Das ist also das letzte Glas.« Bevor sie es geleert hatten, sang Isja Katzman, der plötzlich sehr ernst geworden war, noch ein Lied, dessen Sinn Andrej nicht ganz erfaßte, der aber Dawydow offenbar völlig klar war. Das Lied hatte den Refrain »Ave Maria« und eine überaus bedrückende, wie von einem anderen Planeten stammende Strophe:

Man verbannte den Propheten in die Republik Koma,
Und er stürzte kopfüber in die Melde.
Und der ernste Untersuchungsrichter erhielt im Stadtkomitee eine privilegierte Dienstreise
für einen Monat nach Tiberda . . .

Als Isja verstummte, herrschte eine Zeitlang Schweigen. Plötzlich schlug Dawydow donnernd die Faust auf den Tisch, fluchte lange, ergriff sein Glas und leerte es ohne jeden Trinkspruch. Und Kensi, aufgrund einer nur ihm verständlichen Assoziation, sang mit unangenehmer, quiekender Stimme ein anderes Lied, offenbar ein Marschlied, in dem es hieß: Wenn alle japanischen Soldaten auf einmal an der großen chinesischen Mauer pinkeln, dann erhebt sich über der Wüste Gobi ein Regenbogen. Heute ist die kaiserliche Armee in London und morgen in Moskau, und am nächsten Tag wird sie in Chicago Tee trinken, die Söhne Japans werden an den Ufern des Ganges sitzen und Krokodile angeln . . . Kensi versuchte zu rauchen, zerbrach mehrere Streichhölzer und erzählte plötzlich von einem kleinen

Mädchen, mit dem er auf Okinawa befreundet war – sie war vierzehn Jahre alt und lebte im Haus gegenüber, eines Tages wurde sie von betrunkenen Soldaten vergewaltigt, und als sich der Vater bei der Polizei beschwerte, erschienen Gendarmen, nahmen ihn und das Mädchen mit, danach hat Kensi sie nie wiedergesehen.

Alle verstummten, als Wan ins Zimmer schaute und Kensi zu sich rief.

»Ja, so stehen die Dinge . . .«, sagte Dawydow schwermütig. »Sieh doch: Im Westen, bei uns in Rußland, bei den Gelben – überall dasselbe. Die Obrigkeit ist ungerecht. Nein, Brüder, dort habe ich nichts verloren. Da bin ich lieber hier.«

Kensi kehrte mit bleichem Gesicht zurück und suchte seinen Gürtel. Die Uniform war bis oben zugeknöpft.

»Ist was passiert?« fragte Andrej.

»Ja«, antwortete Kensi abgehackt, während er seine Pistolentasche zurechtrückte. »Donald Cooper hat sich erschossen. Ungefähr vor einer Stunde.«

ZWEITER TEIL

Der Untersuchungsrichter

ERSTES KAPITEL

Plötzlich hatte Andrej schlimme Kopfschmerzen. Er drückte angewidert im überquellenden Aschenbecher seine Kippe aus, zog den Schreibtischschub heraus und schaute nach, ob er dort Tabletten finden würde. Die Suche war vergeblich. Auf alten Akten lag eine Armeepistole, in den Ecken versteckte sich Büromaterial in abgegriffenen Pappkästchen, umgeben von angenagten Bleistiften, losem Tabak und zerbrochenen Zigaretten. Bei diesem Anblick verstärkten sich Andrejs Schmerzen. Er schob die Lade zu, stützte den Kopf in die Hände, so daß die Augen bedeckt waren, und schaute durch einen Spalt zwischen seinen Fingern auf Piter Block.

Piter Block, mit Spitznamen Steißbein, saß auf einem Schemel, hatte seine roten Hände auf den Knien gefaltet und blinzelte gleichgültig, von Zeit zu Zeit die Lippen beleckend. Sein Kopf schmerzte offensichtlich nicht, dafür hatte er wohl Durst. Und nach einer Zigarette gelüstete ihn wahrscheinlich auch. Andrej riß mit Überwindung die Handflächen vom Gesicht, goß sich aus einer Karaffe lauwarmes Wasser ein und trank ein halbes Glas aus. Piter Block beleckte seine Lippen. Seine grauen Äuglein waren ausdruckslos und leer. An dem dürren, schmutzigen Hals, der aus dem aufgeknöpften Hemdkragen ragte, hüpfte ein riesiger Adamsapfel immer wieder fast bis zum Kinn.

»Nun?« fragte Andrej.

»Ich weiß nichts«, antwortete Block heiser. »Ich kann mich an nichts erinnern.«

Schuft, dachte Andrej. Vieh.

»Wie läuft das hier bei Ihnen?« fragte er. »Den Lebensmittelladen an der Wollenen Ecke haben Sie ausgeräumt. Wann das war, wissen Sie, mit wem – auch. Gut. Das Café ›Dreifuß‹ haben Sie ausgeräumt, wann und mit wem – wissen Sie auch. Hofstatters Laden hatten Sie aus irgendeinem Grund vergessen. Das ist Ihr letzter Bruch.«

»Ich weiß gar nichts, Herr Kommissar«, erwiderte Block mit abstoßender Unterwürfigkeit. »Das hat mir einer angehängt. Und ich, als wir nach dem ›Dreifuß‹ aufgehört hatten, als wir den Weg der endgültigen Resozialisierung und des nützlichen Arbeitswillens gewählt hatten, da habe ich solche Sachen nie mehr gemacht.«

»Hofstatter hat euch erkannt.«

»Ich bitte vielmals um Entschuldigung, Herr Kommissar.« In Blocks Stimme schwang deutlich Ironie mit. »Aber wie es um Herrn Hofstatter steht, weiß jeder. Der ist doch nicht ganz richtig im Kopf. In seinem Laden war ich ein paarmal, das stimmt, Kartoffeln kaufen, Zwiebeln. Ich habe auch früher schon bemerkt, daß er nicht alle Tassen im Schrank hat, Verzeihung. Hätt ich gewußt, wie alles kommt, wär ich nicht mehr hingegangen.«

»Hofstatters Tochter hat Sie auch erkannt. Sie haben Fräulein Elsa mit einem Messer bedroht – Sie persönlich.«

»Das stimmt nicht. Sie hat mir ein Messer an die Kehle gehalten – so war's! Sie hat mich mal in ihren Lagerraum gelockt – ich konnte kaum abhauen. Die ist doch mannstoll, vor ihr flüchten alle Männer in der ganzen Umgebung.« Block fuhr sich wieder mit der Zunge über die Lippen. »Sie sagt zu mir: Komm ins Lager, sagt sie, such dir selber Kraut aus.«

»Das habe ich schon gehört. Wiederholen Sie noch einmal, was Sie in der Nacht vom 24. zum 25. gemacht haben. Ausführlich, beginnen Sie von dem Moment an, als die Sonne abgeschaltet wurde.«

Block richtete die Augen zur Decke. »Das war so. Als sie

die Sonne ausgeschaltet haben, saß ich in der Kneipe an der Ecke Trikotagen- und Zweite Straße und spielte Karten. Dann hat mich Jack Liver in eine andere Kneipe eingeladen, wir sind gegangen, unterwegs sind wir hoch zu Jack, wir wollten seine Alte mitnehmen, aber dann sind wir dort geblieben, haben was getrunken. Jack war blau, seine Alte hat ihn ins Bett gepackt und mich rausgejagt. Ich bin nach Hause gegangen, war aber stark besoffen und habe unterwegs mit welchen einen Streit angefangen, es waren drei, auch Besoffene, von denen kenne ich keinen, die habe ich zum ersten Mal gesehen. Sie haben mich so fertiggemacht, daß ich mich an nichts mehr erinnere, morgens bin ich dicht an der Schlucht aufgewacht und habe kaum nach Hause kriechen können. Ich habe mich schlafen gelegt, und da haben sie mich schon geholt.«

Andrej blätterte in den Akten und fand das medizinische Gutachten. Das Blatt trug bereits Fingerspuren.

»Hier wird nur bestätigt, daß Sie betrunken waren. Im Gutachten steht nicht, daß Sie geschlagen wurden. Spuren von Schlägen wurden an Ihrem Körper nicht entdeckt.«

»Die Jungs haben wie Profis gearbeitet«, sagte Block. »Sie hatten Strümpfe mit Sand. Mir tun noch alle Rippen weh«, klagte er heuchlerisch. »Ich muß ins Krankenhaus. Wenn ich hier bei Ihnen verrecke, sind Sie dafür verantwortlich.«

»Drei Tage hat Ihnen nichts weh getan, und wenn man Ihnen das Gutachten zeigt, spüren Sie plötzlich Schmerzen.«

»Was heißt hier – nichts weh getan? Ich hatte keine Kraft, so hat das weh getan, jetzt reicht's mir, ich beschwere mich.«

»Hören Sie auf zu lügen, Block«, sagte Andrej müde. »Ich schäme mich schon, Ihnen zuzuhören.«

Ihm war übel von diesem gemeinen Typ. Ein Bandit, ein Gangster, buchstäblich auf frischer Tat ertappt – und man kann ihm nichts beweisen. Mir fehlt es an Erfahrung, das ist es. Andere hätten so einen längst weichgekriegt. Block seufzte, verzerrte kläglich sein Gesicht, verdrehte die Augen und sank stöhnend auf den Sitz, offenbar beabsichtigte er, in Ohnmacht zu fallen, damit man ihm ein Glas Wasser gab und ihn zurück in die Zelle führte. Andrej beobachtete haßerfüllt diese Manipulationen. Nur weiter so, weiter so, dachte er. Aber versuch bloß nicht, den Fußboden vollzukotzen – dann laß ich Dich, du Hundesohn, alles mit einer Zahnbürste saubermachen.

Die Tür wurde aufgerissen, und mit selbstbewußtem Schritt trat Hauptkommissar Fritz Geiger ein. Nachdem er einen gleichgültigen Blick auf den zusammengekrümmten Block geworfen hatte, setzte er sich auf den Schreibtisch. Ohne zu fragen, nahm er aus Andrejs Schachtel mehrere Zigaretten, eine steckte er zwischen die Lippen, die anderen verstaute er sorgfältig in einem silbernen Etui. Andrej zündete das Streichholz an, Geiger zog, nickte zum Zeichen des Dankes und paffte eine Qualmwolke zur Decke.

»Der Chef hat angeordnet, dir den Fall Schwarze Tausendfüßler wegzunehmen«, sagte er leise. »Wenn du nichts dagegen hast, natürlich.« Er senkte die Stimme noch mehr und runzelte bedeutungsvoll die Stirn. »Offenbar hat der Oberstaatsanwalt dem Chef tüchtig die Leviten gelesen. Der ruft jetzt alle zu sich und reagiert sich an ihnen ab. Bald bist du auch dran.«

Er richtete seinen Blick auf Block. Block, der seinen Hals reckte, um zu lauschen, krümmte sich sofort wieder zusammen und stöhnte kläglich.

Geiger fragte: »Bist du mit dem immer noch nicht fertig?«

Andrej schüttelte den Kopf. Er schämte sich. In der letzten Woche war Geiger schon einmal gekommen, um ihm einen Fall wegzunehmen.

»Was?« wunderte sich Geiger. Er musterte Block und sagte dann halblaut: »Erlaubst du?« Ohne die Antwort abzuwarten, sprang er vom Schreibtisch.

Er ging dicht zu dem Beschuldigten und beugte sich teilnahmsvoll über ihn, die Zigarette in der ausgestreckten linken Hand.

»Dir tut alles weh?« erkundigte er sich teilnahmsvoll.

Block stöhnte als Bestätigung.

»Trinken möchtest du?«

Block stöhnte wieder und streckte die zitternde Hand aus.

»Und rauchen bestimmt auch?«

Block öffnete ungläubig ein Auge.

»Ihm tut alles weh, dem armen Kerl!« sagte Geiger laut zu Andrej, ohne sich umzudrehen. »Man kann nicht mit ansehen, wie sich der Mensch quält. Hier tut es ihm weh . . . und hier . . . und hier auch . . .« Jedesmal schlug er zu. Das Stöhnen wurde plötzlich von krächzendem, erstauntem Ächzen abgelöst. Blocks Gesicht erbleichte.

»Aufstehen, Mistkerl!« schrie Geiger plötzlich aus voller Kehle und trat einen Schritt zurück.

Block sprang auf, aber Geiger versetzte ihm einen heftigen Schlag in den Bauch. Block klappte zusammen, und Geiger verpaßte ihm einen Kinnhaken. Block wankte, warf den Schemel um und fiel rücklings zu Boden.

»Aufstehen, du Schweinehund!« brüllte Geiger.

Schluchzend und keuchend versuchte Block, sich zu erheben. Geiger packte ihn am Kragen und stellte ihn mit einem Ruck auf die Füße. Blocks Gesicht war jetzt kalkweiß und hatte einen grünlichen Anflug, die Augen traten hervor, die Stirn war schweißbedeckt.

Andrej senkte vor Abscheu den Blick und machte sich daran, mit zitternden Fingern eine Zigarette anzuzünden. Er mußte etwas tun, aber er wußte nicht, was. Einerseits war Geigers Verhalten abstoßend und unmenschlich, andererseits war es dieser Bandit – dieses eitrige Furunkel auf dem Körper der Gesellschaft – nicht weniger.

»Dir gefällt wohl nicht, was ich mache?« fragte Geiger mit einschmeichelnder Stimme. »Mir scheint, du möchtest dich sogar beschweren. Ich heiße Friedrich Geiger. Hauptkommissar Friedrich Geiger.«

Andrej zwang sich, den Blick zu heben. Block lehnte an der Wand, Geiger stand dicht vor ihm, beide Hände in die Hüften gestemmt.

»Du kannst dich beschweren, meinen jetzigen Vorgesetzten kennst du. Und weißt du, wo ich früher gearbeitet habe? Bei der Gestapo! Und weißt du auch, wodurch ich dort berühmt wurde?«

Das Telefon läutete. Andrej nahm den Hörer ab und meldete sich.

Er vernahm eine asthmatische Stimme. »Martinelli. Kommen Sie zu mir, Woronin. Sofort.«

Andrej legte den Hörer auf. Er wußte, daß ihn eine schlimme Strafpredigt erwartete, trotzdem war er froh, sein Büro verlassen zu können, die entsetzten Augen Blocks, das grimmig vorgestreckte Kinn Geigers nicht mehr sehen zu müssen, bloß fort aus dieser Folterkammer.

»Ich muß zum Chef«, sagte er mit fremder Stimme. Er nahm automatisch die Pistole aus dem Schub, um vollständig dienstbereit zu sein.

»Viel Erfolg«, sagte Geiger, ohne sich umzudrehen. »Ich bleibe hier, du kannst unbesorgt sein.«

Andrej stürzte in den Korridor. Unter den Gewölben staute sich bedrohliche Stille, auf einer Bank saßen unter dem strengen Blick des Wachpolizisten einige zerlumpte Männer. Andrej ging an einer Reihe geschlossener Türen vorbei ins Vestibül, wo junge Ermittler des letzten Aufgebots, ohne Unterlaß Zigaretten qualmend, einander ihre Fälle erklärten, und begab sich in die dritte Etage.

Der Chef war mißgelaunt. Seine Hamsterbacken hingen herab, die spärlichen Zähne waren drohend gefletscht, der schwere Atem wurde von Pfeiftönen begleitet.

»Nehmen Sie Platz«, brummte er.

Andrej setzte sich, legte die Hände auf die Knie und

starrte aus dem Fenster. Es war vergittert, hinter den Scheiben sah man nur die schwarze Nacht. Schon elf Uhr, dachte er. Wieviel Zeit ich mit diesem Schuft vergeudet habe!

»Wie viele Fälle haben Sie?« fragte der Chef.

»Acht.«

»Und wie viele gedenken Sie bis Quartalsende abzuschließen?«

»Einen.«

»Viel zu wenig.«

Andrej schwieg.

»Sie arbeiten schlecht, Woronin. Schlecht!« Der Chef keuchte asthmatisch.

»Ich weiß«, sagte Andrej demütig. »Ich komme nicht damit zurande.«

»Aber es wird endlich Zeit!« Der Chef hob die Stimme zu einem pfeifenden Zischen. »Sie arbeiten schon lange bei uns und haben erst drei lächerliche Fälle abgeschlossen. Sie erfüllen nicht Ihre Pflicht gegenüber dem Experiment, Woronin. Dabei haben Sie doch jemanden, von dem Sie lernen können, der Ihnen raten kann. Nehmen Sie sich ein Beispiel an Ihrem Freund Geiger. Er hat zwar auch seine schwachen Seiten, aber die brauchen Sie ja nicht zu übernehmen. Sie sollten sich seine positiven Seiten aneignen, Woronin. Sie beide sind am selben Tag hergekommen, und er hat schon elf Fälle abgeschlossen.«

»Ich kann das nicht so«, antwortete Andrej bedrückt.

»Lernen! Lernen müssen Sie. Wir alle lernen. Geiger hat auch nicht Jura studiert, und jetzt ist er schon Hauptkommissar. Manche meinen, es wäre an der Zeit, ihn zum Stellvertretenden Leiter der Kriminalabteilung zu machen. Und mit Ihnen, Woronin, ist man unzufrieden. Zum Beispiel: Wie kommt der Fall ›Spukhaus‹ voran?«

»Er kommt gar nicht voran«, antwortete Andrej. »Das ist kein Fall. Das ist purer Unsinn, dummes Geschwätz.«

»Warum dummes Geschwätz, wenn es glaubhafte Zeugenaussagen gibt? Wenn es Opfer gibt? Menschen verschwinden, Woronin!«

»Ich verstehe nicht, wie ich einen Fall bearbeiten soll, der auf Legenden und Gerüchten beruht.«

Der Chef hustete mühsam. »Sie müssen Ihren Grips anstrengen, Woronin. Gerüchte, Legenden – ja. Aber warum? Wem nutzt das? Woher stammen diese Gerüchte? Wer hat sie in die Welt gesetzt? Wer verbreitet sie? Warum? Und vor allem – wohin verschwinden die Menschen? Verstehen Sie mich, Woronin?«

Andrej faßte Mut und erwiderte: »Ich verstehe Sie, Chef. Aber das ist kein Fall für mich. Ich befasse mich lieber mit einfachen kriminellen Delikten. In der Stadt wimmelt es von Banditen.«

»Und ich züchte lieber Tomaten! Ich esse für mein Leben gern Tomaten, und hier sind keine zu kriegen, nicht für Geld und gute Worte. Sie sind im Dienst, Woronin, und niemanden interessiert, was Sie lieber täten. Ihnen wurde der Fall Spukhaus aufgetragen – also geruhen Sie, ihn zu bearbeiten. Daß Sie als Kriminalist ungeeignet sind, sehe ich selber. Unter anderen Umständen würde ich Ihnen den Fall gar nicht anvertrauen. Unter den heutigen Umständen tue ich das doch. Warum? Weil Sie unser Mann sind, Woronin. Weil Sie hier nicht bloß Ihren Job machen, sondern kämpfen. Weil Sie nicht aus privaten Gründen hergekommen sind, sondern um des Experiments willen. Solche Menschen gibt es nur wenige, Woronin. Deshalb erzähle ich Ihnen jetzt etwas, was Mitarbeiter Ihres Ranges sonst nicht wissen dürfen.«

Der Chef lehnte sich zurück und schwieg eine Zeitlang, er keuchte nun noch stärker, verzerrte aber nicht mehr sein Gesicht.

»Wir bekämpfen Gangster und Banden, das wissen alle, das ist gut, das ist notwendig. Aber die Gefahr Nummer eins – das sind nicht sie, Woronin. Erstens gibt es eine Naturerscheinung, die Antistadt heißt. Haben Sie je davon gehört? Nein, natürlich nicht. Richtig so. Sie dürfen nicht davon wissen. Keiner von euch darf das. Es ist ein Staatsgeheimnis mit sieben Siegeln. Die Antistadt. Im Norden existieren Siedlungen – wie viele, ist unbekannt. Wo, ebenfalls. Irgendwo im Norden. Wer dort lebt – unbekannt. Aber sie wissen alles über uns! Eine Invasion wäre möglich, Woronin. Sehr gefährlich! Das Ende unserer Stadt. Das Ende des Experiments. Es gibt Spionage, Diversion, Panikmache. Verstanden, Woronin? Ich sehe, ja. Weiter. Hier in der Stadt, mitten unter uns, leben Menschen, die nicht um des Experiments willen hergekommen sind, sondern aus anderen, mehr oder weniger eigennützigen Motiven – Nihilisten, Einsiedler, vom Leben Enttäuschte, Anarchisten. Aktiv sind nur wenige, aber sogar die Passiven bilden eine Gefahr. Sie untergraben die Moral, zerstören die Ideale, hetzen eine Bevölkerungsschicht gegen die andere auf, verbreiten zersetzenden Skeptizismus. Ein Beispiel: Ihr guter Bekannter, ein gewisser Katzman . . .«

Andrej zuckte zusammen. Der Chef schaute ihn unter geschwollenen Lidern an und fuhr nach einer Pause fort:

»Josef Katzman. Ein neugieriger Mann. Wir wissen, daß er sich oft nach Norden begibt, dort eine Zeitlang bleibt und dann zurückkehrt. Dabei vernachlässigt er seine Pflichten, doch das interessiert uns nicht mehr. Wie er redet, ist Ihnen bekannt.«

Andrej nickte unwillkürlich, und sein Gesicht versteinerte sich.

»Weiter. Das ist das Wichtigste für Sie. Er wurde in der Nähe des Spukhauses gesichtet. Zweimal. Einmal hat man ihn herauskommen sehen. Ich nehme an, daß ich ihn zu Recht mit dem Fall Spukhaus in Zusammenhang gebracht habe. Mit dem Fall muß man sich befassen, Woronin. Diesen Fall, Woronin, kann ich jetzt niemandem anvertrauen. Andere sind zwar ebenso treu wie Sie und viel tüchtiger, aber sie sind beschäftigt. Alle stecken bis über die Ohren in Arbeit. Also forcieren Sie den Fall Spukhaus, Woronin. Von den anderen Fällen werde ich Sie zu entbinden suchen. Morgen pünktlich sechzehn Uhr erscheinen Sie hier mit einem Plan. Sie können gehen.«

Andrej erhob sich.

»Ach, einen Rat noch! Ich rate Ihnen, Ihre Aufmerksamkeit dem Fall Sternschnuppen zuzuwenden. Das rate ich Ihnen sogar dringend. Da kann eine Verbindung existieren. Den Fall bearbeitet jetzt Tschatschua, gehen Sie zu ihm, erkundigen Sie sich.«

Andrej verneigte sich ungeschickt und begab sich zur Tür.

»Noch etwas!« sagte der Chef. Andrej blieb an der Tür stehen. »Bedenken Sie: Für den Fall Spukhaus interessiert sich der Oberstaatsanwalt. Ganz besonders! So daß sich außer Ihnen noch jemand von der Staatsanwaltschaft damit befassen wird. Bemühen Sie sich, nicht Ihren persönlichen Neigungen zuliebe Unterlassungen zu begehen. Sie können gehen, Woronin.«

Andrej schloß die Tür und lehnte sich an die Wand. In seinem Inneren spürte er nichts als Leere. Er hatte Vorwürfe erwartet, einen Anraunzer, vielleicht sogar die Entlassung oder die Versetzung zur Polizei. Statt dessen wurde er sozusagen belobigt, man zeichnete ihn aus, vertraute ihm einen Fall an, der als erstrangig galt. Vor einem halben Jahr hätte ihn eine dienstliche Rüge in größten Kummer gestürzt, und ein verantwortungsvoller Auftrag hätte ihm Freudenrufe entlockt. Jetzt versuchte er, sich vorsichtig in der ungewissen Lage zurechtzufinden und die Beschwernisse und Unbequemlichkeiten zu bedenken, die unvermeidlich damit zusammenhingen.

Isja Katzman. Ein Schwätzer. Eine Giftkröte. Ein Zyniker. Und gleichzeitig – das kann niemand bestreiten – ein selbstloser, gutmütiger Mensch, der sich von jedem ausnutzen läßt. Der Fall Spukhaus. Und die Antistadt. Zum Teufel . . . Ich werde das schon packen . . .

Andrej kehrte ins Büro zurück und fand dort zu seinem Erstaunen Geiger vor. Er saß am Schreibtisch, rauchte und blätterte in den Akten, die er aus dem Safe genommen hatte.

»Na und – hast du ordentlich was abgekriegt?«

Andrej nahm wortlos eine Zigarette, zündete sie an und zog mehrmals stark. Dann schaute er sich nach einer Sitzgelegenheit um und erblickte den leeren Schemel.

»Wo ist denn Block?«

»In der Dunkelzelle«, antwortete Fritz lässig. »Ich habe ihn für eine Nacht dorthin gesteckt, ohne Essen, Trinken und Rauchen. Er hat gesungen wie eine Nachtigall, ein vollständiges Geständnis, und hat sogar noch zwei genannt, von denen wir nichts wußten. Aber zu guter Letzt muß man einem solchen Schleimtier einen Denkzettel verpassen. Das Protokoll habe ich . . .« Er suchte unter den Aktenordnern. »Das Protokoll habe ich abgeheftet, das findest du. Morgen kannst du's dem Staatsanwalt übergeben. Er hat auch was Interessantes ausgesagt, irgendwann kann man das gebrauchen.«

Andrej rauchte und schaute auf Geigers gepflegtes Gesicht, in die schlauen hellen Augen, und genoß unwillkürlich die sicheren Bewegungen der großen, männlichen Hände. Geiger hatte sich in letzter Zeit verändert. Er hatte fast nichts mehr von dem aufgeblasenen jungen Unteroffizier. Die Unverschämtheit war zielstrebiger Sicherheit gewichen. Geiger war nicht mehr bei jedem harmlosen Scherz beleidigt, sondern benahm sich selbstbewußt. Eine Zeitlang hatte er mit Selma anbändeln wollen, aber es kam zwischen ihnen deshalb zu einer Art Streit, und Andrej sagte ihm ein paar passende Worte. Geiger räumte gelassen das Feld.

»Was starrst du mich an?« fragte Geiger mit wohlwollendem Interesse. »Kommst du nach der Standpauke immer noch nicht zu dir? Mach dir nichts draus, Kamerad, eine Standpauke vom Chef ist ein Festtag des Herzens für den Untergebenen!«

»Hör mal«, sagte Andrej. »Warum hast du diese Komödie aufgeführt? Gestapo etc.! Was sind das für Neuheiten in der Ermittlungspraxis?«

»Komödie?« Fritz zog die rechte Braue hoch. »Das, Kamerad, wirkt wie ein Schuß!« Er schlug den Aktendeckel zu und erhob sich. »Ich wundere mich, warum du nicht selber darauf gekommen bist. Hättest du ihm gesagt, daß du bei der Tscheka oder der GPU warst, und dabei mit einer Nagelschere unter seiner Nase herumgefuchtelt, dann hätte er dir garantiert die Stiefel geküßt. Hör mal, ich habe dir ein paar Fälle weggenommen, hier ist ja ein solcher Haufen, daß du in einem Jahr damit nicht fertig wirst. Also ich übernehme die Fälle, und dann rechnen wir irgendwie ab.«

Andrej blickte ihn dankbar an, und Geiger zwinkerte ihm als Antwort freundschaftlich zu. Ein tüchtiger Kerl, der Fritz. Und ein guter Kamerad. Vielleicht muß man wirklich so arbeiten? Warum viel Federlesens machen mit dem Gesindel? Tatsächlich, die dort im Westen haben vor den Tschekakellern eine Heidenangst, und bei solchem Abschaum wie diesem Block sind alle Mittel recht.

»Na, noch Fragen? Nein. Dann gehe ich.« Geiger klemmte die Aktendeckel unter den Arm und wollte hinausgehen.

Andrej besann sich. »Halt! Hast du etwa auch den Fall Spukhaus mitgenommen? Den mußt du hierlassen!«

»Den Fall Spukhaus? Mein Lieber, so weit geht meine Menschenfreundlichkeit nicht. Das mußt du schon alleine ...«

»Alles klar«, sagte Andrej mit düsterer Entschlossenheit. »Übrigens, was ist das für ein Fall – Sternschnuppen? Den Namen habe ich gehört, aber worum es da geht, weiß ich nicht genau.«

Geiger runzelte die Stirn und blickte Andrej neugierig an. »Es gibt einen solchen Fall. Haben sie dir den etwa aufgehalst? Dann bist du verloren. Er liegt bei Tschatschua. Völlig hoffnungslose Angelegenheit.«

»Niemand hat mir den Fall übertragen«, sagte Andrej mit einem tiefen Seufzer. »Der Chef hat mir bloß empfohlen, mich damit vertraut zu machen. Handelt es sich wirklich um eine Serie von Ritualmorden?«

»Vielleicht. Der Fall zieht sich schon mehrere Jahre hin. An der Mauer findet man von Zeit zu Zeit völlig zerschmetterte, nicht identifizierbare Leichen. Die Menschen sind offenbar aus großer Höhe herabgestürzt. Man vermutet, daß das mit dem Fall Spukhaus zusammenhängt. Ich wünsche dir viel Glück!«

Als Geiger gegangen war, vertiefte sich Andrej in den Fall Spukhaus. Es ging darum, daß in letzter Zeit vierzig Menschen spurlos verschwunden waren. Die Näherin Monique Lerieu, 55 Jahre, führte vor dem Schlafengehen ihren Spitz auf die Straße, der Spitz kehrte gesund und fröhlich wieder, die Näherin ward nie mehr gesehen.

Ziemlich schnell fanden sich Zeugen, die behaupteten, daß die Verschwundenen am Tage zuvor in ein gewisses Haus gegangen seien, der Beschreibung nach immer ein und dasselbe, aber seltsamerweise machten die Zeugen unterschiedliche Angaben über die Lage des Hauses. Joseph Humboldt, Friseur, 63 Jahre, ging vor den Augen seines Freundes Leo Paltus in ein dreistöckiges, schönes Ziegelgebäude an der Ecke der Zweiten Rechten und der Grausteingasse, seitdem war er verschwunden. Ein gewisser Theodor Buch gab an, daß der später verschwundene Farmer Semjon Sachodko, 32 Jahre, in ein ebensolches Haus gegangen war, aber in der Dritten Linken Straße, unweit der Kirche. David Mirktschan berichtete, daß er an der Stampflehmgasse seinem ehemaligen Arbeitskollegen Ray Dold, 41 Jahre, begegnet war – sie unterhielten sich über die Ernte, familiäre

Angelegenheiten und andere neutrale Dinge, dann sagte Ray Dold: »Warte eine Minute, ich muß schnell etwas erledigen. Wenn ich in fünf Minuten nicht wiederkomme, dann geh ruhig, denn dann bin ich aufgehalten worden.« Er trat in ein Gebäude aus roten Ziegeln und mit kreidebeschmierten Fenstern. Mirktschan wartete eine Viertelstunde, dann ging er seiner Wege, Ray Dold ist seitdem spurlos verschwunden ...

Das rote Ziegelhaus kam in den Aussagen aller Zeugen vor. Einige behaupteten, es habe zwei Stockwerke, andere sprachen von drei. Die einen berichteten von kreideverschmierten, die anderen von vergitterten Fenstern. Es gab keine zwei Zeugen, die ein und denselben Ort angegeben hätten.

In der Stadt kursierten Gerüchte. Beim Anstehen nach Milch, beim Friseur, in Lokalen erzählte man mit unheilschwangerem Flüstern vom spukenden Roten Haus, das durch die Stadt wandere, sich irgendwo zwischen gewöhnlichen Häusern aufstelle und auf Unvorsichtige lauere. Manch einer wußte vom Hörensagen, daß sich einige Opfer hatten retten können. Sie hatten sich aus dem unersättlichen Ziegelschlund losgerissen und berichteten schreckliche Dinge, als Beweis zeigten sie Schrammen und Knochenbrüche, die von Sprüngen aus dem ersten, zweiten und sogar dritten Stockwerk stammten. Nach allen diesen Gerüchten war das Haus innen leer – es gab keine Räuber, keine perversen Sadisten, keine Vampire. Die Korridore verengten sich plötzlich, um das Opfer zu zerquetschen, vor den Füßen taten sich tiefe Löcher auf, aus denen eisiger Friedhofsgeruch strömte, unbekannte Kräfte jagten das Opfer durch finstere Gänge, bis es steckenblieb, sich in den letzten steinernen Spalt zwängte. In leeren Zimmern mit abgerissenen Tapeten und abbröckelndem Putz faulten Knochen unter blutverkrusteten Lumpen ...

Anfangs hatte sich Andrej für diesen Fall interessiert. Er

kennzeichnete auf einem Stadtplan die Stellen, wo man das Spukhaus gesehen hatte, versuchte eine Gesetzmäßigkeit in der Lage der Kreuzchen zu entdecken, betrachtete mehrmals diese Orte, und stets entdeckte er anstelle des Hauses einen verwahrlosten Vorgarten, einen öden Platz zwischen Häusern oder gar ein gewöhnliches Wohnhaus, das mit Geheimnissen und Rätseln nichts gemein hatte.

Ihn beunruhigte der Umstand, daß man das Rote Haus niemals bei Sonnenlicht gesehen hatte. Allerdings hatte nicht weniger als die Hälfte der Zeugen das Haus erblickt, als sie sich im Zustand mehr oder weniger starker Trunkenheit befanden. In jeder Aussage gab es Ungereimtheiten, besonders ärgerte ihn die völlige Sinnlosigkeit und Absurdität der Vorgänge.

Isja Katzman sagte dazu, daß eine Millionenstadt, die einer allgemein akzeptierten Ideologie entbehre, unvermeidlich ihre eigenen Mythen schaffen müsse. Das klang überzeugend, die Menschen verschwanden jedoch tatsächlich. Natürlich war es sehr leicht, in der Stadt jemanden verschwinden zu lassen. Man brauchte ihn bloß den Abhang hinunterzustürzen, und es gab keine Spuren. Wer wollte jedoch Friseure, bejahrte Näherinnen und kleine Ladenbesitzer beseitigen, und warum? Menschen ohne Geld, ohne Macht, praktisch ohne Feinde? Kensi äußerte einmal, daß das Rote Haus, falls es tatsächlich existiere, allem Anschein nach ein Bestandteil des Experiments sei, deshalb habe es keinen Sinn, dafür Erklärungen zu suchen – das Experiment ist das Experiment. Schließlich teilte Andrej diesen Standpunkt. Arbeit gab es wahrlich genug, der Fall Spukhaus umfaßte schon über tausend Seiten. Andrej hatte ihn auf den Boden des Safes gelegt und holte ihn nur selten hervor, um eine neue Zeugenaussage abzuheften.

Nach dem Gespräch mit dem Chef sah Andrej jetzt aber den Fall in völlig anderem Licht. Wenn es in der Stadt tatsächlich Menschen gab, die Panik unter der Bevölkerung verbreiten wollten oder das in fremdem Auftrag taten, wurde sehr vieles beim Fall Spukhaus verständlich. Die Ungereimtheiten in den Aussagen sogenannter Zeugen ließen sich als Verzerrung von Gerüchten bei der Wiedergabe von Gerüchten erklären. Das Verschwinden von Menschen verwandelte sich in gewöhnliche Morde, um die Atmosphäre der Angst zu verstärken. In dem Gewirr aus Geschwätz, ängstlichem Geflüster und Lügen kam es jetzt darauf an, den Ursprung all dieser unheilvollen Gerüchte zu suchen.

Andrej nahm ein sauberes Blatt und entwarf langsam, Wort für Wort, einen Plan.

Hauptaufgabe: Den Ursprung der Gerüchte herausfinden, notorische Skandaljournalisten verhaften und die Zentrale entlarven. Mittel: erneute Befragung aller Zeugen, die ihre Aussagen in nüchternem Zustand gemacht hatten. Befragung sämtlicher Personen, die sich angeblich in diesem Gebäude befanden, Enthüllung der Beziehung zwischen diesen Personen und den Zeugen, Vergleiche zwischen den Angaben des Geheimdiensts mit zahlreichen Widersprüchen und Ungereimtheiten in den Aussagen.

Andrej kaute an seinem Bleistift, blinzelte in die Lampe. Ihm fiel noch etwas ein: Verbindungen zu Petrow aufnehmen. Dieser Petrow hatte ihn lange Zeit belästigt. Seine Frau war verschwunden, und aus irgendeinem Grund glaubte er, das Rote Haus hätte sie verschlungen. Seitdem befaßte er sich mit der Suche nach diesem Gebäude – er schrieb zahllose Mitteilungen an die Staatsanwaltschaft, die an die Kriminalpolizei weitergeleitet wurden und bei Andrej landeten. Er trabte nachts durch die Stadt, wurde mehrmals von Streifenwagen aufgegriffen, wehrte sich heftig und mit kräftigen Flüchen, wofür man ihn für mehrere Tage einsperrte, aber nach seiner Entlassung fuhr er mit der Suche fort.

Andrej schrieb eine Vorladung, lud auch zwei weitere Zeugen, übergab die Zettel dem Wachpolizisten mit dem

Befehl, sie unverzüglich zuzustellen, und begab sich zu Tschatschua.

Tschatschua, ein riesiger fetter Kaukasier, der fast keine Stirn, dafür aber eine gigantische Nase hatte, lag in seinem Büro auf dem Sofa, umgeben von prallgefüllten Aktenordnern, und schlief. Andrej stieß ihn an.

»Eh!« krächzte Tschatschua, als er erwachte. »Was ist passiert?«

»Nichts ist passiert«, sagte Andrej wütend. Er verabscheute solche Arbeitsmoral. »Gib mir den Fall Sternschnuppen«.

Tschatschua setzte sich auf, sein Gesicht erstrahlte vor Freude. »Übernimmst du den?«

»Freu dich nicht zu früh. Bloß zum Ansehen.«

»Warum willst du den Fall nicht übernehmen? Du bist gutaussehend, jung, energisch, der Chef stellt dich allen als Beispiel hin. Den Fall klärst du schnell – du kletterst auf die Gelbe Mauer und weißt gleich alles! Was macht dir das aus?«

Andrej betrachtete die riesige Hakennase, die von einem Netz violetter Äderchen durchzogen war, aus den Nasenlöchern ragten schwarze Haarbüschel. Diese Nase lebte ein eigenes Leben, abgesondert von Tschatschua. Sie wollte, daß alle Menschen aus großen Pokalen gekühlten grusinischen Wein tranken, saftigen Schaschlik und knackfrisches Gemüse aßen, daß alle tanzten, die Ärmel des Nachbarn mit den Fingern fassend, und laut »Assa!« schrien. Die Nase wollte in duftiges blondes Haar tauchen und über entblößten üppigen Brüsten hängen . . . Oh, sie wollte viel, diese großartige Hedonistennase, und ihre zahlreichen Wünsche spiegelten sich in ihren unbewußten Bewegungen, im Wechsel der Färbung und in den unterschiedlichen Lauten, die sie von sich gab.

»Du wirst den Fall abschließen«, sagte Tschatschua und rollte seine Olivenaugen. »Mein Gott! Was wirst du für

Ruhm ernten! Was für Ehre! Denkst du, ich würde dir den Fall übergeben, wenn ich selber auf die Gelbe Wand klettern könnte? Um nichts in der Welt würde ich das tun! Das ist doch eine Goldader! Viele sind gekommen und haben mich darum gebeten. Nein, dachte ich. Niemand von euch wird damit fertig. Nur Woronin bringt das zustande, habe ich gedacht.«

»Schon gut, schon gut«, sagte Andrej ärgerlich. »Lange Reden kannst du woanders halten. Gib die Akten her. Ich habe keine Zeit, um hier mit dir Lieder zu singen.«

Tschatschua erhob sich träge, schlurfte zum Safe und wühlte darin. Andrej blickte auf den breiten Rücken und dachte, daß Tschatschua einer der besten Kriminalisten in der Abteilung war, er hatte den höchsten Prozentsatz gelöster Fälle, trotzdem kam er im Fall Sternschnuppen nicht weiter, diesen Fall konnte niemand voranbringen.

Tschatschua ergriff einen Packen dicker abgegriffener Schnellhefter. Sie blätterten gemeinsam die letzten Seiten durch, Andrej notierte die Namen und Adressen der beiden Opfer, die man identifizieren konnte, und einige besondere Merkmale von unbekannten Toten.

»Was für ein Fall!« rief Tschatschua und schnalzte. »Elf Leichen! Und du willst das nicht übernehmen. Nein, Woronin, du weißt nicht, wo dein Glück liegt. Ihr Russen wart schon immer Idioten – auf der anderen Welt wart ihr das, und auf dieser seid ihr's geblieben! Wozu brauchst du das eigentlich?«

Andrej erklärte ihm kurz seine Absichten. Tschatschua begriff schnell das Wesentliche, äußerte jedoch keine besondere Begeisterung.

»Versuchen kannst du's ja«, sagte er matt. »Ich bezweifle das. Was ist dein Spukhaus, und was meine Mauer? Das Spukhaus ist ein Phantasiegebilde, und die Mauer ist Realität, sie steht einen Kilometer von hier entfernt! Nein, Woronin, den Fall werden wir nicht lösen.«

Als Andrej bereits die Tür erreicht hatte, sagte Tschatschua: »Und wenn dort was – gibst du mir gleich . . .«

»Selbstverständlich.«

»Hör mal, schon längst wollte ich dich fragen . . .« Sein Gesicht wurde ernst. »Hör mal, bei euch gab's im Jahre siebzehn in Petrograd eine kleine Schießerei. Wie ist sie ausgegangen?«

Andrej spuckte aus und schlug die Tür hinter sich zu, während der Kaukasier schallend lachte. Wieder hatte ihn Tschatschua mit diesem dummen Scherz hereingelegt.

Vor seinem Büro erwartete Andrej eine Überraschung. Auf der Bank saß ein zu Tode erschrockener, zerzauster Mann mit verschlafenen Augen, der sich frierend in einen Mantel hüllte. Der Wachpolizist sprang auf und meldete eifrig:

»Zeuge Eino Saari auf Ihre Vorladung zugeführt, Herr Kommissar.«

Andrej schaute ihn erstaunt an. »Auf welche Vorladung?«

Der Polizist war ebenfalls leicht erstaunt. »Sie haben doch selber vor einer halben Stunde . . . Sie haben mir die Vorladungen gegeben, ich sollte sie unverzüglich zustellen.«

»O du meine Güte! Die Vorladungen sollten Sie unverzüglich zustellen, zum Teufel! Für morgen, für zehn Uhr!« Er betrachtete den schwach lächelnden Eino Saari, der den Mantel über dem Schlafanzug trug, und schaute wieder auf den Diensthabenden. »Bringt man die anderen auch gleich?«

»Ja, so lautete der Befehl.«

»Ich werde eine Meldung über Sie machen«, sagte Andrej, der kaum an sich halten konnte. »Man wird Sie auf die Straße versetzen, da können Sie frühmorgens Verrückte jagen und an die guten alten Zeiten zurückdenken. Nun, was soll's, Herr Saari, wenn Sie schon da sind, kommen Sie rein.«

Er deutete auf den Schemel, setzte sich an den Schreibtisch und schaute auf die Uhr. Es war kurz nach Mitternacht. Die Hoffnung, sich vor dem morgigen schweren Tag ausschlafen zu können, hatte sich verflüchtigt.

»Nun gut«, sagte er seufzend, schlug die Akte Spukhaus auf, blätterte in den vielen Protokollen, Anzeigen, Befragungen und Gutachten, fand das Blatt mit den Aussagen von Saari (43 Jahre, Saxophonist am 2. Städtischen Theater, geschieden) und überflog alles. »Nun gut«, wiederholte er. »Ich muß bei den Angaben, die Sie vor einem Monat gemacht haben, etwas präzisieren.«

»Bitte, bitte«, sagte Saari, sich beflissen vorneigend.

»Sie haben ausgesagt, daß Ihre Bekannte, Ella Stremberg, vor Ihren Augen um 23 Uhr 40 am achten September diesen Jahres in das sogenannte Rote Haus ging, das sich damals auf der Papageienstraße zwischen dem Lebensmittelgeschäft Nummer 115 und der Apotheke befand. Bestätigen Sie diese Aussage?«

»Ja, ja, das bestätige ich. Alles spielte sich genauso ab. Bloß das Datum . . . An das Datum kann ich mich nicht mehr genau erinnern, ist schon über einen Monat her!«

»Das ist unwichtig. Andere Aussagen bestätigen das. Jetzt habe ich eine Bitte an Sie: Beschreiben Sie noch einmal ausführlich dieses sogenannte Rote Haus.«

Saari legte den Kopf schräg und dachte nach. »Also, zwei Stockwerke. Alte Ziegeln, dunkelrot, wie eine Kaserne, verstehen Sie mich? Die Fenster schmal und hoch, im Parterre alle mit Kalk geweißt, und, wie ich mich jetzt erinnere, nicht erleuchtet. Dort hat nirgendwo Licht gebrannt. Der Eingang . . . Steinstufen, zwei oder drei . . . Eine schwere Tür, eine altertümliche Messingklinke, graviert. Ella faßte an die Klinke und öffnete mit ungeheurer Anstrengung die Tür. Die Hausnummer habe ich mir nicht gemerkt, ich weiß gar nicht, ob es überhaupt eine gab. Kurz, ein altes Mietshaus, erbaut gegen Ende des vorigen Jahrhunderts.«

»Waren Sie oft in dieser Papageienstraße?«

»Zum ersten Mal. Und eigentlich auch zum letzten. Ich wohne am anderen Ende der Stadt, diesmal hat es sich so ergeben, daß ich Ella begleitet habe. Wir hatten eine kleine Feier, ich habe ihr ... ein bißchen den Hof gemacht und brachte sie nach Haus. Wir haben uns unterwegs sehr angenehm unterhalten, da sagte sie plötzlich: ›Zeit zum Verabschieden‹. Sie küßte mich auf die Wange, und ehe ich mich versah, verschwand sie in diesem Haus. Ich war damals davon überzeugt, daß sie dort wohnt.«

»Alles klar«, sagte Andrej. »Bei dieser kleinen Feier haben Sie wahrscheinlich getrunken.«

»Nein, keinen Tropfen. Ich darf nicht trinken, der Arzt hat es mir verboten.«

Andrej nickte mitfühlend. »Erinnern Sie sich ganz zufällig daran, ob auf dem Dach Schornsteine waren?«

»Ja, natürlich erinnere ich mich. Ich muß Ihnen sagen, der Anblick dieses Hauses war so beeindruckend, daß es mir genau im Gedächtnis geblieben ist. Es war ein Ziegeldach mit drei ziemlich hohen Schornsteinen. Aus einem, daran erinnere ich mich noch genau, stieg Rauch empor, und ich dachte damals, daß es noch viele Häuser mit Ofenheizung gibt.«

Der Moment war gekommen. Andrej deponierte vorsichtig den Bleistift auf den Protokollen, beugte sich vor und starrte den Saxophonspieler Eino Saari mit bedeutungsvoll zusammengekniffenen Augen an.

»In Ihren Aussagen gibt es Ungereimtheiten. Erstens, und das hat ein Gutachten festgestellt, können Sie gar kein Dach und keine Schornsteine eines zweistöckigen Hauses sehen, wenn Sie sich in der Papageienstraße befinden.«

Eino Saaris Unterkiefer klappte herunter, seine Augen schweiften verwirrt umher.

»Weiter. Die Papageienstraße ist nachts überhaupt nicht beleuchtet, deshalb ist es ganz unverständlich, wie Sie bei totaler nächtlicher Finsternis, dreihundert Meter von der nächsten Straßenlampe entfernt, so viele Details unterscheiden konnten: die Farbe des Gebäudes, die altertümlichen Ziegel, die Messingklinke, die Fenster, ja sogar den Rauch aus den Schornsteinen. Wie wollen Sie das erklären?«

Eine Zeitlang klappte Eino Saari nur den Mund auf und zu. Dann schluckte er und sagte: »Ich verstehe gar nichts. Sie haben mich ganz verwirrt... Mir ist das einfach nicht aufgefallen.«

Andrej schwieg abwartend.

»Tatsächlich, warum habe ich nicht früher darüber nachgedacht. Auf der Papageienstraße ist es wirklich stockdunkel! Nicht nur die Häuser, selbst den Bürgersteig unter den Füßen konnte ich nicht sehen... Und das Dach... Ich stand doch direkt vor dem Haus... aber ich erinnere mich ganz deutlich an das Dach und die Ziegel, und an den Rauch aus den Schornsteinen – so ein weißer nächtlicher Rauch, wie vom Mond beschienen...«

»Ja, seltsam«, sagte Andrej mit kalter Stimme.

»Und die Türklinke... So eine aus Messing, vom vielen Anfassen poliert, das Ornament aus Blumen und Blättern. Ich würde es zeichnen, wenn ich zeichnen könnte. Dabei war es völlig dunkel – ich habe Ellas Gesicht nicht gesehen, nur an der Stimme gespürt, wenn sie lächelte.«

In Saaris weit aufgerissenen Augen blitzte ein neuer Gedanke auf. Er preßte plötzlich die Hände an die Brust und sagte mit verzweifelter Stimme: »Herr Kommissar! In meinem Kopf herrscht jetzt ein großes Durcheinander, ich weiß, daß ich gegen mich selber aussage, mich verdächtig mache. Aber ich bin ein ehrlicher Mensch, und meine Eltern waren grundehrliche, tiefgläubige Menschen... Was ich Ihnen jetzt sage, ist die reine Wahrheit. Alles war wirklich so. Nur ist mir das früher nicht bewußt gewesen. Es war stockfinster, ich stand direkt vor dem Haus, und gleichzeitig erinnere ich mich an jeden Dachziegel, an die drei Schornsteine und den Rauch ... alles sehe ich so, als wäre es direkt vor mir.«

Andrej trommelte mit den Fingern auf die Tischplatte. »Vielleicht haben Sie das alles nicht selber gesehen? Vielleicht hat Ihnen das jemand erzählt? Haben Sie vor dem Vorfall mit Fräulein Stremberg vom Roten Haus gehört?«

Eino Saaris Augen schweiften wieder verwirrt durch den Raum. »Nein, ich erinnere mich nicht. Später ja. Das war, als Ella schon verschwunden war, als ich zur Polizei ging, als die Suche begonnen hatte. Aber vorher ... Herr Kommissar!« sagte er feierlich. »Ich kann nicht beschwören, daß ich vorher, vor Ellas Verschwinden, nichts vom Roten Haus gehört habe, aber ich kann beschwören, daß ich mich daran nicht erinnere.«

Andrej nahm den Bleistift, um das Protokoll zu verfassen. Gleichzeitig redete er mit bewußt monotoner, amtlicher Stimme, die den Befragten einschüchtern und ihm das Gefühl eines unausweichlichen Schicksals, das von der untadelig funktionierenden Justizmaschinerie gelenkt wird, einflößen sollte.

»Sie werden selber einsehen, Herr Saari, daß wir uns nicht mit Ihren Aussagen zufriedengeben können. Ella Stremberg ist spurlos verschwunden, und der letzte Mensch, der sie gesehen hat, waren Sie, Herr Saari. Ein Rotes Haus, das Sie ausführlich beschrieben haben, existiert in der Papageienstraße nicht. Ihre Beschreibung des Roten Hauses ist unwahrscheinlich und widerspricht den elementarsten physikalischen Gesetzen. Schließlich wohnte Ella Stremberg in einem ganz anderen Bezirk, weit entfernt von der Papageienstraße. Das ist an sich natürlich kein Indiz gegen Sie, weckt aber zusätzlichen Verdacht. Ich muß Sie festnehmen, bis einige Umstände geklärt sind. Bitte lesen Sie das Protokoll durch und unterschreiben Sie.«

Wortlos trat Eino Saari an den Tisch und unterzeichnete jede Seite des Protokolls, ohne es zu lesen. Der Stift zitterte in seinen Fingern, das schmale Kinn hing herab. Saari kehrte zum Schemel zurück, ließ sich völlig entkräftet darauf fallen und sagte, die Hände flehentlich zusammenpressend:

»Ich möchte noch einmal betonen, Herr Kommissar, daß ich damals . . .« Seine Stimme erstickte, er schluckte wieder, »daß mir damals, als ich die Aussagen gemacht habe, nicht bewußt war, wie sehr ich mir selber schade. Ich hätte mir sonst irgendwas anderes ausdenken können, hätte lügen können. Ich hätte mich überhaupt nicht an der Suche zu beteiligen brauchen – es hat ja niemand gewußt, daß ich Ella begleitet habe.«

»Diese Erklärung«, sagte Andrej gleichgültig, »ist faktisch schon im Protokoll enthalten. Wenn Sie nicht schuldig sind, droht Ihnen nichts. Jetzt werden Sie in Untersuchungshaft genommen. Hier haben Sie Papier und Bleistift. Sie können uns helfen, und auch sich selber, wenn Sie sehr genau aufschreiben, wer wann und bei welcher Gelegenheit mit Ihnen über das Rote Haus gesprochen hat. Egal, ob vor oder nach Ella Strembergs Verschwinden. Sehr genau: Name, Adresse, wann – genaues Datum, Tageszeit, unter welchen Umständen – wo, aus welchem Anlaß, zu welchem Zweck, in welchem Ton. Haben Sie mich verstanden?«

Eino Saari nickte und sagte fast unhörbar »Ja«. Andrej, der ihm fest in die Augen sah, fuhr fort:

»Ich bin überzeugt, daß Sie alle Einzelheiten über das Rote Haus irgendwo erfahren haben. Vielleicht haben Sie es selber gar nicht zu Gesicht bekommen. Aber ich empfehle Ihnen dringend, sich zu erinnern: Wer hat Ihnen diese Einzelheiten mitgeteilt – wer, wann, unter welchen Umständen? Und zu welchem Zweck?«

Auf ein Klingelzeichen erschien der Wachpolizist, der Saxophonspieler wurde abgeführt. Andrej rieb sich die Hände, heftete das Protokoll zu den Akten, bat um heißen Tee und rief den nächsten Zeugen. Er war mit sich zufrieden. Immerhin erweisen sich eine gewisse Vorstellungskraft und Kenntnis der elementaren Geometrie manchmal als sehr nützlich. Der verlogene Eino Saari war nach allen Regeln der Wissenschaft abgeklopft worden.

Der nächste Zeuge, genauer die Zeugin Mathilda Husakova, 62 Jahre, Witwe, Häkeln und Stricken in Heimarbeit, stellte zumindest theoretisch einen weitaus einfacheren Fall dar. Sie war eine stattliche Frau mit ergrautem Haar, roten Bäckchen und klugen Augen. Mathilda Husakova wirkte keineswegs verschlafen oder verschreckt, sondern schien im Gegenteil die Abwechslung in ihrem Alltag zu genießen. Zur Vernehmung hatte sie ihr Körbchen mit Wolleknäueln und Stricknadeln mitgebracht, im Büro plumpste sie unverzüglich auf den Schemel, setzte die Brille auf und begann zu stricken.

»Der Ermittlung ist bekannt geworden, Frau Husakova«, sagte Andrej, »daß Sie vor einiger Zeit im Kreise Ihrer Freunde von einem gewissen František erzählt haben, der angeblich in das sogenannte Rote Haus geraten war, dort diverse Abenteuer erlebte und sich nur mit Mühe befreien konnte. Stimmt das?«

Frau Mathilda lächelte, ergriff flink eine Nadel und sagte, ohne die Augen von ihrem Gestrick zu heben: »Das stimmt, ja. Das habe ich erzählt, und nicht nur einmal, bloß woher das die Polizei erfahren hat, möchte ich gern wissen. Ich habe doch hier keine Bekannten.«

»Ich muß Ihnen mitteilen«, sagte Andrej vertraulich, »daß gegenwärtig Ermittlungen über das sogenannte Rote Haus geführt werden, und wir sind sehr daran interessiert, wenigstens einen Menschen kennenzulernen, der tatsächlich in dem Gebäude gewesen ist.«

Frau Mathilda überhörte das. Sie legte das Strickzeug auf die Knie und betrachtete nachdenklich die Wand. »Wer kann Ihnen das gesagt haben? Das hätte ich nicht erwartet. Ich muß also überlegen, wer und mit wem. Unter den Deutschen hatte jeder ein Schloß vor dem Mund, sonst wurde er eingesperrt. Dann, nach dem Jahre achtundvierzig wieder: Guck dich um, bevor du was sagst, und schweig lieber. Wenn ich jetzt bei euch auf der Polizei bin, heißt das, hier ist es ganz genau dasselbe.«

»Erlauben Sie, Frau Husakova«, unterbrach sie Andrej. »Sie sehen das völlig falsch. Sie haben doch keinerlei Verbrechen begangen. Wir betrachten Sie nur als Zeugin, als unsere Gehilfin.«

»Ach, mein Lieber! Was heißt da Gehilfin? Polizei ist Polizei.«

»Nicht doch!« Andrej preßte die Hände ans Herz, um überzeugend zu wirken. »Wir suchen eine Verbrecherbande. Sie entführen Menschen und ermorden sie allem Anschein nach. Ein Mann, der sich einmal in ihren Fängen befunden hat, kann der Ermittlung einen unschätzbaren Dienst erweisen!«

»Wie denn, mein Lieber?« fragte Frau Mathilda. »Glauben Sie denn wirklich an das Rote Haus?«

»Sie etwa nicht?« Andrej war leicht verwirrt.

Frau Mathilda konnte nicht antworten. Die Tür wurde einen Spalt geöffnet, auf dem Gang ertönten erregte Stimmen, und ein stämmiger schwarzhaariger Mann wollte sich ins Büro zwängen. Andrej entrüstete sich, doch da wurde der Mann schon in den Gang zurückgezerrt, und die Tür schlug zu.

»Entschuldigen Sie, wir sind abgelenkt worden«, sagte Andrej. »Sie wollten damit wohl sagen, daß Sie selber gar nicht an das Rote Haus glauben?«

Ohne ihr Stricken zu unterbrechen, zuckte Mathilda mit den Achseln. »Welcher erwachsene Mensch kann so etwas glauben? Das Haus läuft von einem Ort zum anderen, innen haben alle Türen spitze Zacken, wenn man die Treppe hinaufgeht, kommt man in den Keller. Natürlich kann hier alles passieren, das Experiment ist das Experiment, aber das ist zu starker Tobak. Nein, ich glaube es nicht. Freilich, in jeder Stadt gibt's Häuser, die Menschen verschlingen, und hier kommt man bestimmt auch nicht ohne solche Häuser aus, aber die bewegen sich nicht von einem Ort zum anderen, und die Treppen sind dort ganz gewöhnlich.«

»Erlauben Sie, Frau Husakova. Warum erzählen Sie dann allen dieses Märchen?«

»Warum soll ich es nicht erzählen, wenn die Leute zuhören? Sie langweilen sich, besonders die Alten wie ich.«

»Also haben Sie sich das selber ausgedacht?«

Frau Mathilda öffnete den Mund, um zu antworten, da schrillte das Telefon. Er ergriff fluchend den Hörer.

»Andrjuschotschek«, lallte Selma völlig betrunken. »Ich hab alle rausgeschmissen. Warum kommst du nicht?«

»Entschuldige«, sagte Andrej, zu Frau Mathilda hinüberschielend. »Ich bin gerade sehr beschäftigt, ich ...«

»Ich will nicht«, erklärte Selma. »Ich liebe dich, ich warte auf dich. Ich bin besoffen und splitternackt, mir ist kalt, ich friere!«

»Selma«, Andrej sprach mit gedämpfter Stimme direkt in den Hörer. »Red keinen Unsinn. Ich bin sehr beschäftigt.«

»Trotzdem findest du kein Mädchen wie mich in... in dieser Scheißstadt. Ich liege hier ganz zusammengerollt, splitterfasernackt.«

»Ich komme in einer halben Stunde«, sagte Andrej eilig.

»Idiot! In einer halben Stunde schlafe ich schon.«

»Gut, Selma, jetzt...« Andrej verfluchte im stillen den Tag und die Stunde, als er diesem zügellosen Mädchen seine Telefonnummer im Dienst gegeben hatte.

»Dann scher dich zum Teufel!« schrie Selma und legte auf.

Andrej, die Lippen vor Wut zusammengepreßt, legte den Hörer vorsichtig auf und wagte einige Sekunden nicht, den Blick zu heben. Endlich erinnerte er sich an seine letzte Frage. Er räusperte sich.

»Also, Sie haben das einfach aus Langeweile erzählt. Ist das so zu verstehen, daß Sie sich selber die ganze Geschichte von František ausgedacht haben?«

Frau Mathilda öffnete wieder den Mund, um zu antworten, wurde aber erneut daran gehindert. Die Tür wurde aufgerissen, auf der Schwelle erschien der Wachpolizist.

»Ich bitte um Vergebung, Herr Kommissar! Der vorgeführte Zeuge Petrow verlangt, unverzüglich verhört zu werden, weil er mitteilen möchte ...«

Vor Andrejs Augen legte sich ein Nebelschleier. Er schlug mit beiden Fäusten auf den Tisch und brüllte, daß es ihm selber in den Ohren dröhnte:

»Der Teufel soll Sie holen, Wachhabender! Kennen Sie die Dienstvorschriften nicht? Wohin wollen Sie mit Ihren Petrows? Wo befinden Sie sich denn, bei sich zu Hause auf dem Klo? Kehrt – marsch!«

Der Polizist verschwand. Andrej spürte, daß seine Lippen vor Wut zitterten. Er goß sich mit steifen Händen etwas Wasser aus der Karaffe ein und trank einen Schluck, weil er von dem Brüllen ganz heiser geworden war. Frau Mathilda strickte ruhig weiter, als wäre nichts geschehen.

»Ich bitte um Entschuldigung«, murmelte er.

»Macht nichts, junger Mann«, beruhigte ihn Mathilda. »Das nehme ich Ihnen nicht übel. Sie haben also gefragt, ob ich mir selber alles ausgedacht habe. Nein, mein Lieber, nicht selber. Wie könnte ich mir so etwas ausdenken? Bedenken Sie doch: Auf einer Treppe geht man hinauf, und dort kommt man in den Keller. So etwas wäre mir im Traum nicht eingefallen. Ich hab das bloß gehört und weitererzählt.«

»Und wer hat Ihnen das erzählt?«

Frau Mathilda, die unermüdlich strickte, schüttelte den Kopf. »Den Namen weiß ich nicht. Beim Anstehen hat das eine Frau erzählt. Der František soll der Schwiegersohn einer Bekannten von ihr sein. Sie hat auch gelogen, natürlich. Beim Anstehen hört man manches, was in keiner Zeitung steht.«

»Und wann war das ungefähr?« fragte Andrej. Er ärgerte sich, weil er die Beherrschung verloren hatte und so grob verfahren war.

»Vor zwei Monaten, ungefähr, vielleicht vor drei.«

Ja, ich habe die Vernehmung verdorben, dachte Andrej. Ich habe sie verdorben wegen diesem Luder und wegen diesem Dummkopf, dem Wachpolizisten. Nein, das lasse ich nicht auf sich beruhen, das wird er mir büßen. Dem werde ich's heimzahlen. Der wird in der Kälte die Verrückten jagen. Und was fange ich mit der Alten an? Die ist doch jetzt verstockt und will keine Namen nennen.

»Sind Sie ganz sicher, Frau Husakova, daß Sie den Namen der Frau völlig vergessen haben?«

»Ganz sicher, mein Lieber, den weiß ich nicht mehr«, antwortete Frau Mathilda, flink Maschen aufnehmend.

»Vielleicht erinnern sich Ihre Freundinnen?«

Die Stricknadeln bewegten sich etwas langsamer.

»Sie haben ihnen doch den Namen gesagt, nicht wahr?« fuhr Andrej fort. »Es wäre gut möglich, daß es eine von ihnen noch weiß.«

Frau Mathilda zuckte die Schultern und schwieg. Andrej lehnte sich zurück.

»Das sieht ziemlich schlecht aus für Sie, Frau Husakova. Den Namen der Frau haben Sie entweder vergessen, oder Sie wollen ihn nicht verraten. Ihre Freundinnen werden sich bestimmt erinnern. Damit Sie Ihre Freundinnen nicht warnen können, müssen wir Sie ein Weilchen hierbehalten, und zwar solange, bis Sie sich selber oder eine von Ihren Freundinnen daran erinnern, von wem Sie diese Geschichte gehört haben.«

»Wie Sie wünschen«, sagte Frau Mathilda ergeben.

»Das ist so«, erklärte Andrej. »Solange Sie nachdenken und wir Ihre Freundinnen befragen, werden weiterhin Menschen verschwinden, die Verbrecher werden sich freuen und sich die Hände reiben, und alles wegen Ihrer merkwürdigen Vorurteile gegenüber den Justizorganen.«

Frau Mathilda antwortete nichts. Sie preßte nur starrsinnig die runzligen Lippen zusammen.

Andrej redete weiter auf sie ein. »Sie werden begreifen, was sich alles daraus ergeben kann. Nicht genug damit, daß wir uns Tag und Nacht mit Abschaum, mit Gesindel, mit Verbrechern herumschlagen müssen – da kommt ein ehrlicher Mensch und will uns durchaus nicht helfen. Das ist doch unsinnig! Und unsinnig ist auch Ihr, verzeihen Sie, kindischer Einfall. Sie erinnern sich nicht – Ihre Freundinnen werden sich erinnern, wir erfahren so oder so den Namen der Frau, gelangen zu František, und er hilft uns, das Verbrechernest auszuheben. Wenn ihn die Banditen nicht vorher als gefährlichen Zeugen umbringen. Sollte man ihn ermorden, werden auch Sie schuldig sein, Frau Husakova. Nicht vor Gericht, natürlich, nicht nach dem Gesetz, aber vor Ihrem Gewissen, vor der Menschheit werden Sie schuldig sein!«

Er hatte seine ganze Überzeugungskraft in diese Worte gelegt und rauchte nun ermattet eine Zigarette, unauffällig zur Uhr schielend. Genau drei Minuten wollte er warten, und dann die widerspenstige Alte, die alte Wachtel, in eine Zelle abführen lassen, obwohl das ungesetzlich war. Aber schließlich mußte er den verdammten Fall voranbringen. Wie lange kann man sich mit jedem alten Weib abgeben? Eine Nacht in der Zelle hat auf Menschen manchmal geradezu zauberische Wirkungen. Und wenn er Unannehmlichkeiten wegen Kompetenzüberschreitung kriegt . . . Nein, sie wird sich nicht beschweren, danach sieht sie nicht aus. Und wenn doch, dann ist schließlich der Oberstaatsanwalt persönlich an diesem Fall interessiert und würde mich höchstwahrscheinlich schützen. Sie verpassen mir eine Rüge. Was bin ich für sie, Dankbarkeit habe ich ohnehin nicht zu erwarten. Sollen sie mir ruhig die Rüge verpassen. Wenn bloß der verdammte Fall ein bißchen vorankommt, bloß ein bißchen . . .

Er rauchte, höflich die Rauchschwaden vertreibend, der Sekundenzeiger lief munter übers Ziffernblatt, Frau Mathilda schwieg und klapperte leise mit den Stricknadeln.

»So«, sagte Andrej, als die vierte Minute verflossen war. Mit entschlossener Geste drückte er die Kippe aus. »Ich muß Sie festnehmen. Wegen Widerstandes gegen die Ermittlungen. Sie wollen es so. Frau Husakova, meiner Meinung nach ist das kindisch. Unterschreiben Sie das Protokoll, dann bringt man Sie in die Zelle.«

Als Frau Mathilda aus dem Zimmer geführt wurde, wünschte sie Andrej zum Abschied eine gute Nacht. Andrej erinnerte sich, daß man ihm einen heißen Tee gebracht hatte. Er begab sich auf den Gang, belehrte den Polizisten lange über seine Pflichten und befahl, den Zeugen Petrow vorzuführen.

Der Zeuge Petrow war ein stämmiger, fast quadratischer Mann mit rabenschwarzer Mähne, auf den ersten Blick ein Bandit, wie er im Buche steht, ein Mafioso reinsten Wassers. Er setzte sich auf den Schemel und sah mit böser Miene zu, wie Andrej seinen Tee schlürfte.

»Nun, was haben Sie?« sagte Andrej gutmütig zu ihm. »Sie sind hereingestürmt, haben Skandal gemacht, haben mich beim Arbeiten gestört, und jetzt schweigen Sie.«

»Warum soll ich mich mit euch Scheißkerlen unterhalten?« sagte Petrow boshaft. »Ihr hättet euren Arsch früher bewegen müssen, jetzt ist es zu spät.«

»Was ist denn passiert?« erkundigte sich Andrej, die Beschimpfungen geflissentlich überhörend.

»Was passiert ist? Während Sie hier rumgequatscht haben, habe ich das Rote Haus gesehen.«

Andrej deponierte vorsichtig den Löffel in seinem Glas. »Welches Haus?«

»Was wollen Sie denn?« ereiferte sich Petrow. »Was wollen Sie – mich auf den Arm nehmen? Welches Haus – das Rote! Genau das! Es steht direkt auf der Hauptstraße, Leute gehen rein, und Sie trinken hier ruhig Tee! Und quälen dämliche alte Weiber.«

»Einen Moment!« Andrej nahm einen Stadtplan aus dem Schub. »Wo haben Sie es gesehen? Wann?«

»Vorhin, als sie mich gebracht haben. Ich sage zu dem Idioten: Halt an! Aber er rast weiter. Da sage ich dem Wachmann: Schick schnell einen Polizeitrupp dahin, aber der rührt sich nicht vom Fleck.«

»Wo haben Sie's gesehen? An welcher Stelle?«

»Kennen Sie die Synagoge?«

»Ja.« Andrej machte sie auf dem Stadtplan ausfindig.

»Also zwischen der Synagoge und dem Kino.«

Dort war auf dem Stadtplan eine Grünanlage mit einem Springbrunnen und einem Kinderspielplatz verzeichnet. Andrej biß auf die Bleistiftspitze.

»Wann haben Sie das Haus gesehen?« fragte er.

»Zwanzig Minuten nach Mitternacht«, antwortete Petrow finster. »Jetzt ist es fast eins. Das Haus wird ausgerechnet auf Sie warten! Sonst ist es gewöhnlich nach fünfzehn, zwanzig Minuten wieder weg.« Er winkte resigniert ab.

Andrej nahm den Hörer ab und befahl: »Ein Motorrad mit Beiwagen und einen Fahrer. Sofort!«

ZWEITES KAPITEL

Das Motorrad raste die Hauptstraße entlang. Andrej verbarg das Gesicht hinter der Windschutzscheibe des Beiwagens, die Kälte drang durch Mark und Bein. Er hatte seinen Mantel vergessen.

Von den Gehsteigen liefen hin und wieder Geisteskranke auf die Straße. Sie waren blaugefroren und brüllten etwas,

was in den Motorgeräuschen unterging – der Fahrer drosselte die Geschwindigkeit, schimpfte, wehrte die hartnäckigen ausgestreckten Hände ab, zwängte sich zwischen den gestreiften Anzügen und Kitteln hindurch und beschleunigte die Maschine, so daß Andrej zurückzuckte.

Außer den Geisteskranken war niemand auf der Straße. Mehrmals begegneten sie einem langsam fahrenden Streifenwagen mit Blinklicht, und auf dem Rathausplatz erblickte Andrej einen zottigen Pavian. Der Pavian flüchtete vor den Geisteskranken, die ihn mit schrillem Geschrei jagten. Sie warfen den Pavian zu Boden, packten ihn an Vorder- und Hinterbeinen und schaukelten ihn zu einem unheimlichen Totengesang.

Die Straßenlaternen endeten, das dunkle Viertel war wie ausgestorben. Plötzlich tauchte der gelbliche Koloß der Synagoge auf, und Andrej sah das Rote Haus.

Es stand da, als hätte es schon viele Jahrzehnte den Raum zwischen der Synagoge, die mit Hakenkreuzen beschmiert war, und dem verwahrlosten Filmtheater eingenommen. Das Kino war bekannt geworden, weil man es vor einer Woche wegen der Vorführung pornographischer Filme geschlossen hatte. Das Rote Haus stand an der Stelle, wo tags zuvor kümmerliche Bäumchen wuchsen, ein erschöpfter Springbrunnen einen Wasserstrahl in eine riesige, unsaubere Zementschale sprudelte und auf Schaukeln Kinder verschiedenster Hautfarben kreischten.

Es war tatsächlich ein schönes dreistöckiges Ziegelgebäude, die Parterrefenster waren mit Läden versehen, mehrere Fenster im ersten und zweiten Stock leuchteten gelb und rosa, das Dach war mit Zinkblech gedeckt, und neben dem einzigen Schornstein hatte man eine Antenne mit mehreren Querstäben befestigt. Zur Tür führten vier Steinstufen, es blinkte eine Messingklinke, und je länger Andrej auf dieses Gebäude schaute, um so deutlicher erklang in seinen Ohren eine feierliche, düstere Melodie, und plötzlich erinnerte er sich daran, daß viele Zeugen von Musik in dem Haus gesprochen hatten.

Andrej rückte den Mützenschirm zurecht, um den Blick nicht zu behindern, und schaute auf den Fahrer. Der Dickwanst saß trübsinnig da, den Kopf in den aufgestülpten Kragen gesteckt, und rauchte.

»Siehst du's?« fragte Andrej leise.

Der Dicke drehte den Kopf und zog den Kragen herunter. »Was?«

»Das Haus da, siehst du's?« fragte Andrej gereizt.

»Ich bin ja nicht blind.«

»Hast du's früher hier gesehen?«

»Nein, hier nicht. An anderen Stellen. Na und? Hier siehst du nachts manches.«

Die Musik dröhnte mit tragischer Kraft in den Ohren, so daß Andrej sogar den Polizisten schlecht verstand. Es war ein pompöses Begräbnis, Tausende und Abertausende Menschen weinten, ihre geliebten Toten geleitend, und die dröhnende Musik machte ihnen den Verlust ständig bewußt, ließ sie nicht vergessen.

»Warte hier auf mich«, sagte Andrej.

Der Polizist antwortete nicht, denn er war mit seinem Motorrad auf der anderen Straßenseite geblieben, während Andrej schon auf der Steintreppe vor der hohen Eichentür stand.

Andrej schaute rechts die Hauptstraße hinunter in die trübe Finsternis, verabschiedete sich auf alle Fälle von der Welt und legte die Hand auf die gravierte Messingklinke.

Er trat in ein kleines Vestibül, das von gelblichem Licht spärlich erhellt wurde. Trauben von Uniformmänteln, Mänteln und Pelerinen hingen an einem wie eine Palme ausladenden Kleiderhaken. Auf dem Boden lag ein abgetretener Teppich mit einem unbestimmten Muster, hinauf führte eine breite Marmortreppe mit einem weichen roten Läufer, der mit metallenen, blinkenden Klammern an die Stufen geheftet war. An den Wänden hingen Gemälde. Was sich hinter einer eichenen Barriere zur Rechten befand, konnte er nicht erkennen. Plötzlich nahm ihm jemand den Aktendeckel ab und flüsterte: »Nach oben, bitte!« Da ihm der Mützenschirm ständig auf die Augen rutschte, konnte Andrej nur das sehen, was sich unter seinen Füßen befand. Auf der Mitte der Treppe dachte er, daß er die verdammte Mütze dem goldbetreßten Typen, dessen Vollbart bis zum Gürtel reichte, hätte geben sollen, aber jetzt war es zu spät, hier war alles so eingerichtet, daß man es rechtzeitig oder gar nicht zu tun hatte, und einen Schritt, eine Handlung zurückzunehmen war unmöglich. Mit einem Seufzer der Erleichterung erklomm er die letzte Stufe und nahm die Mütze ab.

Als er in der Tür erschien, erhoben sich alle, aber er schaute niemanden an. Er sah nur seinen Partner, einen mittelgroßen älteren Mann in einem uniformartigen Anzug und glänzenden Chromlederstiefeln. Der Mann erinnerte Andrej qualvoll an jemanden und war ihm zugleich völlig unbekannt.

Alle verharrten reglos an den weißen Marmorwänden, die mit goldenen und purpurnen Blumenornamenten verziert waren. Von der sehr hohen Decke hingen riesige rote Tücher herab, wie materialisiertes Nordlicht. Alle standen an den Wänden vor halbrunden Nischen, in den Nischen versteckten sich im Halbdunkel stolze Büsten aus Marmor, Gips, Bronze, Gold und rostfreiem Stahl. Grabeskälte wehte aus diesen Nischen, alle froren, alle rieben sich heimlich die Hände, aber alle standen in strammer Haltung da, blickten geradeaus, und nur der ältere Mann in dem uniformartigen Anzug, der Partner, der Gegner, ging langsam, mit unhörbaren Schritten auf der leeren Fläche mitten im Saal umher, den ergrauten Kopf leicht geneigt, die Hände hinter dem Rücken verschlungen. Als Andrej eingetreten war, als sich alle erhoben hatten und schon eine Weile standen und als im Saale völlige Stille herrschte, lief dieser Mann weiterhin umher, und plötzlich, mitten im Gehen, blieb er stehen und musterte Andrej mit ernster Miene. Andrej sah, daß das Haar auf dem großen Schädel schütter und grau war, die Stirn war niedrig, die gelbliche Haut zerfurcht, den prächtigen Schnurrbart hatte er akkurat gestutzt.

Sie brauchten einander nicht bekannt zu machen und konnten auf überflüssige Begrüßungsworte verzichten. Wortlos setzten sie sich an einen mit Intarsien versehenen Schachtisch; Andrej hatte die schwarzen, der Partner die weißen Figuren, und er streckte die kleine unbehaarte Hand aus, ergriff mit zwei Fingern einen Bauern und machte den ersten Zug. Andrej rückte ebenfalls einen Bauern vor – den stillen, zuverlässigen Wan, der immer nur eines wollte – daß man ihn in Ruhe läßt –, hier wird ihm eine allerdings zweifelhafte und relative Ruhe garantiert, hier, mitten im Zentrum der Ereignisse, die unausweichlich sind. Wan wird ziemlich in die Enge getrieben werden, aber gerade hier wird man ihn unterstützen, decken, verteidigen können – lange, auf Wunsch endlos lange.

Zwei Bauern standen sich plötzlich gegenüber, Stirn an Stirn, sie konnten einander berühren, konnten nichtssagende Worte wechseln, konnten sich damit brüsten, daß sie, einfache Bauern, diese Hauptachse darstellten, um die sich jetzt das Spiel entwickeln würde. Aber sie konnten einander nichts antun, sie waren neutral zueinander, sie befanden sich jeder in einer anderen Armee – der kleine gelbe Wan, dessen Kopf gewöhnlich in die Schultern gezogen war, und der kräftige, wie ein Reiter krummbeinige Mann in einem Kosakenmantel und mit einer hohen Pelzmütze, mit buschigem Schnurrbart, hervortretenden Backenknochen und harten, leicht schielenden Augen.

Auf dem Brett herrschte wieder Gleichgewicht, und dieses Gleichgewicht mußte ziemlich lange halten, denn Andrej wußte, daß sein Partner ein Mann von genialer Weitsicht war, der stets die Menschen als das Wertvollste betrachtete, und das bedeutete, daß Wan in nächster Zeit von niemandem bedroht würde. Andrej suchte Wan und lächelte ihm zu, wandte sich jedoch ab, weil er dem traurigen Blick Donalds begegnete.

Der Partner überlegte, bedächtig klopfte er mit dem Mundstück der langen Zigarette auf die Tischplatte mit den Perlmuttintarsien, und Andrej schielte wieder auf die erstarrten Reihen an den Wänden, aber jetzt schaute er nicht auf seine eigenen, sondern auf diejenigen, über die sein Gegner gebot. Dort sah er fast keine bekannten Gesichter – Zivilisten von unvermutet intelligentem Aussehen, mit Bärten, mit Zwicker, altmodischen Krawatten und Westen, auch Offiziere in fremdartigen Uniformen, mit vielen Sternen auf dem Kragenspiegel, mit Orden, die am kunstseidenen Futter befestigt waren ... Wo hat er die her, dachte Andrej verwundert und schaute wieder auf den vorgerückten Bauern. Dieser Bauer war ihm gut bekannt – ein Mann von einst legendärem Ruhm, der, wie man flüsterte, nicht die in ihn gesetzten Hoffnungen erfüllt hatte und jetzt sozusagen von der Bühne abgetreten war. Er wußte das offenbar selber, aber bedauerte es kaum – er stand da, die krummen Beine fest auf dem Parkett, strich über seinen riesigen Schnurrbart, blickte sich nach allen Seiten um und roch nach Wodka und Pferdeschweiß.

Der Partner hob die Hand über dem Brett und rückte einen zweiten Bauern vor. Andrej schloß die Augen. Das hatte er nicht erwartet. Wer ist das? Ein schönes blasses Gesicht, einnehmend und gleichzeitig durch Hochmut abstoßend, ein bläulicher Zwicker, ein elegant gelockter Kinnbart, ein schwarzer Haarschopf über der weißen Stirn – Andrej hatte diesen Mann nie gesehen und kannte ihn nicht, es war offensichtlich eine wichtige Persönlichkeit, denn er sprach gebieterisch mit dem krummbeinigen Bauern in Filzstiefeln, der nur den Schnurrbart bewegte, nur mit den Backenmuskeln zuckte und beiseite schaute, der dastand wie eine riesige Wildkatze vor einem selbstsicheren Dompteur.

Andrej interessierte jetzt nicht ihr Verhältnis zueinander – Wans Schicksal wurde entschieden, das Schicksal des kleinen Mannes, der sich sein Leben lang geplagt hatte, der seinen Kopf schon tief eingezogen hatte, der das Schlimmste erwartete, demütig und schicksalsergeben. Hier gab es drei Möglichkeiten: Wan schlagen, Wan schlägt selbst, oder alles bleibt so, wie es ist, das Leben dieser beiden schwebt im Ungewissen – in der hohen Sprache der Strategie heißt das »nicht angenommenes Damengambit« – diese Fortsetzung war Andrej bekannt, er wußte, daß sie in Lehrbüchern empfohlen wird, das gehört zum kleinen Einmaleins des Schachspiels, aber er konnte nicht den Gedanken ertragen, daß Wans Geschick noch viele Stunden, solange das Spiel dauerte, an einem seidenen Faden hängen würde, Wan würde mit kaltem Angstschweiß bedeckt sein, und der Druck auf ihn würde immer mehr wachsen, bis endlich die ungeheure Spannung nicht mehr zu ertragen wäre, bis das gigantische blutige Geschwür platzen und von Wan keine Spur bleiben würde.

Ich halte das nicht aus, dachte Andrej. Diesen Mann mit Zwicker habe ich gar nicht gekannt, was kümmert er mich, warum soll ich ihn schonen, wenn sogar mein genialer Partner einige Minuten überlegt hat, bevor er mir dieses Opfer anbot. Andrej nahm den weißen Bauern vom Brett und stellte auf seinen Platz den eigenen, den schwarzen, und in dem Moment sah er, wie die Wildkatze im Kosakenmantel zum ersten Mal im Leben dem Dompteur direkt in die Augen schaute und mit gierigem Lächeln die tabakgelben Zähne bleckte. Zugleich glitt ein braungebrannter, nicht russisch, ja nicht einmal europäisch aussehender Mann zwischen den Reihen zu der Figur mit dem Zwicker, holte mit einem riesigen rostigen Spaten aus, und der Zwicker zerstob plötzlich wie ein blauer Blitz, der Mann mit dem blassen Gesicht eines großen Tribuns und verhinderten Tyrannen seufzte schwach, seine Beine knickten ein, und der schöne Körper rollte rissige Stufen hinunter, die von tropischer Sonne erhitzt wurden, und beschmutzte sich mit weißem Staub und hellrotem klebrigem Blut... Andrej hielt den Atem an, schluckte den Kloß in der Kehle hinunter und schaute wieder aufs Brett.

Dort standen schon zwei weiße Bauern nebeneinander, das Zentrum war von dem strategischen Genie erobert, außerdem zielte der Gegner aus der Tiefe direkt auf Wans Brust – hier durfte man nicht lange überlegen, hier ging es nicht nur um Wan: Eine Verzögerung, und der weiße Läufer rennt los – er träumt schon lange davon, dieser stattliche Schönling mit einem ganzen Klempnerladen aus Orden, Abzeichen, Sternen, Aufnähern geschmückt, ein hochmütiger schöner Mann mit eisigen Augen und vollen Lippen, der Stolz der jungen Armee, der Stolz des jungen Landes, der erfolgreiche Konkurrent ebenso hochmütiger, ordenbehängter Militärs der westlichen Kriegskunst. Was bedeutet für ihn Wan? Dutzende solcher Wans, schmutzige, verlauste, hungrige Männer, die ihm blind vertrauten, stürzten sich auf ein einziges Wort von ihm mit wütenden Flüchen auf Panzer und Maschinengewehre, und die wenigen, die wie durch ein Wunder am Leben blieben und jetzt nicht mehr schmutzig, sondern gepflegt und satt sind – sie würden auch heute jederzeit für ihn ins Feuer gehen, wären bereit, alles von Anfang an zu wiederholen...

Nein, diesem Mann durfte man weder Wan noch das Zentrum überlassen. Andrej schob schnell den Bauern vor, der in der Nähe stand, ohne zu sehen, wer es war, nur an eines denkend: Wan unterstützen, ihm wenigstens Rückendeckung geben, dem großen Panzersoldaten zeigen, daß sich Wan zwar in seinem Machtbereich befand, er jedoch weiter als bis Wan nicht vorrücken durfte. Der große Panzersoldat begriff das, und die eben noch blitzenden Augen wurden wieder von schönen schweren Lidern bedeckt, aber er hatte offenbar vergessen, wie es auch Andrej vergessen hatte, der plötzlich in einer erschreckenden inneren Erleuchtung erkannte, daß hier nicht sie *alles* entschieden – nicht die Bauern und nicht die Läufer, und selbst nicht die Türme und Damen. Kaum hatte sich eine kleine unbehaarte Hand langsam über das Brett gestreckt, als Andrej, der schon verstanden hatte, was jetzt geschehen würde, heiser sagte: »Ich berichtige!« Das war in Übereinstimmung mit den Regeln des edlen Spiels, und er rückte eilig, so daß sich seine Finger verkrampften, einen anderen Bauern vor. Der Erfolg lächelte ihm bläßlich zu. Er deckte Wan, tauschte ihn gegen Walka Seufertis aus, mit dem er sechs Jahre dieselbe Schulbank gedrückt hatte und der ohnehin schon im Jahre neunundvierzig bei einer Magenoperation gestorben war.

Die Brauen des genialen Partners hoben sich langsam, die braungesprenkelten Augen verengten sich spöttisch. Ihm erschien ein solcher sowohl taktisch wie strategisch sinnloser Zug lächerlich und unverständlich. Er hielt die Bewegung seiner kleinen Hand über einem Turm an, zögerte einige Sekunden, überlegte, während seine Finger das lackierte Köpfchen der Figur packten, der Turm schob sich vorwärts, stieß den schwarzen Bauern beiseite und blieb auf seinem Feld stehen. Der geniale Stratege trug langsam den geschlagenen Bauern über die Grenzen des Spielfeldes, und Menschen in weißen Kitteln umringten schon die Krankenhaustrage, auf der Walka Seufertis lag – zum letzten Mal sah Andrej das dunkle, von Krankheit ausgemergelte Gesicht, und die Trage verschwand im Operationssaal ...

Andrej blickte auf den großen Panzersoldaten und gewahrte in seinen grauen Augen den Schrecken und die belastende Verlegenheit, die er selber empfand. Der Panzersoldat, der oft zwinkerte, schaute auf den genialen Strategen und verstand nichts. Er war gewohnt, über riesige Material- und Menschenmassen zu verfügen, in seiner Naivität meinte er, seine Panzer würden immer alles entscheiden, würden fremde Länder überrollen, unterstützt von vielmotorigen, mit Bomben und Fallschirmspringern beladenen fliegenden Festungen, er hatte alles getan, damit dieser Traum in jedem Moment realisiert werden konnte . . . Freilich hatte der Panzersoldat manchmal gezweifelt, ob der geniale Stratege wirklich so genial sei und eindeutig den Zeitpunkt und die notwendige Richtung des Angriffs bestimmen könne, und er begriff nicht – und konnte es auch später nicht begreifen –, wie man gerade ihn, einen so talentierten, unermüdlichen und unersetzlichen Mann opfern konnte, wie man all das opfern konnte, was mit solchen Mühen und Anstrengungen geschaffen worden war.

Andrej nahm ihn schnell vom Brett, fort aus den Augen, und stellte Wan auf seinen Platz. Männer mit blauen Schirmmützen zwängten sich zwischen die Reihen, packten den großen Panzersoldaten an Schultern und Händen, nahmen ihm die Waffe ab, schlugen ihn in das schöne rassige Gesicht und steckten ihn in einen Zementsack. Der geniale Stratege lehnte sich zurück, kniff genüßlich die Augen zusammen, faltete die Hände auf dem Bauch und drehte die Daumen. Er war zufrieden. Er hatte einen Turm für einen Bauern geopfert und war sehr zufrieden. Da begriff Andrej plötzlich, daß in den Augen des Strategen alles ganz anders aussah: Er hatte schnell und überraschend den ihn störenden Turm beseitigt und noch einen Bauern als Zugabe bekommen – so sah es wirklich aus.

Der große Stratege war mehr als ein Stratege. Ein Stratege bewegt sich immer im Rahmen seiner Strategie. Der große Stratege verzichtete auf jegliche Rahmen. Strategie war lediglich ein winziges Element seines Spiels, sie war für ihn ebenso zufällig wie für Andrej – ein zufälliger Zug, aus einer Laune heraus. Der große Stratege wurde gerade deshalb groß, weil er eines begriffen hatte und es vielleicht bereits seit seiner Geburt wußte: Es gewinnt durchaus nicht derjenige, der nach allen Regeln zu spielen versteht; es gewinnt, wer im notwendigen Moment alle Regeln mißachtet, dem Spiel seine eigenen, dem Gegner unbekannten Regeln aufzwingt, und wenn nötig – auch auf sie verzichtet. Wer hat gesagt, daß die eigenen Figuren weniger gefährlich sind als die Figuren des Gegners? Unsinn, die eigenen Figuren sind weit gefährlicher. Wer hat gesagt, daß man den König vor dem Schach schützen soll? Unsinn, es gibt keinen König, den man nicht durch einen Springer oder sogar einen Bauern ersetzen könnte. Wer hat gesagt, daß ein Bauer, der bis zur letzten Linie vorgedrungen ist, unbedingt eine Figur wird? Dummes Zeug, manchmal ist es viel nützlicher, ihn Bauer bleiben zu lassen – soll er ruhig am Rande des Abgrunds stehen, zur Belehrung für andere Bauern.

Die verdammte Mütze rutschte Andrej ständig auf die Augen, und er konnte immer schwieriger verfolgen, was rings um ihn geschah. Im Saal war es jetzt nicht mehr still, Andrej vernahm das Klappern von Geschirr, das Gemurmel vieler Stimmen, ein Orchester stimmte die Instrumente. Es roch nach Küchendünsten. Jemand rief quäkend: »Schorsch! Ich habe einen schrecklichen Hunger! Laß mir schnell ein Glas Curaçao und Ananas bringen!«

»Ich bitte um Verzeihung!« erklärte jemand mit amtlicher Höflichkeit an Andrejs Ohr und beugte sich über das Tischchen. Andrej sah schwarze Rockschöße, glänzende Lackstiefel, eine hochgereckte Hand mit einem beladenen Tablett schwamm an seinem Kopf vorbei. Eine andere Hand stellte ein Glas Sekt vor ihn hin.

Der geniale Stratege hatte endlich seine Zigarette festgeklopft und festgedrückt, so daß er sie rauchen konnte. Er zündete sie an, bläulicher Rauch quoll aus den behaarten Nasenlöchern und verirrte sich in dem riesigen Schnurrbart.

Das Spiel ging indessen weiter. Andrej verteidigte sich krampfhaft, zog sich zurück, manövrierte. Vorläufig gelang es ihm, alles so einzurichten, daß er nur ohnehin bereits Tote opferte. Donald wurde weggetragen, man legte ihn auf das Tischchen neben das Sektglas, mit seiner Pistole und der letzten Notiz: »Wenn du kommst – freu dich nicht, wenn du gehst – sei nicht traurig. Die Pistole gebt Woronin. Irgendwann wird er sie gebrauchen können.« Und da trugen sie auch schon seinen Bruder und seinen Vater die vereiste Treppe hinunter und legten seine tote Großmutter auf den Leichenstapel im Hof. Jewgenia Romanowna, in alte Laken eingenäht . . . Jetzt beerdigte man auch den Vater in einem Massengrab irgendwo bei Piskarewka; ein mürrischer Mann, der sein unrasiertes Gesicht vor dem schneidenden Wind schützte, holte immer neue erstarrte Leichen und stampfte sie fest, damit möglichst viele in die Grube paßten. Und der große Stratege erledigte großzügig, heiter und schadenfroh die Seinen und Fremde, alle seine gepflegten Männer mit den Bärtchen und Orden schossen sich in die Schläfe, stürzten aus dem Fenster oder starben unter entsetzlichen Foltern, einer war über den anderen hinweggeschritten, sie waren Könige geworden und Bauern geblieben.

Und Andrej versuchte zu begreifen, was das für ein Spiel sei, das er spielte, welchen Zweck es hatte, welche Regeln, und warum das alles geschah; bis in die tiefsten Tiefen der Seele drang seine Frage: Wie ist er zum Gegner des großen Strategen geworden, er, ein getreuer Soldat seiner Armee, jederzeit bereit, für ihn zu sterben, bereit, für ihn zu töten, er, der keine anderen Ziele kannte, außer seinen Zielen, jedes von ihm angewandte Mittel pries und die Ideen des großen Strategen mit denen des Universums gleichsetzte. Er schluckte gierig, ohne den Geschmack im Mund zu spüren, den Sekt hinunter; da wurde plötzlich blendendes Licht auf ihn gerichtet. Natürlich, er ist kein Gegner des großen Strategen! Natürlich, das wird jetzt jeder erkennen! Er ist sein Verbündeter, sein treuer Gehilfe, das ist die Hauptregel dieses Spiels! Hier spielen keine Gegner, es spielen Partner, Verbündete, niemand verliert, alle gewinnen nur, außer denen natürlich, die den Sieg nicht mehr erleben.

Jemand stieß ihn ans Bein und sagte unter dem Tisch: »Seien Sie so liebenswürdig, nehmen Sie den Fuß beiseite!« Andrej schaute unter den Tisch. Ein glatzköpfiger Zwerg rutschte auf allen vieren herum, um eine Blutlache aufzuwischen. Andrej wurde übel zum Erbrechen, er schaute wieder aufs Brett. Die Toten hatte er schon geopfert, jetzt blieben nur noch Lebende. Der große Stratege an der anderen Tischseite beobachtete ihn neugierig und nickte sogar zustimmend. Da spürte Andrej, daß er nicht weiterspielen konnte. Es war das große Spiel, das edelste der Spiele, das Spiel im Namen der größten Ziele, die sich die Menschheit jemals gestellt hatte, aber Andrej konnte nicht mehr mitspielen.

»Ich muß mal raus. Eine Minute.«

Er sagte das so leise, daß er sich selber kaum hörte, trotzdem blickten ihn alle sogleich an. Wieder trat Stille im Saal ein, der Mützenschirm störte Andrej nicht mehr, er konnte jetzt deutlich, Auge in Auge, alle die Seinen sehen, alle, die vorläufig noch am Leben waren.

Düster blickte ihn, mit der selbstgedrehten Zigarette spielend, der kräftige Dawydow an, betrunken lächelte Selma, die in einem Sessel lümmelte und ihre Beine so lagerte, daß man sehr weit hinauf bis zu dem rosa Spitzenhöschen blikken konnte; ernst und verständnisvoll schaute Kensi drein, und neben ihm der zerzauste, wie immer stoppelbärtige Wolodka Dmitrijew. Auf einem hohen Stuhl, von dem sich Sewa Barabanow eben erst erhoben hatte, um seine letzte geheimnisvolle Dienstreise anzutreten, thronte nun mit angewiderter Miene Borka Tschistjakow, als wollte er fragen: »Was brüllst du wie ein kranker Elefant?« Alle waren hier, alle, die ihm am nächsten standen, die ihm am liebsten waren, und alle schauten ihn an, jeder anders, trotzdem las er in ihren Blicken auch etwas Gemeinsames: Mitgefühl? Vertrauen? Bedauern? Nein, nicht das, und er konnte nicht darüber nachdenken, weil er plötzlich unter den vertrauten Gesichtern einen völlig unbekannten Mann erblickte, einen Asiaten mit gelblichem Gesicht und Schlitzaugen, nein, nicht Wan, einen feinen, ja sogar eleganten Asiaten, und hinter dem Rücken dieses Unbekannten schien sich ein kleines, schmutziges, abgerissenes, offenbar elternloses Kind zu verstecken.

Und er erhob sich jäh, schob knarrend den Stuhl beiseite und wandte sich von allen ab. Nachdem er eine unbestimmte Geste in Richtung zum großen Strategen hin gemacht hatte, verließ er eilig den Saal, sich zwischen Schultern und Bäuchen hindurchzwängend. Wie um ihn zu beruhigen, sagte jemand in der Ferne: »Das ist in den Regeln erlaubt, soll er ruhig nachdenken, sich alles überlegen! Man muß nur die Uhr anhalten.«

Völlig entkräftet und schweißnaß, gelangte er in den Treppenflur und setzte sich auf den Teppich bei einem Kamin, in dem Scheite loderten. Die Mütze war ihm wieder auf die Augen gerutscht, so daß er nicht sah, was das für ein Kamin war und was für Leute dort saßen, er genoß nur die sanfte Hitze und schaute auf die inzwischen getrockneten, aber immer noch klebrigen Flecke an seinen Schuhen und hörte im Knistern der Scheite, wie ein Mann mit samtener Baßstimme erzählte:

»Stellen Sie sich vor – ein Bild von einem Mann, breitschultrig, drei Ruhmesorden und die ganze Schleife; das kriegte nicht jeder, müssen Sie wissen, davon gab es weniger als Helden der Sowjetunion. Ein prächtiger Kamerad, ein begabter Militär. Er hatte eine seltsame Angewohnheit, müssen Sie wissen, wenn er zu einem Abend ins Landhaus von einem General oder Marschall kam, blieb er bloß kurze

Zeit, er stahl sich in den Vorraum, die Mütze auf und – Adieu. Alle dachten anfangs, er hätte eine große Liebe. Aber nein – tatsächlich sahen ihn die Kameraden an öffentlichen Orten – im Gorkij-Park, in Klubs, und zwar mit irgendwelchen Schlampen, und immer mit einer anderen! Ich habe ihn auch mal getroffen. Ich gucke: Da hat er sich vielleicht eine ausgesucht, eine richtige Vogelscheuche, die Strümpfe an den dürren Beinen haben Wasser gezogen, sie war scheußlich angemalt, damals gab es keine Kosmetik wie heute, die Mädchen haben die Brauen mit Stiefelwichse nachgezogen ... Also, eine Mesalliance, wie man sagt. Aber ihm macht das nichts aus. Er geht mit ihr zärtlich untergehakt und flüstert ihr was ins Ohr, wie es sich gehört. Und sie – sie zerfließt geradezu vor Glück, ist stolz und ziert sich gewaltig. Da haben wir, das heißt unsere Junggesellenbande, ihn mal in die Mangel genommen: Los, erkläre, was du für einen perversen Geschmack hast. Wird dir nicht übel, mit solchen Weibern zu gehen, wo die größten Schönheiten nach dir lechzen ... Sie müssen wissen, daß an unserer Akademie auch eine pädagogische Fakultät war, so eine privilegierte Anstalt, sie haben nur Mädchen aus den höchsten Kreisen genommen. Er wollte das erst mit Scherzen abtun, dann hat er sich ergeben und was Erstaunliches erzählt. Ich, sagt er, Kameraden, ich weiß, daß ich alle Vorzüge besitze: hübsch, gut gebaut, dazu Orden und Auszeichnungen. Ich weiß das selber und habe das auch oft genug gehört. Einmal hatte ich ein Erlebnis. Ich erkannte plötzlich das volle Unglück der Frauen. Den ganzen Krieg hindurch kannten sie keinen glücklichen Tag, sie haben gehungert, haben geschuftet bei der schwersten Männerarbeit, sie waren elend und häßlich, hatten gar keine Vorstellung davon, was das ist – schön und begehrenswert sein. Und ich, sagt er, habe mir vorgenommen, wenigstens einigen von ihnen ein bißchen Glück zu geben, damit sie sich ihr Leben lang an etwas erinnern können. Ich lerne so eine Straßenbahnfahrerin kennen, oder eine Fabrikarbeiterin oder eine arme Lehrerin, die auch ohne Krieg kaum Chancen hätte, und jetzt, wo so viele Männer gefallen sind, hat sie gar keine. Ich verbringe zwei, drei Abende mit ihnen, dann verschwinde ich, verabschiede mich natürlich, lüge, daß ich auf eine längere Dienstreise fahre oder etwas anderes Glaubwürdiges, und sie bleiben mit diesen schönen Erinnerungen zurück. Wenigstens ein heller Stern in ihrem Leben, sagt er. Ich weiß nicht, sagt er, wie man das vom Standpunkt der hohen Moral bewertet, aber ich habe das Empfinden, daß ich auf diese Weise wenigstens ein winziges Teilchen unserer gemeinsamen Pflicht als Männer erfülle. Wir waren verblüfft. Dann haben wir natürlich gestritten, aber das hat einen ungewöhnlichen Eindruck auf uns gemacht. Bald ist er übrigens irgendwohin verschwunden. Damals sind viele von uns einfach verschwunden: Befehl von oben, in der Armee fragt keiner, wohin und warum. Später habe ich ihn nicht mehr gesehen ...«

Auch ich, dachte Andrej, auch ich habe ihn nicht mehr gesehen. Es kamen zwei Briefe, einer an Mama, einer an mich. Dann erhielt Mama die Mitteilung: »Ihr Sohn Sergej Michailowitsch Woronin fiel ehrenhaft bei der Erfüllung einer militärischen Aufgabe.« Das war in Korea. Unter dem rosafarbenen Himmel Koreas, wo der große Stratege zum ersten Male seine Kräfte im Kampf gegen den amerikanischen Imperialismus erprobte. Er spielte dort sein großes Spiel, und Sergej blieb dort mit allen seinen Orden.

Ich will nicht, dachte Andrej. Ich will dieses Spiel nicht. Vielleicht muß das alles so sein, vielleicht geht es ohne dieses Spiel nicht. Vielleicht. Sogar sicherlich. Aber ich kann nicht. Ich vermag es nicht. Und will es nicht einmal lernen ... Was nun, dachte er voller Bitterkeit. Das heißt, ich bin einfach ein schlechter Soldat. Einer, der nicht denken kann und deshalb blind gehorchen muß. Ich bin kein Partner, kein Verbündeter des großen Strategen, sondern ein kleines Schräubchen in seiner riesigen Maschine, und mein Platz ist nicht am Tisch bei seinem unbegreiflichen Spiel, sondern neben Wan, Dawydow, Selma . . . Ich bin ein kleiner Astronom mit mittelmäßigen Fähigkeiten, und wenn mir eine einzige kleine Entdeckung glückte, wäre das für mich schon sehr, sehr viel. Und was große Probleme und große Taten angeht . . .

Da erinnerte er sich, daß er nicht mehr Astronom, sondern Kriminalist war und daß er eine wichtige Entdeckung gemacht hatte: Mit Hilfe besonderer Ermittlungsmethoden hatte er dieses geheimnisvolle Rote Haus aufgespürt und war ins Innere eingedrungen, um seine unheilvollen Geheimnisse zu enthüllen. Jetzt konnte man diese gefährliche, bösartige Erscheinung unseres Lebens bekämpfen.

Auf die Hände gestützt, kroch er eine Stufe tiefer. Wenn ich jetzt an den Tisch zurückkehre, komme ich nicht mehr raus. Dann verschlingt mich das Rote Haus. Es hat schon viele verschlungen, darüber gibt es Zeugenaussagen. Um mich allein geht es nicht. Ich muß in mein Büro zurückkehren und dieses Knäuel entwirren. Das ist meine Pflicht. Das habe ich jetzt zu tun. Alles andere ist ein Trugbild.

Er kroch noch zwei Stufen hinunter. Ich muß mich von dem Trugbild befreien und in die Wirklichkeit zurückkehren. Hier ist nichts zufällig. Hier ist alles vorzüglich durchdacht: Es ist eine ungeheuerliche, abscheuliche Illusion, geschaffen von Provokateuren, die danach trachten, den Glauben an den Endsieg zu zerstören, Moral und Pflichtgefühl zu zersetzen. Nicht zufällig befindet sich an einer Seite des Hauses das dreckige Kino mit dem Namen »Neue Illusion«. Neue! In der Pornographie gibt es nichts Neues, und es nennt sich neu! Und an der anderen Seite befindet sich was? Die Synagoge . . .

Er kroch rasch die Stufen hinunter und begab sich zur Tür, auf der »Ausgang« stand. Als er die Türklinke angefaßt hatte, schon den Widerstand der quietschenden Federn überwand, begriff er plötzlich, was alle Augen, die ihn dort oben angesehen hatten, ausdrücken wollten. In allen lag ein Vorwurf. Diese Menschen wußten, daß er nicht zurückkehren würde. Er selber hatte das noch nicht vermutet, aber sie wußten es bereits.

Er stürzte auf die Straße, sog begierig die feuchte Luft ein und erblickte mit vor Glück fast stillstehendem Herzen, daß hier alles so war wie früher: Neblige Finsternis rechts in der Hauptstraße, neblige Finsternis links in der Hauptstraße, und gegenüber, auf der anderen Seite, ganz in der Nähe das Motorrad mit Beiwagen und der verschlafene Polizist mit dem hochgeschlagenen Kragen. Der Fette pennt, dachte Andrej gerührt. Er ist müde. Da sagte plötzlich eine innere Stimme zu ihm: »Es ist Zeit!« Andrej seufzte, weinte vor Verzweiflung, erst jetzt erinnerte er sich an die Hauptsache, an die Spielregel. Eine Regel, die speziell wegen solcher willensschwacher Intellektueller und Reinlichkeitsfanatiker erdacht war: Wer die Partie unterbricht, gibt auf. Wer aufgegeben hat, verliert alle seine Figuren.

Mit dem Schrei »Nein!« kehrte Andrej zur Tür zurück. Aber es war zu spät. Das Haus entfernte sich. Es entwich langsam in die undurchdringliche Finsternis zwischen Synagoge und »Neuer Illusion«. Es kroch davon, mit deutlichen Geräuschen, mit Knirschen, Quietschen, Klirren und Krachen. Vom Dach lösten sich Ziegel und zerschellten auf der Steintreppe.

Andrej drückte mit aller Kraft auf die Messingklinke, sie schien jedoch mit dem Holz verwachsen zu sein, das Haus bewegte sich nun immer schneller und schneller, Andrej rannte ihm schon hinterher wie einem fortfahrenden Zug, riß an der Klinke und stolperte plötzlich über etwas, stürzte, seine gekrümmten Finger wurden vom glatten Messing gerissen, er schlug schmerzhaft mit dem Kopf auf, es flimmerte vor seinen Augen, aber er sah noch, wie das Haus im Zurückweichen seine Fenster löschte, hinter der gelben Mauer der

Synagoge abbog, verschwand, wieder auftauchte, mit seinen letzten beiden erleuchteten Fenstern hervorlugte, aber dann erloschen auch sie, und es wurde dunkel.

DRITTES KAPITEL

Er saß auf der Bank vor der riesigen Zementschale und preßte ein feuchtes, schon warm gewordenes Tuch auf die Beule über dem rechten Auge. Sehen konnte er gar nichts, sein Kopf schmerzte so stark, daß er einen Schädelbruch befürchtete, die zerschundenen Knie juckten, der linke Ellbogen war taub, versprach aber allem Anschein nach, sich in nächster Zukunft ebenfalls mit Schmerzen zu melden. Andrej versuchte, alledem eine gute Seite abzugewinnen. Das verlieh dem Geschehen deutliche Realität. Es gab kein Haus, keinen Strategen und keine Blutlache unter dem Tisch, es gab kein Schachspiel, keinen Verrat, das alles war Phantasie, er war einfach über die niedrige Zementmauer in die idiotische Schale gestürzt, wobei er sich seinen dummen Schädel angeschlagen hatte.

Andrej begriff natürlich, daß das Ganze nicht so einfach gewesen war, fand jedoch den Gedanken an einen Sturz amüsant und auf alle Fälle bequem. Was soll ich jetzt tun, dachte er. Ich habe dieses Spukhaus gefunden, ich war drin, habe mit eigenen Augen gesehen... Und weiter? Quält jetzt nicht meinen kranken Kopf mit angeblichen Gerüchten und Mythen. Das zum ersten. Laßt mich in Ruhe! Übrigens habe ich Schuld auf mich geladen. Man muß sofort diesen Saxophonspieler freilassen! Interessant, seine Ella – hat sie dort auch Schach gespielt?

Das Tuch war heiß geworden, Andrej erhob sich ächzend, schwankte zur Fontäne und hielt den feuchten Lappen in den eisigen Strahl. Es war, als würde jemand von ihnen wütend an seine Beule pochen. Andrej wrang das Tuch aus, legte es wieder auf die schmerzhafte Stelle und schaute über die Straße. Der Dicke schlief immer noch. Du Fettwanst, dachte Andrej erbost. Das nennst du Dienst! Wozu habe ich dich überhaupt mitgenommen? Zum Pennen? Man hätte mich hier hundertmal totschlagen können. Und dieses Vieh wäre morgens aufgewacht und hätte gemeldet: Der Herr Kommissar ist nachts ins Rote Haus gegangen und nicht mehr herausgekommen. Eine Zeitlang stellte sich Andrej vor, wie köstlich es wäre, jetzt dem fetten Schwein einen Eimer kaltes Wasser in den Kragen zu gießen. Der würde aufschrecken! So hatten sich die Kameraden bei Versammlungen amüsiert: Wenn jemand schlief, zogen sie ihm einen Schuh aus und setzten ihm ihn auf die Nase. Der Schläfer schleuderte ihn dann gewöhnlich mit aller Kraft von sich. Das war sehr amüsant.

Andrej kehrte zur Bank zurück und entdeckte einen kleinen dürren Mann. Ganz in Schwarz gekleidet, selbst sein Hemd war von dieser Farbe, saß er mit übergeschlagenen Beinen da und hielt ein altmodisches Käppchen auf den Knien. Offenbar gehörte er zur Synagoge. Andrej ließ sich mühsam neben ihm nieder, vorsichtig durch das feuchte Tuch die Umrisse der Beule tastend.

»Na gut«, sagte das Männlein mit deutlich vernehmbarer Greisenstimme. »Und was soll jetzt werden?«

»Was schon?« antwortete Andrej. »Wir werden alle fassen. Ich lasse den Fall nicht ruhen.«

»Und dann?« fuhr der Alte fort.

»Das weiß ich nicht. Vielleicht taucht noch mehr solch widerliches Zeug auf. Das Experiment ist das Experiment. Das dauert lange.«

»Es ist ewig«, bemerkte der Alte. »Jede Religion lehrt, daß es ewig ist.«

»Religion hat damit nichts zu tun.«

»Denken Sie jetzt immer noch so?« wunderte sich der Alte.

»Natürlich. Ich habe immer so gedacht.«

»Gut, lassen wir das vorläufig. Das Experiment ist das Experiment. Hier trösten sich viele so. Fast alle. Das hat übrigens keine einzige Religion voraussehen können. Ich meine jedoch etwas anderes. Warum hat man uns sogar hier die Willensfreiheit gelassen? Es könnte scheinen, im Reich des absolut Bösen, im Reich, über dessen Pforten geschrieben steht: Laß alle Hoffnung fahren . . .«

Andrej ließ ihn nicht ausreden. »Sie alle haben da merkwürdige Vorstellungen. Das ist nicht das Reich des absolut Bösen. Das ist eher ein Chaos, und wir sind berufen, es zu ordnen. Wie vermöchten wir das, wenn wir nicht über einen freien Willen verfügten?«

»Ein interessanter Gedanke«, sagte der Alte nachdenklich. »Das ist mir nie in den Sinn gekommen. Sie nehmen also an, daß uns noch eine Chance geblieben ist? Daß wir wie ein Strafbataillon unsere Sünden in der vordersten Linie des ewigen Kampfes von Gut und Böse mit unserem Blut abwaschen?«

»Was heißt hier Kampf von Gut und Böse?« erregte sich Andrej. »Das Böse ist zielgerichtet und . . .«

»Sie sind ein Philosoph!« unterbrach ihn der Alte.

»Ich bin ein Komsomolze!« erwiderte Andrej, der sich noch mehr erregte und einen ungewöhnlichen Zustrom an Glauben und Überzeugung spürte. »Das Böse ist immer eine Klassenerscheinung. Es gibt kein Böses an sich. Und hier ist alles durcheinander – eben das Experiment. Wir wurden in dieses Chaos ausgesetzt. Entweder wir bewältigen es nicht, kehren dazu zurück, was dort war – zur Spaltung in Klassen und anderem Mist – oder wir verwandeln das Chaos in neue, herrliche Formen menschlicher Beziehungen. Das heißt Kommunismus.«

Eine Zeitlang schwieg der Alte verblüfft. »Auch das noch!« sagte er schließlich mit großem Erstaunen. »Wer hätte gedacht, wer hätte angenommen – kommunistische

Propaganda hier. Übrigens, die Ideen des Kommunismus sind denen des frühen Christentums verwandt.«

»Das ist eine Lüge!« erwiderte Andrej ärgerlich. »Das ist eine Erfindung der Popen. Das frühe Christentum ist eine Ideologie des Sichabfindens, eine Ideologie von Sklaven. Wir sind Aufrührer! Wir lassen keinen Stein auf dem anderen und gestalten alles so um, wie man es hier getan hat!«

»Sie sind Luzifer!« sagte der Alte mit ehrfurchtsvollem Erschrecken. »Ein stolzer Geist! Haben Sie sich nicht abgefunden?«

Andrej wendete das Tuch auf die kalte Seite und schaute den Alten argwöhnisch an. »Luzifer? Wer sind Sie eigentlich?«

»Ich bin eine Blattlaus.«

Darauf wußte Andrej nichts zu entgegnen.

»Ich bin ein Niemand«, präzisierte der Alte. »Ich war ein Niemand dort, und hier bin ich auch ein Niemand.« Nach einer Pause fuhr er fort. »Sie haben mir Hoffnung gemacht. Ja, wirklich! Sie können sich nicht vorstellen, wie merkwürdig, wie angenehm es war, Ihnen zuzuhören. Wenn uns die Willensfreiheit geblieben ist, warum sollten wir uns mit allem abfinden und geduldig Qualen erleiden? Nein, diese Begegnung halte ich für die bedeutsamste Episode in der ganzen Zeit meines Hierseins.«

Andrej musterte ihn unfreundlich. Er macht sich lustig, der alte Knochen! Nein, so sieht er nicht aus. Ein Synagogenwächter? Die Synagoge!

»Ich bitte um Verzeihung«, sagte er betont höflich. »Sitzen Sie schon lange hier? Ich meine auf dieser Bank.«

»Nein, nicht lange. Erst habe ich auf einem Schemel dort im Eingang gesessen. Und als sich das Haus entfernt hatte, bin ich zur Bank gegangen.«

»Das heißt also, Sie haben das Haus gesehen?«

»Natürlich«, antwortete der Alte mit Würde. »Es ist

schwer zu übersehen. Ich habe hier gesessen, der Musik gelauscht und geweint.«

»Geweint«, wiederholte Andrej, der sich mühsam vorzustellen versuchte, warum. »Sagen Sie, sind Sie Jude?«

Der Alte zuckte zusammen. »Meine Herren, nein! Was für eine Frage? Ich bin ein gläubiger Christ und – leider – ein unwürdiger Sohn der römisch-katholischen Kirche. Selbstverständlich habe ich nichts gegen Juden, aber ... Warum haben Sie das gefragt?«

»Nur so«, antwortete Andrej ausweichend. »Dann haben Sie auch zur Synagoge keinerlei Beziehung?«

»Aber nein! Wenn man nicht rechnet, daß ich oft in dieser Grünanlage sitze, und manchmal kommt der Wärter vorbei.« Er kicherte verlegen. »Wir beide führen religiöse Dispute.«

»Und das Rote Haus?« fragte Andrej, der wegen gräßlicher Kopfschmerzen die Augen schloß.

»Das Haus? Nun, wenn das Haus kommt, können wir natürlich nicht hier sitzen. Dann müssen wir warten, bis es wieder verschwindet.«

»Sie haben es also nicht zum ersten Mal gesehen?«

»Nein, es kommt fast jede Nacht. Heute war es allerdings länger als üblich hier.«

»Wissen Sie, was das für ein Haus ist?«

»Das erkennt man doch gleich«, sagte der Alte leise. »Früher, in meinem anderen Leben, habe ich mehrmals Darstellungen gesehen. Es wird ausführlich in den Offenbarungen des heiligen Antonius beschrieben. Zwar ist dieser Text nicht kanonisiert, aber jetzt ... Für uns Katholiken ... Kurz, ich habe es gelesen. Und mir ist auch ein Haus erschienen, lebendig und sich bewegend, und es hat unanständige Bewegungen gemacht, und durch die Fenster sah ich darin Menschen, einige gingen durch seine Zimmer, schliefen oder nahmen Speise zu sich ... Wortwörtlich kann ich nicht zitieren, aber so ungefähr lautet der Text ... Und selbstverständlich, Hieronymus Bosch! Ich würde ihn den heiligen Hieronymus Bosch nennen, ihm bin ich sehr verpflichtet, er hat mich darauf vorbereitet. Seine großartigen Gemälde . . . Der Herr hat ihm zweifellos hier alles gezeigt. Ebenso wie Dante. Übrigens gibt es ein Manuskript, das Dante zugeschrieben wird, dort ist auch dieses Haus erwähnt.« Der Alte schloß die Augen und legte die gespreizte Hand an die Stirn. »Und mein Gefährte, der den Arm verloren hat, den trockenen und knochigen . . . Nein . . . Blutiger nackter Körper Geflecht in düsteren Räumen . . .«

»Was erzählen Sie mir da? Was haben Dante und der heilige Antonius mit dem Roten Haus zu tun? Worauf wollen Sie hinaus?«

Der Alte wunderte sich. »Ich will auf nichts hinaus. Sie haben mich nach dem Haus gefragt, und ich . . . Ich muß schließlich Gott dafür danken, daß er mich in seiner unendlichen Weisheit und Güte schon während meiner früheren Existenz in das Kommende eingeweiht hat. So konnte ich mich innerlich darauf vorbereiten. Ich erkenne hier sehr vieles wieder, und mein Herz verkrampft sich, wenn ich an andere denke, die hierher kommen und nicht verstehen, nicht verstehen können, wo sie sind. Qualvolles Nichtbegreifen ihres jetzigen Zustands, dazu die qualvolle Erinnerung an ihre Sünden. Vielleicht ist das auch die große Weisheit des Schöpfers: Die ewigwährende Erkenntnis seiner Sünden, ohne die Strafe dafür zu begreifen . . . Zum Beispiel Sie, junger Mann – warum hat er Sie in diesen Abgrund gestürzt?«

»Ich verstehe nicht, wovon Sie reden.« Religiöse Fanatiker haben uns hier gerade noch gefehlt, dachte er.

»Sie brauchen sich nicht zu genieren«, sagte der Alte ermunternd. »Hier das zu verbergen, hat keinen Sinn, denn das Gericht hat schon stattgefunden. Ich zum Beispiel bin schuldig vor meinem Volke – ich war ein Verräter, ein Denunziant, ich sah, wie Menschen gequält und ermordet wurden, die ich als Diener des Satans angezeigt hatte. Ich wurde im Jahre 1944 erhängt. Und wann sind Sie gestorben?«

»Ich bin nicht gestorben«, erklärte Andrej fröstelnd.

»Ja, viele denken so. Aber das stimmt nicht. Die Geschichte kennt Fälle, daß lebende Menschen gen Himmel gefahren sind, aber niemand hat je vernommen, daß sie zur Sühne lebendig in die Hölle geschickt wurden.«

Andrej starrte den Alten verblüfft an.

»Sie haben einfach alles vergessen«, fuhr der Alte fort. »Es war Krieg, Bomben fielen auf die Häuser, Sie sind in einen Luftschutzkeller geflüchtet, und plötzlich – ein Schlag, ein Schmerz, und alles war vorbei. Und dann – der Anblick eines Engels, der sanft in Gleichnissen sprach, und Sie sind hier.« Er nickte verständnisvoll, die Lippen vorgestülpt. »Ja, ja, zweifellos entsteht so das Gefühl, wir hätten noch einen freien Willen. Jetzt begreife ich: Unser Verstand weigert sich, die veränderte Wirklichkeit zu akzeptieren, junger Mann. Sie haben so überzeugend gesprochen, daß Sie sogar mich ein bißchen verunsichert haben. Organisation des Chaos, eine neue Welt... Nein, nein, das sind Scheuklappen vor den Augen. Das wird mit der Zeit vergehen. Vergessen Sie nicht, die Hölle währt ewig, eine Rückkehr gibt es nicht, und Sie befinden sich erst im Vorhof.«

»Meinen Sie das ernst?« Andrejs Stimme überschlug sich.

»Das wissen Sie doch selber«, sagte der Alte sanft. »Sie wissen das alles genau! Sie sind bloß Atheist, junger Mann, und wollen nicht zugeben, daß Sie sich Ihr ganzes langes – eigentlich gar nicht so langes – Leben geirrt haben. Von Ihren verständnislosen und unwissenden Lehrern wurde Ihnen beigebracht, daß dort nichts sei, nur Leere und Fäulnis, daß es keine Belohnung, keine Strafe für unsere Taten gebe. Sie haben diese kläglichen Ideen akzeptiert, weil sie Ihnen so einfach, so logisch vorkamen, und hauptsächlich deshalb, weil Sie sehr jung waren und eine prächtige Gesundheit besaßen; der Tod war für Sie etwas Fernes, Abstraktes. Wenn Sie etwas Böses getan hatten, hofften Sie immer, der Strafe zu entgehen, denn strafen konnten nur Menschen wie sie selber. Wenn es Ihnen gelang, etwas Gutes zu tun, forderten Sie unverzüglich eine Belohnung. Sie waren lächerlich. Jetzt begreifen Sie das endlich – ich sehe das in Ihrem Gesicht.« Er lachte plötzlich. »Bei uns in der Widerstandsbewegung war ein Ingenieur, ein Materialist, wir haben oft miteinander über das Leben nach dem Tode gestritten. Meine Herren, wie hat er sich über mich lustig gemacht! ›Papascha‹, sagte er. ›Im Paradies beenden wir diesen sinnlosen Streit.‹ Ich suche ihn ständig hier, ich suche und suche und kann ihn nicht finden. Vielleicht lag Wahrheit in seinem Scherz, und er ist tatsächlich ins Paradies gekommen – als Märtyrer. Sein Tod war ein Martyrium. Und ich bin hier.«

»Nächtliche Dispute über Leben und Tod?« quäkte plötzlich Isja Katzman, der sich neben Andrej auf die Bank gesetzt hatte. Er spuckte im hohen Bogen aufs Pflaster. Mit der linken Hand hielt er einen dicken Aktendeckel, mit der rechten rieb er seine Warze. Wie immer befand er sich im Zustand enthusiastischer Erregtheit.

Andrej sagte bewußt gelassen: »Der Herr hier meint, daß wir uns in der Hölle befinden.«

»Der Herr hat absolut recht«, erklärte Isja und kicherte. »Und wenn es nicht die Hölle ist, dann etwas ganz Ähnliches. Sie werden mir jedoch beipflichten, Herr Stupalski, in meinem Leben gab es kein einziges Vergehen, dessentwegen man mich hierher hätte verbannen müssen! Ich habe nicht einmal die Ehe gebrochen, so maßlos dumm war ich.«

»Herr Katzman«, sagte der Alte, »ich vermute, daß Sie selber nicht Ihr schicksalhaftes Vergehen kennen!«

»Schon möglich«, stimmte ihm Isja zu. »Nach deinem Aussehen zu urteilen«, wandte er sich an Andrej, »warst du im Roten Haus. Nun, und wie hat es dir dort gefallen?«

Jetzt kam Andrej endgültig zu sich. Als wäre die klebrige Hülle eines Alptraumes zerrissen, hörte der Schmerz in seinem Kopf auf, jetzt unterschied er alles deutlich und klar, die Hauptstraße war nicht mehr neblig und finster, der Polizist auf dem Motorrad schlief nicht, sondern ging auf dem Trottoir auf und ab. Mein Gott, dachte Andrej fast mit Schrecken. Was mache ich hier? Ich bin doch Kriminalist, die Zeit vergeht, während ich hier mit diesem Psychopathen schwatze. Aber auch Katzman ist hier... Wie ist er hergekommen?

»Woher weißt du, wo ich war?« fragte er, jede Silbe betonend.

»Das ist nicht schwer zu erraten«, antwortete Isja kichernd. »Du müßtest dich im Spiegel sehen.«

»Ich frage dich ernsthaft!« sagte Andrej mit erhobener Stimme. Der Alte stand plötzlich auf und schwenkte das Mützchen über dem Kopf. »Gute Nacht, meine Herren. Angenehme Träume.«

Andrej achtete nicht auf ihn. Er sah Isja an. Isja, der an seiner Warze zupfte und auf der Bank hin und her rutschte, schaute dem Alten mit breitem Grinsen nach.

»Nun?« fragte Andrej.

»Was für eine Gestalt!« sagte Isja begeistert. »Ja, was für eine Gestalt! Du, Woronin, hast wie immer keine Ahnung! Weißt du, wer das ist? Das ist der berühmte Pan Stupalski. Der Judas Stupalski! Er hat in Lodz zweihundertachtundvierzig Menschen an die Gestapo verraten, zweimal wurde er überführt, zweimal hat er sich herausgewunden und einen anderen bezichtigt. Erst nach der Befreiung haben sie ihn endgültig gefaßt und in einem schnellen und gerechten Prozeß verurteilt, aber er hat sich wieder herausgewunden! Die Herren Mentoren hielten es für nützlich, ihn aus der Schlinge zu befreien und hierher zu befördern. Hier lebt er in einer Anstalt, spielt den Geisteskranken, aber arbeitet aktiv weiter in seinem geliebten Gewerbe. Denkst du, er wäre zufälligerweise hier gewesen, auf der Bank gerade neben dir? Weißt du, für wen er jetzt arbeitet?«

»Halts Maul!« schrie Andrej, die Neugier unterdrückend, die ihn sonst bei Isjas Erzählungen überkam. »Mich interessiert das alles nicht. Wie bist du hergekommen? Woher weißt du, daß ich im Roten Haus war?«

»Ich war doch selber dort«, antwortete Isja ruhig.

»So! Und was ist dort passiert?«

»Das weißt du doch besser. Woher soll ich wissen, was von deinem Blickwinkel aus passiert ist?«

»Was hast du gesehen?«

»Das geht dich gar nichts an«, erwiderte Isja, während er auf den Knien die dicke Akte zurechtrückte.

»Hast du die Akte von dort mitgenommen?« fragte Andrej und streckte die Hand aus.

»Nein! Die ist nicht von dort.«

»Was ist da drin?«

»Hör mal. Was kümmert's dich? Was belästigst du mich?«

Andrej überlegte fieberhaft, was er unternehmen sollte.

»Weißt du, was in dieser Akte ist?« fragte Isja. »Ich habe das alte Rathaus gefunden, fünfzehn Kilometer von hier. Dort habe ich den ganzen Tag lang gegraben, dann wurde die Sonne ausgeschaltet, und es war stockfinster wie in einem Negerarsch, keine Beleuchtung, schon zwanzig Jahre lang war dort niemand. Ich bin umhergeirrt, habe kaum die Hauptstraße gefunden – überall Ruinen und wildes Geschrei.«

»So«, sagte Andrej. »Weißt du nicht, daß es verboten ist, in alten Ruinen zu wühlen?«

Der Ausdruck eines Glücksspielers verschwand aus Isjas Augen. Er schaute Andrej an. Offenbar begriff er seine Lage.

»Willst du eine Krankheit in die Stadt schleppen?« fuhr Andrej fort.

»Etwas an deinem Ton gefällt mir nicht«, sagte Isja mit

schiefem Lächeln. »Als würdest du einen Kriminellen verhören.«

»Und an dir gefällt mir alles nicht! Warum hast du mir eingeredet, das Rote Haus sei ein Mythos? Du hast doch gewußt, daß es kein Mythos ist. Du hast mich belogen. Warum?«

»Ist das ein Verhör?«

»Was denkst du denn?«

»Ich denke, daß du dir den Kopf angestoßen hast. Ich denke, du solltest dich mit kaltem Wasser waschen und überhaupt zu dir kommen.«

»Gib die Akten her!«

»Du kannst mich mal!« sagte Isja und stand auf. Er war sehr bleich geworden.

Andrej stand ebenfalls auf. »Du kommst mit!«

»Ich denke nicht daran. Zeig mir den Haftbefehl!«

Andrej nahm die Pistole aus der Gürteltasche, die Augen auf Isja gerichtet, und befahl: »Gehen Sie vor.«

»Idiot«, brummte Isja. »Bei dir hat's ja völlig ausgerastet.«

»Maul halten!« krächzte Andrej. »Vorwärts!«

Er stieß Isja mit dem Lauf in die Seite, Isja hinkte gehorsam über die Straße. Offenbar hatte er wundgescheuerte Füße.

»Das wirst du bereuen«, sagte Isja über die Schulter. »Du wirst aufwachen und vor Scham im Boden versinken.«

»Keine Unterhaltung!«

Am Motorrad schlug der Polizist flink die Plane zurück, Andrej deutete mit dem Pistolenlauf auf den Beiwagen.

»Steigen Sie ein.«

Isja befolgte den Befehl ohne Widerspruch. Der Polizist stieg auf, und Andrej erklomm den Rücksitz, nachdem er die Pistole eingesteckt hatte. Der Motor heulte auf, die Maschine wendete und raste zurück zur Polizeidirektion, über Schlaglöcher springend und die Geisteskranken aufschreckend, die ermüdet durch die taunassen Straßen irrten.

Andrej bemühte sich, Isja, der zusammengekrümmt im Beiwagen saß, nicht anzusehen. Die erste Wut war verflogen, und er genierte sich wegen seines Verhaltens, alles war viel zu schnell gegangen, Hals über Kopf wie in der Fabel vom Bären, der den Hasen in einem Faß ohne Boden rollt.

Im Vestibül befahl Andrej dem Polizisten, den Festgenommenen zu registrieren und ihn hinauf zum Wachhabenden zu bringen. Ohne Isja einen weiteren Blick zu schenken, begab er sich in sein Büro.

Es war ungefähr vier Uhr morgens. In den Korridoren standen Untersuchungshäftlinge und Zeugen an den Wänden, andere saßen auf langen, abgewetzten Bänken, alle sahen hoffnungslos und verschlafen aus, alle gähnten fast krampfhaft und versuchten, die Augen offenzuhalten. Die Wachpolizisten riefen von Zeit zu Zeit von ihren Tischen durch das ganze Haus »Keine Unterhaltung! Keine Abreden!« Aus den Zimmern drangen Schreibmaschinengeklapper, trommelnde Stimmen, weinerliche Schreie. Die Luft war stickig. Andrej wurde übel, er spürte das Verlangen, ins Büffet zu gehen und etwas Aufmunterndes zu trinken, eine Tasse starken Kaffee oder ein Gläschen Wodka. Da erblickte er Wan.

Wan hockte in einer Pose unendlich geduldigen Abwartens auf dem Boden, den Rücken an die Wand gelehnt. Er trug seine gesteppte Wattejacke, der Kopf war in die Schultern eingezogen, so daß der Kragen an die Ohren stieß, das runde bartlose Gesicht wirkte ruhig. Er döste vor sich hin.

»Was machst du denn hier?« fragte Andrej erstaunt.

Wan öffnete die Augen, erhob sich und sagte lächelnd: »Verhaftet. Ich warte auf den Aufruf.«

»Verhaftet? Warum?«

»Sabotage«, erklärte Wan leise.

Ein kräftiger Bursche, der neben Wan döste, horchte auf.

Er schaute Andrej mit seinem heilen Auge an, das andere war von einer violetten Geschwulst verdeckt.

»Was für Sabotage?!«

»Verstoß gegen das Recht auf Arbeit.«

»Artikel 112, Paragraph sechs«, erklärte sachkundig der Bursche mit dem Veilchen. »Sechs Monate Sumpftherapie, mehr nicht.«

»Klappe halten!« sagte Andrej.

Der Bursche strahlte ihn mit seinem Veilchen an und lächelte, so daß sich Andrej sofort an die eigene Beule auf der Stirn erinnerte. Deshalb sagte er beschwichtigend:

»Man kann auch schweigen. Warum nicht, wenn alles ohne Worte klar ist?«

»Keine Unterhaltung!« schrie drohend der Wachpolizist. »Wer lehnt sich dort an die Wand? Geradestehen, wird's bald?«

»Wan, wohin bist du bestellt worden? Hierher?« Andrej zeigte auf die Tür des Zimmers 22 und versuchte sich zu erinnern, wer dort saß.

»Genau«, krächzte der Bursche. »In die 22. Anderthalb Stunden stützen wir schon die Wand.«

»Warte«, sagte Andrej und riß die Tür auf.

Hinter dem Schreibtisch thronte Heinrich Rummer, Unterkommissar und Leibwächter von Friedrich Geiger. Rummer war in München Mittelgewichts-Boxer und dann Buchmacher gewesen. Andrej fragte: »Darf ich reinkommen?« Rummer antwortete nicht. Er zeichnete etwas auf ein großes Blatt Millimeterpapier, und während er sein raubtierhaftes Gesicht hin und her bewegte, schnaufte und stöhnte er vor Anstrengung. Andrej schloß die Tür hinter sich und trat an den Schreibtisch. Rummer kopierte eine pornographische Postkarte. Die Postkarte war ebenfalls in kleine Quadrate aufgeteilt. Auf das Millimeterpapier hatte Rummer erst die groben Umrisse übertragen. Ihm stand eine titanische Arbeit bevor.

»Womit beschäftigst du dich im Dienst, du Lustmolch«, sagte Andrej vorwurfsvoll.

Rummer fuhr zusammen und hob die Augen. »Ach, du bist das«, sagte er mit sichtlicher Erleichterung. »Was willst du?«

»Nennst du das arbeiten? Draußen warten Leute, und du . . .«

»Wer wartet? Wo?«

»Deine Vorgeladenen warten!«

»Na und?«

Andrej war wütend. Er müßte diesen Typen zurechtweisen, ihn daran erinnern, daß Fritz Geiger für ihn gebürgt hatte, mit seinem ehrlichen Namen gebürgt hatte, aber Andrej spürte, daß das jetzt seine Kräfte überstieg.

»Wer hat dir das Ding verpaßt?« fragte Rummer mit professionellem Interesse, als er Andrejs Beule erblickte. »Gekonnt!«

»Nicht wichtig«, sagte Andrej ungeduldig. »Ich komme deshalb: Liegt der Fall Wan Li-chun bei dir?«

»Wan Li-chun?« Rummer bohrte versonnen mit dem Daumen in der Nase. »Was ist damit?«

»Liegt er bei dir oder nicht?«

»Warum fragst du?«

»Weil Wan vor deiner Tür sitzt und wartet, während du dich hier mit Sauereien beschäftigst!«

»Warum Sauereien?« erwiderte Rummer gekränkt. »Guck mal, die Titten! Na?«

Andrej schob angeekelt das Foto beiseite. »Gib mir den Fall!«

»Welchen Fall?«

»Die Akte Wan Li-chun!«

»Ich habe keine Akte«, antwortete Rummer gereizt. Er zog den Schub heraus und blickte hinein. Der Schub war leer.

»Wo sind überhaupt alle deine Akten?« fragte Andrej,

der sich zusammennehmen mußte, um nicht ausfällig zu werden.

»Was geht dich das an? Du bist nicht mein Vorgesetzter.«

Andrej griff entschlossen zum Telefonhörer. In Rummers Schweinsäuglein flimmerte Unruhe auf.

»Warte«, sagte er, den Telefonapparat mit seiner Pranke bedeckend. »Wen willst du anrufen? Warum?«

»Ich rufe Geiger an. Er wird dir den Marsch blasen, du Idiot!«

»Warte«, murmelte Rummer, der den Hörer wegzunehmen versuchte. »Willst du wirklich? Warum gleich Geiger anrufen? Können wir das nicht unter uns ausmachen? Erklär erst mal, was du willst.«

»Ich will den Fall Wan Li-chun übernehmen.«

»Den Chinesen? Den Hauswart?«

»Ja.«

»Warum hast du das nicht gleich gesagt! Es gibt keinen Fall Wan. Er ist gerade hergebracht worden. Ich werde das erste Verhör durchführen.«

»Warum hat man ihn festgenommen?«

»Er will den Beruf nicht wechseln«, sagte Rummer, der geschickt Andrejs Hand mit dem Hörer zu sich herüberzog. »Sabotage. Er ist schon die dritte Frist Hausmeister. Kennst du den Artikel 122?«

»Natürlich. Aber das ist ein Sonderfall. Dauernd bringen sie was durcheinander. Wo ist der Haftbefehl?«

Laut schnaufend, nahm ihm Rummer endlich den Hörer aus der Hand, legte ihn auf und suchte nun im rechten Schub, wobei er den Inhalt mit seinen breiten Schultern verdeckte, holte ein Papier hervor und reichte es schwitzend Andrej.

Andrej überflog das Blatt. »Hier steht nicht, daß er gerade zu dir gebracht werden soll.«

»Na und?«

»Ich nehme es mit«, sagte Andrej und steckte das Blatt in die Tasche.

Rummer wurde unruhig. »Wan ist schon bei mir eingetragen. Beim Diensthabenden.«

»Dann ruf den Diensthabenden an und sag ihm, daß Wan Li-chun von Woronin übernommen wurde. Er soll das umschreiben.«

»Ruf ihn doch selber an«, sagte Rummer ernst. »Warum soll ich das tun? Du übernimmst ihn, also rufst du an. Und gib mir eine Bestätigung, daß du ihn übernommen hast.«

Nach fünf Minuten waren alle Formalitäten erledigt. Rummer legte die Quittung in den Schub und schaute wieder auf die Postkarte.

»Das sind Titten! Ein richtiges Euter!«

»Du wirst übel enden, Rummer«, prophezeite ihm Andrej beim Hinausgehen.

Im Korridor packte er Wan wortlos am Arm und zog ihn hinter sich her. Wan folgte demütig, ohne etwas zu fragen, und Andrej dachte plötzlich, daß Wan ebenso stumm und ergeben auch zum Erschießen, zur Folter, zu jeder Erniedrigung gehen würde. Andrej konnte das nicht begreifen. In dieser Demut lag etwas Animalisches, das gleichzeitig unerklärliche Achtung einflößte, weil man hinter dieser Demut ein übernatürliches Verständnis des tiefen, verborgenen und ewigen Sinns allen Geschehens vermutete, das Verständnis der immerwährenden Sinnlosigkeit, also auch der Unwürdigkeit des Widerstandes. Westen ist Westen, Osten ist Osten. Verlogene, ungerechte, herabwürdigende Worte, aber in diesem Fall schienen sie angebracht zu sein.

In seinem Büro plazierte er Wan auf dem Stuhl – nicht auf den Schemel für die Beschuldigten, sondern auf den Stuhl neben dem Schreibtisch. »Was ist passiert? Erzähle!«

Wan berichtete sogleich auf seine gemessene Art: »Vor einer Woche erschien der Gebietsbevollmächtigte für Arbeit und erklärte, ich würde das Gesetz über das Recht auf unterschiedliche Arbeit grob verletzen. Es stimmt, das habe ich tatsächlich getan. Dreimal kamen Aufforderungen vom Arbeitsamt, und ich habe alle drei in den Papierkorb geworfen. Der Bevollmächtigte drohte, weiteres Fernbleiben würde große Unannehmlichkeiten nach sich ziehen. Da dachte ich: Es gibt doch Fälle, wo die Maschine jemanden bei seiner alten Arbeit läßt. Am gleichen Tag ging ich zum Arbeitsamt und legte mein Büchlein in den Verteiler. Ich hatte kein Glück. Ich sollte Direktor einer Schuhfabrik werden. Vorher hatte ich aber beschlossen, den neuen Dienst nicht anzutreten, und blieb Hauswart. Heute abend haben mich zwei Polizisten abgeholt. Das ist alles.«

»Verstehe«, sagte Andrej gedehnt. »Möchtest du Tee? Hier kann man Tee und belegte Brote bestellen. Umsonst.«

»Das macht bloß Umstände«, wandte Wan ein. »Nicht nötig.«

»Was für Umstände!« sagte Andrej ärgerlich und bestellte telefonisch zwei Glas Tee und belegte Brote. Dann fragte er vorsichtig: »Ich verstehe nicht ganz, Wan, warum du nicht Fabrikdirektor werden willst? Das ist ein geachteter Posten, du hättest einen neuen Beruf, würdest viel Gutes bewirken, du bist doch sehr verläßlich und fleißig. Ich kenne die Fabrik – dort wird ständig gestohlen, ganze Wagenladungen Schuhe verschwinden. Unter deiner Leitung gäbe es das nicht. Außerdem wäre dein Gehalt viel höher, du hast schließlich Frau und Kind. Was ist denn?«

»Das wirst du kaum verstehen«, sagte Wan nachdenklich.

»Was ist hier zu verstehen? Es ist doch klar, daß Fabrikdirektor besser ist, als sein Leben lang Müll zu schaufeln. Oder sogar sechs Monate in den Sümpfen zu schuften.«

Wan schüttelte den Kopf. »Nein, nicht besser. Am besten ist es dort, wo man nicht zu Fall kommen kann. Du verstehst das nicht, Andrej.«

»Muß denn jeder zu Fall kommen?« fragte Andrej verwirrt.

»Ich weiß nicht, warum. Aber das muß jeder. Oder er muß sich dermaßen anstrengen, um sich oben zu halten, daß es besser wäre, gleich zu Fall zu kommen. Ich weiß das, ich selber habe es durchgemacht.«

Ein Polizist mit verschlafenem Gesicht brachte Tee und Brote, grüßte vorschriftsmäßig und ging seitwärts hinaus in den Korridor. Andrej stellte ein Glas vor Wan und schob ihm den Teller mit den belegten Broten hin. Wan dankte, nippte am Glas und nahm die kleinste Schnitte.

»Du fürchtest dich einfach vor Verantwortung«, sagte Andrej. »Entschuldige, aber das ist nicht ehrenhaft gegenüber anderen.«

»Ich bemühe mich immer, den Menschen nur Gutes zu tun«, erwiderte Wan ruhig. »Und was die Verantwortung betrifft, so lastet auf mir eine sehr große Verantwortung. Für meine Frau und mein Kind.«

»Trotzdem: Das Experiment fordert von jedem . . .«

Wan hörte aufmerksam zu und nickte. Als Andrej seinen Vortrag beendet hatte, sagte er: »Ich verstehe dich. Du hast auf deine Weise recht. Aber du bist hierher gekommen, um etwas aufzubauen, und ich bin hierher geflüchtet. Du suchst Kampf und Sieg, und ich suche vor allem Ruhe. Wir sind sehr verschieden, Andrej.«

»Was heißt hier Ruhe? Du bringst dich selber in Verruf! Wenn du Ruhe brauchtest, würdest du ein warmes Plätzchen suchen und sorglos leben. Hier gibt es solche warme Plätzchen in Hülle und Fülle. Du hast dir aber die dreckigste, unbeliebteste Arbeit ausgesucht, und du arbeitest ehrlich, schonst deine Kräfte nicht, machst unbezahlte Überstunden. Was ist das für eine Ruhe?«

»Seelische, Andrej, seelische! Ich lebe in Frieden mit mir selber und mit der Welt.«

Andrej trommelte mit den Fingern auf den Tisch. »Willst du also dein Leben als Hauswart verbringen?«

»Nicht unbedingt als Hauswart. Als ich hierher kam,

wurde ich Lagerarbeiter. Dann hat mich die Maschine zum Sekretär des Bürgermeisters bestimmt. Ich habe das abgelehnt und wurde in die Sümpfe geschickt. Die sechs Monate habe ich abgearbeitet, und wie gesetzlich vorgeschrieben, kriegte ich als Vorbestrafter die niedrigste Tätigkeit. Aber dann hat mich die Maschine wieder nach oben geschoben. Ich bin zum Direktor des Arbeitsamts gegangen und habe ihm alles erklärt, so wie jetzt dir. Der Direktor war ein Jude, der aus einem Vernichtungslager hierher gekommen ist. Er hat mich sehr gut verstanden. Solange er Direktor war, wurde ich in Ruhe gelassen.« Wan machte eine Pause. »Vor einem Monat ist er verschwunden. Es heißt, er sei ermordet worden, du hast bestimmt davon gehört. Und alles fing von vorn an. Macht nichts, ich arbeite sechs Monate in den Sümpfen und werde wieder Hauswart. Jetzt wird mir dort alles viel leichter fallen – der Junge ist schon größer, und in den Sümpfen wird mir Dawydow helfen.«

Andrej ertappte sich dabei, daß er Wan anstarrte, als wäre er ein sonderbares Wesen. Wan war tatsächlich sonderbar. Meine Herren, dachte Andrej. Was muß man im Leben alles durchmachen, um zu einer solchen Philosophie zu gelangen? Ich muß ihm helfen. Dazu bin ich einfach verpflichtet.

»Na gut«, sagte er schließlich. »Wie du willst. Vielleicht brauchst du gar nicht in die Sümpfe. Weißt du ganz zufällig, wer jetzt Direktor des Arbeitsamts ist?«

»Otto Frisch.«

»Was? Otto? Woran liegt's dann?«

»Ich würde zu ihm gehen, natürlich, aber er ist doch neu dort, er versteht nichts und hat bloß Angst.«

Andrej suchte die Nummer im Telefonbuch und wählte. Er mußte lange warten, offenbar schlief Otto wie ein Murmeltier. Schließlich meldete er sich mit stotternder, verärgerter Stimme.

»Guten Morgen, Otto. Hier ist Woronin von der Kriminalpolizei.«

Es trat eine Pause ein. Otto räusperte sich mehrmals, ehe er ängstlich sagte: »Die Kriminalpolizei? Ich höre.«

»Pennst du noch?« sagte Andrej ärgerlich. »Hat dich Elsa so geschafft? Andrej ist hier! Woronin!«

»Ach, Andrej?« sagte Otto mit veränderter Stimme. »Was machst du eigentlich mitten in der Nacht? Schäm dich, mich so zu erschrecken! Was möchtest du?«

Andrej erklärte sein Anliegen. Er habe immer gedacht, daß Wan am richtigen Platz sei. Aus Wan werde sowieso kein Fabrikdirektor. Er sei ehrlich begeistert von Wans Bestreben, auf einem so unansehnlichen Posten zu bleiben. »Wir brauchten mehr solche Leute, aber alle wollen immer höher hinauf, wie die Bergsteiger!« Er mißbillige die Idee, Wan in die Sümpfe zu schicken, und was das Gesetz betreffe, so sei er entrüstet über jene Idioten und dummen Bürokraten, die den gesunden Geist des Gesetzes durch tote Buchstaben ersetzen. Schließlich sei das Gesetz erlassen worden, um die Karriere gewisser Individuen zu bremsen, aber Menschen, die unten bleiben wollen, betreffe es nicht.

Otto warf nur nach jedem Satz ein: »Ja! Natürlich!«

Andrej hatte den Eindruck, daß Otto jedem beliebigem Vorschlag zugestimmt hätte, egal, ob es darum ging, Wan zum Bürgermeister zu machen oder ihn ins Gefängnis zu stecken. Otto hegte gegenüber Andrej geradezu krankhaft dankbare Gefühle, offenbar weil Andrej der einzige Mensch in ihrer Runde und vielleicht sogar in der ganzen Stadt war, der sich ihm gegenüber menschlich verhielt.

»Ich erledige das«, erklärte Otto schließlich. »Du kannst völlig beruhigt sein, Andrej. Ich ordne an, daß niemand mehr Wan belästigt.«

Andrej legte den Hörer auf und schrieb Wan einen Passierschein, damit man ihn ungeschoren hinausließ.

»Willst du gleich gehen?« fragte er beim Schreiben.

»Oder nicht lieber auf die Sonne warten? Jetzt ist es gefährlich auf den Straßen.«

»Ich danke euch«, murmelte Wan. »Ich danke euch.«

Andrej hob erstaunt den Kopf. Wan stand vor ihm und verbeugte sich, die Arme über der Brust gekreuzt.

»Laß diese chinesischen Zeremonien«, brummte Andrej ärgerlich. »Hab ich dir etwa eine Wohltat erwiesen?« Er streckte Wan den Passierschein hin. »Ich frage, ob du gleich gehst?«

Wan nahm den Zettel mit einer Verbeugung entgegen. »Ich denke, lieber gleich«, sagte er, als wolle er sich entschuldigen. »Die Müllfahrer sind bestimmt schon gekommen.«

»Die Müllfahrer«, wiederholte Andrej. Er schaute auf den Teller mit den Schnitten. Sie waren mit feinstem Schinken belegt. Er nahm eine alte Zeitung aus dem Schub und wickelte die Schnitten ein. »Nimm sie mit, für Meilin.«

Wan wies dies zaghaft zurück, murmelte etwas von unnötiger Sorge, aber Andrej steckte ihm das Paket unter die Achsel, umfaßte seine Schulter und führte ihn zur Tür. Er fühlte sich sehr unbehaglich dabei. Alles wirkte peinlich. Sowohl Otto wie Wan hatten auf sein Handeln seltsam reagiert. Er wollte alles nur gerecht und vernünftig regeln, und herausgekommen war dabei Protektion, Vetternwirtschaft. Er suchte nach unpersönlichen Worten, um das Offizielle und Gesetzmäßige der Situation zu betonen. Plötzlich glaubte er sie gefunden zu haben. Er hob das Kinn, blickte Wan von oben herab an und sagte kalt: »Herr Wan. Im Namen der Sicherheitskräfte spreche ich Ihnen mein tiefstes Bedauern wegen der ungesetzlichen Zuführung aus. Ich garantiere Ihnen, daß sich das niemals wiederholen wird.«

Jetzt war ihm alles vollends peinlich. Welch ein Unsinn! Erstens war die Zuführung strenggenommen nicht ungesetzlich. Sie war völlig gesetzlich. Und zweitens konnte Kommissar Woronin gar nichts garantieren, er besaß keine solchen Rechte. Da sah er Wans Augen – den seltsamen und in seiner Seltsamkeit so vertrauten Blick, er erinnerte sich an das Schachspiel, und ihn schauderte bei dieser Erinnerung.

»Wan«, sagte er mit heiserer Stimme. »Ich möchte dich etwas fragen, Wan.«

Fragen war dumm, sinnlos. Aber jetzt mußte er es tun. Wan schaute ihn erwartungsvoll an.

»Wan«, sagte er, nachdem er sich geräuspert hatte. »Wo warst du heute um zwei Uhr nachts?«

Wan wunderte sich nicht. »Genau um zwei haben sie mich geholt. Ich habe die Treppe gewischt.«

»Und vorher?«

»Vorher habe ich Müll zusammengesucht. Meilin hat mir geholfen, dann ist sie schlafen gegangen, und ich habe die Treppe gewischt.«

»Das habe ich mir gedacht. Gut, auf Wiedersehen, Wan. Verzeih, daß es so gekommen ist! Oder nein, warte, ich begleite dich.«

VIERTES KAPITEL

Bevor er Isja kommen ließ, überdachte Andrej alles noch einmal.

Erstens verbot er sich, Isja gegenüber Vorurteile zu haben. Isja ist ein Zyniker, ein Besserwisser und Schwätzer, er spottet über alles und jedes, ist unordentlich, geifert beim Sprechen, kichert abstoßend, läßt sich von einer Witwe aushalten, und keiner weiß, wie er seinen Lebensunterhalt verdient – aber das alles darf in dem Falle keine Rolle spielen.

Andrej mußte auch restlos den primitiven Gedanken vergessen, Isja verbreite Gerüchte über das Rote Haus und andere seltsame Erscheinungen. Das Rote Haus ist Realität. Rätselhaft, phantastisch, keiner weiß, warum und wozu, aber Realität. Andrej ging zum Sanitätsschrank, blickte in einen kleinen Spiegel und bestrich die Beule mit Salbe. Hier ist Isja Katzman vor allem Zeuge. Was hatte er im Roten Haus gemacht? Wie oft ist er überhaupt dort? Was kann er darüber berichten? Welche Akten hat er von dort mitgenommen? Oder stammen sie wirklich aus dem alten Rathaus?

Stop! Isja hat sich mehrmals verplappert. Nein, nicht verplappert, er hat von seinen Exkursionen in den Norden erzählt. Was hat er dort getan? Die Antistadt liegt auch irgendwo im Norden! Nein, ich habe Isja zu Recht festgenommen, leider voreilig. So ist es immer: Alles beginnt mit Neugier, ein Mensch steckt seine Nase in verbotene Dinge, und ehe er sich's versieht, ist er schon angeworben. Warum wollte er mir auf keinen Fall den Aktendeckel geben? Der Aktendeckel stammt offensichtlich von dort. Und das Rote Haus auch! Hier hat der Chef etwas nicht gründlich durchdacht. Verständlich – er hatte keine Fakten. Er war nie dort. Verbreitung von Gerüchten – das Rote Haus ist schrecklicher als jedes Gerücht. Und schrecklich ist nicht einmal, daß Menschen dort für immer verschwinden – weit schrecklicher ist, daß sie manchmal auch wieder herauskommen! Sie kommen heraus, kehren zurück, leben unter uns. Wie Isja Katzman.

Andrej spürte, daß er jetzt das Wesentliche erfaßt hatte, aber sein Mut reichte nicht, um alles bis zum Ende zu analysieren. Er wußte nur, daß Andrej Woronin, der durch die Tür des Roten Hauses geschritten war, ganz und gar nicht jener Andrej Woronin war, der aus dieser Tür herausgekommen ist. Etwas in ihm ist dort zerbrochen, etwas ist unwiederbringlich verloren ... Er biß die Zähne zusammen. Nein, hier habt ihr euch verrechnet! Ihr hättet mich nicht hinauslassen sollen. Mich zerbricht man nicht so einfach, ich bin nicht käuflich.

Er lächelte verächtlich, nahm ein sauberes Blatt und schrieb mit großen Buchstaben: ROTES HAUS – KATZMAN. ROTES HAUS – ANTISTADT. ANTISTADT – KATZMAN. So geht alles auf. Nein, Chef. Wir brauchen keine Panikmacher zu suchen. Wir müssen diejenigen suchen, die heil und lebendig aus dem Roten Haus zurückgekehrt sind – sie fangen, isolieren oder sorgfältig observieren! Er schrieb: »Aufenthalt im Haus – Antistadt«. Also wird Frau Husakova doch alles berichten müssen, was sie von ihrem František weiß.

Den Saxophonspieler kann ich wohl freilassen. Vielleicht sollte ich den Chef anrufen? Seinen Segen für die neue Strategie einholen? Das ist noch zu früh. Wenn es mir gelingt, Isja zur Aussage zu bringen . . . Er nahm den Hörer ab.

»Wache? Den Festgenommenen Katzman zu mir in die Sechsunddreißig.«

Ihn zur Aussage zu bringen, ist nicht nur notwendig, sondern auch möglich. Der Aktendeckel. Da kann er sich nicht herausreden! In Andrejs Hirn blitzte der Gedanke auf, daß es moralisch nicht ganz einwandfrei sei, wenn er sich mit Isja Katzman befaßte, mit dem er sich so oft gemeinsam betrunken hatte, und überhaupt . . . Aber er rief sich zur Ordnung.

Die Tür wurde geöffnet, der Festgenommene Isja Katzman betrat lässig und mit breitem Grinsen den Raum, die Hände in den speckigen Taschen.

»Setzen Sie sich«, sagte Andrej sachlich und deutete mit dem Kinn auf den Schemel.

»Ich danke Ihnen«, erwiderte Isja und grinste noch breiter. »Wie ich sehe, sind Sie noch nicht zur Besinnung gekommen.«

An dem Schuft perlt alles ab wie Wasser an einer Gans, dachte Andrej.

Isja setzte sich, rieb die Warze am Hals und betrachtete neugierig das Büro.

Da erstarrte Andrej. Isja hatte keinen Aktendeckel bei sich.

»Wo ist der Aktendeckel?« fragte er in bewußt ruhigem Tonfall.

»Welcher Aktendeckel?«

Andrej riß den Hörer von der Gabel. »Wo ist der Aktendeckel des Festgenommenen Katzman?«

»Welcher Aktendeckel?« fragte der Diensthabende verdutzt. »Ich gucke gleich nach ... Katzman ... Bei dem Festgenommenen Josef Katzman wurden konfisziert: Taschentücher – zwei, eine leere Geldbörse ...«

»Ist dort ein Aktendeckel aufgeführt?« krächzte Andrej.

»Nein, hier steht nichts«, antwortete der Diensthabende mit ersterbender Stimme.

»Bringen Sie mir das Protokoll«, sagte Andrej heiser und legte auf. Er schielte zu Isja hinüber. Vor Haß rauschte es in seinen Ohren. »Diese jüdischen Machenschaften! Wo hast du den Aktendeckel hingesteckt, du Mistkerl?«

Katzman antwortete unverzüglich: »Sie ergriff seine Hand und fragte flehentlich: Wo hast du den Aktendeckel hingesteckt?«

»Laß nur«, sagte Andrej, laut durch die Nase schnaufend. »Das hilft dir nicht, du Spion.«

Auf Isjas Gesicht zeichnete sich Erstaunen ab. Eine Sekunde später lächelte er schon wieder spöttisch. »Aber gewiß doch! Der Vorsitzende der Organisation ›Joint‹ Josif Katzman zu Ihren Diensten. Bitte, schlagen Sie mich nicht, ich sage auch so alles. Die MGs sind in Berditschew versteckt, der Landepunkt mit Hanfstroh gekennzeichnet.«

Herein kam der verstörte Diensthabende, der in der ausgestreckten Hand das Protokoll hielt. »Hier steht nichts von einem Aktendeckel«, brummte er, während er das Blatt vor Andrej auf den Tisch legte. »Ich habe in der Registratur angerufen, dort haben sie auch ...«

»Gut, gehen Sie«, zischte Andrej durch die Zähne. Er

nahm einen sauberen Vordruck für Vernehmungen und fragte, ohne den Blick zu heben. »Name? Familienname? Vatersname?«

»Katzman Josif Michailowitsch.«

»Geburtsjahr?«

»Sechsunddreißig.«

»Nationalität?«

»Ja«, Isja kicherte.

Andrej hob den Kopf. »Was – ja?«

»Hör mal, Andrej! Ich verstehe nicht, was mit dir heute los ist, aber bedenke, daß du dir meinetwegen deine Karriere verdirbst. Ich warne dich aus alter Freundschaft.«

»Antworten Sie auf die Fragen!« sagte Andrej mit gepreßter Stimme. »Nationalität?«

»Du solltest lieber daran denken, wie man dem Arzt Timaschuk den Orden weggenommen hat.«

Andrej wußte nichts von einem Arzt Timaschuk. »Nationalität!«

»Jude«, sagte Isja mit Widerwillen.

»Staatsangehörigkeit?«

»UdSSR.«

»Konfession?«

»Ohne.«

»Parteizugehörigkeit?«

»Keine.«

»Bildung?«

»Hochschule. Pädagogisches Institut Leningrad.«

»Vorstrafen?«

»Keine.«

»Irdisches Jahr der Abreise?«

»Neunzehnhundertachtundsiebzig.«

»Ort der Abreise?«

»Leningrad.«

»Grund der Abreise?«

»Neugier.«

»Aufenthaltsdauer in der Stadt?«

»Drei Jahre.«

»Gegenwärtige Tätigkeit?«

»Statistiker bei der Verwaltung der kommunalen Wirtschaft.«

»Nennen Sie Ihre vorherigen Tätigkeiten.«

»Hilfsarbeiter, Büroangestellter im städtischen Schlachthof, Oberarchivar der Stadt, Schmied, Müllfahrer. Das ist wohl alles.«

»Familienstand?«

»Ehebrecher«, antwortete Isja lächelnd.

Andrej legte den Stift hin, rauchte und musterte den Festgenommenen Isja eine Zeitlang durch den blauen Qualm. Isja grinste, Isja wirkte verwahrlost, Isja benahm sich frech, aber Andrej kannte ihn und sah, daß Isja aufgeregt war. Offenbar besaß er Gründe dafür, obwohl er sich des Aktendeckels geschickt entledigt hatte. Er hatte begriffen, daß man sich ernsthaft mit ihm befaßte, deshalb kniff er die Augenlider nervös zusammen und zuckte mit den Mundwinkeln.

»Also, Beschuldigter«, sagte Andrej mit eingeübter Sachlichkeit. »Ich empfehle Ihnen nachdrücklich, sich bei der Vernehmung anständig aufzuführen, wenn Sie Ihre Lage nicht verschlimmern wollen.«

»Gut! Dann verlange ich, daß mir die Anklage vorgelegt und der Artikel gezeigt wird, nach dem ich festgenommen wurde. Außerdem verlange ich einen Anwalt. Ohne Anwalt werde ich kein Wort mehr sagen.«

Andrej lächelte innerlich. »Sie wurden nach Paragraph zwölf der Strafprozeßordnung über die vorbeugende Inhaftierung von Personen festgenommen, deren weiterer Aufenthalt in Freiheit eine soziale Gefahr darstellt. Beschuldigt werden Sie der ungesetzlichen Verbindung zu feindlichen Elementen, des Verbergens oder Vernichtens von Beweisstücken bei der Festnahme sowie der Verletzung der Anordnung, wonach das Verlassen der Stadt über die Stadtgrenzen hinaus aus sanitären Gründen verboten ist. Diese Anordnung haben Sie systematisch verletzt. Und was den Anwalt betrifft, so braucht man Ihnen erst nach Ablauf von drei Tagen seit der Festnahme einen Anwalt zu stellen. In Übereinstimmung mit demselben Paragraphen der Strafprozeßordnung, Nummer zwölf. Außerdem teile ich Ihnen mit: Sie dürfen Protest äußern und Beschwerde einreichen, nachdem Sie bei der Vernehmung zufriedenstellend auf alle Fragen geantwortet haben. Immer noch Paragraph zwölf. Haben Sie alles verstanden?«

Andrej sah, daß Isja verstanden hatte. Er würde auf die Fragen antworten und die Frist von drei Tagen abwarten. Beim Erwähnen dieser drei Tage hatte er sehr deutlich tief Atem geholt.

»Jetzt, wo Sie die Erklärung erhalten haben«, sagte Andrej, »fahren wir fort. Ihr Familienstand?«

»Ledig.«

»Anschrift?«

»Was?« fragte Isja abwesend.

»Ihre Anschrift? Wo wohnen Sie?«

»Zweite Linke neunzehn, Wohnung sieben.«

»Was können Sie zu der Beschuldigung sagen?«

»Bitte! Was die feindlichen Elemente betrifft: Das ist Geschwätz von Geisteskranken. Zum ersten Male höre ich, daß es feindliche Elemente gibt, ich halte das für eine provokatorische Erfindung der Sicherheitsorgane. Die Beweisstücke . . . Ich hatte keinerlei Beweisstücke bei mir, da ich kein Verbrechen begangen habe. Deshalb konnte ich nichts verstecken oder vernichten. Und was die Anordnung über das Verlassen der Stadt betrifft, so beschäftige ich mich als ehemaliger Mitarbeiter des Stadtarchivs weiterhin mit den Ursprüngen der Siedlung, ich habe Zugang zu allen Archivmaterialien, also auch zu denjenigen, die sich außerhalb der Stadtgrenze befinden. Das ist alles.«

»Und was haben Sie im Roten Haus gemacht?«

»Das ist meine Privatsache. Sie haben kein Recht, in meine Privatsphäre einzudringen. Beweisen Sie erst, daß ich in eine Straftat verwickelt bin. Paragraph vierzehn der Strafprozeßordnung.«

»Waren Sie mehrmals im Roten Haus?«

»Ja.«

»Können Sie Personen nennen, die Sie dort getroffen haben?«

»Das kann ich. Doch der Ermittlung dürfte das nicht weiterhelfen.«

»Nennen Sie diese Personen!«

»Bitte! Aus neuerer Zeit: Petain, Quisling . . .«

Andrej hob den Bleistift. »Ich bitte darum, in erster Linie Personen zu nennen, die Bürger unserer Stadt sind.«

»Warum braucht die Polizei die Namen?« fragte Isja in aggressivem Ton.

»Ich bin nicht verpflichtet, Ihnen Rechenschaft abzulegen. Antworten Sie auf die Fragen.«

»Ich gedenke nicht, auf dumme Fragen zu antworten. Sie begreifen gar nichts. Sie meinen, daß jemand auch tatsächlich dort war, wenn ich ihm da begegnet bin. Das ist nicht so.«

»Das verstehe ich nicht. Erklären Sie das, bitte!«

»Das verstehe ich selber nicht«, sagte Isja. »Das ist wie ein Traum. Eine Fieberphantasie des aufgewühlten Gewissens.«

»Ja, wie ein Traum. Waren Sie heute im Roten Haus?«

»Ja, ich war dort.«

»Wo befand sich das Rote Haus, als Sie hineingingen?«

»Heute? Bei der Synagoge.«

»Haben Sie mich dort gesehen?«

Isja grinste. »Sie sehe ich jedesmal, wenn ich hineingehe.«

»Also auch heute?«

»Ja.«

»Was habe ich dort gemacht?«

»Unzucht getrieben«, antwortete Isja genüßlich.

»Konkret?«

»Sie haben sich gepaart, Herr Woronin. Sie haben es mit vielen Frauen getrieben und gleichzeitig Kastraten hohe Prinzipien gepredigt. Sie wollten ihnen einreden, daß Sie das nicht zum eigenen Vergnügen tun, sondern zum Wohle der Menschheit.«

»Und was haben Sie gemacht?« fragte Andrej nach einer Pause.

»Das brauche ich Ihnen nicht zu sagen.«

»Sie lügen, Sie haben mich dort nicht gesehen. Ich erinnere Sie an Ihre eigenen Worte: Nach deinem Aussehen zu urteilen, warst du im Roten Haus. Folglich haben Sie mich dort nicht gesehen. Warum lügen Sie?«

»Ich lüge nicht. Mir war es einfach peinlich, deshalb wollte ich Ihnen zu verstehen geben, daß ich Sie dort nicht gesehen habe. Jetzt ist das natürlich eine andere Sache. Jetzt bin ich verpflichtet, die Wahrheit zu sagen.«

Andrej lehnte sich zurück und krallte die Finger in die Stuhllehne. »Sie sagen doch, daß das wie ein Traum ist. Worin liegt dann der Unterschied, ob Sie mich gesehen haben oder nicht? Warum soll man dort jemandem etwas zu verstehen geben?«

»Ich habe mich einfach geniert, Ihnen zu sagen, was ich manchmal über Sie denke. Das war verkehrt.«

Andrej schüttelte zweifelnd den Kopf. »Na gut. Haben Sie den Aktendeckel aus dem Roten Haus mitgenommen? Sozusagen aus dem eigenen Traum?«

Isjas Gesicht erstarrte. »Was für ein Aktendeckel? Nach welchem Aktendeckel fragen Sie die ganze Zeit? Ich hatte keinen Aktendeckel.«

»Lassen Sie das, Katzman«, sagte Andrej matt. »Den Aktendeckel habe ich gesehen, auch der Polizist und dieser

Alte, Herr Stupalski. Vor Gericht müssen Sie das sowieso erklären. Also belasten Sie sich nicht noch mehr!«

Isja ließ mit starrem Gesicht seine Augen über die Wände schweifen und schwieg.

»Nehmen wir an, der Aktendeckel stammt nicht aus dem Roten Haus«, fuhr Andrej fort. »Dann haben Sie ihn außerhalb der Stadtgrenze erhalten. Von wem?«

Isja antwortete nicht.

»Was war in diesem Aktendeckel?« Andrej stand auf und ging durchs Büro, die Hände auf dem Rücken. »Ein Mann hat einen Aktendeckel in der Hand. Er wird festgenommen. Auf dem Wege zum Polizeipräsidium entledigt er sich dieses Aktendeckels. Heimlich. Warum? Offenbar enthält der Aktendeckel kompromittierende Dokumente. Können Sie mir folgen, Katzman? Den Aktendeckel haben Sie außerhalb der Stadtgrenze erhalten. Welche Dokumente von dort können einen Bewohner unserer Stadt kompromittieren? Welche, Katzman?«

Isja, der unbarmherzig an seiner Warze herumkratzte, schaute zur Decke.

»Versuchen Sie nicht, sich herauszureden, Katzman«, warnte ihn Andrej. »Versuchen Sie nicht, mir ein Märchen aufzutischen. Ich durchschaue Sie. Was war im Aktendeckel? Listen? Adressen? Instruktionen?«

Isja schlug plötzlich mit der Hand auf sein Knie und schrie: »Hör zu, du Idiot! Was redest du für einen Quatsch? Wer hat dir das alles eingeflößt, du Schwachkopf? Welche Listen, welche Adressen? Du bist ein Scheißkerl! Du kennst mich über ein Jahr, du weißt, daß ich in Ruinen grabe und die Geschichte der Stadt erforsche. Was reitet dich der Teufel, mir idiotische Spionage anzuhängen? Wer soll hier spionieren, denk doch mal nach! Wozu? Für wen?«

»Was war im Aktendeckel?« schrie Andrej mit aller Kraft. »Hören Sie auf, sich zu winden, und antworten Sie: Was war im Aktendeckel?«

Nun flippte Isja aus. Seine Augen traten hervor und füllten sich mit Blut. »Geh zum ... Henker mit deinen Aktendeckeln!« kreischte er im Falsett. »Ich werde dir gar nichts sagen! Du bist ein Idiot, ein blöder Bulle!«

Er geiferte, fluchte, zeigte Andrej einen Vogel. Andrej nahm ein sauberes Blatt und schrieb: »Aussagen des Beschuldigten J. Katzman betreffs des bei ihm gesehenen und danach spurlos verschwundenen Aktendeckels«. Dann wartete er, bis sich Isja beruhigt hatte, und sagte gutmütig:

»Hör zu, Isja. Ganz unter uns, inoffiziell. Das ist eine schlimme Sache. Ich weiß, daß du aus Leichtsinn und wegen deiner dummen Neugier in diese Geschichte reingeraten bist. Man beobachtet dich schon ein halbes Jahr lang, wenn du es genau wissen willst. Und ich rate dir: Setz dich hin und schreib alles auf. Viel kann ich nicht versprechen, aber was in meinen Kräften steht, werde ich für dich tun. Setz dich und schreib. Ich komme in einer halben Stunde wieder.«

Andrej schloß die Schublade ab, erhob sich und ging hinaus. Er bemühte sich, den erschöpften Isja nicht anzusehen. Isja war ihm allein schon wegen seiner ständigen Heuchelei zutiefst zuwider, und er sagte sich zur Rechtfertigung seines Verhaltens, daß in diesem Fall der Zweck die Mittel heilige.

Im Korridor winkte er einen Polizisten herbei, postierte ihn vor der Tür und begab sich ins Büfett. Er spürte einen ekligen Geschmack im Mund, als hätte er Unrat gegessen. Das Verhör war ihm mißlungen. Er hatte nichts über das Rote Haus erfahren. Der Aktendeckel – das einzige reale Beweisstück – war aus Unachtsamkeit abhandengekommen; wegen solcher Pfuscherei müßte man ihn rausschmeißen. Fritz Geiger hätte das nicht verdorben, Fritz hätte gleich begriffen, wo der Hund begraben liegt. Verdammte Sentimentalität! Wie denn – wir haben zusammen getrunken, viele Abende zusammen verbracht, er ist ein russischer Landsmann. Der Chef hat auch gut reden: Gerüchte, Geschwätz ... Hier ist eine ganze Geheimorganisation am Werk, und ich muß irgendwelchen lächerlichen Gerüchten nachjagen ...

Andrej ging zur Theke, nahm ein Glas Wodka und trank es mit Widerwillen aus. Wo hat er diesen Aktendeckel versteckt? Hat er ihn einfach auf die Straße geworfen? Bestimmt. Er konnte ihn ja nicht verschlucken. Jemanden suchen schicken? Zu spät. Die Verrückten, die Paviane, die Hauswarte ... Bei unserer Arbeit wird etwas falsch gemacht. Warum ist ein so wichtiges Faktum wie die Antistadt sogar für die Mitarbeiter der Sicherheitsorgane ein Geheimnis? Darüber müßte man jeden Tag in den Zeitungen schreiben, das müßte überall auf allen Plakaten stehen! Schauprozesse sind notwendig! Ich hätte diesen Katzman längst entlarvt ... Natürlich ist andererseits zu bedenken: Bei einem so grandiosen Unternehmen wie dem Experiment, in das Menschen der unterschiedlichsten Klassen und politischen Überzeugungen einbezogen werden, müssen unausweichlich Widersprüche entstehen, vorwärtstreibende Widersprüche, wenn man will ... Früher oder später müssen Gegner des Experiments auftauchen, also Klassengegner und Menschen, die sie auf ihre Seite gezogen haben – deklassierte, schwankende, labile, moralisch verkommene Elemente wie Katzman, allerlei Kosmopoliten ... Ein natürlicher Prozeß. Ich hätte selber erkennen können, daß sich das alles notgedrungen entwickeln muß.

Eine kleine kräftige Hand legte sich auf seine Schulter. Andrej drehte sich um. Es war Kensi Ubukata, der Kriminalreporter der »Stadtzeitung«.

»Worüber sinnst du nach, Kommissar?« fragte er. »Einen verwickelten Fall entwirren? Teil die Verantwortung mit der Öffentlichkeit! Unsere Leser lieben verwickelte Fälle. Na?«

»Grüß dich, Kensi«, sagte Andrej müde. »Trinkst du einen Wodka?«

»Ja, wenn ich eine Information kriege.«

»Nichts kriegst du außer einem Wodka.«

»Dann nehme ich den Wodka ohne Information.«

Sie tranken ein Glas und aßen eine weiche saure Gurke.

»Ich komme gerade von eurem Chef«, sagte Kensi, nachdem er den Stiel ausgespuckt hatte. »Der ist ein sehr gewandter Mann. Eine Kurve steigt, die andere fällt, die Ausstattung der Einzelzellen mit Toilettenbecken wird abgeschlossen – und kein einziges Wort über die einzige Frage, die mich wirklich interessiert.«

»Welche Frage denn?«

»Das Verschwinden von Menschen. In den letzten zwei Wochen sind in der Stadt elf Personen spurlos verschwunden. Vielleicht weißt du etwas darüber.«

Andrej zuckte die Schultern. »Ich weiß auch nur, daß sie nicht gefunden wurden.«

»Wer leitet die Ermittlungen?«

»Da mußt du den Chef fragen.«

»In letzter Zeit schicken mich die Herren Kriminalisten zu oft mal zum Chef, mal zu Geiger. Inzwischen gibt es zu viele Geheimnisse in unserem kleinen demokratischen Gemeinwesen. Habt ihr euch etwa in eine Geheimpolizei verwandelt?« Er blickte ins leere Schnapsglas und beklagte sich: »Was hat es für Sinn, Freunde bei der Kripo zu haben, wenn man manchmal gar nichts erfahren kann?«

»Freundschaft ist Freundschaft, und Dienst ist Dienst.«

Sie schwiegen.

»Übrigens, weißt du, daß Wan verhaftet ist?« sagte Kensi. »Ich habe ihn gewarnt, aber der Dickschädel hat nicht auf mich gehört.«

»Ich habe schon alles erledigt.«

»Wie denn?«

Andrej berichtete zufrieden, wie geschickt und schnell er den Fall geregelt hatte. Er hatte Ordnung geschaffen. Die Gerechtigkeit wiederhergestellt. Es tat ihm wohl, von dieser einzigen erfolgreichen Tat während dieses ganzen absurden Tages zu berichten.

»Interessant«, sagte Kensi. »Mir fällt ein Zitat ein: Wenn ich in ein anderes Land reise, frage ich niemals, ob die Gesetze dort gut oder schlecht sind. Ich frage nur, ob sie befolgt werden.«

»Was willst du damit sagen?«

»Ich will damit sagen, daß das Gesetz über das Recht auf Arbeit verschiedenster Art meines Wissens keinerlei Ausnahmen kennt.«

»Das heißt, Wan müßte in die Sümpfe geschickt werden?«

»Wenn es das Gesetz verlangt – ja.«

»Das ist doch dumm!« erwiderte Andrej erregt. »Wozu braucht das Experiment einen schlechten Fabrikdirektor anstelle eines guten Hauswarts?«

»Das Gesetz über das Recht auf verschiedenartige Arbeit . . .«

»Dieses Gesetz«, unterbrach ihn Andrej, »wurde zum Wohle des Experiments erlassen und nicht zum Schaden. Ein Gesetz kann nicht alles vorhersehen. Wir, die Hüter des Gesetzes, müssen unseren eigenen Verstand gebrauchen.«

»Ich stelle mir die Einhaltung eines Gesetzes etwas anders vor«, sagte Kensi sachlich. »Auf jeden Fall entscheidest diese Fragen nicht du, sondern ein Gericht.«

»Das Gericht würde ihn in die Sümpfe schicken. Und er hat Frau und Kind.«

»Gesetze gelten für alle gleich.«

»Diese Redensart haben Bürokraten erdacht.«

»Diese Redensart«, sagte Kensi betont gewichtig, »haben Menschen erdacht, die danach trachteten, allgemein gültige Regeln für das Zusammenleben einer bunt gemischten Bevölkerung zu schaffen.«

»Da hast du's, für eine bunt gemischte! Ein Gesetz für alle gibt es nicht und kann es nicht geben. Es gibt kein Gesetz, das zugleich für Ausbeuter und Ausgebeutete gilt. Wenn sich Wan geweigert hätte, den Direktorenposten zu verlassen, um Hauswart zu werden ...«

»Es ist nicht deine Sache, ein Gesetz auszulegen«, sagte Kensi kühl. »Dafür gibt es Gerichte.«

»Ein Gericht kennt doch Wan nicht so gut wie ich!«

Kensi schüttelte den Kopf. »Mein Gott, was für Experten wir in unserer Polizei haben!«

»Schon gut«, brummte Andrej. »Schreib noch einen Artikel! Eigenmächtiger Kriminalist befreit verbrecherischen Hauswart.«

»Den Artikel würde ich gern schreiben, aber Wan tut mir leid. Du Dummkopf tust mir überhaupt nicht leid.«

»Auch mir tut Wan leid!«

»Aber du bist bei der Kriminalpolizei«, wandte Kensi ein, »und ich nicht. Ich bin nicht an die Gesetze gebunden.«

»Weißt du was? Laß mich jetzt in Ruhe! Mir brummt schon so der Schädel.«

Kensi hob den Blick und lächelte. »Ja, das sehe ich. Das steht dir auf der Stirn geschrieben. Habt ihr eine Razzia veranstaltet?«

»Nein, ich bin bloß gestürzt.« Er schaute auf die Uhr. »Noch ein Gläschen?«

»Danke, es reicht«, sagte Kensi und erhob sich. »Ich kann nicht meine Zeit verschwenden. Ich trinke bloß mit jemandem, der mir Informationen gibt.«

»Dann eben nicht! Übrigens, Tschatschua ist gerade gekommen. Geh hin, frag ihn nach Sternschnuppen. Er hat sehr, sehr große Erfolge, damit hat er heute geprahlt. Du mußt aber bedenken: Aus Bescheidenheit wird er das abstreiten. Nicht lockerlassen, dann kriegst du dein Material!«

Kensi schob die Stühle beiseite und begab sich zu Tschatschua, der an einem zähen Kotelett kaute. Andrej ging mit rachsüchtigem Lächeln zum Ausgang. Ich würde zu gern hören, wie Tschatschua schreit, dachte er. Schade, keine Zeit! Nun, Herr Katzman, wie steht die Sache? Wehe, Herr

Katzman, Sie spielen wieder den Dummen! Das dulde ich nicht, Herr Katzman.

Im Raum sechsunddreißig brannten alle Lampen. Isja lehnte mit der Schulter am offenen Safe und blätterte in einer Akte, wobei er seine Warze rieb und grinste.

»Zum Teufel!« schrie Andrej. »Wer hat dir das erlaubt? Was sind das für Manieren?«

Isja richtete seine Augen auf ihn, grinste noch mehr und sagte: »Ich hätte nie gedacht, daß ihr so viel über das Rote Haus zusammengetragen habt.«

Andrej entriß ihm den Aktendeckel, schlug die Stahltür krachend zu und stieß Isja zum Schemel. Es kostete ihn große Mühe, sich zu beherrschen. »Setzen Sie sich, Katzman! Sind Sie fertig mit dem Schreiben?«

»Hör mal«, sagte Isja. »Ihr seid alle Idioten! Hier sitzen hundertfünfzig Kretins, die nichts begreifen.«

Andrej blickte auf das Blatt mit der Überschrift »Aussagen des Beschuldigten J. Katzman.« Zu sehen war nur eine Zeichnung, die ein männliches Glied darstellte.

»Du Schwein!« sagte Andrej keuchend. »Du Mistvieh!«

Er ergriff den Telefonhörer und wählte mit zitternden Fingern eine Nummer.

»Fritz? Hier ist Woronin...« Mit der freien Hand riß er den Kragen auf. »Ich brauche dich sehr dringend. Komm bitte gleich zu mir!«

»Worum geht's denn?« fragte Geiger mißmutig. »Ich will gerade heimgehen.«

»Bitte, komm!«

Andrej legte den Hörer auf und blickte auf Isja. Er merkte sofort, daß er ihn nicht anschauen konnte, und sah durch ihn hindurch. Isja kicherte auf seinem Schemel, rieb sich die Hände und redete ununterbrochen über das Rote Haus, über schlechtes Gewissen, über dämliche Zeugen – Andrej wollte nicht hinhören. Die Entscheidung, die er getroffen hatte, erfüllte ihn mit Angst und gleichzeitig mit diabolischer Heiterkeit. Sein ganzer Körper zitterte vor Erregung, Andrej konnte es nicht erwarten, daß sich die Tür öffnet und Geiger ins Zimmer schreitet. Dann würde sich dieses selbstzufriedene Gesicht vor Schrecken verzerren. Besonders, wenn Geiger zusammen mit Rummer erscheint. Allein Rummers Anblick würde genügen, diese brutale Visage mit der platten Nase. Andrej rieselte es plötzlich kalt den Rücken herunter. Er spürte kalten Schweiß. Noch konnte er das alles rückgängig machen. Noch konnte er sagen: »Alles in Ordnung, Fritz, entschuldige die Störung.«

Die Tür wurde aufgerissen, und Fritz Geiger trat mit düsterer Miene ein.

»Na, was gibt's?« Da erblickte er Isja. »Seid gegrüßt! Was habt Ihr euch mitten in der Nacht ausgedacht? Zeit zum Schlafen, es ist bald Morgen.«

»Hör mal Fritz!« sagte Isja froh. »Bring bitte diesen Dummkopf zur Vernunft! Du bist doch der große Chef.«

Andrej schlug mit der Faust auf den Tisch und schrie: »Maul halten, Beschuldigter!«

Isja verstummte, und Geiger blickte Isja neugierig an.

»Dieser Schuft spottet über die Ermittlung«, sagte Andrej durch die Zähne. Er versuchte, sein Zittern zu beherrschen. »Dieser Schuft will nicht gestehen. Nimm ihn mit, Fritz, dann wird er antworten, was man ihn fragt.«

»Und was fragt man ihn?« erkundigte sich Geiger in sachlich forschem Ton.

»Das ist unwichtig«, antwortete Andrej. »Gib ihm Papier, er wird das selber aufschreiben. Und er soll gestehen, was im Aktendeckel war.«

»Wird gemacht«, sagte Geiger und wandte sich an Isja.

Isja begriff noch immer nichts. Oder er wollte es nicht glauben. Er rieb sich langsam die Hände und grinste ungläubig.

»Na, mein kleiner Jude, gehen wir?« sagte Fritz zärtlich. Seine Miene hatte sich aufgehellt. »Komm schon, mein Liebling!«

Geiger packte ihn am Arm. Isja verlor das Gleichgewicht und griff zum Türpfosten. Sein Gesicht erbleichte. Er hatte alles begriffen.

»Jungs«, sagte er mit erstickter Stimme. »Jungs, wartet . . .«

»Wir sind im Keller.« Geiger lächelte Andrej zu und stieß Isja in den Korridor.

Andrej schaltete die überflüssigen Lampen aus und setzte sich an den Schreibtisch. Eine Zeitlang saß er da, den Kopf in die Hände gestützt. Er war naß von kaltem Schweiß, wie vor einer Ohnmacht. In seinen Ohren rauschte es, und durch dieses Rauschen vernahm er ständig die klägliche, verzweifelte Stimme Isjas: »Jungs, wartet . . . Jungs, wartet . . .« Und dann hörte er noch die feierlich dröhnende Musik, das Stampfen und Schlurfen auf dem Parkett, das Geschirrklappern und die leisen Worte: ». . . ein Gläschen Curaçao und Ananas!« Er starrte auf die Darstellung des männlichen Glieds, zerriß das Blatt in lange schmale Streifen, warf sie in den Papierkorb und barg wieder das Gesicht in den Händen. Ich hätte warten müssen. Geduldig warten. Dann hätte ich alles erfahren. Mir wäre jetzt nicht übel, und ich könnte erleichtert aufatmen.

Er vernahm eine vertraute Stimme. »Ja, Andrej, manchmal muß man auch solche Methoden anwenden.«

Auf dem Schemel, wo vor wenigen Minuten Isja gesessen hatte, saß jetzt mit übergeschlagenen Beinen, die schmalen Hände auf dem Knie gefaltet, der Mentor. Er nickte leicht, seine Mundwinkel waren gramvoll herabgezogen.

»Im Namen des Experiments?« fragte Andrej heiser.

»Auch im Namen des Experiments. Aber vor allem – im Namen seiner selbst. Es gibt keine Umwege. Man muß auch da hindurch. Wir brauchen schließlich nicht alle Menschen. Wir brauchen Menschen eines besonderen Typs.«

»Was für welche?«

»Das wissen wir eben nicht«, sagte der Mentor mit leisem Bedauern. »Wir wissen nur, was für Menschen wir nicht brauchen.«

»Solche wie Isja Katzman?«

Der Mentor bedeutete mit seinen Augen: Ja.

»Und solche wie Rummer?«

Der Mentor lächelte. »Solche wie Rummer – das sind keine Menschen. Das sind lebendige Werkzeuge, Andrej. Man benutzt sie im Namen und zum Wohl von Menschen wie Wan oder Dawydow. Verstehst du?«

»Ja, das denke ich auch. Gibt es wirklich keinen anderen Weg?«

»Nein, andere Wege gibt es nicht.«

»Und das Rote Haus?«

»Ohne das geht es auch nicht. Ohne das Rote Haus könnte jeder, ohne es selber wahrzunehmen, so werden wie Rummer. Hast du nicht gespürt, daß das Rote Haus unentbehrlich ist? Bist du jetzt derselbe, der du morgens warst?«

»Isja hat gesagt, das Rote Haus ist die Fieberphantasie des aufgewühlten Gewissens.«

»Sieh an, Isja ist klug. Das bestreitest du doch nicht?«

»Natürlich nicht. Gerade deshalb ist er gefährlich.«

Der Mentor nickte zustimmend.

»Mein Gott«, sagte Andrej, »wenn man genau wüßte, worin das Ziel des Experiments besteht! Manchmal wird man irre an seiner Überzeugung, so sehr ist alles durcheinandergeraten. Ich, Geiger, Kensi ... Manchmal denke ich, daß es zwischen uns nichts Gemeinsames gibt, und manchmal erscheint mir alles völlig unsinnig. Geiger ist doch ein ehemaliger Faschist, er ist auch jetzt ... Er ist mir auch jetzt äußerst unangenehm – nicht als Mensch, sondern eben als Typ. Oder Kensi, er ist sozusagen ein Sozialdemokrat, ein Pazifist, ein Tolstoianer. Nein, ich begreife nichts.«

»Das Experiment ist das Experiment«, sagte der Mentor.

»Von dir wird kein Verständnis verlangt, sondern etwas ganz anderes.«

»Was?!«

»Wenn man das wüßte . . .«

»Geschieht dies alles im Namen der Mehrheit?« fragte Andrej fast mit Verzweiflung.

»Natürlich«, erwiderte der Mentor. »Im Namen der rückständigen, abgestumpften, unwissenden Masse.«

»Die man emporheben muß, aufklären, zum Herren der Erde machen! Ja, das verstehe ich. Dafür kann man vieles in Kauf nehmen.« Andrej verstummte und suchte, seine zerfließenden Gedanken zu sammeln. »Dazu noch diese Antistadt! Das ist doch ungeheuer gefährlich, nicht wahr?«

»Sehr.«

»Obwohl ich mir bei Isja nicht ganz sicher bin, habe ich also richtig gehandelt. Wir haben kein Recht, etwas zu riskieren.«

»Richtig«, sagte der Mentor lächelnd. Er war mit Andrej zufrieden. Andrej spürte das. »Nur wer nichts tut, begeht keine Fehler. Nicht Fehler sind gefährlich – gefährlich ist die Passivität, verlogene moralische Taubheit ist gefährlich, Treue zu überlebten Geboten! Wohin können überlebte Gebote führen? Nur in eine überlebte Welt.«

Andrej ereiferte sich. »Ja! Das verstehe ich sehr gut. Das muß uns immer bewußt sein! Was ist Persönlichkeit? Eine gesellschaftliche Einheit! Eine Null ohne eine Zahl davor. Nicht um Individuen geht es, sondern ums gesellschaftliche Wohl. Im Namen des gesellschaftlichen Wohls sind wir verpflichtet, unser alttestamentarisches Gewissen zu vergessen, geschriebene und ungeschriebene Gesetze zu mißachten. Wir kennen nur ein Gesetz: das gesellschaftliche Wohl.«

Der Mentor erhob sich. »Du wirst erwachsen, Andrej«, sagte er fast feierlich. »Langsam, aber du wirst erwachsen!«

Er hob zum Gruß die Hand und verließ lautlos den Raum.

Eine Zeitlang saß Andrej versonnen da und beobachtete, wie der blaue Qualm langsam um die Glühbirne kreiste. Er ertappte sich dabei, daß er lächelte. Die Müdigkeit war verflogen, er wollte etwas tun, wollte arbeiten, und ärgerte sich bei dem Gedanken, daß er jetzt heimgehen und einige Stunden schlafen müsse, um nicht den ganzen Tag zerschlagen herumzulaufen.

Hastig nahm er den Telefonhörer ab, aber sogleich fiel ihm ein, daß es im Keller kein Telefon gab. Er erhob sich, verschloß den Safe, überprüfte, ob die Schübe abgeschlossen waren, und trat auf den Gang hinaus.

Der Gang war leer, nur der Wachpolizist döste an seinem Tischchen.

»Sie schlafen im Dienst«, sagte Andrej vorwurfsvoll, als er an ihm vorbeiging.

Im Gebäude herrschte Stille wie immer um diese Zeit, wenige Minuten vor dem Einschalten der Sonne. Eine verschlafene Putzfrau zog träge einen nassen Lappen über den Zementfußboden. Die Fenster waren aufgerissen, die Ausdünstungen von Hunderten menschlicher Leiber entwichen in die Finsternis und wurden vom kalten Morgenwind fortgeweht.

Die Absätze knallten auf die glatte Eisentreppe. Andrej begab sich in den Keller, wies mit einer lässigen Handbewegung den aufgesprungenen Wächter zurück und öffnete eine niedrige Eisentür.

Fritz Geiger, im Hemd mit hochgekrempelten Ärmeln, stand neben einem Handwaschbecken und rieb sich die behaarten knochigen Hände mit Kölnisch Wasser ab. Dabei pfiff er ein Marschlied.

»Ach, du bist das«, sagte er. »Das ist gut. Ich wollte gerade zu dir raufkommen. Meine Zigaretten sind alle.«

Andrej reichte ihm ein Päckchen. Geiger zog eine Zigarette heraus, steckte sie in den Mund und blickte Andrej lächelnd an.

Andrej hielt die Spannung nicht aus. »Nun?«

»Was – nun?« Geiger rauchte mit genüßlichen langen Zügen. »Du bist auf dem Holzweg – nun. Er ist kein Spion, nicht im geringsten.«

»Wieso?« fragte Andrej erstaunt. »Und die Akten?«

Geiger lachte schallend, steckte die Zigarette zwischen die Lippen und goß wieder Kölnisch Wasser auf die große Handfläche. »Unser Jüdchen ist ein großer Schürzenjäger. In dem Aktendeckel waren Liebesbriefe. Er kam von einem Weib – sie hatten sich zerstritten, und die Liebesbriefe nahm er mit. Aus Angst, seine Witwe könnte das erfahren, hat er den Aktendeckel im ersten passenden Moment vernichtet. Er sagt, daß er ihn unterwegs in einen Gully geworfen hat. Sehr schade!« fuhr Geiger belehrend fort. »Diesen Aktendeckel, Herr Kommissar Woronin, hätte man ihm gleich wegnehmen müssen – das wäre erstklassiges kompromittierendes Material, und wir hätten unseren Juden in der Hand! Übrigens hat er das Protokoll selber unterschrieben, so daß die Sache erledigt ist.«

Andrej tastete nach einem Stuhl, ihm wurde schwindlig.

Geiger krempelte die Ärmel herunter und knöpfte die Manschettenknöpfe zu. »Ich sehe, du hast eine Beule an der Stirn. Geh zum Arzt und laß dir das bescheinigen. Rummer habe ich eins auf die Nase gegeben und zum Arzt geschickt. Für alle Fälle. Der Beschuldigte Katzman hat während der Vernehmung den Kommissar Woronin und den Assistenten Rummer angefallen und ihnen körperliche Verletzungen beigebracht, so daß sie zur Verteidigung gezwungen waren . . . und so weiter. Verstanden?«

»Verstanden«, murmelte Andrej, automatisch seine Beule betastend. Er blickte sich um. »Wo ist er denn?«

»Rummer, dieser Schläger, war wieder übereifrig«, sagte Geiger ärgerlich, während er seine Jacke zuknöpfte. »Er hat Isja den Arm gebrochen. Wir mußten ihn ins Krankenhaus schaffen.«

DRITTER TEIL

Der Redakteur

ERSTES KAPITEL

In der Stadt gab es von jeher vier Tageszeitungen, aber Andrej las vor allem die fünfte, die nur seit kurzer Zeit erschien, die erste Nummer zwei Wochen vor Eintritt der »ägyptischen Finsternis«. Diese Zeitung war eigentlich ein Blättchen, herausgegeben wurde sie von der Partei der radikalen Erneuerung, die sich vom linken Flügel der Radikalen abgespalten hatte. Das Blatt »Unter dem Banner der radikalen Erneuerung« war bissig, kritisch und boshaft, die Herausgeber waren stets großartig informiert und wußten sehr gut, was in der Stadt und in der Regierung vor sich ging.

Andrej betrachtete die Schlagzeilen. »FRIEDRICH GEIGER WARNT: IHR HABT DIE STADT IN FINSTERNIS VERSINKEN LASSEN, ABER WIR SCHLAFEN NICHT!« »RADIKALE ERNEUERUNG – DAS EINZIGE WIRKSAME MITTEL GEGEN KORRUPTION«, »ALSO, HERR BÜRGERMEISTER, WO IST DAS KORN AUS DEN STÄDTISCHEN SPEICHERN ABGEBLIEBEN?« »SCHULTER AN SCHULTER – VORWÄRTS! TREFFEN FRIEDRICH GEIGERS MIT DEN FÜHRERN DER BAUERNPARTEI«, »DIE MEINUNG DER STAHLGIESSER: SPEKULANTEN AN DIE LATERNENPFÄHLE!« »WEITER SO, FRITZ! WIR SIND MIT DIR! MEETING VON HAUSFRAUEN«, »AUFS NEUE PAVIANE?« Eine Karikatur zeigte den dickärschigen Bürgermeister, der auf einem Kornhaufen sitzt – es ist das Korn, das aus den städtischen Speichern verschwunden ist – und Waffen an dunkle Gestalten verteilt. Unterschrift: »Erklärt ihnen, wo das Korn hingekommen ist!«

Andrej schleuderte das Blatt auf den Tisch und kratzte

sich am Kinn. Woher hat Fritz so viel Geld, um seine Strafen zu bezahlen? Mein Gott, wie ich das alles satt habe! Er stand auf und blickte aus dem Fenster. Im dichten Nebel, der kaum von den Straßenlaternen erhellt wurde, ratterten Leiterwagen, hörte man heisere Schreie, quälenden Raucherhusten, von Zeit zu Zeit wieherten Pferde. Seit zwei Tagen zogen Farmer in die dunkle Stadt.

Es klopfte, die Sekretärin brachte einen Stoß Korrekturfahnen.

Andrej winkte ärgerlich ab. »Zu Ubukata, er kriegt das.«

»Herr Ubukata ist beim Zensor«, wandte die Sekretärin schüchtern ein.

»Er wird dort nicht übernachten. Wenn er wiederkommt, geben Sie's ihm.«

»Aber die Druckerei ...«

»Schluß. Gehen Sie.«

Die Sekretärin ging hinaus. Andrej gähnte, verzog das Gesicht wegen der Nackenschmerzen, kehrte zum Schreibtisch zurück und rauchte. Der Kopf drohte ihm zu zerspringen, im Mund spürte er einen üblen Geschmack. Überhaupt kam ihm alles übel vor. Ägyptische Finsternis ... Von fern vernahm man Schüsse – ein leises Knacken, als würden trockene Äste zerbrochen. Andrej ergriff widerwillig das »Experiment«, die umfangreiche Regierungszeitung.

DER BÜRGERMEISTER WARNT DIE ERNEUERER: DIE REGIERUNG SCHLÄFT NICHT, DIE REGIERUNG SIEHT ALLES!

DAS EXPERIMENT IST DAS EXPERIMENT. UNSERE WISSENSCHAFTLER ZUR URSACHE DER SONNENERSCHEINUNGEN.

DUNKLE STRASSEN UND DUNKLE GESTALTEN! KOMMENTAR DER STADTVERWALTUNG ZUR LETZTEN REDE FRIEDRICH GEIGERS.

GERECHTES URTEIL! ALOIS TENDER WEGEN WAFFENBESITZ ZUM ERSCHIESSEN VERURTEILT!

»DORT IST WAS KAPUTT. MACHT NICHTS, DAS WIRD REPARIERT«, SAGT DER ELEKTRIKERMEISTER THEODOR W. PETERS.

SCHÜTZT DIE PAVIANE, SIE SIND EURE GUTEN FREUNDE! AUFRUF DES TIERSCHUTZVEREINS.

FARMER – DAS VERLÄSSLICHE RÜCKGRAT UNSERER GESELLSCHAFT. TREFFEN DES BÜRGERMEISTERS MIT DEN FÜHRERN DER BAUERNPARTEI.

EIN ZAUBERER IM LABORATORIUM. NEUE ERFOLGE BEI DER LICHTLOSEN PFLANZENZÜCHTUNG.

WIEDER »STERNSCHNUPPEN«?

WIR HABEN PANZERWAGEN. INTERVIEW MIT DEM POLIZEIPRÄSIDENTEN.

CHLORELLA IST KEIN ERSATZ, SONDERN VOLLWERTNAHRUNG.

ARON WEBSTER LACHT, ARON WEBSTER SINGT! FÜNFZEHNTES WOHLTÄTIGKEITSKONZERT DES BERÜHMTEN KOMIKERS.

Andrej raffte den Packen zusammen und schob ihn beiseite. Das alles erschien ihm irreal. Real war die Finsternis, die den zwölften Tag über der Stadt lag, real waren die Schlangen vor den Brotgeschäften und das unheilverkündende Rattern auf der Straße, die rote Glut der Zigaretten, das Klirren von Metall unter den Planen der Fuhrwerke. Real war die Schießerei, obwohl bisher niemand wußte, wer gegen wen kämpfte. Und scheußliche Realität waren leider auch das dumpfe Katergefühl und die geschwollene Zunge, die ihm förmlich aus dem Mund herauskriechen wollte. Billigster Portwein mit Primasprit – der reine Wahnsinn! Selma hat's gut, sie liegt im weichen Bett und schläft sich aus, und ich kann hier verrecken! Am besten, das alles geht zum Teufel! Mentoren, Parteien, Bürgermeister, Farmer. Das sind mir vielleicht Experimentatoren – sie können das Sonnenlicht nicht garantieren. Heute muß ich auch noch ins Gefängnis, Isja was zu essen bringen. Der Hundesohn Fritz, seine Energie möchte ich haben – und für friedliche Zwecke! Der Mann ist unermüdlich. Bei der Polizei haben sie ihn rausgeschmissen, da hat er eine Partei gegründet. Kampf gegen die Korruption, es lebe die Erneuerung, er legt sich mit dem Bürgermeister an. Es wäre gut, ins Rathaus zu gehen, den Herrn Bürgermeister an seiner edlen grauen Mähne zu packen und ihn mit der Schnauze auf den Tisch zu hauen: »Wo ist das Brot, du Schuft? Warum leuchtet die Sonne nicht?« Und einen Tritt in den Arsch, und dann noch einen und noch einen ...

Die Tür wurde aufgerissen und schlug an die Wand; Kensi stürmte mit wütender Miene ins Zimmer. Andrej stöhnte in Gedanken auf. Gleich zieht er wieder gegen jemanden in den Krieg, dachte er bange.

Kensi klatschte einen Packen Korrekturfahnen, auf denen mit rotem Stift viel gestrichen war, auf den Schreibtisch.

»Das drucke ich nicht! Es ist die reinste Sabotage!«

»Was ist denn nun schon wieder?« fragte Andrej verdrossen. »Hast du dich mit dem Zensor gestritten?« Er starrte auf die Korrekturfahnen und sah die vielen roten Striche.

»Alles nur eine Nummer!« ereiferte sich Kensi. »Der Leitartikel verboten – zu scharf. Kommentar zur Rede des Bürgermeisters verboten – zu provokant. Interviews mit Farmern verboten – heikle Fragen, nicht angebracht ... So kann ich nicht arbeiten, Andrej, das mußt du einsehen, tu was! Du mußt was tun! Sie töten die Zeitung, diese Schufte!«

»Warte mal«, sagte Andrej stirnrunzelnd. »Warte, wir werden sehen.«

Ein großer rostiger Bolzen bohrte sich plötzlich in seinen Nacken. Andrej schloß die Augen und stöhnte leise.

»Stöhnen hilft nicht weiter!« sagte Kensi. Er ließ sich in den Besuchersessel fallen. »Du stöhnst, ich stöhne, aber stöhnen sollte dieser Schuft, und nicht wir beide.«

Die Tür wurde wieder aufgerissen. Der Zensor Paprikaki,

ein fetter, schwitzender Mann mit roten Flecken im Gesicht, schrie schon auf der Schwelle:

»Ich weigere mich, unter diesen Bedingungen zu arbeiten! Ich bin kein kleiner Junge, Herr Chefredakteur! Ich bin Staatsangestellter! Ich sitze hier nicht zu meinem Privatvergnügen! Ich beabsichtige nicht, mir weiter das unflätige Geschimpfe Ihrer Untergebenen anzuhören! Mich als Dummkopf beschimpfen zu lassen!«

»Man müßte Sie erwürgen und nicht beschimpfen!« zischte Kensi wie eine Schlange, den Zensor mit funkelnden Augen fixierend. »Sie sind ein Saboteur und kein Staatsangestellter!«

Paprikaki erstarrte, die Augen abwechselnd auf Andrej und Kensi gerichtet. Plötzlich sagte er sehr ruhig und sogar feierlich: »Herr Chefredakteur! Ich lege formalen Protest ein!«

Andrej zwang sich mit größter Überwindung zur Ruhe, schlug mit der Hand auf die Tischplatte und sagte: »Ich bitte Sie, mir zuzuhören. Nehmen Sie Platz, Herr Paprikaki.«

Der Zensor setzte sich Kensi gegenüber und wischte sich mit einem karierten Taschentuch den Schweiß von Hals und Gesicht.

»Also«, sagte Andrej, der die Korrekturfahnen durchsah. »Wir bringen eine Auswahl von zehn Leserbriefen.«

»Das ist eine tendenziöse Auswahl«, erklärte Paprikaki unverzüglich.

Kensi erwiderte: »Gestern haben wir neunhundert Briefe zum Thema Brot bekommen! Und alle haben denselben Inhalt, viele sind im Ton viel schärfer!«

»Einen Moment!« sagte Andrej mit erhobener Stimme. Er schlug wieder mit der flachen Hand auf den Tisch. »Lassen Sie mich ausreden! Wenn Ihnen das nicht paßt, dann gehen Sie beide auf den Korridor, um sich dort zu streiten. Herr Paprikaki, unsere Auswahl beruht auf einer sorgfältigen Analyse der eingegangenen Leserbriefe. Herr Ubukata hat völlig recht: Viele Leser schreiben weitaus unbeherrschter. Ausgewählt haben wir gerade die besonnenen Briefe. Briefe von Menschen, die nicht nur hungrig und erschreckt sind, sondern die unsere schwierige Lage auch verstehen. Mehr noch, wir haben sogar einen Brief aufgenommen, dessen Verfasser die Regierung direkt unterstützt, obwohl es der einzige von siebentausend ist.«

»Gegen diesen Brief habe ich nichts«, erklärte Paprikaki.

»Das fehlte noch!« sagte Kensi. »Den haben Sie doch selber geschrieben.«

»Das ist eine Lüge!« schrie der Zensor so laut, daß sich die rostige Schraube wieder in Andrejs Nacken bohrte.

»Dann eben nicht Sie, sondern ein anderer von euch Halunken.«

»Sie sind selber ein Halunke!« kreischte Paprikaki, dessen Wangen sich aufs neue mit roten Flecken bedeckten. Es war ein seltsamer Aufschrei, und für eine Zeitlang herrschte Schweigen.

Andrej blätterte in den Korrekturfahnen. »Bisher haben wir recht gut mit Ihnen zusammengearbeitet, Herr Paprikaki«, sagte er versöhnlich. »Ich bin überzeugt, daß wir auch jetzt einen Kompromiß finden.«

Der Zensor wackelte mit seinen Hängebacken. »Herr Woronin! Deshalb bin ich doch hergekommen. Herr Ubukata ist ein unbeherrschter Mensch, er will bloß seine Bosheit abreagieren, und an wem, ist ihm ganz egal. Aber Sie werden verstehen, daß ich streng nach Vorschrift handele. In der Stadt reift eine Rebellion heran. Die Farmer können jede Minute ein Gemetzel beginnen. Die Polizei ist unzuverlässig. Wollen Sie etwa Blutvergießen? Brände? Ich habe Kinder, ich möchte das nicht. Und Sie ebensowenig! Jetzt muß die Presse zur Besänftigung der Lage beitragen, und nicht zur Verschärfung. So lautet die Direktive, die ich hundertprozentig unterstütze. Selbst wenn ich diese Meinung nicht teile, wäre ich verpflichtet . . . Gestern zum Beispiel wurde der Zensor des ›Expreß‹ wegen Duldung schädlicher Elemente verhaftet.«

»Ich verstehe Sie sehr gut, Herr Paprikaki«, sagte Andrej bewußt freundlich. »Aber Sie sehen doch selber, daß die Auswahl sehr maßvoll ist. Begreifen Sie bitte! Gerade weil wir schwere Zeiten haben, dürfen wir der Regierung nicht zujubeln. Gerade weil ein Aufruhr deklassierter Elemente droht, müssen wir alles tun, damit die Regierung zur Vernunft kommt. Wir erfüllen unsere Pflicht, Herr Paprikaki!«

»Diese Auswahl unterschreibe ich nicht«, sagte Paprikaki leise.

»Wir werden gezwungen sein, die Zeitung ohne Ihre Sanktion erscheinen zu lassen.«

»Sehr gut! Einfach bezaubernd! Die Zeitung zahlt eine Geldstrafe, und ich werde verhaftet! Sie übrigens auch. Und die Auflage wird beschlagnahmt.«

Andrej ergriff ein Blatt »Unter dem Banner der Radikalen Erneuerung« und schwenkte es vor der Nase des Zensors. »Warum verhaftet man nicht Fritz Geiger? Wie viele Zensoren dieses Blättchens sitzen im Gefängnis?«

»Das weiß ich nicht«, sagte Paprikaki mit stiller Verzweiflung. »Was geht mich das an? Auch Geiger wird eines Tages verhaftet werden, der Krug geht solange zum Brunnen . . .«

»Kensi«, sagte Andrej. »Wieviel haben wir in der Kanne? Reicht es für eine Strafe?«

»Wir werden unter den Mitarbeitern sammeln.« Kensi erhob sich. »Ich sage in der Druckerei, daß sie anfangen sollen. Wir werden uns schon irgendwie herauswinden.«

Er ging zur Tür, der Zensor blickte ihm nach und schneuzte sich.

»Sie haben kein Herz«, murmelte er. »Und keinen Verstand. Milchbärte!«

Auf der Schwelle drehte sich Kensi um. »Andrej, an deiner Stelle würde ich ins Rathaus gehen und alle Beziehungen spielen lassen.«

»Was habe ich denn dort für Beziehungen?« fragte Andrej düster.

Kensi kehrte zum Schreibtisch zurück. »Geh zum Stellvertreter des Politberaters. Schließlich ist er auch Russe. Du hast zusammen mit ihm gesoffen.«

»Aber ich habe ihn auch in die Fresse gehauen«, erwiderte Andrej mürrisch.

»Macht nichts, er ist nicht nachtragend. Und ich weiß genau, er ist bestechlich.«

»Wer im Rathaus ist das nicht? Gut, ich gehe. Vielleicht erfahre ich etwas. Aber was machen wir mit Herrn Paprikaki? Er wird gleich in sein Zimmer laufen und anrufen. Das tun Sie doch, nicht wahr?«

»Natürlich«, bestätigte Paprikaki, aber es klang ziemlich resigniert.

»Wir fesseln und sperren ihn im Schrank ein!« Kensi grinste zufrieden.

»Sperr ihn ins Archiv, dort ist kein Telefon.«

»Das ist Gewalt«, verwahrte sich Paprikaki mit Würde.

»Wenn man Sie verhaftet, ist das keine Gewalt?«

»Ich widersetze mich ja nicht! Ich habe das nur so... bemerkt.«

»Geh schon, Andrej«, sagte Kensi ungeduldig. »Ich erledige hier alles ohne dich, du kannst beruhigt sein.«

Andrej erhob sich ächzend und schleppte sich zum Kleiderhaken, um den Mantel anzuziehen. Die Baskenmütze war verschwunden, er suchte bei den Galoschen, die ein Besucher in alten guten Zeiten vergessen hatte, fand sie jedoch nicht und begab sich fluchend ins Vorzimmer. Eine dürre Sekretärin richtete erschrocken ihre grauen Äuglein auf ihn.

»Ich bin im Rathaus«, sagte er finster.

In der Redaktion schien alles seinen gewohnten Gang zu gehen. Jemand brüllte ins Telefon, jemand schrieb, auf dem Tischrand sitzend, jemand betrachtete noch nasse Fotoabzüge, jemand trank Kaffee, Boten mit Aktendeckeln und Papieren schwirrten umher, die Räume waren verqualmt und verdreckt, der Leiter der Literaturabteilung, ein Esel mit goldener Brille, ehemals Schildermaler in einem Zwergstaat wie Andorra, verkündete hochmütig einem jungen Autor: »Sie haben hier übertrieben, Ihnen fehlt das Gespür für das rechte Maß, das Material hat sich stärker als Sie erwiesen und zugleich auch schwächer . . .« Den müßte man auch in den Hintern treten, dachte Andrej. Er erinnerte sich plötzlich, wie sehr er alles geliebt hatte, wie spannend, aussichtsreich, notwendig, bedeutend ihm das Ganze noch bis vor kurzem erschienen war. »Chef, eine Minute!« rief Danny Lee, der Abteilungsleiter für Leserbriefe. Andrej winkte nur ab, ohne sich umzudrehen.

Als er aus dem Haus trat, schlug er den Mantelkragen hoch. In der Straße ratterten Bauernwagen, und alle fuhren zum Stadtzentrum, zum Rathaus. Andrej vergrub die Hände tiefer in den Taschen und ging gebeugt in dieselbe Richtung. Nach zwei Minuten bemerkte er, daß er neben einem riesigen Fuhrwerk mit mannshohen Rädern einherlief. Der Wagen wurde von zwei kräftigen Kaltblütern gezogen, die offensichtlich vom langen Weg erschöpft waren. Die Ladung konnte man hinter den hohen Seitenwänden nicht sehen, dagegen war der Kutscher gut sichtbar, er trug einen Regenmantel mit einer dreieckigen Kapuze. Vom Kutscher selbst sah Andrej nur den Bart, der aus der Kapuze lugte, und im Räderknirschen und Klappern der Hufe hörte er seltsame Laute: Entweder trieb der Kutscher seine Pferde an oder ließ in ländlicher Einfalt seine Darmgase ab.

Auch er fährt in die Stadt, dachte Andrej. Warum? Was wollen sie alle hier? Brot kriegen sie nicht, außerdem brauchen sie gar keines, das haben sie ja selber. Überhaupt haben sie alles, im Unterschied zu uns in der Stadt. Sogar Waffen haben sie. Wollen sie wirklich ein Gemetzel veranstalten? Vielleicht. Was hätten sie davon? Die Wohnungen plündern?

Andrej erinnerte sich an einen Bericht über die Farmer. Kensi war darüber enttäuscht, obwohl er ihn selber geschrieben hatte, er hatte fast ein halbes Hundert Bauern auf dem Rathausplatz befragt. »Das Volk sind auch wir.« »Wir haben es satt, in den Sümpfen zu sitzen, verstehst du, also fahren wir, denke ich...« »Guter Herr, warum ziehen die Leute los, wohin und warum? Wir wundern uns selber.« »Ich sehe – alle fahren in die Stadt. Also mach auch ich mich auf den Weg in die Stadt. Bin ich etwa aussätzig, oder was?« »Die MP? Wie sollen wir ohne MP auskommen? Bei uns kannst du ohne MP keinen einzigen Schritt machen.« »Ich ging früh die Kühe melken, und gucke – sie fahren. Semka Kostylin fährt, Jacques der Franzose fährt, und der, wie heißt er doch ... ach, verdammt, dauernd vergesse ich seinen Namen, hinter dem Läusehügel wohnt er, also der fährt auch! Ich frage, Männer, wohin? Sie sagen, schon den siebenten Tag ist keine Sonne, wir müssen in die Stadt fahren.« »Ihr müßt die Obrigkeit fragen. Die Obrigkeit weiß alles.« »Sie haben auch gesagt, daß sie uns automatische Traktoren geben! Wir könnten zu Hause sitzen, uns den Hintern wärmen, und die Traktoren arbeiten inzwischen. Drei Jahre versprechen sie uns das schon.«

Ausweichend, traurig, unklar. Unheildrohend. Entweder sie sind nur listig, oder es ist der Herdentrieb. Vielleicht ist es auch eine geheime, gut maskierte Organisation. Was passiert dann? In einem kann man sie verstehen: Die Sonne ist schon zwölf Tage nicht eingeschaltet, die Ernte verdirbt, die Zukunft ist unklar. Das treibt sie fort aus ihren Sümpfen.

Andrej sah die Schlangen vor einem Fleischerladen und einer Bäckerei. Dort standen vor allem Frauen, viele trugen weiße Armbinden. Er dachte an die Bartholomäusnacht, ihm wurde sogleich bewußt, daß jetzt nicht Nacht, sondern Tag war, trotzdem blieben die Läden geschlossen. An einer

Ecke, unter der Neonreklame der Nachtbar »Quisisana«, unterhielten sich drei Polizisten. Sie wirkten verunsichert. Andrej verlangsamte seinen Schritt und lauschte.

»Was sollen wir jetzt machen? Die Leute mit Knüppeln verjagen?«

»Wir erklären ihnen: Nicht hier lang, aber die meisten hören gar nicht hin.«

»Einer fragt: Warum denn nicht?«

»Für die sind wir bloß die Bullen.«

Andrej ging an einer weiteren Schlange vorbei und bog in die Hauptstraße ein. Vorn erblickte er die hellen Quecksilberlampen des großen Rathausplatzes, der in Rauch gehüllt war.

Ein junger Mann, eigentlich ein hochaufgeschossener Junge mit einer tief in die Stirn geschobenen Schirmmütze, versperrte ihm den Weg und fragte: »Wo wollen Sie hin?«

Er hatte die Arme in die Hüften gestemmt, um jeden Ärmel eine weiße Binde. An der Mauer hinter ihm standen mehrere Männer, alle trugen weiße Armbinden. Mit einem flüchtigen Blick bemerkte Andrej, daß der Bauer mit seinem Wagen anstandslos durchgelassen wurde.

»Ins Rathaus«, sagte Andrej. »Was ist los?«

»Ins Rathaus?« wiederholte der Jüngling laut und schaute sich über die Schulter nach seinen Leuten um. Zwei Männer lösten sich von der Wand und traten zu Andrej.

»Was wollen Sie im Rathaus?« fragte argwöhnisch ein stämmiger, unrasierter Mann in einem ölverschmierten Overall.

»Wer sind Sie?« erwiderte Andrej und griff in der Tasche nach dem Mörser, den er wegen der unruhigen Zeiten schon den vierten Tag mit sich herumschleppte.

»Die freiwillige Miliz«, antwortete der Stämmige. »Was wollen Sie im Rathaus? Wer sind Sie?«

»Ich bin Chefredakteur der ›Stadtzeitung‹ «, sagte Andrej wütend und umklammerte den Mörser. Ihm wurde unbehaglich zumute, da der Jüngling an seine linke Seite getreten war, und ein dritter freiwilliger Milizionär, ebenfalls ein kräftiger Bursche, an seinem rechten Ohr schnaufte. »Ich gehe ins Rathaus, um gegen das Vorgehen der Zensur zu protestieren.«

»Ach so«, sagte der Stämmige mit unbestimmtem Ausdruck. »Verständlich. Warum ins Rathaus? Sie sollten einfach den Zensor einsperren und Ihre Zeitung erscheinen lassen.«

Andrej beschloß, vorläufig frech zu bleiben. »Von Ihnen brauche ich keine Belehrungen. Den Zensor haben wir auch ohne Ihre Ratschläge eingesperrt. Und überhaupt, lassen Sie mich durch.«

»Ein Vertreter der Presse ...«, brummte der schnaufende Bursche.

»Laß ihn durch«, entschied herablassend der Jüngling mit der Schirmmütze.

»Gut«, sagte der Stämmige. »Er soll sich bloß nicht später über uns beschweren. Haben Sie eine Waffe?«

»Nein«, erwiderte Andrej.

»Sollten Sie aber haben«, sagte der Stämmige und trat beiseite.

Andrej ging weiter. Hinter seinem Rücken sagte der Stämmige mit krähender Stimme: »Der Presse eins in die Fresse!« Die Milizionäre lachten. Andrej wollte sich wütend umdrehen, beschleunigte jedoch seine Schritte.

Auf der Hauptstraße waren viele Menschen. Sie drängten sich vor allem an den Häuserwänden, standen in den Eingängen, alle trugen weiße Armbinden. Einige Männer versperrten die Straße, sie gingen zu den ankommenden Fuhrwerken, sagten den Farmern etwas und ließen sie weiterfahren. Alle Geschäfte waren geschlossen, Schlangen davor gab es jedoch nicht. Vor einem Brotladen erklärte ein Milizionär einer alten Frau: »Das können Sie mir glauben, Madam. Die Geschäfte werden heute nicht geöffnet. Ich besitze selber ein Lebensmittelgeschäft, Madam, ich weiß, was ich sage.« Die Alte antwortete kreischend, daß sie hier, auf diesen Stufen, lieber sterbe, als daß sie den ersten Platz in der Schlange aufgebe.

Andrej unterdrückte seine innere Unruhe, da alles völlig unwirklich aussah, als befände er sich im Kino, und gelangte zum Platz. Die trichterförmige Mündung der Hauptstraße war von Fuhrwerken und Karren verstopft. Es roch nach Pferdeschweiß und frischen Pferdeäpfeln, Pferde aller Rassen waren versammelt, und die Söhne der Sümpfe riefen einander laut etwas zu, Zigaretten glommen. Auf dem Platz hatte man ein Lagerfeuer entzündet. Aus einem Torbogen trat, im Laufen die Hose zuknöpfend, ein schnurrbärtiger Mann mit einem Texashut. Er rempelte Andrej beinahe an, fluchte gutmütig und verschwand zwischen den Fuhrwerken, wo er schrie: »Hierher, Sidor! In den Hof, dort kannst du! Guck, wo du läufst, stolpere nicht!«

Andrej preßte die Lippen zusammen und ging weiter. An der Straßenmündung standen die Wagen sogar auf dem Gehsteig. Viele Pferde waren ausgespannt und an den Vorderbeinen gefesselt. Sie wanderten hüpfend umher, den Asphalt beschnuppernd. Auf den Wagen wurde geschlafen, geraucht, gespeist, man hörte genüßliches Glucksen und Schmatzen. Andrej stieg eine Treppe hinauf und blickte über dieses Feldlager. Bis zum Rathaus waren es nur fünfhundert Schritte, man mußte sich jedoch durch ein ganzes Labyrinth hindurchfinden. Lagerfeuer knisterten und qualmten, graublaue Rauchschwaden zogen über die Wagen hinweg in die Hauptstraße. Ein böses Insekt landete summend auf Andrejs Wange und stach schmerzhaft seinen Saugrüssel in die Haut. Andrej klatschte mit der flachen Hand zu. Angeekelt betrachtete er das schwarze Biest. Das haben sie aus den Sümpfen hergeschleppt, dachte er wütend. Aus der offenen Haustür drang scharfer Ammoniakgeruch. Andrej sprang auf den Gehsteig und bewegte sich entschlossen auf das Labyrinth aus Wagen und Pferden zu. Bei den ersten Schritten trat er in Pferdekot.

Das plumpe runde Rathaus erhob sich über dem Platz wie eine fünfstöckige Festung. Nur hinter wenigen Fenstern brannte Licht, die Außenlifte leuchteten trübe. Farmer umzingelten das Gebäude, zwischen den Wagen und dem Rathaus war ein leerer Raum geblieben, der von Straßenlaternen auf gußeisernen Säulen erhellt wurde. Unter den Lampen drängten sich Farmer, fast alle bewaffnet, und ihnen gegenüber, vor dem Eingang zum Rathaus, standen Polizisten, nach den Rangabzeichen zu urteilen überwiegend Unteroffiziere und Offiziere.

Andrej hatte sich schon durch die bewaffnete Menge hindurchgezwängt, als ihn jemand anrief. Er blieb stehen und blickte sich um.

»Hier bin ich, hier!« vernahm er eine bekannte Stimme, schließlich erblickte er Dawydow.

Dawydow näherte sich mit wiegendem Gang, die Hand zum Gruß ausgestreckt. Er trug immer noch sein Soldatenhemd und hatte die Soldatenmütze schief aufgesetzt, eine Maschinenpistole hing an einem breiten Riemen über seiner Schulter.

»Willkommen, du Großstadtkind!« Dawydow schlug klatschend seine harte Handfläche auf die Andrejs. »Und ich such dich schon überall, es gibt Tumult, nein, denke ich, unser Andrej, der muß hier irgendwo sein. Der ist ein tüchtiger Bursche, denke ich, der muß sich bestimmt hier irgendwo rumtreiben.«

Dawydow war sehr angeheitert. Er nahm die Maschinenpistole von der Schulter, stützte sich auf den Lauf wie eine Krücke und fuhr mit demselben Eifer fort:

»Ich gucke hierhin, dahin – kein Andrej. Wo bist du bloß, denke ich. Der blonde Fritz – erinnerst du dich? Der Deutsche, mit dem wir gesoffen haben – der ist hier. Er steckt unter den Bauern, hält große Reden. Und von dir keine Spur!«

»Sag mal, Onkel Jura, warum bist du hergekommen?«

»Ordnung schaffen!« antwortete Dawydow lächelnd. Sein Bart spreizte sich wie ein Rutenbesen. »Bloß deswegen bin ich hergekommen, aber hier passiert ja nichts.« Er spuckte aus und wischte den Speichel mit seiner Stiefelsohle breit. »Die Leute wissen selber nicht, warum sie hergekommen sind. Wollen sie um was bitten oder wollen sie was verlangen? Sie hatten einfach Sehnsucht nach dem Stadtleben – wir stehen hier, scheißen eure Stadt voll und dann zurück, in die Heimat. Blöde Stadt. Dort!« Er wandte sich um und winkte jemandem zu. »Zum Beispiel Stas Kowalski, mein Freund. Stas! Stas! Komm her!«

Stas kam heran. Er war ein dürres Bäuerlein mit einem schlaff herabhängenden Schnurrbart und schütterem Haar. Auch er roch nach Selbstgebranntem. Auf den Beinen hielt er sich instinktiv, er warf jedoch kämpferisch den Kopf zurück, griff nach einer kleinen MP, die um seinen Hals hing, und öffnete mit großer Anstrengung die Augen.

»Das ist Stas«, sagte Dawydow. »Er hat gekämpft, Stas, du hast doch gekämpft, erzähl mal! Nein, sag du's: Hast du gekämpft?« Dawydow umarmte Stas heftig, nun schwankten beide.

Stas versuchte mit Gesten vorzuführen, wie er gekämpft hatte, da er es mit Worten nicht auszudrücken vermochte.

»Er ist besoffen«, erklärte Dawydow. »Stas fehlt die Sonne. Was habe ich gesagt? Ja! Frag ihn, warum er hier rumlatscht. Waffen haben wir. Männer sind genug da. Was noch, frage ich?«

»Was wollt ihr eigentlich?«

»Das sage ich doch die ganze Zeit!« Dawydow hatte Stas losgelassen, so daß dieser zur Seite wankte. »Das erkläre ich dir doch! Einmal auf diese Bande los – und erledigt! Sie haben keine MGs! Die zertrampeln wir mit unseren Stiefeln, die schmeißen wir mit unseren Mützen um!« Er verstummte und nahm die MP wieder auf den Rücken. »Komm mit!«

»Wohin?«

»Einen trinken. Wir müssen alles aussaufen und dann nach Hause fahren. Wozu Zeit verlieren? Bei mir verfaulen die Kartoffeln. Komm!«

»Nein, Onkel Jura«, sagte Andrej entschuldigend. »Ich kann jetzt nicht. Ich muß ins Rathaus.«

»Ins Rathaus? Komm! Stas! Wir gehen mit.«

»Warte doch, Onkel Jura!! Dich lassen sie nicht rein.«

»Mich?« brüllte Dawydow und rollte mit den Augen. »Gehen wir! Wir werden sehen, wer mich dort nicht reinläßt. Stas!«

Dawydow zerrte Andrej über den hell beleuchteten Streifen direkt zur Absperrung der Polizisten.

»Du mußt verstehen«, flüsterte er ihm ins Ohr. »Es ist schrecklich, verstanden? Mit niemandem hab ich darüber gesprochen, ich sag's nur dir. Es ist unheimlich! Und wenn jetzt die Sonne überhaupt nicht mehr scheinen wird, was dann? Sie haben uns hierher verschleppt und ausgesetzt... Nein, sie sollen das erklären, sie sollen die Wahrheit sagen, die Hunde, so kann man nicht leben. Ich kann nicht mehr schlafen, verstehst du? Das ist mir seit der Front nicht mehr passiert. Denkst du, ich bin blau? Ich bin kein bißchen blau – das ist bloß Angst! Die Angst geht in mir um!«

Andrej lief von diesem heftigen Flüstern ein Schauer über den Rücken. Er blieb fünf Schritte vor den Polizisten stehen – ihm kam es vor, als wären auf dem Platz alle verstummt, und alle würden auf ihn schauen, die Polizisten und die Farmer – und sagte in eindringlichem Ton:

»Also, Onkel Jura, ich erledige jetzt was wegen meiner Zeitung, und du wartest hier auf mich. Dann gehen wir zu mir und bereden alles, wie es sich gehört.«

Dawydow schüttelte heftig den Kopf. »Nein, ich komme mit. Ich muß auch was erledigen.«

»Die lassen dich nicht durch! Und mich lassen sie deinetwegen nicht durch!«

»Wir gehen zusammen«, drängte Dawydow. »Wieso lassen sie uns nicht durch? Warum? Wir sind doch ruhig, anständig . . .«

Sie standen schon neben den Polizisten; ein beleibter Hauptmann in einer schneidigen Uniform, mit aufgeknöpfter Pistolentasche links am Gürtel, schritt ihnen entgegen und erkundigte sich steif: »Wohin, meine Herren?«

»Ich bin Chefredakteur der ›Stadtzeitung‹ «, sagte Andrej und stieß Dawydow, der ihn umarmen wollte, sanft zurück. »Ich muß den Herrn Politischen Berater sprechen.«

»Ihre Dokumente bitte!« Eine Hand in Glacéleder streckte sich Andrej entgegen.

Andrej reichte dem Hauptmann seinen Ausweis und schielte zu Dawydow hinüber. Zu seinem Erstaunen stand Onkel Jura ruhig da. Er atmete laut durch die Nase und fummelte immer wieder am Riemen seiner MP herum, obwohl das keineswegs nötig war. Sein Blick schweifte über die Polizisten.

»Sie können durch«, sagte der Hauptmann freundlich und gab den Ausweis zurück. »Obwohl ich Ihnen sagen muß . . .« Er beendete den Satz nicht und wandte sich an Dawydow: »Und Sie?«

»Er gehört zu mir«, sagte Andrej eilig. »In gewissem Sinne ein Vertreter der Farmer.«

»Dokumente!«

»Ein Bauer hat doch keinen Ausweis«, sagte Dawydow voller Bitterkeit.

»Ohne Dokumente darf ich Sie nicht durchlassen.«

»Warum denn nicht?« erboste sich Dawydow. »Ohne so ein dreckiges Papier bin ich wohl kein Mensch?«

Jemand fauchte Andrej seinen heißen Atem in den Nakken. Stas Kowalski, immer noch kämpferisch einherschreitend, bildete Verstärkung von hinten. Über den beleuchteten Streifen näherten sich lässig mehrere Männer.

»Keine Menschenansammlungen!« sagte der Hauptmann nervös. »Gehen Sie doch durch, mein Herr!« schrie er Andrej zu. »Meine Herrschaften, zurück! Versammlungen sind verboten!«

»Das heißt, wenn ich keinen lausigen Zettel habe«, erklärte Dawydow, »dann darf ich nirgendwo hin?«

»Hau ihm eine aufs Maul!« forderte Stas mit unerwartet klarer Stimme.

Der Hauptmann packte Andrej am Ärmel, so daß er sich plötzlich hinter den Rücken der Polizisten befand. Die Kette schloß sich rasch und trennte ihn von den Farmern; ohne die weitere Entwicklung der Ereignisse abzuwarten, rannte Andrej auf das düstere, schwach erhellte Portal zu. Er bekam noch einiges von dem Streit mit, der zwischen Farmern und Polizisten entbrannte.

»Sie kriegen von uns Brot, sie kriegen Fleisch, und wenn jemand durch will . . .«

»Bitte nicht ansammeln! Ich habe Befehl, jeden zu verhaften . . .«

»Warum läßt du keinen Vertreter durch, he?«

»Die Sonne! Die Sonne, ihr Schufte, wann schaltet ihr sie wieder ein?«

»Mann! Warum bin ich bloß hier?«

Auf der weißen Marmortreppe stürmten Andrej weitere Polizisten entgegen. Sie trugen Gewehre mit aufgepflanztem Bajonett. Am Eingang schaute sich Andrej um. Der beleuchtete Platz war jetzt voller Menschen. Farmer bewegten sich von ihrem Lager zu der Menschenmenge.

Andrej konnte nur mit Mühe die Tür öffnen – sie war schwer, mit Messing beschlagen – und trat ins Vestibül. Hier war es ebenfalls halbdunkel, und scharfer Kasernengeruch schwängerte die Luft. In Sesseln, auf Sofas oder auf dem

Fußboden schliefen Polizisten, mit ihren Mänteln zugedeckt. Auf der Galerie, die sich an drei Seiten des Vestibüls hinzog, huschten Gestalten herum. Andrej erkannte im Halbdunkel nicht, ob sie Waffen trugen.

Auf dem weichen Läufer rannte er in die erste Etage, wo sich die Presseabteilung befand. Plötzlich überkamen ihn Zweifel. Es war viel zu still in dem riesigen Gebäude. Gewöhnlich drängten sich hier Menschen, klapperten Schreibmaschinen, klingelten Telefone, man hörte Gespräche und Geschrei. Einige Zimmer standen weit offen, drinnen war es dunkel, und auf dem Gang brannte nur jede vierte Lampe.

Die Ahnung trog ihn nicht: Das Büro des Politberaters war geschlossen, und im Büro des Stellvertreters saßen zwei unbekannte Männer in grauen Mänteln, die sie bis zum Kinn zugeknöpft hatten, ihre Mützen waren tief in die Stirn gezogen.

»Ich bitte um Verzeihung«, sagte Andrej ärgerlich. »Wo kann ich den Herrn Politberater oder seinen Stellvertreter finden?«

Die Männer wandten sich langsam zu ihm um.

»Wozu?« fragte der kleinere Mann.

Das Gesicht dieses Mannes kam Andrej plötzlich nicht mehr unbekannt vor, auch die Stimme hatte er schon irgendwo gehört. Es war ihm aus irgendeinem Grund unangenehm, daß sich dieser Mann hier befand. Hier hatte er nichts zu suchen. Andrej zog die Augenbrauen zusammen, bemühte sich, abgehackt und entschlossen zu sprechen, und erklärte, wer er sei und was er brauche.

»Dann kommen Sie doch rein«, sagte der Mann. »Was stehen Sie dort in der Tür?«

Andrej trat ein und schaute sich um, sah jedoch nur ein glattrasiertes Kastratengesicht. Wo hatte er diesen Mann schon gesehen? Ein unangenehmer Typ und gefährlich.

Der kleine Mann musterte ihn ebenfalls. Vor den hohen Fenstern waren die schweren Vorhänge zugezogen, der

Lärm von draußen drang kaum bis hierher. Plötzlich sprang der Mann auf und trat dicht vor Andrej. Seine grauen Äuglein zwinkerten nicht, vom obersten Mantelknopf hüpfte ein riesiger Adamsapfel bis zum Kinn und wieder zurück.

»Chefredakteur?« fragte der kleine Mann.

Jetzt erkannte ihn endlich Andrej, und in einem Anfall von Schwäche, der ihn beinahe zu Boden sinken ließ, begriff er, daß er selbst erkannt worden war.

Das Kastratengesicht grinste und entblößte schlechte Zähne, Andrej spürte einen grausamen Schmerz im Bauch, als wären seine Eingeweide geplatzt, und durch trüben Nebel sah er plötzlich den gebohnerten Fußboden . . . Ein Feuerwerk flammte in seinem Hirn auf, und über ihm schwankte, sich langsam drehend, die ferne Zimmerdecke, die von Rissen zerfurcht war. Aus der stickigen Finsternis stießen ihm weißglühende Lanzen in die Rippen. Er bringt mich um! Der Kopf schwoll an und kroch durch einen schmalen stinkenden Spalt, wodurch seine Ohren gräßlich zerschunden wurden. Eine Donnerstimme sagte: »Ruhiger, Koptschik, ruhiger, nicht alles auf einmal!« Andrej schrie, warmer Brei füllte seinen Mund, er schluckte und erbrach sich.

Im Zimmer befand sich niemand. Der große Vorhang war beiseitegezogen, das Fenster geöffnet, feuchtkalte Luft zog herein, man hörte fernes Gebrüll. Andrej erhob sich mit Mühe auf die Knie und kroch an der Wand entlang zur Tür. Nur fort von hier . . .

Im Gang mußte er sich wieder erbrechen. Er blieb eine Zeitlang vor Erschöpfung liegen, dann versuchte er aufzustehen. Mir ist übel, dachte er. Ach, wie übel mir ist. Er setzte sich auf und betastete sein Gesicht. Es war feucht und klebrig, da entdeckte er, daß er nur mit einem Auge sah. Die Rippen schmerzten, er konnte kaum atmen. Der Unterkiefer schmerzte, und er verspürte einen unerträglichen Schmerz in seinem Unterleib. Der Schuft, Koptschik. Er hat mich zum Krüppel gemacht. Andrej weinte. Er saß auf dem Fußboden, an die vergoldeten Wandverzierungen gelehnt, und weinte. Mit Mühe hob er den Mantelsaum und fuhr mit der Hand unter den Gürtel. Es schmerzte wahnsinnig, aber nicht dort, wo er vermutet hatte, sondern weiter oben. Der ganze Unterleib schmerzte. Die Turnhosen waren naß.

Mit den Stiefeln stampfend, kam jemand aus der Tiefe des Korridors und blieb vor ihm stehen. Es war ein Polizist mit erhitztem Gesicht. Er blickte Andrej mit wirren Augen an, blieb einige Sekunden unschlüssig stehen und stürzte plötzlich fort. Den Gang entlang rannte ein zweiter Polizist, der im Laufen die Uniformjacke auszog.

Jetzt erkannte Andrej, daß sich dort, woher sie kamen, eine Menschenmenge befand. Er erhob sich angestrengt, hielt sich an der Wand fest und schlich auf diese Menge zu, immer noch schluchzend und voller Angst sein Gesicht betastend. Hin und wieder sackte er zusammen und faßte sich stöhnend an den Leib.

Er gelangte bis zur Treppe und klammerte sich an das glatte Marmorgeländer. Unten im riesigen Vestibül brodelte eine dichte Masse. Ihm war völlig unklar, was dort geschah. Die Scheinwerfer, die auf der Galerie aufgestellt waren, strahlten kaltes Licht auf diese Menge. Andrej erblickte Bärte, Uniformmützen, goldene Achselstücke, aufgepflanzte Bajonette, gespreizte Hände, bleiche Glatzen. Feuchte Ausdünstungen stiegen zur Decke.

Andrej schloß die Augen, um das alles nicht zu sehen, und rutschte tastend hinunter. Warum er das tat, wußte er nicht. Einige Male verschnaufte er und schaute hinunter, ihm wurde übel von diesem Anblick, er kniff wieder die Augen zusammen und hielt sich am Geländer fest. Unten erschlafften seine Hände endgültig, er stürzte hin und rollte die letzten Stufen hinunter auf den marmornen Treppenabsatz, der mit gigantischen bronzenen Spucknäpfen geziert war. Durch das Stimmengewirr vernahm er plötzlich ein heiseres

Brüllen: »Guck mal, das ist doch Andrej! Männer, die prügeln unsere dort zu Tode!« Er erblickte Dawydow, der mit ausgestreckten Armen seine Maschinenpistole hielt und mit tierischem Gebrüll lange Salven auf die Galerie, in die Scheinwerfer und in die Fensterscheiben feuerte.

Es folgten bruchstückhafte Eindrücke, weil das Bewußtsein mit den Wellen von Schmerzen und Übelkeit aussetzte. Erst befand er sich im Zentrum des Vestibüls. Er kroch auf allen vieren direkt zur offenen Tür, über reglose Körper hinweg, mit den Händen in etwas Glitschigem und Kaltem ausgleitend. Jemand stöhnte eintönig neben ihm und wiederholte ständig: »Mein Gott, mein Gott, mein Gott ...« Der Teppich lag voller Glassplitter, Stuckbrocken und Patronenhülsen. Durch die Tür stürzten Männer mit brennenden Fackeln direkt auf ihn zu.

Dann befand er sich draußen vor dem Portal. Er saß mit ausgestreckten Beinen da, stützte sich mit den Handflächen auf die kalten Steine, auf seinen Knien lag ein Gewehr ohne Schloß. Es roch nach frischem Pulverrauch, in der Ferne knatterte ein Maschinengewehr, Pferde wieherten wild, und er sagte laut immer wieder zu sich selber: »Hier zertrampeln sie mich, hier zertrampeln sie mich ...«

Er wurde jedoch nicht zertrampelt. Nun befand er sich schon auf dem Pflaster, seitwärts von der Treppe. Er preßte die Wange an den grauen Granit, über ihm brannte eine Quecksilberlampe, sein Körper war scheinbar nicht vorhanden, der Kopf hing frei im Raum, und auf dem Platz vor ihm spielte sich wie auf einer Bühne eine sonderbare Tragödie ab.

Entlang der Laternen, die den Platz säumten, fuhr innerhalb des Ringes ineinander verzahnter Fuhrwerke dröhnend und rasselnd ein Panzerwagen, sein Maschinengewehrturm drehte sich im Halbkreis und spie Feuer, leuchtende Linien peitschten über den Platz, vor dem Panzerwagen galoppierte mit erhobenem Kopf ein Pferd, das abgerissene Geschirr hinter sich herschleifend. Plötzlich raste aus dem Dickicht der Fuhrwerke ein Planwagen dem Panzerwagen entgegen, das Pferd sprang zur Seite und prallte an einen Laternenpfahl, der Panzerwagen bremste scharf und neigte sich zur Seite. Ein großer Mann lief auf den freien Platz, reckte den rechten Arm hoch und stürzte bäuchlings auf den Asphalt. Unter dem Panzerwagen loderte eine Flamme empor, ein dumpfer Schlag ertönte, die stählernde Festung plumpste rückwärts. Der Mann lief um den Panzerwagen herum, steckte etwas in den Schlitz und sprang beiseite. Da erkannte Andrej, daß es Fritz Geiger war. Im Panzerwagen krachte es, und eine rußende Flammenzunge schoß heraus, Geiger lief mit eingeknickten Beinen wie eine Krabbe, die langen Hände reichten bis zur Erde. Da wurde die gepanzerte Tür aufgerissen, auf den Asphalt stürzte ein brennender zottiger Packen und wälzte sich mit durchdringendem Geheul auf der Erde.

Wieder überkam ihn Ohnmacht, als würde ein Vorhang heruntergelassen. Er hörte noch wütende Stimmen, tierisches Gewinsel und das Stampfen vieler Füße. Vom brennenden Panzerwagen drang Benzingestank herüber. Als Andrej erwachte, sah er Fritz Geiger inmitten von Menschen mit weißen Armbinden. Geiger überragte die meisten um einen ganzen Kopf. Er schrie Befehle, fuchtelte mit den Armen, wies nach verschiedenen Seiten, sein Gesicht und die blonden zerzausten Haare waren rußgeschwärzt. Männer mit weißen Armbinden kletterten auf die Laternenpfähle vor dem Rathaus und ließen lange, im Winde baumelnde Stricke herunter. Jemand wurde die Treppe heruntergezerrt, er wehrte sich, strampelte mit den Beinen, jemand kreischte mit hoher Stimme, so daß es in den Ohren gellte, und plötzlich war die Treppe mit Menschen bedeckt. Das Kreischen brach ab, ein Körper wurde am Laternenpfahl hochgezogen, krampfhaft zukkend und sich windend. Aus der Menge krachten Schüsse, die zappelnden Beine erschlafften, und das dunkle Etwas drehte sich langsam in der Luft.

Das nächste Mal erwachte Andrej von einem starken Rütteln. Sein Kopf lag auf einem harten stinkenden Bündel, ein Wagen fuhr, und eine vertraute Stimme schrie immer wieder erbost: »Hü! Hü, wirst du wohl! Los!« Auf dem Hintergrund des schwarzen Himmels brannte das Rathaus. Flammen züngelten aus den Fenstern, sprühten Funken in die Nacht. An den Laternenpfählen baumelten Leichen.

ZWEITES KAPITEL

Gewaschen und angezogen, eine Binde über dem rechten Auge, lag Andrej in einem Sessel und beobachtete, wie Dawydow und Stas Kowalski, dessen Kopf ebenfalls verbunden war, gierig dampfende Suppe aus einem Topf löffelten. Selma saß neben ihm, schluchzte krampfhaft und versuchte ständig, seine Hände zu ergreifen. Ihre Haare waren zerzaust, ihre Wangen mit Wimperntusche beschmiert, das verquollene Gesicht brannte mit roten Flecken. Der durchsichtige Morgenrock war vorne naß von Seifenwasser.

»Der wollte dich umbringen«, erklärte Stas, ohne das Löffeln zu unterbrechen. »Der hat dich absichtlich so fertiggemacht. Das kenne ich, mich haben die blauen Husaren auch so fertiggemacht. Das meiste hatte ich schon abgekriegt, sie hatten mich schon mit Füßen getreten, da merkten sie, Gott sei's gedankt, daß ich der Falsche war, sie brauchten einen anderen.«

»Die Nase haben sie dir gebrochen, das ist nicht so schlimm«, sagte Dawydow. »Die Nase ist nicht so wichtig, Riechen kann man auch so. Und die Rippen . . .« Er winkte ab, den Löffel in der Hand. »Was denkst du, wie viele Rippen ich gebrochen habe? Hauptsache, die Därme sind heil, und die Nieren und die Leber.«

Selma seufzte und versuchte wieder, Andrejs Hand zu ergreifen. Er sah sie an und sagte:

»Genug geheult. Geh dich anziehen, und überhaupt . . .«

Selma stand gehorsam auf und ging ins Nebenzimmer. Andrej fuhr mit der Zunge im Mund herum, ertastete etwas Hartes und spuckte es aus.

»Eine Plombe haben sie mir rausgehauen.«

»Wirklich?« wunderte sich Dawydow.

Andrej zeigte sie. Dawydow schaute hin und schüttelte den Kopf. Stas schüttelte ebenfalls den Kopf und sagte:

»Das kommt vor. Als ich das ausliegen mußte, weißt du, drei Monate habe ich gelegen – da habe ich Zähne gespuckt. Eine Bauersfrau hat mir jeden Tag die Rippen mit heißen Tüchern behandelt. Sie ist gestorben, und ich lebe – wie du siehst. Wenn ich auch ein alter Kerl bin.«

»Drei Monate!« sagte Dawydow verächtlich. »Als sie mir die Arschbacke weggerissen hatten, habe ich ein halbes Jahr im Lazarett zugebracht. Das ist scheußlich, wenn sie dir die Arschbacke wegreißen. Dort, weißt du, in der Arschbacke, fließen alle wichtigen Gefäße zusammen. Die Hosen haben sie mir bis zu den Unterschenkeln weggerissen, vom Oberschenkel ist noch was geblieben, aber oben – nichts.« Er leckte den Löffel ab. »Fedja Tschepurow hat es damals den Kopf abgerissen. Dasselbe Geschoß.«

Stas leckte ebenfalls den Löffel ab, eine Zeitlang saßen sie schweigend da und schauten in den Topf. Dann räusperte sich Stas und legte den Löffel wieder hinein. Dawydow folgte seinem Beispiel.

Selma kehrte zurück. Andrej wandte den Blick ab. Das dumme Ding hat sich herausgeputzt. Riesige Ohrringe hat sie sich angehängt, ein tiefer Ausschnitt und angemalt wie eine Nutte. Und das ist sie ja auch . . . Er konnte sie nicht ansehen. Diese Schande im Badezimmer, als sie ihm mit lautem Schluchzen die nassen Unterhosen auszog, und er besah sich die blauschwarzen Flecke auf dem Bauch und den

Hüften und weinte wieder – vor lauter Selbstmitleid und Hilflosigkeit. Natürlich ist sie wieder betrunken wie jeden Tag, und eben, während sie sich umzog, hat sie bestimmt einen Schluck aus der Flasche genommen ...

»Der Arzt«, sagte Dawydow nachdenklich. »Der glatzköpfige, der vorhin hier war – wo habe ich den schon gesehen?«

»Wahrscheinlich bei uns«, sagte Selma mit verführerischem Lächeln. »Er wohnt im Nebenaufgang. Als was arbeitet er jetzt, Andrej?«

»Dachdecker«, sagte Andrej finster.

Sie hatte ohne Rücksicht auf ihn mit diesem glatzköpfigen Arzt geschlafen, das ganze Haus wußte es. Der Arzt verheimlichte das auch nicht. Niemand verbarg etwas.

»Wieso als Dachdecker?« fragte Stas und vergaß vor lauter Staunen, den Löffel zum Mund zu führen.

»Eben so«, sagte Andrej. »Dächer deckt er, Weiber deckt er ...« Er erhob sich ächzend und schlich zur Kommode, um Zigaretten zu holen. Wieder hatten zwei Päckchen nicht gereicht.

»Weiber – klar«, murmelte Stas verblüfft, mit dem Löffel über dem Topf fuchtelnd. »Aber Dächer? Und wenn er runterfällt? Er ist doch Arzt.«

»Sie denken sich immer was Neues aus in der Stadt«, sagte Dawydow abfällig. Er wollte den Löffel in den Stiefelschacht stecken, besann sich aber und legte ihn auf den Tisch. »Wie bei uns in Timofejewska gleich nach dem Krieg. Da haben sie in einen Kolchos als Vorsitzenden einen Grusinier geschickt, einen ehemaligen Politoffizier.«

Das Telefon klingelte. Selma nahm den Hörer ab.

»Ja«, sagte sie. »Ja ... Nein, er ist krank, er kann nicht kommen.«

»Reich den Hörer her«, sagte Andrej.

»Das ist die Zeitung«, flüsterte Selma, die Muschel zuhaltend.

Andrej streckte die Hand aus. »Gib her!« wiederholte er mit erhobener Stimme. »Und gewöhn dir ab, für andere zu sprechen!«

Selma gab ihm den Hörer und griff nach der Zigarettenschachtel. Ihre Hände zitterten.

Am Apparat war Kensi. »Andrej, wo steckst du? Ich suche dich überall. Was sollen wir tun? In der Stadt ist ein faschistischer Putsch.«

»Warum faschistischer?« fragte Andrej verblüfft.

»Kommst du in die Redaktion? Oder bist du krank?«

»Ich komme, natürlich, ich komme. Erklär mir ...«

»Unsere Akten ... Die Sonderkorrespondenten und solche Dinge ... Das Archiv ...«

»Verstanden. Bloß, warum meinst du, es handele sich um einen faschistischen Putsch?«

»Das meine ich nicht, das weiß ich«, antwortete Kensi ungeduldig.

Andrej preßte die Lippen zusammen und stöhnte. »Warte! Tu nichts Unüberlegtes!« Er dachte fieberhaft nach. »Gut, bereite alles vor, ich komme gleich.«

»In Ordnung. Sei nur vorsichtig auf den Straßen.«

Andrej legte den Hörer auf und wandte sich an die Farmer. »Männer, ich muß fahren. Bringt ihr mich in die Redaktion?«

»Klar, machen wir«, sagte Dawydow. Er stand auf und klebte im Gehen die selbstgedrehte Zigarette zu. »Komm, Stas, erheb dich, wir können nicht ewig hier hocken. Wir sitzen hier rum, und die dort erobern die Macht.«

»Ja«, stimmte ihm Stas bekümmert zu. »Nichts ist dabei rausgekommen. Köpfe haben sie abgesäbelt, alle aufgehängt, und von der Sonne immer noch keine Spur. Verdammt, wo habe ich bloß meine MP hingetan?«

Er suchte in allen Ecken seine Waffe. Dawydow, seine Selbstgedrehte paffend, zog gemächlich die zerrissene Wattejacke an. Andrej wollte seinen Mantel holen, stieß aber auf Selma. Sie versperrte ihm den Weg. Ihr Gesicht wirkte sehr blaß und sehr entschlossen.

»Ich komme mit«, erklärte sie in dem Ton, mit dem sie gewöhnlich Streit entfachte.

Andrej wollte sie mit der gesunden Hand beiseite schieben. »Gib mir den Weg frei!«

»Ich laß dich nicht weg. Entweder du nimmst mich mit, oder du bleibst hier!«

»Geh mir aus dem Weg!« brüllte Andrej. »Du hast uns dort gerade noch gefehlt, du dummes Stück!«

»Nein!« erwiderte Selma voller Haß.

Andrej schlug zu, ohne auszuholen, traf aber sehr kräftig mit der flachen Hand auf die Wange. Es trat Stille ein. Selma erstarrte, auf dem weißen Gesicht zeigten sich wieder rote Flecken. Andrej besann sich.

»Entschuldige«, sagte er durch die Zähne.

»Ich laß dich nicht weg!« wiederholte Selma leise.

Dawydow hüstelte mehrmals und sagte wie beiläufig: »In solchen Zeiten sollte eine Frau nicht alleine in der Wohnung bleiben.«

»Das stimmt«, bekräftigte Stas. »Alleine ist nicht gut jetzt, mit uns rührt sie keiner an, wir sind Farmer.«

Andrej stand immer noch vor Selma und schaute sie an. Er versuchte, wenigstens jetzt etwas von dieser Frau zu begreifen, und wie immer begriff er nichts. Sie ist eine Schlampe, eine geborene Schlampe – das begriff er, aber das wußte er längst. Sie liebt ihn, liebte ihn vom ersten Tag an – das wußte er auch, und er wußte, daß sie das nicht hinderte, mit anderen Männern zu schlafen. Allein in der Wohnung zu bleiben, ist ihr egal, sie fürchtet sich vor gar nichts. Das war ihm sehr wohl bewußt. Vieles verstand er, aber alles zusammen ...

»Gut«, sagte er. »Zieh dich an.«

»Tun dir die Rippen weh?« erkundigte sich Dawydow, um das Gespräch in eine andere Richtung zu lenken.

»Es geht«, brummte Andrej. »Das ist auszuhalten.«

Er bemühte sich, allen Blicken auszuweichen, und suchte Zigaretten und Streichhölzer. Vor dem Büfett blieb er stehen, in einer Ecke unter schmutzigen Servietten und Handtüchern lag Donalds Pistole. Er stellte sich mehrere Szenen und Umstände vor, bei denen eine Pistole nützlich sein könnte, und beschloß, sie nicht einzustecken. Zum Teufel, ich komm auch so irgendwie zurecht. Kämpfen will ich auf keinen Fall.

»Gehen wir?« fragte Stas.

Er stand schon an der Tür und streifte vorsichtig den Riemen der MP über den verbundenen Kopf. Selma hatte ihren langen Rollkragenpullover übergezogen. In der Hand hielt sie einen Mantel.

»Los!« kommandierte Dawydow, mit dem Kolben seiner MP auf den Fußboden donnernd.

Andrej fuhr Selma an: »Nimm die Ohrringe ab.«

Auf den dunklen Treppenabsätzen hatten sich Hausbewohner versammelt, sie verstummten erschreckt und wichen aus, als sie die bewaffneten Männer erblickten. Jemand sagte: »Das ist Woronin.«

»Herr Redakteur, wollen Sie uns nicht erklären, was in der Stadt vor sich geht?«

Andrej konnte nichts antworten, weil man von allen Seiten auf den Fragenden einzischte, und ein Mann sagte mit unheilvollem Flüstern: »Siehst du nicht, du Dummkopf, sie haben ihn abgeholt!« Selma kicherte hysterisch.

Andrej konnte nichts antworten, weil man von allen Seiten auf den Fragenden einzischte, und ein Mann sagte mit unheilvollem Flüstern: »Siehst du nicht, du Dummkopf, sie haben ihn abgeholt!« Selma kicherte hysterisch.

Vor dem Haus setzten sie sich auf den Panjewagen, Selma legte den Mantel um Andrejs Schultern. Dawydow sagte plötzlich: »Still!« Alle lauschten.

»Sie ballern irgendwo«, sagte Stas leise.

»Lange Salven«, fügte Dawydow hinzu. »Sie sparen nicht an Munition. Woher nehmen sie die? Zehn Patronen kosten einen halben Liter Selbstgebrannten.« Er trieb die Pferde an. »Hü! Ihr habt euch lange genug ausgeruht!«

Der Panjewagen ratterte durch den Torbogen. Auf den Stufen der Hauswartswohnung stand mit Besen und Schaufel der kleine Wan.

»Guck an – Wanja!« rief Dawydow. »Brrr! N-abend, Wanja! Was machst du denn hier?«

»Ich fege. Guten Tag!«

»Laß das sein!« sagte Dawydow. »Komm mit, wir machen dich zum Minister, du wirst in Samt und Seide herumlaufen, in einem ›Pobeda‹ herumkutschieren.«

Wan lächelte höflich.

»Schon gut, Onkel Jura«, sagte Andrej ungeduldig. »Fahren wir!«

Er spürte starke Leibschmerzen, das Sitzen im Wagen war unbequem, und er bedauerte schon, nicht gelaufen zu sein. Unwillkürlich hatte er sich an Selma gelehnt.

»Na gut, Wanja, wenn du nicht willst, dann eben nicht«, erklärte Dawydow. »Aber Minister wirst du! Kämm dich, und wasch dir den Hals!«

Mit Geratter gelangten sie auf die Hauptstraße.

»Wem gehört eigentlich der Wagen?« fragte Stas.

»Weiß der Teufel«, antwortete Dawydow, ohne sich umzudrehen. »Das Pferd gehört wohl dem Krümelkacker, na dem, der dicht am Hang wohnt, so ein Rothaariger mit Sommersprossen, ein Kanadier.«

»Der wird aber fluchen.«

»Wird er nicht«, sagte Dawydow. »Sie haben ihn umgebracht.«

»Was?«

Die Hauptstraße war menschenleer und mit dichtem Nachtnebel gefüllt, obwohl es fünf Uhr nachmittags war. Vorn schimmerte der Nebel rötlich. Von Zeit zu Zeit flammten grellweiße Flecke von Scheinwerferlicht auf, und man hörte Schüsse, die manchmal das Rattern der Räder und das Klappern der Hufe übertönten.

In den Häusern waren viele Fenster erleuchtet, meist jedoch nur in den oberen Stockwerken. Schlangen vor den geschlossenen Geschäften gab es nicht, aber in einigen Hauseingängen standen Leute – sie lugten vorsichtig auf die Straße, versteckten sich wieder, die Mutigsten traten auf den Gehsteig hinaus und schauten dorthin, wo es im Nebel blitzte und krachte. Auf dem Pflaster schienen dunkle Säcke zu liegen, Andrej erkannte erst nach einiger Zeit, daß es tote Paviane waren. In einer Grünanlage neben einer dunklen Schule weidete ein einsames Pferd.

Der Wagen ratterte und schaukelte, alle schwiegen. Selma tastete nach Andrejs Hand. Andrej überließ sich dem Schmerz und der Müdigkeit, barg sein Gesicht in ihrem warmen Pullover und schloß die Augen. Mir ist schlecht, dachte er. Und wie ... Was redet Kensi für dummes Zeug? Wie kann es einen faschistischen Putsch geben? Sie sind einfach verrückt geworden vor Angst, vor Wut, vor Hoffnungslosigkeit. Das Experiment ist das Experiment.

Der Wagen ruckte plötzlich, durch das Räderrattern hörte man wildes, durchdringendes Kreischen, so daß Andrej sogleich schweißüberströmt erwachte.

Dawydow fluchte verbissen, mit aller Kraft die Zügel anziehend, um das Pferd anzuhalten, das zur Seite gesprungen war. Auf der Straße kroch ein Flammenbündel, und ehe sich Andrej besinnen konnte, war Stas vom Wagen gestiegen und hatte mit zwei Salven die lebende Fackel niedergemäht. Eine Schaufensterscheibe klirrte. Das Feuerbündel rollte kopfüber den Gehsteig entlang, kreischte zum letzten Mal und starb.

»Er hat ausgelitten, der arme Kerl«, sagte Stas heiser. Andrej begriff endlich, daß es ein Pavian war, ein brennender Pavian. Jetzt lag er schwelend auf der Straße und verbreitete ekligen Gestank.

Dawydow trieb wieder das Pferd an, Stas lief neben dem Wagen, die Hand auf der Seitenwand. Andrej schaute mit gerecktem Hals nach vorn, in den flimmernden Nebel. Dort geschah etwas völlig Unverständliches, er hörte Geheul, Schüsse, Motorengeräusche, zuweilen flammte ein himbeerfarbener Lichtschein auf und verlosch sogleich wieder.

»Hör mal, Stas«, sagte Dawydow. »Lauf vor und guck, was da los ist. Ich komme langsam hinterher.«

»Mach ich!« Stas nahm seine MP unter den Arm und trabte an den Häuserwänden entlang zum Platz. Sehr bald war er im flimmernden Nebel untergetaucht, und Dawydow zügelte das Pferd, bis es stehenblieb.

»Setz dich bequemer hin«, flüsterte Selma.

Andrej zuckte die Schultern.

»Das war nicht so, wie du denkst. Der Verwalter ist bloß durch alle Wohnungen gegangen und hat gefragt, ob jemand Waffen versteckt.«

»Schweig!« zischte Andrej.

»Ehrenwort«, sagte Selma. »Er war bloß eine Minute da und ist gleich wieder gegangen.«

»Ohne Hosen?« fragte Andrej. Er wollte die scheußliche Erinnerung verdrängen: Hilflos von Dawydow und Stas getragen, erblickte er im Flur der eigenen Wohnung einen Kerl, der hastig wie ein Dieb seinen Schlafrock übereinanderschlug, unter dem flanellene Unterhosen zu sehen waren. Und das widerwärtig unschuldige, betrunkene Gesicht Selmas hinter diesem Kerl. Und er sah auch, wie sich der Ausdruck von Unschuld auf ihrem Gesicht in Schreck und dann in Verzweiflung verwandelte.

»Er ist so durch alle Wohnungen gegangen – im Schlafrock!« beteuerte Selma.

»Halts Maul! Sei endlich still! Ich bin nicht dein Mann, du bist nicht meine Frau, was geht mich das alles an?«

»Aber ich liebe dich doch! Nur dich!«

Dawydow räusperte sich dumpf. »Da kommt was.«

Im Nebel zeichnete sich eine dunkle Silhouette ab. Es war ein Lastwagen, ein riesiger Kipper. Mit dem Motor glucksend, blieb er zwanzig Schritte vor dem Pferdefuhrwerk stehen. Jemand erteilte schreiend Befehle, Männer krochen über Bord und verteilten sich auf der Straße. Eine Tür wurde zugeschlagen, eine dunkle Figur löste sich vom Lastwagen und ging langsam auf das Fuhrwerk zu.

»Er kommt her«, sagte Dawydow. »Du, Andrej, halt dich raus. Ich rede.«

Der Mann trat an den Pferdewagen. Es war ein sogenannter Milizionär in einem kurzen Mantel mit weißer Armbinde. Über seiner Schulter hing ein Gewehr mit der Mündung nach unten.

»Ach, Farmer«, sagte er. »Seid gegrüßt, Männer.«

»Sei gegrüßt, wenn du keine dummen Scherze machst«, erwiderte Dawydow.

Der Milizionär zögerte und schüttelte unschlüssig den Kopf, ehe er verlegen fragte: »Habt ihr kein Brot zu verkaufen?«

»Für dich haben wir alles«, sagte Dawydow spöttisch.

»Vielleicht Fleisch oder Kartoffeln?«

»Auch das.«

Der Milizionär wurde noch verlegener. Er zog seufzend die Luft durch die Nase, schaute zu seinem Kipper und rief plötzlich wie erleichtert: »Da, dort liegt noch einer! Seid ihr blind?« Dann lief er durch die Straße, laut mit seinen Halbschuhen auftretend. Er fuchtelte mit den Armen und gab Befehle, die traurigen Männer schleppten etwas Dunkles, schwenkten und schleuderten es auf den Kipper.

»Der will Kartoffeln!« brummte Dawydow. »Und Fleisch!«

Der Kipper setzte sich in Bewegung und fuhr dicht am Fuhrwerk vorbei. Es stank entsetzlich nach verbranntem

Fell und angeschmortem Fleisch. Die Kippritsche war bis obenhin gefüllt. Plötzlich spürte Andrej, daß ihn ein kalter Schauer überlief: Aus dieser unheimlichen Last ragte eine menschliche Hand mit gespreizten Fingern hervor. Die traurigen Männer klammerten sich an den Wagen. Es waren fünf oder sechs Männer von anständigem Aussehen.

»Das Leichenkommando«, sagte Dawydow. »Richtig so. Gleich auf den Kipper und ab! Sieh mal, da winkt Stas! Hü!«

Im Nebel erblickten sie Stas' kleine Gestalt. Als ihn das Fuhrwerk erreicht hatte, beugte sich Dawydow vom Kutschbock und fragte fast ängstlich:

»Was ist los? Was hast du?«

Ohne zu antworten, wollte Stas seitwärts aufspringen. Er glitt aus, knirschte laut mit den Zähnen und hielt sich mit beiden Händen an der Seitenwand fest.

»Was hat er?« fragte Selma.

Der Wagen fuhr langsam in die Richtung, wo die Motoren heulten und Schüsse krachten. Stas lief nebenher, als könnte er nicht aufspringen, bis ihn Dawydow auf den Kutschbock zog.

»Was ist los?« fragte Dawydow laut. »Können wir fahren? Sprich doch vernünftig, was faselst du da?«

»Heilige Mutter Gottes«, sagte Stas mit klarer Stimme. »Warum tun sie das? Wer hat so etwas befohlen?«

»Brrr!« rief Dawydow laut.

»Nein, fahr weiter. Fahren können wir. Man darf bloß nicht hingucken. Pani«, sagte er zu Selma gewandt, »Sie dürfen gar nicht hinschauen, drehen Sie sich um, sehen Sie da lang; am besten, Sie machen die Augen zu.«

Das Pferd galoppierte los, die Häuser zur Linken endeten, der Nebel löste sich plötzlich auf. Vor ihnen lag der Pavianplatz. Lastwagen mit laufendem Motor umzingelten den Platz in einem Halbkreis. Auf den Wagen und auf dem Pflaster standen Männer mit weißen Armbinden, und zwischen brennenden Bäumen und Sträuchern rannten schreiend und kreischend Menschen in gestreiften Pyjamas und Paviane herum. Sie stolperten, stürzten, kletterten auf Bäume, fielen von den Ästen herunter, versuchten sich im Gesträuch zu verstecken. Die Männer mit weißen Armbinden schossen unablässig aus Gewehren und MGs. Zahlreiche Leichen übersäten den Platz, einige qualmten und schwelten. Aus einem Lastwagen zischte ein Feuerstrahl, und ein weiterer Baum, von schwarzen Affentrauben behangen, flammte als riesige Fackel auf. Ein Mann schrie in unerträglich hohem Falsett, alle Laute übertönend: »Ich bin gesund! Das ist ein Irrtum! Ich bin normal! Das ist ein Irrtum!«

Alles das lag nach einer Minute hinter ihnen, der flimmernde Nebel verdichtete sich wieder, aber Dawydow trieb noch lange das Pferd an, verzweifelt schreiend und die Leinen schwenkend. Sie sind wahnsinnig geworden in ihrem Blutrausch! dachte Andrej. Blutrünstige Wahnsinnige beherrschen die Stadt, jetzt ist alles zu Ende, sie hören nicht auf! Danach sind wir an der Reihe ...

Der Wagen hielt plötzlich an.

»Nicht doch«, sagte Dawydow. »Man muß die Sache ...« Er kramte im Wagen unter den Säcken, fand eine große Flasche, entkorkte sie mit den Zähnen, spuckte aus und trank. Dann reichte er sie Stas, wischte sich den Mund ab und sagte: »Ihr merzt sie also aus ... das Experiment ... na gut.« Er nahm aus der Brusttasche eine zusammengerollte Zeitung, riß akkurat eine Ecke ab und suchte Tabak. »Grausam seid ihr«, sagte er. »Ja, grausam! Sehr grausam!«

Stas streckte Andrej die Flasche hin. Selma trank zwei Schluck und gab sie Stas zurück. Alle schwiegen. Dawydow paffte, knurrte wie ein riesiger Hund, plötzlich drehte er sich um und ordnete die Leinen.

Bis zum Zeitungsverlag war es nicht mehr weit. Der Nebel vor ihnen erstrahlte wieder, sie hörten Stimmengewirr. Auf der Straßenkreuzung hatte sich eine riesige lärmende Menschenmenge versammelt. Der Weg war versperrt.

»Irgendein Meeting«, sagte Dawydow.

»So ist das immer«, pflichtete ihm Stas traurig bei. »Wenn sie schon mit Erschießen anfangen, gibt's gleich darauf auch die Meetings. Können wir nicht ausweichen?«

»Warte doch, warum einen Umweg fahren?« sagte Dawydow. »Wir müssen horchen, was die Leute reden. Vielleicht erfahren wir was über die Sonne. Guck mal, hier sind viele von uns!«

Der Lärm verstummte, über der Menge ertönte eine martialische Stimme:

»Ich wiederhole noch einmal: Gnadenlos! Wir säubern die Stadt! Von dem Dreck! Von dem Unrat! Von allen Schmarotzern! Diebe an den Laternenpfahl!«

Die Menge brüllte begeistert.

»Jeder Korrupte – an den Laternenpfahl!«

Die Menge brüllte.

»Wer gegen das Volk auftritt, an den Laternenpfahl!«

Die Menge brüllte.

Jetzt erkannte Andrej den Redner. Über die Menge ragte die genietete Wand eines Panzerwagens. Auf dem Fahrzeug stand im Scheinwerferlicht Friedrich Geiger, Unteroffizier der Wehrmacht und jetzt Chef der Partei der Radikalen Erneuerung. Er schrie aus vollem Halse:

»Das alles ist nur der Anfang! Wir errichten in der Stadt unsere wahrhaft völkische, wahrhaft menschliche Ordnung! Wir haben genug von Experimenten! Wir sind keine Meerschweinchen! Wir sind keine Versuchskarnickel! Wir sind Menschen! Unsere Waffen sind Verstand und Gewissen! Wir erlauben niemandem, unser Schicksal zu bestimmen! Wir bestimmen selber unser Schicksal! Das Schicksal des Volkes in die Hände des Volkes! Das Schicksal der Menschen in die Hände der Menschen! Das Volk hat mir sein Schicksal anvertraut! Seine Rechte! Seine Zukunft! Und ich schwöre! Ich werde dieses Vertrauen rechtfertigen!«

Die Menge brüllte.

»Ich werde gnadenlos sein! Im Namen des Volkes! Ich werde grausam sein! Im Namen des Volkes! Ich lasse keine Unterschiede zu! Genug Kampf gegeneinander! Keine Kommunisten! Keine Sozialisten! Keine Kapitalisten! Keine Faschisten! Genug gegeneinander gekämpft! Wir werden füreinander kämpfen!«

Die Menge brüllte.

»Wenn Arme weiter gegen Reiche kämpfen! Wenn Kommunisten weiter gegen Kapitalisten kämpfen! Wenn Schwarze weiter gegen Weiße kämpfen! Dann werden sie uns zertreten! Uns vernichten! Aber wenn wir Schulter an Schulter stehen! Das Gewehr in der Hand! Oder den Spaten! Oder den Hammer! Dann gibt es keine Kraft, die uns besiegen könnte! Unsere Waffe ist die Einheit! Unsere Waffe ist die Wahrheit! So schwer sie auch sein mag! Ja! Wir sind in eine Falle gelockt worden! Aber, ich schwöre bei Gott, das Tier ist zu groß für diese Falle!«

»Jaaa!« brüllte die Menge und verstummte erstaunt. Die Sonne war entflammt.

Zum ersten Mal nach zwölf Tagen schien wieder die Sonne. Sie strahlte als goldene Scheibe an ihrem gewohnten Ort, blendete die Augen, brannte auf den grauen ausgeblichenen Gesichtern, flimmerte auf den Fensterscheiben, belebte das welke Grün.

Die Menge brüllte wild auf, und Andrej schrie gemeinsam mit allen. Hüte flogen in die Luft, Menschen umarmten sich weinend, Schüsse knallten, ein Mann warf verzückt Ziegelsteine in die Scheinwerfer. Fritz Geiger stand über allen da wie Gott, der gesagt hatte »Es werde Licht«, und deutete mit seinem langen Arm auf die Sonne, die Augen weit aufgerissen, das Kinn stolz vorgereckt. Dann erschallte seine Stimme wieder über der Menge.

»Seht ihr? Sie haben schon Angst! Sie zittern vor euch! Vor uns! Zu spät, meine Herren! Zu spät! Wollt ihr die Falle wieder zuschlagen? Die Menschen haben sich schon befreit!

Keine Gnade für die Feinde der Menschheit! Für die Spekulanten! Für die Schmarotzer! Für die Plünderer des Volkseigentums! Die Sonne ist wieder mit uns! Wir haben sie den schwarzen Klauen entrissen! Den Feinden der Menschheit! Und wir werden sie niemals! Wieder! Hergeben! Niemals! Und niemandem!«

Die Menge brüllte.

Andrej besann sich. Stas war nicht auf dem Wagen. Dawydow stand breitbeinig auf dem Kutschbock, schwenkte die Maschinenpistole und brüllte unartikuliert wie alle. Selma weinte und hämmerte mit den Fäusten auf Andrejs Rücken.

Gekonnt inszeniert, dachte Andrej kühl. Um so schlimmer für uns. Was sitze ich hier? Ich müßte flüchten, und ich sitze da ... Den Schmerz überwindend, erhob er sich und stieg vom Wagen. Ringsumher johlte die Menge im Begeisterungstaumel. Andrej zwängte sich vorwärts. Erst schützte er sich mit den Ellbogen, das war jedoch vergeblich. Schweißnaß vor Schmerz und der Übelkeit nahe gelangte er schließlich in die Seitenstraße zur Redaktion. Die ganze Zeit hörte er Geigers Stimme.

»Haß! Haß leitet uns! Genug der falschen Liebe! Genug der Judasküsse! Der Verräter an der Menschheit! Ich habe selbst ein Beispiel heiligen Hasses gegeben! Ich habe den Panzerwagen der brutalsten Gendarmen gesprengt! Vor euren Augen! Ich habe Diebe und Gangster aufhängen lassen! Vor euren Augen! Ich werde Unrat und Untermenschen mit eisernem Besen aus unserer Stadt fegen! Vor euren Augen! Ich habe mich nicht geschont! So habe ich mir das geheiligte Recht erworben, auch andere nicht zu schonen!«

Die Haustür war verschlossen. Andrej trommelte mit den Fäusten an das feste Holz, schreckliche Flüche ausstoßend. Die Tür ging auf. Auf der Schwelle stand der Mentor.

»Tritt ein«, sagte er.

Der Mentor verriegelte innen die Tür. Er hatte ein blasses, gequältes Gesicht und fuhr sich ständig nervös mit der Zunge über die Lippen. Andrejs Herz verkrampfte sich – niemals hatte er den Mentor so bedrückt gesehen.

»Ist alles wirklich so schlimm?« fragte er mit versiegender Stimme.

»Ja . . .« Der Mentor lächelte müde. »Was soll daran noch gut sein?«

»Und die Sonne?« fragte Andrej. »Warum haben Sie die Sonne ausgeschaltet?«

Der Mentor rang die Hände und lief im Vestibül auf und ab. »Wir haben sie nicht ausgeschaltet! Das war eine Havarie. In keinem Plan vorgesehen. Niemand hat mit so etwas gerechnet.«

»Niemand hat mit so etwas gerechnet«, wiederholte Andrej leise. Er zog den Mantel aus und warf ihn auf einen staubigen Sessel. »Hätte man die Sonne nicht ausgeschaltet, wäre das alles nicht passiert.«

»Das Experiment ist außer Kontrolle geraten«, murmelte der Mentor mit abgewandtem Blick.

»Es ist außer Kontrolle geraten! Niemand hat je gedacht, daß das Experiment außer Kontrolle geraten könnte.«

Der Mentor warf ihm einen schrägen Blick zu. »In gewissem Sinne hast du recht. Man kann das auch so betrachten. Ein außer Kontrolle geratenes Experiment bleibt dennoch ein Experiment. Vielleicht läßt sich einiges korrigieren. Auf daß später – im Rückblick – diese ägyptische Finsternis als programmierter Teil des Experiments erscheint.«

»Im Rückblick . . .«, wiederholte Andrej. Dumpfe Wut packte ihn. »Und was sollen wir jetzt tun? Unser bloßes Leben retten?«

»Ja, euer bloßes Leben retten. Und andere retten.«

»Wen?«

»Alle, die man retten kann. Alles, was noch zu retten ist. Es kann doch nicht sein, daß niemand und nichts zu retten wäre!«

»Wir retten uns, und Fritz Geiger setzt das Experiment fort?«

»Das Experiment ist immer noch das Experiment«, wandte der Mentor ein.

»Von den Pavianen zu Fritz Geiger.«

»Ja, zu Fritz Geiger, und mit Fritz Geiger, und trotz eines Fritz Geiger. Man kann sich nicht wegen Fritz Geiger eine Kugel in den Kopf schießen! Das Experiment muß weitergehen! Das Leben geht doch weiter, ungeachtet eines Fritz Geiger. Wenn du vom Experiment enttäuscht bist, denk ans Leben.«

»Ans *Überleben*«, sagte Andrej mit schiefem Lächeln. »Was ist das für ein Leben!«

»Das wird von euch abhängen.«

»Von euch nicht?«

»Von uns hängt kaum etwas ab. Ihr seid viele, ihr entscheidet hier alles, nicht wir.«

»Früher habt ihr anders geredet.«

»Früher warst auch du ein anderer«, entgegnete der Mentor. »Und hast anders geredet!«

»Ich befürchte, daß ich Dummheiten gemacht habe«, sagte Andrej bedächtig. »Daß ich einfach dumm war.«

»Du befürchtest nicht nur das«, bemerkte der Mentor mit Hinterlist.

Andrejs Herz stockte, wie das bei jedem zu sein pflegt, der im Traum aus großer Höhe herabstürzt. Er sagte grob: »Ja, ich befürchte das. Alles befürchte ich. Gebranntes Kind. Hat man Sie jemals mit Stiefeln zwischen die Beine getreten?« Ein neuer Gedanke kam ihm in den Sinn. »Sie fürchten sich doch auch? Nicht wahr?«

»Natürlich! Ich habe doch gesagt, daß das Experiment außer Kontrolle geraten ist.«

»Ach, lassen Sie das! Experiment, Experiment! Es geht nicht ums Experiment. Erst die Paviane, dann wir und danach ihr, nicht wahr?«

Der Mentor schwieg. Das Schreckliche bestand für Andrej darin, daß der Mentor darauf kein Wort sagte. Andrej wartete, aber der Mentor lief nur schweigend im Vestibül umher, verrückte sinnlos die Sessel und wischte mit dem Ärmel den Staub von den Tischen.

Jemand schlug an die Tür, erst mit Fäusten, dann sogleich mit Füßen. Andrej schob den Riegel beiseite, vor ihm stand Selma.

»Du hast mich im Stich gelassen!« sagte sie entrüstet. »Ich bin kaum durchgekommen!«

Andrej blickte sich verlegen um. Der Mentor war verschwunden.

»Entschuldige«, sagte Andrej. »Mir war nicht nach dir zumute.«

Das Sprechen fiel ihm schwer. Er bemühte sich, seine Angst vor der Einsamkeit und das Gefühl von Hilflosigkeit zu verdrängen. Er schloß krachend die Tür und verriegelte sie eilig.

DRITTES KAPITEL

In der Redaktion fand Andrej niemanden vor. Offenbar waren die Mitarbeiter fortgelaufen, als die Schießerei am Rathaus begann. Andrej ging durch die Zimmer, betrachtete gleichgültig die herumliegenden Blätter, die umgestürzten Stühle, das schmutzige Geschirr. Aus den hinteren Räumen drang laute Marschmusik. Selma folgte ihm, sich an seinem Ärmel festhaltend. Sie redete ununterbrochen, suchte Streit, aber Andrej hörte nicht hin. Warum habe ich mich hierher geschleppt? dachte er. Alle sind abgehauen, und sie haben recht getan; ich könnte jetzt zu Hause im Bett liegen, meinen schmerzenden Leib wärmen, vor mich hin dösen und auf alles pfeifen ... In der Abteilung Stadtchronik erblickte er Isja.

Andrej erkannte ihn nicht. Über einen Tisch in der Ecke beugte sich ein kahlgeschorener Mann in einem grauen Mantel ohne Knöpfe, und erst als dieser Mann grinste und mit vertrauter Geste seine Warze am Hals rieb, merkte Andrej, daß es Isja war.

Eine Zeitlang stand Andrej in der Tür und betrachtete ihn. Isja hatte ihn nicht kommen hören, Isja hörte überhaupt nichts – er las, außerdem hing direkt über seinem Kopf ein Lautsprecher, aus dem ein Siegesmarsch dröhnte. Selma schrie erstaunt auf: »Das ist doch Isja!« und stürzte auf ihn zu.

Isja hob den Kopf, grinste noch breiter und breitete die Arme aus. »Aha! Ihr seid da!«

Während er Selma umarmte, sie laut und genüßlich auf Wangen und Mund küßte, während Selma seinen entstellten Kopf strich, näherte sich Andrej, der die quälende Peinlichkeit dieser Begegnung zu unterdrücken versuchte. Das Gefühl der Schuld und des Verrats, das ihm damals im Keller so hart zugesetzt hatte, war in den letzten Monaten abgestumpft und fast vergessen; aber jetzt überkam es ihn aufs neue, und er zögerte einige Sekunden, bevor er wagte, die Hand auszustrecken. Er hätte es natürlich gefunden, wenn Isja die ausgestreckte Hand übersehen oder verächtlich zurückgewiesen hätte – er selber hätte wahrscheinlich so gehandelt. Isja, der sich aus Selmas Umarmungen befreit hatte, ergriff jedoch mit Eifer die Hand, drückte sie und fragte mit größtem Interesse:

»Wo haben sie dich denn so zugerichtet?«

»Geschlagen«, antwortete Andrej kurz. Isja verblüffte ihn. Er wollte ihm viel sagen, fragte jedoch nur: »Und woher kommst du?«

Statt einer Antwort blätterte Isja in Zeitungen und las voller Pathos, übertrieben gestikulierend:

»Mit keinerlei Vernunftgründen ist die Heftigkeit zu erklären, mit der die Regierungspresse die Partei der Radikalen Erneuerung angreift. Aber wenn wir uns erinnern, daß gerade die Erneuerer, diese verschwindend kleine junge Organisation, am kompromißlosesten gegen jeden Fall von Korruption auftritt ...«

»Laß das«, sagte Andrej, aber Isja las mit erhobener Stimme weiter:

»Gegen Gesetzlosigkeit, Dummheit und Hilflosigkeit der Verwaltung, wenn wir uns erinnern, daß gerade die Erneuerer den Fall der Witwe Batton aufgriffen, wenn wir uns erinnern, daß sie als erste die Regierung vor der Aussichtslosigkeit einer Sumpfsteuer warnten ... Belinskij! Pissarew! Plechanow! Hast du das selber verfaßt oder einer von deinen kleinen Idioten?«

»Schon gut«, sagte Andrej. Er versuchte, Isja die Zeitungen wegzunehmen.

»Nein, warte!« schrie Isja, mit dem Finger drohend. »Hier ist noch eine Perle! Unsere Stadt ist reich an ehrlichen Menschen, und wie in jeder Stadt leben hier arbeitsame Menschen. Was jedoch politische Gruppierungen betrifft, so kann allein Friedrich Geiger jetzt Anspruch auf ein hohes Amt erheben ...«

»Das reicht!« brüllte Andrej. Isja entriß ihm jedoch die Zeitungen, versteckte sich hinter der triumphierenden Selma und fuhr fort:

»Wir wollen nicht von Reden sprechen, sondern von Taten! Friedrich Geiger stimmte gegen das Gesetz, das gewaltige Privilegien für verdiente Mitarbeiter der Justiz vorsah. Friedrich Geiger hat sich als einziger namhafter Politiker gegen die Schaffung einer regulären Armee ausgesprochen, in der ihm ein hoher Posten angeboten wurde ...« Isja schleuderte die Zeitung unter den Tisch und rieb sich die Hände. »Du warst immer ein Einfaltspinsel, von Politik hattest du keinen blassen Schimmer. Aber in den letzten Monaten bist du völlig verblödet. Die Abreibung hast du verdient! Ist das Auge wenigstens heil?«

»Das Auge ist heil«, antwortete Andrej nachdenklich. Er bemerkte erst jetzt, daß Isja die linke Hand nur mühsam bewegen konnte, drei Finger waren steif.

»Den soll der Teufel holen!« brüllte Kensi, der in der Tür erschien. »Ach, Andrej, du bist schon hier! Das ist gut. Guten Tag, Selma.« Er ging zielstrebig durch den Raum und riß den Stecker des Lautsprechers aus der Buchse.

»Warum?« rief Isja. »Ich will die Reden meiner Führer hören! Die Siegesmärsche sollen ertönen!«

Kensi strafte ihn mit einem verächtlichen Blick. »Andrej, komm mit, ich sage dir, was wir getan haben. Wir müssen überlegen, was wir weiter tun.«

Sein Gesicht und seine Hände waren rußgeschwärzt. Er lief ins Nebenzimmer, Andrej folgte ihm. Erst jetzt merkte er, daß es nach verbranntem Papier roch. Isja und Selma liefen hinterher.

»Generalamnestie!« verkündete Isja mit gequetschter Stimme. »Der große Führer hat die Kerkertüren geöffnet! Er braucht Platz für neue Gefangene. Alle Kriminellen wurden amnestiert, und ich bin bekanntlich einer! Sogar die Lebenslänglichen wurden freigelassen.«

»Du bist mager geworden«, sagte Selma mitleidig. »Die Sachen schlottern ja an dir.«

»Wir haben die letzten drei Tage nichts zu fressen gekriegt, waschen durften wir uns auch nicht.«

»Dann hast du bestimmt großen Hunger?«

»Kein bißchen, ich hab mir hier schon den Bauch vollgeschlagen.«

Sie gingen in Andrejs Büro. Dort herrschte eine schreckliche Hitze. Die Sonne schien direkt in die Scheiben, und der Kamin brannte obendrein. Vor dem Kamin hockte eine Sekretärin, so schmutzig wie Kensi, und stocherte sorgfältig mit einem Schürhaken in einem brennenden Papierbündel. Im Büro war alles mit Ruß und schwarzen Flocken von verbranntem Papier bedeckt.

Die Sekretärin sprang auf und lächelte Andrej ängstlich und liebedienerisch zu. Daß sie bleibt, hätte ich nicht erwartet, dachte Andrej. Er setzte sich an seinen Schreibtisch und erwiderte schuldbewußt das Lächeln.

»Die Namen aller Sonderkorrespondenten, Namen und Adressen der Redakteure«, zählte Kensi auf. »Die Originale aller politischen Artikel, die Originale der wöchentlichen Umschauen . . .«

»Duponts Artikel müssen unbedingt verbrannt werden«, sagte Andrej. »Er hat die Erneuerer am schärfsten angegriffen.«

»Schon geschehen«, sagte Kensi ungeduldig. »Die von Dupont, und für alle Fälle auch von Filimonow.«

Isja verzog spöttisch sein Gesicht. »Warum seid ihr so geschäftig? Man wird euch doch auf Händen tragen!«

»Wie meinst du das?« fragte Andrej.

»Wollen wir wetten? Um ein Monatsgehalt?«

»Isja, halt doch mal den Mund, wenigstens für zehn Minuten!« Kensi fuhr fort: »Die gesamte Korrespondenz mit dem Rathaus habe ich vernichtet, aber die Korrespondenz mit Geiger gelassen.«

»Die Protokolle der Redaktionssitzungen!« besann sich Andrej. »Vom vorigen Monat . . .«

Er griff schnell ins unterste Schubfach und reichte Kensi einen Aktendeckel. Kensi blätterte darin.

»Wie konnte ich das vergessen«, sagte er kopfschüttelnd. »Gerade Duponts Einwände . . .« Er warf den Aktendeckel ins Kaminfeuer und befahl gereizt der Sekretärin, die mit offenem Mund ihrem Vorgesetzten zuhörte: »Schüren Sie! Schüren Sie das Feuer!«

In der Tür erschien verschwitzt und aufgeregt der Werbeleiter. Er trug mit beiden Händen einen Aktenstoß, den er oben mit dem Kinn festhielt.

»Da!« ächzte er und ließ die Akten neben dem Kamin fallen. »Das sind soziologische Umfragen, ich habe nicht mal nachgesehen, was. Lauter Namen und Adressen. Mein Gott, Chef, was haben Sie?«

»Sei gegrüßt, Danny«, sagte Andrej. »Danke, daß ihr hiergeblieben seid.«

»Ist das Auge heil?« fragte Danny, während er sich den Schweiß von der Stirn wischte.

»Heil, ganz heil«, beruhigte ihn Isja. »Ihr vernichtet das alles unnötigerweise. Niemand wird euch was zuleide tun: Ihr seid ein liberales oppositionelles Blatt. Ihr hört einfach auf, liberal und oppositionell zu sein.«

»Isja«, sagte Kensi. »Ich bitte dich zum letzten Mal: Hör auf, Unsinn zu quatschen, sonst schmeiße ich dich raus.«

»Ich rede keinen Unsinn!« erwiderte Isja ärgerlich. »Laß mich ausreden! Die Briefe müßt ihr vernichten, die Briefe! Euch haben doch bestimmt kluge Leute geschrieben.«

Kensi starrte ihn an. »Verdammt!« Er rannte hinaus. Danny folgte ihm, sich noch im Laufen den Schweiß von Stirn und Hals wischend.

»Nichts begreift ihr!« sagte Isja. »Ihr seid alle Hohlköpfe. Gefahr droht nur klugen Menschen.«

»Ja, Hohlköpfe«, bestätigte Andrej. »Da hast du recht.«

»Sieh an! Du kommst zu Verstand!« rief Isja und fuchtelte mit der verletzten Hand herum. »Schlimm! Das ist gefährlich! Darin besteht ja die ganze Tragödie. Im Augenblick kommen sehr viele Menschen zu Verstand, aber das genügt nicht. Sie begreifen nicht, daß man sich gerade jetzt dumm stellen muß.«

Selma blickte mit Begeisterung auf Isja. Auch die Sekretärin schaute Isja fasziniert an. Isja, unrasiert, schmutzig, stand breitbeinig da, die Füße steckten in Gefängnisschuhen, das Hemd war nicht ordentlich in die Hose gesteckt, am Hosenschlitz fehlten Knöpfe – er stand da in all seiner Schönheit, so wie immer, nicht ein bißchen verändert – und predigte. Andrej setzte sich neben die Sekretärin, nahm ihr den Feuerhaken weg und schürte mißgestimmt das brennende Papier.

»Deshalb«, predigte Isja, »muß man nicht einfach die Briefe und Artikel vernichten, in denen unser Führer beschimpft wird. Schimpfen kann man nämlich auf unterschiedliche Weise. Vernichten muß man alles, was von klugen Menschen geschrieben wurde!«

Kensi steckte seinen Kopf durch den Türspalt und schrie: »Hört mal, könnte jemand helfen? Mädchen, was sitzt ihr hier rum, kommt mit!«

Die Sekretärin sprang sofort auf und strich im Laufen den Rock glatt. Selma blieb sitzen, als warte sie darauf, daß man sie zurückhalte, dann drückte sie die Kippe im Aschenbecher aus und ging ebenfalls hinaus.

»Euch tut keiner was zuleide!« fuhr Isja fort. Er schien nichts um sich herum wahrzunehmen, spreizte sich wie ein Auerhahn auf der Balz. »Euch wird man noch danken, ihr kriegt Papier, um die Auflage zu erhöhen, man erhöht auch euer Gehalt und stellt mehr Leute ein. Nur wenn ihr aufmüpfig werdet, nur dann packt man euch am Schlafittchen und erinnert euch an alles – an euren Dupont und euren Filimonow, und an euer liberal-oppositionelles Geschwätz. Aber warum solltet ihr aufmüpfig werden? Das wird euch nicht im Traum einfallen, im Gegenteil!«

»Isja«, sagte Andrej, ins Feuer blickend. »Warum hast du mir damals nicht gesagt, was in dem Aktendeckel war?«

»In welchem Aktendeckel? Ach, in dem . . .«

Isja verstummte, ging zum Kamin und hockte sich neben Andrej hin. Eine Zeitlang schwiegen beide. Dann sagte Andrej:

»Natürlich, damals war ich ein dummer Esel. Völlig bescheuert. Aber ein Klatschmaul war ich nie. Das hättest du wissen müssen.«

»Erstens warst du kein dummer Esel«, sagte Isja. »Es war schlimmer. Du warst verdummt. Mit dir konnte man nicht mehr vernünftig reden. Ich weiß das, schließlich war ich selber lange Zeit so. Und dann – was heißt hier Klatschmaul? Solche Dinge, da wirst du mir zustimmen, braucht ein einfacher Bürger nicht zu wissen. So könnte alles breitgetreten werden.«

»Was?« fragte Andrej verwirrt. »Deine Liebesbriefe?«

»Was für Liebesbriefe?«

Eine Zeitlang sahen sie einander verwundert in die Augen. Dann sagte Isja grinsend:

»Mein Gott! Woher soll ich wissen, daß er dir alles erzählt? Warum tut er das? Er ist doch ein großer Mann, ein Führer! Wer über Informationen verfügt, der beherrscht die Welt – das hat er von mir gelernt!«

»Ich verstehe gar nichts«, brummte Andrej fast verzweifelt. Er spürte, daß er gleich noch etwas Abscheuliches erfahren würde in dieser ohnehin schon so abscheulichen Sache. »Wovon redest du? Wer ist er? Geiger?«

»Ja, Geiger, Geiger«, bestätigte Isja. »Unser großer Fritz! Liebesbriefe waren also in der Mappe? Oder vielleicht kompromittierende Fotos? Eine eifersüchtige Witwe und der Schürzenjäger Katzman! Richtig, so ein Protokoll habe ich unterschrieben.«

Isja erhob sich mit beträchtlicher Mühe und lief kichernd im Raum umher.

»Ja«, sagte Andrej. »So hat er's mir berichtet. Die eifersüchtige Witwe. Das war also gelogen?«

»Natürlich, was hast du denn gedacht?«

»Ich habe das geglaubt.« Andrej biß die Zähne zusammen und schürte wütend im Kamin. »Und was war wirklich drin?«

Isja stand da, sich langsam die Hände reibend, und blickte Andrej mit glasigen Augen an. »Das wird interessant«, sagte er ungläubig. »Vielleicht hat er es einfach vergessen?

Allerdings vergißt man so etwas nicht ...« Er hockte sich wieder neben Andrej hin. »Hör zu, ich sage dir nichts, verstanden? Und wenn man dich fragt, dann antworte: Er hat nichts gesagt, hat sich geweigert. Er hat nur gesagt, es sei gefährlich, dieses Geheimnis zu kennen. Und er hat mir noch einige versiegelte Umschläge gezeigt und erklärt, daß er sie vertrauenswürdigen Personen anvertraut und daß die Briefe geöffnet werden im Falle seiner – Katzmans – Verhaftung oder, sagen wir, seines plötzlichen Todes. Verstanden? Die Namen der vertrauenswürdigen Personen hat er mir nicht genannt. Das sagst du, wenn du gefragt wirst.«

»Gut«, sagte Andrej langsam, ins Feuer blickend.

»Das wird das Beste sein«, sagte Isja. »Nur wenn sie dich schlagen ... Rummer, dieser Schuft, weißt du ... Aber vielleicht wird dich niemand fragen. Ich weiß es nicht. Das muß man alles genau bedenken. Nicht jetzt, sondern in Ruhe.«

Andrej schürte unablässig im brennenden Papier, nach einiger Zeit wollte Isja wieder Akten ins Feuer werfen.

»Nicht die Pappdeckel«, sagte Andrej. »Du siehst doch, die brennen schlecht. Übrigens, fürchtest du nicht, daß sie die Mappe finden?«

»Was habe ich zu befürchten? Geiger sollte sich fürchten. Jetzt finden sie es nicht mehr, wenn sie's nicht gleich gefunden haben. Ich habe das in einen Gully geworfen, und danach habe ich dauernd überlegt: Richtig oder falsch ... Weshalb haben sie dich zusammengeschlagen? Du hast doch meiner Meinung nach großartige Beziehungen zu Geiger.«

»Das war nicht Fritz«, antwortete Andrej unwirsch. »Ich hatte einfach Pech.«

Ins Zimmer stürzten lärmend die Frauen und Kensi, sie schleppten in einem ausgebreiteten Mantel eine Unmenge von Briefen herbei.

Ihnen folgte Danny.

»Nun, das dürfte jetzt alles sein«, sagte er. »Oder habt ihr euch noch was ausgedacht?«

»Los, bewegt euch!« rief Kensi.

Sie legten den Mantel vor den Kamin, und alle warfen Briefe ins Feuer. Die Flammen loderten mit lautem Knistern. Isja nahm aus dem Haufen einen Brief heraus und las gespannt.

»Wer hat gesagt, daß Papier nicht gut brennt?« sagte Danny. Er setzte sich an den Tisch und zündete sich eine Zigarette an. »Es brennt prächtig. Diese Hitze! Ich werde die Fenster aufmachen.«

Die Sekretärin sprang auf und lief hinaus, wobei sie aufgeregt schrie: »Das habe ich vergessen, total vergessen!«

»Wie heißt sie eigentlich?« fragte Andrej.

»Amalia«, flüsterte Kensi. »Das habe ich dir schon hundertmal gesagt. Hör mal, ich habe eben Dupont angerufen.«

»Und?«

Die Sekretärin kam mit einem Armvoll Notizblöcke zurück. »Alles Ihre Anordnungen, Chef. Das hatte ich völlig vergessen. Die müssen bestimmt auch verbrannt werden.«

»Natürlich, Amalia«, sagte Andrej. »Danke, daß Sie sich erinnert haben. Verbrennen Sie's, Amalia, verbrennen Sie's! Und Dupont?«

»Ich wollte ihn beruhigen«, sagte Kensi, »daß alles in Ordnung sei, alle Spuren vernichtet. Er hat sich sehr gewundert – welche Spuren? Habe er jemals irgendwas geschrieben? Er habe gerade eine ausführliche Reportage über die heroische Erstürmung des Rathauses beendet, und jetzt arbeite er an einem Artikel: Friedrich Geiger und das Volk.«

»Das Schwein«, sagte Andrej matt. »Übrigens sind wir alle Schweine.«

»Sprich für dich selber, wenn du solche Sachen sagst«, wandte Kensi bissig ein.

»Entschuldige! Nicht alle sind Schweine. Die meisten.«

Isja kicherte wieder. »Na bitte – ein kluger Mann!« erklärte er, ein Briefblatt schwenkend. »Es ist völlig offensichtlich, daß Menschen wie Friedrich Geiger nur auf ein großes Unglück warten, und sei es eine kurzfristige, aber fühlbare Störung des Gleichgewichts, um die Leidenschaften zu entfesseln und in den Wirren die Macht zu ergreifen! Wer schreibt das?« Er schaute auf die Rückseite. »Auch das noch! Ins Feuer, ins Feuer!« Er zerknüllte das Blatt und warf es in die Flammen.

»Hör mal, Andrej«, sagte Kensi. »Wäre es nicht an der Zeit, an die Zukunft zu denken?«

»Was sollen wir da lange nachdenken? Wir werden das irgendwie überleben, uns durchwurschteln.«

»Ich meine nicht unsere Zukunft! Ich spreche von der Zukunft der Zeitung, der Zukunft des Experiments!«

Andrej schaute ihn erstaunt an. Kensi war so wie immer. Als wäre nichts geschehen. Als wäre in den letzten schlimmen Monaten gar nichts geschehen. Er wirkte sogar noch kampfentschlossener als gewöhnlich. Jetzt würde er sich für Gesetzmäßigkeit und die alten Ideale schlagen. Wie ein gespannter Abzug einer Pistole. Vielleicht war mit ihm tatsächlich nichts geschehen?

»Hast du mit deinem Mentor gesprochen?« fragte Andrej.

»Ja«, antwortete Kensi aggressiv.

»Na und?« fragte Andrej, der sonst nur mit größten Hemmungen über die Mentoren sprach.

»Das geht niemanden etwas an und bedeutet gar nichts. Wozu Mentoren? Geiger hat auch einen Mentor. Jeder Bandit in der Stadt hat einen Mentor. Das hindert niemanden, mit dem eigenen Kopf zu denken.«

Andrej zündete sich mit dem glühenden Schürhaken eine Zigarette an und sagte leise: »Ich habe das alles satt.«

»Was hast du satt?«

»Alles ... Wir müßten von hier fliehen, Kensi. Sollen sie alle zum Teufel gehen.«

»Wohin fliehen?«

»Abhauen, bevor es zu spät ist, in die Sümpfe, zu Dawydow, möglichst weit weg von dem Chaos. Das Experiment ist außer Kontrolle geraten, wir beide können es nicht mehr unter Kontrolle bringen. In den Sümpfen haben wir wenigstens Waffen. Dort werden wir stark sein.«

»Ich gehe nicht in die Sümpfe!« erklärte Selma.

»Dich fragt ja auch keiner«, sagte Andrej, ohne sich umzudrehen.

»Andrej, das ist doch Fahnenflucht.«

»Du nennst das Fahnenflucht, Kensi, und ich ein vernünftiges Manöver. Tu, was du willst. Du hast mich gefragt, wie ich über die Zukunft denke, und ich antworte dir: Hier ist nichts zu tun. Die Redaktion wird sowieso davongejagt, und wir müssen dann verreckte Paviane aufsammeln. Unter Bewachung. Das noch im günstigsten Falle.«

»Da haben wir noch einen klugen Menschen!« erklärte Isja entzückt. »Hört mal: Ich bin ein langjähriger Leser Ihrer Zeitung und billige Ihren Kurs im großen und ganzen. Aber warum verteidigen Sie ständig F. Geiger? Sind Sie vielleicht unzureichend informiert? Ich weiß genau, daß Geiger ein Dossier über alle bekannten Persönlichkeiten der Stadt besitzt. Seine Leute haben den gesamten Verwaltungsapparat durchsetzt. Wahrscheinlich sind auch welche in Ihrer Zeitung. Ich versichere Ihnen, es gibt durchaus nicht so wenige radikale Erneuerer, wie Sie denken. Mir ist bekannt, daß sie auch Waffen besitzen.« Isja schaute auf den Absender. »Ach, der ist das! ›Ich bitte, meinen Namen nicht zu veröffentlichen!‹ Ins Feuer, ins Feuer!«

»Man sollte meinen, du kennst in der Stadt alle klugen Menschen«, sagte Andrej.

»Das sind gar nicht so viele«, erwiderte Isja, der noch einen Brief aus dem Haufen fischte. »Ganz abgesehen davon, daß kluge Menschen selten an Zeitungen schreiben.«

Alle schwiegen.

Danny, der genüßlich paffte, begab sich ebenfalls zum Kamin und warf bündelweise Briefe ins Feuer. »Schüren Sie, schüren Sie, Chef! Mehr Schwung! Geben Sie mir den Haken!«

»Meiner Meinung nach ist das einfach Feigheit – jetzt aus der Stadt abzuhauen«, sagte Selma herausfordernd.

»Jetzt zählt jeder ehrliche Mensch«, unterstützte sie Kensi. »Wenn wir gehen, wer bleibt dann? Willst du den Duponts die Zeitung überlassen?«

»Du bleibst«, sagt Andrej müde. »Selma kannst du auch einstellen, oder Isja und ...«

»Du bist befreundet mit Geiger«, unterbrach ihn Kensi. »Du könntest deinen Einfluß nutzen.«

»Ich habe keinen Einfluß auf ihn. Und wenn doch, will ich ihn nicht nutzen. Solche Sachen kann ich nicht und mag ich nicht.«

Wieder schwiegen alle, nur die Flammen im Kamin knisterten.

»Wenn sie bloß bald kämen«, brummte Danny, der den letzten Packen Briefe ins Feuer warf. »Ich muß was trinken, und es ist nichts da.«

»So schnell kommen sie nicht«, erklärte Isja. »Sie rufen vorher an!« Er schleuderte den Brief, den er eben gelesen hatte, in den Kamin, und lief im Zimmer umher. »Danny, Sie kennen und verstehen das nicht. Das ist ein Ritual! Eine Prozedur, die in drei Ländern ganz genau, bis aufs i-Tüpfelchen ausgearbeitet und erprobt wurde. Mädels, ist hier nicht irgendwo was zum Fressen?«

Amalia sprang unverzüglich auf und verschwand im Vorraum.

»Übrigens«, erinnerte sich plötzlich Andrej. »Wo ist denn der Zensor?«

»Er wollte sehr gern bleiben«, antwortete Danny. »Aber Herr Ubukata hat ihn hinausbefördert. Er hat schrecklich geschrien, unser Zensor. ›Wo soll ich hin?‹ hat er geschrien.

›Ihr bringt mich um!‹ Wir mußten sogar die Tür verriegeln, um ihn nicht reinzulassen. Erst hat er sich mit dem ganzen Körper gegen die Tür gestemmt, dann hat er aufgegeben und ist gegangen. Hört mal, ich mache trotzdem das Fenster auf. Es ist viel zu heiß.«

Die Sekretärin kam zurück und reichte Isja mit schüchternem Lächeln Piroggen in einer Plastikfolie.

»Großartig!« schrie Isja und begann sogleich zu schmatzen.

Selma wandte sich flüsternd an Andrej: »Tun dir die Rippen weh?« »Nein.« Er stand auf, schob sie beiseite und ging zum Schreibtisch. In dem Moment klingelte das Telefon. Alle wandten die Köpfe um und starrten auf den weißen Apparat.

»Heb ab, Andrej!« sagte Kensi ungeduldig.

Andrej meldete sich. »Ja.«

»Ist dort die Redaktion der ›Stadtzeitung‹?« erkundigte sich ein Mann in sachlichem Tonfall.

»Ja«, sagte Andrej.

»Bitte Herrn Woronin.«

»Am Apparat.«

Andrej hörte nur Atemgeräusche. Dann knackte es. Mit klopfendem Herzen legte Andrej den Hörer auf. »Das sind sie.«

Isja gab schmatzend etwas Unverständliches von sich. Andrej setzte sich. Alle schauten ihn an – der gespannt lächelnde Danny, der finster dreinblickende Kensi, die ängstliche Amalia und die blasse Selma. Auch Isja schaute ihn an, kauend und grinsend, und wischte sich die fettigen Finger an der Jacke ab.

»Was glotzt ihr mich so an?« fragte Andrej gereizt. »Los, haut ab!«

Niemand rührte sich von der Stelle.

»Warum regst du dich auf?« fragte Isja, die letzte Pirogge begutachtend. »Alles wird still und leise über die Bühne gehen. Bloß keine heftigen Bewegungen! Das ist so wie bei den Kobras.«

Draußen knatterte ein Auto, Bremsen quietschten, ein Mann kommandierte mit durchdringender Stimme: »Kaiser, Welitschenko, mir nach! Mirowitsch, Tür bewachen!« Sogleich donnerte eine Faust an die Tür.

»Ich gehe öffnen«, sagte Danny.

Kensi eilte zum Kamin, um mit aller Kraft einen Haufen qualmender Asche zu schüren. Die Asche flog überall im Zimmer umher.

»Keine heftigen Bewegungen!« rief Isja Danny nach.

Die Tür gab nach, Glas splitterte. Andrej erhob sich, faltete die Hände auf den Rücken und preßte die Finger fest zusammen. Wieder drohten seine Beine vor Schwäche einzuknicken. Der Krach verstummte, man hörte unwirsche Stimmen, dann stampften Stiefel durch die leeren Räume. Das ist offenbar ein ganzes Bataillon, ging es Andrej durch den Sinn. Er trat zurück und lehnte sich an den Schreibtisch. Seine Knie zitterten. Schlagen lasse ich mich nicht, dachte er verzweifelt. Sollen sie mich lieber ermorden. Die Pistole habe ich nicht mitgenommen. Das war falsch. Oder vielleicht doch richtig?

Durch die Tür schritt entschlossen ein kleiner feister Mann mit weißer Armbinde und mit einem riesigen Barett. Er trug blitzende Stiefel, der viel zu weite Mantel von vorzüglicher Qualität wurde von einem breiten Riemen zusammengehalten, an dem eine gelbe Pistolentasche hing. Hinter ihm stürmten mehrere Männer herein, aber Andrej sah sie nicht. Er blickte wie gebannt auf das gedunsene blasse Gesicht mit den stumpfen Äuglein. Er hat eine Bindehautentzündung, fiel ihm ein. Und rasiert ist er, daß er glänzt wie lackiert.

Der Mann mit dem Barett inspizierte flüchtig das Zimmer und richtete dann den Blick auf Andrej.

»Herr Woronin?« fragte er mit hoher Stimme.

»Ja«, brachte Andrej mühsam hervor. Er klammerte sich mit beiden Händen an die Tischkante.

»Chefredakteur der ›Stadtzeitung‹?«

»Ja.«

Der Mann grüßte gekonnt, aber lässig mit zwei Fingern und erklärte pathetisch: »Ich habe die Ehre, Herr Woronin, Ihnen eine persönliche Botschaft des Präsidenten Friedrich Geiger auszuhändigen!«

Offenbar wollte er mit einer flinken Bewegung die persönliche Botschaft aus der Manteltasche holen, aber etwas hatte sich verklemmt, und er mußte ziemlich lange im Innern seines Mantels wühlen, leicht zur rechten Seite schielend, als würden ihn Insekten belästigen. Andrej sah ihn verständnislos an. Das hatte er nicht erwartet. Alles kam ihm unwirklich vor.

Endlich hatte der kleine Mann die Botschaft gefunden, er reichte sie Andrej mit mürrischer und leicht beleidigter Miene. Andrej nahm den knisternden versiegelten Brief. Es war ein gewöhnlicher Umschlag, lang, von bläulicher Farbe, auf der Rückseite ein kleines geflügeltes Herz. Mit bekannter großer Handschrift stand als Adresse: »Chefredakteur der ›Stadtzeitung‹ Andrej Woronin persönlich, vertraulich. F. Geiger, Präsident.« Andrej riß den Umschlag auf und entnahm ihm ein Blatt Briefpapier mit blauen Rand.

»Lieber Andrej! Vor allem gestatte mir, Dir von ganzem Herzen für die Hilfe und Unterstützung zu danken, die ich ununterbrochen seitens Deiner Zeitung im Laufe der letzten entscheidenden Monate erhalten habe. Jetzt, wie Du siehst, hat sich die Lage grundlegend geändert. Ich bin überzeugt, daß Dich die neue Terminologie und einige unvermeidliche Exzesse nicht verwirren: Worte und Mittel haben sich verändert, aber die Ziele sind die alten geblieben. Nimm die Zeitung in Deine Hände – Du wirst als Chefredakteur und Herausgeber eingesetzt. Suche Dir Mitarbeiter nach eigener Wahl, erweitere die Redaktion, verlange neue Druckmöglichkeiten – ich gebe Dir alle Befugnisse. Der Überbringer dieses Schreibens – der Unteradjutor Raimond Zwirik – ist der politische Vertreter meines Informationsamtes. Wie Du Dich selber bald überzeugen wirst, besitzt er keine großen Geistesgaben, aber seine Sache beherrscht er gut, und besonders in der ersten Zeit wird er Dir helfen, Dich in der Politik zurechtzufinden. Falls es Konflikte geben sollte, wendest Du Dich natürlich unmittelbar an mich. Ich wünsche Dir viel Erfolg! Wir werden diesen geifernden Liberalen zeigen, wie man arbeiten muß. In Freundschaft, Dein Fritz.«

Andrej las die persönliche und vertrauliche Botschaft zweimal, dann ließ er die Hand mit dem Brief sinken und schaute sich um. Alle starrten ihn ängstlich an. Nur Isja strahlte wie ein geputzter Samowar und machte unbemerkt eine spöttische Geste. (Was bedeutet das, zum Teufel, das Wort klingt irgendwie bekannt ... Adjutor, Koadjutor ... etwas aus der Geschichte ... oder aus den »Drei Musketieren«). Der Unteradjutor Raimond Zwirik blickte Andrej ebenfalls an, streng, aber gönnerhaft. An der Tür traten Typen mit Karabinern und weißen Armbinden ungeduldig von einem Fuß auf den anderen.

Andrej faltete den Brief zusammen und steckte ihn in den Umschlag. Er wußte nicht, was er sagen sollte. Der Unteradjutor nahm ihm die Sorge ab.

»Sind das alles Ihre Mitarbeiter, Herr Woronin?«

»Ja.«

»Hm ...«, zweifelte Zwirik, Isja skeptisch musternd.

Da fragte Kensi plötzlich in scharfem Ton: »Und wer sind Sie eigentlich?«

Raimond Zwirik wandte sich erstaunt an Andrej.

Andrej räusperte sich. »Meine Herrschaften, gestatten Sie, daß ich Ihnen vorstelle: Herr Zwirik, Unterkoadjutor.«

»Adjutor«, berichtigte ihn Zwirik entrüstet.

»Was? Ach ja, Adjutor. Nicht Koadjutor, sondern einfach Adjutor.«

Selma prustete los und preßte die Hand an den Mund.

»Unteradjutor«, fuhr Andrej fort, »der politische Vertreter in unserer Zeitung. Von heute an.«

»Der Vertreter wessen?« fragte Kensi unversöhnlich. Andrej geriet wieder aus dem Konzept.

Zwirik erklärte in noch entrüsteterem Ton: »Der politische Vertreter des Informationsamtes!«

»Ihre Dokumente!« forderte Kensi scharf.

»Was?« Zwiriks Äuglein flimmerten erregt.

»Dokumente, Vollmachten – haben Sie noch etwas zur Beglaubigung außer Ihrer dummen Pistolentasche?«

»Wer ist das?« schrie Zwirik, an Andrej gewandt. »Wer ist dieser Mensch?«

»Das ist Herr Kensi Ubukata«, antwortete Andrej eilfertig. »Der stellvertretende Chefredakteur. Kensi, Vollmachten sind nicht nötig. Er hat mir einen Brief von Fritz übergeben.«

»Was für ein Fritz?« fragte Kensi verdrießlich. »Was hat ein Fritz damit zu tun?«

»Keine heftigen Bewegungen!« rief Isja. »Ich flehe euch an, keine heftigen Bewegungen!«

Zwirik drehte seinen Kopf zwischen Isja und Kensi hin und her. Sein Gesicht glänzte nicht mehr, sondern lief purpurn an. »Ich sehe, Herr Woronin«, erklärte er schließlich, »Ihre Mitarbeiter wissen nicht, was heute geschehen ist! Oder im Gegenteil!« Seine Stimme wurde immer schriller. »Sie wissen es, aber sehen es in verzerrtem Licht! Ich sehe verbranntes Papier, ich sehe finstere Gesichter, aber ich sehe keinerlei Bereitschaft, an die Arbeit zu gehen. Zu einer Zeit, wo die ganze Stadt, unser ganzes Volk . . .«

»Und wer ist das?« unterbrach ihn Kensi, auf die Männer mit Karabinern zeigend. »Sind das etwa neue Mitarbeiter?«

»Stellen Sie sich vor – ja! Herr EHEMALIGER stellvertretender Chefredakteur! Das sind neue Mitarbeiter, ich kann nicht versprechen, daß das . . .«

»Das werden wir noch sehen«, sagte Kensi mit ungewohnt knarrender Stimme und schritt auf Zwirik zu. »Mit welchem Recht . . .«

»Kensi!« rief Andrej hilflos.

»Mit welchem Recht führen Sie sich hier so auf?« fuhr Kensi fort, ohne Andrej zu beachten. »Wer sind Sie denn? Sie wagen es, sich so zu benehmen? Warum zeigen Sie nicht Ihre Vollmachten? Sie sind einfach bewaffnete Banditen, die eingedrungen sind, um uns zu berauben!«

»Halt's Maul, du Kanake!« schrie Zwirik plötzlich und griff nach der Pistole.

Andrej wollte sich zwischen sie werfen, wurde aber beiseite gestoßen. Selma hatte sich vor Zwirik aufgepflanzt und schrie ihn an:

»Benimm dich anständig, hier sind Damen, du gemeiner Kerl! Du blöder Fettarsch! Bandit!«

Andrej war nun völlig verwirrt. Zwirik, Kensi und Selma schrien gleichzeitig. Mit einem flüchtigen Blick bemerkte Andrej, daß die Männer an der Tür, die sich unsicher umschauten, die Karabiner in Bereitschaft hielten, neben ihnen erschien plötzlich Danny Lee, der einen schweren Schemel an einem Bein hielt, aber am schrecklichsten und unwahrscheinlichsten von allen wirkte Amalia, die wie ein Raubtier zu Zwirik schlich und über seiner Schulter den glühenden Schürhaken schwang. »Ich kenne dich, du Hundesohn!« schrie Kensi tobend. »Du hast Gelder für Schulen veruntreut, du Schuft, und jetzt bist du Koadjutor!« »Ich mache euch alle zu Scheiße! Scheiße werdet ihr fressen! Ihr Feinde der Menschheit!« »Halt's Maul, du Mondgesicht! Schweig, solange du noch heil bist!« »Keine heftigen Bewegungen! Bitte!« Andrej beobachtete wie gebannt den Schürhaken. Er spürte, er wußte, daß jetzt etwas Grauenvolles geschehen würde, und dieses Grauenvolle war nicht mehr aufzuhalten.

»An den Laternenpfahl mit euch!« brüllte Zwirik wild,

mit einer riesigen automatischen Pistole fuchtelnd. Während des Geschreis hatte er sie aus der Tasche genommen. Kensi packte Zwirik mit beiden Händen an den Mantelrevers und schüttelte ihn. Plötzlich krachte ein Schuß, es folgte ein zweiter und ein dritter. Der Schürhaken fuhr durch die Luft, alle verstummten.

Zwirik stand allein mitten im Raum, sein Gesicht war fahl geworden. Mit einer Hand rieb er die verletzte Schulter, die andere war ausgestreckt. Die Pistole lag auf dem Fußboden. Die Männer an der Tür waren völlig verblüfft und hatten die Karabiner auf den Boden gerichtet.

»Das wollte ich nicht«, erklärte Zwirik mit zitternder Stimme.

Der Hocker, der Danny aus den Händen gefallen war, krachte laut zu Boden, und erst jetzt begriff Andrej, wohin alle blickten. Alle blickten auf Kensi, der irgendwie sehr langsam zurückwich, beide Handflächen an die Brust gepreßt.

»Das wollte ich nicht«, wiederholte Zwirik. »Gott weiß, daß ich das nicht wollte.«

Kensi stürzte fast lautlos neben den Kamin auf einen Aschehaufen, gab einen qualvollen Laut von sich und zog mühsam die Knie zum Bauch.

Da krallte Selma mit einem gellenden Aufschrei ihre Fingernägel in das feiste Gesicht Zwiriks, die anderen liefen zu Kensi und beugten sich über ihn.

Isja richtete sich wieder auf und flüsterte: »Tot ... Ermordet ...«

Das Telefon klingelte. Automatisch nahm Andrej den Hörer ab.

»Andrej?« Es war Otto Frisch. »Bist du heil und gesund? Gott sei Dank, ich habe mich so gesorgt um dich! Jetzt wird alles gut. Jetzt wird uns Fritz beschützen.«

Er sagte noch etwas von Wurst und Butter, aber Andrej hörte nicht mehr hin.

Selma hockte auf dem Boden, den Kopf in beiden Händen geborgen, und schluchzte laut, und der Unteradjutor Raimond Zwirik, die fahlen Wangen verschmiert von den blutigen Kratzern, die ihm Selmas krallenscharfe Fingernägel zugefügt hatten, wiederholte immer wieder wie eine kaputte Schallplatte:

»Das wollte ich nicht. Ich schwöre bei Gott, das wollte ich wirklich nicht.«

VIERTER TEIL

Herr Rat

ERSTES KAPITEL

Das lauwarme Wasser roch eklig. Die Dusche war unnatürlich hoch angebracht, mit der Hand nicht zu erreichen, und nur wenige spärliche Wasserstrahlen trafen den Körper. Der Abfluß war wie üblich verstopft, unter dem Fußgitter gluckerte es. Andrej empfand es als quälend, daß er warten mußte. Er lauschte: Im Umkleideraum wurde immer noch gequatscht und gelärmt. Sein Name schien hin und wieder zu fallen. Andrej bückte sich, um den Wasserstrahl auf dem Rücken einzufangen – er glitt aus, hielt sich an der rauhen Betonwand fest und fluchte leise. Der Teufel sollte alle holen, sie könnten zumindest einen extra Duschraum für die Regierungsbeamten einrichten. Hier kann man ja Wurzeln schlagen . . .

Auf die Tür vor seiner Nase war gekratzt: »Schau nach rechts.« Andrej schaute automatisch nach rechts. Dort stand: »Schau zurück.« Andrej besann sich. Das kenne ich, das haben wir als Schuljungen auch gemacht. Er drehte den Wasserhahn zu. Im Umkleideraum war es nun still. Deshalb öffnete er vorsichtig die Tür und lugte hinein. Gott sei Dank, sie sind weg.

Er hinkte mit verkrampften Zehen auf den schmutzigen Fliesen hinaus und begab sich zu seinem Garderobenschrank. Plötzlich bemerkte er, daß sich in der Ecke etwas bewegte, und entdeckte einen schwarzbehaarten Hintern. Es war das bekannte Bild: Ein nackter Mann kniet auf der Bank und äugt durch ein Loch in den Frauenumkleideraum. Vor Spannung war er wie erstarrt.

Andrej begann sich abzutrocknen. Das billige staatseigene Handtuch stank nach Karbol, es sog das Wasser nicht auf, sondern verwischte es nur auf der Haut.

Der Nackte äugte noch immer durch das Loch. Seine Pose war unnatürlich wie bei einem Gehenkten, offenbar hatte ein Jugendlicher dieses Loch gebohrt, es lag für ihn viel zu niedrig. Deshalb kam der Spanner wohl nicht auf seine Kosten. Er seufzte laut, setzte sich hin und ließ die Beine baumeln. Da erblickte er Andrej.

»Sie hat sich angezogen«, teilte er ihm mit. »Eine schöne Frau.«

Andrej sagte nichts. Er knöpfte die Hose zu und griff nach den Schuhen.

»Ich habe mir wieder die Hände aufgerissen – da, sehen Sie!« erklärte der Nackte. »Das wievielte Mal schon.« Er entfaltete das Handtuch und betrachtete es mißtrauisch von beiden Seiten. »Eines verstehe ich nicht«, fuhr er fort, während er seinen Kopf abtrocknete. »Warum schickt man keinen Bagger? Ein einziger Bagger könnte uns alle ersetzen. Wir schaufeln wie Wühlmäuse.«

Andrej zuckte die Achseln und brummte etwas, was er selber nicht verstand.

»Was sagen Sie?« fragte der Nackte, sein Ohr vom Handtuch befreiend.

»Es gibt bloß zwei Bagger in der ganzen Stadt«, antwortete Andrej gereizt. Am linken Schuh war der Schnürsenkel gerissen. Dem redseligen Nackten zu entfliehen, war jetzt unmöglich.

»Das meine ich ja – einen sollten sie hierher schicken!« wandte der Nackte ein, der energisch seine behaarte Hühnerbrust abtrocknete. »Und wir rackern uns mit Schaufeln ab. Aufs richtige Schaufeln muß man sich verstehen, dann strengt es weniger an, aber woher, frage ich Sie, woher soll ich das wissen als Büromensch in der Planabteilung.«

»Die Bagger werden an einem anderen Ort gebraucht«,

erklärte Andrej. Der Schnürsenkel wollte sich nicht knoten lassen.

»An welchem anderen?« Der nackte Büromensch gab nicht auf. »Hier ist doch meiner Meinung nach die Große Baustelle. Wo sind dann die Bagger? Auf der Allergrößten, was? Von so einer habe ich nie etwas gehört.«

Wozu streite ich mich eigentlich mit ihm? dachte Andrej wütend. Ein paarmal zustimmend nicken, und er würde mich in Ruhe lassen. Nein, dann würde er anfangen, von nackten Weibern zu sprechen – wie er sich an ihrem Anblick aufgeilt. Der alte Bock.

»Warum nörgeln Sie eigentlich?« fragte Andrej. »Man bittet Sie, eine Stunde am Tage körperlich zu arbeiten, und schon jammern Sie, als würde man Ihnen einen Zaunpfahl in den Hintern drehen! Die Hände haben Sie sich aufgerissen? Welch ein Unglück!«

Der Nackte aus der Planabteilung starrte ihn mit offenem Mund an. Andrej bemerkte die gichtigen Gelenke.

»Sie arbeiten doch für sich selber!« fuhr er fort, während er die Krawatte band. »Nicht für andere, für Sie selber bittet man Sie zu arbeiten! Trotzdem sind Sie unzufrieden, trotzdem paßt Ihnen vieles nicht. Vor der Wende hat er Scheiße gefahren, jetzt sitzt er in der Planabteilung und nörgelt immer noch rum.«

Er zog die Jacke an und rollte den Overall zusammen.

»Erlauben sie, mein Herr!« verwahrte sich der Nackte. »So habe ich das nicht gemeint! Ich meine Effektivität, rationelles Arbeiten! Übrigens habe ich mir selber meine Arbeitsstelle ausgesucht! Ich sage Ihnen: Wenn das die Große Baustelle ist, dann müßte das Beste hierher. Und schreien Sie mich bitte nicht an!«

»Ich habe keine Lust mehr, mich mit Ihnen zu unterhalten!« sagte Andrej. Im Gehen packte er den Overall in eine Zeitung, dann verließ er den Umkleideraum.

Selma wartete schon auf einer Parkbank. Sie saß mit

übereinandergeschlagenen Beinen da und rauchte nachdenklich, zur Baugrube hinüberschauend. Nach dem Duschen wirkte sie frisch, rosig. Andrej spürte Unbehagen, da dem dürren Spanner wahrscheinlich der Speichel im Mund zusammengelaufen war, als er Selma durch das Loch beobachtet hatte. Er legte die rechte Hand an ihren kühlen Hals.

»Gehen wir?«

Sie lächelte und rieb die Wange an seiner Hand. »Laß uns noch eine rauchen.«

Er setzte sich und rauchte ebenfalls.

In der Baugrube wimmelte es von Menschen, Erde flog von Schaufeln, die Sonne blinkte auf geschärften Eisen. Mit Erde beladene Fuhrwerke zogen als Kette auf dem Damm am Abhang entlang, bei gestapelten Betonplatten sammelte sich die nächste Schicht. Der Wind wirbelte rötlichen Staub auf, trug Fetzen von Märschen aus den Lautsprechern herüber, die auf Zementsäulen installiert waren, und schaukelte riesige Sperrholzplatten mit verblichenen Losungen: »Geiger befiehl! Die Stadt folgt dir!« »Die Große Baustelle – ein Schlag gegen die Unmenschen!« »Keine Experimente mit uns!«

»Otto hat versprochen, heute gibt's Teppiche«, sagte Selma.

»Fein«, freute sich Andrej. »Nimm den größten. Den legen wir ins Eßzimmer.«

»Ich wollte ihn für dein Arbeitszimmer haben. Als Wandteppich. Erinnerst du dich, das habe ich schon voriges Jahr gesagt, gleich als wir eingezogen sind.«

Andrej stellte sich sein Arbeitszimmer vor, Pistolen auf einem Wandteppich. Das würde gut aussehen. »Richtig! Häng ihn ins Arbeitszimmer.«

»Du mußt aber unbedingt Rummer anrufen. Er soll einen Mann zum Helfen schicken.«

»Ruf selber an. Ich habe keine Zeit. Na gut, ich rufe an. Wohin soll er kommen? Nach Haus?«

»Nein, erst ins Geschäft. Bist du zum Mittagessen da?«

»Bestimmt. Übrigens, Isja möchte uns schon lange mal besuchen.«

»Das paßt prima! Lad' ihn für heute abend ein. Hundert Jahre haben wir uns nicht mehr getroffen. Auch Wan müßtest du einladen, mit Meilin.«

»Mache ich«, sagte Andrej. An Wan hatte er nicht gedacht. »Und wen außer Isja möchtest du von unseren Leuten einladen?«

»Von unseren? Den Oberst?« sagte Selma unschlüssig. »Der ist ein feiner Mensch. Wenn wir jemanden von unseren Leuten einladen, dann zuerst die Dollfuß. Wir waren schon zweimal bei ihnen, langsam wird das peinlich.«

»Wenn er ohne seine Frau käme!«

»Das geht nicht!«

»Weißt du was? Ruf sie vorläufig nicht an, und abends werden wir sehen.« Ihm wurde bewußt, daß Wan und die Dollfuß nicht zueinander paßten. »Könnten wir nicht lieber Tschatschua einladen?«

»Genial! Den lassen wir auf die Dollfußsche los. Da können sich alle amüsieren.« Sie warf die Kippe weg. »Gehen wir?«

Aus der Baugrube bewegte sich die nächste Gruppe Großer Erbauer in Richtung Duschräume – verschwitzte Arbeiter aus dem Walzwerk.

»Gehen wir«, sagte Andrej.

Sie liefen auf einer schmutzigen Straße zwischen zwei Reihen frischgepflanzter Linden zur Bushaltestelle, wo zwei vollgepfropfte altertümliche Autobusse standen. Andrej blickte auf die Uhr: Bis zur Abfahrt blieben sieben Minuten. Aus dem vorderen Bus stießen aufgebrachte Frauen einen Betrunkenen. Er brüllte heiser, die Frauen schrien.

»Fahren wir mit dem Pöbel oder laufen wir?« fragte Andrej.

»Hast du Zeit?«

»Ja. Komm, wir gehen über den Wall. Da ist es kühler.«

Selma hakte sich unter, sie bogen nach links ein, tauchten in den Schatten eines alten vierstöckigen Hauses, das eingerüstet war, und begaben sich durch eine gepflasterte Gasse zum Wall.

Die Gegend wirkte öde. Schiefe kleine Häuser verfielen, Gras überwucherte die Straßen. In der Zeit um die Wende war es hier nicht ungefährlich, selbst am Tage – in dem Viertel lebten Rauschgifthändler, Schnapsbrenner, Hehler, professionelle Glücksjäger, Prostituierte, Zuhälter. Dann räumte man auf: Viele Kriminelle wurden verhaftet und in Sumpfsiedlungen gebracht, um bei Farmern zu schuften, Gesindel wurde davongejagt, manche stellte man in den Wirren einfach an die Wand, und alles Wertvolle, was man hier fand, wurde zum Nutzen der Stadt beschlagnahmt. Das Viertel verödete. Anfangs liefen hier noch Polizeistreifen, sie erwiesen sich bald als überflüssig. Nun sollte dieses Viertel abgerissen werden, und an seiner Stelle, entlang des Abhangs innerhalb der Stadtmauern, sollte eine Grünanlage als Erholungspark geschaffen werden.

Selma und Andrej ließen die letzte Ruine hinter sich und liefen am Abhang entlang durch kniehohes, saftiges Gras. Hier war es kühl – aus der Schlucht wehte wellenartig ein frischer Wind. Selma nieste, Andrej umfaßte ihre Schultern. Das granitene Geländer reichte noch nicht bis zu diesem Ort, Andrej hielt sich instinktiv mehrere Schritte vom Rande der Schlucht entfernt.

An diesem Abhang hatte jeder Mensch seltsame Empfindungen. Die Welt, von hier aus betrachtet, teilte sich deutlich in zwei Hälften. Nach Westen hin – unübersehbare blaugrüne Leere, kein Meer, sogar kein Himmel, ein blau-grünes Nichts. Nach Osten hin – die Gelbe Mauer, eine ansteigende Festung, an der sich die Stadt entlangzog. Die gelbe unüberwindbare Festung.

Endlose Leere im Westen und endlose Feste im Osten.

Diese beiden Endlosigkeiten zu begreifen gab es keine Möglichkeit. Man konnte sich nur daran gewöhnen. Wer das nicht vermochte, mied den Abhang, deshalb sah man hier kaum Menschen. Höchstens Liebespärchen kamen hierher, jedoch hauptsächlich abends. Im Dunkeln glomm im Abgrund etwas mit grünlichem Licht, als würde der Boden jahrhundertelang in Fäulnis verwesen. Auf dem Hintergrund dieser Beleuchtung war der schwarze, unebene Rand des Abhangs herrlich sichtbar. Das Gras war hier überall erstaunlich hoch und weich.

»Wenn wir einmal Luftschiffe bauen«, sagte Selma, »was machen wir dann – in die Luft steigen oder in diese Schlucht hinunterfliegen?«

»Was für Luftschiffe?« fragte Andrej verwundert.

»Was heißt – was für welche?«

»Ach, Ballons! Hinunter. Hinunter, natürlich. In den Abgrund.«

Die meisten Bürger, die täglich ihre Stunde auf der Großen Baustelle ableisteten, glaubten dem Gerücht, daß ein gigantisches Luftschiffwerk gebaut würde. Geiger nährte diese Gerüchte, bestätigte sie jedoch nicht.

»Warum denn hinunter?« fragte Selma.

»Wir haben Ballons losgelassen – unbemannt natürlich. Irgend etwas passiert mit ihnen dort oben, sie explodieren aus unbekannten Gründen. Höher als einen Kilometer ist bisher keiner gestiegen.«

»Und dort unten, was könnte dort sein?«

Andrej zuckte die Schultern. »Keine Ahnung.«

»Ach, du Gelehrter! Mein Herr Rat!« Selma fand im Gras ein Holzstück mit einem verrosteten Nagel und schleuderte es in den Abgrund. »Jemandem auf die Birne!«

»Laß den Unfug«, sagte Andrej gutmütig.

»So bin ich eben! Hast du's vergessen?«

Andrej musterte sie. »Nein. Wenn du Lust hast, leg' ich dich gleich hier im Gras aufs Kreuz!«

»Ich habe Lust!«

Andrej schaute sich um. Auf dem Dach einer nahen Hütte saßen zwei Männer und rauchten.

»Sie glotzen«, sagte er. »Schade. Ich würde dir's zeigen, Frau Rätin.«

»Mach's ihr, feste!« riefen die beiden vom Dach. »Das Gras ist weich!«

Andrej tat so, als höre er sie nicht. »Gehst du gleich nach Hause?«

Selma schaute auf die Uhr. »Ich muß zur Friseuse.«

Andrej spürte plötzlich ein erregendes Gefühl. Ihm wurde sehr deutlich bewußt, daß er Herr Rat war, ein verantwortlicher Mann in der Kanzlei des Präsidenten, ein geachteter Mann, daß er eine Frau besaß, eine schöne Frau, und ein reiches Haus, gefüllt mit Speis und Trank – jetzt geht seine Frau zum Friseur, weil sie abends Gäste empfangen, sie werden nicht Schnaps saufen und ungezügelt feiern, sondern sich gesittet benehmen, wie es sich für feine Leute gehört, und die Gäste sind nicht irgendwer, sondern die wichtigsten Persönlichkeiten der Stadt. Es war ein Gefühl plötzlich bewußter Reife, Bedeutsamkeit, Verantwortlichkeit. Andrej war ein erwachsener Mann in einer hohen Stellung. Er war ein Mann, der fest auf eigenen Füßen stand. Es fehlten nur Kinder – alles andere war so wie bei richtigen Erwachsenen.

»Wünsche Gesundheit, Herr Rat!« grüßte jemand ehrerbietig.

Sie hatten das öde Viertel verlassen. Links zog sich das granitene Geländer entlang, auf dem Gehsteig lagen verzierte Betonplatten, vor ihnen erhob sich der weißliche Gigant des Gläsernen Hauses. Gegrüßt hatte ein schmucker dunkelhäutiger Polizist in der blauen Uniform des Außenschutzes.

Andrej nickte ihm zerstreut zu und sagte zu Selma: »Entschuldige, du hast was gesagt, ich war in Gedanken.«

»Ich habe gesagt: Vergiß nicht, Rummer anzurufen. Den Mann brauche ich nicht nur für den Teppich. Wein muß geholt werden, Wodka. Der Oberst liebt Whisky, und Dollfuß trinkt am liebsten Bier. Ich nehme gleich einen ganzen Kasten.«

»Und im Bad muß der Lampenschirm ausgewechselt werden! Und mach Kräuterbutter. Soll ich dir Amalia schikken?«

Sie trennten sich an der Querstraße, die zum Gläsernen Haus führte, Selma ging weiter, und Andrej, der sie zufrieden mit seinen Blicken verfolgte, begab sich zum Westeingang.

Der große, mit Betonplatten ausgelegte Platz um das Gebäude war menschenleer, nur hier und dort sah man die blauen Uniformen der Wache. Unter den Bäumen, die den Platz säumten, standen wie immer Neugierige und bestaunten das gläserne Behältnis der Macht. Pensionäre mit Krückstöcken lieferten ihnen Erklärungen.

Vor dem Eingang stand schon der Wagen von Dollfuß, die Haube war wie immer aufgeklappt, und der Chauffeur bastelte wie immer am Motor. Ein schmutziger, direkt aus den Sümpfen kommender Farmer-Lkw verbreitete Gestank, über die Seitenwände ragten rotblaue Beine enthäuteter Rinder. Um den Wagen schwirrten Unmengen Fliegen. Der Farmer schimpfte in der Tür auf die Wache. Sie stritten sich offenbar schon recht lange. Sogar der diensthabende Chef der Wache war erschienen, begleitet von drei Polizisten. Zwei weitere Polizisten näherten sich langsam, die breite Treppe vom Platz heraufsteigend.

Der Farmer kam Andrej bekannt vor, es war ein baumlanger, hagerer Mann mit Segelohren. Er roch nach Schweiß und hatte eine Schnapsfahne. Andrej zeigte seinen Ausweis und ging ins Vestibül, dabei hörte er, daß der Farmer den Präsidenten Geiger persönlich verlangte. Die Wache erklärte ihm, daß hier der Diensteingang sei, Besucher müßten um das Gebäude herumfahren und ihr Glück im Empfangsbüro versuchen. Die Stimmen der Streitenden wurden allmählich lauter.

Andrej fuhr mit dem Lift in den vierten Stock und ging in einen großen Vorraum, an dessen Tür die schwarz-goldene Aufschrift prangte: »Der Präsident. Büro für Wissenschaft und Technik«. Die am Eingang sitzenden Boten erhoben sich, als er eintrat, und wie eingeübt versteckten alle gleichzeitig die qualmende Zigarette hinter dem Rücken. Sonst war in dem geweißten Raum niemand zu sehen, aus einigen Zimmern hörte man wie in der Zeitungsredaktion das Klingeln von Telefonen, sachlich diktierende Stimmen, das Klappern von Schreibmaschinen. Überall wurde fleißig gearbeitet. Andrej öffnete die Tür mit dem Schildchen »Rat A. Woronin« und betrat sein Vorzimmer.

Hier sprangen ebenfalls alle auf: Kechada, der fette, stets schwitzende Chef des Geodäsiesektors, Wareikis, der grämliche Personalchef, eine hektische alte Angestellte aus der Finanzverwaltung und ein junger Mann von sportlichem Aussehen – offenbar ein Neuling, der auf das Vorstellungsgespräch wartete. Hinter ihrem Schreibmaschinentisch am Fenster erhob sich geschwind Andrejs Sekretärin Amalia.

»Guten Tag, guten Tag, meine Herrschaften«, sagte Andrej laut und setzte sein wohlwollendstes Lächeln auf. »Ich bitte um Entschuldigung! Die verdammten Busse sind überfüllt, und ich mußte von der Baustelle auf Schusters Rappen herkommen.«

Er drückte jedem die Hand: die verschwitzte Kechadas, die lasche von Wareikis, die trockenen Knochen der Finanztante (was zum Teufel will sie hier?) und die eisenharte Pranke des ernst blickenden Neulings.

Er wandte sich an die Finanztante: »Ich denke, Ladies first. Madam, bitte! Was Dringendes?« fragte er leise Amalia. Er ergriff die Mitteilung, die ihm Amalia reichte, und öffnete die Tür zum Arbeitszimmer. »Bitte, Madam, treten Sie ein.«

Er wies der Angestellten mit einer Handbewegung einen Stuhl zu, setzte sich selber und legte die Mitteilung vor sich hin.

»Ich höre.«

Die Frau begann zu reden. Andrej hörte zu, mit dem Bleistift auf den Schreibtisch klopfend. Schon nach den ersten Worten war ihm alles klar.

»Entschuldigen Sie«, unterbrach er sie. »Ich habe Sie verstanden. Eigentlich ist es bei uns nicht üblich, jemanden auf Protektion einzustellen. In Ihrem Falle handelt es sich jedoch zweifellos um eine Ausnahme. Wenn sich Ihre Tochter tatsächlich so für Kosmographie interessiert, daß sie sich schon als Schülerin selbständig damit beschäftigt hat ... Rufen Sie bitte meinen Personalchef an. Ich werde mit ihm sprechen.« Er erhob sich. »Zweifellos muß man solche Ambitionen bei der Jugend begrüßen und fördern.« Er geleitete sie zur Tür. »Das ist ganz im Geiste der neuen Zeit. Danken Sie mir nicht, Madam, ich habe nur meine Pflicht getan. Alles Gute ...«

Er kehrte zum Schreibtisch zurück und las die Mitteilung. »Der Präsident beordert Rat Woronin um 14 Uhr in sein Büro.« Das war alles. Aus welchem Anlaß? Wozu? Was soll ich mitnehmen? Seltsam ... Wahrscheinlich langweilt sich Fritz und möchte ein bißchen quatschen. Um vierzehn Uhr beginnt die Mittagspause. Also essen wir beim Präsidenten ... Er nahm den Hörer des Haustelefons ab.

»Amalia, schicken Sie Kechada herein.«

Kechada zog den sportlichen Jüngling am Ärmel hinter sich her. »Herr Rat, ich möchte Ihnen diesen jungen Mann vorstellen, Douglas Catcher«, begann er gleich auf der Schwelle. »Ein Neuling, erst vor einem Monat angekommen, und er möchte nicht tatenlos in der Stadt herumsitzen.«

»Nun«, sagte Andrej lächelnd, »wer möchte das schon? Sehr erfreut, Catcher. Woher stammen Sie? Aus welcher Zeit?«

»Dallas in Texas«, antwortete der junge Mann mit tiefem Baß. »Jahr dreiundsiebzig.«

»Haben Sie irgendeinen Abschluß?«

»Das übliche College. Danach bin ich viel mit Geologen herumgezogen. Suche nach Erdöl.«

»Vorzüglich! Das ist es, was wir brauchen.« Er spielte mit dem Bleistift. »Sie wissen das möglicherweise nicht, Catcher, aber wir pflegen hier jeden zu fragen: Warum sind Sie geflohen? Haben Sie Abenteuer gesucht? Hat Sie das Experiment interessiert?«

Douglas Catcher runzelte die Stirn, steckte den Daumen der linken Hand in die Faust der rechten, schaute aus dem Fenster und stotterte: »Man kann sagen, daß ich geflohen bin. Amerika ist ein verfluchtes Land. Ihm ist nicht mehr zu helfen.«

Andrej nickte mitfühlend. »Aber wissen Sie, daß wir das Experiment nicht mehr akzeptieren?«

Catcher zuckte seine breiten Schultern. »Mir ist das alles egal. Mir gefällt es hier. Nur mag ich nicht an einem Ort bleiben. In der Stadt langweile ich mich. Und Mister Kechada hat mir vorgeschlagen, an einer Expedition teilzunehmen.«

»Ich will ihn für den Anfang zu Sons Gruppe schicken«, sagte Kechada. »Er ist ein kräftiger Bursche, hat gewisse Erfahrungen, und Menschen für die Arbeit in den Dschungeln zu finden, ist bekanntlich schwierig.«

»Nun ja, ich bin sehr erfreut, Catcher. Sie gefallen mir. Ich hoffe, daß es so bleibt.«

Catcher nickte unbeholfen und erhob sich. Kechada stand ebenfalls auf.

»Noch etwas«, sagte Andrej, den Zeigefinger erhoben. »Ich möchte Sie warnen, Catcher! Die Stadt und das Gläserne Haus sind daran interessiert, daß Sie lernen. Wir brauchen keine Hilfsarbeiter, davon haben wir mehr als genug. Wir benötigen ausgebildete Kräfte. Ich bin überzeugt, daß aus Ihnen ein erstklassiger Erdöl-Ingenieur wird. Wie ist sein Quotient, Kechada?«

»Siebenundachtzig.«

»Na, sehen Sie! Ich habe allen Grund, Ihnen zu vertrauen.«

»Ich werde mich bemühen«, murmelte Douglas Catcher und blickte beharrlich auf Kechada.

»Das ist alles«, sagte Kechada.

»Ich habe auch nichts mehr. Alles Gute! Und schicken Sie Wareikis herein.«

Wareikis trat nicht ein, sondern schob sich langsam ins Büro, sich in der geöffneten Tür immer wieder vorsichtig umschauend. Endlich schloß er die Tür, schlich lautlos zum Stuhl und setzte sich. Mißmut zeichnete sich deutlich auf seinem Gesicht ab, die Mundwinkel waren heruntergezogen.

»Damit ich es nicht vergesse«, sagte Andrej. »Eben war das Schrapnell von der Finanzverwaltung hier.«

»Ich weiß«, sagte Wareikis leise. »Die Tochter.«

»Ja. Ich habe keine Einwände.«

»Zu Kechada?« fragte Wareikis.

»Nein, ich denke, eher zu den Bauingenieuren.«

»Gut.« Wareikis zog aus der Brusttasche einen Notizblock hervor. »Instruktion Null siebzehn.«

»Bitte?«

»Die übliche Überprüfung ist beendet. Man hat acht Mitarbeiter mit einem Intelligenzquotienten unter den geforderten fünfundsiebzig entdeckt.«

»Warum fünfundsiebzig? Nach der Instruktion beträgt der Mindestquotient siebenundsechzig.«

»Die Personalabteilung des Präsidenten fordert für Mitarbeiter im Büro für Wissenschaft und Technik mindestens fünfundsiebzig.«

»Ach so.« Andrej kratzte sich die Stirn. »Nun, das ist ja logisch.«

»Außerdem«, fuhr Wareikis fort, »erreichen fünf von diesen acht nicht einmal siebenundsechzig. Hier ist die Liste.«

Andrej betrachtete das Verzeichnis. Zwei Männer und sechs Frauen, die Namen kannte er.

»Erlauben Sie«, sagte er erbost. »Amalia Torn ... Das ist doch meine Sekretärin Amalia! Was sind das für Scherze?«

»Achtundfünfzig«, sagte Wareikis.

»Und letztes Mal?«

»Letztes Mal war ich noch nicht da.«

»Sie ist doch Sekretärin! Meine Privatsekretärin!«

Wareikis schwieg. Andrej betrachtete noch einmal die Liste. Raschidow ... Der ist wohl Landvermesser. Jemand hat ihn empfohlen. Oder sich über ihn beschwert? ... Tatjana Postnik, Assistentin. Ach, das ist die mit dem Lockenkopf, ein hübsches Ding, sie hatte was mit Kechada ... Nein, das war eine andere ...«

»In Ordnung«, sagte er. »Ich werde mich mit der Liste befassen, und wir reden noch darüber. Es wäre gut, wenn Sie im Personalbüro neue Richtlinien über Tätigkeiten wie Sekretärin oder Assistentin erbäten. An das Hilfspersonal können wir doch nicht dieselben Anforderungen stellen wie an wissenschaftliche Mitarbeiter. Schließlich sind bei uns auch Boten beschäftigt.«

»Zu Befehl«, sagte Wareikis.

»Noch was?«

»Ja, die Instruktion Null null drei.«

Andrej runzelte die Stirn. »Ich erinnere mich nicht daran.«

»Ideologische Diversion.«

»Ach so«, sagte Andrej. »Und?«

»Es gibt eindeutige Hinweise bei folgenden Personen.«

Wareikis legte noch ein Blatt vor Andrej hin. Auf der Liste standen lediglich drei Namen. Drei Männer. Alle drei Abteilungsleiter. Von wichtigen Abteilungen. Kosmographie, Sozialpsychologie und Geodäsie; Sullivan, Butz und Kechada. Andrej trommelte mit den Fingern auf die Liste. Solch ein Pech, dachte er. Ruhe bewahren, nichts überstürzen. Den sturen Kerl kann man ohnehin nicht überzeugen, und ich muß noch lange mit ihm arbeiten.

»Unangenehm«, erklärte er. »Sehr unangenehm. Sind die Informationen überprüft worden? Kein Irrtum?«

»Bombensichere und oftmals bestätigte Informationen«, sagte Wareikis mit tonloser Stimme. »Sullivan: Er behauptet, das Experiment würde fortgesetzt. Nach seinen Worten verwirklicht das Gläserne Haus, vielleicht sogar gegen seinen Willen, weiterhin die Pläne der Experimentatoren. Die Wende sei nur eine Etappe des Experiments.«

Goldene Worte, dachte Andrej. Isja sagt genau dasselbe, und Fritz gefällt das ganz und gar nicht. Der Unterschied ist nur: Isja darf das, der arme Sullivan aber nicht.

»Kechada«, fuhr Wareikis fort. »Vor Untergebenen schwärmt er für die wissenschaftlich-technische Macht angeblicher Experimentatoren. Er kritisiert die Tätigkeit des Präsidenten und des Präsidialrats. Zweimal hat er diese Tätigkeit mit der Geschäftigkeit von Mäusen in einem Schuhkarton verglichen.«

Andrej hörte mit gesenktem Blick zu. Sein Gesicht verriet keine Regung.

»Schließlich Butz. Er äußert sich abschätzig über den Präsidenten persönlich. In angetrunkenem Zustand nannte er unser politisches System eine Diktatur der Mediokren über die völlig Verblödeten.«

Andrej konnte nicht an sich halten, er grunzte laut. Der Teufel führt ihre Zunge, dachte er gereizt, und schob das Blatt beiseite. Elite nennen sie sich, dabei scheißen sie sich selber auf den Kopf.

»Und das alles wissen Sie«, sagte er zu Wareikis. »Und das alles ist Ihnen bekannt!«

Das hätte er nicht zu sagen brauchen. Es war dumm. Wareikis schaute ihn grämlich an.

»Sie arbeiten ausgezeichnet, Wareikis. Bei Ihnen fühle ich mich sicher wie in einer Festung mit dicken Mauern. Ich nehme an, diese Informationen sind schon auf den üblichen Kanälen weitergeleitet worden.«

»Sie werden heute weitergeleitet. Ich bin verpflichtet, Sie vorher zu informieren.«

»Sehr gut. Leiten Sie alles weiter!« Er heftete beide Blätter zusammen und legte sie in eine blaue Mappe mit der Aufschrift »Vorlage beim Präsidenten«. »Wir werden sehen, was unser Herr Rummer dazu meint.«

»Da Rummer solche Informationen nicht zum ersten Mal erhält, nehme ich an, daß er empfehlen wird, diese Leute von leitenden Posten zu entfernen.«

Andrej blickte auf Wareikis und bemühte sich, seine Augen auf einen Punkt irgendwo weit hinter dessen Rücken zu fixieren. »Gestern war ich bei der Zensuraufführung eines neuen Films: ›Die Nackten und die Bosse.‹ Wir haben ihn genehmigt, so daß er bald in die Kinos kommt. Ich rate Ihnen sehr, diesen Film anzusehen. Dort, wissen Sie . . .«

Er schilderte Wareikis ausführlich den Inhalt des scheußlichen Machwerks, das tatsächlich Geiger sehr gefallen hatte, und nicht nur ihm. Wareikis hörte schweigend zu, von Zeit zu Zeit bei überraschenden Stellen nickend, als besänne er sich. Seine Miene drückte nur Schwermut und Gram aus. Andrej merkte, daß Wareikis längst den Faden verloren hatte und überhaupt nichts verstand. Beim Höhepunkt, als Wareikis erkannte, daß er die Schilderung bis zum Ende anhören müsse, gähnte Andrej ostentativ und sagte gutmütig:

»Und so weiter in dem Sinne. Müssen Sie unbedingt sehen! Übrigens, was halten Sie von dem jungen Catcher?«

Wareikis zuckte zusammen. »Catcher? Vorläufig habe ich den Eindruck, daß mit ihm alles in Ordnung ist.«

»Das denke ich auch«, sagte Andrej. Er griff nach dem Telefonhörer. »Haben Sie noch etwas für mich, Wareikis?«

Wareikis erhob sich. »Nein. Sonst nichts. Darf ich gehen?«

Andrej nickte ihm gnädig zu und sagte in den Hörer: »Amalia, wer ist noch da?«

»Ellisauer, Herr Rat.«

»Wer ist Ellisauer?« Andrej beobachtete, wie sich Wareikis vorsichtig aus dem Zimmer schob.

»Der stellvertretende Chef der Transportabteilung. Zum Thema ›Aquamarin‹.«

»Soll warten. Bringen Sie die Post.«

Amalia erschien nach einer Minute auf der Schwelle, und diese Zeit hatte Andrej benutzt, um stöhnend seine Bizeps zu reiben und das Kreuz zu bewegen, alles schmerzte angenehm nach der Stunde anstrengender Arbeit auf der Baustelle, und er dachte, das sei eigentlich ein guter Ausgleichssport für einen Mann, der den Tag meist sitzend verbringt.

Amalia schloß die Tür hinter sich, klapperte auf dem Parkett mit ihren Absätzen und legte die Mappe auf den Schreibtisch. Andrej umfaßte wie immer ihre schmalen festen Hüften, die mit kühler Seide bespannt waren, und klatschte ihr auf die Oberschenkel. Mit der anderen Hand schlug er die Mappe auf.

»Nun, was haben wir heute?« fragte er heiter.

Amalia schmolz unter seiner Hand, ihr stockte sogar der Atem. Ein komisches Weibsstück, dachte er, und treu wie ein Hund. Und sie versteht ihre Sache. Er schaute sie von unten herauf an. Wie immer bei Liebkosungen erbleichte ihr Gesicht, und als sich ihre Blicke trafen, legte sich unschlüssig ihre schmale heiße Hand um seinen Hals. Ihre Finger zitterten.

»Na, Kleine?« sagte er zärtlich. »Ist in dem Packen Mist

was Wichtiges? Oder verschließen wir die Tür und verändern unsere Lage?«

Das war ihr Codewort für Vergnügungen im Sessel und auf dem Teppich. Von Amalia hätte Andrej nie sagen können, wie sie im Bett war. Im Bett war er kein einziges Mal mit ihr gewesen.

»Hier ist der Finanzplan«, sagte Amalia mit schwacher Stimme. »Dann die Anordnungen. Und private Briefe, die habe ich nicht geöffnet.«

»Das ist recht so«, sagt Andrej. »Vielleicht ist da etwas Wichtiges dabei.«

Er ließ sie los, sie stöhnte leise.

»Setz dich hin«, sagte er. »Und bleib hier, ich mache schnell.«

Er ergriff den erstbesten Brief und riß den Umschlag auf. Beim Lesen runzelte er die Stirn. Der Assistent Jewsejenko berichtete über seinen Chef Kechada, daß dieser »Kritik an der Zeitung und dem Herrn Rat persönlich zuläßt«. Andrej kannte diesen Jewsejenko gut. Es war ein merkwürdiger, vom Pech verfolgter Mann, glücklos in allen seinen Unternehmungen. Einmal verblüffte er Andrej, als er das Leben im Leningrader Kriegsjahr 1942 pries. »Damals war's gut«, schwärmte er. »Du lebst, denkst an nichts, und wenn du was brauchst, sagst du es den Soldaten, sie besorgen alles.« Er wurde schließlich Hauptmann, und während des ganzen Krieges tötete er nur einen einzigen Menschen, den eigenen Politoffizier. Jewsejenko sah, daß die Deutschen den Politoffizier gefangennahmen und seine Taschen durchsuchten. Da feuerte er aus dem Gesträuch, traf den Politoffizier und flüchtete. Für diese Tat lobte er sich sehr: Man hätte den Mann gefoltert. Was soll ich mit diesem Schwein machen? dachte Andrej. Das ist schon die sechste Denunziation. Er schreibt nicht an Rummer, nicht an Wareikis, sondern an mich. Eine interessante psychologische Absonderlichkeit. Wenn er an Wareikis oder Rummer schreibt, wird Kechada abgeholt. Aber ich rühre Kechada nicht an. Ich mache mir keine Illusion über ihn, rühre ihn jedoch nicht an, weil ich ihn schätze und ihm alles durchgehen lasse, das weiß jeder. So erfülle ich sozusagen meine Bürgerpflicht, richte aber so einen Menschen zugrunde ... Nein, was für eine unglaubliche Mißgeburt, dieser Denunziant.

Andrej zerknüllte den Brief, warf ihn in den Papierkorb und nahm den nächsten. Die Schrift auf dem Umschlag kam ihm bekannt vor, eine sehr charakteristische Handschrift. Der Absender fehlte. Im Umschlag befand sich ein Blatt Papier, der Text war auf einer Maschine geschrieben – ein Durchschlag, und nicht der erste, nur unten standen ein paar handgeschriebene Worte. Andrej las, verstand nichts, las noch einmal, und ihm lief es kalt über den Rücken. Er blickte auf die Uhr. Dann wählte er eine Nummer und krächzte:

»Rat Rummer, dringend!«

»Rat Rummer ist nicht zu sprechen.«

»Hier ist Rat Woronin! Ich habe gesagt – dringend!«

»Verzeihen Sie, Herr Rat. Rat Rummer ist beim Präsidenten.«

Andrej legte den Hörer auf, stieß die verwirrte Amalia beiseite und stürzte zur Tür. Als er die Klinke anfaßte, wußte er, daß es zu spät war, er würde es nicht mehr schaffen. Wenn das alles die Wahrheit war. Wenn das kein idiotischer Scherz war ...

Er ging langsam zum Fenster, hielt sich an der samtbezogenen Geländerstange fest und schaute auf den Platz. Dort war es menschenleer wie immer. Ein paar blaue Uniformen tauchten auf, im Baumschatten standen Neugierige, eine alte Frau schob einen Kinderwagen vor sich her. Ein Auto fuhr vorbei. Andrej wartete, an die Stange geklammert.

Amalia trat von hinten an ihn heran und berührte leicht seine Schulter. »Was ist passiert?« fragte sie flüsternd.

»Geh weg«, sagte er, ohne sich umzudrehen. »Setz dich in den Sessel.«

Andrej schaute wieder auf die Uhr. Auf seiner Uhr war es eine Minute später. Natürlich, dachte er. Das kann nicht sein. Ein idiotischer Scherz. Oder Erpressung ... In dem Moment tauchte unter den Bäumen ein Mann auf und bewegte sich langsam über den Platz. Er wirkte winzig aus dieser Höhe und aus dieser Entfernung, und Andrej erkannte ihn nicht. Er erinnerte sich, daß der Schreiber groß und hager war, während dieser Mann wie geschwollen aussah, und erst in letzter Minute erkannte Andrej, warum. Er zuckte zusammen und trat vom Fenster zurück.

Auf dem Platz krachte es – dumpf und kurz. Fensterscheiben erzitterten, irgendwo klirrte Glas auf dem Boden. Amalia schrie entsetzt auf, vom Platz drangen gellende Stimmen herauf.

Andrej schob Amalia, die zum Fenster gelaufen war, unwirsch beiseite und schaute hinunter. Eine gelbliche Rauchwolke stieg zum Himmel. Von allen Seiten liefen Uniformierte zu der Stelle, und unter den Bäumen vergrößerte sich die Menschenmenge.

Andrej, der seine Beine nicht spürte, kehrte zum Schreibtisch zurück und ergriff wieder den Brief.

»An alle Mächtigen dieser entarteten Welt!

Ich hasse die Lüge, aber eure Wahrheit ist schlimmer als Lüge. Ihr habt die Stadt in einen bequemen Stall verwandelt und die Bürger der Stadt in satte Schweine. Ich will kein sattes Schwein sein, aber ich will auch kein Schweinehirt sein, und etwas anderes gibt es nicht in eurer schmatzenden Welt. In eurem Handeln seid ihr selbstzufrieden und bar jeglichen Talents, obgleich einst viele von euch echte Menschen waren. Unter euch befinden sich auch meine ehemaligen Freunde, an sie wende ich mich in erster Linie. Worte wirken nicht auf euch, deshalb bekräftige ich sie mit meinem Tode. Vielleicht schämt ihr euch, vielleicht empfindet ihr das als schrecklich, vielleicht bloß einfach als unbequem in eurem Stall. Das ist alles, worauf ich noch hoffen darf. Der Herr möge euch strafen! Danny Lee.«

Es war eine schlechte Kopie, offenbar hatte er den Brief mit mehreren Durchschlägen geschrieben. Unten stand handgeschrieben:

»Lieber Woronin, leb wohl! Ich sprenge mich heute um dreizehn Uhr auf dem Platz vor dem Gläsernen Haus in die Luft. Wenn der Brief nicht zu spät kommt, kannst du zusehen, aber du sollst mich nicht hindern – das ergäbe nur unnötige Opfer. Dein ehemaliger Freund und Leiter der Leserbriefabteilung deiner ehemaligen Zeitung – Danny.«

Andrej fragte Amalia: »Erinnerst du dich an Danny? Danny Lee, der für die Leserbriefe zuständig war?«

Amalia nickte, ihr Gesicht verzerrte sich vor Schreck. »Das kann nicht sein!« sagte sie heiser. »Das ist nicht wahr!«

»Er hat sich umgebracht«, sagte Andrej, mühsam die Lippen bewegend. »Mit Dynamit, das hatte er unter der Jacke.«

»Warum?« fragte Amalia. Ihre Augen füllten sich mit Tränen, die über das bleiche Gesicht rannen und am Kinn hängenblieben.

»Ich verstehe das nicht«, sagte Andrej hilflos. »Nichts verstehe ich. Wir haben uns erst neulich gesehen. Nun ja, er hat geschimpft, wir haben uns gestritten.« Er wandte sich wieder an Amalia: »Ist er vielleicht zu mir ins Büro gekommen? Habe ich ihn nicht empfangen?«

Amalia schüttelte den Kopf, die Hände vors Gesicht geschlagen.

Plötzlich spürte Andrej Wut. Nicht Wut, sondern eher heftige Erregung, wie er sie in der Garderobe nach dem Duschen empfunden hatte. Was fehlte ihm denn, zum Teufel? Der Idiot! Was hat er damit bewiesen? Ein Schwein möchte er nicht sein, Schweinehirt möchte er nicht sein. Er langweilt sich! Dann verpiß dich mit deiner Langeweile!

»Hör auf zu heulen!« schrie er Amalia an. »Wisch die Tränen ab und geh in dein Zimmer!«

Er schaute wieder aus dem Fenster. Auf dem Platz hatte sich eine riesige Menschenmenge angesammelt. In ihrer Mitte blieb ein leerer Raum, der von blauen Uniformen umgrenzt wurde. Dort machten sich Männer in weißen Kitteln zu schaffen. Der Notarztwagen ließ die Sirene heulen und versuchte, sich einen Weg zu bahnen.

Was hast du damit bewiesen? Daß du nicht mit uns leben willst? Warum mußtest du das beweisen, und wem? Daß du uns haßt? Unsinn. Wir tun alles, was nötig ist. Wir sind nicht schuld, daß sie Schweine sind. Sie waren auch vorher Schweine, und nach uns werden sie Schweine bleiben. Wir können sie nur füttern und kleiden und von den Sorgen des Alltags befreien, denn seelische Leiden haben sie seit ihrer Geburt nie gekannt. Haben wir wenig für sie getan? Schau, was aus der Stadt geworden ist! Sauberkeit, Ordnung, die alte Sauwirtschaft ist längst vergessen, es gibt zu fressen in Hülle und Fülle, Klamotten in Hülle und Fülle, bald wird es auch Vergnügen in Hülle und Fülle geben – was brauchen sie noch? Und du, was hast du getan? Da kratzen jetzt Sanitäter deine Gedärme vom Asphalt – das sind deine Leistungen, mehr nicht. Und wir schuften, bringen die Maschine in Bewegung, weil alles, was wir bisher erreicht haben, nur der Anfang ist, das muß alles erhalten bleiben, mein Lieber, und vermehrt werden ... Vielleicht gibt es auf der Erde über den Menschen keinen Gott und keinen Teufel, aber hier, du stinkender Demokrat, du Volksbeglücker, hier gibt es sie ...

Vor seinem geistigen Auge stand immer noch Danny, wie er bei ihrer letzten Begegnung ausgesehen hatte, vor einem Monat oder zwei – ausgemergelt, gequält, krank, in seinen traurigen Augen verbarg sich große Angst. Ganz am Ende des unsinnigen Streits, als er schon aufgestanden war und zerknülltes Papier auf ein silbernes Tablett geworfen hatte, sagte er: »Mein Gott, womit brüstest du dich? Deinen satten Bauch legst du auf den Altar! Wozu? Den Menschen den Wanst füllen! Ist das etwa eine Aufgabe? Im kleinen Dänemark können sie das schon viele Jahre. Gut, ich habe angeblich kein Recht, wie du dich ausdrückst, mich im Namen aller aufzuspielen. Vielleicht nicht aller, aber wir beide wissen genau, daß es nicht das ist, was die Menschen brauchen, daß du eine wirklich neue Welt so nicht errichtest!« »Und wie soll man sie errichten, verdammt noch mal? Wie?« hatte Andrej damals gebrüllt. Danny winkte nur ab und sagte nichts mehr.

Das weiße Telefon klingelte. Andrej kehrte widerstrebend zum Schreibtisch zurück und nahm den Hörer ab.

»Andrej? Hier Geiger.«

»Guten Tag, Fritz.«

»Hast du ihn gekannt?«

»Ja.«

»Und was meinst du dazu?«

»Ein Hysteriker«, sagte Andrej durch die Zähne. »Schund.«

Geiger machte eine Pause. »Hast du einen Brief von ihm bekommen?«

»Ja.«

»Ein merkwürdiger Mensch. Na gut. Ich erwarte dich um zwei.«

Andrej legte den Hörer auf, und das Telefon klingelte wieder. Diesmal rief Selma an. Sie war sehr aufgeregt. Die Nachricht von der Explosion war schon zum Weißen Hof gelangt, unterwegs bis zur Unkenntlichkeit verzerrt, und jetzt herrschte dort beklemmende Verwirrung.

»Ja, alles ist heil und unbeschädigt«, sagte Andrej. »Niemand ist verletzt. Hast du Rummer angerufen?«

»Wozu Rummer?« ereiferte sich Selma. »Ich bin kopflos vom Friseur hierhergerannt – die Dollfußsche kam kreidebleich reingestürmt und schrie, daß auf Geiger ein

Attentat verübt wurde und das halbe Gläserne Haus zerstört sei.«

»Alles Unsinn«, sagte Andrej ungeduldig. »Ich kann nicht weg von hier.«

»Kannst du mir sagen, was passiert ist?«

»Ein Verrückter ...« Andrej stockte. »Ein Dummkopf hat Sprengstoff über den Platz geschleppt und fallenlassen.«

»War es wirklich kein Attentat?« fragte Selma hartnäkkig.

»Das weiß ich doch nicht! Damit befaßt sich Rummer.«

»Du lügst, Herr Rat«, sagte Selma und legte auf.

Andrej kehrte zum Fenster zurück. Die Menge hatte sich fast zerstreut, der Krankenwagen war fort. Einige Polizisten begossen mit Feuerwehrspritzen den Platz um eine Ausbuchtung im Beton. Die Alte mit dem Kinderwagen hinkte in der anderen Richtung zurück. Das war alles.

Andrej ging zur Tür und blickte ins Vorzimmer. Amalia saß an ihrem Platz – streng, mit zusammengepreßten Lippen, völlig unzugänglich –, die Finger flatterten in der üblichen Geschwindigkeit über die Tasten, das Gesicht zeigte keinerlei Spuren von Tränen. Andrej betrachtete sie voller Zärtlichkeit. Ein tolles Weib, sagte er im stillen zu Wareikis. Eher schmeiße ich dich raus ...

Amalia wurde plötzlich von jemandem verdeckt. Vor Andrej strahlte schmeichlerisch das flache Gesicht Ellisauers.

»Ach«, sagte Andrej. »Herr Ellisauer ... Entschuldigen Sie, ich kann Sie heute nicht empfangen. Morgen früh, bitte.«

Ohne ein Wort zu sagen, richtete sich Ellisauer mitten in der Verbeugung auf und verschwand. Amalia hatte schon Block und Bleistift in der Hand.

»Herr Rat?«

»Kommen Sie einen Moment rein«, sagte Andrej.

Er kehrte zum Schreibtisch zurück, und sogleich klingelte wieder das weiße Telefon.

»Woronin?« fragte eine näselnde Raucherstimme. »Hier ist Rummer. Nun, wie geht's?«

»Ausgezeichnet«, sagte Andrej und bedeutete Amalia, sie solle bleiben.

»Und deiner Frau?«

»Alles gut, sie läßt dich grüßen. Übrigens, schick ihr heute zwei Männer, sie braucht Hilfe im Haushalt.«

»Zwei? Gut. Wohin?«

»Sie sollen Selma anrufen, am besten gleich.«

»Wird gemacht«, sagte Rummer. »Nicht gleich, aber es wird gemacht. Du verstehst, ich bin jetzt völlig mit diesem Kram beschäftigt. Kennst du die offizielle Version?«

»Woher denn?« fragte Andrej ärgerlich.

»Also: Ein Unfall mit Sprengstoffen. Beim Transport von Sprengmaterial. Einzelheiten werden geklärt.«

»Verstanden.«

»Irgendein Arbeiter hat das Material transportiert. Er war betrunken . . .«

»Ich habe schon verstanden«, sagte Andrej. »Tüchtig!«

Rummer fuhr fort: »Er ist gestolpert oder . . . Im übrigen werden die Einzelheiten untersucht. Die Schuldigen werden bestraft. Das Informationsblatt kommt gleich, es wird bloß vervielfältigt. Noch was. Hast du einen Brief gekriegt? Wer hat ihn bei dir gelesen?«

»Niemand.«

»Und deine Sekretärin?«

»Ich habe doch gesagt: Niemand. Privatbriefe öffne ich immer selber.«

»Recht so«, sagte Rummer lobend. »Das machst du richtig. Manche, weißt du, lassen Briefe offen herumliegen. Jeder kann sie lesen . . . Also bei dir hat ihn keiner gelesen. Verstecke ihn gut, den Brief – nach Anweisung zwei null. Gleich kommt ein Mann von mir und holt ihn ab, klar?«

»Warum denn?«

Rummer zögerte. »Wie soll ich das sagen ... Vielleicht eignet er sich ... Du hast ihn doch gekannt?«

»Wen?«

»Nun, diesen ...« Rummer kicherte. »Diesen Arbeiter mit dem Sprengstoff.«

»Ja.«

»Am Telefon wollen wir nicht darüber reden, man wird dir ein paar Fragen stellen.«

»Das geht nicht«, sagte Andrej ärgerlich. »Fritz hat mich zu sich bestellt.«

»Die fünf Minuten! Was macht das aus? Zwei Fragen wirst du wohl beantworten können.«

»Schon gut. Ist das alles?«

»Ich habe ihn schon losgeschickt, in einer Minute wird er erscheinen. Zwirik ist sein Name. Oberadjutor.«

»Alles klar.«

»Bloß zwei Fragen. Er wird dich nicht aufhalten.«

»Ist das alles?« fragte Andrej nochmals.

»Ja. Ich muß noch die anderen Räte anrufen.«

»Vergiß nicht, Selma die Männer zu schicken.«

»Geht in Ordnung. Mach's gut.«

Andrej legte den Hörer auf und sagte zu Amalia: »Du hast nichts gesehen und nichts gehört.«

Amalia schaute ihn erschrocken an und deutete mit dem Finger aufs Fenster.

»Genau«, sagte Andrej. »Du kennst keine Namen und weißt nicht, was vorgefallen ist.«

Die Tür wurde einen Spalt geöffnet, und ein bekanntes blasses Gesicht mit verdrossenen Äuglein lugte ins Zimmer.

»Warten Sie draußen!« sagte Andrej in scharfem Ton. »Ich rufe Sie.«

Die Tür wurde wieder geschlossen.

»Verstanden?« fragte Andrej. »Draußen hat es gekracht, und mehr weißt du nicht. Die offizielle Version: Ein betrunkener Arbeiter hat Sprengstoff vom Magazin transportiert, die Schuldigen werden ermittelt.« Er schwieg nachdenklich. »Wo habe ich diese Fresse schon gesehen? Auch der Name kommt mir bekannt vor... Zwirik... Zwirik...«

»Warum hat er das getan?« Amalias Augen wurden wieder verdächtig feucht.

Andrej winkte ab. »Jetzt nichts darüber. Später. Geh, ruf mir jetzt diesen Zwirik.«

ZWEITES KAPITEL

Als sie am Tisch saßen, sagte Geiger zu Isja: »Greif zu, mein Jude! Laß dir's schmecken!«

»Ich bin nicht dein Jude«, erwiderte Isja, der sich Salat auf den Teller häufte. »Schon hundertmal habe ich dir gesagt, daß ich mein eigener Jude bin. Der da ist dein Jude!« Er deutete mit der Gabel auf Andrej.

»Kein Tomatensaft?« fragte Andrej nörglerisch.

»Tomatensaft möchtest du?« fragte Geiger. »Parker! Tomatensaft für den Herrn Rat!«

In der Tür des Speisezimmers erschien ein kräftiger Bursche, der persönliche Adjutant des Präsidenten; er klirrte mit den Sporen, näherte sich dem Tisch und stellte mit einer leichten Verbeugung eine Karaffe gekühlten Tomatensaft vor Andrej hin.

»Danke, Parker«, sagte Andrej. »Ich gieße selber ein.«

Geiger nickte, und Parker verschwand.

»Gute Dressur!« nuschelte Isja mit vollem Mund.

»Ein tüchtiger Bursche«, sagte Andrej.

»Bei Mandschuro wird zum Essen auch Wodka gereicht«, sagte Isja.

»Denunziant!« fuhr ihn Geiger vorwurfsvoll an.

»Warum?« wunderte sich Isja.

»Wenn Mandschuro während der Arbeitszeit Wodka säuft, muß ich ihn bestrafen.«

»Alle kannst du nicht erschießen.«

»Die Todesstrafe ist abgeschafft«, sagte Geiger. »Glaube ich jedenfalls. Ich muß mal Tschatschua fragen.«

»Und was ist mit Tschatschuas Vorgänger passiert?« erkundigte sich Isja mit Unschuldsmiene.

»Das war ein Unfall«, antwortete Geiger. »Bei einer Schießerei.«

»Übrigens war er ein erstklassiger Fachmann«, bemerkte Andrej. »Tschatschua versteht seine Sache, aber er! Das war ein phänomenaler Mann.«

»Wo gehobelt wird, fallen Späne«, sagte Geiger nachdenklich. »Wir haben zu wenig Erfahrung.«

»Alles ist gut, was gut endet«, sagte Andrej.

»Noch hat nichts geendet!« entgegnete Isja. »Woher wißt ihr, daß alles schon zu Ende ist?«

»Jedenfalls haben die Schießereien aufgehört«, bemerkte Andrej.

»Eine richtige Schießerei hat noch gar nicht angefangen«, erklärte Isja. »Hör mal, Fritz, hat es schon mal einen Anschlag auf dich gegeben?«

Geiger erwiderte finster: »Was für eine idiotische Idee! Natürlich nicht.«

»Das kommt noch«, prophezeite Isja.

»Danke.«

»Es wird Anschläge geben«, fuhr Isja fort, »die Drogensucht wird grassieren. Es wird Rebellionen der Satten geben. Hippies sind schon aufgetaucht, von ihnen rede ich gar nicht. Es wird Selbstmorde aus Protest geben, Selbstverbrennungen, Selbstsprengungen. Übrigens gibt es das schon.«

Geiger und Andrej tauschten Blicke.

»Bitte«, sagte Andrej ärgerlich. »Er weiß es schon.«

»Interessant, woher?« fragte Geiger und betrachtete Isja mit zusammengekniffenen Augen.

»Was weiß ich?« fragte Isja. Er legte die Gabel hin. »Wartet! Ach? Das war also ein Selbstmord aus Protest? Ich denke schon – was für ein dummes Geschwätz? Betrunkene Sprengmeister laufen mit Dynamit durch die Gegend. Also das! Ehrlich, ich habe gedacht, das wäre ein Anschlag gewesen. Wer war das eigentlich?«

»Ein gewisser Danny Lee«, antwortete Geiger. »Andrej hat ihn gekannt.«

»Lee . . .«, sagte Isja und wischte zerstreut Mayonnaisenspritzer auf dem Jackenrevers breit. »Danny Lee . . . Warte, so ein Dürrer? Ein Journalist?«

»Du hast ihn auch gekannt«, sagte Andrej. »Erinnerst du dich, bei mir in der Zeitung . . .«

»Jajaja!« rief Isja. »Richtig. Ich erinnere mich.«

»Aber halt bloß deine Zunge im Zaum!« sagte Geiger.

Isja rieb mit versteinertem Lächeln an seiner Warze. »Also Danny. Er hat sich mit Dynamit vollgepackt und ist auf den Platz gegangen. Bestimmt hat er vorher Briefe an alle Zeitungen geschickt, der Spinner. Und was gedenkst du zu unternehmen?« wandte er sich an Geiger.

»Ich habe schon alles unternommen.«

»Nun ja, nun ja«, sagte Isja ungeduldig. »Alles verheimlichen, offizielle Lügen herausgeben, Rummer von der Kette lassen – das meine ich nicht. Was denkst du überhaupt darüber?« Oder meinst du, das alles sei rein zufällig geschehen?«

»Nein, ich meine nicht, daß das dem Zufall zuzuschreiben ist«, antwortete Geiger bedächtig.

»Gott sei Dank!«

»Und was meinst du?« fragte ihn Andrej.

Isja stellte sofort die Gegenfrage: »Und du?«

»Ich denke, daß es in jeder Gesellschaft auch verrückte Außenseiter geben muß. Danny war nicht normal, das ist völlig klar. Er glaubte an eine fixe Idee. In der Stadt gibt es natürlich noch mehr solche wie ihn.«

»Was hat er denn gesagt?«

»Er hat gesagt, daß er sich langweilt. Daß wir kein echtes Ziel gefunden hätten. Daß alle unsere Bemühungen, den Lebensstandard zu steigern, Unsinn seien und zu nichts führen. Er hat viel solches Zeug geredet, aber selber konnte er nichts Vernünftiges vorschlagen. Ein Spinner. Ein Hysteriker.«

»Aber irgend etwas muß er doch gewollt haben?« fragte Geiger.

Andrej winkte ab. »Der übliche Unsinn der Volkstümler.«

»Das verstehe ich nicht.«

»Nun, er meinte, die Aufgabe aufgeklärter Menschen sei es, das Volk auf ihr aufgeklärtes Niveau zu heben. Aber wie man das macht, wußte er natürlich nicht.«

»Deshalb hat er sich umgebracht?« zweifelte Geiger.

»Ich habe dir doch gesagt – ein Spinner.«

»Und deine Meinung?« wollte Geiger von Isja wissen.

Isja überlegte keine Sekunde. »Wenn man als Spinner einen Menschen bezeichnet, der sich mit einem unlösbaren Problem abquält – dann war er ein Spinner. Und du, Fritz, wirst ihn nicht verstehen. Du gehörst zu den Menschen, die sich nur mit lösbaren Problemen befassen.«

»Nehmen wir an«, sagte Andrej, »Danny war völlig davon überzeugt, daß sein Problem lösbar sei.«

»Ihr beide versteht überhaupt nichts«, erklärte Isja. »Ihr haltet euch für die Elite. Demokrat ist für euch ein Schimpfwort. Ihr seht nicht weiter, als die Nasenspitze reicht. Ihr verachtet die breite Masse und seid unheimlich stolz auf diese eure Verachtung. Aber in Wirklichkeit seid ihr nur Sklaven dieser Masse! Alles, was ihr tut, tut ihr für die Masse. Alles, worüber ihr euch den Kopf zerbrecht, braucht in erster Linie gerade die Masse. Ihr lebt für die Masse. Verschwände die Masse, würdet ihr den Sinn eures Lebens verlieren. Ihr seid klägliche Werkzeuge. Deshalb werden

Menschen euresgleichen niemals Träumer und Spinner. Denn alles, was die breite Masse braucht, läßt sich ziemlich leicht erlangen. Alle eure Aufgaben sind bewußt lösbare Aufgaben. Ihr werdet niemals Menschen verstehen, die als Zeichen des Protestes selbst ihr Leben beenden.«

»Warum werden wir das nicht verstehen?« wandte Andrej gereizt ein. »Was ist denn hier zu verstehen? Natürlich tun wir das, was die erdrückende Mehrheit will. Und wir bemühen uns, dieser Mehrheit alles zu geben, außer Vogelmilch, die übrigens von dieser Mehrheit gar nicht verlangt wird. Aber immer gibt es eine winzige Minderheit, die gerade Vogelmilch verlangt! Einfach deshalb, weil man Vogelmilch nirgendwo bekommen kann. Und da tauchen Spinner auf. Was ist hier nicht zu verstehen? Oder meinst du wirklich, daß man all das Vieh auf ein elitäres Niveau heben könne?«

»Nicht von mir ist die Rede«, erwiderte Isja grinsend. »Ich halte mich nicht für einen Sklaven der Mehrheit, mit anderen Worten für einen Diener des Volkes. Ich habe nie für das Volk gearbeitet und beabsichtige nicht, ihm jemals verpflichtet zu sein.«

»Gut, gut«, sagte Geiger. »Alle wissen, daß du für dich selber da bist. Kehren wir zu unseren Selbstmorden zurück. Du meinst also, es wird immer Selbstmorde geben, egal, welche Politik wir betreiben?«

»Selbstmorde wird es gerade deshalb geben, weil ihr eine ganz bestimmte Politik betreibt! Und je länger, um so mehr, weil ihr den Menschen die Sorge ums tägliche Brot nehmt und ihnen nichts an dessen Stelle gebt. Die Menschen langweilen sich und haben Sehnsucht nach irgend etwas. Deshalb wird es Selbstmorde, Drogensucht, sexuelle Revolutionen und dumme Rebellionen wegen Lappalien geben.«

»Was faselst du da!« sagte Andrej wütend. »Denk mal darüber nach, was du quatschst, du lausiger Experimentator! Willst du künstlich Mängel schaffen? Überleg mal, was daraus folgt!«

»Das folgt nicht bei mir«, sagte Isja, die verkrüppelte Hand über den Tisch ausstreckend, um eine Soßenschale zu nehmen. »Das folgt bei dir. Und daß ihr als Ersatz nichts bieten könnt, ist eine Tatsache. Eure Großen Baustellen – das ist Quatsch. Überwindung des Experiments – Unsinn, darauf können alle pfeifen. Hört auf, mich anzugreifen, ich verurteile euch doch nicht. Ich nenne einfach die Dinge beim Namen. So ist eben das Schicksal jeden Volksbeglükkers – entweder kleidet er sich in die Toga eines Wohltäters, der den technischen Fortschritt bringt, oder er ist bestrebt, im Volk gewisse Ideale zu festigen, ohne die seiner Meinung nach das Volk nicht leben kann. Zwei Seiten einer Medaille. Als Ergebnis gibt es entweder eine Hungerrebellion oder eine Rebellion aus Übersättigung – ihr könnt zwischen den beiden wählen. Ihr habt die Rebellion aus Übersättigung gewählt – mir soll's recht sein, was schimpft ihr da noch über mich?«

»Bekleckere nicht das Tischtuch«, sagte Geiger ärgerlich.

»Pardon!« Isja wischte zerstreut mit der Serviette einen Klecks auf dem Tischtuch breit. »Das ist doch rechnerisch klar. Angenommen, es gibt nur ein Prozent Unzufriedene. Wenn in der Stadt eine Million Menschen leben, sind das zehntausend. Selbst bei 0,1 Prozent sind es tausend Unzufriedene. Sobald diese Tausend anfangen, auf der Straße zu lärmen ... Und aufgemerkt, es gibt keine völlig Zufriedenen. Es gibt nur völlig Unzufriedene. Außerdem fehlt jedem irgendwas. Jemand ist mit allem zufrieden, er hat aber kein Auto. Warum? Auf der Erde war er an ein Auto gewöhnt, und hier hat er keines, und es besteht keine Aussicht ... Könnt ihr euch vorstellen, wie viele solche Menschen es in der Stadt gibt?«

Isja unterbrach seine Rede und schlang gierig seine Makkaroni hinunter, die er reichlich mit Soße übergossen hatte. »Euer Fraß ist schmackhaft. Bei meinem Gehalt kann ich nur im Gläsernen Haus anständig essen.«

Andrej sah ihm zu, wie er aß, sich mit Tomatensauce bekleckerte. Er zündete sich eine Zigarette an. Immer kommt bei ihm die Apokalypse . . . Sieben Kelche Zorn und sieben letzte Plagen! Pöbel bleibt Pöbel. Natürlich, sie werden rebellieren, aber mit Rummer schaffen wir das. Ein Aufstand der Satten ist zwar etwas völlig Neuartiges, Paradoxes. Auf der Erde hat es so etwas noch nicht gegeben. Wenigstens zu meiner Zeit. Auch bei den Klassikern steht nichts darüber. Aber ein Aufstand ist ein Aufstand. Das Experiment ist das Experiment, Fußball ist Fußball . . . Pfui!

Andrej schaute Geiger an, der sich im Sessel zurückgelehnt hatte und mit einem Finger in den Zähnen polkte. Er war plötzlich über einen einfachen und in seiner Einfachheit schrecklichen Gedanken verblüfft: Geiger ist doch bloß ein Unteroffizier der Wehrmacht, ein Landsknecht, ein ungebildeter Mann, der in seinem Leben keine zehn Bücher gelesen hat, und er muß alles entscheiden. Ich muß übrigens auch vieles entscheiden.

»In unserer Lage«, sagte er zu Isja, »gibt es für einen anständigen Menschen gar keine Wahl. Die Menschen haben gehungert, die Menschen wurden ermordet, sie haben Angst und physische Qualen erlitten – Kinder, Alte, Frauen. Es war unsere Pflicht, anständige Lebensbedingungen zu schaffen.«

»Alles richtig, alles richtig. Ich verstehe alles. Euch bewog Mitleid, Barmherzigkeit und so weiter. Darüber rede ich nicht. Frauen und Kinder, die vor Hunger weinen, zu bedauern – das ist nicht schwer, das kann jeder. Aber könnt ihr einen gesunden, satten Mann mit einem solchen« – Isja demonstrierte es anschaulich – »Schwanz bedauern? Einen vor Geilheit verschmachtenden Kerl? Danny Lee hat das offenbar gekonnt, könnt ihr das auch? Oder soll er gleich was mit der Peitsche kriegen?«

Er verstummte, weil der rotwangige Parker in Begleitung zweier hübscher Mädchen mit weißen Schürzen eintrat. Sie räumten den Tisch ab und reichten Kaffee und Schlagsahne. Isja beschmierte sein Gesicht gleich mit der Sahne und beleckte sich wie ein Kater.

»Und überhaupt, wißt ihr, was mir scheint?« sagte er nachdenklich. »Sobald die Gesellschaft ein Problem löst, entsteht sofort ein neues, noch größeres. Daraus ergibt sich ein interessanter Schluß. Am Ende entstehen so komplizierte Probleme, daß ihre Lösung menschliche Kräfte übersteigt. Dann stockt der sogenannte Fortschritt.«

»Quatsch«, sagte Andrej. »Die Menschheit stellt sich keine Probleme, die sie nicht lösen kann.«

»Ich spreche nicht über Probleme, die sich die Menschheit stellt«, wandte Isja ein. »Ich spreche über Probleme, denen sich die Menschheit ganz von alleine gegenübersieht. Die ganz von selber entstehen. Das Problem des Hungers haben sich die Menschen nicht gestellt. Sie haben einfach gehungert.«

»Es reicht!« sagte Geiger. »Genug gequasselt. Man könnte meinen, wir hätten nichts zu tun, als dämlich zu quatschen.«

»Was haben wir denn zu tun?« wunderte sich Isja. »Ich habe jetzt zum Beispiel Mittagspause.«

»Wie du willst«, sagte Geiger. »Ich wollte über deine Expedition sprechen. Aber das können wir auch aufschieben.«

Isja erstarrte, die Kaffeetasse in der Hand. »Erlaube mal«, sagte er streng. »Warum aufschieben? Das ist schon oft genug aufgeschoben worden.«

»Und warum redet ihr dummes Zeug?« fragte Geiger. »Davon kriegt man ja Ohrenschmerzen.«

»Was ist das für eine Expedition?« fragte Andrej. »Zu den Archiven, nicht wahr?«

»Eine große Expedition in den Norden!« erklärte Isja, aber Geiger bremste ihn, indem er seine Hand hob.

»Das ist ein Vorgespräch«, erklärte er. »Die Entscheidung über die Expedition habe ich schon getroffen, die Gelder sind bewilligt. Die Transportmittel werden in drei, vier Monaten bereit sein. Jetzt müssen wir die allgemeinen Ziele und das Programm festlegen.«

»Wird das eine Expedition mit vielen Aufgaben sein?« fragte Andrej.

»Ja! Isja kriegt seine Archive, und du kriegst deine Sonnenbeobachtungen und was du sonst noch brauchst.«

»Gott sei Dank! Endlich!«

»Aber wir haben zumindest noch ein weiteres Ziel«, sagte Geiger. »Die Fernerkundung. Die Expedition muß sehr weit nach Norden vordringen. Möglichst weit. Solange Brennstoff und Wasser reichen. Deshalb muß man die Mannschaft sehr bedachtsam auswählen. Nur Freiwillige und nur die Besten von den Freiwilligen. Niemand weiß, was er dort im Norden vorfindet. Es ist gut möglich, daß ihr nicht nur alte Akten sucht und durch Fernrohre guckt, sondern daß ihr schießen müßt, im Hinterhalt hocken, kämpfen und so weiter. Deshalb werden Militärs in der Gruppe sein. Wer und wieviele – das bestimmen wir noch genauer.«

»Möglichst wenige!« sagte Andrej. »Ich kenne deine Militärs, sie werden uns das Arbeiten unerträglich schwer machen.« Er schob verärgert die Tasse beiseite. »Und überhaupt verstehe ich das nicht. Warum Militärs? Ich verstehe nicht, was es dort für Kämpfe geben kann. Dort ist Wüste, dort sind Ruinen.«

»Dort, mein Lieber, kann alles Mögliche sein«, sagte Isja.

»Was heißt – alles Mögliche? Vielleicht wimmelt es dort von bösen Geistern. Sollen wir auch einen Priester mitnehmen?«

»Würdet ihr mich bitte ausreden lassen!« sagte Geiger.

»Sprich dich aus«, sagte Andrej mißgelaunt.

Das ist immer so, dachte er. Überall gibt es einen Haken. Wenn ein Wunsch erfüllt wird, dann mit solchen Zusätzen, daß man lieber darauf verzichtet hätte. Nein, beim Henker!

Diese Expedition überlasse ich nicht den Herren Offizieren. Leiter der Expedition wird Kechada. Leiter der wissenschaftlichen Forschungen und der ganzen Gruppe. Sonst wird es keine Kosmographie geben, sollen eure Feldwebel über Isja befehlen. Das ist eine wissenschaftliche Expedition, also muß der Leiter ein Gelehrter sein. Plötzlich erinnerte er sich daran, daß Kechada als politisch unzuverlässig galt, und dieser Gedanke erboste ihn dermaßen, daß er einen Teil dessen, was Geiger sagte, überhörte.

Er schreckte auf. »Was ist?«

»Ich frage dich: In welcher Entfernung von der Stadt kann das Ende der Welt sein?«

»Genauer – der Anfang«, wandte Isja ein.

Andrej sah Geiger ungehalten an. »Liest du meine Berichte überhaupt?«

»Ich lese sie. Du schreibst, daß die Sonne irgendwo weit im Norden den Horizont berührt und dann aus dem Blickfeld schwindet. Das frage ich dich: Wie weit ist es bis zu diesem Ort, kannst du das sagen?«

»Du liest meine Berichte nicht«, sagte Andrej. »Sonst hättest du begriffen, daß ich die Expedition gerade deshalb plane, um zu klären, wo dieser Anfang der Welt ist.«

»Das habe ich verstanden. Ich frage dich: annähernd. Kannst du annähernd die Entfernung bestimmen? Wieviel – tausend Kilometer? Hunderttausend? Eine Million? Wir legen das Ziel der Expedition fest, verstehst du? Wenn dieses Ziel eine Million Kilometer weit entfernt liegt, ist es kein Ziel mehr. Aber wenn . . .«

»Klar«, sagte Andrej. »Das würde ich auch sagen. Das heißt, so . . . Die ganze Schwierigkeit besteht darin, daß wir weder die Krümmung der Oberfläche noch den Abstand zur Sonne kennen. Wenn wir viele Beobachtungen entlang der Stadt hätten – nicht der heutigen Stadt, sondern von Anfang bis Ende –, dann könnten wir diese Größen bestimmen. Ein großer Bogen ist notwendig, verstehst du? Mindestens mehrere hundert Kilometer. Bisher haben wir nur Material von fünfzig Kilometern. Deshalb ist die Genauigkeit so gering.«

»Nenn mir das Minimum und das Maximum«, sagte Geiger.

»Das Maximum ist Unendlichkeit, wenn die Oberfläche flach ist. Und das Minimum – tausend Kilometer.«

»Schmarotzer seid ihr«, sagte Geiger angewidert. »Wieviel Geld ich in euch reingesteckt habe, und es kommt nichts Gescheites dabei heraus.«

»Das stimmt nicht«, erwiderte Andrej. »Ich bitte dich schon ein ganzes Jahr lang um die Expedition. Willst du wissen, in welcher Welt du lebst – dnn gib uns Geld, Transportmittel und Leute. Sonst wird nichts daraus. Wir brauchen einen Bogen von fünfhundert Kilometern. Wir messen die Gravitation, die Veränderung der Helligkeit, die Veränderungen in der Höhe ...«

»Gut«, unterbrach ihn Geiger. »Darüber wollen wir jetzt nicht reden. Das sind Details. Ihr müßt euch nur klarmachen, daß ein Ziel der Expedition darin besteht – zum Anfang der Welt zu gelangen. Ist das klar?«

»Ja«, sagte Andrej. Aber weshalb dir dies nötig erscheint, ist mir unverständlich.«

»Ich will wissen, was dort ist. Und dort ist etwas. Etwas, von dem viel abhängen kann.«

»Zum Beispiel?«

»Zum Beispiel die Antistadt.«

Andrej mußte lachen. »Die Antistadt! Glaubst du wirklich noch daran?«

Geiger erhob sich und lief mit den Händen auf dem Rükken durch den Raum. »Glauben oder nicht. Ich muß genau wissen: Gibt es sie, oder gibt es sie nicht.«

»Mir ist längst klargeworden, daß die Antistadt einfach eine Erfindung der alten Führung ist.«

»Genauso wie das Rote Haus«, sagte Isja kichernd.

»Das Rote Haus hat damit nichts zu tun. Geiger hat selber

bestätigt, daß die alte Führung eine Militärdiktatur plante, man brauchte die Bedrohung von außen – deshalb die Antistadt.«

Geiger hielt vor ihm inne. »Warum protestierst du eigentlich gegen eine Expedition bis zum Ende der Welt? Bist du nicht selber neugierig, was dort sein kann? Mein Gott, was hat mir der Herr für Räte beschert!«

»Dort ist nichts!« erwiderte Andrej zögernd. »Kälte, ewige Nacht, eisige Wüste . . . Die Kehrseite des Mondes, verstehst du?«

»Ich verfüge über andere Informationen«, sagte Geiger. »Die Antistadt existiert. Dort ist keine Eiswüste, und wenn doch, kann man sie durchqueren. Dort liegt eine Stadt wie die unsere, aber was darin geschieht, wissen wir nicht, und was sie dort wollen, wissen wir auch nicht. Man erzählt zum Beispiel, daß bei ihnen dort alles umgekehrt ist. Wenn es uns gut geht – geht es ihnen schlecht.«

»Mein Gott«, sagte Andrej. »Was für ein Unsinn!«

Er warf Isja einen Blick zu und stockte. Isja saß da, den Arm auf die Sessellehne gestützt, die Krawatte verrutscht, und schaute Andrej triumphierend an.

»Verstehe. Darf man erfahren, aus welchen Quellen du diese Nachrichten beziehst?« fragte er Isja.

»Alle aus derselben Quelle, mein Lieber. Geschichte ist eine große Wissenschaft. Und in unserer Stadt kann sie von besonderem Nutzen sein. Wodurch zeichnet sich unsere Stadt vor allem aus? Die Archive werden nicht vernichtet! Keine Kriege, keine Überfälle, was mit der Feder geschrieben wurde, kann man mit der Axt nicht fällen.«

»Deine Archive!« sagte Andrej verächtlich.

»Arroganz ist unangebracht. Fritz kann es bezeugen – wer hat Kohle gefunden? Dreißigtausend Tonnen Kohle in einem Bunker? Etwa deine Geologen? Nein, Isja Katzman hat sie gefunden. Ohne sein Studierstübchen zu verlassen, denk mal an.«

»Kurz«, sagte Geiger, der wieder in seinem Sessel saß, »lassen wir Wissenschaft und Archive, ich will folgendes wissen: Erstens. Wer ist bei uns im Hinterland? Kann man dort leben? Was kann man von dort Nützliches holen? Zweitens. Wer lebt dort? Auf dem ganzen Gebiet – von diesem Ort bis zum Ende der Welt, oder dem Anfang, oder bis wohin ihr kommt. Was sind das für Menschen? Sind es überhaupt Menschen? Warum sind sie dort? Wie sind sie dorthin gekommen? Wovon leben sie? Und drittens. Alles, was ihr über die Antistadt erfahren könnt. Das ist das politische Ziel, das ich euch stelle. Das ist das wahre Ziel der Expedition. Andrej, du klärst alles, was ich gesagt habe, und berichtest mir hier, in diesem Zimmer, über die Ergebnisse.«

»Was verlangst du?«

»Einen Bericht. Von dir persönlich.«

»Du willst mich dorthin schicken?«

»Natürlich. Was hast du denn gedacht?«

»Erlaube mal!« Andrej geriet in Verwirrung. »Aus welchem Grund? Ich plane gar keine Unternehmungen. Hier habe ich alle Hände voll zu tun, wem soll ich das übergeben? Ich will gar nicht fort!«

»Was heißt das – du willst nicht? Wer hat mir dauernd in den Ohren gelegen? Wenn nicht dich, wen soll ich dann schicken?«

»Mein Gott!« sagte Andrej. »Wen du willst! Nimm Kechada als Leiter, er ist ein sehr erfahrener Kundschafter. Oder Butz zum Beispiel.«

Unter Geigers durchdringendem Blick verstummte er.

»Über Kechada und Butz wollen wir lieber schweigen«, sagte Geiger leise.

Andrej wußte nichts zu erwidern, es trat peinliche Stille ein.

»In dieser Stadt«, fuhr Geiger immer noch leise fort, »vertraue ich nur zwei, drei Männern, nicht mehr. Von ihnen kannst nur du die Expedition leiten. Weil ich davon überzeugt bin: Wenn ich dich bitte, bis zum Ende vorzudringen, dann erreichst du auch das Ende. Du kehrst nicht auf halbem Wege um und erlaubst das keinem anderen. Und wenn du mir dann Bericht erstattest, kann ich das glauben. Isjas Berichten könnte ich auch glauben, aber Isja eignet sich kein bißchen als Leiter, und er ist ein miserabler Politiker. Verstehst du mich? Deshalb entscheide. Entweder du leitest die Expedition, oder die Expedition wird abgeblasen.«

Wieder trat Stille ein. Isja sagte verlegen: »Soll ich vielleicht rausgehen?«

»Bleib sitzen«, befahl Geiger, ohne ihn anzusehen. »Da – friß Piroggen.«

Andrej überlegte fieberhaft. Alles aufgeben. Selma. Das Haus. Das geordnete ruhige Leben. Amalia. Wozu brauche ich diese Expedition? Die Hitze. Der Dreck. Der schreckliche Fraß . . . Bin ich etwa alt geworden? Vor ein paar Jahren hätte mich ein solches Angebot begeistert. Und jetzt will ich nicht. Ich will überhaupt nicht . . . Isja jeden Tag um mich haben – sein Gelaber. Militärs. Das Soldatenvolk. Und bestimmt die tausend Kilometer zu Fuß – zu Fuß, mit einem schweren Rucksack . . . Und mit Waffen. Verdammt, dort muß ich vielleicht schießen! Einen Dreck brauche ich das – mich Kugeln aussetzen? Wozu braucht die Ziege eine Ziehharmonika? Ich müßte unbedingt Dawydow mitnehmen, den Militärs traue ich nicht über den Weg. Hitze, Schwielen und Gestank. Und am Ende – Kälte, lausige Kälte. Selbst wenn die Sonne die ganze Zeit im Rücken scheint. Kechada muß ich auch mitnehmen, ohne ihn gehe ich nicht – als Wissenschaftler ist er unersetzbar, egal, was er politisch denkt. So lange Zeit ohne Frau – da kann man verrückt werden, das bin ich nicht mehr gewohnt. Aber du belohnst mich dafür. Du gibst mir erstens mehr Planstellen – in der Abteilung für Sozialpsychologie, auch bei der Landvermessung brauchen wir Leute. Zweitens kriegt Wareikis was auf die Finger. Und überhaupt, alle diese ideologischen Beschränkungen – nicht mehr bei der wissenschaftlichen Forschung. In anderen Abteilungen – bitte, das geht mich nichts an. Aber im Norden gibt's ja kein Wasser! Die ganze Stadt bewegt sich deshalb nach Süden – im Norden versiegen die Quellen. Wir müssen das Wasser mitnehmen. Tausend Kilometer!

»Soll ich etwa das Wasser auf dem Buckel mitschleppen?« fragte er gereizt.

Geiger zog erstaunt die Brauen hoch. »Was für Wasser?«

Andrej besann sich. »Im allgemeinen, einverstanden. Die Soldaten suche ich allerdings selber aus, wenn du schon darauf bestehst. Sonst schiebst du mir lauter Idioten unter. Und nur einer darf der Chef sein«, sagte er drohend mit erhobenem Zeigefinger. »Der Chef bin ich!«

»Nur du«, beschwichtigte ihn Geiger lächelnd. »Du wirst überhaupt alle aussuchen. Einen einzigen Mann bestimme ich – Isja. Die anderen du. Kümmere dich um gute Mechaniker, vergiß nicht, einen Arzt mitzunehmen.«

»Übrigens, was kriege ich für Transportmittel?«

»Was du willst. Alles vom Besten. Selber tragen brauchst du nichts, höchstens die Waffe. Lenke nicht ab, das sind Kleinigkeiten. Das besprechen wir noch im einzelnen, wenn du die Leiter der einzelnen Gruppen gefunden hast. Auf eines möchte ich dich noch hinweisen: Diskretion! Das müßt ihr mir garantieren. Natürlich kann man ein solches Unternehmen nicht völlig geheimhalten, wir müssen uns etwas ausdenken, zum Beispiel Suche nach Erdöl. Im Umkreis von zweihundertvierzig Kilometern. Aber die politischen Ziele dürfen nur euch bekannt sein. Klar?«

»Klar«, antwortete Andrej besorgt.

»Isja, das bezieht sich besonders auf dich. Hörst du?«

»Ja«, antwortete der mit vollem Mund.

»Warum diese Geheimniskrämerei?« fragte Andrej.

»Was beabsichtigen wir denn zu tun, daß alles so geheim bleiben muß?«

»Verstehst du das nicht?« fragte Geiger.

»Nein. Ich sehe überhaupt nicht, was hier das System bedrohen soll.«

»Doch nicht das System, du Holzkopf! Dich! Dich bedroht das! Begreifst du nicht, daß sie uns ebenso fürchten wie wir sie?«

»Wer – sie? Etwa die in der Antistadt?«

»Wer sonst? Wenn wir endlich eine Expedition zur Erkundung schicken, warum können sie das nicht längst getan haben? In der Stadt kann es von Spionen wimmeln! Lach nicht, du Dussel! Das ist nicht zum Lachen! Ihr geratet in einen Hinterhalt – und sie schlachten euch alle ab wie Hühner.«

»Gut«, sagte Andrej. »Du hast mich überzeugt. Ich schweige.«

Eine Zeitlang sah ihn Geiger zweifelnd an. »Na gut. Über die Ziele sind wir uns einig. Über die Geheimhaltung auch. Also eigentlich über alles. Heute unterschreibe ich den Befehl über deine Ernennung zum Leiter. Wie nennen wir die Operation?«

»Dunst und Nebel«, sagte Isja, unschuldig die Augen aufreißend.

»Was? Nein . . . Zu lang. Sagen wir Zickzack. Operation Zickzack. Das klingt gut, nicht wahr.« Geiger nahm ein Notizheft aus der Brusttasche und schrieb etwas auf. »Du, Andrej, kannst mit den Vorbereitungen beginnen. Ich meine vorläufig den rein wissenschaftlichen Teil. Suche Leute, präzisiere deine Aufgaben, bestimme die Ausrüstung, die Bewaffnung. Für deine Befehle garantiere ich dir überall grünes Licht. Wen bestimmst du zu deinem Stellvertreter?«

»Hier im Büro? Butz.«

Geiger runzelte die Stirn. »Meinetwegen. Er soll alles im

Büro erledigen, und du beschäftigst dich nur mit der Operation Zickzack. Und warne deinen Butz, er soll seine Zunge hüten.«

»Darüber möchte ich mit dir reden«, sagte Andrej.

»Zum Teufel! Ich möchte jetzt nicht über dieses Thema reden. Ich weiß allzugut, was du mir sagen willst! Aber der Fisch stinkt zuerst am Kopf, Herr Rat, und du züchtest in deinem Büro . . .«

»Jakobiner«, sagte ihm Isja vor.

»Und du, Jude, schweig!« schrie Geiger. »Der Teufel soll euch alle holen, ihr Schwätzer! Ihr bringt mich völlig aus dem Konzept . . . Was habe ich gesagt?«

»Daß du nicht über dieses Thema reden möchtest«, erwiderte Isja.

Geiger starrte ihn verständnislos an.

Andrej sagte bewußt ruhig: »Ich bitte dich sehr, Fritz, verschone meine Mitarbeiter mit allem ideologischen dummen Zeug. Ich habe die Leute selber ausgesucht, ich vertraue ihnen, und wenn du wirklich Wissenschaft in dieser Stadt haben willst – dann laß die Leute in Ruhe.«

»Gut, gut«, sagte Geiger mürrisch. »Wir wollen heute nicht darüber reden.«

»Besser überhaupt nicht«, sagte Andrej sanft. »Du kennst mich doch – ich bin voll und ganz auf deiner Seite. Versteh doch bitte: Diese Leute müssen meckern. So sind sie eben von Natur aus. Wer nicht meckert, der gilt nichts. Laß sie meckern! Für politisches Wohlverhalten in meinem Büro sorge ich selber. Du kannst zufrieden sein. Und sage bitte unserem lieben Rummer, er soll sich hinter die Ohren schreiben . . .«

»Geht's auch ohne solche Forderungen?« fragte Geiger hochmütig.

»Es geht«, sagte Andrej nun ganz sanft. »Alles geht. Ohne solche Forderungen, ohne Wissenschaft, ohne Expedition . . .«

Geiger, der schnaufend durch die aufgeblähten Nasenlöcher atmete, starrte ihn an. »Ich will jetzt nicht über dieses Thema reden!«

Andrej begriff, daß es vorläufig genügte. Um so mehr, als er über solche Themen lieber unter vier Augen sprach.

»Du willst nicht, und es ist auch nicht nötig. Das hat sich einfach so ergeben. Wareikis hat mich heute belagert, weißt du . . . Hör mal, da habe ich eine Frage: Wieviel Gepäck darf ich mitnehmen? Wenigstens annähernd?«

Geiger blies noch mehrmals kräftig die Luft durch die Nase, schielte zu Isja hinüber und lehnte sich wieder im Sessel zurück. »Rechne mit fünf, sechs Tonnen, vielleicht auch mehr. Verhandle mit Mandschuro. Du mußt nur eines bedenken: Er ist dem Rang nach der vierte Mann im Staat, aber über die wirklichen Ziele der Expedition weiß er nichts. Für den Transport ist er verantwortlich. Über ihn erfährst du alle Einzelheiten.«

Andrej nickte. »Gut. Weißt du, wen ich von den Militärs mitnehmen will? Den Obersten!«

Geiger fuhr zusammen. »Den Obersten? Bist du verrückt? Und wen behalte ich hier? Auf den Obersten stützt sich der ganze Generalstab.«

»Das ist ja herrlich«, sagte Andrej. »Also wird der Oberst gleichzeitig persönlich die Feinderkundung leiten. Wir beide kommen gut miteinander aus. Übrigens, Männer, ich veranstalte heute abend eine kleine Feier. Fondue bourguignonne. Was haltet ihr davon?«

Auf Geigers Gesicht erschien sofort ein besorgter Ausdruck. »Heute? Ich weiß nicht, Freund, das kann ich nicht genau sagen. Vielleicht komme ich auf einen Sprung vorbei.«

Andrej seufzte. »Schon gut. Wenn du verhindert bist, dann schicke bitte nicht Rummer an deiner Stelle wie voriges Mal. Ich lade nicht den Präsidenten ein, sondern Fritz Geiger. Offiziellen Ersatz brauche ich nicht.«

»Wir werden sehen, wir werden sehen«, sagte Geiger. »Noch ein Täßchen? Zeit ist genug. Parker!«

Der rotwangige Parker tauchte auf, lauschte mit vorschriftsmäßiger Kopfhaltung dem Befehl, noch einmal Kaffee zu bringen, und sagte mit dünner Stimme: »Auf den Herrn Präsidenten wartet am Telefon Rat Rummer.«

»Wenn man vom Teufel spricht«, brummte Geiger und erhob sich. »Verzeiht, Jungs, komme gleich wieder.«

Er ging hinaus, und sogleich erschienen Mädchen in weißen Schürzen. Sie servierten flink den Kaffee und verschwanden zusammen mit Parker.

»Kommst du, Isja?« fragte Andrej.

»Mit Vergnügen! Wer kommt noch?«

»Der Oberst, die Dollfuß, vielleicht Tschatschua ... Und wen möchtest du sehen?«

»Madame Dollfuß nicht besonders gern, ehrlich gesagt.«

»Macht nichts, wir setzen sie neben Tschatschua.«

Isja nickte. »Wir haben uns schon lange nicht getroffen, nicht wahr?«

»Ja, die viele Arbeit ...«

»Unsinn, was hast du denn zu tun? Du sitzt rum und putzt zu Hause deine Sammlung! Paß auf, daß du dich nicht zufälligerweise erschießt. Ich habe dir übrigens eine Pistole besorgt. Eine echte Smith and Wesson aus der Prärie.«

»Ehrlich?!«

»Sie ist bloß rostig ...«

»Untersteh dich, sie zu reinigen!« sagte Andrej. »Bring sie mit, wie sie ist, sonst verdirbst du alles mit deinen zwei linken Händen. Das ist keine Pistole, sondern ein Revolver. Wo hast du ihn aufgetrieben?«

»Wo man eben so was auftreibt. Du wirst sehen, bei der Expedition werden wir so viel finden, daß du's nicht nach Hause schleppen kannst.«

Andrej stellte die Kaffeetasse hin. An diesen Aspekt der Expedition hatte er noch nicht gedacht, und er verspürte sofort ungewöhnlichen Enthusiasmus, da er eine einmalige Sammlung von Colts, Brownings, Mauerpistolen, Parabellums, Walters, ja sogar Duellpistolen Lefaucheux vor sich sah, riesige Enterpistolen mit Bajonett, großartige selbstgebaute Pistolen aus dem Fernen Westen, alle diese unbeschreiblichen Kostbarkeiten, von denen er nicht einmal zu träumen wagte, wenn er den auf wundersame Weise in die Stadt gelangten Katalog der Privatsammlung des Millionärs Brunner betrachtete. Futterale, Kästen, Magazine . . . Vielleicht glückt es ihm, eine tschechische Zbrojovka zu finden, mit Schalldämpfer, oder eine Astra neunhundert, vielleicht sogar eine Neun, eine Mauser null acht, eine Seltenheit, ein Traum . . .

»Panzerabwehrwaffen sammelst du nicht?« fragte Isja.

»Nein«, erwiderte Andrej, vergnügt lächelnd. »Ich sammle nur Handfeuerwaffen.«

»Zufälligerweise wird eine Panzerfaust angeboten«, sagte Isja. »Nicht teuer – bloß zweihundert Tugrik.«

»Damit mußt du zu Rummer gehen«, sagte Andrej.

»Danke, bei dem war ich schon«, sagte Isja.

Geiger kam mit zufriedener Miene zurück. »Na, gießt dem Präsidenten ein Täßchen ein! Worum geht's denn?«

»Um Literatur und Kunst«, antwortete Isja.

»Literatur?« Geiger nippte am Kaffee. »Warum sprechen meine Räte ausgerechnet über Literatur?«

»Der spinnt«, sagte Andrej. »Von meiner Sammlung haben wir gesprochen, und nicht über Literatur.«

»Was interessiert dich plötzlich Literatur?« fragte Isja, der Geiger neugierig ansah. »Du warst immer ein praktischer Präsident.«

»Weil ich praktisch bin, interessiere ich mich dafür. Zählt mal zusammen. In der Stadt erscheinen: zwei Literaturzeitschriften, vier Literaturbeilagen in Zeitungen, und mindestens ein Dutzend Groschenhefte mit Abenteuerquatsch. Das ist wohl alles. Und jede Menge Bücher. Und darunter ist nichts Anständiges. Ich habe mit kundigen Leuten gesprochen. Weder vor der Wende noch danach ist ein einziges bedeutendes literarisches Werk erschienen. Bloß Makulatur. Woran liegt das?«

Andrej und Isja sahen sich an. Ja, Geiger konnte sie immer wieder verblüffen, alle Achtung.

»Trotzdem verstehe ich etwas nicht«, sagte Isja zu Geiger. »Was kümmert dich dieses Problem? Suchst du etwa einen Schriftsteller, um ihm deine Biographie aufzutragen?«

»Ginge es auch mal ohne Scherze? In der Stadt leben eine Million Menschen. Über tausend bezeichnen sich als Literaten. Und alle sind Nichtskönner. Das heißt, ich selber lese natürlich nicht.«

»Nichtskönner«, bestätigte Isja. »Man hat dich richtig informiert. Tolstois und Dostojewskijs sind nicht in Sicht. Nicht mal eine Kategorie tiefer.«

»Und warum eigentlich?« fragte Andrej.

»Es gibt keine herausragenden Schriftsteller«, fuhr Geiger fort. »Keine Maler. Keine Komponisten. Und . . . Bildhauer auch nicht.«

»Keine Architekten«, ergänzte Andrej. »Keine Filmregisseure.«

»Nichts dergleichen«, sagte Geiger. »Eine Million Menschen! Mich hat das anfangs einfach gewundert, und dann, ehrlich gesagt, aufgeregt.«

»Warum?« fragte Isja sogleich.

Geiger kaute unentschlossen an seinen Lippen. »Das ist schwer zu erklären. Ich persönlich weiß nicht, wozu das alles nötig ist, aber ich bin gewohnt, daß es in einer ordentlichen Gesellschaft das alles gibt. Und wenn das bei uns fehlt, ist etwas nicht in Ordnung. Nun gut: Bis zur Wende war das Leben in der Stadt schwer, und den Menschen stand nicht der Sinn nach schönen Künsten. Aber das Leben normalisiert sich doch.«

»Nein«, unterbrach ihn Andrej nachdenklich. »Daran

liegt es nicht. Soviel ich weiß, haben die größten Meister gerade unter schrecklichen Lebensumständen gearbeitet. Da gibt es keine Gesetzmäßigkeit. Ein großer Künstler konnte ein Säufer sein oder arm und verrückt, er konnte aber auch ein wohlhabender, sogar reicher Mann sein wie beispielsweise Turgenjew. Ich weiß es nicht.«

»Jedenfalls«, sagte Isja zu Geiger, »wenn du zum Beispiel das Niveau deiner Literatur beträchtlich erhöhen möchtest . . .«

»Ja! Das möchte ich!« Geiger nahm wieder einen Schluck Kaffee und starrte Isja mit zusammengekniffenen Augen an.

»Da kommt nichts dabei raus«, sagte Isja mit leichter Schadenfreude. »Das ist hoffnungslos.«

»Wartet«, sagte Andrej. »Vielleicht kommen schöpferische Menschen gar nicht in die Stadt? Sie sind nicht gewillt, hierher zu kommen?«

»Oder man schlägt es ihnen nicht vor«, mutmaßte Isja.

»Laßt das! Fünfzig Prozent der Bevölkerung sind junge Menschen. Auf der Erde waren sie niemand. Wie konnte man da herausfinden, ob sie schöpferisch begabt sind oder nicht?«

»Vielleicht kann man das doch«, wandte Isja ein.

»Und wenn schon! In der Stadt leben Zehntausende, die hier geboren und aufgewachsen sind. Wie ist es mit ihnen? Oder ist Talent immer erblich?«

»Überhaupt ist das merkwürdig«, sagte Andrej. »Es gibt vorzügliche Ingenieure in der Stadt. Die Wissenschaftler sind gar nicht übel. Vielleicht keine Einsteins, aber auf gutem internationalem Niveau. Zum Beispiel Butz. Talentierte Leute gibt es genug – Erfinder, Verwaltungsfachleute, Handwerker. Lauter Vorbilder für andere.«

»Das ist es ja«, sagte Geiger. »Das wundert auch mich.«

»Hör mal, Fritz«, sagte Isja. »Warum machst du dir überflüssige Sorgen? Plötzlich erscheinen talentierte Schriftsteller, die dich in ihren genialen Werken bekritteln und beschimpfen – dich und deine Ordnung und deine Ratgeber. Du kriegst nur Scherereien. Erst wirst du ihnen gut zureden, dann wirst du drohen, dann mußt du sie einsperren.«

»Warum sollen sie mich beschimpfen?« erregte sich Geiger. »Vielleicht werden sie mich im Gegenteil preisen.«

»Nein, preisen werden sie dich nicht. Das hat dir Andrej schon vorhin bei den Wissenschaftlern erklärt. Große Schriftsteller sind auch immer unzufrieden. Das ist ihr Normalzustand, denn sie sind das Gewissen der Gesellschaft, von dem die Gesellschaft vielleicht nicht einmal etwas ahnt. Und weil du das Symbol der Gesellschaft bist, werden sie zuerst dich mit Schmutz bewerfen.« Isja kicherte. »Ich stelle mir gerade vor, wie sie mit deinem Rummer umgehen werden!«

»Natürlich, wenn Rummer Fehler hat, ist ein echter Schriftsteller verpflichtet, sie darzustellen. Dazu ist er ja Schriftsteller, um Wunden zu behandeln.«

»Schriftsteller haben niemals Wunden behandelt«, wandte Isja ein. »Ein empfindliches Gewissen tut eben weh, das ist alles ...«

»Letztlich geht es nicht darum«, unterbrach ihn Geiger. »Sage mir offen: Hältst du die jetzige Lage für normal oder nicht?«

»Was gilt als Norm?« fragte Isja. »Kann man die Lage auf der Erde für normal halten?«

»Hört auf!« sagte Andrej unwirsch. »Ich frage dich einfach: Kann eine Gesellschaft ohne schöpferische Talente existieren? Habe ich dich richtig verstanden, Fritz?«

»Ich stelle die Frage sogar präziser. Ist es normal, daß eine Million Menschen – egal, ob hier oder auf der Erde – in Jahrzehnten kein einziges schöpferisches Talent hervorgebracht hat?«

Isja schwieg, zerstreut seine Warze reibend, und Andrej sagte:

»Wenn man zum Beispiel an das antike Griechenland denkt, ist das überhaupt nicht normal.«

»Woran liegt es also?« fragte Geiger.

»Das Experiment ist das Experiment«, sagte Isja. »Aber wenn man zum Beispiel die Mongolen als Maßstab nimmt, ist bei uns alles in Ordnung.«

»Was willst du damit sagen?« fragte Geiger argwöhnisch.

»Nichts Besonderes. Mongolen gibt es auch eine Million und vielleicht sogar mehr. Man könnte noch die Koreaner als Beispiel anführen, oder fast jedes arabische Land.«

»Dann nimm doch gleich die Zigeuner«, sagte Geiger unzufrieden.

Andrej lebte auf. »Übrigens, gibt es Zigeuner in der Stadt?«

»Schert euch zum Teufel!« fuhr ihn Geiger an. »Es ist völlig unmöglich, sich mit euch ernsthaft zu unterhalten.«

Er wollte noch etwas hinzufügen, aber da erschien der rotbäckige Parker in der Tür, und Geiger schaute auf die Uhr.

»Nun, das wär's«, sagte er und erhob sich. Er knöpfte seine Uniformjacke zu. »Auf die Plätze! Auf eure Plätze, Räte!«

DRITTES KAPITEL

Otto Frisch hatte nicht gelogen: Der Teppich sah tatsächlich prächtig aus. Er war schwarz-purpurn und nahm die gesamte linke Wand des Arbeitszimmers ein. Der Raum erhielt dadurch ein ganz besonderes Aussehen. Das war teuflisch schön, das war elegant, das war bedeutsam.

Andrej gab Selma in höchster Begeisterung einen Schmatz auf die Wange, dann ging sie wieder in die Küche, um die Hausangestellte zu kommandieren, während er durchs Arbeitszimmer lief, um den Teppich unter allen

Blickwinkeln zu betrachten. Er öffnete das Geheimfach und nahm eine große Mauserpistole heraus, ein zehnschüssiges Ungeheuer, erbaut in einer Spezialabteilung der Mauserwerke, die beliebte, im Bürgerkrieg berühmt gewordene Waffe der Kommissare in staubbedeckten Mützen, und auch der japanischen kaiserlichen Offiziere in Mänteln mit Hundefellkragen.

Die gereinigte Mauser glänzte und war anscheinend völlig geeignet zum Schießen, hatte jedoch leider einen abgeschliffenen Schlagbolzen. Andrej wog die Waffe mit beiden Händen und spürte ihr Gewicht. Dann faßte er den geriffelten Griff und zielte auf den Apfelbaum vor dem Fenster, es Geiger auf dem Schießplatz gleichtuend.

Er drehte sich zum Teppich, um den geeigneten Platz zu suchen. Die Stelle war schnell gefunden. Andrej schlüpfte aus den Pantoffeln, stieg aufs Sofa und hielt den Mauser an diese Stelle. Während er die Pistole mit einer Hand an den Teppich preßte, trat er möglichst weit zurück und genoß den Anblick. Es war herrlich. Er sprang auf den Fußboden, lief in Socken geradewegs in die Diele, nahm den Werkzeugkasten aus dem Wandschrank und kehrte zum Teppich zurück.

Er hängte erst die Mauser auf, dann eine Pistole mit Zielfernrohr, mit der Koptschik zwei Milizionäre am letzten Tag der Wende erschossen hatte, und machte sich gerade mit einem kleinen, fast quadratischen Browning Modell Neunzehnhundertsechs zu schaffen, als er hinter sich eine vertraute Stimme vernahm:

»Weiter nach rechts, Andrej, ein Stückchen. Und einen Zentimeter tiefer.«

»So?« fragte Andrej, ohne sich umzudrehen.

»Ja.«

Andrej befestigte den Browning, sprang rückwärts vom Sofa und trat bis zum Tisch zurück, das Werk seiner Hände betrachtend.

»Schön«, lobte der Mentor.

»Schön, aber zu wenig«, sagte Andrej seufzend.

Der Mentor ging lautlos zum Schrank, hockte sich hin und nahm einen Revolver heraus. »Wie wär's damit?«

»Am Griff fehlt das Holz, immer wieder vergesse ich, das richten zu lassen.« Andrej zog die Schuhe ab, setzte sich aufs Fensterbrett neben dem Tisch und rauchte. »Oben kommt ein Duellarsenal hin. Erste Hälfte neunzehntes Jahrhundert. Es gibt wunderschöne Exemplare mit Silberbeschlägen und wirklich erstaunlichen Formen – von ganz kleinen bis zu riesigen, mit langem Lauf. Und unten hin, direkt über das Sofa, hänge ich eine Waffe aus dem siebzehnten oder achtzehnten Jahrhundert.«

Er stellte sich vor, wie großartig das aussehen würde. Der Mentor, immer noch in der Hocke, wühlte weiter im Schrank. Draußen knatterte ein Rasenmäher. Vögel zwitscherten und sangen.

»Eine gute Idee, hier einen Teppich aufzuhängen, nicht wahr?« sagte Andrej.

»Vortrefflich.« Der Mentor erhob sich und wischte sich die Hände mit einem Taschentuch ab. »Den Leuchter würde ich aber in die Ecke stellen, neben das Telefon. Und das Telefon müßte weiß sein.«

»Ein weißes steht mir in der Wohnung nicht zu«, sagte Andrej seufzend.

»Wart's ab. Wenn du von der Expedition zurückkehrst, wirst du auch ein weißes haben.«

»Es war also richtig, daß ich zugesagt habe?«

»Hattest du etwa Zweifel?«

»Ja«, sagte Andrej und drückte die Kippe im Aschenbecher aus. »Ich hatte einfach keine Lust. Zu Hause ist es schön, das Leben macht Spaß, ich habe viel zu tun. Aber, um ehrlich zu sein – ich habe ein bißchen Angst.«

»Wirklich?« fragte der Mentor.

»Wirklich. Sie – Sie könnten mir sagen, was mir dort

begegnet. Da sehen Sie! Alles völlig ungewiß. Isjas Schauermärchen und völlige Ungewißheit. Und dazu die Reize des Kampierens im Freien. Ich kenne das! Ich habe an archäologischen Ausgrabungen teilgenommen, und auch an anderen Expeditionen.«

Wie Andrej erwartet hatte, fragte der Mentor interessiert: »Und was ist bei diesen Expeditionen ... wie soll ich das ausdrücken ... was ist daran das Schrecklichste, das Unangenehmste?«

Andrej gefiel diese Frage sehr. Die Antwort hatte er seit langem parat, er hatte sie sogar im Notizbuch aufgeschrieben und dann mehrmals bei Gesprächen mit Mädchen gebraucht.

»Das Schrecklichste?« wiederholte er wegen des Effektes. »Das Schrecklichste – das will ich Ihnen sagen. Stellen Sie sich vor: ein Zelt, Nacht, ringsumher Einöde, Wölfe heulen, Hagel, Sturm ...« Er machte eine Pause und schaute auf den Mentor, der sich vorgebeugt hatte, um besser zu hören. »Hagel, verstehen Sie? Groß wie Taubeneier. Und ich muß rausgehen, um meine Notdurft zu verrichten.«

Die gespannte Erwartung auf dem Gesicht des Mentors verwandelte sich in ein verwirrtes Lächeln, dann lachte er lauthals.

»Lustig. Hast du dir das selber ausgedacht?«

»Klar«, antwortete Andrej stolz.

»Tüchtig!« Der Mentor lachte wieder kopfschüttelnd. Er ließ sich in den Sessel fallen und schaute in den Garten. »Schön habt Ihr's hier im Weißen Hof.«

Andrej wandte sich um und schaute ebenfalls in den Garten. Sonnenübergossenes Grün, Schmetterlinge umflattern Blüten, große Apfelbäume, zweihundert Meter hinter Fliedersträuchern weiße Wände und das rote Dach der benachbarten Villa ... Und Wan in einem langen weißen Hemd schreitet gemächlich hinter dem Rasenmäher, sein Söhnchen trippelt nebenher und hält sich an einem Hosenbein fest.

»Ja, Wan hat Ruhe gefunden«, sagte der Mentor. »Vielleicht ist er der glücklichste Mensch in der Stadt.«

»Das kann sehr gut sein«, pflichtete ihm Andrej bei. »Jedenfalls würde ich das von meinen anderen Bekannten nicht behaupten.«

»So ist eben jetzt dein Bekanntenkreis«, wandte der Mentor ein. »Wan bildet eine Ausnahme unter ihnen. Ich würde sogar sagen, daß er zu einem anderen Kreis gehört. Nicht zu deinem.«

»Ja«, antwortete Andrej nachdenklich. »Dabei haben wir früher zusammen Müll gefahren, an einem Tisch gesessen, aus einem Glas getrunken.«

»Jeder erhält das, was er verdient.«

»Das, wonach er trachtet«, sagte Andrej leise.

»Man kann es auch so ausdrücken. Eigentlich ist es dasselbe. Wan wollte immer ganz unten sein. Osten ist Osten. Wir können das nicht verstehen. Da haben sich eure Wege getrennt.«

»Das Interessante ist«, sagte Andrej, »ich verstehe mich gut mit ihm, wie früher. Wir haben immer Gesprächsstoff, haben unsere Erinnerungen. Eine Begegnung mit ihm empfinde ich nie als peinlich.«

»Und er?«

Andrej überlegte. »Ich weiß nicht. Eher ja als nein. Manchmal kommt es mir so vor, als bemühe er sich angestrengt, mich zu meiden.«

Der Mentor reckte sich und knackte mit den Fingern. »Geht es denn darum? Wenn Wan mit dir bei einer Flasche Wodka sitzt und ihr eure Erinnerungen austauscht, ist das für Wan eine angenehme Mußestunde, das mußt du zugeben. Und wenn du mit dem Obersten bei einer Flasche Scotch sitzt, ist das angenehme Muße?«

»Was ist das für Muße? Den Obersten brauche ich einfach. Und er mich.«

»Und wenn du mit Geiger speist? Und wenn du mit Dollfuß beim Bier sitzt? Und wenn dir Tschatschua am Telefon neue Witze erzählt?«

»Ja«, sagte Andrej. »Das ist alles das gleiche. Ja.«

»Höchstens zu Isja hast du die frühere Beziehung bewahrt, aber auch das . . .«

»Stimmt«, sagte Andrej. »Auch das.«

»Nein, davon kann keine Rede sein!« sagte der Mentor entschieden. »Stell dir vor: Hier sitzt der Oberst, fast der ranghöchste Offizier eurer Armee, ein alter englischer Aristokrat aus einem berühmten Geschlecht. Hier sitzt Dollfuß, Rat für Bauwesen, einst in Wien ein bedeutender Ingenieur. Seine Frau ist eine Baronesse, eine preußische Junkerstochter. Und ihnen gegenüber Wan. Der Hauswart.«

»Nun ja«, sagte Andrej. Er kratzte sich im Nacken und lächelte. »Das ist irgendwie taktlos.«

»Nein! Vergiß die Taktlosigkeit. Stell dir vor, was Wan dabei fühlt, wie ihm zumute ist.«

»Verstehe, verstehe! Das ist doch alles Unsinn! Ich lade ihn morgen ein, wir sitzen zusammen, Meilin und Selma kochen uns was Leckeres, und dem Jungen schenke ich eine Bulldog – ich habe eine ohne Abzug.«

»Ihr werdet miteinander trinken!« fuhr der Mentor fort. »Ihr werdet einander etwas aus eurem Leben erzählen, und er hat viel erlebt, und du bist auch ein guter Erzähler. Es wird wunderschön. Ich beneide euch sogar ein bißchen.«

»Kommen Sie doch auch«, forderte ihn Andrej lächelnd auf.

Der Mentor lächelte ebenfalls. »Ich werde im Geiste bei euch sein.«

Jemand läutete, Andrej schaute auf die Uhr – es war genau acht.

»Das ist bestimmt der Oberst«, sagte er und sprang auf. »Soll ich gehen?«

»Selbstverständlich!« sagte der Mentor. »Und vergiß bitte

nicht, daß es Hunderttausende Wans in der Stadt gibt, aber Räte nur zwanzig.«

Es war wirklich der Oberst. Er kam immer pünktlich auf die Minute, folglich als erster. Andrej empfing ihn in der Diele, drückte ihm die Hand und bat ihn ins Arbeitszimmer. Der Oberst erschien in Zivil. Der hellgraue Anzug saß wie auf einem Dressman, das dünne graue Haar war akkurat gekämmt, die Schuhe blitzten, die glatt rasierten Wangen glänzten. Er war ein schmächtiger Mann von kleinem Wuchs, die aufrechte Haltung verbarg die beginnende Altersschwäche. Der Oberst wirkte jedoch nicht hölzern wie manche deutsche Offiziere, von denen es sehr viele in der Armee gab.

Als er ins Arbeitszimmer trat, blieb er vor dem Teppich stehen. Die knochigen weißen Hände hinter dem Rücken, betrachtete er eine Zeitlang das purpurn-schwarze Prachtstück und die auf diesem Hintergrund angebrachten Waffen. Dann blickte er Andrej beifällig an.

»Nehmen Sie Platz, Herr Oberst. Zigarre? Whisky?«

»Danke. Ein Tropfen zur Anregung schadet nicht.« Er nahm seine Tabakspfeife aus der Tasche. »Heute war ein verrückter Tag. Was ist dort bei Ihnen auf dem Platz passiert? Mir wurde befohlen, die Kasernen in Alarmzustand zu versetzen.«

»Irgendein Schwachkopf«, sagte Andrej, während er in der Bar die Whiskyflasche suchte, »hat Dynamit im Magazin bekommen, und ihm ist nichts Besseres eingefallen, als auf dem Platz zu stolpern, direkt unter meinem Fenster.«

»Es war also kein Anschlag?«

»Gott bewahre, Herr Oberst!« Andrej schenkte den Whisky ein. »Hier ist doch nicht Palästina.«

Der Oberst nahm das Glas. »Sie haben recht. In Palästina hätten Vorfälle dieser Art niemanden verwundert. Übrigens im Jemen auch nicht.«

»Bei Ihnen wurde also Alarm gegeben?« fragte Andrej, der sich mit seinem Glas dem Oberst gegenüber setzte.

»Stellen Sie sich vor!« Der Oberst nippte am Glas, überlegte mit hochgezogenen Brauen, dann stellte er das Glas vorsichtig auf das Telefontischchen und stopfte seine Pfeife. Seine Hände waren greisenhaft, mit silbrigem Flaum, aber sie zitterten nicht.

»Und wie war die Kampfbereitschaft der Truppe?« erkundigte sich Andrej, der ebenfalls einen Schluck nahm.

Der Oberst lächelte wieder, und Andrej spürte plötzlich Neid – er hätte gern ebenso lächeln können.

»Das ist ein militärisches Geheimnis. Aber Ihnen verrate ich's. Es war schlimm! So etwas habe ich nicht einmal im Jemen gesehen. Was heißt hier Jemen! So etwas habe ich nicht einmal gesehen, als ich diese Schwarzärsche in Uganda gedrillt habe! Die Hälfte der Soldaten war überhaupt nicht in den Kasernen. Die Hälfte der anderen Hälfte erschien nach dem Alarm ohne Waffe. Die Bewaffneten wiederum hatten keine Munition, weil der Magazinverwalter seine Stunde auf dem Großen Bau ableistete und die Schlüssel mitgenommen hatte.«

»Sie scherzen, hoffe ich«, sagte Andrej.

Der Oberst zündete die Pfeife an, verscheuchte den Qualm mit der flachen Hand und schaute Andrej mit ausdruckslosen Greisenaugen an.

»Vielleicht habe ich ein bißchen übertrieben. Urteilen Sie jedoch selbst, Herr Rat. Unsere Armee wurde allein deshalb geschaffen, weil eine uns beiden bekannte Person sich keinen Staat ohne Armee vorstellen kann. Natürlich ist keine Armee imstande, normal zu funktionieren, wenn ein Gegner fehlt. Und sei es ein potentieller. Vom Chef des Generalstabs bis zum letzten Rekruten ist unsere gesamte Armee von der Überzeugung durchdrungen, daß alles einfach ein Spiel mit Zinnsoldaten ist.« »Und wenn man voraussetzt, daß es einen potentiellen Gegner gibt?«

Der Oberst hüllte sich wieder in aromatische Rauchwolken. »Dann nennen Sie ihn! Ihr seid doch die Politiker!«

Andrej nippte wieder am Glas. »Sagen Sie, Herr Oberst, gibt es beim Generalstab irgendwelche operativen Pläne für den Fall einer Invasion?«

»Nun, ich würde das nicht operative Pläne nennen. Stellen Sie sich beispielsweise Ihren russischen Generalstab auf der Erde vor. Gibt es dort Pläne für den Fall einer Invasion, sagen wir vom Mars?«

»Ich vermute, daß es irgend etwas Derartiges gibt.«

»Irgend etwas Derartiges gibt es auch bei uns«, sagte der Oberst. »Wir erwarten keine Invasion, weder von oben noch von unten. Wir halten eine ernsthafte Bedrohung aus dem Süden für unmöglich, ausgenommen natürlich eine erfolgreiche Rebellion von Kriminellen, die in den Siedlungen arbeiten, aber darauf sind wir vorbereitet. Es bleibt der Norden. Bekanntlich sind während der Wende und danach ziemlich viele Anhänger des vorigen Regimes in den Norden geflüchtet. Wir nehmen theoretisch an, daß sie eine Diversion oder sogar einen Umsturz planen. Aber wozu braucht man hier eine Armee? Gegen solche Bedrohungen genügt die Spezialpolizei des Herrn Rats Rummer, und was die Taktik betrifft – die primitivste Absperrtaktik.«

Andrej wartete eine Weile, ehe er fragte: »Soll ich Sie so verstehen, Herr Oberst, daß der Generalstab nicht auf eine ernsthafte Invasion aus dem Norden vorbereitet ist?«

»Meinen Sie eine Invasion von Marsbewohnern?« fragte der Oberst nachdenklich. »Nein, darauf ist er nicht vorbereitet. Ich verstehe, was Sie sagen wollen. Wir haben jedoch keinen militärischen Geheimdienst. Die Möglichkeit einer solchen Invasion wurde von niemandem jemals ernsthaft in Betracht gezogen. Bisher fehlen Hinweise darauf. Wir wissen nicht, was fünfzig Kilometer vom Gläsernen Haus entfernt geschieht. Wir besitzen nicht einmal Karten der nördlichen Gebiete. Der Stadtarchivar, Herr Katzman, hat dem Generalstab so etwas wie eine Karte dieser Gebiete geliefert. Soviel ich weiß, hat er sie selber gezeichnet. Dieses bemerkenswerte Dokument befindet sich in meinem Safe. Es berechtigt zu dem Schluß, daß Herr Katzman diese Karte beim Essen als Unterlage benutzt hat, nach den Fettflecken und den Spuren von vergossenem Kaffee zu urteilen.«

»Immerhin hat meine Abteilung Ihnen recht brauchbare Karten geliefert, Herr Oberst«, sagte Andrej vorwurfsvoll.

»Zweifellos, Herr Rat. Das sind aber hauptsächlich Karten der bewohnten Stadt und der südlichen Gebiete. Nach der Hauptdirektive soll sich die Armee für den Fall von Unruhen in Bereitschaft halten, und Unruhen kann es nur in den erwähnten Gebieten geben. Somit sind Ihre Karten sehr nützlich, und Ihnen ist es zu verdanken, daß wir auf Unruhen gut vorbereitet sind. Was jedoch eine Invasion betrifft ...« Der Oberst schüttelte den Kopf.

»Soweit ich mich erinnere«, sagte Andrej nachdrücklich, »hat der Generalstab bei meinem Büro keinerlei Karten der nördlichen Gebiete angefordert.«

Eine Zeitlang schaute ihn der Oberst an, seine Pfeife ging aus. »Ich muß Ihnen sagen«, erklärte er bedächtig, »daß wir solche Anforderungen direkt an den Präsidenten gerichtet haben. Die Antworten klangen sehr unbestimmt.« Er machte wieder eine Pause. »Sie meinen also, Herr Rat, daß wir um der Sache willen solche Anforderungen an Sie richten sollten?«

»Heute war ich beim Präsidenten zum Mittagessen geladen. Wir haben lange über dieses Thema gesprochen. Die Kartographierung der nördlichen Gebiete ist im Prinzip beschlossen. Allerdings brauchen wir die tatkräftige Hilfe von militärischen Spezialisten. Ein erfahrener Mann ... nun, Sie werden verstehen, was ich meine.«

»Ich verstehe«, sagte der Oberst. »Übrigens, wo haben Sie eine solche Mauserpistole aufgetrieben, Herr Rat? Zum letzten Mal, wenn ich mich nicht irre, habe ich solche Prachtstücke in Batumi gesehen, im Jahre achtzehn.«

Andrej wollte ihm erzählen, wo und wie er diese Mauserpistole erworben hatte, aber es läutete wieder. Er entschuldigte sich und ging in die Diele.

Er hatte sich auf Katzman gefreut, wider alle Erwartungen war jedoch Otto Frisch gekommen, den Andrej gar nicht eingeladen hatte. Das hatte er einfach vergessen. Ihn vergaß er ständig, obwohl Otto Frisch als Chef der Wirtschaftsverwaltung des Gläsernen Hauses ein in höchstem Grade nützlicher und sogar unersetzlicher Mann war. Übrigens vergaß Selma diesen Umstand nie. Heute erhielt sie von Otto einen Präsentkorb, der sorgsam mit einer Batistserviette bedeckt war, und ein Blumensträußchen. Otto wurde gnädig untergehakt. Er knallte mit den Absätzen, errötete und war offensichtlich glücklich.

»Ach, Kumpel«, sagte Andrej zu ihm. »Da bist du ja!«

Andrej dachte plötzlich, daß sich Otto von allen Männern am wenigsten verändert hatte. Der dünne Hals, die riesigen Segelohren, der Ausdruck ständiger Unsicherheit auf dem sommersprossigen Gesicht. Und die knallenden Absätze. Er trug die blaue Uniform der Spezialpolizei, auf der Jacke prangte der quadratische Orden für besondere Verdienste.

»Ein riesiges Dankeschön für den Teppich«, sagte Andrej, der ihn ins Arbeitszimmer führte. »Gleich zeige ich dir, wie er hier aussieht. Du wirst dir die Finger ablecken, du wirst vor Neid erblassen.«

Als Otto Frisch jedoch ins Arbeitszimmer trat, leckte er weder seine Finger ab noch erblaßte er vor Neid. Er erblickte den Obersten.

Der Gefreite der Wehrmacht Otto Frisch hegte gegenüber dem Obersten Saint-James Gefühle, die an Ehrfurcht grenzten. In Gegenwart des Obersten verlor er völlig die Gabe der Rede. Wie mit Stahlbolzen befestigt, zeigte sein Gesicht ein diensteifriges Lächeln, und er war bereit, in jedem Moment die Hacken zusammenzuschlagen.

Mit dem Rücken zu dem berühmten Wandteppich gekehrt, stand er in Habachtstellung da, die Brust herausgestreckt, preßte die Hände an die Hüften, spreizte die Ellbogen und neigte ebenso steif den Kopf zum Gruß, so daß die Halswirbel knackten. Träge lächelnd, erhob sich der Oberst und streckte ihm die rechte Hand entgegen. In der linken hielt er sein Whiskyglas.

»Sehr erfreut, Sie zu sehen. Ich begrüße Sie, Herr ...«

»Gefreiter Otto Frisch, Herr Oberst!« kreischte Otto begeistert. Er verneigte sich bis zur Hüfte und berührte die Finger des Obersten. »Habe die Ehre!«

»Otto, Otto!« sagte Andrej vorwurfsvoll. »Wir sind hier unter uns, ohne Rang!«

Otto wollte sich mit einem Taschentuch die Stirn abwischen, erschrak jedoch sogleich und versuchte, das Tuch wieder in die Tasche zu stecken, was ihn Mühe kostete.

»Sie erinnern mich an jemanden«, sagte der Oberst gutmütig, »bei El-Alamein haben meine Jungs einen deutschen Feldwebel zu mir gebracht.«

Es läutete wieder, und Andrej ging hinaus, den unglücklichen Otto dem britischen Löwen zum Fraß überlassend.

Isja war gekommen. Bis er Selma auf beide Wangen geküßt hatte, bis er sich auf ihr Verlangen mit einer Bürste die Schuhe geputzt hatte, stürzten gleichzeitig Tschatschua und das Ehepaar Dollfuß herein. Tschatschua hatte Frau Dollfuß untergefaßt und überschüttete sie mit Witzen, während Dollfuß mit blassem Lächeln folgte. Neben dem temperamentvollen Chef der Justizkanzlei wirkte er besonders farblos und unbedeutend. Über jeden Arm hatte er einen warmen Mantel gehängt, falls es nachts kühler werden sollte.

»Zu Tisch, zu Tisch!« rief Selma in zartem Glockenton.

»Teuerste!« protestierte Frau Dollfuß mit Baßstimme. »Ich muß mich erst in Ordnung bringen!«

»Warum?« wandte Tschatschua ein. »Solche Schönheit läßt sich nicht weiter verbessern. Nach Paragraph zweihundertachtzehn des Strafgesetzbuches soll das Gesetz verhindern ...«

Es begann das übliche Geplapper. Andrej konnte nicht einmal lächeln. An seinem linken Ohr schilderte Isja das schlimme Durcheinander in den Kasernen während des Alarms, am rechten dröhnte Dollfuß über Toiletten und den Hauptabwasserkanal, der bald verstopft sei. Schließlich begaben sich alle ins Eßzimmer.

Andrej, die Gäste plazierend, spitze Bemerkungen und Komplimente verteilend, sah mit einem Seitenblick, wie sich die Tür zum Arbeitszimmer öffnete und der lächelnde Oberst allein herauskam. Er steckte gerade seine Pfeife in die Jackentasche. Andrejs Herz stockte, aber da erschien auch schon der Gefreite Otto Frisch, offenbar hielt er nur die vorgeschriebene Distanz von fünf Metern hinter einem Ranghöheren ein. Er schlug wieder die Hacken zusammen.

»Trinken wir, amüsieren wir uns!« brüllte Tschatschua.

Messer und Gabeln klapperten. Nicht ohne Mühe hatte man Otto zwischen Selma und Frau Dollfuß plaziert, Andrej saß an der Stirnseite und überblickte den Tisch.

»Und stellen Sie sich vor, Teure, im Teppich war ein solches Loch!«

»Man sagt, dort hätte man jemanden vor versammelter Mannschaft erschossen, Herr Oberst. Stimmt das?«

»Vergessen Sie nicht meine Worte: Wegen der Kanalisation, nur wegen der Kanalisation wird eines Tages unsere Stadt untergehen!«

»So große Schönheit und ein so kleines Gläschen?!«

»Otto, laß den Knochen liegen. Hier ist ein gutes Stück!«

»Nein, Katzman, das ist militärisches Geheimnis. Mir genügen die Unannehmlichkeiten, die ich von den Juden in Palästina erlitten habe.«

»Wodka, Herr Rat?«

»Ich danke Ihnen, Herr Rat!«

Unter dem Tisch knallten die Hacken.

Andrej trank hintereinander zwei Glas Wodka, um die Stimmung zu heben, aß mit Vergnügen und ließ wie alle anderen den endlos langen und äußerst unanständigen Trinkspruch, den Tschatschua vortrug, über sich ergehen. Endlich klärte sich, daß der Herr Justizrat sein Glas nur deshalb erhoben hatte, um die Anwesenden zu sexuellen Ausschweifungen aufzufordern. Dann trank er auf »meine schlimmsten und unbarmherzigsten Feinde, gegen die ich mein Leben lang kämpfe und von denen ich mein Leben lang Niederlagen erleide, nämlich – die schönen Frauen!« Andrej lachte erleichtert mit allen und kippte das dritte Glas hinunter. Frau Dollfuß röchelte vor völliger Erschöpfung, ihr Gesicht hinter der Serviette verbergend.

Alle gerieten sehr schnell in Fahrt. »Ja! O, ja!« drang es vom anderen Tischende herüber. Tschatschua, die Nase über dem Dekolleté von Frau Dollfuß, redete ohne Pause. Frau Dollfuß gluckste, zog sich kokett von ihm zurück und plumpste mit ihrem breiten Rücken auf Otto. Otto hatte schon zweimal die Gabel fallenlassen. Dollfuß, der neben Andrej saß und endlich die Kanalisation ruhen ließ, verfiel am unpassenden Ort und zur unpassenden Zeit in Diensteifer und verriet ständig Staatsgeheimnisse. »Autonomie!« schrie er drohend. »Der Schlüssel zur Autonomie ist Chlorella! Die Große Baustelle? Lächerlich. Was zum Teufel für Luftschiffe? Chlorella!« »Herr Rat, Herr Rat!« Andrej versuchte verzweifelt, ihn zur Ordnung zu rufen. »Um Gottes willen! Das brauchen andere nicht unbedingt zu wissen. Erzählen Sie mir lieber, wie weit das Forschungsinstitut gediehen ist.« Das Dienstmädchen räumte die schmutzigen Teller ab und brachte saubere. Nach der Vorspeise wurde Fondue bourguignonne serviert.

»Ich erhebe diesen kleinen Pokal!«

»Ja, o ja!«

»Sie unartiger Bursche! Aber man kann nicht anders als Sie lieben!«

»Isja, laß den Obersten in Ruhe! Herr Oberst, möchten Sie, daß ich mich neben Sie setze?«

»Vierzehn Kubikmeter Chlorella – das ist gar nichts! Wir brauchen Autonomie!«

»Whisky, Herr Rat?«

Plötzlich erschien der rotwangige Parker im Eßzimmer und unterbrach die lebhafte Unterhaltung. »Der Herr Präsident bittet um Entschuldigung. Eine wichtige Beratung. Er übermittelt einen herzlichen Gruß an Frau und Herrn Woronin, und gleichzeitig allen ihren Gästen.« Parker wurde genötigt, einen Wodka zu trinken, dazu brauchte man Tschatschua. Er trank auf den Präsidenten und auf den Erfolg aller seiner Unternehmungen. Es wurde etwas stiller, man reichte Kaffee mit Eis und Likören. Otto Frisch beklagte sich weinerlich über Mißerfolge in der Liebe. Frau Dollfuß erzählte Tschatschua von ihrem geliebten Königsberg, worauf Tschatschua nickte und leidenschaftlich sagte: »Und wie! Ich erinnere mich! General Tschernjachowskij ... Fünf Tage lang wurde die Stadt mit Kanonen beschossen.« Parker verschwand, draußen war es schon dunkel. Dollfuß schluckte gierig den Kaffee hinunter und entwickelte vor Andrej phantastische Projekte zur Sanierung der nördlichen Stadtviertel. Der Oberst erzählte Isja: »Er hat zehn Tage für Disziplinlosigkeit und zehn Jahre Zwangsarbeit für Verrat von staatlichen und militärischen Geheimnissen bekommen.« Isja schnaufte, prustete und antwortete: »Der Witz hat schon einen Bart, Saint-James! Den hat man schon über Chruschtschow erzählt!« »Schon wieder die Politik«, rief Selma ungehalten. Sie zwängte sich zwischen Isja und den Obersten, der alte Militär streichelte väterlich ihre Knie.

Andrej wurde plötzlich traurig zumute. Er entschuldigte sich, obwohl ihm keiner zuhörte, und ging mit schwankenden Schritten in sein Arbeitszimmer. Dort setzte er sich aufs Fensterbrett, rauchte und schaute in den Garten.

Im Garten war es stockdunkel, durch das Laub der Fliedersträucher leuchteten die Fenster des Nachbarhauses. Die

Nacht war warm, im Gras flimmerten Glühwürmchen. Und morgen? dachte Andrej. Nun, ich mache die Expedition mit. Von dort werde ich einen Haufen Waffen mitbringen und hier aufhängen.

Im Eßzimmer war es laut. »Wissen Sie, Herr Oberst?« schrie Isja. »Das alliierte Kommando hatte auf den Kopf von Tschapajew zwanzigtausend ausgesetzt!« Andrej erinnerte sich sofort an die Fortsetzung: »Das alliierte Kommando, Euer Hochwohlgeboren, hätte noch mehr aussetzen können. Denn hinter uns lag Gurjew, und in Gurjew ist Erdöl.« »Tschapajew?« fragte der Oberst. »Ach, dieser Kavallerist von Ihnen. Aber den hat man doch erschossen?« Selma begann plötzlich mit hoher Stimme zu singen: »Die Mutter weckt Katja vor Tau und Tag. Steh auf, steh auf, Katja, das Schiff ist da...« Sie wurde sofort von Tschatschuas Baß übertönt: »Ich hab dir Blumen gebracht, ach, was für herrliche Blumen. Du hast mich ausgelacht, warum hast du sie nicht genommen?«

Andrej schloß die Augen und erinnerte sich auf einmal sehnsüchtig an Dawydow. Wan sitzt nicht am Tisch, und Onkel Jura nicht. Wozu brauche ich diesen Dollfuß? Gespenster umringten ihn.

Auf dem Sofa saß Donald mit seinem abgegriffenen Texashut. Er hatte die Beine übereinandergeschlagen und umfaßte ein Knie mit fest gefalteten Händen. Wenn du gehst, sei nicht traurig, wenn du kommst, freu dich nicht... Und an den Tisch setzte sich Kaneko in einer alten Polizeiuniform, er stützte den Ellbogen auf den Tisch und legte das Kinn auf die Faust. Kaneko schaute Andrej ohne Mißbilligung an, aber in diesem Blick lag auch keine Wärme. Und Dawydow klopfte Wan auf den Rücken und sagte: »Macht nichts, Wanja, sei nicht traurig, wir machen dich zum Minister, du wirst in einem Pobeda herumkutschieren.« Und vertraut, unerträglich stank es nach Machorka, gesundem Schweiß und selbstgebranntem Schnaps. Andrej holte mühsam Luft, rieb sich die Augen und blickte wieder in den Garten.

Im Garten stand das Rote Haus.

Es stand fest zwischen den Bäumen, als stünde es schon seit langem hier und beabsichtige bis zum Ende aller Zeiten hier zu bleiben, ein schönes dreistöckiges Ziegelgebäude. Wie damals waren die Parterrefenster mit Fensterläden geschlossen, das Dach war mit Zinkblech gedeckt, zur Haustür führten vier Steinstufen, und neben dem einzigen Schornstein ragte eine kreuzförmige Antenne in den Himmel. Jetzt waren jedoch alle Fenster dunkel, im Parterre fehlten einige Läden, die Scheiben waren schmutzig und gesprungen, einige durch Sperrholz ersetzt, andere überkreuz mit Papierstreifen beklebt. Es ertönte keine feierliche, düstere Musik, vom Haus kroch wie unsichtbarer Nebel lastende Stille herüber.

Ohne eine Sekunde zu überlegen, sprang Andrej aus dem Fenster in den Garten ins weiche Gras. Er lief hastig auf das Gebäude zu, die Glühwürmchen verscheuchend; immer tiefer tauchte er in die tote Stille ein, während er die Augen nicht vom Messinggriff an der hohen Eichentür ließ. Dieser Griff war jetzt matt und mit grünlichen Flecken bedeckt.

Er stieg die Treppe hinauf und drehte sich um. In den hell erleuchteten Fenstern seines Eßzimmers sprangen fröhlich menschliche Schatten umher, sich bizarr brechend, leise klang Tanzmusik herüber. Er vollführte eine verächtliche Geste und faßte an das feuchte Messing.

Im Vestibül war es schummerig, feucht und muffig, der vielarmige Kleiderständer stand in der Ecke, nackt wie ein kahler Baum. Auf der Marmortreppe lag kein Läufer, und es gab keine metallischen Stäbe, geblieben waren nur grünliche Ringe, vergilbte Zigarettenkippen und undefinierbarer Schmutz auf den Stufen. Mit schweren Schritten begab sich Andrej langsam auf den oberen Treppenabsatz.

Aus dem längst erloschenen Kamin roch es nach Asche

und Ammoniak, etwas raschelte und trippelte kaum hörbar. Im großen Saal war es ebenso kalt, es zog an den Beinen, graue staubige Lappen hingen von der unsichtbaren Decke herab, die marmornen Wände waren von Flecken geschwärzt und schimmerten feucht, Gold und Purpur war abgeblättert, die stolz-bescheidenen Büsten aus Gips, Marmor, Bronze und Gold schauten traurig aus den Nischen durch staubige Spinnweben. Das Parkett knarrte und gab bei jedem Schritt nach, vorn führte eine Galerie, auf der Andrej niemals gewesen war, ins Dunkle. Plötzlich sprangen Ratten auf, rannten pfeifend über die Galerie und verschwanden in der Finsternis.

Wo sind sie alle? dachte Andrej, als er über die Galerie schlich. Was ist mit ihnen geschehen? Er stieg die quietschende Eisentreppe hinauf ins muffige Innere. Wie ist das alles passiert? Er ging von einem Zimmer ins andere, unter seinen Füßen knirschte der abgefallene Stuck, klirrte das zerbrochene Glas, schmatzte der mit flauschigem Schimmel überwucherte Schmutz. Es roch süßlich nach Verwestem, irgendwo fielen Wassertropfen, einer nach dem anderen, und die riesigen Gemälde an den Wänden wirkten wie schwarze Leinwand.

Jetzt wird es hier immer so sein, dachte Andrej. Etwas habe ich getan, etwas haben wir alle getan, so daß es hier immer ausgestorben bleiben wird. Das Haus wird sich nicht mehr vom Fleck bewegen, es bleibt für immer hier, es wird verfaulen und zerfallen wie ein gewöhnliches altes Gebäude, und schließlich wird es mit gußeisernen Rammbären zerschlagen werden, den Plunder wird man verbrennen und die gebrannten Ziegel zum Schuttplatz schaffen. Keine einzige Stimme! Und überhaupt kein einziger Laut, nur Ratten pfeifen verzweifelt in den Ecken ...

Er erblickte einen riesigen Aktenschrank mit Rolladen und erinnerte sich plötzlich daran, daß genau der gleiche Schrank bei ihm zu Hause in der Kammer stand, einem

Raum von sechs Quadratmetern neben der Küche, das einzige Fenster ging auf den schachtartigen Hof. Auf dem Schrank lagen alte Zeitungen und zusammengerollte Plakate, die sein Vater vor dem Krieg gesammelt hatte, und anderer Papierkram. Als einer großen Ratte von einer Mausefalle die Schnauze zerschlagen wurde, war sie so schlau gewesen, auf diesen Schrank zu klettern. Dort raschelte sie lange Zeit, und jede Nacht befürchtete Andrej, sie würde auf seinen Kopf stürzen. Einmal nahm er ein Fernglas und erkundete vom Fensterbrett aus, was sich dort auf dem Schrank tat. Er sah – oder er glaubte es zu sehen – spitze Ohren, einen grauen Kopf und eine schrecklich glänzende, gleichsam lackierte Blase anstelle der Schnauze. Das war so unheimlich, daß er aus dem Zimmer flüchtete und eine Zeitlang im Korridor auf der Truhe saß, Schwäche und Übelkeit spürend. Er war allein in der Wohnung, er brauchte sich vor niemandem zu genieren, aber er schämte sich wegen seiner Angst, schließlich ging er ins Wohnzimmer und legte dort auf dem Grammophon »Riorita« auf. Mehrere Tage später spürte er in der Kammer einen süßlichen Verwesungsgeruch wie hier.

In dem gewölbten Raum schimmerten seltsam große Orgelpfeifen, die Orgel war längst verstummt, ein verlassener Musikfriedhof. Und neben der Orgelbank lag zusammengekrümmt ein Mensch, in einen abgetretenen Teppich gehüllt, an seinem Kopfende blinkte eine leere Wodkaflasche. Andrej begriff, daß tatsächlich alles zu Ende war, und rannte zum Ausgang.

Als er die Treppe hinunter in seinen Garten ging, erblickte er Isja. Er war stark betrunken und sehr zerzaust. Er stand schwankend da, hielt sich mit einer Hand am Apfelbaum fest und schaute auf das Haus. Im Dunkel blinkten seine Zähne, die zu einem starren Lächeln entblößt waren.

»Genug«, sagte Andrej. »Schluß.«

»Phantasien des aufgewühlten Gewissens!« gab Isja undeutlich von sich.

»Dort sind nur Ratten. Nur Moder.«

»Phantasien des aufgewühlten Gewissens«, wiederholte Isja und kicherte.

FÜNFTER TEIL

Bruch der Kontinuität

ERSTES KAPITEL

Nachdem er die Krämpfe überwunden hatte, schluckte Andrej den letzten Löffel Brei herunter, stieß voller Widerwillen das Eßgeschirr beiseite und griff nach dem Teeglas. Der Tee war noch heiß. Andrej trank kleine Schlucke, wobei er auf das zischende Flämmchen der Benzinlampe starrte. Der Tee war ungewöhnlich stark, er hatte zu lange gezogen, stank nach altem Holz und besaß noch einen Beigeschmack – entweder von dem fauligen Wasser, das sie an Kilometer 820 vorgefunden hatten, oder Kechada hatte wieder dem gesamten Kommandostab seinen Dreck hineingeschüttet. Vielleicht hatte man das Glas nur schlecht ausgewaschen, es war besonders fettig und klebrig.

Draußen klapperten die Soldaten mit den Eßgeschirren. Der Witzbold Tewosjan schweinigelte über Mymra, die Soldaten wollten schon loswiehern, da brüllte plötzlich Sergeant Vogel mit preußischer Kommandostimme: »Gehen Sie auf Posten oder zu einem Weib ins Bett? Warum barfuß? Wo ist Ihr Schuhwerk?« Der Mann erwiderte mit mürrischer Stimme, daß seine Füße bis aufs Fleisch wundgerieben seien, stellenweise bis zu den Knochen. »Halten Sie's Maul, Sie Hornochse! Sofort Schuhe anziehen und auf Posten! Aber flink!«

Andrej bewegte genüßlich die nackten Zehen unter dem Tisch. Die Füße hatten sich auf dem kühlen Parkett schon leicht erholt. Eine Schüssel mit kaltem Wasser, dann würden sie ... Er blickte ins Glas, das noch halbvoll war, fluchte im stillen und trank zu seiner eigenen Überraschung den Rest mit drei gierigen Schlucken. Im Bauch gluckste es sogleich. Eine Zeitlang lauschte Andrej neugierig diesen Geräuschen, dann stellte er das Glas hin, wischte sich mit dem Handrücken über den Mund und blickte auf das Eisenkästchen mit den Dokumenten. Ich müßte die gestrigen Rapporte herausnehmen. Keine Lust. Das schaffe ich. Erst einmal hinlegen, sich der Länge nach ausstrecken, mit der Jacke zudecken und die Augen für ein paar Stunden zumachen …

Draußen heulte plötzlich ein Traktor auf. Die wenigen heilen Fensterscheiben erzitterten, von der Decke fiel ein Stuckbrocken neben die Lampe. Das leere Glas wackelte leicht und glitt zum Tischrand. Andrej erhob sich ungehalten, schlurfte barfuß zum Fenster und blickte hinaus.

Die Hitze der glühenden Straße, der widerwärtige Gestank der Auspuffgase und des erhitzten Öls schlugen ihm ins Gesicht. Im diffusen Licht eines Scheinwerfers saßen bärtige Männer auf dem Straßenpflaster und stocherten in ihrem Eßgeschirr herum. Alle waren barfuß, und fast alle hatten sich bis zum Gürtel entblößt. Die verschwitzten Leiber glänzten, die Gesichter schienen schwarz zu sein, die Hände sahen aus, als trügen alle dunkle Handschuhe. Andrej kam plötzlich der Gedanke, daß er keinen von ihnen erkennen würde. Eine Herde nackter Affen … In den Lichtkreis trat Sergeant Vogel mit einem riesigen Teekessel in der Hand, die Affen wurden unruhig, rückten näher und streckten ihre Becher hin. Der Sergeant stieß mit der freien Hand die Becher beiseite und brüllte etwas, bei dem Motorlärm war er jedoch kaum zu hören.

Andrej kehrte zum Tisch zurück, öffnete mit einem Ruck das eiserne Kästchen und nahm das Tagebuch und die gestrigen Rapporte heraus. Auf den Tisch fiel ein weiterer Stuckbrocken. Andrej schaute zur Decke. Das Zimmer war sehr hoch, etwa vier Meter. Die Deckenverzierungen bröckelten stellenweise ab, sichtbar wurde ein Deckenbalken, der angenehme Erinnerungen an Piroggen mit Konfitüre wachrief. Seine Mutter hatte sie in großer Menge bereitet und zu Tee in dünnwandigen Gläsern gereicht. Mit Zitrone. Oder man konnte einfach ein leeres Glas nehmen und nach Herzenslust in der Küche kaltes Wasser einfüllen . . .

Andrej schüttelte den Kopf, erhob sich wiederum und ging schräg durchs Zimmer zu einem riesigen Bücherschrank. Die Scheiben fehlten, und Bücher standen nicht darin – es waren leere, staubige Regale. Andrej wußte das schon, trotzdem betrachtete er alles noch einmal und tastete sogar in die dunklen Ecken.

Das Zimmer war recht gut erhalten. Es gab zwei brauchbare Sessel und einen weiteren mit einem durchgewetzten Sitz, einst waren sie mit geprägtem Leder bezogen. An der Wand gegenüber waren einige Stühle aufgereiht, und in der Mitte des Zimmers stand ein Couchtisch, darauf eine Kristallvase mit verdorrten Blumen. Die Tapeten hatten sich gelöst, stellenweise waren sie abgefallen, der Parkettfußboden war ausgetrocknet und aufgequollen. Trotzdem befand sich das Zimmer in einem sehr anständigen Zustand – noch vor nicht allzulanger Zeit war es bewohnt gewesen, vor zehn Jahren schätzungsweise.

Zum ersten Mal – es war nach Kilometer 500 und auf der Straße, die von der Gelben Mauer im Osten bis zum Abgrund im Westen führte – sah Andrej ein so gut erhaltenes Haus. Nach so vielen Kilometern mit völlig abgebrannten Vierteln, die sich in eine verkohlte Wüste verwandelt hatten, nach so vielen Kilometern mit dornenüberwucherten Ruinen, zwischen denen sich leere vielstöckige Gebäude erhoben, deren Zwischendecken längst eingestürzt waren; nach so vielen Kilometern Einöde, in der man höchstens verfaulte Blockhütten vorfand – nach all dieser Zerstörung begannen hier fast unversehrte Wohnviertel mit gepflasterten Straßen, und vielleicht lebten hier auch Menschen – jedenfalls hatte der Oberst befohlen, die Wachen zu verdoppeln.

Der alte Oberst war in letzter Zeit etwas entkräftet wie alle Teilnehmer der Expedition. Es kam ihm sehr zupaß, daß sie zum ersten Mal nach zwölf Tagen das Nachtlager unter einem Dach aufschlugen und nicht unter freiem Himmel schlafen mußten. Wenn man Wasser fände, könnte eine längere Rast eingelegt werden. Aber Wasser würde man wohl wiederum nicht finden. Jedenfalls sagt Isja, daß man nicht auf Wasser hoffen dürfe. In der ganzen Mannschaft kommt nur von Isja und dem Obersten etwas Vernünftiges.

Es klopfte an die Tür, kaum hörbar beim Krach des Motors. Andrej kehrte eilig auf seinen Platz zurück, legte die Jacke über die Schulter, schlug das Tagebuch zu und krächzte: »Herein!«

Es war Dagan – dürr, alt, seinem Obersten ähnlich, rasiert, die Uniform akkurat zugeknöpft.

»Darf ich abräumen, Sir?«

Andrej nickte. Mein Gott, dachte er, wieviel Kraft muß jemand aufwenden, um in dieser Hölle so auf sein Äußeres zu achten. Dabei ist er kein Offizier, nicht einmal Sergeant, bloß ein Offiziersbursche. Ein Lakai.

»Wie geht es dem Obersten?« fragte Andrej.

»Wie bitte, Sir?« Dagan erstarrte, das schmutzige Geschirr in den Händen, und wandte Andrej sein knorpliges Ohr zu.

»Wie geht es dem Obersten?« brüllte Andrej. In derselben Sekunde verstummte draußen der Motor.

»Der Oberst trinkt Tee!« schrie Dagan in der eingetretenen Stille und fügte sogleich verwirrt mit gesenkter Stimme hinzu: »Verzeihung, Sir. Der Oberst fühlt sich zufriedenstellend. Er hat gespeist und nimmt jetzt den Tee.«

Andrej nickte zerstreut und überblätterte einige Seiten des Tagebuchs.

»Haben Sie noch Befehle, Sir?« erkundigte sich Dagan.

»Nein, danke.«

Als Dagan gegangen war, befaßte sich Andrej endlich mit

den Rapporten vom Vortag. Er selber hatte keine Aufzeichnungen gemacht. Ihn hatte ein solcher Durchfall geplagt, daß er kaum das Ende des abendlichen Rapports aushielt, und dann quälte er sich die halbe Nacht. Er hockte mit heruntergelassenen Hosen hinter dem Lager, angespannt in die nächtliche Finsternis starrend, in einer Hand die Pistole und in der anderen eine Laterne.

»28. Tag«, schrieb er auf die leere Seite und unterstrich das mit zwei dicken Linien. Dann nahm er Kechadas Rapport.

»Zurückgelegt 48 km, Sonnenstand 63° 51′ 13″. 989. km. Mittlere Temperatur: im Schatten +23° C, in der Sonne +31° C. Wind 2,5 m/sec. Luftfeuchtigkeit 0,42. Gravitation 0,998. Bohrungen bei km 979, 981, 986. Kein Wasser. Treibstoffverbrauch ...«

Ellisauers Rapport wies Spuren von schmutzigen Fingern auf, Andrej mußte lange die kraklige Handschrift entziffern.

»Treibstoffverbrauch 1,32 der Norm. Rest am Ende des 18. Tages – 3200 kg. Zustand der Motoren: Nr. 1 – befriedigend, Nr. 2 – Bolzen abgenutzt, und die Zylinder sind ...«

Was mit den Zylindern passiert war, konnte Andrej nicht entschlüsseln, obwohl er das Blatt direkt vor die Lampe hielt.

»Zustand der Mannschaft: physischer Zustand – fast alle haben aufgeriebene Füße, der Durchfall dauert an, bei Permjak und Palotti verstärkt sich der Ausschlag auf dem Rücken. Keine besonderen Vorkommnisse. Zweimal zeigten sich Haiwölfe, die mit Schüssen verjagt wurden. Munitionsverbrauch 12 Patronen. Wasserverbrauch 40 l. Rest am Ende des 28. Tages 1110 l. Proviantverbrauch 20 Rationen. Rest am Ende des 28. Tages 730 Rationen ...«

Draußen kreischte Mymra durchdringend, verrauchte Kehlen brüllten. Andrej hob den Kopf und lauschte. Weiß der Teufel, dachte er. Vielleicht ist es nicht schlecht, daß sie sich uns aufgedrängt hat. Die Männer haben sonst keine Ablenkung. In letzter Zeit haben sie sich allerdings ihretwegen gestritten.

Es klopfte wieder.

»Herein«, sagte Andrej unwirsch.

Herein kam Sergeant Vogel, ein Hüne mit gerötetem Gesicht. Unter den Achseln waren große Schweißflecke in der Uniformjacke sichtbar.

»Sergeant Vogel bittet um Erlaubnis, sich an den Herrn Rat zu wenden!« krächzte er in strammer Haltung.

»Ich höre, Sergeant.«

Vogel schielte zum Fenster. »Ich bitte um Erlaubnis, vertraulich reden zu dürfen.«

Das ist neu, dachte Andrej, er ahnte nichts Gutes. »Treten Sie näher und setzen Sie sich.«

Der Sergeant näherte sich dem Tisch auf Zehenspitzen, setzte sich auf den Rand eines Sessels, beugte sich zu Andrej und flüsterte: »Die Männer wollen nicht weitergehen.«

Andrej lehnte sich zurück. So weit ist es schon gekommen! Ich gratuliere, Herr Rat!

»Was heißt – sie wollen nicht? Wer hat sie gefragt?«

»Sie sind erschöpft, Herr Rat«, sagte Vogel in vertraulichem Ton. »Die Zigaretten gehen aus, der Durchfall hat alle ausgezehrt. Und hauptsächlich haben sie Angst. Schreckliche Angst, Herr Rat.«

Andrej schaute ihn schweigend an. Er mußte etwas tun. Unverzüglich. Aber er wußte nicht, was.

»Elf Tage ziehen wir schon durch menschenleeres Gebiet, Herr Rat«, fuhr Vogel fort. »Sie werden sich erinnern: Man hat uns erklärt, daß es dreizehn Tage durch menschenleeres Gebiet geht, und dann ist endgültig Schluß. Zwei Tage sind geblieben, Herr Rat.«

Andrej fuhr sich nervös mit der Zunge über die Lippen. »Sergeant, schämen Sie sich. Ein alter Soldat, und Sie glauben an Ammenmärchen. Das hätte ich von Ihnen nicht erwartet.«

Vogel erwiderte mit schiefem Lächeln: »Ich habe keine Angst, Herr Rat. Mich kann niemand erschrecken. Wenn wir nur Deutsche oder wenigstens Japse hätten, gäbe es solches Gerede nicht, Herr Rat. Aber ich habe lauter Gesindel. Makkaronis, Levantiner.«

»Aufhören, Sergeant!« sagte Andrej mit erhobener Stimme. »Schämen Sie sich! Kennen sie die Statuten nicht? Warum benutzen Sie nicht den Dienstweg? Was für eine Disziplinlosigkeit, Sergeant! Aufstehen!«

Vogel erhob sich schwerfällig und nahm die Haltung Stillgestanden ein.

»Setzen«, sagte Andrej nach einer Pause.

Vogel nahm ebenso schwerfällig wieder Platz, und eine Zeitlang schwiegen beide.

»Warum wenden Sie sich nicht zuerst an den Obersten?«

»Verzeihung, Herr Rat. Ich habe mich an den Herrn Oberst gewandt. Gestern.«

»Na und?«

Vogel wandte den Blick ab. »Der Herr Oberst geruhte nicht, meine Meldung zur Kenntnis zu nehmen, Herr Rat.«

»Eben! Was sind Sie zum Teufel für ein Sergeant, wenn Sie unter Ihren Leuten keine Ordnung schaffen können? Die Männer haben Angst, wie kleine Kinder. Vor Ihnen sollten Sie sich fürchten, Sergeant!« brüllte Andrej. »Vor Ihnen! Und nicht vor dem dreizehnten Tag!«

»Wenn das Deutsche wären . . .« hob Vogel wieder mit mürrischer Stimme an.

»Was soll das wieder? Ich, der Expeditionsleiter, muß Sie belehren wie einen kleinen Jungen, was zu tun ist, wenn die Untergebenen rebellieren? Schämen Sie sich, Vogel! Wenn Sie das nicht wissen, lesen Sie das Reglement. Dort steht alles schwarz auf weiß.«

Vogel lächelte vielsagend. Offenbar war im Reglement

ein solcher Fall nicht vorgesehen.

»Ich hatte eine bessere Meinung von Ihnen, Vogel«, sagte Andrej scharf. »Eine weitaus bessere! Schreiben Sie's sich hinter die Ohren: Ob Ihre Leute weitergehen wollen oder nicht, interessiert hier niemanden. Wir alle würden lieber zu Hause sitzen und nicht durch diese Schreckenslandschaft ziehen. Alle möchten trinken, und alle sind erschöpft. Trotzdem erfüllen alle ihre Pflicht, Vogel. Verstanden?«

»Zu Befehl, Herr Rat«, brummte Vogel. »Darf ich gehen?«

»Abtreten.«

Der Sergeant entfernte sich, erbarmungslos mit den Stiefeln das ausgedorrte Parkett zerkratzend.

Andrej warf die Jacke hin und trat wieder ans Fenster. Die Männer schienen sich besänftigt zu haben. Im Lichtkreis stand gebückt der lange Ellisauer und betrachtete ein Blatt, offenbar eine Karte, die der stämmige Kechada in den Händen hielt. Aus der Dunkelheit auftauchend, ging ein Soldat mit einer Maschinenpistole vorüber und verschwand im Haus, er war barfuß, halbnackt und zerzaust. Jemand rief: »He, du Langnasiger! He, Tewosjan!«

»Was willst du?« antwortete der Angerufene vom unsichtbaren Anhänger, wo Zigaretten als rote Punkte erglommen und erloschen.

»Dreh den Scheinwerfer her! Hier ist es stockduster.«

»Warum denn? Kannst du im Dunkeln nicht?«

»Alles ist vollgeschissen, ich weiß nicht, wo ich hintreten soll.«

»Der Posten darf nicht weg«, mischte sich ein anderer Mann ein. »Mach, wo du stehst!«

»Leuchte doch, verdammt! Kriegt ihr euern Arsch nicht hoch?«

Der lange Ellisauer richtete sich auf. Mit zwei Schritten befand er sich beim Traktor und drehte den Scheinwerfer zur Straße. Andrej sah den Posten. Die heruntergelassenen Hosen festhaltend, hockte er neben einer großen eisernen

Statue, die irgendwelche Sonderlinge direkt auf dem Gehsteig an der nächsten Kreuzung aufgestellt hatten. Die Statue stellte einen untersetzten Mann in einer Art Toga dar, er war glattrasiert und hatte ein abstoßendes Froschgesicht. Im Scheinwerferlicht wirkte er schwarz. Die linke Hand zeigte zum Himmel, die rechte war mit gespreizten Fingern über der Erde ausgestreckt. Jetzt hing an diesem Arm eine Maschinenpistole.

»In Ordnung, dankeschön!« brüllte freudig der Posten. »Du kannst ausmachen!«

»Los, los, mach!« spornten ihn die anderen an. »Wir decken dich mit Feuer, falls einer kommt.«

»Nehmt doch das Licht weg!« flehte der Posten.

»Lassen Sie's an, Herr Ingenieur«, riet jemand. »Das ist ein Scherz. Und das Reglement verbietet das nicht.«

Ellisauer nahm trotzdem das Licht weg. Auf dem Anhänger wurde gelacht. Dann pfiffen zwei Männer einen Marsch.

Alles wie immer, dachte Andrej. Heute sind sie sogar lustiger. Früher habe ich keine solchen Scherze gehört. Vielleicht liegt das an den Wohnhäusern? Ja, das kann sehr gut sein. Immer Einöde, Einöde, und jetzt wenigstens ein Dach über dem Kopf. Man kann ruhig ausschlafen, die Wölfe stören nicht. Aber Vogel ist kein Panikmacher. Nein, bestimmt nicht ... Andrej stellte sich plötzlich vor, daß er am morgigen Tag den Aufbruch befiehlt, und die Männer weigern sich geschlossen mit vorgehaltenen Maschinenpistolen. Vielleicht sind sie deshalb so fröhlich – sie haben alles abgesprochen, haben beschlossen, morgen umzukehren. ›Was kann er uns denn anhaben, der Klugscheißer, der Sesselforzer?‹ Und ihnen ist völlig gleich, was geschehen wird, sie sehen sowieso nur den Tod vor sich. Und Kechada, der Schuft, hält zu ihnen. Er nörgelt schon mehrere Tage lang, daß Weitergehen sinnlos sei. Heimtückisch schaut er mich an bei den abendlichen Rapporten, für ihn wird es ein Vergnügen sein, wenn ich zu Geiger wie ein begossener Pudel heimkehre.

Andrej zuckte die Schulter, als fröstele ihn. Selber schuld, du Feigling, du hast die Zügel schleifen lassen, du verlauster Demokrat, du Volksfreund. Damals hätte man den rothaarigen Chnoupek an die Wand stellen müssen, den Schuft, gleich die ganze Bande an der Gurgel packen müssen – und sie würden jetzt aufs Wort gehorchen! Solch eine Schandtat. Mehrere Männer vergewaltigen bestialisch ein minderjähriges Mädchen! Und wie dieser Chnoupek gelacht hat – frech, satt, widerlich –, als ich sie angebrüllt habe. Und wie alle blaß wurden, als ich die Pistole gezogen habe. Ach, Oberst, Oberst! Sie sind ein Liberaler und kein Offizier! »Warum denn gleich erschießen, Herr Rat? Es gibt auch andere Methoden, auf Soldaten einzuwirken!« Nein, Oberst, bei diesen Chnoupeks bewirken Sie nichts mit anderen Methoden. Seitdem ist alles durcheinander geraten. Das Mädchen hat sich uns aufgedrängt, ich habe das schändlicherweise geduldet, und dann begann ihretwegen Zank und Streit. Und wiederum – bei der ersten Schlägerei hätte ich eingreifen müssen, einen Mann an die Wand stellen, die Dirne auspeitschen und davonjagen. Nur – wohin soll sie gehen in den menschenleeren Städten ohne Wasser, wo überall Wölfe lauern?

Andrej vernahm plötzlich laute Flüche, in den Lichtkreis flog ein völlig nackter Mann, und bevor er sich aufrappeln konnte, sprang aus dem Haus wie ein Tiger ein zweiter, gleichfalls nackter Mann auf den ersten zu, sie umklammerten sich, rollten über das Straßenpflaster, heulten und schrien, röchelten und spuckten, verbissen miteinander kämpfend.

Andrej hielt sich mit einer Hand krampfhaft am Fensterbrett fest und griff mit der anderen an seinen Gürtel, er hatte vergessen, daß die Pistolentasche im Sessel lag. Da tauchte aus der Dunkelheit der Sergeant Vogel auf, er kam herbeigeflogen wie eine schwarze Gewitterwolke, die von einem Hurrikan gejagt wird, blieb vor den Männern stehen, und schon packte er einen an den Haaren, den anderen am Arm, riß sie vom Boden los, schlug ihre Köpfe krachend aneinander und schleuderte sie dann nach verschiedenen Seiten wie junge Hunde.

»Sehr gut, Sergeant«, lobte der Oberst mit schwacher, aber fester Stimme. »Die Nichtsnutze für die Nacht an die Bettstellen binden, und morgen den ganzen Tag als Vorhut außerhalb der Reihe.«

»Zu Befehl, Herr Oberst«, sagte der Sergeant schwer atmend. Er schaute nach rechts, wo auf den Pflastersteinen ein nackter Mann lag, und fügte unsicher hinzu: »Ich erlaube mir zu bemerken, Herr Oberst, einer gehört nicht zu uns, es ist der Kartograph Roulieu.«

Andrej räusperte sich und brüllte aus voller Kehle: »Den Kartographen Roulieu in die Vorhut für drei Tage, mit vollständiger Ausrüstung! Wenn sie sich nochmals prügeln, beide auf der Stelle erschießen!« In seiner Kehle zerriß etwas schmerzhaft. »Auf der Stelle alle erschießen, die sich zu prügeln wagen!«

Er kam erst am Tisch zu sich. Zu spät, dachte er und betrachtete stumpf seine zitternden Finger. Zu spät. Das hätte ich eher machen sollen. Aber ihr werdet mich noch kennenlernen! Ihr werdet tun, was euch befohlen wird! Die Hälfte lasse ich erschießen, ich erschieße sie eigenhändig, und die andere Hälfte kuscht und gehorcht. Jetzt reicht's! Und für Chnoupek – die erste Kugel beim kleinsten Vergehen. Die erste!

Er nahm die Waffe aus der Pistolentasche. Der Lauf war mit Schmutz verstopft. Der Abzug ging schwer und blieb in der Mitte stecken. Zum Teufel, alles verdreckt . . . Draußen war es sehr still, nur die Schritte der Posten erklangen in der Ferne. Im unteren Stockwerk schneuzte sich jemand laut.

Andrej blickte auf den Korridor und rief leise: »Dagan!«

In der Ecke bewegte sich etwas. Andrej zuckte zusammen: Es war der Stumme. Er saß in seiner üblichen Pose da, die Beine überkreuzt. Seine Augen blinkten im Halbdunkel.

»Dagan!« rief Andrej lauter.

»Ich komme, Sir!« vernahm er aus der Tiefe des Hauses.

»Was sitzt du hier rum?« sagte Andrej zu dem Stummen. »Komm ins Zimmer.«

Ohne sich zu bewegen, hob der Stumme sein Gesicht und schaute ihn an.

Andrej kehrte zum Tisch zurück, und als Dagan anklopfte und ins Zimmer lugte, befahl er ihm: »Bringen Sie meine Pistole in Ordnung!«

»Zu Befehl, Sir«, sagte Dagan ehrerbietig. Er nahm die Pistole und wich an der Tür aus, um Isja hereinzulassen.

Isja steuerte direkt auf den Tisch zu. »Ach, eine Lampe! Hör mal, Andrej, habt ihr nicht noch so eine? Ich habe es satt mit der kleinen Laterne, mir tun schon die Augen weh.«

In den letzten Tagen war Isja sehr abgemagert, und er stank wie ein alter Ziegenbock. Alle stanken so. Außer dem Obersten.

Isja ergriff einen Stuhl, setzte sich und schob die Lampe näher zu sich heran. Dann nahm er aus der Brusttasche ein Päckchen zerknitterter Blätter und breitete sie vor sich aus. Dabei kippelte er wie immer mit dem Stuhl. Er glitt mit den Augen über die Seiten, als wollte er alle zugleich lesen, und rieb von Zeit zu Zeit seine Warze. Zu dieser Warze gelangte er jetzt nur mit großer Mühe, weil Wangen und Hals von dichtem krausem Haar überwuchert waren.

»Du könntest dich mal rasieren«, sagte Andrej.

»Warum denn?«

»Alle im Kommandostab rasieren sich«, sagte Andrej ärgerlich. »Bloß du läufst rum wie eine Vogelscheuche.«

Isja hob den Kopf und musterte Andrej, wobei er im Bartgestrüpp gelbliche, lange nicht geputzte Zähne entblößte. »Ja? Du weißt doch, ich lege keinen Wert auf Äußerlichkeiten. Sieh mal, was ich für eine Jacke anhabe.«

»Die solltest du auch mal flicken. Wenn du das nicht selber kannst, gib sie Dagan.«

»Dagan hat genug zu tun. Übrigens, wen willst du erschießen?«

»Wer es verdient«, sagte Andrej düster.

Isja vertiefte sich in die Lektüre.

Andrej blickte auf die Uhr. Es war gleich zehn. Stöhnend kroch er unter den Tisch, um seine Schuhe zu suchen. Er nahm die hart gewordenen Socken heraus, beschnupperte sie heimlich, dann hielt er den rechten Fuß ans Licht und betrachtete die wundgeriebene Ferse. Die abgeschürfte Haut war ein wenig nachgewachsen, aber es schmerzte immer noch. Mit finsterer Miene zog er vorsichtig den Socken über und bewegte den Fuß. Er wurde noch abweisender und griff nach dem Schuh. Als er die Schuhe angezogen hatte, legte er den Gürtel mit der leeren Pistolentasche um und knöpfte die Jacke zu.

»Da«, sagte Isja und schob ihm über den Tisch einen Stoß beschriebener Blätter zu.

»Was ist das?« fragte Andrej ohne jedes Interesse.

»Papier.«

Andrej nahm die Blätter und steckte sie in die Jackentasche. »Danke.«

Isja las wieder. Schnell, wie eine Maschine.

Andrej erinnerte sich, daß er Isja nicht auf diese Expedition hatte mitnehmen wollen – wegen seines ungepflegten Aussehens, wegen seiner provozierenden jüdischen Physiognomie, wegen seines frechen Kicherns, wegen seiner Untauglichkeit, schwere physische Belastungen zu ertragen. Ihm war völlig klar, daß ihm Isja viele Sorgen bereiten würde, während er von einem Archivar unter Bedingungen, die denen eines Krieges ähnelten, kaum Nutzen hätte. Andrej hatte sich jedoch geirrt.

Anfangs rechtfertigten sich die Befürchtungen. Isja hatte als erster wundgeriebene Füße. Isja nervte alle bei den abendlichen Rapporten mit seinen idiotischen Scherzen und seinem familiären Umgangston. Am dritten Tag stürzte er in eine Grube, und man mußte ihn herausziehen. Am fünften Tag war er verschwunden und verzögerte den Aufbruch um mehrere Stunden. Während des Gefechts bei Kilometer 340 benahm er sich wie ein Schwachsinniger und blieb nur durch ein Wunder am Leben. Die Soldaten spotteten über Isja, und Kechada stritt sich ständig mit ihm. Ellisauer erwies sich als prinzipieller Antisemit, und er sah sich gezwungen, ihm wegen Isja einen strengen Verweis zu erteilen. Aber das war alles Vergangenheit.

Ungeachtet all dieser Dinge wurde Isja der populärste Mann in der Expedition, den Obersten nicht gerechnet. In gewissem Sinne war Isja sogar populärer. Erstens wußte er Wasser zu finden. Die Geologen suchten lange und gründlich nach Quellen, bohrten Felsen an, unternahmen kräftezehrende Expeditionen, während die anderen rasteten. Isja saß einfach auf dem Anhänger unter einem häßlichen selbstgebauten Sonnenschirm und wühlte in alten Papieren, von denen er schon mehrere Kästen voll gesammelt hatte. Und er sagte viermal voraus, wo sich unterirdische Zisternen befanden. Zwar war eine dieser Zisternen ausgetrocknet, und eine andere enthielt faulige Jauche, aber zweimal entdeckte man klares Wasser.

Außerdem fand er ein Treibstofflager, wonach Ellisauers Antisemitismus abstrakte Züge annahm. »Ich hasse Juden«, erklärte er. »Es gibt auf der Welt nichts Schlimmeres als Juden. Doch ich hatte nie etwas gegen Menschen semitischer Abstammung! Zum Beispiel Katzman!«

Und Isja versorgte alle mit Papier. Die Vorräte an Toilettenpapier waren nach dem ersten Ausbruch von Darmerkrankungen bald aufgebraucht, und die Beliebtheit Isjas, des einzigen Besitzers und Bewahrers von Papier in einer

Gegend, wo man weder ein Klettenblatt noch ein Grasbüschel fand, erreichte den höchsten Gipfel.

Es waren kaum zwei Wochen vergangen, als Andrej sogar eifersüchtig feststellen mußte, daß alle Isja liebten. Selbst die Soldaten, was ihm völlig unglaublich erschien. Während der Rast umringten sie ihn und lauschten seinem Geschwätz mit offenem Mund. Aus eigenem Antrieb schleppten sie gern seine Eisenkästen mit der Dokumentation von Ort zu Ort. Sie beklagten sich bei ihm über alle Beschwernisse, schütteten ihm ihr Herz aus wie Schüler einem geliebten Lehrer. Vogel haßten sie, vor dem Obersten zitterten sie, mit den Wissenschaftlern stritten sie sich, mit Isja lachten sie. Nicht mehr über ihn – mit ihm! »Wissen Sie, Katzman«, sagte einmal der Oberst. »Ich habe niemals begriffen, wozu man Kommissare in einer Armee benötigt. Ich hatte niemals einen Kommissar, aber Sie würde ich nehmen.«

Isja hatte einen Packen Papier durchgesehen und holte einen zweiten aus der Jackentasche.

»Gibt es was Interessantes?« fragte Andrej. Er fragte nicht, weil er neugierig war, sondern wollte irgendwie seine Zärtlichkeit ausdrücken, die er plötzlich gegenüber dem plumpen, unschönen, äußerlich sogar unangenehmen Menschen empfand.

Isja antwortete mit einem Kopfschütteln. Die Tür wurde aufgerissen, und ins Zimmer schritt Oberst Saint-James.

»Gestatten Sie, Herr Rat?«

»Ich bitte Sie, Herr Oberst!« Andrej erhob sich. »Guten Abend.«

Isja sprang ebenfalls auf und schob dem Obersten den Sessel hin.

»Sehr liebenswürdig, Herr Kommissar«, sagte der Oberst. Langsam, sozusagen in zwei Stufen, setzte er sich. Er war wie immer akkurat gekleidet und duftete nach Kölnisch Wasser und gutem Tabak, seine Wangen waren jedoch in letzter Zeit eingefallen, und die Augen saßen sehr tief. Er lief nicht mehr mit seiner originellen Reitgerte herum, sondern mit einem schwarzen Krückstock, auf den er sich beim Stehen stützte.

»Diese empörende Schlägerei auf der Straße!« sagte der Oberst. »Ich bin gekommen, um mich für meinen Soldaten zu entschuldigen, Herr Rat.«

»Wollen wir hoffen, daß es die letzte Schlägerei war«, sagte Andrej düster. »Ich beabsichtige nicht, das weiterhin zu dulden.«

Der Oberst nickte zerstreut. »Soldaten streiten sich immer«, bemerkte er wie beiläufig. »In der britischen Armee wird das sogar gefördert. Kampfgeist, gesunde Aggressivität und so weiter. Aber Sie haben natürlich recht. Unter solch schwierigen Marschbedingungen ist das nicht zu dulden.« Er lehnte sich zurück und beschäftigte sich mit seiner Tabakpfeife. »Ein potentieller Gegner ist immer noch nicht sichtbar, Herr Rat! Im Zusammenhang damit befürchte ich große Schwierigkeiten für meinen armen Generalstab. Und für die Herren Politiker ebenfalls – offen gesagt.«

»Im Gegenteil!« rief Isja. »Jetzt beginnen erst die heißesten Tage! Weil es keinen Gegner gibt, muß man unbedingt einen erfinden. Und wie die Erfahrung lehrt, ist der schrecklichste Gegner – ein imaginärer. Ich versichere Ihnen, es wird ein greuliches Ungeheuer sein. Man wird die Armee verdoppeln müssen.«

»Wirklich?« fragte der Oberst amüsiert. »Und wer wird diesen Gegner erfinden? Etwa Sie, mein Kommissar?«

»Sie!« erwiderte Isja feierlich. »Sie in erster Linie. Erstens müssen Sie beim Generalstab eine Abteilung für politische Propaganda schaffen . . .«

Es klopfte an die Tür, und noch ehe Andrej antworten konnte, traten Kechada und Ellisauer ein. Kechada machte eine finstere Miene, Ellisauer lächelte vage, den Blick zur Decke gerichtet.

»Bitte nehmen Sie Platz, meine Herren«, sagte Andrej

kühl. Er klopfte mit den Knöcheln auf die Tischplatte und sagte zu Isja: »Katzman, wir fangen an.«

Isja legte den Arm über die Sessellehne. Der Oberst reckte sich und legte die Hände auf den Stockknauf.

»Sie haben das Wort, Kechada«, sagte Andrej.

Der Leiter des wissenschaftlichen Programms saß direkt vor ihm, wie ein Gewichtheber die dicken Beine gespreizt, damit er im Schritt nicht schwitzte, und Ellisauer, der sich wie immer hinter seinem Rücken plaziert hatte, duckte sich, um nicht alle zu überragen.

»Geologisch nichts Neues«, referierte Kechada. »Wie immer Lehm, Sand. Keine Spur von Wasser. Die hiesige Wasserleitung ist längst ausgetrocknet. Vielleicht sind die Menschen gerade deshalb weggezogen. Angaben über Sonne, Wind und so weiter ...« Er nahm aus der Brusttasche ein Blatt und warf es Andrej hin. »Das ist vorläufig alles.«

Andrej mißfiel dieses »vorläufig«, aber er nickte und sah Ellisauer an. »Transport?«

Ellisauer setzte sich gerade hin und sagte über Kechadas Kopf hinweg: »Heute haben wir achtunddreißig Kilometer zurückgelegt. Der Motor der zweiten Zugmaschine benötigt eine Generalreparatur. Ich bedauere sehr, Herr Rat, aber leider ...«

»Was bedeutet das – Generalreparatur?«

»Zwei bis drei Tage. Einige Teile müssen ausgewechselt und andere repariert werden. Vielleicht dauert das sogar vier Tage. Oder fünf.«

»Oder zehn«, sagte Andrej.

»Oder zehn«, wiederholte Ellisauer, immer noch vage lächelnd. Ohne aufzustehen, reichte er Andrej über Kechadas Schulter seinen Rapport.

»Soll das ein Witz sein?« Andrej bemühte sich, ruhig zu bleiben.

»Wieso, Herr Rat?« Ellisauer gab sich den Anschein, als wäre er verblüfft.

»Drei Tage oder zehn Tage, Herr Spezialist?«

»Ich bedauere sehr, Herr Rat!« murmelte Ellisauer. »Das genau zu sagen, wage ich nicht. Wir sind nicht in einer Werkstatt, und außerdem ist Permjak nicht voll einsatzfähig. Er hat einen starken Hautausschlag, den ganzen Tag mußte er sich übergeben. Er ist mein Chefmechaniker, Herr Rat.«

»Und Sie?«

»Ich tue alles, was ich kann. Unter diesen Bedingungen.«

Eine Weile sprach er noch über den Mechaniker und von einem Kran, den man nicht mitgenommen habe trotz seiner Warnung, von einer Drehbank, die hier fehle, wieder über den Mechaniker und dann von Kolben und Bolzen ... Er wurde immer leiser, immer undeutlicher und verstummte schließlich ganz. Andrej blickte ihm unverwandt in die Augen, und jeder mußte merken, daß sich dieser feige Mann völlig in Lügen verstrickt hatte und das selber erkannte, sich vergeblich herauszuwinden suchte und trotzdem beabsichtigte, auf seinen Lügen zu beharren bis zum siegreichen Ende.

Andrej senkte den Blick und starrte auf den Rapport, auf das schludrige Gekrakel. Alle haben sich gegen mich verschworen, die Schufte, dachte er in stiller Verzweiflung. Was soll ich tun? Meine Pistole ist leider nicht greifbar. Ellisauer zusammenstauchen und einschüchtern, so daß er sich in die Hosen macht? Nein, lieber Kechada. Er ist die treibende Kraft. Er will alles auf mich abwälzen, dieser Mistkerl, das fette Schwein. Andrej beherrschte sich, um nicht loszubrüllen und mit der Faust auf den Tisch zu schlagen.

Das Schweigen wurde unerträglich. Isja rutschte nervös auf dem Stuhl hin und her und sagte zaghaft: »Worum geht es eigentlich? Schließlich haben wir alle keine Eile. Wir machen eine Pause. In den Gebäuden können Archive sein. Wasser gibt es hier zwar nicht, aber das könnte eine Gruppe erkunden.«

Hier unterbrach ihn Kechada.

»Unsinn!« sagte er scharf. »Genug gequatscht, meine Herren. Laßt uns Klartext reden. Die Expedition ist gescheitert. Wasser haben wir nicht gefunden. Erdöl ebenfalls nicht. Das war bei einer solchen Organisation der Forschungsarbeit gar nicht möglich. Wir benehmen uns wie Verrückte, wir haben die Leute zermürbt, das Gerät kaputtgemacht. In der Abteilung herrscht kein bißchen Disziplin – wir füttern hergelaufene Nutten, schleppen Gerüchtemacher mit. Eine Perspektive gibt es längst nicht mehr, alle haben es satt. Die Männer wollen nicht weiter, sie sehen nicht ein, warum sie das tun sollten, und wir können es ihnen nicht sagen. Die kosmographischen Angaben erwiesen sich als völlig untauglich: Wir hatten uns auf arktische Kälte vorbereitet und sind in eine heiße Wüste gelangt. Die Teilnehmer sind schlecht ausgewählt worden, aufs Geratewohl. Die medizinische Betreuung ist miserabel. Nun haben wir das, was zu erwarten war: Disziplinlosigkeit, Ungehorsam, Verfall aller Moral und heute oder morgen eine Revolte. Das ist alles.«

Kechada verstummte und zündete sich eine Zigarette an.

»Was schlagen Sie eigentlich vor, Herr Kechada?« fragte Andrej mit gepreßter Stimme. Das verhaßte Gesicht mit dem buschigen Schnurrbart schwamm vor ihm in einem Netz unbestimmter Linien. Er hätte gern zugeschlagen. Mit der Lampe. Direkt auf den Schnurrbart.

»Ganz einfach«, erklärte Kechada abschätzig. »Wir müssen kehrtmachen. Und zwar unverzüglich. Solange wir noch am Leben sind.«

Ruhig bleiben, sagte sich Andrej. Nur ruhig bleiben. Möglichst wenig Worte. Auf keinen Fall streiten. Ruhig zuhören und schweigen. Ach, wie gern möchte ich zuschlagen!

»Richtig«, fiel Ellisauer ein. »Wie lange können wir noch so weitermachen? Meine Leute fragen mich: Wie ist das möglich, Herr Ingenieur? Wir sollten bis zum Horizont vordringen, wo die Sonne untergeht. Und jetzt ist es umgekehrt, sie steht immer höher. Dann sollten wir so weit vordringen, bis sie im Zenit steht. Aber sie steigt nicht, mal springt sie nach oben, mal nach unten.«

Nur nicht streiten, sagte sich Andrej. Sollen sie reden. Es ist sogar interessant, was sie noch von sich geben werden. Der Oberst läßt mich nicht im Stich. Die Soldaten entscheiden alles. Die Soldaten! Haben sie etwa Vogel auf ihre Seite gezogen, die Schufte?

»Nun, und was antworten Sie?« erkundigte sich Isja bei Ellisauer.

»Was – ich?«

»Wenn man Sie fragt. Was antworten Sie?«

Ellisauer machte eine resignierte Gebärde und zog die spärlichen Brauen hoch. »Das ist wirklich seltsam. Was kann ich ihnen antworten? Das wüßte ich selber gern. Woher soll ich das wissen?«

»Sie antworten ihnen also gar nichts?«

»Was soll ich denn antworten? Was? Ich antworte, daß es die Obrigkeit besser weiß.«

»Das ist auch eine Antwort«, sagte Isja, die Augen rollend. »Mit solchen Antworten kann man die Moral völlig zersetzen. Ich würde sagen, Jungs, von mir aus ginge es gleich zurück, aber dieses Vieh von einem Leiter läßt uns nicht. Begreifen Sie denn, warum wir hier sind? Sie sind doch ein Freiwilliger, niemand hat Sie gezwungen!«

»Hören Sie, Katzman«, wandte Kechada ein. »Reden wir zur Sache!«

Isja sah ihn nicht einmal an. »Wußten Sie, daß es schwierig sein würde, Ellisauer? Das haben Sie gewußt. Wußten Sie, was wir suchen? Wußten Sie, daß die Stadt diese Expedition braucht? Das haben Sie gewußt – Sie sind ein gebildeter Mann, ein Ingenieur. Sie kannten den Befehl: Vorwärts, solange Treibstoff und Wasser reichen? Das haben Sie genau gewußt, Ellisauer!«

»Das bestreite ich gar nicht!« versicherte Ellisauer eilig, der jetzt völlig eingeschüchtert war. »Ich erkläre Ihnen nur, daß meine Worte ... das heißt, daß mir unklar ist, was ich ihnen antworten soll, weil mich die Männer dauernd fragen.«

»Hören Sie auf, hier rumzueiern, Ellisauer!« sagte Isja entschieden. »Allen ist sonnenklar: Sie haben Angst weiterzugehen, Sie betreiben moralische Sabotage, Sie haben Ihre Untergebenen verunsichert, und jetzt beschweren Sie sich hier. Dabei müssen Sie nicht einmal zu Fuß gehen. Sie fahren die ganze Zeit!«

Los, Isja, gib's ihm, mein Lieber, dachte Andrej mit Vergnügen. Er hat sich schon in die Hose gemacht, gleich will er aufs Klo ...

»Ich verstehe überhaupt nicht, wozu diese ganze Panik«, fuhr Isja ebenso entschlossen fort. »Die Geologie hat Sie im Stich gelassen? Zum Kuckuck mit der Geologie, wir kommen auch ohne sie aus. Ohne Kosmographie ebenfalls. Ist denn nicht klar, daß unsere Hauptaufgabe die Erkundung ist, das Sammeln von Informationen? Ich persönlich behaupte, die Expedition hat schon sehr viel gebracht und wird noch mehr bringen. Der Traktor ist kaputt? Nicht schlimm. Da wird er eben repariert, in zwei oder in zehn Tagen, ganz egal – wir lassen die Müdesten und Kränksten zurück, und mit dem zweiten Traktor fahren wir weiter. Wenn wir Wasser finden, rasten wir und warten auf die Zurückgebliebenen. Das ist doch alles ganz einfach.«

»Freilich, alles ist sehr einfach, Katzman«, sagte Kechada giftig. »Möchten Sie eine Kugel ins Genick, Katzman? Oder in die Stirn? Sie sind so mit Ihren Archiven beschäftigt, daß sie nicht merken, was vor sich geht. Die Soldaten wollen nicht weiter. Ich weiß das, ich habe zufällig gehört, wie sie sich abgesprochen haben.«

Ellisauer stand plötzlich auf, hielt sich den Bauch und stürzte, unverständliche Worte der Entschuldigung murmelnd, aus dem Zimmer. Die Ratte, dachte Andrej schadenfroh. Das feige Gesindel.

Kechada tat so, als hätte er nichts bemerkt. »Von meinen Geologen kann ich mich lediglich auf einen Mann verlassen«, fuhr er fort. »Auf die Soldaten kann ich mich überhaupt nicht verlassen. Natürlich können Sie einen oder zwei zur Abschreckung erschießen, vielleicht hilft das. Das weiß ich nicht. Ich bezweifle es. Aber ich glaube nicht, daß Sie moralisch das Recht besitzen, so zu verfahren. Die Männer wollen nicht weitergehen, weil sie sich betrogen fühlen. Weil sie nichts auf diesem Marsch erbeutet haben und nichts mehr erhoffen. Die herrliche Legende, die Herr Katzman so fein ersonnen hat – die Legende vom Kristallpalast –, wirkt nicht mehr. Sie ist von anderen Legenden verdrängt worden.«

»Was zum Teufel?« Isja stotterte vor Unwillen. »Ich habe nichts ersonnen!«

Kechada machte eine fast gutmütige wegwerfende Geste. »Schon gut, jetzt ist das sowieso bedeutungslos. Jetzt ist allen klar, daß es keinen Palast gibt, was sollen wir darüber reden. Sie wissen ausgezeichnet, meine Herren, daß drei Viertel der Freiwilligen wegen Beute und nur wegen Beute an dieser Expedition teilnehmen. Was haben sie statt dessen bekommen? Blutigen Durchfall und eine verlauste Närrin für ihre nächtlichen Vergnügungen! Aber es geht gar nicht darum. Sie sind nicht nur enttäuscht, sie sind auch verängstigt. Bedanken wir uns bei Herrn Katzman. Bedanken wir uns bei Herrn Pak, den wir so großzügig bei uns aufgenommen haben. Durch die Bemühungen dieser Herrschaften haben unsere Männer übermäßig viel davon erfahren, was uns bevorsteht, wenn wir weiterziehen. Die Männer haben Angst vor dem dreizehnten Tag. Sie haben Angst vor sprechenden Wölfen. Die Haiwölfe genügten nicht, uns wurden sprechende prophezeit! Die Männer fürchten sich vor Wesen mit Eisenköpfen! Und wenn man bedenkt, was sie schon gesehen haben – diese Stummen mit ausgeschnittenen Zungen, die verlassenen Konzentrationslager, die verwilderten Wasseranbeter und die gut bewaffneten Schwachsinnigen, die plötzlich aus dem Hinterhalt schießen. Wenn man bedenkt, was sie heute gesehen haben, hier, in diesen Häusern – diese Gerippe in verbarrikadierten Wohnungen! Das paßt herrlich zusammen! Und wenn die Soldaten gestern am allermeisten den Sergeanten Vogel gefürchtet haben, so pfeifen sie heute auf ihn – es gibt weit Schlimmeres und Schrecklicheres.«

Kechada verstummte schließlich und wischte den Schweiß von seinem fetten Gesicht. Da sagte der Oberst, ironisch eine Braue hochziehend:

»Ich gewinne allmählich den Eindruck, daß Sie selber gründlich verängstigt sind, Herr Kechada. Oder irre ich mich?«

Kechada schielte zu ihm hinüber. »Um mich brauchen Sie sich nicht zu sorgen, Herr Oberst. Wenn ich etwas befürchte, dann eine Kugel in den Rücken. Einfach so, ohne Grund. Von Männern, mit denen ich übrigens sympathisiere.«

»Wirklich? Nun ja. Ich möchte nicht über die Wichtigkeit der Expedition urteilen und auch nicht ihren Leiter darauf hinweisen, wie er zu handeln hat. Meine Aufgabe ist es, Befehle auszuführen. Allerdings muß ich sagen, daß mir alle diese Erwägungen über eine Meuterei als leeres Geschwätz vorkommen. Überlassen Sie meine Soldaten mir, Herr Kechada! Wenn's beliebt, können Sie mir auch diejenigen Geologen überlassen, denen Sie nicht vertrauen. Ich nehme mich ihrer mit Vergnügen an. Im übrigen möchte ich Sie darauf aufmerksam machen, Herr Rat«, fuhr der Oberst mit derselben mörderischen Höflichkeit fort, als er sich jetzt an Andrej wandte, »daß heute hier viel zu viel über Soldaten geredet wird, und zwar gerade von jenen Personen, die keinerlei offizielle Beziehung zu ihnen haben.«

»Über Soldaten reden Personen«, unterbrach ihn Kechada wütend, »die Tag und Nacht zusammen mit ihnen arbeiten, essen und schlafen.«

In der eingetretenen Stille hörte man ein leichtes Quietschen des Ledersessels: Der Oberst setzte sich sehr gerade auf. Einige Zeit schwieg er. Die Tür wurde leise geöffnet, und Ellisauer schlich leicht gebückt an seinen Platz zurück.

Andrej blickte den Obersten an und dachte: Hau ihm eine! In die Fresse!

Der Oberst sprach endlich weiter: »Ich muß Ihre Aufmerksamkeit auch darauf richten, Herr Rat, daß bei einem gewissen Teil der Kommandeure heute offene Sympathie und, mehr noch, allzu große Nachsicht gegenüber völlig verständlichen, aber gänzlich unerwünschten Stimmungen unter den niederen Chargen zu beobachten ist. Als ranghöherer Offizier habe ich folgendes zu erklären. Falls Nachsicht und Mitgefühl irgendwelche praktischen Formen annehmen, werde ich mit den Nachsichtigen und Mitfühlenden so verfahren, wie es unter Kriegsrecht üblich ist. Im übrigen, Herr Rat, habe ich die Ehre, Ihnen zu versichern, daß die Armee auch fürderhin bereit ist, alle Ihre Anordnungen zu befolgen.«

Andrej seufzte leise und schaute Kechada zufrieden an. Kechada hatte sein schiefes Lächeln aufgesetzt und zündete mit dem Rest der aufgerauchten eine neue Zigarette an. Ellisauer hatte sich überhaupt völlig verkrochen.

»Und wie verfährt man mit Nachsichtigen und Mitfühlenden bei Kriegsrecht?« erkundigte sich Isja, der ebenfalls sehr zufrieden war.

»Sie werden gehängt«, antwortete der Oberst knapp.

Wieder trat Stille ein. Ihnen ist hoffentlich alles klar, Herr Kechada? dachte Andrej. Oder haben Sie noch Fragen? Die Soldaten! Die Soldaten entscheiden alles, meine Lieben. Trotzdem verstehe ich nichts. Woher nimmt er diese Sicherheit? Oder ist das nur eine Maske, Oberst? Ich sehe ja jetzt ebenfalls sehr selbstsicher aus. Jedenfalls sollte ich so aussehen.

Er schaute verstohlen zum Obersten hin. Saint-James saß sehr gerade da, die erloschene Pfeife zwischen den Zähnen. Und er war sehr blaß. Vielleicht vor Zorn. Wollen wir hoffen, daß es nur Zorn ist. Zum Teufel, zum Teufel, dachte Andrej in Panik. Eine große Pause! Unverzüglich! Und Isja soll Wasser finden. Viel Wasser. Für den Obersten. Vor allem für ihn. Schon von der heutigen Nacht an für den Obersten die doppelte Ration Wasser!

Ellisauer schob sein verzerrtes Gesicht hinter Kechadas breiter Schulter hervor und schnarrte: »Gestatten Sie ... Ich muß unbedingt ... Wieder ...«

»Bleiben Sie sitzen«, sagte Andrej. »Wir machen gleich Schluß. Befehl für morgen. Verkünden Sie eine große Rast! Ellisauer, alle Kräfte für den defekten Traktor! Ich gebe Ihnen drei Tage zur Reparatur. Kechada, morgen befassen Sie sich den ganzen Tag mit den Kranken. Übermorgen brechen Sie mit mir zu einer längeren Expedition auf. Katzman, Sie kommen mit! Wasser!« Er klopfte auf den Tisch. »Ich brauche Wasser, Katzman! Herr Oberst! Morgen befehle ich Ihnen eine Ruhepause. Übermorgen übernehmen Sie das Kommando über das Lager. Das ist alles, meine Herren. Sie können gehen.«

ZWEITES KAPITEL

Mit einer kleinen Taschenlampe leuchtend, stieg Andrej schnell ins nächste Stockwerk, schon das vierte. Verdammt, ich schaffe es nicht! Er hielt an und reckte sich, um den starken Stuhldrang zu bezwingen. Im Bauch rumorte es mit dumpfem Grollen, ihm wurde etwas leichter zumute. Zum Teufel, alle Stockwerke sind vollgeschissen, man kann nirgendwo hintreten. Er gelangte zum Treppenabsatz und stieß gegen die erstbeste Tür. Sie öffnete sich quietschend einen Spalt. Andrej zwängte sich in den Raum und schnupperte. Anscheinend sauber. Er leuchtete. Auf dem ausgetrockneten Parkett, gleich an der Tür, schimmerten Knochen inmitten vermoderter Lumpen, ein Schädel, noch mit Haarbüscheln bedeckt, fletschte die Zähne. Andrej wurde klar: Sie haben hineingeschaut und sind erschrocken. Unnatürlich die Beine bewegend, rannte er beinahe durch den Korridor. Das Speisezimmer . . . Und dort wohl das Schlafzimmer. Mit großer Mühe fand er die Toilette.

Obwohl das schneidende Gefühl im Bauch nicht völlig verschwunden war, ging er wieder auf den Korridor, über und über mit kaltem klebrigem Schweiß bedeckt, knöpfte im Dunkeln die Hose zu und nahm die Taschenlampe aus der Jacke. Der Stumme war immer in seiner Nähe – er stand da, mit der Schulter an einen hohen, polierten Schrank gelehnt, die großen Hände unter dem breiten Riemen.

»Wachst du?« sagte Andrej gutmütig zu ihm. »Wache nur, sonst kriege ich aus irgendeiner Ecke etwas Schweres auf den Schädel – was wird dann aus dir?«

Er ertappte sich dabei, daß er die Gewohnheit angenommen hatte, mit diesem seltsamen Menschen wie mit einem großen Hund zu sprechen, und das war ihm peinlich. Deshalb klopfte er dem Stummen freundschaftlich auf die nackte Schulter, und nun inspizierte er ohne Eile eine andere Wohnung. Hinter sich hörte er die weichen Schritte des Stummen, immer im selben Abstand.

Diese Wohnung war noch luxuriöser. Viele Zimmer mit schweren alten Möbeln, riesige Kronleuchter, Gemälde in prunkvollen Rahmen wie in einem Museum. Die Möbel waren fast alle zerstört – die Sessellehnen abgerissen, die Stühle ohne Beine und Lehnen, die Schränke ohne Türen. Sie haben hier mit Möbeln geheizt, dachte Andrej. Bei der Hitze? Seltsam . . .

Das Haus wirkte überhaupt seltsam – er konnte die Furcht

der Soldaten verstehen. Einige Wohnungen waren völlig leer, kahle Wände. Andere Wohnungen waren von innen verschlossen, manchmal sogar mit Möbeln verbarrikadiert, und wenn er eindrang, fand er menschliche Gerippe auf dem Boden. Das gleiche hatte er auch in benachbarten Häusern vorgefunden, und in diesem Viertel würde man wohl nur Ähnliches entdecken.

Das alles war unbegreiflich und mit nichts vergleichbar, selbst Isja Katzman wußte bisher keine einleuchtende Erklärung dafür, warum die Bewohner der einen Häuser geflüchtet waren und alles mitgenommen hatten, sogar Bücher, während andere sich in ihren Behausungen verbarrikadierten, um dort offenbar vor Hunger und Durst zu sterben. Vielleicht auch vor Kälte – in einigen Wohnungen standen eiserne Öfchen, und in anderen war direkt auf dem Fußboden oder auf rostigen Eisenblechen, die von den Dächern stammten, Feuer gemacht worden.

»Begreifst du, was hier vor sich gegangen ist?« fragte Andrej den Stummen.

Der Stumme schüttelte langsam den Kopf.

»Warst du früher schon einmal hier?«

Der Stumme nickte.

»Haben damals hier Menschen gelebt?«

Der Stumme verneinte das.

»Ich verstehe«, murmelte Andrej, der zu erkennen versuchte, was auf einem Bild dargestellt war. Es war eine Art Porträt, eine Frau . . .

»Ist das ein gefährlicher Ort?« fragte er.

Der Stumme starrte ihn an.

»Verstehst du die Frage?«

Ja.

»Kannst du sie beantworten?«

Nein.

»Auch dafür Dank«, sagte Andrej nachdenklich. »Gut, gehen wir.«

Sie kehrten in den ersten Stock zurück, der Stumme blieb in seiner Ecke, und Andrej ging in sein Zimmer. Der Koreaner Pak wartete schon, er unterhielt sich mit Isja. Als er Andrej erblickte, erhob er sich.

»Bleiben Sie sitzen, Herr Pak«, sagte Andrej.

Pak ließ sich zögernd auf dem Stuhl nieder und legte die Hände auf die Knie. Sein gelbliches Gesicht wirkte ruhig, die schläfrigen Augen blitzten durch die engen Schlitze. Andrej gefiel er – Pak erinnerte ihn an Kaneko, und dies vielleicht nur deshalb, weil er immer ordentlich gekleidet war, zu allen freundlich, aber ohne Vertraulichkeit, wortkarg, aber höflich – immer ein bißchen für sich, immer einen gewissen Abstand einhaltend. Und vielleicht auch deshalb, weil es gerade Pak war, der das schlimme Gefecht bei Kilometer 340 beendet hatte – im Hagel der Schüsse tauchte er aus den Ruinen auf, hob die Hände und lief langsam den Schützen entgegen . . .

»Hat man Sie geweckt, Herr Pak?« fragte Andrej.

»Nein, Herr Rat. Ich hatte mich noch nicht hingelegt.«

»Magenbeschwerden?«

»Nicht mehr als andere auch.«

»Aber wohl auch nicht weniger. Und die Füße?«

»Besser als bei den anderen.«

»Das ist gut«, sagte Andrej. »Und das Befinden überhaupt? Sind Sie sehr erschöpft?«

»Alles in Ordnung, ich danke Ihnen, Herr Rat.«

»Das ist gut«, wiederholte Andrej. »Ich habe Sie aus folgendem Grund gestört, Herr Pak. Ab morgen sind mehrere Rasttage. Aber schon übermorgen will ich mit einer kleinen Gruppe eine Sondierung unternehmen. Fünfzig bis siebzig Kilometer vorwärts. Wir müssen Wasser finden, Herr Pak. Wahrscheinlich werden wir mit leichtem Gepäck gehen, aber schnell.«

»Ich verstehe, Herr Rat, und bitte um die Erlaubnis, mich anschließen zu dürfen.«

»Danke. Ich wollte Sie darum bitten. Also, wir brechen übermorgen auf, pünktlich um sechs Uhr morgens. Proviant und Wasser erhalten Sie beim Sergeanten. Alles klar? Jetzt etwas anderes! Was meinen Sie, werden wir hier Wasser finden?«

»Ich denke, ja«, antwortete Pak. »Von diesen Gebieten habe ich gehört. In der Nähe muß eine Quelle sein. Den Gerüchten zufolge war es eine sehr ergiebige Quelle. Jetzt ist sie wahrscheinlich fast versiegt. Für unsere Abteilung dürfte es jedoch reichen. Wir werden sehen.«

»Vielleicht ist sie völlig versiegt?«

»Möglich, aber sehr unwahrscheinlich. Ich habe noch nie von Quellen gehört, die völlig versiegen. Die Wassermenge kann sich verringern, sogar stark verringern, aber offenbar versiegen Quellen nicht ganz.«

»In den Dokumenten habe ich vorläufig nichts Brauchbares gefunden«, sagte Isja. »Das Wasser wurde über ein Aquädukt in die Stadt geleitet, das ist jetzt trocken.«

»Und was haben Sie noch über diese Viertel gehört?« fragte Andrej.

»Verschiedene mehr oder weniger schreckliche Dinge«, antwortete Pak. »Ein Teil ist offenbar Phantasie. Was das andere betrifft . . .«

»Zum Beispiel?«

»Eigentlich habe ich Ihnen das schon früher erzählt, Herr Rat. Zum Beispiel soll in der Nähe die sogenannte Stadt der Eisenköpfe liegen. Wer diese Eisenköpfe sind, konnte ich nicht ergründen. Dann gelangt man zu einem blutigen Wasserfall. Wahrscheinlich handelt es sich um einen Bach, der rötliches Gestein ausgeschwemmt hat. An Wasser soll es jedenfalls nicht mangeln. Es gibt auch Legenden über sprechende Tiere, das ist schon an der Grenze des Wahrscheinlichen. Und darüber, was sich hinter dieser Grenze befindet, braucht man kein Wort zu verlieren. Übrigens, das Experiment ist das Experiment.«

»Sie sind es sicher überdrüssig, ständig ausgefragt zu werden«, sagte Andrej lächelnd. »Das ist verständlich, Sie möchten nicht immer dasselbe wiederholen. Entschuldigen Sie uns, Herr Pak. Von allen sind Sie am besten informiert.«

»Leider taugen meine Informationen wenig«, entgegnete Pak. »Die meisten Gerüchte bewahrheiten sich nicht. Dagegen finden wir vieles vor, wovon ich nichts gehört habe. Und was die Fragen betrifft: Meinen Sie nicht, Herr Rat, daß die einfachen Mitglieder der Gruppe allzu gut informiert sind, wenn es um Gerüchte geht? Ich antworte nur auf Fragen von Vorgesetzten aus dem Kommandostab. Ich halte es für falsch, Herr Rat, daß Soldaten und einfache Arbeiter von diesen Gerüchten wissen. Das untergräbt die Moral.«

»Ganz Ihrer Meinung! Jedenfalls würde ich es vorziehen, daß es mehr Gerüchte über ein Schlaraffenland gibt, wo gebratene Tauben herumfliegen.«

»Ja«, bestätigte Pak. »Deshalb erzähle ich von dem Kristallpalast, wenn mich die Soldaten ausfragen, und meide unangenehme Dinge. In letzter Zeit möchten sie das allerdings nicht mehr hören. Alle haben große Angst und wollen nach Hause.«

»Sie auch?« fragte Andrej mitfühlend.

»Ich habe kein Zuhause«, antwortete Pak ruhig. Sein Gesicht war undurchschaubar, die Augen wirkten verträumt.

»Nun ja.« Andrej trommelte mit den Fingern auf den Tisch. »Noch einmal danke schön, Herr Pak. Ich bitte Sie, sich auszuruhen. Gute Nacht.«

Als sich die Tür hinter Pak geschlossen hatte, sagte Andrej zu Isja: »Ich möchte zu gern wissen, warum er bei uns geblieben ist.«

»Was heißt – warum? Selber können sie die Gebiete nicht erkunden, also haben sie sich dir angedient.«

»Wozu brauchen sie eigentlich das Wissen über diese Gebiete?«

»Nun, mein Lieber, nicht allen ist Geigers Herrschaft so angenehm wie dir! Früher wollten sie nicht unter dem Herrn Bürgermeister leben, was nicht verwunderlich ist. Und jetzt wollen sie nicht unter dem Herrn Präsidenten leben. Sie wollen für sich allein leben, verstehst du das?«

»Verstehe«, sagte Andrej. »Meiner Meinung nach hindert sie niemand daran, für sich allein zu leben.«

»Deiner Meinung nach. Du bist nicht der Präsident.«

Andrej nahm eine flache Schnapsflasche aus dem Eisenkästchen und drehte den Verschluß ab.

»Glaubst du«, sagte Isja, »Geiger würde eine gut bewaffnete Kolonie dulden? Zweihundert gestählte Männer nur dreihundert Kilometer vom Gläsernen Haus entfernt? Natürlich macht er ihnen das Leben schwer. Also müssen sie weiter in den Norden ziehen. Wohin?«

Andrej spritzte Spiritus auf die Hände und rieb kräftig die Handflächen. »Wie mich dieser Dreck anekelt. Du kannst dir nicht vorstellen . . .«

»Ja, Dreck! Scheiße duftet nicht wie eine Rose. Sag mal, warum behelligst du Pak andauernd? Was hat er dir getan? Ich kenne ihn lange, fast schon vom ersten Tag an. Pak ist der ehrlichste, feinste Kerl der Welt. Warum läßt du ihn nicht in Frieden? Nur durch deinen animalischen Haß gegenüber der Intelligenz lassen sich diese endlosen jesuitischen Verhöre erklären. Wenn du durchaus wissen willst, wer Gerüchte verbreitet, frage deine Zuträger, Pak hat damit nichts zu tun.«

»Ich habe keine Zuträger«, sagte Andrej kalt. Nach einer Pause fragte er plötzlich: »Wollen wir offen miteinander reden?«

»Ja!« stimmte Isja neugierig zu.

»Also, mein Lieber. In letzter Zeit habe ich das Gefühl, daß jemand unbedingt unsere Expedition scheitern lassen will. Wir sollen nicht nur heimkehren, sondern umkommen, spurlos verschwinden. Verstehst du?«

»Hör mal!« sagte Isja. Seine Finger suchten im Bart die Warze.

»Doch! Ich versuche herauszufinden, wem das nützt. Und komme zu dem Schluß, daß das deinem Pak nützt. Sei still! Laß mich ausreden! Wenn wir umkommen, erfährt Geiger nichts – weder von der Kolonie noch etwas anderes. Eine zweite Expedition wird er so schnell nicht aussenden. Dann müssen sie nicht in den Norden ziehen und die angestammten Orte verlassen.«

»Du hast wohl den Verstand verloren! Wie kann man auf solche Ideen verfallen? Was die Umkehr betrifft – da trügt dich dein Gefühl nicht. Alle wollen umkehren. Aber wie kommst du darauf, daß sie uns vernichten wollen?«

»Das weiß ich nicht«, sagte Andrej. »Ich sage doch: Es ist ein unbestimmtes Gefühl. Jedenfalls war es die richtige Entscheidung, Pak übermorgen mitzunehmen. Da kann er im Lager nichts anrichten.«

»Aber was hat er denn damit zu tun?« krächzte Isja. »Streng mal dein dämliches Hirn ein bißchen an! Er vernichtet uns, und was wird dann aus ihm? Achthundert Kilometer zu Fuß? Durch wasserlose Einöde?«

»Woher soll ich das wissen? Vielleicht kann er den Traktor fahren.«

»Du wirst auch noch Mymra verdächtigen! Du bist argwöhnisch wie der Zar Dodon im Märchen.«

»Ja, Mymra!« sagte Andrej nachdenklich. »Das ist auch so ein Fall! Und dieser Stumme! Wer ist er? Woher stammt er? Warum folgt er mir wie ein Hund? Sogar aufs Klo. Weißt du übrigens, daß er offenbar schon an diesen Orten gewesen ist?«

»Welche Entdeckung!« sagte Isja verächtlich. »Das weiß ich längst. Die Zungenlosen sind aus dem Norden gekommen.«

»Vielleicht hat man ihnen hier die Zunge herausgeschnitten?« fragte Andrej mit leiser Stimme.

»Hör zu, wir trinken einen«, sagte Isja.

»Nichts da zum Verdünnen.«

»Soll ich dir Mymra bringen?«

»Scher dich zum Teufel!« Andrej erhob sich und verzog das Gesicht, als er den wundgeriebenen Fuß im Schuh bewegte. »Gut, ich geh mal ein wenig nach dem Rechten sehen.« Er klopfte auf seine leere Pistolentasche. »Hast du eine Waffe?«

»Irgendwo habe ich eine. Warum?«

»Gut, ich gehe«, sagte Andrej.

Auf dem Korridor knipste er die Taschenlampe an. Der Stumme erhob sich. Rechts, in der Tiefe der Wohnung, hörte man durch die angelehnte Tür leise Stimmen. Andrej blieb stehen.

»In Kairo, Dagan, in Kairo!« predigte der Oberst eindringlich. »Jetzt merke ich, daß Sie alles vergessen haben, Dagan. Das einundzwanzigste Regiment der Yorkshirschen Schützen, und es wurde damals vom alten Bill befehligt, dem fünften Baron Stratford.«

»Ich bitte um Verzeihung, Herr Oberst«, wandte Dagan ehrerbietig ein. »Ich könnte die Tagebücher des Herrn Obersten holen.«

»Wir brauchen keine Tagebücher, Dagan! Befassen Sie sich mit Ihrer Pistole. Sie haben außerdem versprochen, mir zur Nacht etwas vorzulesen.«

Andrej ging auf den Treppenabsatz und prallte auf Ellisauer wie auf eine Telegrafenstange. Ellisauer rauchte, mit dem Rücken an das eiserne Geländer gelehnt.

»Die letzte vorm Schlafengehen?« fragte Andrej.

»Zu Befehl, Herr Rat. Ich lege mich gleich hin.«

»Tun Sie das. Es heißt doch: Wer schläft, der sündigt nicht.«

Ellisauer kicherte höflich. Du Schlagetot, dachte Andrej. Wenn du den Traktor in drei Tagen nicht repariert hast, spanne ich dich selber an!

Die niederen Chargen hatten Quartiere im Parterre bezogen, obwohl sie sich in den oberen Etagen entleerten. Hier waren keine Gespräche zu hören, offenbar schliefen alle. Wegen der frischen Luft standen die Türen offen, bis ins Vestibül hörte man Schnarchen, Grunzen, Brummen und das Hüsteln von Rauchern.

Andrej blickte erst in die linke Wohnung. Hier hatten sich die Armenier eingerichtet. Aus der fensterlosen Kammer kam ein Lichtschein. Sergeant Vogel, nur mit Turnhosen und in den Nacken geschobener Schirmmütze bekleidet, saß an einem kleinen Tisch und füllte fleißig eine Liste aus. In der Truppe herrschte Ordnung: Die Tür stand sperrangelweit offen, so daß niemand unbemerkt kommen oder gehen konnte. Als Vogel die Schritte hörte, hob er schnell den Kopf.

»Ich bin's, Woronin«, sagte Andrej leise und trat ein.

Der Sergeant rückte ihm sofort einen Stuhl hin. Andrej setzte sich und schaute sich um. Die drei Kanister mit Trinkwasser wurden hier aufbewahrt. Die Kartons mit Konserven und Zwieback für das morgige Frühstück lagen ebenfalls schon bereit. Und der Karton mit Zigaretten. Die prächtig gereinigte Pistole des Sergeanten glänzte auf dem Tisch. Die Luft in der Kammer roch stickig, männlich, kasernenhaft.

»Was gibt's zum Frühstück, Sergeant?«

»Das übliche, Herr Rat«, antwortete Vogel verwundert.

»Dann denken Sie sich etwas Unübliches aus. Milchreis mit Zucker! Sind noch Obstkonserven da?«

»Milchreis mit Backpflaumen wäre möglich«, schlug Vogel vor.

»Dann mit Backpflaumen. Teilen Sie morgen eine doppelte Ration Wasser aus. Und jedem eine Tafel Schokolade. Ist noch welche da?«

»Ein bißchen«, antwortete der Sergeant unwillig.

»Teilen Sie die aus. Ist das der letzte Karton Zigaretten?«

»Ja.«

»Da ist nichts zu machen. Morgen wie üblich, und ab übermorgen kürzen Sie die Ration. Ja, und noch etwas. Der Oberst kriegt ab morgen die doppelte Ration Wasser.«

»Ich erlaube mir zu melden . . .«

»Ich weiß«, unterbrach ihn Andrej. »Sagen Sie ihm, daß ist ein Befehl von mir.«

»Zu Befehl! Anastasis? Wohin?«

Andrej drehte sich um. Im Korridor stand ein schlaftrunkener Soldat, ebenfalls nur in Turnhosen und Schuhen, und stützte sich schwankend mit einer Hand an der Wand.

»Entschuldigung, Herr Sergeant«, lallte er. Man merkte, daß er nicht richtig wach war. Dann stand er stramm. »Erlauben Sie, daß ich mich auf die Toilette begebe, Herr Sergeant?«

»Brauchst du Papier?«

Der Soldat schnalzte und schüttelte den Kopf. »Nein . . . ich habe welches.« Er deutete auf Papierfetzen in seiner Hand, die offenbar aus Isjas Archiven stammten. »Darf ich gehen?«

»Geh schon! Bitte um Verzeihung, Herr Rat. Die ganze Nacht rennen sie. Und es kommt vor, daß sie einfach . . . unter sich . . . Früher hat wenigstens Kohle geholfen, jetzt hilft gar nichts mehr. Soll ich die Posten kontrollieren?«

»Nein«, sagte Andrej und erhob sich.

»Befehlen Sie Geleit?«

»Nein. Bleiben Sie!«

Andrej ging wieder ins Vestibül. Hier war es ebenso heiß, aber es stank weniger. Neben ihm tauchte der Stumme auf. Man hörte, wie sich auf der Treppe ein Stockwerk höher der Soldat Anastasis entleerte. Er schafft es nicht bis zur Toilette, macht auf den Fußboden, dachte Andrej, zugleich Ekel und Mitgefühl empfindend.

»Na was?« sagte er leise zum Stummen. »Sehen wir, wie sich die Zivilisten eingerichtet haben?«

Er trat in die gegenüberliegende Wohnung. Hier stank es

auch wie in einer stickigen Kaserne, aber die militärische Ordnung fehlte. Eine Laterne im Korridor leuchtete matt. Instrumente in Zeltplanen lagen neben Waffen, einem schmutzigen Rucksack, Feldflaschen und Eßgeschirr. Andrej ergriff die Laterne und trat ins Zimmer, wobei er beinahe über einen Schuh stolperte.

In dem Raum schliefen die Leiter – nackt, verschwitzt, auf zerknautschten Zeltplanen ausgestreckt. Nicht einmal Laken hatten sie hingelegt. Die Laken waren allerdings schmutziger als die Zeltplanen. Ein Mann setzte sich plötzlich auf, ohne die Augen zu öffnen, kratzte sich die Schultern und sagte undeutlich: »Zur Jagd gehe ich, und nicht ins Bad. Zur Jagd, verstanden. Das Wasser ist gelb, unter dem Schnee ist es gelb, verstanden?« Er sackte wieder zusammen und wälzte sich auf die Seite.

Andrej überzeugte sich, daß alle vier Männer anwesend waren, und ging ins nächste Zimmer. Hier hatte sich die Intelligenz einquartiert. Sie lagen auf Feldbetten, die sie mit grauen Laken bedeckt hatten und schliefen ebenfalls unruhig, mit ungesundem Schnarchen, sie stöhnten und knirschten mit den Zähnen. Zwei Kartographen in einem Zimmer, zwei Geologen im benachbarten. Im Zimmer der Geologen spürte Andrej einen undefinierbaren süßlichen Geruch, und er erinnerte sich an Vogels Bemerkung, die Geologen würden Haschisch rauchen. Vor zwei Tagen hatte Sergeant Vogel dem Soldaten Tewosjan eine Zigarette weggenommen, hatte ihm eine Strafpredigt gehalten und gedroht, ihn in die Vorhut zu schicken. Obwohl der Oberst diesen Vorfall eher humorvoll aufnahm, gefiel Andrej das alles ganz und gar nicht.

Die anderen Zimmer in der riesigen Wohnung waren leer, und in der Küche schlief Mymra, ganz in Lumpen gehüllt, man hatte sie offenbar an diesem Abend völlig kaputtgemacht. Aus einem Lappen ragten ihre dünnen nackten Beine hervor, sie waren voller Schrammen und blauer

Flecke. Noch ein Unheil auf unser Haupt, dachte Andrej. Der Teufel soll sie holen, die verfluchte Hündin. Die drekkige Schlampe! Woher kommt sie? Wer ist sie? Sie murmelt nur Unverständliches in einer fremden Sprache. Eine Sprache, die man in der Stadt nicht kennt. Wie kann das überhaupt sein? Isja war wie von Sinnen, als er die unverständlichen Worte hörte. Mymra. Er hat ihr diesen Namen gegeben.

Andrej kehrte ins Zimmer der Leiter zurück, hob die Lampe über den Kopf und wies den Stummen auf Permjak hin. Der Stumme schlüpfte lautlos zwischen die Schlafenden, beugte sich über Permjak und faßte ihn mit beiden Händen an den Ohren. Dann richtete er sich auf. Permjak erwachte und stützte sich mit einer Hand auf den Fußboden, mit der anderen wischte er den Speichel von den Lippen.

Andrej deutete auf den Korridor, und Permjak erhob sich sofort. Sie gingen in ein leeres Zimmer, der Stumme klinkte die Tür fest ein und lehnte sich mit dem Rücken dagegen. Andrej suchte eine Sitzgelegenheit. Das Zimmer war leer, er setzte sich auf den Fußboden. Permjak hockte sich neben ihn. Das sommersprossige Gesicht wirkte bei dem trüben Licht unsauber, die Haare fielen in die Stirn, auf die ungeschickt »Sklave Chruschtschows« tätowiert war.

»Möchtest du?« fragte Andrej.

Permjak nickte. Auf seinem Gesicht erschien das bekannte sinnliche Lächeln. Andrej holte eine flache Flasche aus der Gesäßtasche und reichte sie ihm. Er beobachtete, wie Permjak trank – mit kleinen Schlucken, laut durch die Nase atmend, den stoppligen Adamsapfel bewegend. Das Wasser trat sogleich als Schweiß aus seinem Körper.

»Warm«, sagte Permjak heiser, als er die leere Flasche zurückgab. »Kaltes wäre schön, aus einem Wasserhahn ... Ach!«

Andrej steckte die Flasche wieder in die Tasche. »Was ist mit dem Motor los?«

Permjak wischte mit gespreizten Fingern den Schweiß vom Gesicht. »Ein Scheißmotor. Er wurde als zweiter gemacht und ist nicht rechtzeitig fertiggeworden. Ein Wunder, daß er bis heute durchgehalten hat.«

»Kann man ihn reparieren?«

»Man kann. In zwei, drei Tagen kriegen wir ihn hin. Bloß, das hält nicht lange. Nach zweihundert Kilometern brennt er wieder durch. Scheißmotor.«

»Verstehe«, sagte Andrej. »Hast du gemerkt, daß sich der Koreaner Pak bei den Soldaten herumtreibt?«

Permjak winkte ärgerlich ab. Er beugte sich zu Andrej und sagte ihm direkt ins Ohr: »Heute in der Mittagspause haben die Soldaten beschlossen, nicht weiterzugehen.«

»Das weiß ich schon. Sag mir, wer der Wortführer ist.«

»Das weiß ich nicht, Chef«, antwortete Permjak flüsternd. »Am meisten von allen quatscht Tewosjan, aber der ist ein Spinner. Auf den hört keiner. Und wer der richtige Wortführer ist – weiß ich nicht.«

»Chnoupek?«

»Vielleicht. Auf ihn hören sie. Die Leiter sollen auch dafür sein, das heißt, dafür, nicht weiter zu gehen. Von Herrn Ellisauer kommt nichts Vernünftiges – der kichert bloß und will's allen recht machen. Er hat Angst. Was kann ich denn tun? Ich erkläre ihnen, daß wir uns auf die Soldaten nicht verlassen können, daß sie uns Leiter hassen. Wir fahren – sie laufen. Sie kriegen die Soldatenration, und wir die Ration wie die Herren Wissenschaftler. Warum sollen sie uns mögen? Früher hat alles geklappt, und jetzt nicht mehr. Und die Hauptsache? Übermorgen ist der dreizehnte Tag.«

»Und die Wissenschaftler?« fragte Andrej.

»Weiß der Henker. Sie fluchen wie die Pferdeknechte, aber für wen sie sind, weiß keiner. Jeden Tag zanken sie sich mit den Soldaten wegen Mymra. Und wissen Sie, was Herr Kechada gesagt hat? Daß der Oberst nicht mehr lange durchhält.«

»Zu wem hat er das gesagt?«

»Ich glaube, zu allen. Ich habe selber gehört, wie er seinen Geologen erklärt hat, sie sollen immer ihre Waffe bei sich tragen. Für den Fall der Fälle. Haben Sie eine Zigarette, Andrej Michailowitsch?«

»Nein«, sagte Andrej. »Und der Sergeant?«

»An den Sergeanten traut sich keiner ran. Der ist hart wie Eisen. Den bringen sie als ersten um. Den hassen sie am meisten.«

»Klar«, sagte Andrej. »Und was ist mit dem Koreaner? Agitiert er unter den Soldaten oder nicht?«

»Ich habe nichts gesehen. Er hält sich immer abseits. Wenn Sie möchten, kann ich ihn speziell im Auge behalten, aber das ist meiner Meinung nach nicht nötig.«

»Ab morgen wird große Rast gehalten«, sagte Andrej. »Zu tun ist eigentlich nichts. Nur den Traktor reparieren. Die Soldaten werden herumliegen und quatschen. Du hast folgendes zu tun, Permjak. Du mußt herausfinden, wer ihr Anführer ist. Das wird deine Aufgabe Nummer eins sein. Denk dir was aus, du weißt besser, wie man das macht.« Er erhob sich, Permjak sprang ebenfalls auf. »War dir heute übel?«

»Ja, es hat tüchtig in meinem Bauch rumort. Jetzt ist mir besser.«

»Brauchst du was?«

»Was zu rauchen wär' ...«

»Gut. Wenn ihr den Traktor repariert, kriegt ihr eine Prämie. Geh jetzt.«

Permjak schlüpfte an dem Stummen vorbei durch die Tür. Andrej ging zum Fenster und stützte sich auf das Fensterbrett, die notwendigen fünf Minuten abwartend. Im Licht des Scheinwerfers gewahrte er die Umrisse der Anhänger und des zweiten Traktors, die Fensterscheiben in den schwarzen Fenstern des gegenüberliegenden Hauses blinkten. Der Posten war in der Dunkelheit nicht zu sehen.

Andrej hörte nur, daß er leise etwas Schwermütiges vor sich hinpfiff.

Macht nichts, dachte Andrej. Das schaffen wir. Vor allem den Anstifter finden! Er stellte sich vor, wie sich auf Befehl des Sergeanten die Soldaten unbewaffnet in einer Linie aufreihen, und wie er, Andrej, der Leiter der Expedition, mit einer Pistole in der Hand langsam diese Reihe entlangschreitet, in die starren stoppelbärtigen Gesichter blickend, wie er vor Chnoupek stehenbleibt und ihm in den Bauch schießt – einmal und ein zweites Mal . . . Ohne Gerichtsverfahren und ohne Untersuchung. So wird es jedem Feigling ergehen, der es wagt . . .

Pak hat offenbar nichts damit zu tun, dachte er. Gott sei Dank. Gut. Morgen wird noch nichts passieren. Noch drei Tage lang wird nichts passieren, und in drei Tagen kann sich manches ändern. Wir könnten zum Beispiel eine Quelle finden, hundert Kilometer weiter. Sie würden zum Wasser rennen wie durstige Pferde. Der Gestank hier ist unerträglich. Wir sind erst einen Abend hier, und schon stinkt es überall. Überhaupt arbeitet die Zeit stets für die Machthaber und gegen die Aufrührer. Immer und überall war es so. Heute haben sie beschlossen, daß sie morgen nicht weitergehen. Morgens werden sie zähnefletschend aufstehen, und wir machen eine große Rast. Niemand muß weitergehen, Männer, ihr habt euch umsonst aufgeregt. Dann gibt's noch Reis mit Backpflaumen, einen zweiten Becher Tee, Schokolade . . . So wird's gemacht, Herr Chnoupek! Und dich kriege ich auch noch, wart's ab! Verdammt, ich möchte schlafen. Ich möchte trinken! Das Trinken kannst du vergessen, Herr Rat, aber schlafen mußt du.

»Gehen wir«, sagte er zum Stummen.

Am Tisch las Isja immer noch in den Akten. Jetzt hatte er eine neue dumme Angewohnheit – am Bart kauen. Er steckte eine Strähne zwischen die Zähne und kaute daran. Eine Vogelscheuche, wirklich! Andrej ging zum Feldbett und breitete das Laken aus. Es klebte an den Händen wie Leim.

Isja sagte plötzlich, mit dem ganzen Körper zu ihm gewandt:

»Ich hab's! Hier haben sie unter der Herrschaft des Geliebtesten und Einfachsten gelebt. Es ging ihnen gut, alles war in Hülle und Fülle vorhanden. Dann änderte sich das Klima, es wurde merklich kälter. Und dann geschah noch etwas, und sie sind alle umgekommen. Ich habe hier ein Tagebuch gefunden. Der Besitzer hat sich in der Wohnung verbarrikadiert und ist verhungert. Das heißt, er ist nicht verhungert, sondern hat sich erhängt, aber vor Hunger erhängt – er hat den Verstand verloren ... Es begann damit, daß auf der Straße ein Flimmern erschien ...

»Was erschien?« fragte Andrej, der beim Auskleiden innehielt.

»Ein Flimmern! Wer in dieses Flimmern geriet, ist verschwunden. Manchmal konnte er noch schreien, und manchmal schaffte er selbst das nicht mehr – er hat sich einfach in Luft aufgelöst, und Schluß.«

»Unsinn«, brummte Andrej. »Oder nicht?«

»Wer das Haus verließ, kam in diesem Flimmern um. Und wer sich fürchtete und still verhielt, hat anfangs überlebt. Die erste Zeit hatten sie telefonisch Kontakt miteinander, dann begannen sie auszusterben. Zu essen gab es nichts, draußen war Frost, sie hatten nichts zum Heizen.«

»Und wohin ist das Flimmern verschwunden?«

»Darüber schreibt niemand etwas. Ich habe dir doch gesagt, der Mann ist am Ende wahnsinnig geworden. Seine letzte Erinnerung lautet ...« Isja suchte in den Papieren. »Da, hör zu: ›Ich kann nicht mehr. Wozu auch? Es ist Zeit. Heute morgen ist der Geliebte und Einfache die Straße entlanggegangen und hat in mein Fenster geschaut. Das ist sein Lächeln. Es ist Zeit.‹ Mehr nicht. Die Wohnung liegt im vierten Stock, man bedenke. Der arme Kerl hat eine

Schlinge am Kronleuchter befestigt. Die Schlinge hängt übrigens immer noch dort.«

»Er ist wohl tatsächlich wahnsinnig geworden. Vor Hunger. Hör mal, und vom Wasser nichts Neues?«

»Vorläufig nicht. Morgen sollten wir bis zum Ende des Aquädukts gehen. Was denn, du willst schon schlafen?«

»Ja, und das rate ich dir auch! Mach die Lampe aus und hau ab.«

»Hör mal«, bat Isja flehend. »Ich möchte noch ein bißchen lesen. Deine Lampe ist gut.«

»Wo ist denn deine? Du hast doch die gleiche.«

»Sie ist gestern kaputtgegangen. Auf dem Anhänger. Ich habe einen Kasten draufgestellt. Aus Versehen.«

»Idiot! Gut, nimm die Lampe und geh.«

Isja raschelte eilig mit dem Papier und rückte den Stuhl beiseite. »Dagan hat deine Pistole gebracht. Und vom Obersten hat er etwas ausgerichtet, aber ich habe vergessen . . .«

»Gut, gib die Pistole her.«

Andrej legte die Pistole unter das Kopfkissen und drehte sich auf die Seite, Isja den Rücken zugewandt.

»Wenn du möchtest, lese ich dir noch einen Brief vor«, sagte Isja einschmeichelnd. »Da steht was von Polygamie . . .«

»Hau ab«, sagte Andrej ruhig.

Isja kicherte. Andrej hörte mit geschlossenen Augen, wie die Schritte auf den Dielen knarrten. Dann quietschte die Tür, und als Andrej die Augen öffnete, war es schon dunkel.

Ein Flimmern . . . Was es alles gibt. Das hängt nicht von uns ab. Ich muß nur darüber nachdenken, was von uns abhängt . . . In Leningrad war kein Flimmern, es war Frost, grausame Kälte, und die Erfrierenden schrien in den vereisten Hausfluren – immer leiser und leiser, viele Stunden lang . . . Er schlummert ein und hört, wie jemand schreit, erwacht von diesem hoffnungslosen Schrei und kann nicht sagen, daß das schrecklich war, eher qualvoll, und als er am

Morgen, bis zu den Augen eingehüllt, hinuntergeht, um Wasser zu holen, ist die Treppe mit gefrorenen Fäkalien beschmutzt, er hält die Mutter an der Hand, sie zieht den Schlitten mit dem angebundenen Eimer, und der Mann, der geschrien hat, liegt neben der Fahrstuhlkabine, dort, gewiß dort, wo er abends hingefallen ist – von allein konnte er nicht aufstehen, kriechen ebenfalls nicht, und niemand ist ihm zu Hilfe gekommen. Ein Flimmern ist da gar nicht nötig. Wir haben nur überlebt, weil Mutter das Holz nicht im Sommer, sondern stets im zeitigen Frühling kaufte. Das Holz hat uns gerettet. Und die Katzen. Zwölf erwachsene Katzen und ein junger Kater, der so hungrig war, daß er auf meine Hand zustürzte und mich gierig in die Finger biß, als ich ihn streicheln wollte. Dorthin müßtet ihr, Gesindel, dachte Andrej über die Soldaten mit unverhoffter Bosheit. Das war kein Experiment. Leningrad war schlimmer als diese Welt hier. Ich wäre dort bestimmt wahnsinnig geworden. Mich hat gerettet, daß ich klein war. Kinder wurden nicht wahnsinnig, sie sind einfach gestorben . . .

Leningrad hat sich nicht ergeben, dachte er. Von denjenigen, die geblieben waren, sind viele gestorben. Man stapelte die Leichen in Holzscheunen, die Lebenden versuchte man zu evakuieren – die Verwaltung funktionierte trotzdem, und das Leben ging seinen Gang –, ein seltsames, alptraumhaftes Leben. Jemand starb einfach, jemand verübte heroische Taten, dann starb auch er, jemand schuftete bis zuletzt in der Fabrik, und als seine Zeit kam, starb er auch . . . Manch einer ist reich geworden, gegen ein Stück Brot hat er Gold, Perlen, Ringe eingetauscht, dann war auch er an der Reihe – sie brachten ihn hinunter zur Newa und erschossen ihn, und dann erhoben sie sich, ohne jemanden anzuschauen, die Gewehre schulternd . . . Einer ging mit einer Axt auf Jagd, aß Menschenfleisch, versuchte sogar mit Menschenfleisch zu handeln, aber er ist auch gestorben ... In dieser Stadt gab es nichts Gewöhnlicheres als den Tod. Aber die Obrigkeit blieb, und solange die Obrigkeit blieb, hielt sich die Stadt.

Trotzdem wäre es interessant zu wissen, ob wir ihnen leid taten. Oder dachten sie gar nicht an uns? Sie führten einfach einen Befehl aus, und im Befehl stand etwas von der Stadt und nichts von uns. Das heißt, von uns stand auch etwas darin, aber erst unter Punkt 5. Auf dem Finnischen Bahnhof unter dem frostklaren Himmel warteten Güterwagen. Unser Waggon war voller Kinder, Zwölfjährige wie ich – ein Kinderheim. Ich erinnere mich an fast gar nichts. Ich erinnere mich an die Sonne in den Fenstern und den Dampf beim Atmen, und die Kinderstimme, die immer wieder ein und denselben Satz wiederholte, in demselben bösartigen kreischenden Tonfall: »Geh zum Teufel!«

Daran möchte ich nicht mehr denken. Befehlen und Mitleid empfinden – das ist mein Problem. Mir tun zum Beispiel die Soldaten leid. Ich verstehe sie gut und habe Mitgefühl mit ihnen. Man hat Freiwillige gesucht, natürlich kamen vor allem Abenteurer, die sich in unserer wohlgeordneten Stadt langweilten. Sie wollten unerforschte Gegenden sehen, mit der Maschinenpistole spielen, verlassene Häuser plündern und nach der Rückkehr, die Taschen mit Beute gefüllt, wie Graf Koks zu Mädchen gehen ... Und statt dessen – Durchfall, blutige Schwielen, unheimlicher Teufelsspuk. Da meutert man!

Und ich? Fällt mir das leichter? Bin auch ich hierher gekommen, um Durchfall zu kriegen? Auch ich habe keine Lust weiterzugehen, auch ich erwarte nichts Gutes mehr, ich hegte, zum Teufel, auch gewisse Hoffnungen – einen Kristallpalast hinter dem Horizont! Ich wäre heilfroh, wenn ich kommandieren könnte: Kehrtum, es geht heimwärts! Auch mich widert dieser Dreck an, auch ich bin enttäuscht und habe Angst – vor dem Flimmern oder vor Wesen mit eisernen Köpfen. Auch mir hat sich im Innern alles umgedreht, als ich diese Zungenlosen sah: Da ist die Warnung – geh nicht weiter, kehr um ... Und die Wölfe? Als ich allein die Nachhut bildete, weil ihr euch vor Angst in die Hosen gemacht hattet, war mir da vielleicht heiter zumute? So ein Wolf springt aus einem Graben, reißt dir den Oberschenkel ab und ist fort ... Ja, so ist's, meine Lieben, alle haben es schwer, auch meine Gedärme sind vor Durst vollkommen ausgedörrt ...

Na gut, sagte er sich. Und warum gehst du trotzdem weiter? Gib morgen früh den Befehl, und wir fliegen heim wie die Vögel, in einem Monat sind wir zu Hause, du wirfst Geiger all deine Vollmachten vor die Füße und sagst: Da hast du's, mach dich selber auf den Weg, wenn du unbedingt dein Staatsgebiet erweitern willst, wenn dich das juckt. Aber nein, warum auf diese Art, warum das Ganze mit einem Skandal beenden? Wir haben schließlich achthundert Kilometer zurückgelegt, haben eine Karte angefertigt, haben zehn Kästen voller Archivmaterial – ist das etwa wenig? Dort ist nichts mehr. Kann man sich die Füße noch wunder laufen? Das ist schließlich nicht die Erde, das ist keine Kugel! Eine Antistadt gibt es nicht, das ist jetzt völlig klar – niemand hat hier etwas davon gehört. Im übrigen werden sich Rechtfertigungen finden. Rechtfertigungen ... Das ist es, eben, Rechtfertigungen!

Wie stellt sich hier das Problem? Wir haben vereinbart, bis zum Ende zu gehen, das wurde dir befohlen. Richtig? Ja. Und nun: Kannst du weitergehen? Ich kann. Proviant ist vorhanden, Treibstoff ebenfalls, die Waffen sind in Ordnung. Die Männer sind zwar erschöpft, aber alle unversehrt. So erschöpft sind sie nun auch wieder nicht, wenn sie sich abends mit Mymra herumwälzen. Nein, bei dir paßt manches nicht zusammen. Du bist ein miserabler Leiter, wird dir Geiger sagen, ich habe mich in dir getäuscht! Und Kechada wird ihm in ein Ohr blasen, Permjak ins andere; und Ellisauer wird dabei auch nicht fehlen.

Den letzten Gedanken wollte Andrej schnell verdrängen, aber es war schon zu spät. Mit Entsetzen bemerkte er, daß für ihn seine Stellung als Herr Rat eine durchaus nicht unbedeutende Rolle spielte. Ihm mißfiel der Gedanke überaus, daß sich seine Stellung vielleicht ganz plötzlich ändern könnte.

Dann ändert sie sich eben, dachte er, sich selbst verteidigend. Werde ich denn verhungern ohne diese Stellung? Bitte! Soll sich Herr Kechada auf meinen Platz setzen, und ich auf seinen. Leidet die Sache etwa darunter? Mein Gott, dachte er plötzlich. Welche Sache eigentlich? Was tust du da? Du bist doch kein kleines Licht mehr – du kümmerst dich um die Geschicke der Welt. Die Geschicke der Welt gehen allerdings auch ohne dich und ohne Geiger weiter. Jeder soll seine Aufgabe an seinem Platz verrichten? Bitte, einverstanden. Ich bin bereit, meine Aufgabe an meinem Platz zu verrichten. Wer einen bestimmten Posten innehat, besitzt die entsprechende Macht. So ist es, Herr Rat! Warum hat ein ehemaliger Unteroffizier einer geschlagenen Armee das Recht, über eine Millionenstadt zu herrschen, und ich – ein Mann mit Hochschulbildung, beinahe promoviert, ein Komsomolze –, ich habe kein Recht, über eine wissenschaftliche Abteilung zu herrschen? Bin ich schlechter als er? Was wird hier gespielt?

Quatsch ist das alles – ich habe ein Recht, habe kein Recht... Das Recht auf Macht hat derjenige, der die Macht besitzt. Und um es, bitte, noch deutlicher zu sagen – das Recht auf Macht hat derjenige, der diese Macht ausübt. Verstehst du es, andere zu unterwerfen, hast du das Recht auf Macht. Du verstehst es nicht – deine Schuld, verzeih!...

Ihr werdet weitergehen, ihr Halunken! sagte er zu den schlafenden Männern. Ihr werdet nicht weitergehen, weil ich selber darauf versessen bin, in unerforschte Gebiete zu gelangen, wie dieser bärtige Pavian Isja, sondern ihr werdet gehen, weil ich euch das befehle. Und ich werde es befehlen, ihr Hundesöhne, ihr Landsknechte, nicht aus Pflichtgefühl gegenüber der Stadt, oder, Gott bewahre, gegenüber Geiger, sondern deshalb, weil ich Macht habe, und diese Macht muß ich mir ständig bestätigen – auch vor euch bestätigen, und vor mir selber. Und vor Geiger. Vor euch, weil ihr mich sonst bei lebendigem Leib auffreßt. Vor Geiger, weil er mich sonst fortjagt, und zu Recht. Das, wißt ihr, brachte allen Monarchen seinerzeit Glück und Erfolg. Ihre Macht stammte von Gott persönlich, ohne Macht konnten sie sich selber nicht denken, auch ihre Untertanen konnten das nicht. Und darauf haben sie immer geachtet. Aber wir kleinen Leute glauben nicht an Gott. Wir wurden nicht mit einer Krone auf dem Haupt geboren. Wir müssen selber für uns sorgen. Bei uns ist es so: Wer wagt, gewinnt. Kommandieren werde ich! Nicht du, nicht er, nicht sie. Ich. Die Armee unterstützt mich.

Genug jetzt, dachte er mit einem gewissen Unbehagen. Er drehte sich auf die andere Seite und legte den Arm unter das Kissen, wo es kühler war. Seine Finger berührten die Pistole.

Wie wollen Sie denn Ihr Programm verwirklichen, Herr Rat? Sie werden schießen müssen! Nicht in Ihrer Phantasie schießen (»Soldat Chnoupek, vortreten!«), keiner geistigen Onanie frönen, sondern einen lebendigen Menschen abknallen, einen unbewaffneten, der vielleicht nichts ahnt und sogar unschuldig ist ... Einem *lebendigen* Menschen – in den Leib, ins Herz, in die Gedärme ... Nein, das kann ich nicht. Das habe ich niemals getan und gedenke es auch nicht zu tun ... Bei Kilometer 340 habe ich auch geschossen wie alle, einfach aus Angst, ohne etwas zu begreifen. Aber dort habe ich niemanden gesehen, und dort, hol's der Teufel, wurde auch auf mich geschossen!

Gut, dachte er. Nun, gut – Humanismus, fehlende Gewohnheit ... Und wenn sie trotzdem nicht weitergehen? Ich befehle es ihnen, und sie antworten mir: Geh doch selber, wenn's dich an einem Ort nicht hält . . .

Das ist die Idee! dachte er. Den Nichtsnutzen ein bißchen Wasser ausgeben, einen Teil des Proviants für den Rückweg austeilen, sollen sie den kaputten Traktor reparieren . . . Kehrt um, wir kommen ohne euch aus. Wie herrlich das wäre – sich von dem Pack befreien! Er stellte sich sogleich das Gesicht des Obersten bei diesem Vorschlag vor. Nein, der Oberst wird das nicht verstehen. Er ist aus anderem Holz geschnitzt. Er gehört eben zu denen, den Monarchen. Der Gedanke an eine Meuterei ist ihm unvorstellbar. Er wird sich mit diesen Problemen nicht herumschlagen wollen. Eine militärisch-aristokratische Natur. Er hat es gut – sein Vater war Oberst, sein Großvater war Oberst, sein Urgroßvater war Oberst – was für ein Imperium sie errichtet haben, wie viele Menschen sie getötet haben . . . Soll auch er ruhig einen erschießen, wenn's nötig ist. Schließlich sind das seine Männer. Ich gedenke nicht, mich in seine Angelegenheiten einzumischen. Zum Teufel, ich habe das alles satt! Du dekadenter Intellektueller, was hast du für ein Lausenest in deinem Schädel! Sie müssen weitergehen, basta! Ich befehle, und ihr habt zu gehorchen. Mit mir geht man gar nicht sanft um, wenn ich einen Befehl verletze, und für euch gilt dasselbe. Das ist alles. Besser an Weiber denken als an diesen Quatsch. Wozu brauche ich das – diese Philosophie der Macht . . .

Er wälzte sich in seinem Bett hin und her, drehte das Laken unter sich zu einem Strick zusammen und versuchte sich angestrengt Selma vorzustellen, in ihrem fliederfarbenen Morgenmantel – wie sie sich über das Bett neigt, ein Tablett mit Kaffee in den Händen. Er malte sich ausführlich in allen Einzelheiten aus, wie sich das jetzt alles mit Selma abspielen würde, und plötzlich – bereits ohne jede Anstrengung – befand er sich in seinem Arbeitszimmer, wo Amalia mit hochgehobenem Rock auf ihm saß. Da begriff er, daß er mit seinen Phantasien zu weit gegangen war.

Er schleuderte das Laken von sich, nahm absichtlich eine unbequeme Position ein, damit sich der Rand des Feldbettes in sein Gesäß einprägte, und starrte auf das bläulich erhellte Rechteck des Fensters. Dann blickte er auf die Uhr. Es war schon nach zwölf. Gleich stehe ich auf, dachte er, und gehe ins Parterre. Wo schläft sie – in der Küche? Früher hatte dieser Gedanke bei ihm immer ein gesundes Gefühl des Ekels hervorgerufen. Jetzt war es nicht so. Er stellte sich Mymras nackte dreckige Beine vor, hielt sich aber nicht bei ihnen auf, sondern ging höher. Plötzlich wollte er wissen, wie sie nackt aussah. Schließlich ist ein Weib wie das andere.

»Mein Gott!« sagte er laut.

Die Tür knarrte, und auf der Schwelle erschien der Stumme, ein schwarzer Schatten in der Dunkelheit. Nur die Augen blitzten.

»Warum kommst du?« fragte Andrej traurig. »Geh schlafen.«

Der Stumme verschwand. Andrej gähnte nervös und warf sich aufs Bett.

Er erwachte vor Entsetzen, völlig schweißdurchnäßt.

»Halt, wer da?« schrie der Posten unter dem Fenster. Seine Stimme klang erschrocken, offenbar rief er um Hilfe.

Sogleich vernahm Andrej knirschende Schläge, als schlüge ein Riese mit einem Vorschlaghammer auf zerbröckelnden Stein.

»Ich schieße!« kreischte der Posten entsetzt.

Andrej erinnerte sich nicht, wie er zum Fenster gelangt war. In der Dunkelheit peitschten Schüsse. Im Feuerschein war oben auf der Straße ein riesiger, unbeweglicher Schatten zu sehen, der Garben grünlicher Funken versprühte. Andrej begriff nichts. Dem Posten waren die Patronen ausgegangen, einen Moment trat Stille ein, dann kreischte der Mann in der Finsternis wild auf – er klapperte mit den Schuhen auf dem Pflaster und befand sich plötzlich im Lichtkreis direkt unter dem Fenster, drehte sich auf der Stelle, mit der leeren Maschinenpistole fuchtelnd, und stürzte kreischend zum Traktor, wühlte im schwarzen Schatten, um Reservepatronen zu suchen. Da hörte man wieder knirschende Hammerschläge auf den Stein.

Andrej rannte ohne Hosen und mit aufgeschnürten Schuhen auf die Straße, die Pistole in der Hand. Mehrere Männer waren ihm zuvorgekommen. Sergeant Vogel brüllte:

»Tewosjan, Chnoupek! Nach rechts! Alle gefechtsbereit! Anastasis! Auf den Traktor, hinter die Kabine! Beobachten! Schneller! Ihr trägen Säue! Wassilenko! Nach links! Hinlegen! Nach links, du Russenschwein! Hinlegen, beobachten! Palotti! Wohin, Makkaroni?«

Er packte den sinnlos herumlaufenden Italiener am Kragen, versetzte ihm mit schrecklicher Kraft einen Fußtritt und schleuderte ihn zum Traktor.

»Hinter die Kabine, du Rindvieh! Anastasis, Licht auf die Straße!«

Andrej wurde in den Rücken und in die Seiten gestoßen. Mit zusammengebissenen Zähnen versuchte er, sich auf den Beinen zu halten, er verstand absolut nichts und kämpfte gegen das Verlangen an, etwas Sinnloses zu brüllen. Er preßte sich an die Wand, streckte die Pistole vor sich aus und schaute sich gehetzt um. Warum laufen sie alle dorthin? Und wenn wir plötzlich von hinten angegriffen werden? Oder vom Dach? Oder aus dem Haus gegenüber?

»Leiter!« brüllte Vogel. »Leiter, auf den Traktor. Wer schießt dort, Blödmann? Feuer einstellen!«

In Andrejs Kopf klarte es sich auf. Die Sache stand jetzt gar nicht mehr so schlecht. Die Soldaten lagen auf dem Boden wie befohlen, die Aufregung war gewichen, schließlich drehte jemand den Scheinwerfer auf dem Traktor und leuchtete auf die Straße.

»Da ist er!« schrie einer mit erstickter Stimme.

Die Maschinenpistolen knatterten kurz und verstummten. Andrej sah nur etwas Riesiges, fast höher als die Häuser, etwas Mißgestaltetes, mit Dornen und Auswüchsen nach allen Seiten. Es warf einen endlosen Schatten auf die Straße und verschwand hinter einem Häuserblock oben auf der Straße. Es verschwand, die schweren Hammerschläge wurden immer leiser, bis sie gänzlich verstummten.

»Was ist passiert, Sergeant?« fragte der Oberst mit ruhiger Stimme.

Der Oberst, alle Uniformknöpfe korrekt geschlossen, beugte sich aus dem Fenster.

»Der Posten hat Alarm gegeben, Herr Oberst«, meldete Sergeant Vogel. »Der Soldat Terman.«

»Soldat Terman, zu mir!« befahl der Oberst.

»Soldat Terman!« brüllte der Sergeant. »Zum Herrn Oberst!«

Im diffusen Scheinwerferlicht war zu sehen, wie Terman fieberhaft unter der Raupe hervorkriechen wollte. Etwas hatte sich an dem Pechvogel festgehakt. Er versuchte mit allen Kräften, sich zu befreien, stand auf und schrie krähend:

»Soldat Terman zu Befehl bei Herrn Oberst angetreten!«

»Was für eine Vogelscheuche!« sagte der Oberst angewidert. »Knöpfen Sie die Jacke zu!«

In diesem Augenblick wurde die Sonne eingeschaltet. Das geschah so unerwartet, daß sich über das Lager ein vielstimmiges Stöhnen erhob. Viele bedeckten die Augen mit den Händen.

»Warum haben Sie Alarm gegeben, Soldat Terman?« fragte der Oberst.

»Ein Unbekannter, Herr Oberst«, bellte Terman mit Verzweiflung in der Stimme. »Er hat sich nicht gemeldet, sondern ging direkt auf mich zu. Die Erde hat richtig gezittert. Laut Vorschrift habe ich ihn zweimal angerufen und dann das Feuer eröffnet.«

»Lobenswert«, sagte der Oberst.

Bei Tageslicht wirkte alles anders als fünf Minuten zuvor.

Das Lager sah aus wie immer – zwei Anhänger, schmutzige Blechfässer mit Benzin, staubbedeckte Traktoren. Auf diesem gewohnten Hintergrund halbnackte bewaffnete Männer, die mit ihren Maschinengewehren und -pistolen auf dem Boden saßen oder hockten. Mit ihren zerknitterten Gesichtern und zerzausten Bärten erschienen sie lächerlich. Andrej wurde bewußt, daß er selber keine Hosen anhatte und daß seine Schuhbänder herunterhingen, und das war ihm peinlich. Er wich vorsichtig zur Tür zurück, dort drängten sich jedoch die Kartographen und Geologen.

»Ich erlaube mir zu melden«, sagte Terman, der Mut gefaßt hatte. »Das war kein Mensch, Herr Oberst.«

»Was war es dann?«

Terman geriet in Verlegenheit.

»Am ehesten ähnelte es einem Elefanten, Herr Oberst«, sagte Vogel autoritär. »Oder einem vorsintflutlichen Ungeheuer.«

»Einem Saurier«, ergänzte Tewosjan.

Der Oberst richtete sogleich den Blick auf ihn und musterte ihn einige Sekunden. »Sergeant«, sagte er schließlich. »Warum reden Ihre Männer ohne Erlaubnis?«

Jemand kicherte schadenfroh.

»Quasselkopf!« erklärte der Sergeant in drohendem Ton. »Erlauben Sie, ihn zu bestrafen, Herr Oberst?«

»Ich meine ...« Der Oberst wurde bei den ersten Worten unterbrochen.

»Da! Da! Da!« schrie jemand mit lautem Entsetzen.

Alle fuhren erschrocken zusammen, alle drehten die Köpfe, und da sah Andrej: Anastasis, der hinter der Traktorkabine stand, deutete mit der Hand auf die Straße. Er war ganz bleich, beinahe grün, und konnte kein zusammenhängendes Wort hervorbringen. Andrej, der das Schlimmste gewärtigte, schaute in die Richtung, erblickte jedoch nichts. Die Straße war leer, in der Ferne flimmerte die heiße Luft. Der Sergeant rülpste plötzlich und zog die Mütze auf die Stirn, jemand fluchte leise, und Andrej begriff noch immer nichts, er begriff es erst, als jemand neben ihm krächzte: »Gott, dein Wille geschehe!«

Die Statue an der Ecke stand nicht mehr da. Der riesige eiserne Mensch mit dem Froschgesicht und den pathetisch ausgestreckten Armen war verschwunden. An der Kreuzung lag nur der Kot, den die Soldaten am Vortag um die Statue herum hinterlassen hatten.

DRITTES KAPITEL

»Dann mache ich mich auf den Weg, Herr Oberst«, sagte Andrej und erhob sich.

Der Oberst stand ebenfalls auf und stützte sich sogleich auf seinen Krückstock. Er war noch blasser als gewöhnlich, das Gesicht wirkte fahl und greisenhaft. Von der militärischen Haltung war nichts übriggeblieben.

»Viel Glück, Herr Rat«, sagte er. Die ausgeblichenen Äuglein schauten beinahe schuldbewußt. »Hol's der Teufel, eigentlich wäre ein Spähtrupp meine Sache.«

Andrej nahm die Maschinenpistole vom Tisch und legte den Riemen über die Schulter. »Ich habe ein Gefühl, als würde ich ausreißen und Sie alle im Stich lassen. Sie sind krank, Herr Oberst.«

»Ja, stellen Sie sich vor, heute habe ich ... Der Oberst stockte. »Ich nehme an, Sie kehren bis zur Dunkelheit zurück?«

»Ich komme viel früher zurück. Diesen Ausflug betrachte ich nicht einmal als Erkundung. Ich will einfach diesen feigen Bastarden zeigen, daß uns nichts Schlimmes bevorsteht. Laufende Statuen!« Er besann sich. »Ich hatte nicht die Absicht, Ihren Soldaten etwas vorzuwerfen, Herr Oberst.«

Der Oberst winkte schwächlich ab. »Bagatellen! Sie haben völlig recht. Soldaten sind immer feige. Ich habe zeitlebens keine tapferen Soldaten gesehen. Warum sollten sie auch tapfer sein?«

»Nun ja«, sagte Andrej lächelnd. »Wenn uns gegnerische Panzer angriffen!«

»Panzer! Das wäre etwas anderes. Aber ich erinnere mich gut an einen Fall, als sich ein Trupp Fallschirmjäger weigerte, in ein Dorf zu gehen, weil dort ein in der ganzen Gegend bekannter Zauberer lebte.«

Andrej reichte dem Obersten die Hand. »Auf Wiedersehen!«

Der Oberst hielt ihn zurück. »Einen Moment! Dagan!«

Im Zimmer erschien Dagan, eine mit einem silbernen Netz umflochtene Flasche in der Hand. Er stellte ein silbernes Tablett auf den Tisch, auf dem kleine silberne Becher standen.

»Zum Wohl!« sagte der Oberst.

Sie tranken und wechselten einen warmen Händedruck.

»Auf Wiedersehen«, wiederholte Andrej.

Er stieg die stinkende Treppe hinunter ins Vestibül, nickte Kechada zu, der sich auf dem Fußboden mit einem Theodoliten zu schaffen machte, und trat auf die glühend heiße Straße. Sein kurzer Schatten fiel auf staubige, gesprungene Gehsteigplatten, und sogleich tauchte ein zweiter Schatten auf. Andrej erinnerte sich an den Stummen. Er blickte sich um. Der Stumme stand in seiner gewohnten Pose da, die Hände in den breiten Gürtel gesteckt, an dem ein langes Messer hing. Das dichte schwarze Haar sah wirr aus, die nackten Beine waren gespreizt, die braune Haut glänzte, als wäre sie mit Fett eingeschmiert.

»Möchtest du nicht lieber eine MP nehmen?« fragte Andrej.

Nein.

»Nun, wie du willst.«

Isja und Pak saßen im Schatten des Anhängers und studierten einen Stadtplan. Zwei Soldaten reckten die Hälse und blickten über ihre Köpfe. Einer von ihnen bemerkte Andrej, wandte eilig den Blick ab und stieß den anderen in die Seite. Beide verschwanden sogleich hinter dem Anhänger.

Am zweiten Traktor hatten sich die Leiter versammelt, angeführt von Ellisauer. Seinen kleinen Kopf zierte ein riesiger breitkrempiger Hut. Auch sie waren von zwei Soldaten begleitet, die Ratschläge erteilten, häufig zur Seite ausspuckend.

Die Straße war leer. Die erhitzte Luft flimmerte über dem Pflaster. Nach hundert Metern verschwamm alles in dem Flimmern.

»Isja!« rief Andrej.

Isja und Pak blickten sich um und standen auf. Der Koreaner hob seine Sachen vom Pflaster auf und steckte seine kleine Maschinenpistole unter die Achsel.

»Was, schon?« fragte Isja munter.

Andrej nickte und ging voran.

Alle schauten auf ihn: Permjak, der wegen der Sonne die Augen zusammenkniff, der dümmliche Ungern, der seinen stets halbgeöffneten Mund vor lauter Schreck noch weiter aufriß, der mürrische Jackson, der sich langsam die Hände mit Werg abrieb. Ellisauer, einem schmutzigen, abgewetzten Pilz auf einem Kinderspielplatz gleichend, legte mit äußerst feierlicher und mitfühlender Miene zwei Finger an den Hutrand. Die Soldaten hörten auf zu spucken, flüsterten sich etwas zu und liefen gemeinsam fort. Ihr feigen Hunde, dachte Andrej rachsüchtig. An euch braucht man sich gar nicht zu wenden, ihr macht euch doch gleich in die Hosen.

Sie gingen am Posten vorbei, der eilig das Gewehr präsentierte, und schritten auf dem Straßenpflaster – vorn Andrej mit der geschulterten Maschinenpistole, gefolgt vom Stummen mit einem Rucksack, in dem sich vier Konservenbüchsen, ein Päckchen Zwieback und zwei Flaschen Wasser befanden. Im Abstand von zehn Schritten latschte Isja mit kaputten Schuhen, sein Rucksack war leer. In einer Hand hielt er eine Karte, und mit der anderen betastete er die Taschen, als wolle er prüfen, daß er nichts vergessen hatte. Als letzter, mit dem leicht watschelnden Gang eines Mannes, der an weite Märsche gewöhnt ist, schritt der Koreaner mit der kurzläufigen Maschinenpistole unter der Achsel.

Die Straße glühte vor Hitze. Die Sonne brannte grausam auf den Rücken. Die Häuserwände strahlten Hitze herüber. Es herrschte völlige Windstille.

Ins Lager, hinter ihnen, wurde der defekte Traktor zur Reparatur gebracht – Andrej drehte sich nicht um. Er spürte plötzlich ein Gefühl der Befreiung. Mehrere Stunden lang konnte er die stinkenden Soldaten mit ihrer bis zur Unverständlichkeit primitiven Psyche vergessen, er mußte nicht den Intriganten Kechada sehen, der völlig durchschaubar und ihm deshalb besonders zuwider war; es schwanden all die scheußlichen Sorgen um wundgeriebene Füße, der Ärger wegen Streitigkeiten und Schlägereien, die Befürchtungen, daß der blutige Durchfall von einer Vergiftung herrührte oder Typhus sei. Ihr könnt euch alle zum Teufel scheren, dachte Andrej. Ein Jahrhundert lang möchte ich euch nicht sehen. Wie würde ich mich da wohlfühlen!

Zwar erinnerte er sich sogleich an den zwielichtigen Koreaner Pak, und eine Sekunde lang schien es ihm, daß seine Freude sogleich von neuen Sorgen und Verdächtigungen getrübt würde, aber er winkte leichtherzig ab. Pak ist eben ein Koreaner wie jeder andere. Ein ruhiger Mensch, der sich niemals beklagt. Die fernöstliche Variante von Isja Katzman ... Sein Bruder hatte ihm einmal erzählt, im Fernen Osten würden sich alle Völker, besonders die Japaner, den Koreanern gegenüber so verhalten wie in Europa alle Völker, und besonders die Russen und Deutschen, gegenüber den Juden. Das kam ihm jetzt interessant vor, und deshalb dachte er an Kaneko. Ja, Kaneko müßte hier sein, Dawydow, Donald... Hätte er Dawydow zu dieser Expedition überreden können, wäre alles ganz anders...

Einen Tag vor dem Aufbruch hatte er sich einige Stunden freigemacht, um bei Geiger eine kugelsichere Limousine auszuleihen und Dawydow zu besuchen. Sie saßen in einem großen einstöckigen Bauernhaus, wo alles vor Sauberkeit blitzte und nach Minze, Herdfeuer und frischgebackenem Brot duftete. Sie süffelten Selbstgebrannten, aßen Schweinesülze und knackige saure Gurken, die Andrej schon viele Jahre lang vermißte, tunkten Fleischstücke in Knoblauchsoße; dann brachte die dicke Holländerin Marta, Dawydows Frau, die schon zum dritten Mal schwanger war, einen pfeifenden Samowar, den Dawydow seinerzeit gegen Unmengen von Brot und Kartoffeln eingetauscht hatte, und sie tranken lange und genüßlich Tee zu unübertrefflicher Konfitüre – sie schwitzten, keuchten, wischten sich die nassen Gesichter mit bestickten Handtüchern ab, und Dawydow erklärte: »Ja, jetzt läßt es sich leben! Sie schicken mir jeden Tag fünf Faulenzer aus dem Lager, und ich erziehe sie mit Arbeit, ohne meine Kräfte zu schonen. Wenn was ist – gleich eins auf die Schnauze, dafür kriegen sie bei mir zu fressen, was ich selber esse, ich bin kein Ausbeuter.« Beim Abschied, als Andrej schon im Wagen saß und ihm Dawydow mit seiner Pranke, die sich in eine riesige harte Schwiele verwandelt zu haben schien, die Hand drückte, sagte er, ihm in die Augen blickend: »Du verzeihst mir, Andrjucha, das weiß ich. Alles würde ich verlassen, auch mein Weib. Aber die da kann ich nicht verlassen, das darf ich nicht!« Er deutete über die Schulter auf zwei blondschöpfige Jungen, die einander lautlos, damit sie niemand hörte, hinter der Treppe mit Fäusten bearbeiteten.

Andrej drehte sich um. Das Lager war nicht mehr zu sehen, der Dunst verhüllte es. Das Motorknattern drang wie durch Watte bis zu ihm. Isja lief jetzt neben Pak, schwenkte die Karte vor seiner Nase und schrie etwas von Maßstab. Pak stritt sich natürlich nicht. Er lächelte nur, und als Isja stehenblieb, um die Karte auszubreiten und ihm alles zu zeigen, faßte er ihn rücksichtsvoll unter dem Ellbogen und zog ihn vorwärts. Ein zuverlässiger Mann, zweifellos. Irgend etwas hat er mit Geiger gemein, obwohl sie völlig verschiedenartige Menschen sind.

Pak hatte in Cambridge studiert und dort zum Doktor der Philosophie promoviert. Als er nach Südkorea zurückgekehrt war, beteiligte er sich an Studentenunruhen gegen das Regime, und Li Sing Man steckte ihn hinter Gitter. Aus dem Gefängnis befreite ihn 1950 die nordkoreanische Armee, über Pak wurde in Zeitungen geschrieben, man pries ihn als heldenhaften Sohn des koreanischen Volkes, der die Li-Sing-Man-Clique und die amerikanischen Imperialisten haßte. Er wurde stellvertretender Rektor der Universität, aber einen Monat später kam er wieder ins Gefängnis, wo man ihn ohne Anklage festhielt, bis Seoul ins Feuer der ersten nach Nordosten vorrückenden Truppen geriet. In der Stadt war die Hölle los, Pak rechnete nicht mehr damit, am Leben zu bleiben, da schlug man ihm die Teilnahme am Experiment vor.

In die Stadt war er lange vor Andrej gekommen. Dort hatte er zwanzig Berufe ausgeübt, bis er schließlich mit dem Herrn Bürgermeister in Streit geriet und sich der Untergrundorganisation von Intellektuellen anschloß, die damals die Bewegung Geigers unterstützten. Dann kam es zum Zerwürfnis mit Geiger. Ein großer Teil der Oppositionellen hatte schon zwei Jahre vor der Wende heimlich die Stadt verlassen und war nach Norden gezogen. Sie hatten Glück: Bei Kilometer 350 fanden sie in den Ruinen ein »Technikmuseum« – eine riesige metallene Zisterne voller Geräte und technischer Muster. In dieser Gegend ließen sie sich nieder. Es gab Wasser, der Boden war fruchtbar, viele Gebäude konnten genutzt werden.

Sie wußten nicht, was inzwischen in der Stadt vorgegangen war, und als die Traktoren mit Soldaten erschienen, glaubten sie, man käme ihretwegen. Zum Glück wurde in dem kurzen, heftigen Gefecht nur ein Mann getötet. Pak erkannte seinen alten Freund Isja und begriff den Irrtum. Dann sprach er mit Andrej. Er sagte, ihn treibe Neugier, die Emigranten hätten längst eine Expedition nach Norden geplant, ihnen fehlten jedoch dazu die Mittel. Andrej traute ihm nicht, trotzdem nahm er ihn mit. Er glaubte, Pak würde ihm mit seinen Kenntnissen nützlich sein, und das bestätigte sich. Pak tat für die Expedition alles, was er konnte, war zu Andrej stets freundlich und zuvorkommend, zu Isja ohnehin, wich aber allen Fragen aus. Weder Andrej noch Isja erfuhren, woher Pak so viele Informationen über die unerforschten Gebiete besaß, warum er sich der Expedition angeschlossen hatte und was er überhaupt dachte – über Geiger, über die Stadt, über das Experiment.

Andrej blieb stehen, wartete auf seine Nachhut und fragte: »Nun, seid ihr euch einig geworden, was euch eigentlich interessiert?«

»Was?« Isja konnte endlich seine Karte ausbreiten. »Sieh mal, wir sind jetzt hier. Sechs Häuserblöcke weiter muß ein Platz sein. Hier ist ein großes Haus, offenbar ein Verwaltungsgebäude. Dorthin müssen wir unbedingt. Und wenn wir unterwegs etwas Interessantes sehen... Ja! Hierher sollten wir gehen. Das ist nicht weit, aber der Maßstab taugt nichts, so daß es vielleicht gleich um die Ecke ist. Siehst du: das Pantheon. Ich liebe Pantheons.«

Andrej rückte die Maschinenpistole zurecht. »Warum nicht? Aber wollten wir nicht Wasser suchen?«

»Bis zum Wasser ist es weit«, sagte Pak leise.

»Ja, mein Freund, bis zum Wasser... Siehst du, das ist hier eingezeichnet – ein Wasserturm. Ist das hier?« fragte Isja.

Pak zuckte die Schultern. »Weiß ich nicht. Aber wenn es in dieser Gegend überhaupt Wasser gibt, dann nur hier.«

»Ja...«, sagte Isja langgezogen. »Ziemlich weit. Etwa dreißig Kilometer, an einem Tag hin und zurück nicht zu schaffen. Der Maßstab... Hör mal, warum brauchst du eigentlich gerade jetzt Wasser? Wasser suchen wir morgen, wie abgesprochen.«

»Gut«, stimmte ihm Andrej zu. »Weiter!«

Jetzt gingen sie nebeneinander, und eine Weile schwiegen alle. Isja schien unablässig zu schnuppern, ob er rechts oder links etwas Interessantes entdecke. Zwei- oder dreistöckige Häuser, manche von ihnen recht hübsch. Ausgeschlagene Scheiben. Viele Fenster mit wellig gewordenem Sperrholz vernagelt. Auf den Balkonen halbverfallene Blumenkästen, einige Häuser dicht mit staubigem Efeu berankt. Ein großes Geschäft – riesige, verstaubte Schaufenster, seltsamerweise heil geblieben, während man die Türen ausgerissen hatte. Isja lief schnell hin und blickte hinein.

»Leer«, erklärte er. »Völlig verwüstet.«

Ein großes Gebäude – Theater, Konzertsaal oder Kino. Dann wieder ein Geschäft, die Schaufenster zerschlagen, und ein weiteres Geschäft auf der anderen Seite. Isja blieb plötzlich stehen, schnaubte laut und hob den Zeigefinger.

»O! Hier irgendwo ist es!«

»Was?« fragte Andrej, sich umblickend.

»Papier!«

Schnurstracks lief er zu einem Gebäude auf der rechten Straßenseite. Es unterschied sich nicht von den anderen, höchstens, daß die Freitreppe großzügiger war und der Baustil vage gotische Einflüsse aufwies.

Isja verschwand im Inneren, und ehe die anderen die Straße überquert hatten, kam er wieder heraus und rief aufgeregt: »Kommen Sie schnell, Pak! Eine Bibliothek!«

Andrej schüttelte nur staunend den Kopf. Nein, dieser Isja!

»Eine Bibliothek?« fragte Pak und beschleunigte die Schritte. »Nicht möglich!«

In der Vorhalle war es angenehm kühl und dunkel nach der gleißenden Hitze draußen. Hohe gotische Fenster mit bunten Glasmalereien gingen auf einen Innenhof. Der Fußboden war mit gemustertem Parkett ausgelegt. Die breite Steintreppe teilte sich auf halber Höhe. Isja lief schon die linke Treppe hinauf, Pak holte ihn ein, sie nahmen drei Stufen auf einmal und verschwanden.

»Warum sollen wir auch dorthin?« fragte Andrej den Stummen, ohne eine Antwort zu erwarten.

Andrej setzte sich auf eine Treppenstufe. Die Maschinenpistole legte er neben sich. Der Stumme hockte an der Wand, die Augen geschlossen, die langen kräftigen Arme um die Knie geschlungen. Es war still, nur von oben hörte man unverständliche Stimmen.

Ich habe es satt, dachte Andrej. Diese toten Stadtviertel sind mir zuwider. Diese glühendheiße Lautlosigkeit. Diese Rätsel. Menschen müßten wir finden, sie fragen, und sie müßten uns bewirten, ganz egal, womit, nur nicht mit diesem ekligen Pamps. Mit kühlem Wein! So viel, wie man möchte! Oder mit Bier! In seinem Bauch rumorte es, und er streckte sich erschrocken. Heute habe ich Gott sei Dank noch kein einziges Mal aufs Klo rennen müssen, auch die Ferse scheint verheilt zu sein.

Etwas stürzte krachend zu Boden. Isja brüllte: »Wo kriechen Sie denn hin?« Andrej hörte Lachen.

Wühlt nur, wühlt nur, dachte er. Nur auf euch ruht meine Hoffnung. Nur von euch kann ich etwas Vernünftiges erwarten. Bleiben werden von der ganzen dummen Idee mein Bericht und Isjas vierundzwanzig Kisten mit Dokumenten!

Er streckte die Beine aus und lehnte sich ans Geländer. Der Stumme nieste plötzlich, daß es laut hallte. Andrej warf den Kopf zurück und schaute auf das Deckengewölbe. Solide gebaut, schön, besser als bei uns. Überhaupt haben sie nicht schlecht gelebt. Trotzdem sind sie untergegangen. Das alles wird Geiger gar nicht gefallen – er würde einen potentiellen Gegner vorziehen. Und nun kommt heraus: Sie haben gelebt, haben gebaut, haben ihren Geiger verehrt, den geliebten und einfachen. Und als Ergebnis Leere. Als wäre niemand dagewesen. Nur Gerippe, und noch viel zu wenige für eine so zahlreiche Bevölkerung. Das ist es, Herr Präsident! Der Mensch hat große Pläne, aber Gott schickt ein Flimmern – und alles ist vorbei.

Andrej nieste ebenfalls und schneuzte sich. Kühl ist es hier . . . Kechada sollte man vor Gericht stellen, wenn wir zurückgekehrt sind. Seine Gedanken gingen in die gewohnte Richtung: Wie er Kechada in eine Ecke drängen könne, so daß er keinen Mucks mehr wagt, damit alles offen zutage liegt und Geiger gleich den Schuldigen erkennt . . . Er löste sich von diesen Gedanken, sie waren jetzt nicht angebracht. Jetzt darf er nur an den morgigen Tag denken. Und an den heutigen, das würde nicht schaden. Zum Beispiel daran, wo die Statue steckt. Irgend so ein gehörntes Ungeheuer ist gekommen, ein Saurier, hat sie sich unter den Arm geklemmt und weggeschleppt. Aber wie? Sie wiegt doch fünfzig Tonnen. Solch ein Untier trägt auch einen Traktor einfach weg. Wir müssen fort von hier. Wäre nicht der Oberst, hätten wir den Ort längst verlassen. Er dachte an den Oberst und ertappte sich plötzlich dabei, daß er lauschte.

Ferne, undeutliche Laute waren zu hören – nicht die Stimmen oben in der Bibliothek – nein, dort auf der Straße, hinter der angelehnten Eingangstür. Deutlich klirrten die bunten Glasscheiben, und die Steinstufen vibrierten, als führe ein schwerer Güterzug auf einer Bahnstrecke vorüber. Der Stumme riß die Augen auf und lauschte ebenfalls gebannt.

Andrej stand vorsichtig auf und ergriff die Maschinenpistole. Der Stumme schielte zu ihm herüber.

Die Maschinenpistole im Anschlag haltend, schlich Andrej zur Tür und lugte hinaus. Die heiße staubige Luft brannte in seinem Gesicht. Die Straße war leer. In der watteartigen Stille schlug ein riesiger Hammer mit träger Gleichmäßigkeit auf das Pflaster und näherte sich deutlich – schwere, dumpfe Schläge, die das Pflaster zermalmten.

Im Haus gegenüber klirrte eine zerborstene Schaufensterscheibe auf das Pflaster. Erschrocken sprang Andrej zurück, er faßte sich jedoch sogleich und hielt den Finger am Abzug. Der Teufel hat mich hierher gebracht, dachte er.

Der Hammer kam immer näher, die Schläge wurden schwerer und lauter, sie schienen über alles zu triumphieren. Schritte des Schicksals, ging es Andrej durch den Sinn. Er blickte sich verwirrt nach dem Stummen um.

Er empfand eine Art Schreck. Es war für ihn wie ein Schock. Der Stumme stand da, an die Wand gelehnt, und beschnitt mit seinem langen Messer den Fingernagel am kleinen Finger der linken Hand. Sein Blick war dabei völlig gleichgültig und sogar gelangweilt.

»Was machst du da?« fragte Andrej heiser.

Der Stumme schaute ihn an und widmete sich wiederum seinem Fingernagel. Die Schläge ertönten ganz in der Nähe, der Boden erbebte. Plötzlich trat Stille ein. Andrej lugte wieder hinaus. An der Kreuzung stand eine dunkle Figur, deren Kopf bis zum zweiten Stockwerk reichte. Eine metallene Statue. Der bekannte Typ mit dem Froschgesicht, nur stand er jetzt aufrecht da, das große Kinn gehoben, eine Hand auf dem Rücken, die andere drohend zum Himmel gerichtet, der Zeigefinger ausgestreckt.

Andrej erstarrte wie in einem bösen Traum. Er wußte jedoch, daß es kein Traumbild war. Es war eine gewöhnliche Statue – eine plumpe Schöpfung aus Metall, mit Grünspan oder schwarzem Oxyd überzogen. In der heißen Luft flimmerten und verschwammen ihre Umrisse ebenso wie die der Häuser.

Andrej spürte eine Hand auf seiner Schulter und blickte sich um – der Stumme nickte ihm beschwichtigend zu. Wieder ertönten die Schläge auf der Straße. Der Stumme hielt ihn noch immer an der Schulter gefaßt – er tätschelte und streichelte seine Muskeln mit zärtlichen Fingern. Andrej riß sich los und blickte hinaus. Die Statue war verschwunden. Es herrschte wieder Stille.

Nun rannte Andrej mit weichen Knien die Treppe hinauf, wo immer noch die Stimmen zu hören waren, als wäre nichts geschehen.

»Genug jetzt!« brüllte er, als er in den Bibliothekssaal stürzte. »Raus hier!«

Seine Stimme klang völlig erstickt, Isja und Pak hörten ihn nicht, oder sie waren zu beschäftigt. Im riesigen Raum dämpften Regale voller Bücher die Laute. Ein Regal war umgestürzt, die Bücher lagen auf dem Boden, dort wühlten Isja und Pak – beide erhitzt, schweißbedeckt, wie besessen. Andrej, der über die Bücher stieg, packte sie und hob sie hoch.

»Raus hier! Es reicht! Los!«

Isja schaute ihn mit vernebelten Augen an und kam sogleich zu sich. Er musterte Andrej vom Kopf bis zu den Füßen. »Was hast du? Ist was passiert?«

»Nichts ist passiert«, sagte Andrej böse. »Es reicht, hier rumzuwühlen. Wohin wollt ihr? Ins Pantheon? Dann geht ins Pantheon.«

Pak, den er immer noch am Kragen hielt, bewegte vorsichtig die Schulter und hüstelte. Andrej ließ ihn los.

»Weißt du, was wir hier gefunden haben?« Isja wollte voller Eifer berichten, stockte jedoch. »Hör mal, was ist passiert?«

Andrej hatte sich inzwischen gefangen. Was draußen geschehen war, mußte hier in diesem stickigen Saal, unter Isjas prüfendem Blick, bei dem ungerührt korrekten Pak, völlig unglaubhaft wirken.

»Wir können nicht für x-beliebige Objekte so viel Zeit aufwenden«, sagte er mürrisch. »Uns bleiben nur vierundzwanzig Stunden. Gehen wir.«

»Die Bibliothek ist kein x-beliebiges Objekt«, wandte Isja ein. »Das ist die erste Bibliothek bei der ganzen Expedition. Hör mal, du siehst ganz verstört aus. Was ist denn passiert?«

Andrej konnte sich nicht entschließen, das Vorgefallene zu berichten. »Gehen wir«, murrte er. Er drehte sich um und schritt über die Bücher zum Ausgang.

Isja holte ihn ein und faßte ihn unter dem Arm. Der Stumme in der Tür wich aus und ließ sie durch. Andrej wußte immer noch nicht, wie er beginnen sollte. Alle Worte erschienen ihm töricht. Da erinnerte er sich an das Tagebuch.

»Du hast mir gestern aus einem Tagebuch vorgelesen«, sagte er. Sie gingen schon die Treppe hinunter. »Von dem Mann, der sich erhängt hat.«

»Ja und?«

»Das ist es!«

Isja blieb stehen. »Das Flimmern?«

»Habt ihr denn nichts gehört?« fragte Andrej verzweifelt.

Isja schüttelte den Kopf, und Pak antwortete leise: »Wahrscheinlich waren wir abgelenkt. Wir haben über etwas gestritten.«

»Ihr armen Irren!« sagte Andrej. Er holte krampfhaft Luft, schaute auf den Stummen und sagte schließlich: »Die Statue. Sie ist gekommen und fortgegangen. Sie läuft durch die Stadt, als wäre sie lebendig.«

»Und?« fragte Isja ungeduldig.

»Was – und? Das ist alles!«

Auf Isjas gespanntem Gesicht breitete sich Enttäuschung aus. »Na und? Eine Statue. Nachts ist auch eine herumgelaufen.«

»Die Eisenköpfe«, erklärte Pak. »Offenbar ist die Legende hier entstanden.«

Andrej war außerstande, auch nur ein Wort hervorzubringen. Isja spitzte mitleidig die Lippen – endlich hatte er begriffen! Er tätschelte Andrejs Arm, und Pak, der offenbar meinte, daß der Fall inzwischen geklärt sei, schaute verstohlen über die Schulter auf die Bibliothekstür.

»Ja ...« Andrej fand endlich die Sprache wieder. »Sehr nett. Das heißt, ihr habt mir sofort geglaubt?«

»Beruhige dich«, sagte Isja. »Natürlich haben wir es geglaubt, warum auch nicht. Das Experiment bleibt immerhin das Experiment. Über unserem Durchfall und den sonstigen Miseren hatten wir das Ganze vergessen, aber, wenn man's genau bedenkt, was ist da schon groß dabei? Da laufen eben Statuen herum! Wir aber haben eine Bibliothek gefunden! Und weißt du, welch interessantes Bild sich da ergibt: Die Menschen, die hier gelebt haben, sind unsere Zeitgenossen, zwanzigstes Jahrhundert.«

»Ich verstehe«, sagte Andrej.

Ihm war inzwischen bewußt geworden, daß er eine Dummheit begangen hatte. Allerdings hatten die beiden noch keine Statuen in Aktion gesehen. Dann würden sie anders reden. Der Stumme ist auch irgendwie seltsam ... »Spare dir die Mühe, mich zu überreden. Jetzt haben wir keine Zeit für diese Bibliothek. Wenn wir mit den Traktoren vorbeifahren, könnt ihr meinetwegen einen ganzen Anhänger volladen. Aber jetzt müssen wir weiter. Ich habe versprochen, zum Zapfenstreich zurückzusein.«

»Na gut«, sagte Isja resigniert. »Gehen wir.«

Andrej eilte die Treppe hinunter. Er riß die Eingangstür auf und trat als erster auf die Straße, damit niemand sein Gesicht sehen konnte. Wie kommt es, daß gerade ich das erlebe, dachte er, und nicht ein Soldat oder ein Fahrer. An alldem ist nur Fritz schuld, dachte er wütend. Er hat erklärt, es gebe kein Experiment mehr, und ich habe das geglaubt, das heißt, natürlich nicht geglaubt, sondern einfach die neue Ideologie übernommen – aus Loyalität und Pflichtgefühl.

Nein, all diese neuen Ideologien – das ist für Dummköpfe, für die Masse. Immerhin muß man zugeben: Drei Jahre haben wir an kein Experiment gedacht, es gab genug anderes zu tun. Karriere haben wir gemacht. Wandteppiche besorgt, Exponate für private Waffensammlungen.

An der Kreuzung lugte er um die Ecke. Die Statue stand dort, sie drohte mit dem langen schwarzen Finger, und das Froschgesicht grinste.

»Der dort?« fragte Isja lässig.

Andrej nickte und ging weiter.

Sie liefen immer weiter, von der Hitze und dem blendenden Licht brummte ihnen der Schädel. Sie traten auf die eigenen verkrüppelten Schatten, der Schweiß bildete eine Salzkruste auf der Stirn und an den Schläfen. Isja faselte nicht mehr vom Zusammenbruch seiner logischen Hypothesen, und sogar der unermüdliche Pak humpelte jetzt, er hatte eine Schuhsohle verloren. Der Stumme zeigte den Zungenstumpf und hechelte wie ein Hund. Einmal zuckte Andrej zusammen, als er in einem geöffneten Fenster des dritten Stockwerks ein riesiges grünliches Gesicht erblickte, das ihn mit blinden Augen anstarrte. Der Anblick war tatsächlich unheimlich – dritter Stock und eine fleckige Fratze, so groß wie das Fenster.

Dann gelangten sie auf den Platz.

Einen solchen Platz hatten sie noch nie gesehen. Er ähnelte einer abgeholzten Lichtung im Urwald. Anstelle der Baumstümpfe standen dort Sockel – runde, viereckige, sechseckige sternförmige Sockel in Form abstrakter Igel oder mythischer Tiere, aus Gußeisen, Sandstein, Marmor, rostfreiem Stahl, sogar aus Gold. Alle diese Sockel waren leer, nur fünfzig Meter weiter stützte der Kopf eines geflügelten Löwen ein abgebrochenes Bein mit ungewöhnlich muskulöser Wade.

Der Platz war riesig, die gegenüberliegende Seite verschwamm in trübem Dunst, und rechts, direkt an der Gelben Mauer, erblickte man in dem Strömen heißer Luft die verzerrten Umrisse eines langen ebenerdigen Gebäudes, dessen Fassade aus dicht beieinanderstehenden Säulen gebildet wurde.

Andrej entrang sich unwillkürlich ein Laut des Erstaunens.

Isja sagte: »Der da ist aus Bronze, und der aus Marmor, einer mit Posaune und einer ohne. Wo sind sie eigentlich alle hin?«

Niemand antwortete ihm. Alle schauten und konnten sich nicht sattsehen, sogar der Stumme. Schließlich sagte Pak:

»Wir müssen wohl dort lang.«

»Ist das euer Pantheon?« fragte Andrej, um etwas zu sagen, und Isja erklärte mit leichter Empörung:

»Das verstehe ich nicht! Laufen sie denn alle in der Stadt herum? Warum haben wir sie dann nicht gesehen? Es müssen doch Tausende und Abertausende sein!«

»Die Stadt der tausend Statuen«, sagte Pak.

Isja drehte sich lebhaft zu ihm um. »Gibt es eine solche Legende?«

»Nein. Aber so würde ich sie nennen.«

»Tramtamtan!« sagte Andrej. In seinem Hirn blitzte ein Gedanke auf. »Wie kommen wir hier mit unseren Zugmaschinen durch? Da reicht kein Sprengstoff, um diese Sockel zu sprengen.«

»Es muß einen Weg um den Platz herum geben«, sagte Pak. »An der Schlucht entlang.«

»Gehen wir?« Isja wurde schon ungeduldig.

Sie steuerten direkt auf das Pantheon zu, zwischen den Sockeln hindurch. Das Pflaster war zu feinem Schotter oder weißem Staub zermalmt und glitzerte in der Sonne. Hin und wieder blieben sie stehen, sie bückten sich oder stellten sich auf Zehenspitzen, um die Inschriften auf den Sockeln zu lesen. Diese Inschriften waren so seltsam, daß Andrej in äußerste Verwirrung geriet.

ZUM ZEHNTEN TAG SEIT DEM LÄCHELN. DER SEGEN DEINES MUSCULUS GLUTAEUS RETTETE DIESE KLEINEN. DIE SONNE STIEG AUF, UND ES ERLOSCH DAS MORGENROT DER LIEBE, ABER. Einmal nur: WANN! Isja lachte glucksend, schlug mit der Faust auf die flache Hand, Pak lächelte kopfschüttelnd, Andrej empfand diese Fröhlichkeit als unangebracht, sogar unanständig, seine Empfindungen waren jedoch nicht definierbar, er drängte die anderen nur ungeduldig: »Es reicht, es reicht. Weiter. Wir verspäten uns, das geht nicht.«

Andrej war über Isja und Pak erbost – als wäre jetzt die Zeit und der Ort, um sich zu amüsieren. Sie blieben immer wieder stehen, fuhren mit ihren schmutzigen Fingern über die eingemeißelten Worte, grinsten, witzelten, er aber ging weiter und spürte eine große Erleichterung, als ihre Stimmen weit hinter ihm zurückblieben und die Worte unverständlich wurden.

So ist es auch besser, dachte er zufrieden. Ohne dieses närrische Gefolge. Wurden sie überhaupt eingeladen? Etwas wurde dort über sie gesagt, aber was? Entweder hat man sie gebeten, in Paradeuniform zu erscheinen oder, im Gegenteil, überhaupt fernzubleiben. Aber auch das ist jetzt schon ohne jede Bedeutung. Im äußersten Falle werden sie unten sitzen, und Isja wird reden wie immer. Nein, ohne sie ist es besser, nicht wahr, Stummer? Du halte dich hinter meinem Rücken, hier rechts, und gib gut Obacht! Hier, Bruder, kann man nicht verständnislos einfach zuhören. Vergiß nicht: Wir sind hier im Lager wirklicher Gegner, das sind keine Kechadas und Chnoupeks, nimm die MP, ich muß mich frei bewegen können. Mit einer MP kann ich nicht aufs Podium steigen, ich bin Gott sei Dank nicht Geiger. Wo ist bloß mein Konzept? Wie kann ich ohne Konzept meine Rede halten?

Das Pantheon erhob sich vor Andrej mit allen seinen Säulen, zerschlagenen rissigen Stufen, rostigen Fundamenten, aus dem Inneren wehte eisige Kälte, dort war es dunkel, es roch nach Erwartung und Verwesung. Die gigantischen vergoldeten Türflügel waren schon geöffnet, man brauchte nur einzutreten. Andrej schritt bedächtig von Stufe zu Stufe, um nicht zu stolpern, nicht hier hinzufallen, vor aller Augen, er betastete ständig seine Taschen, fand aber nirgendwo ein Konzept, weil es im eisernen Kasten lag, nein, es steckte im neuen Anzug, er wollte doch einen neuen Anzug anziehen, dann hatte er jedoch gemeint, daß er in einfacher Kleidung effektvoller wirke.

Zum Teufel, wie komme ich ohne Redekonzept aus? dachte er, als er in das düstere Vestibül trat. Was stand nur in seinem Konzept? Vorsichtig bewegte er sich auf dem glatten schwarzen Marmor. Wohl zuallererst war da von Größe und Erhabenheit die Rede, erinnerte er sich mit großer Mühe, und er fühlte, wie eisige Kälte unter sein Hemd kroch. Er fror in diesem Vestibül, man hätte ihn warnen können, es ist doch kein Sommer draußen.

Wohin jetzt? Rechts, links? Ach ja, pardon. Also. Erstens ging es um Größe und Erhabenheit, dachte er, als er auf einen finsteren Korridor zusteuerte. Auf einem Teppich läuft es sich gleich besser. Sie haben es erraten. Fackeln haben sie allerdings nicht aufgestellt. Bei ihnen ist es immer so: Entweder sie stellen einen Fackelträger hin, sogar eine Jupiterstatue, oder nichts. Größe und Erhabenheit!

Wenn wir über Größe und Erhabenheit sprechen, erinnern wir uns an sogenannte große Namen. Archimedes. Sehr gut! Syrakus, Heureka, die Wanne. Nackt. Dann Attila! Der Doge von Venedig. Das heißt, ich bitte um Vergebung: Ich meinte Othello. Attila ist ein Hunnenzar. Er reitet. Stumm und düster wie ein Grab. Warum weitere Beispiele suchen? Peter! Peter der Große. Der Erste. Peter der Zweite und Peter der Dritte waren nicht groß. Möglicherweise deshalb, weil sie nicht die ersten waren. Der Große und der Erste treten ziemlich oft als Synonyme auf.

Obwohl ... Katharina die Große. Die Zweite, aber trotzdem die Große. Diese Ausnahme muß man registrieren. Wir werden es oft mit derlei Ausnahmen zu tun haben, die sozusagen nur die Regel bestätigen.

Er faltete fest die Hände hinter dem Rücken, preßte das Kinn an die Brust, zog die Unterlippe ein und ging mehrmals auf und ab, stets elegant seinem Hocker ausweichend. Schließlich stieß er den Hocker mit dem Fuß beiseite, stützte sich auf den Tisch, hob die Brauen und schaute hinauf zu den Zuhörern.

Der Tisch war mit grauem Zink beschlagen und zog sich hin wie eine Landstraße. Das ferne Ende war nicht sichtbar, im gelblichen Nebel flimmerten Kerzen, und Andrej dachte ärgerlich, daß er schon sehen müßte, wer dort am anderen Tischende saß. Ihn zu sehen wäre weitaus wichtiger als diese anderen ... Aber das soll nicht meine Sorge sein ...

Herablassend betrachtete er die Reihen der Anwesenden. Sie saßen ruhig an beiden Seiten des Tisches, das Gesicht aufmerksam ihm zugewandt – Gesichter aus Stein, Gußeisen, Messing, Gold, Bronze, Gips, Jaspis ... Auch aus Silber. Oder aus Jade. Ihre blinden Augen waren unangenehm, und überhaupt, was konnte angenehm an diesen riesigen Leibern sein, deren Knie einen, sogar zwei Meter über den Tisch ragten. Wenigstens schwiegen sie und bewegten sich nicht. Jede Bewegung wäre jetzt unerträglich. Andrej lauschte mit Genuß, sogar mit gewisser Wollust, wie die letzten Tropfen der fein ersonnenen Pause verrannen.

»Wie lautet die Regel? Worin liegt ihr substantieller Wert? Hier muß ich wohl leider ungewohnte Dinge sagen, die euren Ohren nicht wohl klingen. Größe und Erhabenheit! Ach, wieviel ist zu diesem Thema gesagt, gemalt, getanzt und gesungen worden. Was wäre das menschliche Geschlecht ohne die Kategorie der Größe? Eine Horde nackter Affen, im Vergleich zu denen sogar der Soldat Chnoupek als Krönung einer hochentwickelten Zivilisation erschiene. Nicht wahr? Denn jeder einzelne Chnoupek besitzt keinen Maßstab der Dinge. Die Natur hat ihm nur mitgegeben, Nahrung zu verdauen und sich zu vermehren. Jede andere Tätigkeit eines solchen Chnoupek kann nicht von ihm selbst beurteilt werden, nicht als gut, schlecht, nützlich, vergeblich oder schädlich – und infolge dieser Sachlage kommt jeder Chnoupek früher oder später, aber unausweichlich vor ein Militärgericht, das beschließt, wie mit ihm zu verfahren ist. Auf diese Weise wird das Fehlen eines inneren Gerichts gesetzmäßig, und ich würde sagen, fatal durch ein äußeres Gericht ergänzt, zum Beispiel durch ein Kriegsgericht. Jedoch, meine Herren, eine Gesellschaft, die aus Chnoupeks besteht, und ohne jeden Zweifel aus Mymras, ist einfach nicht imstande, dem äußeren Gericht solch große Aufmerksamkeit zuzuwenden – gleichgültig, ob es ein Kriegs- oder Geschworenengericht ist, ein geheimes Gericht der Inquisition oder ein Lynchgericht, ein Feme- oder ein sogenanntes Ehrengericht, ganz zu schweigen von Kameradschaftsgerichten und ähnlichen Institutionen. Das Chaos, das aus Geschlechts- und Verdauungsorganen wie denen eines Chnoupek oder einer Mymra entsteht, muß man so ordnen, daß wenigstens einige Funktionen der erwähnten äußeren Gerichte einem inneren Gericht übergeben werden. Und da brauchte man die Kategorie der Größe, die sich als geeignet erweist! Und es geht darum, meine Herren, daß in der riesigen und völlig amorphen Menge von Chnoupeks, in der riesigen und noch amorpheren Menge von Mymras von Zeit zu Zeit Persönlichkeiten erscheinen, für die sich der Sinn des Lebens durchaus nicht auf Verdauung und Vermehrung reduziert. Sozusagen – ein drittes Bedürfnis! Ihnen genügen die einfachen Genüsse nicht. Sie wollen noch etwas schaffen, das vorher nicht da war. Zum Beispiel eine hierarchische Struktur. Einen Steinbock an der Wand. Den Mythos von Aphrodite. Warum sie das alles tun, wissen sie selber nicht. Und tatsächlich, wozu braucht

Chnoupek die schaumgeborene Aphrodite oder eine Felsmalerei, die einen Steinbock darstellt? Es gibt natürlich Hypothesen, die alles erklären wollen! Der Steinbock sei sehr viel Fleisch. Von Aphrodite rede ich erst gar nicht ... Übrigens, wenn wir offen und ehrlich sind, bleibt die Herkunft dieses dritten Bedürfnisses für unsere materialistische Wissenschaft vorläufig ein Rätsel. Jetzt braucht uns das jedoch nicht zu interessieren. Jetzt ist wichtig für uns, meine Freunde, ja was denn eigentlich? Daß in der grauen Masse plötzlich eine Persönlichkeit auftaucht, die sich nicht mit Hafergrütze oder der dreckigen Mymra zufriedengibt, die sich nicht mit der Wirklichkeit abfindet und zu idealisieren, zu abstrahieren beginnt; so ward die Hafergrütze geistig in einen saftigen Steinbock mit Knoblauchsoße verwandelt und Mymra in eine schaumgeborene Schönheit. Ein solcher Mensch ist sehr wertvoll! Ein solcher Mensch muß an einen hohen Ort gestellt werden, und man muß die Chnoupeks und Mymras in Scharen zu ihm führen, damit sie, die Parasiten, ihren Platz erkennen. Da, ihr Schufte und Schlampen, begreift ihr, wer er ist? Du Rothaariger, Verlauster, kannst du ein Kotelett so malen, daß du es sogleich fressen möchtest? Oder wenigstens einen Witz erfinden? Kannst du nicht? Warum willst du dich mit ihm vergleichen, du Dreckstück? Du sollst den Boden beackern, Fische fangen, Muscheln züchten!«

Andrej rieb sich begeistert die Hände und lief wieder auf und ab. Sehr gut ist mir alles gelungen. Wirklich großartig! Und ganz ohne Konzept. All diese Idioten haben zugehört, mit angehaltenem Atem. Wenn sich wenigstens einer bewegt hätte! Ich bin nicht Katzman, ich schweige meist, aber wenn man mich bittet ... Dort, am unsichtbaren Ende des Tisches möchte auch jemand was sagen. Irgend ein Jude. Vielleicht ist dort Katzman? Nun, wir werden noch sehen – wer überzeugender ist.

»Und so entstand also Größe als Kategorie aus dem

Schöpferischen, denn groß ist nur derjenige, der etwas erschafft, etwas Neues, nie Dagewesenes. Aber fragen wir uns, meine Herrschaften, wer wird sie dann in den Dreck stoßen? Wer erhebt sich sozusagen zum Priester des Schöpfers – ich scheue nicht dieses Wort? Derjenige, meine Herren, der das erwähnte Kotelett nicht malt, oder sagen wir, Aphrodite nie erdenkt und auch keine Muscheln züchten will – ein Organisator, ein Säulenbauer, einer, der Gaben erpreßt und sie auch verteilt! Da kommen wir schon direkt zur Rolle Gottes und des Teufels in der Geschichte. Zu einer verwickelten, äußerst komplizierten Frage, bei der alle faustdick gelogen haben. Denn sogar ein ungläubiges Kind weiß – Gott ist ein guter Mensch, und der Teufel im Gegenteil ein schlechter. Aber das ist, meine Herren, dummes Geschwätz! Was wissen wir tatsächlich über sie? Daß Gott das Chaos geordnet hat, während der Teufel umgekehrt alltäglich und stündlich diese Ordnung, diese Struktur zerstören, zum Chaos zurückkehren will. Richtig? Aber andererseits lehrt uns die Geschichte, daß der Mensch als Individuum gerade nach dem Chaos strebt. Er will eigenmächtig handeln. Er will nur das tun, wonach ihm zumute ist. Er schreit, daß er von Natur aus frei sei. Wozu ferne Beispiele suchen – nehmen Sie nur den berüchtigten Chnoupek! Sie verstehen hoffentlich, worauf ich hinauswill? Denn womit, frage ich Sie, haben sich im Laufe der gesamten Geschichte die grausamsten Tyrannen beschäftigt? Sie haben danach getrachtet, das dem Menschen eigene Chaos, dieses amorphe Chnoupek-Mymraische auf entsprechende Weise zu ordnen, zu organisieren, zu formen, möglichst auf einen Punkt zu bringen. Oder, einfacher gesagt, es für ihre Zwecke zu nutzen. Und in der Regel ist ihnen das auch gelungen! Allerdings nur für gewisse Zeit und nur um den Preis von großem Blutvergießen. So frage ich Sie jetzt: Wer ist eigentlich ein guter Mensch? Derjenige, der das Chaos zu realisieren trachtet – also Freiheit, Gleichheit und Brüderlichkeit – oder derjenige, der dieses Chnoupek-Mymraische Element – lies: soziale Entropie – auf ein Minimum beschränken möchte? Wer? Da haben wir's!«

Es ist ein herrliches Satzgefüge geworden. Klar, präzise und zugleich nicht ohne Leidenschaft. Was schwafelt der dort am anderen Ende des Tisches? Wie unverschämt – er stört meine Rede, und überhaupt ... Mit großem Unbehagen entdeckte Andrej plötzlich, daß ihm einige Zuhörer den Rücken zukehrten. Er schaute genauer hin. Ohne Zweifel – den Rücken. Ein, zwei ... sechs Rücken! Er räusperte sich mit aller Kraft und klopfte streng mit den Knöcheln auf die verzinkte Tischplatte. Das half nicht. Na wartet, dachte er drohend. Ich werd's euch zeigen! Wie heißt das auf lateinisch?

»Quos ego?« brüllte er. »Sie glauben wohl, daß Sie dort etwas bedeuten? Wir sind groß, und ihr krabbelt da irgendwo unten herum? Wir sind aus Stein, und ihr seid faulendes Fleisch? Wir sind ewig, und ihr Staub, Eintagsfliegen? Ich werde euch!« Er zeigte ihnen einen Vogel. »Wer erinnert sich denn an euch? Euch hat irgendeine längst vergessene Pöbelherrschaft errichtet! Archimedes – sieh mal an! Nun, den gab es, ich weiß, er ist nackt herumgelaufen ohne jedes Schamgefühl. Bei dem entsprechenden Zivilisationsniveau hätte man ihm dafür die Eier abgerissen. Damit er nicht so herumläuft. Sein Heureka hätte ihm da gar nichts genützt. Oder Peter der Große. Der Zar, Herrscher aller Reußen. Solche wie ihn kennen wir! Wie war eigentlich sein Familienname? Na? Wißt ihr das nicht? Aber Denkmäler von ihm habt ihr aufgestellt! Abhandlungen geschrieben! Fragt mal einen Studenten beim Examen – höchstens einer von zehn weiß, wie sein Familienname lautete. Da hast du den Großen! Und so ist es mit euch allen! Entweder erinnert man sich überhaupt nicht an euch und glotzt bloß das Denkmal an, oder man kennt nichts als Vornamen. Oder umgekehrt: zum Beispiel beim Nobelpreis – wie hieß Nobel mit

mit Vornamen? Was war er eigentlich? Ein Schriftsteller oder ein Wollhändler? Ja und wer braucht das schon zu wissen, urteilt selbst? Wer sich euch alle merken will, der vergißt, wieviel eine Flasche Wodka kostet. Der vergißt, wieviel ein Brot kostet. Da habe ich mich hier mit euch befaßt und das zum Beispiel vergessen. Ich entsinne mich, daß es zwei Rubel und noch was waren.«

Jetzt sah er mehr als zehn Rücken. Das war beleidigend. Katzman am anderen Tischende redete immer lauter, immer energischer, aber immer noch unverständlich.

»Ein Köder!« brüllte Andrej mit aller Kraft. »Das ist eure gepriesene Größe! Ein Köder! Chnoupek sieht euch an und denkt: So müßte man sein! Ich lasse jetzt das Trinken und das Rauchen sein, und höre auf, meine Mymra im Gebüsch aufs Kreuz zu legen, ich gehe in eine Bibliothek und erreiche das auch alles. Das heißt, man setzt voraus, daß er so denken muß! Aber, wenn ich euch ansehe, dann denkt er durchaus nicht so. Und wenn man keine Wache um euch aufstellt und einen Zaun setzt, dann reißt er alles nieder, beschmiert euch mit Kreide und geht zurück zu seiner Mymra, sehr zufrieden. Da habt ihr eure erzieherische Funktion! Da habt ihr das Gedächtnis der Menschheit! Was zum Teufel braucht Chnoupek ein Gedächtnis? Warum soll er euer gedenken, sagt mir das gnädigerweise? Freilich, es gab Zeiten, als das zum guten Ton gehörte. Man konnte dem nicht entgehen, mußte sich das anhören. Alexander der Große wurde dann und dann geboren, ist dann und dann gestorben. Eroberer. Buzephalos. ›Gräfin, Ihr Buzephalos ist erschöpft, möchten Sie nicht mit mir schlafen?‹ Kulturvoll, gebildet, weltmännisch. Jetzt muß man natürlich in der Schule auch büffeln. Geboren dann und dann, gestorben dann und dann, ein hoher Politiker. Der Ausbeuter. Hier ist schon völlig unverständlich, wozu man das alles braucht. Man machte sein Examen – und erledigt. Alexander der Große war auch ein großer Heerführer, aber warum deshalb die Hocker zerbrechen? Haben Sie den Film ›Tschapajew‹ gesehen? Der Bruder liegt im Sterben – Mitja, er bittet um Fischsuppe ... Das ist alles, was einem Alexander der Große nützt.«

Andrej verstummte. Seine Rede war sinnlos. Niemand hörte ihm zu. Er sah nur Nacken – aus Eisen, Stein, Jade – rasierte, kahle, lockige, mit Zopf, mit Scharten, auch unter Panzerhemden, Helmen, Dreispitzen verborgen ... Es gefällt ihnen nicht, dachte er verbittert. Die Wahrheit beschämt sie. An Lobgesänge sind sie gewöhnt, an Oden. Und was habe ich euch gesagt? Ich habe nicht gelogen, natürlich, habe euch nicht geschmeichelt, was ich dachte, das habe ich ausgesprochen. Ich bin doch nicht gegen Größe. Puschkin, Lenin, Einstein ... Ich mag keine Idole. Vor Taten muß man sich verneigen und nicht vor Statuen. Aber vielleicht muß man sich auch nicht vor Taten verneigen. Weil jeder Mensch tut, was in seinen Kräften steht. Einer macht eine Revolution, der andere eine Trillerpfeife. Bei mir reichen die Kräfte nur für eine Trillerpfeife, bin ich jetzt deshalb Dreck?

Die Stimme hinter dem gelben Nebel war weiterhin zu hören, und schon verstand Andrej einzelne Wörter: »... das Unerhörte und Ungewöhnliche ... aus einer katastrophalen Lage ... nur ihr ... verdient ewige Dankbarkeit und ewigen Ruhm ...« Das mag ich gar nicht leiden, dachte Andrej. Besonders hasse ich, wenn man Mißbrauch mit der Ewigkeit treibt. Brüder für ewig. Ewige Freundschaft. Auf ewig gemeinsam. Ewiger Ruhm. Woher haben sie das alles? Wo sehen sie das Ewige?

»Genug gelogen!« schrie er über den Tisch. »Das ist gewissenlos!«

Niemand beachtete ihn, er drehte sich um und ging zurück, die eisige Zugluft drang ihm durch Mark und Bein, sie war mit Ausdünstungen der Gruft getränkt. Es ist doch nicht Isja, der dort faselt, dachte Andrej matt. Isja hat nie solche Worte gesagt. Ich habe umsonst auf ihn ... Umsonst bin ich hierher gekommen. Warum hat es mich eigentlich hergetrieben? Offenbar meinte ich, etwas begriffen zu haben. Immerhin bin ich schon über dreißig, es ist Zeit zu erkennen, was Sache ist. Was für eine verrückte Idee – Denkmäler überzeugen, daß sie niemandem vonnöten sind. Das ist ebenso, als wolle man Menschen überzeugen, daß sie von niemandem gebraucht werden. Das mag so sein, aber wer wird es einem schon glauben?

Etwas ist mit mir geschehen in den letzten Jahren, dachte er. Etwas habe ich verloren. Das Ziel habe ich verloren, das ist es. Vor fünf Jahren habe ich genau gewußt, warum diese oder jene Handlung notwendig ist. Und jetzt weiß ich es nicht mehr. Ich weiß, daß man Chnoupek an die Wand stellen muß. Warum, ist aber unverständlich. Das heißt, es ist verständlich, weil ich dann viel leichter arbeiten kann, aber warum ist es nötig, daß ich leichter arbeiten kann? Das nutzt doch nur mir allein. Für mich. Wie viele Jahre lebe ich schon für mich ... Eins ist sicherlich richtig: Für mich, an meiner Statt wird niemand leben, ich muß mich selber darum kümmern. Aber das ist langweilig, traurig, ich habe keine Kraft mehr. Und es gibt keine Alternative. Das habe ich erkannt. Der Mensch kann und vermag nichts. Eines kann und vermag er – für sich leben. Er knirschte wegen der hoffnungslosen Klarheit und Endgültigkeit dieses Gedankens sogar mit den Zähnen.

Andrej trat in den Schatten der Säulen und kniff die Augen zusammen. Vor ihm lag der glühende Platz, mit leeren Sockeln bestückt. Von dort wehte Hitze wie aus einem Ofen herüber. Hitze, Glut, Erschöpfung ... Das war die Welt, in der er leben und demnach handeln mußte.

Isja hatte sich auf Steinplatten im Schatten ausgestreckt und schlief, die Stirn auf einem aufgeschlagenen Buch. Die Hosen hatte hinten einen Riß, die Füße in den ausgetretenen Schuhen waren unnatürlich gekrümmt. Der Stumme hockte mit geschlossenen Augen da, den Rücken an eine Säule gelehnt, auf seinen Knien lag die Maschinenpistole.

»Aufstehen«, sagte Andrej müde.

Der Stumme öffnete die Augen und erhob sich. Isja schaute Andrej durch die verquollenen Lider an.

»Wo ist Pak?« fragte Andrej.

Isja setzte sich auf, verkrallte die Finger in der schmutzigen Mähne und kratzte sich hartnäckig.

»Verdammt«, brummte er. »Hör mal, mir knurrt fürchterlich der Magen. Wieviel darf ich essen?«

»Wir gehen gleich«, sagte Andrej. Er schaute sich ungeduldig um. »Wo ist Pak?«

Isja gähnte mit weit aufgerissenem Mund. »Ich bin ja völlig kaputt.«

»Wohin ist er gegangen?«

»In die Bibliothek.« Isja sprang auf und stopfte sein Buch in den Rucksack. »Wir haben beschlossen, daß er inzwischen Bücher aussucht. Wie spät ist es jetzt? Meine Uhr ist stehengeblieben.«

»Drei. Wir gehen.«

»Wollen wir nicht erst essen?« schlug Isja schüchtern vor.

»Unterwegs!«

Er spürte Unruhe. Etwas mißfiel ihm. Etwas war nicht in Ordnung. Er nahm die Maschinenpistole und schritt die glühenden Stufen hinauf.

»Wieder mal typisch«, murrte Isja. »Unterwegs essen! Ich habe als anständiger Mensch auf ihn gewartet, und er gibt mir nichts zu fressen. Stummer, reich mir den Rucksack!«

Ohne sich umzusehen, ging Andrej schnell zwischen den Sockeln entlang. Er war auch hungrig, trotzdem trieb ihn etwas vorwärts. Er rückte den Riemen der Maschinenpistole zurecht und schaute wieder auf die Uhr. Es war immer noch eine Minute vor drei. Andrej hielt das Handgelenk ans Ohr. Die Uhr stand still.

»He, Herr Rat!« rief ihm Isja zu. »Bleib stehen!«

Andrej blieb stehen und nahm zwei Schnitten heraus, die mit fettem Schweinefleisch aus der Konserve belegt waren. Isja schmatzte und schnalzte genüßlich. Während Andrej im Laufen die Schnitte betrachtete, um die günstigste Stelle zum Abbeißen zu finden, fragte er: »Wann ist Pak gegangen?«

»Gleich«, antwortete Isja mit vollem Mund. »Wir haben uns das Pantheon angesehen, nichts Interessantes entdeckt, da ist er los.«

»Also doch«, sagte Andrej. Er wußte, was ihn beunruhigte.

»Was – doch?«

Andrej antwortete nicht.

VIERTES KAPITEL

In der Bibliothek fanden sie Pak nicht. Die Bücher lagen herum wie zuvor. Es war natürlich nicht seine Absicht, hierher zu kommen, dachte Andrej.

»Seltsam«, sagte Isja. »Er hat doch gesagt, daß er alles über Soziologie heraussuchen will.«

»Er hat gesagt, hat gesagt«, zischte Andrej. Er stieß mit der Fußspitze gegen einen dicken Band, drehte sich um und lief die Treppe hinunter. Pak hat uns doch überlistet. Der Schlitzäugige hat uns überlistet. Der fernöstliche Jude! Andrej wußte nicht, worin die Klugheit des fernöstlichen Juden bestand, spürte aber mit allen Fasern seines Herzens: Er hat uns überlistet!

Jetzt liefen sie dicht an den Wänden entlang, Andrej auf der rechten Straßenseite, der Stumme, der auch begriffen hatte, daß die Sache schlecht stand, auf der linken. Isja wollte in der Straßenmitte gehen, aber Andrej fuhr ihn so wütend an, daß er schnurstracks zu ihm zurückkehrte und wie ein Hündchen folgte. Man konnte höchstens fünfzig Meter weit sehen, in der Ferne wirkte die Straße wie ein Aquarium – alles zitterte, flimmerte, schimmerte, sogar Schlingpflanzen schienen über dem Pflaster zu schweben.

Als sie am Kino vorbeikamen, blieb der Stumme plötzlich stehen. Andrej, der ihn beobachtete, hielt ebenfalls an. Der Stumme stand unbeweglich da und lauschte, das entblößte Messer in der Hand.

»Es riecht nach Verbranntem«, sagte Isja leise.

Andrej spürte ebenfalls den Brandgeruch. Das ist es, dachte er und biß die Zähne zusammen.

Der Stumme hob die Hand mit dem Messer, wies auf die Straße und lief weiter. Sie legten mit äußerster Vorsicht noch zweihundert Meter zurück. Der Brandgeruch verstärkte sich. Es roch nach glühendem Metall, glimmenden Lumpen, Motoröl und nach etwas Süßlichem. Was ist dort geschehen? dachte Andrej. Was hat er dort getan? Was brennt dort? Es brennt doch dort... Da erblickte er Pak.

Andrej erkannte sofort, daß es Pak war, weil er die Jacke aus ausgeblichener blauer Seide trug. Niemand außer ihm besaß eine solche Jacke. Der Koreaner lag mit ausgestreckten Beinen an einer Straßenecke, den Kopf auf der Maschinenpistole. Der Lauf war auf die Straße in Richtung Lager gerichtet. Pak war ungewöhnlich feist, wie aufgedunsen, seine Hände glänzten schwärzlich.

Bevor Andrej das Vorgefallene begriffen hatte, stieß ihn Isja mit einem Krächzen beiseite und stürzte neben dem Leichnam auf die Knie. Isja sah zu dem Stummen hin. Der nickte energisch und deutete geradeaus. Andrej erblickte dort noch einen Körper. Jemand lag mitten auf der Straße, ebenfalls aufgedunsen und schwarz, und durch das Flimmern sah man jetzt, daß über den Dächern eine graue Rauchsäule aufstieg.

Andrej lief über die Straßenkreuzung. Isja hatte sich schon erhoben, und als Andrej nähertrat, wußte er sogleich, warum: Der Leichnam in der blauen Seidenjacke stank süßlich.

»Mein Gott«, sagte Isja, das verschwitzte Gesicht zu Andrej gewandt. »Sie haben ihn ermordet, dieses Verbrechergesindel. Alle zusammen sind nicht so viel wert wie er.«

Andrej schaute flüchtig auf den Boden, auf die aufgedunsene Leiche mit einer schwarzen Wunde im Nacken. In der Sonne blinkten Kupferhülsen. Ohne sich zu schützen, überquerte Andrej die Straße und trat zur nächsten aufgedunsenen Leiche, bei der schon der Stumme hockte.

Der Tote lag auf dem Rücken, und obwohl das Gesicht grauenhaft verquollen und schwarz war, erkannte ihn Andrej: Es war ein Geologe, Kechadas Stellvertreter, Ted Kaminski. Besonders schrecklich wirkte, daß er nur Turnhosen und seltsamerweise eine wattierte Jacke trug. Offenbar war er von einem Geschoßhagel in den Rücken getroffen worden – auf der Brust war die Jacke durchlöchert, aus den Löchern quoll graue Watte. Fünf Schritte weiter lag eine Maschinenpistole ohne Munition.

Der Stumme berührte Andrej an der Schulter und deutete geradeaus. An eine Hauswand gelehnt, lag noch eine verkrümmte Leiche. Es war Permjak. Man hatte ihn offenbar in der Straßenmitte erschossen; es war dort noch ein getrockneter schwarzer Fleck zu sehen. Er hatte sich bis zur Hauswand geschleppt und dabei eine schwarze Spur hinterlassen und war dann unter Qualen gestorben, sich mit den Händen den von Kugeln zerfetzten Leib haltend.

Sie hatten einander in einem Anfall maßloser Wut getötet, wie tollwütige Raubtiere, wie tobende Taranteln, wie vor Hunger wahnsinnige Ratten. Wie Menschen.

Auf der Kreuzung in der Nähe des Lagers lag Tewosjan auf getrocknetem Kot. Er war dem Traktor hinterhergelaufen, der in diese Straße eingebogen war und auf die Schlucht zufuhr, die festgebackene Erde mit seinen Ketten zerwühlend. Tewosjan hatte im Laufen geschossen, vom Traktor aus hatte man ihn auf der Kreuzung, wo die Statue mit dem Froschgesicht gestanden hatte, mehrmals getroffen, und er blieb in der mit Staub, Unrat und Blut verschmutzten Soldatenuniform liegen. Vor seinem Tod hatte er jedoch ebenfalls getroffen: Auf halbem Wege zur Schlucht lag Sergeant Vogel, die Hände in den aufgewühlten Boden gekrallt, der Traktor war ohne ihn weitergefahren und in die Schlucht gestürzt.

Im Lager brannte der Anhänger. Aus den durchschossenen Fässern züngelten noch orangene Flämmchen, und in den trüben Himmel stiegen träge Rauchschwaden. Aus einem schwarzen Haufen auf dem Anhänger ragten verbrannte Beine hervor, und übler Gestank wehte herüber.

Aus dem Fenster des Kartographenzimmers hing die nackte Leiche Roulieus – die langen behaarten Arme berührten beinahe den Gehsteig, auf dem sein Maschinengewehr lag. Um das Fenster herum war die Wand von Kugeln durchlöchert, und auf der gegenüberliegenden Straßenseite lagen aufeinander Wassilenko und Palotti, die man mit einer Salve niedergemäht hatte. Neben ihnen waren keine Waffen zu sehen.

Den zweiten Geologen, den zweiten Kartographen und Ellisauer hatte man an die Wand gestellt und erschossen. Sie lagen nebeneinander unter der von Kugeln durchschlagenen Tür – Ellisauer in Unterhosen, die anderen nackt.

Und mitten auf der Straße, auf einem langen Klapptisch, über den man die britische Fahne des Verstorbenen gebreitet hatte, ruhte Oberst Saint-James, die Hände auf der Brust gefaltet, in seiner Paradeuniform, geschmückt mit sämtlichen Orden und Auszeichnungen. Daneben auf dem Pflaster lag Dagan, ebenfalls in Paradeuniform, eine Hand umfaßte den zerbrochenen Krückstock des Obersten.

Sechs Soldaten, unter ihnen Chnoupek, der Ingenieur Kechada und die Hure Mymra waren mit dem zweiten Traktor verschwunden. Zurückgelassen hatten sie die Leichen, die geologische Ausrüstung und einige zu einer Pyramide geschichtete Maschinengewehre. Es stank.

Andrej stürzte in sein Zimmer, ließ sich in den Sessel fallen und legte stöhnend den Kopf auf die Hände. Alles war zu Ende. Für immer. Es gab keine Rettung vor dem Schmerz, vor der Scham, vor dem Tod.

Ich habe sie hierher geführt. Ich. Ich habe sie allein gelassen, ich Feigling, ich Schuft. Erholen wollte ich mich. Ihre Visagen nicht sehen, meine zartbesaitete Seele konnte das nicht mehr ertragen, ich Schuft! Der Oberst! Er hätte nicht sterben dürfen, nein! Hätte ich das Lager nicht verlassen, wäre er nicht gestorben. Wenn er nicht gestorben wäre, hätte hier keiner zu mucksen gewagt. Diese Bestien! Erschießen hätte man sie müssen, erschießen!

Er stöhnte wieder und rieb die nasse Wange auf dem Ärmel. In Bibliotheken habe ich mich abgekühlt, Statuen habe ich Reden gehalten, ich blöder, feiger Schwätzer. Alles habe ich verdorben, alles verloren. Jetzt kann ich verrecken. Niemand wird mir eine Träne nachweinen. Wer braucht mich noch? Aber das ist doch schrecklich ... Sie haben einander gejagt, haben auf Liegende geschossen, auf Tote geschossen, haben Kameraden an die Wand gestellt ... Wie weit ist es mit euch gekommen? Wie weit habe ich euch gebracht? Und warum? Warum?

Er schlug mit geballten Fäusten auf den Tisch. Dann richtete er sich auf und wischte das Gesicht mit der flachen Hand ab. Draußen schrie Isja etwas Unverständliches, und der Stumme gurrte besänftigend wie eine Taube. Ich will nicht leben, dachte Andrej. Ich will nicht. Zum Teufel das alles ... Plötzlich erblickte er das aufgeschlagene Tagebuch.

Er stieß es angewidert beiseite, da bemerkte er, daß die letzte Seite nicht von seiner Hand geschrieben war. Er setzte sich wieder und begann zu lesen.

»31. Tag. Gestern, am Morgen des 30. Expeditionstages, begaben sich Rat Woronin, der Archivar Katzman und der Emigrant Pak auf Erkundung. Sie wollten bei Zapfenstreich im Lager zurück sein, kehrten aber nicht zurück. Heute um 14.30 Uhr verschied plötzlich an einem Herzanfall Oberst Saint-James, der zeitweilig die Pflichten des Expeditionsleiters ausübte. Da Rat Woronin bisher nicht zurückgekehrt ist, übernehme ich das Kommando. Unterzeichnet: D. Kechada, Stellvertreter des Expeditionsleiters, 31. Expeditionstag, 15.30 Uhr.«

Es folgten wie üblich Angaben über Proviant, Wasser, Temperatur und Windstärke. Der Sergeant Vogel war zum militärischen Befehlshaber ernannt worden, der technische Leiter Ellisauer wurde wegen Saumseligkeit gerügt und erhielt den Befehl, die Reparatur des zweiten Traktors zu beschleunigen. Weiter schrieb Kechada:

»Ich beabsichtige, morgen den vorzeitig verschiedenen Obersten Saint-James feierlich beizusetzen und nach dem Begräbnis gutbewaffnete Männer auszuschicken, um Rat Woronin zu suchen. Wenn die verschwundene Gruppe nicht entdeckt wird, befehle ich die Rückkehr, da ich das weitere Vordringen für noch sinnloser halte als früher.«

»32. Tag. Der Erkundungstrupp ist nicht zurückgekehrt. Wegen einer Schlägerei in der vergangenen Nacht wurden der Kartograph Roulieu und die Soldaten Chnoupek und Tewosjan zum letzten Mal verwarnt und mit einem Tag Wasserentzug bestraft . . .«

Weiter waren auf dem Blatt nur Krakel und Tintenspritzer zu sehen. Offenbar hatte auf der Straße die Schießerei begonnen, Kechada war aufgesprungen und nicht mehr zurückgekehrt.

Andrej las die Aufzeichnungen zweimal. Ja, Kechada, du

hast das gewollt. Und was du wolltest, hast du bekommen. Und ich habe Pak verdächtigt, Gott habe ihn selig. Es graute ihn, als vor seinen Augen das Bild der aufgedunsenen Leiche in der ausgeblichenen Seidenjacke auftauchte, und erst jetzt merkte er: Zweiunddreißigster Tag. Wieso der zweiunddreißigste? Der dreißigste! Gestern habe ich den achtundzwanzigsten notiert... Er blätterte eilig um. Ja. Der achtundzwanzigste... Die aufgedunsenen Leichen liegen also schon mehrere Tage da... Mein Gott, was ist das?... Eins, zwei... Welches Datum haben wir heute? Wir sind doch heute morgen losgegangen!

Da erinnerte er sich an den heißen, mit leeren Sockeln übersäten Platz, an die eisige Düsternis des Pantheons und die blinden Statuen an dem endlos langen Tisch. Das war lange her. Das war sehr lange her. Eine teuflische Macht hat mich verwirrt, getäuscht, betäubt. Ich konnte am selben Tag zurückkehren und hätte den Obersten lebend vorgefunden, hätte nicht zugelassen...

Die Tür wurde aufgerissen, ins Zimmer schritt Isja. Er sah völlig verändert aus, wie ausgetrocknet, wirkte mürrisch und erbost, als hätte er eben wie ein altes Weib lange auf der Straße gekeift. Isja schleuderte den halbleeren Rucksack in die Ecke, setzte sich Andrej gegenüber und sagte:

»Die Leichen liegen hier mindestens drei Tage. Was geht eigentlich vor, verstehst du das?«

Andrej schob ihm schweigend das Tagebuch über den Tisch. Isja ergriff es begierig und verschlang sogleich die Notizen.

Andrej sagte mit schiefem Lächeln: »Das Experiment ist das Experiment.«

»Mist verdammter, elender!« sagte Isja voller Haß und Ekel. Er überflog nochmals die Aufzeichnungen und schleuderte das Tagebuch auf den Tisch. »Die Hunde!«

»Ich glaube, auf dem Platz da ist etwas Seltsames mit uns geschehen. Man hat uns total verwirrt! Es war bei den Sockeln.«

Isja nickte, lehnte sich zurück und schloß die Augen. »Und was werden wir tun, Herr Rat?«

Andrej schwieg.

»Laß dir bloß nicht einfallen, dich zu erschießen!« sagte Isja. »Ich kenne dich! Komsomolze! Ordensträger!«

Andrej zupfte an seinem Kragen. »Hör zu, gehen wir irgendwohin, weg von hier.«

Isja starrte ihn verständnislos an.

»Der Gestank«, sagte Andrej mühsam. »Ich kann nicht.«

»Gehen wir in mein Zimmer«, schlug Isja vor.

Im Korridor erhob sich der Stumme und kam ihnen entgegen. Andrej packte ihn am nackten muskulösen Arm.

Die Fenster von Isjas Zimmer gingen auf die Nebenstraße. Über den niedrigen Dächern ragte die Gelbe Mauer in die Höhe. Hier stank es nicht, es war sogar kühl, nur Sitzgelegenheiten fehlten – der Fußboden und alle Möbel waren mit Papieren und Büchern belegt.

»Auf den Fußboden, setz dich auf den Fußboden«, sagte Isja, der auf sein schmutziges Bett plumpste. »Laß uns überlegen. Ich will nicht verrecken. Ich habe hier noch viel zu tun.«

»Was ist da zu überlegen?« fragte Andrej finster. »Wir haben kein Wasser, das haben sie mitgenommen, und der Proviant ist verbrannt. Einen Rückweg gibt es nicht – durch die Wüste kommen wir nicht zu Fuß. Selbst wenn wir diese Schweine einholen ... Wie könnten wir das, inzwischen sind mehrere Tage vergangen. Wenn wir nur Wasser finden ... Ist es weit bis zu diesem Pumpenhaus?«

»Zwanzig Kilometer«, sagte Isja. »Oder dreißig.«

»Wenn wir nachts gehen, in der Kälte ...«

»Nachts ist es dunkel. Und die Wölfe sind gefährlich.«

»Hier gibt's keine Wölfe«, wandte Andrej ein.

»Woher weißt du das?«

»Dann erschießen wir uns eben, verdammt nochmal!«

Andrej wußte schon, daß er sich nicht erschießen würde. Er wollte leben. Nie zuvor hatte er gewußt, daß man ein so starkes Verlangen haben kann, am Leben zu bleiben.

»Na gut«, sagte Isja. »Und ohne Scherze?«

»Ich muß gestehen, daß ich leben will. Und ich werde überleben. Jetzt kann ich auf alles pfeifen. Wir sind jetzt zu zweit, verstanden? Wir beide müssen überleben, das ist alles. Sollen sie sich alle zum Teufel scheren. Wir werden Wasser finden und dort leben.«

»Richtig«, sagte Isja. Er steckte die Hand unters Hemd und begann sich zu kratzen. »Am Tage werden wir Wasser trinken, und nachts werde ich dich säugen.«

»Was schlägst du dann vor?«

»Vorläufig nichts. Alles richtig – zuerst müssen wir Wasser finden. Ohne Wasser verrecken wir gleich. Und danach werden wir weitersehen... Da fällt mir was ein. Allem Anschein nach sind sie Hals über Kopf abgehauen, gleich nach dem Gemetzel. Ihnen wurde unheimlich. Sie sind auf den Anhänger gestiegen und haben Gas gegeben! Wir müßten im Hause suchen, bestimmt finden wir Wasser und was zu essen.«

Er wollte noch etwas sagen, hielt aber mit offenem Mund inne, starrte aus dem Fenster und flüsterte erschrocken: »Sieh mal, sieh mal!«

Andrej rannte zum Fenster.

Erst bemerkte er nichts Besonderes, sondern hörte nur ein fernes Poltern, als ob Steine den Hügel hinunterrollten. Dann bemerkte er eine Bewegung auf dem gelben Abhang über den Dächern.

Aus dem bläulichen Nebel stürzte eine seltsame dreiekkige Wolke. Sie kam aus ungeheurer Höhe und war noch weit von der Mauer entfernt, aber man konnte schon erkennen, daß sich an der Spitze ein schwerer Körper von vertrauten Umrissen wild bewegte, als ob er über unsichtbare Hindernisse hüpfte. Bei jedem Aufschlag brachen Stücke ab und fielen herunter, Steinbrocken zerstoben in helle Staubwolken, wurden von der Wolke angesogen und flossen wie Wogen bei einem Schnellboot an ihr vorbei, der ferne donnernde Laut wurde lauter, man konnte einzelne Schläge in dem Krachen und Grollen unterscheiden.

»Der Traktor!« sagte Isja mit zugeschnürter Kehle.

Andrej begriff das erst, als die verstümmelte Maschine hinter den Dächern untertauchte. Der Fußboden erzitterte von dem Aufschlag, Ziegelstaub stieg wie eine Säule auf, Trümmer und Blech flogen durch die Luft – einen Moment später verschwand alles unter einer gelben Lawine.

Sie schwiegen noch lange und lauschten, wie es dort krachte, knisterte und rumorte. Der Boden unter ihren Füßen zitterte, und über den Dächern war außer der unbeweglichen gelben Wolke nichts zu sehen.

»Das ist ein Ding!« sagte Isja. »Wie haben sie den hierher gebracht?«

»Wen?« fragte Andrej.

»Das ist doch unser Traktor, du Blödmann!«

»Wieso unser Traktor? Der weg ist?«

»Ich weiß nichts, ich begreife nichts. Du etwa?« wandte er sich an den Stummen.

Der Stumme nickte teilnahmslos. Isja schlug sich ärgerlich auf die Knie, da machte der Stumme eine seltsame Geste: Er deutete mit dem Zeigefinger auf den Fußboden, dann über den Kopf, wobei er in der Luft einen Kreis beschrieb.

»Nun?« fragte Isja ungeduldig. »Und?«

Der Stumme zuckte die Achseln und wiederholte die Geste. Andrej verstand ihn.

»Sternschnuppen! Das fehlte uns noch! Ich habe damals alles begriffen.«

»Was hast du begriffen? Was für Sternschnuppen?«

Andrej winkte ab. »Pfeif drauf! Was sollen wir jetzt damit? Genug Unsinn geredet, Isja! Wir müssen überleben, verstanden? Überleben! In dieser scheußlichen, unwahrscheinlichen Welt! Wir brauchen Wasser, Isja!«

»Warte doch!« brummte Isja.

»Ich will nichts anderes mehr!« brüllte Andrej und schüttelte die geballten Fäuste. »Ich möchte nichts mehr verstehen! Ich möchte nichts mehr erfahren! Dort liegen Leichen, Isja! Leichen! Diese Männer wollten auch leben, Isja! Und jetzt sind sie aufgedunsen und halbverwest!«

Isja packte Andrej an der Jacke und setzte ihn mit Gewalt auf den Fußboden.

»Sei still!« sagte er böse fauchend. »Willst du eine aufs Maul? Gleich kriegst du eine! Feigling!«

Andrej knirschte mit den Zähnen und schwieg: Isja ließ sich wieder auf dem Bett nieder und kratzte seine Brust. »Als ob er nie Leichen gesehen hätte! Er kennt diese Welt nicht! Waschlappen!«

Andrej, das Gesicht in den Händen verborgen, unterdrückte das sinnlose Verlangen, laut zu heulen. Fast unbewußt hatte er begriffen, was jetzt mit ihm vorging, und das half. Es war sehr schlimm: Hier zu sein, unter Toten, noch lebendig, aber eigentlich schon tot . . . Isja sagte etwas, aber er hörte nicht zu. Dann wurde ihm leichter zumute.

»Was hast du gesagt?« fragte er, die Hände vom Gesicht nehmend.

»Ich suche bei den Soldaten, und du stöberst bei der Intelligenz. Auch in Kechadas Zimmer, dort muß sich noch die eiserne Ration der Geologen befinden. Nicht verzagen, wir werden überwintern.«

In dem Moment erlosch die Sonne.

»Verdammt!« fluchte Isja. »Ausgerechnet jetzt! Wir müssen eine Laterne suchen. Warte mal, deine muß noch hier sein.«

»Die Uhr«, sagte Andrej angestrengt. »Wir brauchen die richtige Zeit.«

Er hob das Handgelenk bis zu den Augen, betrachtete die phosphoreszierenden Zeiger und stellte sie auf 12 Uhr. Isja machte sich leise schimpfend im Dunkeln zu schaffen, rückte das Bett beiseite, raschelte mit Papier. Ein Streichholz flammte auf.

»Was hockt ihr da, verdammt!« brüllte er. »Sucht die Laterne. Schnell, ich habe bloß drei Streichhölzer!«

Andrej erhob sich unwillig, inzwischen hatte der Stumme die Laterne gefunden, er hob den Zylinder und reichte sie Isja. Es wurde heller. Isja versuchte, den Brenner zu regulieren. Seine Hände waren zu ungeschickt, es gelang ihm nicht. Der Stumme, vor Schweiß glänzend, kehrte in die Ecke zurück, hockte sich hin und schaute Andrej mit Kinderaugen kläglich und ergeben an. Kämpfer. Reste einer geschlagenen Armee.

»Gib her«, sagte Andrej.

Er stellte den Brenner ein und befahl: »Los!«

Andrej stieß die Tür zum Zimmer des Obersten auf. Die Fenster waren fest geschlossen, die Scheiben heil, deshalb spürte man den Gestank nicht. Es roch nach Tabak und Kölnisch Wasser. Nach dem Obersten. Alles war akkurat aufgeräumt, das erstklassige Leder zweier gepackter Koffer schimmerte, das Feldbett war ohne eine einzige Falte gemacht, an einem Nagel hing ein Riemen mit der Pistolentasche und die Mütze mit dem riesigen Schirm. Auf einer klobigen Kommode stand eine Laterne, daneben lag eine Schachtel Streichhölzer. Der Feldstecher lehnte an einem Bücherstapel.

Andrej stellte seine Laterne auf den Tisch und schaute sich um. Das Tablett mit der Flasche und den umgedrehten Gläsern fand er auf einem Regal.

»Gib her«, sagte er zum Stummen.

Der Stumme stellte das Tablett auf den Tisch neben die

Laterne. Andrej goß Kognak in die Gläser. Es waren nur zwei, für sich füllte er den Flaschenverschluß.

»Trinkt! Auf das Leben!«

Isja schaute ihn beifällig an und schnupperte mit Kennermiene. »Das ist vielleicht köstlich! Auf das Leben? Kann man das etwa Leben nennen?« Er stieß kichernd mit dem Stummen an und trank. Seine Augen wurden feucht. »Gut . . .«, sagte er mit leicht heiserer Stimme.

Der Stumme schluckte den Kognak wie Wasser, völlig unbeteiligt. Andrej stand mit dem gefüllten Flaschenverschluß da. Er wollte noch etwas sagen und wußte selbst nicht, was. Eine große Etappe endete, jetzt begann eine neue. Und obwohl vom morgigen Tag nichts Gutes zu erwarten war, bildete er eine Realität – besonders fühlbar deshalb, da er vielleicht einer der wenigen Tage sein würde, die im Gedächtnis haften bleiben. Das war für Andrej ein unbekanntes, sehr intensives Gefühl. Er wiederholte jedoch nur: »Auf das Leben!« und trank.

Dann zündete er die Laterne an und reichte sie Isja. »Wenn du die auch kaputtmachst, du Tolpatsch, geh ich dir an die Gurgel.«

Isja entfernte sich, beleidigt etwas brummend, und Andrej betrachtete das Zimmer. Er müßte natürlich hier suchen, bestimmt hatte Dagan für den Obersten etwas Gutes aufbewahrt, aber hier zu wühlen war ihm peinlich.

»Genieren Sie sich nicht, Andrej«, vernahm er plötzlich eine vertraute Stimme. »Tote brauchen nichts mehr.«

Der Stumme saß auf der Tischkante und ließ die Beine baumeln, es war jedoch nicht er, genauer – nicht ganz der Stumme. Er trug wie immer nur die Hosen mit dem Messer am breiten Gürtel, aber das Gesicht hatte sich gerundet, auf die Wangen trat gesunde Röte. Es war der Mentor, und Andrej spürte zum ersten Mal bei seinem Anblick keine Freude. Das gab ihm auch keine Hoffnung, sondern war ihm eher unangenehm.

»Wieder Sie!« brummte er, dem Mentor den Rücken kehrend. »Wir haben uns lange nicht gesehen.«

Er trat ans Fenster, preßte die Stirn an die warme Scheibe und schaute in die Finsternis, die schwach von den Flammen des ausbrennenden Anhängers erhellt wurde. »Wir haben uns hier versammelt, um zu sterben, wie Sie sehen!«

»Warum gleich sterben?« erklärte der Mentor. »Leben muß man! Zum Sterben ist es nie zu spät und immer zu früh, nicht wahr?«

»Und wenn wir kein Wasser finden?«

»Wasser findet ihr. Ihr habt immer alles gefunden.«

»Gut, das finden wir. Dort an einer Quelle das ganze Leben verbringen? Warum dann leben?«

»Warum überhaupt leben?«

»Das denke ich auch die ganze Zeit: Warum leben? Ich habe ein dummes Leben gelebt, Mentor. Ein dummes ... Die ganze Zeit bin ich wie ein Stück Scheiße im Wasser geschwommen – nicht untergegangen, nicht nach oben gestiegen. Anfangs habe ich für irgendwelche Ideen gekämpft, dann waren schwer aufzutreibende Wandteppiche meine größte Sorge, und dann bin ich völlig ausgerastet! Ich habe Menschen umgebracht ...«

»Na, na, na! Das ist übertrieben«, sagte der Mentor. »Menschen kommen immer um. Was hast du damit zu tun? Du beginnst eine neue Etappe, Andrej, und meiner Ansicht nach ist es die entscheidende Etappe. In gewissem Sinne begrüße ich sogar, daß alles gerade so gekommen ist. Früher oder später mußte es unausweichlich so kommen. Denn die Expedition war zum Scheitern verurteilt. Aber du hättest sterben können, ohne je diese wichtige Grenze zu überschreiten.«

»Was für eine Grenze?« Andrej wandte dem Mentor sein Gesicht zu. »An Ideen hat es nicht gemangelt – allerlei Geschwätz von gesellschaftlichem Wohl und anderer Unsinn für Infantile. Karriere habe ich schon gemacht, das reicht, danke, ich habe inmitten von Chefs gesessen. Was bleibt mir noch?«

»Begreifen!« sagte der Mentor, die Stimme leicht erhebend.

»Was soll ich begreifen?«

»Begreifen«, wiederholte der Mentor. »Was du niemals vermochtest – begreifen!«

»Ihr Begreifen kann mir gestohlen bleiben. Alles auf der Welt begreife ich jetzt. Dreißig Jahre habe ich danach gesucht, und jetzt ist es mir endlich aufgegangen. Mich braucht niemand, und niemand braucht einen anderen. Ob ich da bin oder nicht, ob ich kämpfe oder auf dem Sofa liege – das ist kein Unterschied. Nichts ist zu verändern, nichts ist zu verbessern. Man kann sich bloß einrichten – besser oder schlechter. Alles läuft von selber, ich bedeute da gar nichts. Da haben Sie sie – Ihre Erkenntnis, mehr brauche ich nicht zu wissen. Sagen Sie mir lieber, was ich mit dieser Erkenntnis anfangen soll? Einpökeln für den Winter oder gleich aufessen?«

Der Mentor nickte. »Eben«, sagte er. »Das ist der letzte Abschnitt: Was mit dieser Erkenntnis anfangen? Wie damit leben? Leben muß man trotzdem!«

»Leben muß, wer nichts begriffen hat!« erwiderte Andrej mit stiller Wut. »Aber nach dem Erkennen muß man sterben! Wenn ich nur kein solcher Feigling wäre! Wenn in mir das verdammte Protoplasma nicht so schrie, wüßte ich, was ich zu tun habe. Ich würde mir einen Strick nehmen, einen festen.«

Der Mentor nahm die Flasche, füllte die beiden Gläschen und schraubte nachdenklich den Verschluß zu.

»Beginnen wir damit, daß du kein Feigling bist«, sagte er. »Und einen Strick hast du nicht deshalb verschmäht, weil es schlimm für dich wäre. Irgendwo im Unterbewußtsein, und gar nicht so tief, versichere ich dir, wohnt die Hoffnung – mehr noch, die Gewißheit, daß man auch mit diesem Begreifen leben kann. Und nicht schlecht leben. Interessant.« Er schob Andrej ein Gläschen über den Tisch zu. »Erinnere dich, wie dein Vater dich drängte, den ›Krieg der Welten‹ zu lesen – wie du dich gesträubt hast, wie wütend du warst, wie du das verdammte Buch unter das Sofa gesteckt hast, um zum illustrierten ›Baron Münchhausen‹ zurückzukehren. Wells hat dich gelangweilt, dir wurde übel davon, du wußtest nicht, was er dir nutzen sollte, du wolltest ohne ihn auskommen. Und dann hast du dieses Buch zwölfmal gelesen, hast es auswendig gelernt, hast Illustrationen gezeichnet und sogar versucht, eine Fortsetzung zu schreiben.«

»Na und?« fragte Andrej verdrossen.

»So etwas ist mehrmals passiert! Und wird noch oft vorkommen. Man hat dir nur das Begreifen beigebracht, und dir wurde übel davon, du weißt nicht, was das nutzt, du willst ohne das auskommen.« Er ergriff sein Gläschen. »Auf die Fortsetzung!«

Andrej trat an den Tisch, hob sein Gläschen zu den Lippen und fühlte mit gewohnter Erleichterung, daß sich wiederum alle düsteren Zweifel zerstreuten und schon etwas vor ihm aufleuchtete in der scheinbar undurchdringlichen Finsternis. Jetzt mußte er trinken und mit seinem leeren Gläschen anstoßen, auf den Tisch pochen und etwas Energisches, Ermunterndes sagen, und sich ans Werk machen, aber ein Dritter, der bisher immer geschwiegen hatte, dreißig Jahre lang geschwiegen hatte – der geschlafen, betrunken dagelegen hatte, dem alles gleichgültig gewesen war – kicherte plötzlich und sagte ein sinnloses Wort: »Ti-li-li, ti-li-li!«

Andrej goß den Kognak aus, warf das Gläschen auf das Tablett und sagte, die Hände in den Taschen:

»Noch etwas habe ich verstanden, Mentor! Trinkt, trinkt auf die Gesundheit, ich möchte nicht!« Er konnte dieses rosige Gesicht nicht länger ertragen und ging wieder zum Fenster. »Sie sagen zu vielem beifällig ja, Herr Mentor. Zu sehr pflichten Sie mir stets rückhaltlos bei, Herr Woronin der Zweite, mein Gummigewissen. Alles ist gut, Woronin, alles ist gut für dich. Hauptsache, ich bin gesund, die anderen sollen ruhig verrecken. Wenn das Essen nicht reicht, erschieße ich Katzman, nicht wahr? Eine feine Sache!«

Hinter seinem Rücken knarrte die Tür. Andrej wandte sich um. Er war allein im Zimmer. Die Gläser und die Flasche waren ausgetrunken. In seiner Brust spürte er eine Leere, als hätte man ein großes Stück herausgeschnitten. Eine Geschwulst. Das Herz ... Schon gewöhnte er sich an diese neue Empfindung. Er trat ans Bett des Obersten, nahm die Tasche mit der Pistole vom Nagel und schnallte sie um.

»Als Erinnerung«, sagte er laut zu dem schneeweißen Kissen.

SECHSTER TEIL

Das Ende

Die Sonne stand im Zenit. Die rötliche Scheibe hing im Zentrum des milchigen Himmels, ein entarteter Schatten krümmte und sträubte sich direkt unter den Schuhsohlen, er war mal grau und verwaschen, mal wie belebt, gewann scharfe Umrisse, füllte sich mit Schwärze und wirkte dann besonders mißgestaltet. Hier gab es keinen Weg mehr, es war eine unebene graugelbe Lehmlandschaft, der Boden rissig, tot, steinhart und so kahl, daß es unverständlich erschien, woher der viele Staub rührte.

Der Wind blies ihnen in den Rücken. In der Ferne hatte er unzählige Tonnen heißen Staub aufgesogen, und mit stumpfer Hartnäckigkeit schleppte er ihn die ausgedörrte Landzunge entlang, die zwischen der Schlucht und der Gelben Mauer lag, schleuderte ihn in Wirbeln bis zum Himmel, wand ihn zu fast koketten, schwanenhalsigen Windhosen, rollte ihn als geballte Walze, und dann, in plötzlicher Raserei, peitschte er den schweißnassen Nacken, der Staub rann die Arme und den Rücken herunter, drang in die Ohren, verstopfte die Taschen.

Hier war nichts, schon lange. Vielleicht war niemals etwas gewesen. Sonne, Lehm, Wind. Nur manchmal tauchte wie ein tanzender Possenreißer das stachlige Skelett eines Strauches auf, der mit der Wurzel herausgerissen worden war. Kein Tropfen Wasser, keine Zeichen von Leben. Nur Staub, Staub, Staub ...

Von Zeit zu Zeit wurde der Lehm von Schotter abgelöst. Hier war alles heiß wie in der Hölle. Aus den Staubwolken schauten zuweilen riesige Felsbrocken hervor, grau, wie mit

Mehl bestäubt. Wind und Hitze verliehen ihnen die merkwürdigsten Umrisse, und es wirkte gespenstisch, wenn sie so plötzlich auftauchten und wieder verschwanden, als ob sie Versteck spielten. Dann wurden die Schottersteine immer größer und seltener, und bald klang wieder Lehm unter den Füßen.

Die Steine rutschten unter den Füßen weg, durchbohrten die Schuhsohle fast bis zur Haut. Auf dem Lehm lief es sich besser, aber er hatte auch seine Tücken. Er blähte sich plötzlich zu kahlen Hügeln auf, bildete unvermutet Schrägen und enge Schluchten, wo man in der angestauten tausendjährigen Hitze nicht atmen konnte. Hier trieb alles sein Spiel mit den Menschen.

»Ach, Andrej!« rief Isja heiser. »Andrej!«

»Was hast du?« fragte Andrej über die Schulter und blieb stehen.

Der Handwagen, der auf lockeren Rädern wackelte, rollte von allein auf ihn zu und schlug an seine Knie.

»Guck mal!« Isja stand zehn Schritte hinter ihm und deutete mit ausgestreckter Hand nach vorn.

»Was ist das?« fragte Andrej ohne besonderes Interesse.

Isja legte sich ins Geschirr und rollte sein Wägelchen bis zu Andrej. Andrej schaute, wie Isja herumlief – der Bart bis auf die Brust, die graue Mähne zerzaust, in einer zerrissenen Jacke, durch deren Löcher der behaarte schweißnasse Körper hindurchsah. Die zerfransten Hosen bedeckten kaum die Knie, und der rechte Schuh zeigte der Welt die schmutzigen Zehen mit abgebrochenen schwarzen Nägeln ... Eine Geisteskoryphäe! Priester des ewigen Tempels der Kultur ...

»Ein Kamm!« verkündete Isja triumphierend.

Der Kamm gehörte zur billigsten Sorte, er war aus Plastik und hatte abgebrochene Zinken. Es war nur das Bruchstück eines Kammes, das Plastik war durch viele Jahrzehnte Sonnenglut ausgeblichen und von Staubkrätze zerfressen.

»Und du behauptest immer: Niemand war vor uns hier!«

»Ich behaupte gar nichts«, sagte Isja friedliebend. »Wollen wir uns nicht hinsetzen?«

»Meinetwegen.«

Isja plumpste sogleich mit dem Hintern auf die Erde, ohne die Zugleine abzunehmen, und steckte den Kamm in die Brusttasche.

Andrej stellte sein Wägelchen quer zur Windrichtung, warf die Leinen hin und setzte sich hin, den Rücken an die heißen Kanister gelehnt. Der Wind war sogleich merklich schwächer, dafür spürte er jetzt den heißen Lehmboden durch das morsche Gewebe.

»Wo ist denn deine Reserve?«

»Es muß sein!« erwiderte Isja. »Es muß sein!«

»Was ist das wieder?«

»Das ist ein Witz von einem Kaufmann«, erklärte Isja bereitwillig. »Ein Kaufmann ging in einen Puff...«

»Gehen wir weiter! Immer dasselbe? Du kommst nicht zur Ruhe, Isja, mein Gott!«

»Ich kann mir keine Ruhe leisten. Ich muß bei der ersten Gelegenheit bereit sein.«

»Wir verrecken hier.«

»Mein Gott! Denk nicht dauernd dran!«

»Das tu ich ja auch nicht«, sagte Andrej.

Das stimmte. Der Gedanke an den unausweichlichen Tod kam ihm jetzt sehr selten in den Sinn. Weiß der Teufel, warum. Entweder war das Gefühl des Ausgeliefertseins schon völlig abgestumpft, oder das Fleisch war schon so ausgedörrt und ausgezehrt, daß es aufhörte zu brüllen und zu schreien, es wimmerte nur ein bißchen an der Grenze des Vernehmbaren. Der Tod begleitete sie ständig, kam ihnen manchmal sehr nahe, entfernte sich wieder, ließ sie jedoch nie aus dem Auge. Wenn Andrej schon viele Tage vom unausweichlichen Ende sprach, dann nur deswegen, um sich immer wieder von seiner wachsenden Gleichgültigkeit dem Tode gegenüber zu überzeugen.

»Was sagst du, Isja?«

»Du sollst dich nicht fürchten, hier zu verrecken.«

»Das hast du mir schon hundertmal gesagt. Ich fürchte das schon längst nicht mehr, und du faselst ständig dasselbe.«

»Auch gut«, sagte Isja friedlich. Er streckte die Beine aus. »Womit könnte ich meine Schuhsohle festbinden? Die löst sich gleich.«

»Schneid ein Stück von der Leine ab. Brauchst du ein Messer?«

Eine Zeitlang betrachtete Isja schweigend seine nackten Zehen. »Gut«, sagte er schließlich. »Wenn sie ganz abgeht, dann . . . Wollen wir uns nicht ein Schlückchen genehmigen?«

»Die trockene Kehle baden?« sagte Andrej und dachte sogleich an Dawydow. An ihn erinnerte er sich jetzt mit Mühe. Dawydow stammte aus einem anderen Leben.

»Ist nicht längst Zeit dazu?«

»Das hast du dir gedacht!« erwiderte Andrej mit Vergnügen. »Weißt du, welches Wasser du trinken kannst? Das du dort im Buch gefunden hast. Du hast mir etwas vorgelogen von dem Reservoir, nicht wahr?«

Wie er erwartet hatte, geriet Isja sogleich in Wut. »Geh zum Teufel! Bin ich vielleicht deine Gouvernante?«

»Also hat deine Karte gelogen.«

»Idiot«, sagte Isja verächtlich. »Karten lügen nicht. Karten sind keine Bücher. Man muß sie nur lesen können.«

»Also kannst du das nicht.«

Isja schaute ihn nur an und erhob sich. »Hier ist mancherlei Mist«, brummte er. »Steh auf! Ein Reservoir willst du? Dann darfst du nicht hier rumsitzen. Steht auf, sage ich!«

Der Wind peitschte den Sand wie Stacheln in die Ohren und tanzte übermütig auf dem kahlen Boden, der sich ihm entgegenstemmte, bis er von ihm in die Höhe gewirbelt wurde.

Ich müßte doch verstehen, wohin es mich treibt, dachte Andrej. Mein ganzes Leben lang werde ich irgendwohin getrieben – ich kann nicht an einem Ort bleiben. Das alles ist inzwischen sinnlos geworden. Früher gab es immer einen Sinn. Mag er lächerlich oder sogar verlogen gewesen sein; trotzdem, wenn ich eins auf die Schnauze kriegte, konnte ich immer sagen: Macht nichts, das erleide ich für eine wichtige Sache, das ist Kampf.

»Alles auf der Welt hat seinen Preis«, hatte Isja gesagt. Das war im Kristallpalast, sie hatten gerade Hühnerbraten verspeist und lagen auf hellen Luftmatratzen an einem Becken mit klarem Wasser. Isja polkte mit gewaschenen Fingern in seinen Zähnen. »Alles auf der Welt hat seinen Preis. Alle diese Landbebauer und Arbeiter, alle Walzwerke, Raffinerien, Weizenfelder, Laser und Maser. Das alles ist Mist, Dünger. Das vergeht alles. Entweder vergeht es spurlos und für immer, oder es vergeht, weil es sich verwandelt. Alles erscheint nur deshalb wichtig, weil es die Mehrheit für wichtig hält. Und die Mehrheit hält es für wichtig, weil sie sich den Bauch vollschlagen und ihr Leben um den Preis geringster Anstrengungen versüßen will. Wer könnte gegen diese Mehrheit etwas ausrichten? Ich persönlich habe nichts dagegen, ich gehöre selber in gewissem Sinne zur Mehrheit. Aber mich interessiert die Mehrheit nicht. Die Geschichte der Mehrheit hat einen Anfang und ein Ende. Anfangs frißt die Mehrheit das, was man ihr gibt. Und am Ende beschäftigt sie sich ihr Leben lang mit dem Problem der Auswahl: Wie wär's, wenn wir das fressen würden? Haben wir das schon gefressen?«

»Nun, bis dahin ist es vorläufig noch weit«, entgegnete Andrej.

»Nicht so weit, wie du glaubst«, wandte Isja ein. »Und

letztlich geht es nicht darum. Wichtig ist, daß es einen Anfang und ein Ende gibt.«

»Alles, was einen Anfang hat, hat auch ein Ende.«

»Richtig«, sagte Isja ungeduldig. »Aber ich spreche von historischen Maßstäben, nicht von Maßstäben des Universums. Die Geschichte der Mehrheit hat ein Ende, während die der Minderheit nur mit dem Universum endet.«

»Du lausiger Elitemensch«, sagte Andrej träge zu ihm. Er erhob sich von seiner Matratze, sprang ins Becken und schwamm lange, prustete in dem kühlen Wasser, und als er auf den Grund tauchte, wo das Wasser eiskalt war, schluckte er es gierig wie ein Fisch.

Nein, natürlich habe ich kein Wasser geschluckt. Jetzt würde ich es tun. Mein Gott, wie ich trinken würde! Ich würde das ganze Becken aussaufen, Isja keinen Tropfen lassen – soll er sein Reservoir finden.

Hinter graugelben Staubschwaden schauten Ruinen hervor – eine halbverfallene Mauer, mit stachligen, verdorrten Pflanzen bewachsen, und Reste eines plumpen viereckigen Turms.

»Na bitte!« Andrej blieb stehen. »Und du sagst: Niemand war vor uns hier.«

»Das habe ich nie behauptet, du Idiot!« zischte Isja. »Ich habe gesagt . . .«

»Hör mal, vielleicht ist hier das Reservoir?«

»Kann durchaus sein.«

»Gehen wir nachsehen.«

Sie warfen die Stricke hin und schlichen zu den Ruinen.

»Schau an!« sagte Isja. »Eine normannische Festung! Neuntes Jahrhundert.«

»Wasser sollst du suchen!«

»Laß mich mit deinem Wasser in Ruhe!« erwiderte Isja ärgerlich. Seine Augen wurden immer größer, wie abwesend suchte er im Bart nach seiner Warze. »Normannen! Interessant, womit man sie hierher gelockt hat.«

Mit ihren Lumpen ständig an den Dornen hängenbleibend, krochen sie durch einen Durchbruch in der Wand und gelangten an einen windstillen Ort. Auf einem viereckigen ebenen Platz erhob sich ein niedriges Bauwerk mit einem eingefallenen Dach.

»Bund aus Schwert und Zorn«, brummte Isja, der auf die Türöffnung zueilte. »Ich habe nie verstanden, was das für ein Bund war, woher hier ein Schwert kommt. Verstehst du das?«

Das Haus war schon jahrhundertelang verlassen. Eingestürzte Dachsparren lagen auf verfaulten Brettern, den Überbleibseln eines Tisches, so lang wie das Haus. Alles war staubig, morsch, vermodert, und an der linken Wand zog sich eine Bank entlang. Ständig etwas vor sich hin murmelnd, stöberte Isja in diesem Moderhaufen. Andrej begab sich hinaus und ging um das Haus herum.

Sehr bald stieß er auf eine ehemalige Zisterne, eine riesige, mit Steinplatten ausgelegte Grube. Jetzt waren die Steine trocken wie die Wüste, aber einst gab es zweifellos Wasser darin: Der steinharte Lehm am Rande der Zisterne hatte Spuren von Schuhen und Hundepfoten bewahrt. Verzweiflung umklammerte Andrejs Herz und ließ es sogleich wieder los: Am gegenüberliegenden Grubenrand breiteten sich im Lehm zottige Ginsengblätter aus. Andrej rannte um die Grube herum, wobei er in der Tasche nach dem Messer suchte.

Einige Minuten lang, keuchend, schweißübergossen, kratzte er mit dem Messer und mit den Fingern den versteinerten Lehm weg, bis er mit beiden Händen die Wurzel packen konnte. Er zog kräftig, aber vorsichtig, damit sie nicht zerbrach.

Die weiße Wurzel war faustdick und siebzig Zentimeter lang. Andrej preßte die Wurzel an die Wange und lief zu Isja. Unterwegs konnte er sich nicht bezähmen, er biß in das saftige, knackige Fleisch, kaute langsam und sorgfältig, um den bitteren Geschmack zu genießen, von dem es im Mund und im ganzen Körper frisch und kühl wird wie in einem morgendlichen Wald, auch der Kopf wird klar, man fürchtet sich vor nichts mehr und kann Berge versetzen.

Sie saßen auf der Schwelle des Hauses und schmatzten, einander mit vollem Mund fröhlich zublinzelnd, der Wind heulte enttäuscht über ihren Köpfen und konnte sie nicht erreichen. Wieder hatten sie ihn überlistet, sie ließen ihn nicht mit ihren Gerippen auf dem kahlen Lehm spielen. Jetzt konnten sie wieder mit ihm die Kräfte messen.

Sie tranken zwei Schluck aus dem heißen Kanister, spannten sich in ihre Wägelchen und zogen weiter. Das Laufen fiel ihnen jetzt leicht, Isja blieb nicht mehr zurück, sondern schritt neben Andrej.

»Übrigens habe ich dort noch eine Pflanze entdeckt«, sagte Andrej. »Eine kleine. Die bleibt als Reserve.«

»Die hätten wir lieber essen sollen.«

»War die eine nicht genug?«

»Warum soll so was Gutes umkommen?«

»Das kommt nicht um. Auf dem Rückweg wird's uns nützen.«

»Es gibt keinen Rückweg!«

»Das weiß niemand«, wandte Andrej ein. »Sag mir lieber: Gibt es noch irgendwo Wasser?«

Isja warf den Kopf zurück und schaute auf die Sonne. »Im Zenit. Oder fast im Zenit. Was meinst du, Herr Astronom?«

»Scheint so.«

»Bald beginnt das Interessanteste.«

»Was kann es hier schon Interessantes geben? Wir überschreiten die Nullinie. Und kommen in die Antistadt.«

»Woher weißt du das?«

»Von der Antistadt?«

»Nein. Warum denkst du, daß wir die Linie einfach überschreiten und hinkommen?«

»Ich denke an gar nichts«, sagte Andrej. »Ich denke an Wasser.«

»Mein Gott! An der Nullinie ist der Anfang der Welt, verstehst du? Und er denkt an Wasser!«

Andrej antwortete nicht. Der Weg wurde steiler, die Riemen fraßen sich in seine Schultern. Ginseng ist eine gute Sache, dachte Andrej. Woher wissen wir von dieser Pflanze? Hat Pak davon erzählt? Wahrscheinlich. Nein, Mymra hat mehrere Wurzeln ins Lager gebracht, um sie zu essen, aber die Soldaten haben sie ihr weggenommen und selber verspeist. Alle sind danach herumstolziert wie Gokkel, und Mymra haben sie die ganze Nacht bis zum Morgen belegt. Pak hat dann erzählt, daß dieser Ginseng, die echte Wurzel, sehr selten vorkommt. Er wächst an Orten, wo einst Wasser war, und wirkt sehr kräftigend. Man muß ihn unverzüglich essen, weil die Wurzel nach einer Stunde oder sogar früher welkt und sogar giftig wird. Beim Pavillon wuchs viel Ginseng, ein ganzer Garten. Da haben wir uns den Wanst vollgeschlagen, und Isjas Wunden sind in einer Nacht geheilt. Schön war es dort. Isja hat dauernd von einem Kulturtempel gepredigt . . .

»Alles übrige sind nur Baugerüste an den Wänden eines Tempels. Das Beste, was die Menschheit in hunderttausend Jahren ersonnen hat, alles Wesentliche, was sie begriffen und erkannt hat, kommt in diesen Tempel. Durch Jahrtausende ihrer Geschichte, kämpfend, hungernd, in Sklaverei verfallend und sich daraus befreiend, fressend und kopulierend, besitzt die Menschheit, ohne das selber zu wissen, diesen Tempel. Es kommt vor, daß sie plötzlich den Tempel bemerkt, sich besinnt und sich dann entweder daran macht, diesen Tempel in Ziegelsteine zu zerlegen, oder ihm fanatisch huldigt, oder einen zweiten Tempel errichtet, in der Nachbarschaft, zum Schmähen, manchmal versteht sie jedoch gar nicht, womit sie es zu tun hat, und verwendet enttäuscht den Tempel irgendwie für ihre sogenannten wesentlichen Bedürfnisse: Sie teilt etwas schon dreiunddreißigmal Geteiltes von neuem, kreuzigt jemanden, preist jemanden – und der Tempel wächst und wächst von einem Jahrhundert zum anderen, von einem Jahrtausend ins nächste, es ist unmöglich, ihn zu zerstören oder endgültig herabzuwürdigen. Jeder Ziegelstein dieses Tempels, jedes unsterbliche Buch, jede unsterbliche Melodie, jedes einmalige Bauwerk trägt seltsamerweise die geballte Erfahrung der Menschheit in sich, ihre Ideen über Ziele und Widersprüche der menschlichen Existenz. So sehr sich der Tempel auch von allen augenblicklichen Interessen dieser kannibalischen Herde unterscheidet, ist er zugleich untrennbar mit dieser Herde verbunden und undenkbar ohne sie. Und es ist noch komisch, daß diesen Tempel niemand bewußt erbaut. Man kann ihn nicht vorher auf dem Papier oder in einem genialen Hirn planen, er wächst von selber, unweigerlich in sich alles Wertvolle aufnehmend, was die menschliche Geschichte hervorbringt. Du fragst vielleicht«, sagte Isja giftig, »ob die direkten Erbauer dieses Tempels keine Schweine seien? Meine Herren, und was für welche zuweilen! Der Dieb und Schuft Benvenuto Cellini, der hemmungslose Säufer Hemingway, der schizophrene und chauvinistische Dostojewskij, der Galgenvogel François Villon ... Mein Gott, anständige Menschen sind unter ihnen eher die Seltenheit! Aber wie Korallenpolypen wissen sie nicht, was sie schaffen. Und die ganze gesamte Menschheit ebenfalls. Generationen, eine nach der anderen, fressen, genießen, rauben, morden, verrecken – und, sieh an, ein ganzes Korallenatoll ist entstanden, und was für ein herrliches! Und wie stabil!«

»Na gut«, sagte Andrej. »Ein Tempel. Der einzige unvergängliche Wert. Aber was haben wir, was habe ich damit zu tun?«

Andrej wurde aus seinen Erinnerungen gerissen.

»Halt!« Isja packte ihn an der Leine. »Warte! Steine!«

Tatsächlich waren die Steine hier rund und flach wie verhärtete Kuhfladen.

»Wollen wir auch einen Tempel errichten?« frage Andrej lächelnd.

Er warf die Leine hin und ergriff einen Stein. Dieses Exemplar war wie für ein Fundament geschaffen – unten rauh und oben glatt, von Staub und Wind abgeschliffen. Andrej preßte den Stein auf einen ziemlich ebenen Schotterhaufen und holte einen zweiten.

Als er das Fundament aufschichtete, spürte er so etwas wie Befriedigung: Das war immerhin eine Arbeit, keine sinnlose Bewegung mit den Beinen, sondern ein Werk, das mit einem bestimmten Ziel vollbracht wurde. Man konnte dieses Ziel bestreiten, konnte die Weltanschauung, die ihm zugrunde lag, beschimpfen, man konnte Isja als Psychopathen bezeichnen, was er schließlich auch war. Und man konnte ebenso, Stein auf Stein, ein möglichst ebenes Fundament schaffen.

Isja keuchte und schnaufte, die größten Steine schleppend, und riß die Schuhsohle völlig ab. Als das Fundament fertig war, hüpfte er zu seinem Wägelchen und holte ein Exemplar seines »Wegweisers« hervor.

Nachdem sie im Kristallpalast endgültig begriffen hatten, daß sie auf dem Wege nach Norden niemandem mehr begegnen würden, setzte sich Isja an eine Schreibmaschine und tippte mit übernatürlicher Geschwindigkeit einen »Führer durch die Welt der Phantasie«. Dann vervielfältigte er diesen »Führer« auf einem merkwürdigen Kopiergerät, das sie im Kristallpalast neben den verschiedensten Automaten vorgefunden hatten, verschweißte alle fünfzig Exemplare in sehr festem Plastik und belud sein Wägelchen damit, so daß kaum Platz für den Sack mit Zwieback blieb. Inzwischen waren höchstens zehn Exemplare übriggeblieben.

»Wie viele hast du noch?« frage Andrej.

Isja, der das Exemplar in der Mitte des Fundaments unterbrachte, antwortete zerstreut: »Weiß der Teufel. Ein paar. Reich mir Steine.«

Sie schleppten wieder Steine, und über dem »Führer« türmte sich nun eine Pyramide von anderthalb Metern Höhe. In dieser menschenleeren Wüste wirkte sie recht seltsam, und damit sie noch seltsamer aussah, übergoß Isja die Steine mit giftig roter Farbe aus einer riesigen Büchse, die er im Lager unter dem Turm gefunden hatte. Dann ging er zum Wagen, setzte sich und befestigte die abgerissene Schuhsohle. Dabei schaute er hin und wieder auf seine Pyramide, und auf seinem Gesicht wichen Zweifel und Unsicherheit allmählich Befriedigung und Stolz.

»Na?« sagte er zu Andrej, schon völlig stolzgeschwellt. »Selbst ein Vollidiot geht nicht einfach vorüber, sondern überlegt, daß das einen Sinn haben muß.«

»Ja«, sagte Andrej, der sich neben ihn hockte. »Das wird dir viel nutzen, wenn der Vollidiot diese Pyramide ausgräbt.«

»Macht nichts! Ein Dummkopf ist auch ein vernunftbegabtes Wesen. Wenn er selber nichts versteht, erzählt er es anderen.« Er wurde plötzlich lebhaft. »Nimm zum Beispiel die Mythen! Bekanntlich bilden die Dummen die erdrükkende Mehrheit, das bedeutet, bei jedem interessanten Ereignis war in der Regel gerade ein Dummer als Zeuge anwesend. Ergo: Ein Mythos ist die Beschreibung eines tatsächlich stattgefundenen Ereignisses in der Perzeption eines Dummkopfes und in der Bearbeitung eines Dichters. Na?«

Andrej antwortete nicht. Er schaute auf die Pyramide. Der Wind machte sich an ihr zu schaffen, fegte Staub um sie herum, pfiff leise in den Spalten zwischen den Steinen. Und Andrej wurde plötzlich bewußt, wie viele Kilometer sie zurückgelegt hatten, und auf dieser endlosen Strecke standen nun solche Pyramiden, die dem Wind und der Zeit ausgesetzt waren. Er stellte sich vor, wie zu dieser Pyramide auf allen vieren ein erschöpfter Wanderer kriecht, der vor

Hunger und Durst vergeht, wie er ungestüm diese Steine auseinandernimmt, seine entzündete Phantasie malt ihm schon unter den Steinen ein Geheimfach mit Nahrung und Wasser aus ... Andrej mußte hysterisch lachen. Da würde ich mich bestimmt erschießen; so etwas kann keiner ertragen.

»Was hast du?« fragte Isja argwöhnisch.

»Nichts, nichts, alles in Ordnung«, antwortete Andrej und erhob sich.

Isja stand ebenfalls auf und betrachtete eine Zeitlang kritisch die Pyramide. »Das ist nichts Lächerliches!« Er stampfte mit dem Fuß auf, an dem seine Schuhsohle mit einem morschen Strick befestigt war. »Fürs erste geht's! Weiter?«

»Weiter.«

Andrej spannte sich in sein Wägelchen ein, während Isja noch einmal seine Pyramide umkreiste. Er stellte sich offensichtlich ebenfalls etwas vor, irgendwelche Bilder, und diese Bilder schmeichelten ihm, er lächelte verstohlen, rieb sich die Hände und brach in Gelächter aus.

»Du siehst vielleicht aus!« sagte Andrej. »Wie ein Frosch, der gelaicht hat und jetzt vor Stolz zu platzen droht. Oder wie ein Lachs.«

»Na, na!« sagte Isja, während er die Arme in die Leinen steckte. »Der Lachs krepiert danach.«

»Eben!« sagte Andrej.

»Du!« sagte Isja drohend.

Sie zogen weiter. Plötzlich fragte Isja: »Hast du mal Lachs gegessen?«

»Massenhaft! Zu Wodka, weißt du, wie gut das zusammenpaßt? Oder belegte Brote zum Tee. Warum?«

»Ach! Meine Töchter haben Lachs nicht mal gekostet.«

»Töchter?« wunderte sich Andrej. »Du hast Töchter?«

»Drei Stück«, sagte Isja. »Und keine weiß, was Lachs ist. Ich habe ihnen erklärt, daß Lachs und Stör ausgestorbene

Fische sind. Wie die Saurier. Und sie werden ihren Kindern dasselbe vom Hering erzählen.«

Isja sagte noch etwas, aber Andrej hörte nicht hin, weil er völlig verdutzt war. Ist das die Möglichkeit! Drei Töchter! Sechs Jahre kenne ich ihn, und mir ist so etwas nie in den Sinn gekommen. Warum hat er sich damals entschlossen, alles aufzugeben und dem Ruf des Mentors hierher zu folgen? Weiß der Teufel, was es für Menschen auf der Welt gibt... Nein, Kinder, dachte er. Alles ist richtig und alles glaubhaft: Kein normaler Mensch wird zu dieser Pyramide gelangen. Ein normaler Mensch, der den Kristallpalast erreicht, wird sein Leben lang dableiben. Ich habe sie dort gesehen, die normalen Menschen. Ihre Visage ist nicht vom Hintern zu unterscheiden. Nein, wenn jemand hierher gelangt, dann nur ein Isja Nummer zwei. Und wenn er diese Pyramide ausgräbt, wenn er den Umschlag aufreißt, dann vergißt er gleich alles – und so wird er auch hier sterben, lesend. Obwohl, andererseits, mich hat es auch hierher getrieben. Warum eigentlich? Im Turm war es angenehm. Im Pavillon noch besser. Und erst im Kristallpalast! So wie im Kristallpalast habe ich noch nie gelebt. Nun gut – Isja. Er hat Hummeln im Hintern, er kann nicht an einem Ort bleiben. Wäre ich ohne Isja gegangen oder geblieben? Das ist die Frage!

»Warum wir weitergehen müssen?« fragte Isja auf der Plantage, und dunkelhäutige vollbusige Mädchen saßen da und hörten ihm ruhig zu. »Warum müssen wir trotzdem weitergehen?« tönte Isja, während er zerstreut einem Mädchen die Oberschenkel streichelte. »Weil uns entweder der Tod oder Langeweile bevorstehen, die ebenfalls der Tod ist. Genügt dir diese einfache Begründung nicht? Wir sind doch die ersten, begreifst du das? Kein Mensch hat jemals diese Welt von einem Ende zum anderen durchschritten: Von den Dschungeln und Sümpfen bis zum Nullpunkt. Vielleicht wurde diese ganze Idee überhaupt nur deshalb erdacht, damit ein solcher Mensch sich findet? Damit er von hier nach dort geht?«

»Wozu?« fragte Andrej mit düsterer Miene.

»Woher soll ich wissen, wozu?« erregte sich Isja. »Und wozu wird ein Tempel erbaut? Klar, seine Errichtung ist der einzig sichtbare Zweck, wozu ist eine unkorrekte Frage. Ein Mensch muß ein Ziel haben, er kann nicht ohne Ziel leben, dazu ist ihm der Verstand gegeben. Wenn er kein Ziel hat, erfindet er eines.«

»Das hast du ja getan. Du mußt unbedingt von hier nach dort gehen. Das nennt sich Ziel!«

»Ich habe es mir nicht ausgedacht«, erwiderte Isja. »Es ist das einzige Ziel. Ich konnte nicht wählen. Entweder ein Ziel oder Ziellosigkeit – so ist es um uns bestellt.«

»Und warum quatschst du mich voll mit deinem Tempel? Was hat dein Tempel damit zu tun?«

»Sehr viel«, parierte Isja mit Vergnügen, als hätte er das erwartet. »Der Tempel, mein lieber Andruschenka, das sind nicht nur unvergängliche Bücher, das ist nicht nur unsterbliche Musik. Bei uns ist es so, daß man den Tempel erst nach Gutenberg erbaut hat, oder, wie man uns lehrte, nach Iwan Fjodorow. Nein, mein Lieber, der Tempel wird auch aus Taten errichtet. Wenn man so will, wird der Tempel aus Taten zementiert, hält sich durch sie, ist auf ihnen errichtet. Mit Taten begann alles. Erst die Tat, dann die Legende, und sehr viel später alles übrige. Natürlich handelt es sich um eine ungewöhnliche Tat, die aus dem Rahmen fällt, eine unerklärliche sozusagen. Damit wurde der Tempelbau begonnen – mit einer nicht trivialen Tat.«

»Mit einer heroischen«, bemerkte Andrej.

»Meinetwegen mit einer heroischen«, stimmte ihm Isja herablassend zu.

»Das bedeutet, du wirst ein Held«, sagte Andrej. »Danach trachtest du. Sindbad der Seefahrer und Odysseus in einer Person.«

»Und du bist blöd!« Isja sagte das zärtlich, ohne jede beleidigende Absicht. »Ich versichere dir, mein Freund, daß Odysseus nicht danach trachtete, ein Held zu werden. Er war einfach ein Held, seine Natur war so, er konnte nicht anders. Du kannst keine Scheiße fressen – davon wird dir übel, und ihm wurde übel davon, als kleiner Herrscher in seinem stickigen Ithaka zu sitzen. Ich sehe doch, du bedauerst mich – deiner Meinung nach bin ich ein Besessener, ein Psychopath. Du brauchst mich nicht zu bedauern. Du müßtest mich beneiden. Denn ich weiß ganz genau: Der Tempel wird gebaut, etwas Bedeutsameres geschieht nicht in der Geschichte, und ich habe in meinem Leben nur eine Aufgabe – diesen Tempel zu schützen und seine Schätze zu mehren. Ich bin natürlich kein Homer und kein Puschkin, einen Ziegelstein für die Wand habe ich nicht zu bieten. Aber ich bin Katzman. Und dieser Tempel ist in mir, also bin auch ich ein Teil des Tempels, also hat sich der Tempel mit meiner Selbsterkenntnis um meine menschliche Seele vergrößert. Und das ist schon herrlich. Selbst wenn ich kein Staubkörnchen zum Bau beitrage. Obwohl ich mich natürlich bemühen werde, etwas beizutragen. Es wird sicherlich ein sehr kleines Körnchen sein, schlimmer noch – dieses Körnchen wird mit der Zeit abfallen, es eignet sich nicht für den Tempel. Trotzdem weiß ich: Der Tempel war in mir, und er blieb auch durch mich erhalten.«

»Ich begreife gar nichts«, sagte Andrej. »Du redest verworren. Als wäre das eine Religion – Tempel, Geist!«

»Auch das noch! Wenn es keine Wodkaflasche und keine dicke Matratze ist, dann ist es unbedingt Religion. Was sträubst du dich denn? Du hast mir doch selber die Ohren vollgeblasen, daß du den Boden unter den Füßen verloren hast, daß du im luftleeren Raum schwebst. Stimmt, du schwebst. Das mußte dir auch unvermeidlich passieren. Jedem Menschen, der nur ein klein wenig nachdenkt, passiert das letzten Endes. Und ich gebe dir den Boden unter den

Füßen zurück. Den festesten, den man sich denken kann. Wenn du willst – steh mit beiden Beinen darauf, wenn nicht – scher dich zum Teufel. Aber hör auf zu jammern.«

»Du bietest mir keinen Boden unter den Füßen, sondern schiebst mir eine formlose Wolke unter! Mit deinem Tempel ist mir alles klar. Was nutzt mir das? Zum Erbauer deines Tempels eigne ich mich nicht – ich bin auch kein Homer.«

»Aber du trägst diesen Tempel wenigstens in deiner Seele, du kannst nicht ohne ihn leben – ich sehe doch, daß du durch die Welt läufst wie ein junger Hund, der alles neugierig beschnuppert, beleckt oder kostet! Ich sehe doch, daß du liest. Du kannst vierundzwanzig Stunden am Tage lesen, alles dabei vergessen.«

»Ich kann nichts dergleichen. Lesen tue ich gern, aber in Maßen, trotz allem. Musik hören – bitte. Ich höre sehr gern Musik. Aber auch nicht vierundzwanzig Stunden am Tag! Und mein Gedächtnis ist das allergewöhnlichste – ich kann es nicht mit allen Schätzen bereichern, die von der Menschheit aufgehäuft wurden. Selbst wenn ich mich nur damit befaßte, kann ich das nicht. Zum einen Ohr rein, zum anderen raus. Was habe ich dann von deinem Tempel?«

»Alles richtig, alles wahr«, sagte Isja. »Der Tempel ist nicht für jeden. Ich bestreite nicht, daß er der Besitz einer Minderheit ist, eine Sache der menschlichen Natur. Aber hör zu. Ich erklär dir jetzt, wie ich mir das vorstelle. Der Tempel hat seine Erbauer. Das sind diejenigen, die ihn errichten. Außerdem, sagen wir ... pfui, zum Teufel, ich finde das Wort nicht, komme immer auf irgendwelche obskure religiöse Terminologie zurück ... Na gut – Priester. Das sind jene, die ihn in sich tragen. Jene Menschen, durch deren Seelen er wächst und in deren Seelen er existiert. Und es gibt Besucher – diejenigen, die sozusagen etwas von ihm genießen. Puschkin zum Beispiel ist ein Erbauer. Ich bin ein Priester. Und du bist ein Besucher. Verzieh nicht dein Gesicht, du Dummkopf! Ein Tempel ohne Besucher wäre doch jeden menschlichen Sinnes beraubt. Du solltest lieber daran denken, was du für Glück hattest! Denn dazu braucht man viele Jahre spezieller Gehirnwäsche, das schlaueste Betrugssystem, um dich, den Besucher, zur Zerstörung des Tempels anzustiften. Aber so, wie du geworden bist, kann dich niemand dazu bringen, höchstens unter Todesdrohung!«

»Denk mal nach, du Hirnverbrannter! Leute wie ihr – ihr seid auch eine winzige Minderheit. Der Masse brauchst du bloß einen Wink zu geben, schon ziehen alle johlend mit Brechstangen los und wollen den Tempel mit Fackeln in Brand setzen!«

»Das hat es doch schon öfter gegeben! Und es wird auch sicherlich noch öfter so sein. Und du beklagst dich? Will man überhaupt die Frage stellen, für wen der Tempel bestimmt ist, gibt es nur eine einzige Antwort: für dich!«

Sie hatten den Gipfel eines großen Hügels erklommen. Links am Abhang war alles in dichten Staub gehüllt, rechts war die Sicht besser, man erkannte die Gelbe Mauer – nicht eben und glatt wie in der Gemarkung der Stadt, sondern mit Verwerfungen und Rissen wie die Rinde eines monströsen Baumes. Vor ihnen lag ein weißes Steinfeld, eben wie eine Tischplatte, kein Schotter, sondern kompakter Stein – und die Ebene zog sich hin, soweit das Auge reichte, und über ihr drehten sich einen halben Kilometer von dem Hügel entfernt zwei Windhosen – eine gelb, die andere schwarz.

»Da hast du was Neues«, sagte Andrej. »Sieh mal – nur Stein.«

»Stimmt! Hör mal, gib mir ein Gläschen, es ist schon vier Uhr.«

»Gleich«, willigte Andrej ein. »Wir gehen bloß erst den Berg runter.«

Unten befreiten sie sich von den Stricken, und Andrej holte aus seinem Wägelchen den erhitzten Kanister. Er hakte am Riemen der Maschinenpistole fest, dann am Sack mit dem restlichen Zwieback, aber Andrej zog ihn schließlich hervor und öffnete ihn, den Behälter zwischen den Knien festhaltend. Isja führte mit zwei Plastikbechern in der Hand einen Freudentanz auf.

»Hol ein bißchen Salz«, forderte ihn Andrej auf.

Isja hörte sofort auf zu tanzen. »Laß doch!« nörgelte er. »Warum? Das schlucken wir auch so runter.«

»Ohne Salz kriegst du nichts«, sagte Andrej müde.

Isja hatte schon die Becher auf einen Stein gestellt und wühlte in seinem Wägelchen. »Ich esse das Salz einfach so und begieße dann das Ganze mit Wasser.«

»Mein Gott«, sagte Andrej ergeben. »Gut, dann eben so.«

Andrej goß einen halben Becher voll heißes, nach Eisen riechendes Wasser ein, nahm von Isja die Salztüte und sagte: »Zunge raus.«

Er schüttete eine Prise Salz auf die dicke belegte Zunge und sah, wie Isja würgte und gierig die Hand nach dem Becher ausstreckte. Dann salzte Andrej sein Wasser und trank es mit kleinen Schlucken wie eine Medizin hinunter, ohne den geringsten Genuß zu verspüren.

»Gut«, sagte Isja ächzend. »Nur zu wenig.«

Andrej nickte. Das Wasser trat sogleich als Schweiß aus, und der Mund blieb trocken. Er hob den Kanister an. Für ein paar Tage reicht es noch, und dann ... Dann wird sich was finden, dachte er. Das Experiment ist das Experiment. Leben lassen sie uns nicht, aber verrecken eben auch nicht. Er schaute auf das weiße, vor Hitze glühende Plateau, das sich vor ihnen ausbreitete, biß sich auf die trockene Lippe und stellte den Kanister zurück in den Wagen. Isja hatte sich wieder hingesetzt und befestigte aufs neue seine Schuhsohle.

»Das ist wirklich ein merkwürdiger Ort. So etwas habe ich noch nie gesehen.« Isja schaute in die Sonne, die Augen mit der Hand schützend. »Im Zenit. Mein Gott, im Zenit. Etwas wird geschehen! Schmeiß doch endlich die Knarre weg, was willst du damit?«

Andrej deponierte seine Maschinenpistole neben den Kanister. »Ohne diese Knarre wären wir beide nicht weiter gekommen als zum Knochenpavillon.«

»Na gut – bis zum Pavillon«, gab Isja zu. »Aber seitdem laufen wir schon die fünfte Woche, und es ist nicht eine Fliege in Sicht.«

»Du brauchst sie ja nicht zu schleppen. Weiter!«

Das Steinplateau erwies sich als erstaunlich glatt. Die Wagen rollten wie auf Asphalt, die Räder quietschten. Es war unerträglich heiß. Jeder Stein strahlte die Hitze zurück, und für die Augen gab es hier keinen Schutz. Die Füße brannten, als wären sie unbeschuht, und der Staub wurde seltsamerweise nicht weniger. Wenn wir hier nicht umkommen, dachte Andrej, dann leben wir ewig. Er hatte die Augen zusammengekniffen, dann schloß er sie gänzlich. Das verschaffte ihm ein gewisses Gefühl der Erleichterung. So gehe ich weiter, dachte er. Und die Augen öffne ich alle zwanzig Schritte. Oder dreißig. Ich schau, und weiter geht's...

Aus ähnlich weißem Stein war der Keller des Turms gemauert. Nur war es dort kühl und dämmerig, an den Wänden standen Pappkartons. Sie enthielten Nägel, Schrauben, Bolzen beliebiger Ausmaße, Büchsen mit Leim und Farbe, Flaschen mit verschiedenfarbenen Lacken, Tischler- und Schlosserwerkzeuge, in Ölpapier gewickelte Kugellager. Eßbares fanden sie nicht, aber in einer Ecke rann aus einem rostigen Rohr ein dünner Strahl kaltes und unwahrscheinlich schmackhaftes Wasser und versickerte im Boden.

»Alles in deinem System ist gut«, sagte Andrej, zum zwanzigsten Mal seinen Becher unter diesem Strahl füllend. »Trotzdem mißfällt mir etwas. Ich mag es nicht, wenn man die Menschen in wichtige und unwichtige einteilt. Das ist nicht richtig. Das ist widerlich und gemein. Der Tempel steht da, und rundherum wimmelt es von geistlosem Vieh. Der Mensch ist eine kleine Seele, die mit einem Leichnam belastet ist. Es mag tatsächlich so sein. Dennoch ist das nicht richtig. Das muß verändert werden.«

»Sage ich denn, daß man es nicht ändern soll?« empörte sich Isja. »Natürlich wäre es gut, diese Ordnung zu verändern. Nur wie? Bisher sind alle Versuche gescheitert, diese Lage zu ändern, das menschliche Feld zu ebnen, alle einem Niveau anzugleichen, damit alles richtig und gerecht ist. Alle diese Versuche endeten mit der Vernichtung des Tempels und mit dem Abschlagen der Köpfe, die andere überragten. Über dem eingeebneten Feld wuchs sehr schnell wie ein Krebsgeschwür die übelriechende Pyramide einer neuen politischen Elite, die noch abscheulicher war als die alte. Andere Wege wurden bisher nicht erdacht. Natürlich haben alle diese Exzesse den Lauf der Geschichte nicht verändert und konnten den Tempel nicht völlig vernichten, aber kluge Köpfe wurden mehr als genug abgehauen.«

»Ich weiß«, sagte Andrej. »Alles ist gleich abstoßend. Jede Elite ist widerlich und gemein.«

»Entschuldige«, wandte Isja ein. »Wenn du sagen würdest: Jede Elite, die über das Schicksal und das Leben anderer Menschen befindet, ist gemein und widerlich – dann würde ich dir zustimmen. Aber eine Elite an sich – wem kann sie schon schaden? Sie reizt andere zur Wut, zum Wahnsinn – das ist eine andere Sache, aber reizen, erzürnen – ist eine ihrer Funktionen. Und völlige Gleichheit ist Sumpf, ist Stagnation. Wir müssen Mutter Natur danken, daß es so etwas nicht geben kann – völlige Gleichheit. Versteh mich doch recht, Andrej, ich schlage kein System zur Veränderung der Welt vor. Ich kenne kein solches System, ja, und ich glaube, es existiert gar keins. Allzuviele Systeme wurden ausprobiert, und alles blieb beim alten. Ich schlage bloß ein Ziel für unsere Existenz vor – nein, ich schlage es gar nicht vor, du hast mich verwirrt. Ich habe in mir und für mich dieses Ziel entdeckt – das Ziel meiner Existenz, verstehst du? Für mich und solche wie ich ... Ich spreche doch darüber nur mit dir und nur jetzt, weil du mir leid tust – ich sehe, ein Mann ist gereift, er hat alles verbrannt, was er verehrte, und was er nun verehren soll, weiß er nicht. Du kannst aber nicht ohne Verehrung leben, das hast du schon mit der Muttermilch eingesogen – diese Notwendigkeit, etwas oder jemanden zu verehren. Dir hat man für immer eingetrichtert, wenn es keine Idee gebe, für die es zu sterben lohnt, sei das Leben nichts wert. Und solche wie du sind dann zu schrecklichen Dingen fähig. Entweder schießen sie sich eine Kugel in den Kopf, oder sie entwickeln sich zu überdimensionalen Schurken – überzeugten Schurken, prinzipiellen, uneigennützigen Schurken, verstehst du? Das letzte ist schlimmer: Jemand rächt sich an der Welt dafür, daß die Welt so ist, wie sie in Wirklichkeit ist, daß sie nicht im geringsten mit seinem Ideal übereinstimmt. Die Idee des Tempels ist unter anderem auch deshalb positiv, weil es ihr prinzipiell widerspricht, einfach für sie zu sterben. Für sie muß man leben. Jeden Tag leben, mit ganzer Kraft.«

»Ja, gewiß«, sagte Andrej. »Gewiß ist alles so. Trotzdem kann ich noch so leben!«

Andrej blieb stehen und packte Isja am Ärmel. Isja fragte erschrocken:

»Was? Was ist denn jetzt los?«

»Sei still!«

Etwas bewegte sich vor ihnen – es drehte sich nicht als Säule, breitete sich nicht über dem Stein aus, sondern kam ihnen entgegen.

»Menschen«, sagte Isja begeistert. »Andrej, Menschen!«

»Still, du Mistkerl!«

Andrej hatte schon erkannt, daß es Menschen waren. Oder ein Mensch ... Nein, offenbar zwei. Sie stehen da. Bestimmt haben sie sie ebenfalls wahrgenommen ... Wieder ist nichts zu sehen wegen dem verdammten Staub.

»Na siehst du!« sagte Isja triumphierend. »Und du hast dauernd gejammert – wir kommen um, wir kommen um ...«

Andrej warf vorsichtig die Tragriemen ab und wich zu seinem Wagen zurück, ohne den Blick von den vagen Schatten abzuwenden. Wie viele sind es? Und wie weit ist es bis zu ihnen? Hundert Meter? Oder weniger? Er tastete nach der Maschinenpistole, entsicherte sie und sagte zu Isja:

»Schieb die Wagen zusammen, leg dich dahinter. Du deckst mich, falls etwas ...«

Er gab Isja die Maschinenpistole und ging langsam voran, die Hand an der Pistolentasche. Die Sicht war scheußlich. Er erschießt noch mich, dachte er von Isja. Direkt in den Nacken trifft er. Jetzt konnte man unterscheiden, daß eine der beiden Gestalten ihm entgegenkam – eine dunkle Silhouette im wirbelnden Staub. Hat er jetzt eine Waffe oder nicht? Das ist also die Antistadt. Wer hätte das gedacht? Mir gefällt das gar nicht, wie er seine Hand hält! Andrej knöpfte vorsichtig die Pistolentasche auf und packte den gerippten Griff. Der Daumen legte sich von selber auf die Sicherung. Macht nichts, alles endet. Muß einmal enden. Hauptsache – keine heftigen Bewegungen!

Sie trafen sich und blieben zehn Schritt voneinander entfernt stehen – zwei abgerissene, ausgezehrte Männer, das Gesicht bis zu den Augen zugewachsen mit einem zottigen Bart, beide hielten die Hand an der Pistole, beide hatten die Waffe schon entsichert, sie schauten einander in die Augen, um zu erraten, was weiter geschehen würde, und sie erkannten einander nicht, und so schafften sie es auch nicht, sich zu erkennen.

Weil indessen die Sonne erlosch.

»Nun Andrej«, erklärte feierlich der Mentor. »Den ersten Kreis habt ihr durchschritten.«

Die Glühbirne unter dem grünen Glasschirm brannte, auf

dem Tisch lag im Lichtkreis eine druckfrische »Leningrader Prawda« mit der fetten Schlagzeile »Die Liebe der Leningrader zum Genossen Stalin kennt keine Grenzen«. Das Radio auf dem Regal hinter Andrejs Rücken dudelte und brummte. Die Mutter klapperte in der Küche mit dem Geschirr und unterhielt sich mit der Nachbarin. Es roch nach gebratenem Fisch. Im Hinterhof schrien und lärmten Kinder, sie spielten Versteck. Durch die offenstehende Lüftungsklappe im Fenster drang Tauwetterluft. Noch vor einer Minute war all das durchaus nicht so wie jetzt – es war weit alltäglicher und gewohnter. Es war ohne Zukunft. Besser gesagt – von der Zukunft getrennt ...

Andrej strich automatisch die Zeitung glatt und sagte: »Der erste? Warum der erste?«

»Weil noch viele andere kommen werden«, antwortete der Mentor.

Andrej, der absichtlich nicht in jene Richtung schaute, woher die Stimme kam, stand auf und lehnte sich mit der Schulter an den Schrank. Der dunkle Hofschacht wurde von den gelben Rechtecken der Fenster schwach erhellt, und irgendwo weit oben in dem schwarzen Himmel strahlte die Venus. Es war völlig unmöglich, all das von neuem zu verlassen, und noch unmöglicher war es, hier zu bleiben. Jetzt. Nach allem.

»Isja! Isja!« rief mit durchdringender Stimme eine Frau im Hinterhof. »Isja, Abendbrot! Kinder, habt ihr Isja nicht gesehen?«

Kinder schrien unten: »Isja! Katzman! Deine Mutter ruft!«

Andrej, ganz aufgerichtet, preßte das Gesicht an die Scheibe und schaute in die Dunkelheit. Er sah jedoch nur undeutliche Schatten, die zwischen den Holzstapeln über den schwarzen Hinterhof huschten.